《面对陌生人》

福建人民出版社　1995

《榕荫问月：审美之智》

北京师范大学出版社　2013

孙绍振文集

文学追寻的脚印

海峡出版发行集团 | 海峡文艺出版社

图书在版编目(CIP)数据

文学追寻的脚印/孙绍振著. —福州:海峡文艺出版社,2025.6
(孙绍振文集)
ISBN 978-7-5550-3004-1

Ⅰ.I217.2

中国国家版本馆 CIP 数据核字第 20258SK938 号

文学追寻的脚印

孙绍振　著

出 版 人	林　滨
丛书统筹	林可莘
责任编辑	余明建
出版发行	海峡文艺出版社
经　　销	福建新华发行(集团)有限责任公司
社　　址	福州市东水路 76 号 14 层
发 行 部	0591—87536797
印　　刷	上海盛通时代印刷有限公司
厂　　址	上海市金山工业区广业路 568 号
开　　本	787 毫米×1092 毫米　1/16
字　　数	680 千字
印　　张	35　　**插页**　1
版　　次	2025 年 6 月第 1 版
印　　次	2025 年 6 月第 1 次印刷
书　　号	ISBN 978-7-5550-3004-1
定　　价	180.00 元

出版说明

孙绍振先生是我国著名的文艺理论家、文学评论家、语文教育理论家、作家，是“闽派批评”的旗帜性人物。

他学贯中西、思通古今，全面梳理中国传统文艺理论中的重要命题，对当代西方文论进行了系统的分析和批判。他的文学研究贯穿着“实践真理论”的世界观和辩证方法论。他以一个“文学教练”的矫健身手，在“文学创作论”和“文学文本解读学”的坚实理论基础上，进行海量的经典文本分析，洞察小说、诗歌、散文等文类的艺术奥秘。由此，他建构了富有原创性的中国特色文学理论话语体系，在理论和实践结合方面发出中国声音。

他以先锋姿态投入“朦胧诗”大论战，业已留下重要的历史文献；以创新思维和精准表达，体现文学批评的力量与高度。

在语文教育改革中，他以犀利的思想拨乱反正，为语文教育的学科建设做出独特的贡献。其成就不仅深刻影响祖国大陆语文教育学界，还辐射至宝岛台湾，有力助推两岸学术、文化与教育交流。

作为一个作家，他钟情于诗歌、散文创作，产出丰硕的成果。其演讲体散文，卓尔成家。

为了全面展示孙绍振先生的研究成果和学术成就，我社组织出版“孙绍振文集”（20册），汇编其迄今为止的全部代表性学术著述和文学作品，涵盖文学理论建构、文艺评论、演讲、语文教育、文学创作等诸方面内容。希望这套文集能全面展示孙绍振先生的理论成就、评论成果和文学创作的整体风貌，呈现中国学派崛起的绰约风姿及其在世界学术话语体系中日渐突出的自主地位。

海峡文艺出版社

二〇二五年六月

目　录

第五辑　文化随笔

第六辑　幽默杂文

第七辑　文汇专栏

第八辑　幽默随笔

第一辑 诗歌

我有一个希望

我有一个希望，
它深深埋在我的心上：
当我离开学校的时候，
请祖国把我派到遥远的边疆。

从前的地理书告诉人们，
那儿是一片荒凉，
但是我日夜希望去到边疆，
我要铲除她的荒凉。
几个五年过去，
边疆将依照我们的意志改样，
每一个过路人都会竖起拇指：
“可美呀，这儿成了天堂！”

田野上微风推起层层麦浪，
山谷里马达成天歌唱，
水力发电站把黑夜变成了白昼，
火车满载着矿产和货物来来往往。

那时候，我深深希望：
在一个晴朗的早晨，

有电报来自祖国的心脏，
毛主席代表祖国奖给我劳动勋章！

原载上海《青年报》1954 年 7 月 6 日

有人向我张望

当我迈着大步，
匆匆地在大街上穿行。
当我坐在电车里，
翻着马雅可夫斯基的诗章。

当我哼着“蓝花花”，
漫步在颐和园的长廊。
我蓝色的衣襟上，
白色的校徽总有人张望。

　　我向他微笑。
　　他也向我微笑。

当问号在我大脑里泛滥，
我咬着笔杆，
感到不耐烦。
当冬夜里，银灯一盏，
敌不住怯懦的侵扰，
我长叹一声，把书扔在床上。

当我忘记了移山倒海的雄心，

思维的触角，
开始厌倦这千万次的探索，
我仿佛看见，
有人向我张望。

　　他向我微笑，
　　他固执地看我的眼睛。

我不禁打了一个哆嗦，
心里想：
“大学生孙绍振
几乎犯了罪！”

1956年12月改完

原载北京大学《红楼》1957年1月创刊号

在毕业典礼上朗读的诗

骑上龙，
跨上马，
劳动的锦旗高高挂。
三通鼓罢，
一声令下，
会场上一片呼喊：
出发！
出发！
哨子在响，
汽笛在拉，
时钟在打，
伟大的党在召唤：
孩子们！
上马！
上马！
东风劲，
马蹄急。
红专道上，一群年轻人在驰骋。
迎着那：
一轮红日
满天彩霞！
好朋友，

好同志，
临别赠送一句话：
好男儿
四海为家，
革命战士
志在天下！

原载《光明日报》1960年9月14日

破雾出海

哪里是金色的沙滩？
哪里是蓝色的海湾？
晓风吹不破——
吹不破白蒙蒙晨雾一片。

飘飘白云扑面，
漫漫细雨弥天，
听听远远近近，
拉响了、拉响了锚链。

抬网的，迅如飞箭，
脚下生风，人影渐渐地淡；
小舢板，快似流星，
一船笑语，橹声渐渐地远。

加油的，抽着唧筒，
直怨潮来太慢；
轮机手，衣襟打扇，
笑指老天捣乱。

湿了额上头发，

不知是雾是汗；
吹来拂拂春风，
不觉是凉是暖。

紧张的吆喝，
急促的呼喊，
碰了人，
来不及道歉。

多少回渔场转战，
今日出海分外壮观；
螺号声激，笑语声喧，
等不得日出雾散。

机声远去，人声渐细，
海上日出霞光烂漫，
大海变宽，长天变远，
透明雾霭渐渐变蓝。

一排排云里桅杆，
一根比一根淡；
一排排浪里机帆，
一帆比一帆远……

1976 年

原载《福建文艺》

心灵的花圈

去年的花圈，被眼泪打湿，
像冻结的冬云压着大地；
今年的花圈，被捷报映红，
像回环的虹霓升上天宇。

每一朵不谢的素花，
昭示我们保卫你无瑕的历史；
每一片常绿的翠叶，
启发我们把你伟大的生命继续。

三百六十五个日夜，
二十四个时令节气，
有多少话要告诉你呀，
花圈里有我们的忧虑和欣喜！

只有前进的河流，
没有倒退的江水。
花圈里编织着不灭的信念，
花圈里编织着战斗的旋律。

编进去，我们不眠之夜的长谈，

如何蔑视“女皇”的梦呓；
编进去，遥望中南海的晨曦，
如何瞩望朝霞满天的胜利。

一年里，我们增添了多少豪情，
四季中，历史经历了几番风雨，
花圈里有驾驭东风的壮志呀，周总理！
我们没有白白捧着你的画像哭泣。

忽报人间曾伏虎，
擒妖自有华主席。
编进去，九天回旋的凯歌、乐曲；
编进去，千山呼啸的战鼓、红旗。

用井冈的翠竹，庐山的松枝，
编成擎天立地的团结；
用韶山的银渠，延河的碧水，
汇成继往开来的胜利。

用喜报和蓝图做成花瓣，
花蕊上绽开着你灿烂的笑意。
油田工地上的夯歌、焊花，
人造平原上的灯河、汗雨。

连环的花圈：铺展万里，
重叠的花圈：遮天盖地，
当八亿心花盛开的时日，
每一朵心花里都活着我们的总理！

原载《诗刊》1977 年第 2 期

信　念

幸福注满了童年的笑靥，
欢笑泛出火红的心扉，
祖国遍地是春天的花卉，
孩子们是东风中摇曳的蓓蕾。

沙沙、沙沙——听得见笔尖捷飞；
哦，《周总理生平》，一小本，抄了给谁？
为什么，今天，停止了你笑我追？
大字报前，默默地列成一队。

沙沙、沙沙——听得见笔尖捷飞；
哦，《天安门诗抄》，抄了给谁？
稚气的神色透着庄严，
明亮的眼中溢出汩水。

抄给奶奶，跟她解释：
什么叫作“鞠躬尽瘁”。
抄给弟弟，教他理解：
什么叫作“无私无畏”。

抿紧小嘴，皱着双眉，
哪里像红领巾的年岁？

连树上的鸟儿也在惊讶：
沉着的风度何时开始学会？

抄给风雪油田的爸爸，
抄给云雾山村的姐妹，
——如果有人毁谤周总理，
不要相信，管他来头是谁！

“忠于人民”的最高标准，
“光明磊落”的不朽丰碑，
“完全彻底”的丰富内涵，
“谦虚谨慎”的深长意味……

沙沙，沙沙，笔尖捷飞，
沙沙，沙沙，思潮如沸，
站在一旁的叔叔何必再问，
心里明白：抄了给谁！

原载《诗刊》1977 年第 2 期

觉醒的一代

序曲

天安门广场，多么像海洋，
奔腾而来的是历史的长江。
四五的凯歌像风一样浩荡，
十月的阳光像蜜一样流淌。
在假日清晨，在节日晚上，
多少人在这里把往事回想。

金水桥下可有当年的风云？
轻轻走来吧，来凭栏凝望，
一片碧水映透那万里新天，
历史已翻过崭新的一章。
是谁在人群认出当年战友，
惊喜的呼唤就像风中白杨。
当年的战友啊，命运怎样？
历史并没有把你们遗忘。
诉说吧，在这历史的前沿，
你们怎样负伤，怎样成长。

一个男青年：

十年前在这里戴上红袖章，
十年后在这里把手铐戴上，
拷不住的是那悼念的诗行。
用刀刻在背上火烙在胸膛，
我的诗和我走向胜利前方。
面对那滴着鲜血的棍棒，
我的诗在唱像火中凤凰：
“一个阶级如果靠棍棒挽救，
正说明政治上它早已绝望。”

我尖细的嗓音喊过多少“打倒”，
我曾经信奉过那个“女皇”。
是谁让我看出：这女人很脏？
是谁给我笑对棍棒的力量？
也许我们曾遭遇在武斗战场，
用语言和棍棒做过殊死较量，
后来又为什么臂膀挽着臂膀，
把热血一起洒在花圈的海洋？
为了寻求这历史的奇妙答案，
我常常独自漫步在金水桥上。

一个女青年：

推动我们的是历史逻辑，
唤醒我们的是他们自己。
当然，答案不能这样简易，
让我说一说我感情的经历。

我和我的共和国同样年纪，
一降生掌声就把我托起。
我用微笑问候每天的晨曦，
微笑是五星红旗给我的权利。
成长吧，伟大的事业在等待，
每天我都在拼命催促自己。
学习顺利，我笑得多么甜蜜，
遇到难题，我用笑鼓起勇气。
我笑，总是引来四面凝视，
因为笑容里有共和国的秀气。
直到我举起长征串联大旗，
我的笑更充满了青春朝气。
即使在宿营地梦见了妈妈，
笑声也打断了问好的梦呓。
革命就是一杯通红的蜜酒，
对生活我也下过这个定义。
可是谁想到我深夜啜泣，
日记本让泪水模糊了字迹。
不是因为爱情别扭地赌气，
是因为不满意别人和自己。
做不完的检讨受不完的蒙蔽，
还是无法欣赏造反派脾气。
是谁把红缨系上野蛮的棍棒?
为啥政治上要屠杀阶级兄弟?
折磨肉体丑化了我们的主义，
野蛮行径窃取了革命的名义。
英雄戴着高帽被关进牛棚，
小丑在凶残地审查着真理。
云集的将星乱纷纷地坠落，
为什么连总理也无能为力?
眼望我们星球上繁华的大街，

一个中国人怎能不日夜焦急！
要知道什么是人民的情绪，
你最好去买鱼去忍受拥挤。
多少朋友灵魂沾上了污泥，
爱情选中了走后门的才气。
要学会抽烟和笑着说谎，
“知青”向弟弟传授生活真理。
姑娘的笑有时比哭还难看，
用媚笑和礼物买回城的权利。
生活啊，竟变得这样无理，
公共汽车上毫不脸红地乱挤。
活着的雷锋好像都已死去，
大家忘了英雄，只为了自己。
莫不是一代人精神有危机，
我学会了对着墙壁叹气。

我老了，在这样的青春年纪，
我倦了，我的感情需要休息。
我把世界关在房门外边，
我哭泣为了人民也为自己。
在爱情的巢中我找到慰藉，
枕套上我绣着心房和痴迷。
孩子的微笑给我多少欣喜，
我好像和革命永远地离异。
可空虚为什么向心灵进逼？
生命为什么这样漫长崎岖？
我曾埋怨没有把长征赶上，
我惭愧没在烽火中血染红旗。
我担心当我活到白发苍苍，
对后代不能讲些什么事迹。
人说我多愁，我眉头蹙起，

人说我幸福，我轻轻饮泣。

就这样我发现感情受伤，
我慢慢养成了沉默的习惯。
偶尔发一些精致的牢骚，
又带刺又不易被抓住小辫。
我好辩，但又懒得发言，
不掩饰我蔑视堂皇的宣传。
我不知道是我变得很坏，
还是有些观点已在霉烂。
对责难我也曾抗议呼喊，
后来对关切也连连长叹。
对批评和表扬都打哈欠，
越是流行的花样越是厌倦。

我爱真理，厌恶满口谎言，
尽管谎言能提供人身安全。
可谎言是一根精神皮鞭，
深夜里抽得你不能安眠。
最好的办法是闭住双眼，
可又忍不住骂自己混蛋。
祖国的命运有多少艰险，
清醒的儿女便有多少苦难。

我不敢相信我自己，我不敢，
我觉得有些东西要推翻，
尽管它眼下堂皇而庄严，
我早已产生痛恨的情感。
祖国啊，如果我思想荒诞，
我就该接受人民的审判。
如果真理就躲在我心间，

又如何推翻这渐浓的黑暗？
难道历史需要我奉献自己，
像先辈从容走向雨花台前？
可如果戴的是红色的镣链，
人民又会怎样把我评判？
我该怎样面对围观的视线？
是低眉回避还是昂首向前？
探索是痛苦的，行动更艰险，
我惭愧不能担起时代重担，
可沉默却是更大的苦难，
不爆发就可能慢慢腐烂。
我开始埋怨祖国过分忍耐，
超过历史上任何民族的祖先。
九亿人惨遭几个小丑蹂躏，
这样的忍耐实在叫人惊叹！
我的探索注定这样孤单，
深夜伴我的是油灯一盏，
同志间是这样戒备森严，
和真理在一起最不安全。

一个声音插进来：

我的探索可不像你孤单，
朋友们相聚便放下窗帘，
不管窗外是无边的黑暗，
窗内的思想可照人肝胆。
有时在火车上也有谈伴，
一个传闻便把心电贯穿，
谈笑间只要把神采察看，
就知他心头翻什么波澜。

那个女青年：

可是我也不真正孤单，
当我翻开《共产党宣言》，
仿佛年轻的马恩来到面前，
抚着肩和我亲切地交谈。
“是的，有些东西要推翻，
‘封建的社会主义’最近重版。
革命原理变成了神学教条，
不过又贴上了吕后的标签。
反修的口号偷运着王权，
强加给政治局以出土的皇冠。
愚昧的神学窃取领袖的权威，
清醒的启蒙才这样地艰难。”
应该怎样感谢天安门风雨，
广场的哭声使我灵魂震颤。
花圈如海啊，如海的花圈，
人民的抗议在无畏地展览。
觉醒者并不如晨星这样孤单，
成熟的红心如丰收的果园。
愚昧和迷信正在被推翻，
伟大的革命已经不再遥远。
诗行像闪电划破戒备森严，
四面八方原来是同样肝胆。
高举着悼念的诗文和挽联，
绝密的思想化作公开的宣言。
沉默的祖国发出了呼喊：
广场爆发了九亿座火山。

许多青年人的声音：

用刀刻在背上火烙在胸间，
我的诗和我一起英勇向前，
祖国啊，是光明还是黑暗？
人民啊，是幸福还是苦难？
伟大的民族请咬紧牙关，
快到这里经受决死的考验。
迷航的到这里校正航线，
怯弱的到这里坚定信念，
幼稚的到这里变得老练，
衰老的到这里变成青年。
受骗的一代，觉醒的一代，
到这里清洗灵魂的污染。
一旦人民到这里大声交谈，
历史的小丑就心胆俱寒，
哪怕它使出马王堆的刀剑，
历史也不可能倒退千年。

那个女青年：

谁说一代人精神发生危机，
我们民族的灵魂多么灿烂，
谁说九亿人的忍耐无限，
我们在前线多么的勇敢。
活着的黄继光前仆后继，
尖端武器就是锋利的诗篇，
不死的董存瑞奋勇出击，

悼词比炸药包更叫敌人胆寒。
我发言，人民把我举上历史讲坛，

我呼喊，用黄河长江的语言。
不许用袈裟蒙住人民的双眼，
迷信和盲从是十足的野蛮。
我好像化作一道光明流泻，
我好像化作一道凯歌飞旋，
直到我被一根大棒打翻，
他们问：为什么还在呼喊？
我笑了：是爆发就不会中断，
是真理就不能停止宣传。
我笑了，我已看到未来的胜利，
甚至闻到鞭炮齐鸣的硝烟。
我又变得年轻，天真烂漫，
我又笑得满脸通红弯下腰杆，
敌人迷惑，我笑得甜蜜，
敌人狂喊，我笑得更加勇敢。
后来我听说有人说我们很蠢，
我就笑得眼泪流出双眼，
究竟谁是愚昧冥顽的蠢蛋，
历史早就作了严峻的宣判。

尾声

生死与共的战友万万千千，
不同的命运，共同的忧患。
尽管你当时不在天安门前，
心灵也经历过同样的苦难。
到广场来吧，来漫步闲谈，

在节日夜晚或出差有空闲，
来研究一下这胜利的经验，
来探讨一番那悲剧的来源。
为了新的长征还有万水千山，
为了我们思想再解放一点，
让我们到天安门广场来吧，
有许多东西需要讨论、钻研！

1978年11月23日初稿

1979年1月15日修改

原载《诗刊》1979年第1期

告别风暴

我热爱风暴，
当风暴对于天空和大地
是如此不可缺少。
我歌唱风暴，
当风暴对于心灵
是如此重要。
我赞美它挟着海啸，
把古老的城堡冲刷
我甚至欢呼它
吹走我头顶的草帽。
我崇拜它的威力
能把当道的顽石掀掉。
我惊叹它携带着雷声，
发出洗涤生活的预告。
我嘲笑落叶，
魂飞魄散地逃跑。
我蔑视小草，
惊惶失措地伏倒。

在风暴到来之前，
我期待它把乌云赶跑。

在风暴到来之后，
我欢呼它使千年的教条
呼啦啦崩倒。
我兴奋得两颊
火一样地燃烧，
我还迎着风暴拧干衣服
发出女孩子那样由衷的欢笑。

我感激风暴，
给了我新的生命，
我把青春献给他
和他一起为新生活开道。
我歌唱风暴，
因为虔诚地相信
风暴过后有发亮的晴空
大自然的秩序愈加美好
遍地是野草的清香，
叫你感到有深呼吸的必要。
满眼是提前开放的花苞
满树的果实将红得更早。
花朵和花朵，
不再因争夺果实而争吵。
果实和果实
不再因分配阳光而气恼。
园丁和园丁
像并肩有松竹一样友好。
平静和安宁
是草木的花朵
和心灵的花朵
是最有效的肥料。

我不再反对老祖母
为风调雨顺而祈祷，
我不再用鼻子笑出声来
为花朵凋零用花手绢擦着眼角
我不再去打扰园丁
问他为什么一夜没有睡好。
从他的眼神中看到
他为可能的风暴而心焦。
我也学会了农民手搭凉棚
不时担忧地仰问
老天，是不是有点不好。
谁能不相信气象台
晴天明确的预报。

但是，天有不测风云
谁能不担心又一场风暴横扫。
甚至望着满树的繁花
我有时也不免心跳。
青青的果子压低了枝条
再也忍受不了风暴的撼摇。
想到风暴后花木凋零
就是蜜桃也会哀号。
没有花，它的家族将要饿倒，
然后被成群的马蜂抬走吃掉。

啊，我发誓，
不再歌唱风暴，我宁可去赞美
微风摇荡着细草，
传递花的恋爱的情报。
我宁愿崇拜
无声的细雨，

把树木花草的伤痕治疗。
但愿受惊的小鸟，
梦中永远不再凄惨地喊叫，
愿那一切最平凡的心灵不再惊悸
脉搏也能奏出安全的曲调。
让园丁安稳地入睡吧
让他为生活甜蜜地创造。
让不再无故地
在风暴中互相厮打
叽叽喳喳无休止地争吵。
让和风把它们多年的怨恨
一股脑儿吹跑。
让草木的后代不要苦恼
让他们发现先辈
为风暴付出的代价多高。
此刻，如果有谁
像我昨天歌唱狂飙
我也要捂着耳朵
大声叫喊：不要！不要！

风暴啊，你的“功劳”
我要子孙不要忘掉
我甚至会回想，带着微笑，
我曾经以为迎接连续不断的风暴
值得我永远自豪。
可是如果你今后
不受欢迎地来到，
曾经喜欢你的人
会对你皱起眉毛
曾经赞美你的人
会对你冷冷嘲笑。

那些在你翅膀下
出生的孩子
夜半会从梦中醒来
尖声地凄厉地哭啸
那些从市场回来的母亲
会对你发出嘘声
那些无辜的
被你摧残的开放的花朵
和没有开放的花朵。
它们的冤魂，
会从地里出来
给你挡住通道
你走到哪里都会发现
家家户户的门，
对着你的鼻子，
故意毫无礼貌
啪的一声关掉。

再见吧，风暴！

原载油印本《兰花圃》1979年7月号

我不再欺骗我自己

我不再……
我不再欺骗我自己，
我不再爱缥缈的云霓，
我不再相信美丽的梦，
哪怕它激动过自己。

如果再度有狂风暴雨袭击大地，
我将不再祈求上帝。
我不再否认有污泥，
我不再有阿 Q 的讳忌。

听见了没听过的话，
我不再把耳朵堵起，
我不再重复任何人的话，
当我发现它违背事实。

我不再谴责我自己，
当我怀疑时髦的公式，
我不再用自己的舌头，
讲着自己厌恶的话语。

当我用自己的手指，
摸到流着鲜血的真理，
我不再发抖，心悸，
匆匆把它藏在心里。

我不再感到犯罪，
当我把它写进日记，
我不再做噩梦，
梦到别人看到我的秘密。

我走路不再怕脚下有藤，
我不再怕争辩的风雨，
我不再怕挚友担心的眼神，
我不再怕说话背后有人听去。

我不再准备做检讨，
像教徒做忏悔的把戏，
我相信我的神经很健全，
没有遭到魔鬼的歪曲。

我醒来了，和我的民族一起，
这一点难道还有怀疑，
这是破天荒第一次，
我不再欺骗我自己。

1979 年 6 月

心灵的惨案

——拟挚友的内心独白

我曾经觉得你有罪，
我曾经为你而羞惭，
回忆曾经使我轻叹：
爱情难道已成污点？

当我们在小路相遇，
沉默对视多么艰难，
找不到恰当的语言，
也来不及垂下眼帘。

我们擦着肩膀而过，
你并没有压低帽檐，
我却忍不住要看你，
正好碰亮你的视线。

心和心亲密地交谈，
何必用有声的语言，
多少销魂的密码啊，
在眼中像闪电飞传。

不，我看不出你有罪，
你的心灵没有污染，
我不理解你的信念，
可我相信你的双眼。

世界一如往日温暖，
春风一如往日柔软，
空气中无形的目光，
不再像抽人的皮鞭。

但是背后传来人声，
把我们的默契打断，
阳光一下变得暗淡，
空气冷得叫人打战。

要问什么叫作冤案，
诬陷又有多么凶残，
请你和我一起复查，
这些年的心灵惨案。

亲密必须装得陌生，
热情必须装得冷淡，
明明杀不死的爱情，
却要声言划清界限。

背后脚步叫人胆寒，
迎面问候好像刺探，
感情究竟是否有罪，
连相信自己也不敢。

公开说谎必须熟练，

舌头千万不能打战，
经过多少年的失眠，
人民才找到了答案。

我不再相信你有罪，
我不再为你而羞惭，
我带着少女的敏感，
偷听别人对你称赞。

我们一起笑出声来，
再也不怕有人听见，
即使有人再度诬陷，
我也不会双手蒙脸。

忍耐使人变得坚强，
苦难使人变得勇敢，
明天我要登上讲坛，
平反会第一个发言。

1979 年 6 月

原载《福建文艺》1979 年第 9 期

世纪雕像
——献给巴金百年诞辰

即使睡着了，
心，也是敞开的窗子
舒展的云
涌进，涌出
朝霞的色彩，
是赵家楼上的火光
向塞纳河飞去
为了思想和大师初恋

在时间的唇上
有一朵
永恒的冥想

古老的围墙里
云彩滴着温热的血，
东方的月下，幽咽的琴瑟
一根根断弦，迸出火星

天安门上，云涛的乐章
轰响着彩色的洪流

耀眼音符
音符耀眼

有黑色的五线谱穿过炼狱之门
金属的射线
点击肉体
和心的切片

神的基因和鬼的遗传
一一对证
刀具和骨骼反复争辩
人是大写的，有权自我审判

云涛竖起耳朵
流水波涛凝固

即使在睡着的时候
时间
也在精心雕刻着一个世纪
伤痕累累的石像

风在温柔地拍打着
敞开的窗子
是心灵的节奏……

原载《文艺报》2001 年

梵天遗韵

——献给季羡林老师

站着是一棵树
坐着更是一棵树

从眼角里长出行走的根
舞蹈的须
梵天的遗韵是芽
甲骨的纹路是花

岁月在额头刻下年轮
是荷塘里吹皱的春水吗?
一轮，又一轮，如智慧的衍生
洗涤黄河上星辰清点恒河的沙数
这一轮宽阔
有开元天宝的春雨
听，无声地润物
车轮狭窄
十字军东征的燔火
焦味在书架里
有游丝一般的低吟

来了灵感
和圣人邂逅，
融入涅槃的净界
常、乐、我、净的交响
看得见的是旋律
听不见的是
睿智

当时钟报到
又一个世纪盛大来临
大树只是用最小的枝丫
向晨曦
微微欠身

原载《文艺报》2001 年

秋天的风景树
——给徐中玉先生

在南方，落叶
曾经是春天的文书
年轮的苦涩
渗透枝柯的硬度
迟到的花朵
和秋天金色的叶子相聚
美丽和深沉
不肯匆匆离去

来不及掂量
夏天的风暴
给予的补偿
太少还是太多

四季都在脚下
苦难和呵斥
掌声和欢呼
铺垫了生命的高度

在秋天的风中
鲁阳挥戈的传说

在传说——

主题和变奏是：
从历史和个人交叉的角度——
看当代风景树

2001 年 7 月 25 日

蠹鱼之歌

青松不是我
小草不是我
在浪尖上游荡的风也不是我
就是键盘上的音乐
主机的内存
也难免格式化的命运
甚至蠹鱼
我只羡慕它的沉默
还有那　那银灰的
不发光的粉鳞
光明照着眼睛是黑暗的
黑暗中的瞳孔
能发现隐秘的光明
线装的霉味中
有思想的火星
羊皮的封面烫着烙印
谁也不能听到鲜花广场的声音
宇宙是没有耳朵的
也没有眼睛

心灵的触角
不会僵硬
蜿蜒的挖进
变成旋律
奏给未来的星星们听
银河重新排列谱系
飞舞着
庆祝成见的崩溃
初生的观念发出蜂群的声音
让我不知感到震惊还是欢欣

第二辑　散文与诗的搏斗

思想者十章

一、一分为二，合二为一

即使不走向风暴，风暴也要走来，凝固的造型是风暴的身份证，静静盖着上帝神秘的签发图章。

雷霆正读着奇数，把一分劈二，把山裂成河，把海切成岛，把石头断成碎石，把思想化成沙砾。

阳光吟诵着奇数，把二化为三，把树分成杈，让杈展出叶，叫叶变成果，把果化成核。

魔鬼的灵感，深邃目光从两片透明玻璃后出发，上帝的提示、严密的逻辑在两个耳蜗幽静隧道匍匐进出。

感觉到理论体系的呼吸吗？当生命严肃的形而上的思想从谈笑风生的幽默中吐出。

可是闻到的只剩大地的汗味，劳动创造所蒸发的迷人的芳香，独一无二的语言精神酿造！

偶数是思想的后门，关上两片朱红的唇门，以为顷刻吐出的是珠贝，谁知却是鲜美的樱桃，瞬间的灿烂如画！

旷野的风暴每每吹乱了灵魂的发梢，形象还是要的：差异和谐，左一个梳理，右一个提炼，合二为一，最后覆盖精神的高地！

二、自我与风格

一滴水秘密躲进湖里，一汪水悄悄藏在海中，天边孤独的风默默地注视着，顿时风起涟漪……

一阵思想从海面掠过，挟持一汪水螺旋式上升。无数水珠飞溅，飓风把最后一滴水还原给时空。

无法删除的爱情种子，无法复制的灵犀星火，无法拷贝的生命元素，风暴走过，一滴水终归自我。

走近黑夜，风推不开地狱的大门，冷漠无法改变，世界已被遗忘，一滴水脱一层痛苦、一层记忆。

投入光明，天堂的窗户已被打开，热情无法消失，诗歌血泪交融，一滴水献一片色彩、一片光辉……

奖励精神的个性，上帝把一滴水镶嵌在风的桂冠上，展示风格魅力，风暴忘情旋转狂舞。

还能突破吗？还能超越吗？冲出氢原子，闯破氧结构，创造与回归并存，审美与超越同在！

只听到上帝一声“有罪的人啊”，顿时风无影、水无踪……

三、差异中的统一

来自月亮的一滴露，闪烁纯净的鹅黄；来自朝阳的一颗珠，迸发绯红色激情，两滴透明的溶液，一千零一年了，也不见老。

一样的晶莹，一样的圆润，一样标着作水的符号，一千零一面的镜子，彼此照见的还是自己。

一样宇宙最完美的球形，可一个来自上天，一个来自大地，一个悄悄离去的叹息，一个喧闹降临的骄傲。

共同的嗅觉密码，迥异的生命气味，茉莉花的阴凉，玫瑰花的温暖，无法保留的是变幻莫测馥郁的记忆。

动静相交，生死相依，冷热相随，一千零一个起点和终点交融，永不厌倦得像初恋。

同中有异，异中有同，思想才如是说，比较精致的辨析力，却能穿过一千零一年的风雨硝烟。

可还有思想才无法解答的问题：

一滴水加一滴水还是一滴水，宇宙绵绵不息的秘密，一滴水减去一滴水还是一滴水，爱情一千零一年的痛……

四、不重复的提升

俯瞰四季，上帝眼中的一只鹰，沿着魔鬼的弧线，盘旋飞升，嘹亮而清脆地歌唱着，从黎明到深夜……

没有比这更勇敢的飞翔，从风暴旋涡中心出发，切雷断电，沉浮，起落，飞扬，尊贵而高傲！

惨烈的是蜕变吗？抛弃的是罪孽吗？是自我肯定还是自我非难？

是左推右挡的防守，还是开拓再生的决心？

喙击悬岩脱落的陈旧的壳，新喙咬出滴血的甲，新甲拔下又浓又厚的羽毛，如同脱下战功显赫的战袍！

终于成为老鹰的眼睛，终于成为青春的羽毛，终于翱翔天地，终于能用年轻的喙，为相爱的人衔蓝天最缠绵的云朵……

时空眉间的一只飞鸟呵，在历史和未来的眉心，再来一个神奇的造型，如同耶稣伸开双臂，英雄也浪漫！

仿佛回到原来的起点上，所有的人都看见了美丽，没人知道此时上帝还在窥探这螺旋魔咒的秘密，推敲这重复但永不重叠的飞翔！

五、潜在的美丽

在夜里，玫瑰和紫罗兰都是黑色的；在夜里，所有潜在的心灵都在开放，有谁采撷过彩色的梦的标本？

夜模糊了许多概念，城市和乡村，高楼和草垛，霓虹灯和小油灯，除了夜的巨大竖琴，遥远而忧郁地唱着催眠的歌。

夜的深处，时间，距离，都成了虚幻，没有谁不来自黑暗，生命的雏形在母亲的黑暗的子宫孕育。

那是黑色的春天和阳光，黑色的温馨和温暖，遗忘在夜里开始归乡的旅途，刻骨铭心的思念之花夜间绽放……

此时思想者提灯夜出，思维跳动着莫名的节拍，种种假设冲破黑暗的蛹，化成自由飞舞的黑蝴蝶！

夜的碎片是精神的财富，朦胧的美丽是创造的母亲，潜意识需要温馨的提示，梦不解析谁能撞破其中的玄机？

其实，每个人的夜都是独立的，在虚假的面具之上，就是思想者本身醒着，也梦着……

六、语言魔方

从林熊熊的火光刺痛宙斯的双眼，一场又一场的燃烧的雨，浇灌一片又一片荒芜的土地，沸腾一条又一条母亲河。

是谁在书写文明的宣言？谁在铸成语言的魔方？

用红土、用黄土、用黑土做方砖，用清澈的、沸腾的、苦涩的水做流动的框架，盗上天万千密码……

追问、质询代替了膜拜和祈祷，描述、理论代替了倾诉和吟唱，或汪洋恣肆，或凝重尖锐，或飘逸隽永……

不要惊奇仓颉造字的神奇，语言本来就是思想者精神的外壳，一座歌唱的流动的纪念碑。

只要直面心灵的历史、历史的心灵，拉近既遥远又邻近历史和现实的距离，只要是在苦难中的精神涅槃。

哲学的思辨，宗教的悲悯，人文的情怀，体系的建构，思想者迷恋上天掷下语言魔方，流连忘返。

无论用什么方法解谜魔方，都是上天恩赐的灵感，只有语言崇拜是根深蒂固的：

要不你听一听，为什么阿里巴巴只一声“芝麻开门吧”，世界的大门就此打开！

七、黑色的证伪

真理的湖面飞过一亿只白天鹅，优美的舞姿，柔和的线条，平静而自由，上帝的骰子是白色的，还用证明吗？

是谁在对话？

爱因斯坦双手高举一束弯曲的光，站在牛顿宽阔的肩膀上：一切从你开始，一切由你结束……

思想者的风暴预先不设风标，科学的雷霆在黑白交接处轰鸣。万水千山，峰回路转，柳暗花明……

所有的亏欠今天偿还你，上帝用冰凉的负数的直线，把破碎的故事连成一个圆。

所有的承诺今天兑现，上帝转动火热的正数十字架，让未来的梦想搂成一个圈。

一样的勇气加一样的智慧，上帝说你们已经一无所有，思想者说，我们从零出发！

没有比空更充实，没有比无更富有，没有比零更无限，没有比爱更执着……

一片羽毛如黑色的小船，如休止符飘落，信吗，黑天鹅是上帝黑色的骰子，你听，那弥留的歌声，最后的叹息，深情的告别……

八、挑战的碎片

怕浪打烂的布能称作帆吗？怕风摧折的板能凿成船吗？波峰浪谷间奔放不羁的心灵探险人，那是思想者！

阳光铸造的挪亚方舟已被风暴撕碎，旧范式神话般的家园，如今成了流浪破碎的家，唯一还有体温的是刻骨铭心的依恋……

挑战导致的分裂不可避免，战无不胜的是光，上帝金指头指向的地方，相对统一的是水，一片经验和事实的海洋！

不是精神领袖也直面苦难的废墟，思想者跪在潮湿的沙滩上，数着断壁残垣的板块，雷霆万钧科学风暴的作品。

语言已经转向，新范式为乌云密布的背景镀一层霞光，美丽精致的波浪，起伏波动的曲线，挡不住的柔软，像绸缎一样的诱惑……

告别既然不忍，起航又面对危机，新的体系的朝阳也许会喷薄欲出，只是一声撕裂心扉的仰天长哭，容易吗？！

九、智慧的痛苦

夜是思想者辽阔的胸怀，月光是痛苦的泪液，在灵魂的通道缓缓流动。

老黑格尔黄昏放飞的那只猫头鹰，此刻伫立在问题不断分杈的树枝上。

理性在数不清的可能中选择，固定的目光，扫过二百七十度巨大的扇形的大地。

语言已经模糊，色盲是唯一能分辨蓝色的鸟类，无限思念伸向远方，蓝色的智慧的故乡。

注定了追求智慧的命运，注定了找不到通达彼岸的出路，永无指望的风吹动着稠密而松软的羽毛……

难题多于问题，放弃是最理性的选择，可猫头鹰不是黎明的雄鸡，茫茫的夜幕正好倾诉永恒……

大地裂成巨大的深谷，理论的伤口盛开出漫山遍野的蓝色的花朵，猫头鹰目光如炬：

远方，远方到底有多远？

十、反思的芦苇

上帝把智慧交给了思想者，美丽的作品，喧闹的体系，别忘了还有生命激情相逼的生灵。

以为一哭就能倒转春秋，理论是需要清点、批判、救赎的，灵魂不需要推荐，真爱不需要后悔。

晦暗不发的心灵震撼，密藏在历史的逻辑中，重新打量世界自我，需要澄明境界和生命的底蕴。

即使不走向风暴，风暴也要走来，一根喃喃自语的芦苇，摇曳在暮色苍茫的苇丛中……

世界已缩小成一粒沙子，风却把它吹进眼里，泪是苦涩的，存在却是真实的。

天堂用最绚丽的色彩装扮一朵花，雨却打落所有的故事，留下种子的渴望。

山一笑倒是掩盖了一世的苍凉，雾渐渐散去了，暴露了一季又一季的枯萎。

柔柔的水漫过坚强的枝条，风一声呵欠，折断了思路，留下更漫长的期待。

2009 年 6 月

情感逻辑十章

一、选择的困境

不得不停下脚步，缩短璀璨星座的距离；不得不保持平衡，阻止灵魂继续流淌。

穿过德国古典哲学康德的小桥，纵有万千情愫，也逃不脱二律背反……

灵魂肉体相悖，生命两端无限延伸，头顶星空，脚陷泥塘。

左右摇晃，爱情两边撕裂，最纯洁的线条，最血腥的图案……

春花秋月，不变的是世俗的欲望，变幻的是心灵，潮起潮落，永恒的还是蓝色的浪漫。

金色的沙砾，把泾渭分明的边界分开又连起，在透明的海水中，或裸露，或沉没。

色彩是给人看的，是咸是苦，总想遗忘，味道却渗透了潮湿的沙滩。两眼扫过季节风云，摩西的戒律挡不住佛祖的慧眼，幸福的指尖却拨动了痛苦的琴弦，为了温柔，却掀起更猛烈的风暴。

双脚不敢再挣扎了，否则越陷越深，满面苍蝇，道不明是清是浊，好在有自由的风，看不见的精灵，无拘无束，却分不清来自何方？

只要远方，像蛋黄一样柔软颤动的太阳，还未落下，生命就无法结束创作旅途：

用甜蜜粘贴灵魂碎片写作，用欢乐作标题，用幽默调侃，谁知却笑出眼泪，笑出忧伤……

二、百思不解

跳动的火苗对灰烬表达了歉意，灰烬却陶醉在死亡前的灿烂。

美酒感叹鲜果的消逝，而鲜果却在意于酿造的过程诗意。

三十年前的河东，如今已繁花似锦，河东想着河西的荒寂，而河西却欣赏着自己的清淡。

灯火辉煌，主人害怕猫的足迹，而老猫早在墙角安然睡熟了，它只梦见属于自己的鱼。

席散了，该上车的上车，该渡船的渡船，新娘子依然美丽，场子却渐渐冷了。

为忘却的记忆留影，删除比拍照还快。老照片的底片已经毁了，可记忆却一再翻新。

猛火炒出的佳肴，如今连味道都忘了，温火中的良药还在慢慢熬着，味是苦了点，但还得喝。

日月穿梭，织不出锦缎，不算满纸荒唐言，世人也读着，只是谁都忘了泪。

有人走阳关道，幸福也就这么一次；有人过独木桥，自个走，潇洒也潇洒一回。

辩证法是手中飞翔的鸟儿，却没有自由飞翔的天空。

情感是苦海中的一条鱼，却能钓来一弯新月……

三、桥归桥，路归路

谁说桥归桥，路归路？

河是流动的路，桥是逻辑的碑，桥下流淌着历史，千帆竞发，波浪载着思绪走去。

路是凝固的桥，语言铺就的思想，蓝色板块之间的季节，春华秋实，哪个不从有水的地方流来。

心与心之间的距离，飞翔需要勇气；思想与思想的挑战，需要勇敢；人与人之间的战争，需要果断。

康德的彩虹桥从心灵飞架天国，装点美丽的星空；黑格尔的心桥螺旋上升，宣告理性大厦的拔地而起。

弗洛伊德却说云桥水路，路在水下无尽延伸，桥在天上不断变幻，艺术探寻者就喜欢拆桥过河，点一叶扁舟悠悠。

船是最自由的桥，穿梭于江河湖海，风光无限，万般无奈的是：

有时咫尺天涯，无桥可渡。

脚是最踏实的路，行走于青山绿水，阅尽春色，万分悲哀的是：

有时水乳交融，却无路可走。

可谁又修过零距离的桥？谁补过天衣无缝的路？

桥归桥，路归路，谁说不是呢？

四、生存与自由

蚂蚁团团转，瞧得人心都累了，蜜蜂嗡嗡唱着，唱得人心都烦了，可忙着的不觉得忙，闲着的比谁都忙。

春天燕子忙着垒窝，夏天纺织娘忙着练声，秋天田鼠忙着钻洞，冬天的风雪也没挡住忙碌的脚步，忙，有时是生存的状态，是宿命。

花儿慢慢绽放，蝴蝶飞舞，花儿慢慢凋谢，蝴蝶舞姿依旧。风来了，树一点点压弯了枝干；风停了，树依旧不敢舒展，忙，有时是自找的梦幻。

以为荒废沉沦离死亡最远，以为惩罚自我，生命才能永恒，普罗米修斯忙过已经厌倦，只有老鹰正忙着啄他的心脏。

西西弗看巨石在几秒钟内又向着山下滚去，他不想仰望山顶，可他又忙于推石上山，最忙碌的人有时最为孤独。

忙有时是一种无奈，是一种挣扎；有时是一种创造，或一种喜悦。当然，忙，有时也是客气推辞的理由，是掩饰心灵的最佳的借口；

忙，有时是自我麻醉的药方，正好躲避绝望的念头。

不过忙就忙着，忙着的人忙着做事，只有闲着的人才忙着批示：

“假如忙碌不带来内心的富足，没有诗意的人生，其实走得再远，也不过是匆匆的过客。”

你还忙吗？

五、无理走天下

只有风敢藐视权威，潜伏在树梢，周旋于草尖，说起风就起风，不打草稿。

只有雨敢颠覆逻辑，不遵守规则，徘徊于天边，跳动于云层，说下雨就下雨，拒绝预报。

大地黑屏，程序经不起泪水洗礼，万箭穿心，网络瘫痪，思绪乱码，不郁闷也郁闷。

理论灰白，智慧的大脑经不起情感风暴，飞沙走石一片混沌：

不敢问小雨点是否苦涩？上天为什么抑郁？云为什么有撑不住、托不起的时候？

不敢问是谁的寒气又凝结了腾腾的雾气？凭苦难越滚越大、越沉越重？

天上飘落的晶莹雪片，地上飞溅的水花，不敢问是不是自我折磨的碎片？

世上没有无缘无故的雨，也没有无缘无故的风，情感无逻辑，只有两相欠：

你是雨我就是风，轻轻吹，让你孤独愤懑的生命，缓慢速度，雨丝飘忽，舞步优雅……

你是风我就是雨，用从天而降的银线，拥抱你在空中的足迹，虽任性、率真，也秀美、透亮……

天空无心，风雨交加，无须理智，无理纵横天下，任凭你风雨变换。大地有情，其实无理也是理，密码在胸，鼠标在手，一键还原，看你敢不风调雨顺？

六、水上春秋

时空乘皮筏顺流而下，只听见："水是最好的！"泰勒斯，是你吗？

女人柔情是水，水是有灵魂的波浪，水覆盖肥沃的土壤后，有季节的歌唱，有村庄，有森林，有花香。

男人豪情是水，水是有生命的世界，大地母亲孕育的生机盎然，水里鱼儿自由穿梭，水草懒洋洋地飘荡。

女人眼泪是水，一滴泪，一场波澜，上帝遗弃的家园，一个孤独的女人，飓风后的荒凉。

男人呐喊是水，奔波于风口浪尖，一根橹，一身水，一个承诺，沉默后的浪漫。

水是激流的漩涡，在暴风雨中，男人驾着上帝的漏底的小船，出海打捞一个梦，一个死去的故事。

水是透明的冰凉，海一样的苦涩，明净深邃，孤独的蔚蓝，女人在沙滩隔着海，隔着漫漫苦难……

泰勒斯赤脚站在水里，双手搅动历史，逆流而上，水是万物之源，"水生万物，万物复归于水"。

女人唱着歌跪在岁月岸边，目光追随男人远去的背影，就让水慢慢淹没美丽的人生……

男人飘在水上，水一样沉重的崇高，行而上的柔软，行而下的坚强，大地从海底慢慢升起，地球飘在水上……

七、天知地知

无知的不仅仅苏格拉底：“除了知道无知这个事实外一无所知。”

我为你打开所有的城门，并随赠一盏盏灯笼，照亮你所有的道路，你却熄灭了所有的火种，宁愿蜗居在封闭的天地，也不肯借光。

弯下腰，我是你的桥，帮你越过险滩；躺下，我是你的船，送你到达彼岸。你宁愿在黑浪中翻船，一夜夜收拾破碎的板片，也不回我的港湾。我张开双翼背负你飞翔，你却把魔咒留给我，让雷电折断我的翅膀；我把金灿灿的果实留给你，你却把破影抛给我，留给我苦涩的绝望。

为什么不跟随我，趁着苍茫暮色私奔，用月光打造的银钥匙，打开新的城堡？

为什么不肯用金斧头，劈开贴着我姓名的山川，宁愿赤脚流浪？

我最大的失败就是无法教会你编织岁月的罗网，打捞起一个属于自我的世界，可你说上辈子你是阿拉伯瓶子里的魔鬼，这辈子做千手观音，救苦救难。

下辈子吧，你说你是天使，美丽的翅膀披着霞光，飞进我的天堂。

我无理取闹，你无理取静，我说天堂是地狱，你说地狱就是天堂。

下辈子？也许天知地知，可你不知，我不知。

八、水火相容

谁说水火不容？想想赫拉克利特，还有比他更天才的猜测吗？世界是一团永恒燃烧的活火！且无须证实，无须理论！

情感是上天的馈赠，人类童年的唯一的智慧来源，水洗过的女人，用火烧过的男人，相依为命……

水是流动的火，一见倾心的火种，点燃天上的霞光，沸腾所有的波浪。

火是燃烧的水，越浇越亮的圣火，烧熟了大地，浇出世上最美的花坛。

别忘了风是稀释的水火，火烫伤的水，蒸发透明的气体，流动在岁月的伤痛里，吹落繁枝茂叶的祸首。

别忘了石头是凝固的水火，火山喷发，岩浆焚烧，海涛冲刷，苦水淹没，漫长岁月的沉默，慢慢形成的雕塑。

感谢赫拉克利特，没有比他更激情的推断，一切都在变化，人不能两次踏进同一条河流！

有起必有落，水浇灭了火，不会忘记水是火的最高境界，火的一生的期待，火生命的最后的亲密，无以复加的最高体验。

火挥霍了水，没有永恒的燃烧，不会忘记火是水的生命激情的源头，没有火的滚烫的一吻，水所有的孤独、寂寞都少了波澜。

柔情似水，激情似火，被火吻过的女人，被水充盈的男人，相拥成一团永恒燃烧的活火。

真想回到赫拉克利特……

九、忠于自我

存在就是被感知，崇拜贝克莱，忠实自我情感的英雄，他就敢摘一朵不结果实的花献给世界！

如果我没感知到你滴血的冠冕，荒蛮的枝条，又尖又长的刺，沉重苦难的存在，我火红的荆棘鸟，怎么会为你歌唱？

亿万年的机缘巧合，一瞬间的猝然相遇，生命染红风采，荆冠上飘动的鲜艳的羽毛，如果我没有感知到你的红玫瑰……

如果你没有感知我凄美动人婉转如霞的绝唱，来自最初也是最后的倾诉，一生只一次悠扬加无数的沉默，你会走进我的生命吗？

如果你没有感知我荆榛遍布的绝望的灵魂，屈辱挣扎，鸟儿惨烈的俯冲，你人性中的悲悯还有意义吗？

存在就是被感知，艺术的探寻不过是登上苦难祭坛，忠于心田炼狱中的自我，熔铸出灼热文章，聆听激烈的心跳，

假如我拒绝你的存在，一只鸟死了，不会再冲上一只鸟，你还会感知还存在的爱情吗？

假如你不在乎我的倾诉，我一辈子隐藏在他的十字架后，你还能接触到我的命脉吗？存在难道不是被感知？感谢贝克莱，感谢这朵不结果实的花，我将一辈子插在鬓角。可我的存在你感知吗？

十、相看两不厌

看你，一千遍，每一遍都是新的，
读你，一万遍，每一遍都是唯一，
月光下你的足迹，或深或浅，渐行渐近，
彩霞中你的目光，或凝视，或含泪，若即若离，
用我的阳光吻热你的每一寸土地，收获春风中每一个细节，
用我的风雪覆盖你的每一片荒野，在最柔软的深处，孕育冬季，
用我的双手，穿梭你的思想，编写红白相间的锦绣文章，
用我的双脚，深入浅出你的沼泽，丈量你摇曳多姿的萋萋芳草地，
你的泪珠，滴在我的宽大的额头上，点亮我的思路，
我的声音，娓娓叙述你的昨日，在时间的伤口上叹息，
捕捉每一个流盼，为你解读，展示心灵，
复述每一层苦难，为你注解，还原魅力，
让我打开你的文本吧，细细品味，在交错的美丽时空，
让我为你编织生命密码吧，借你的诗歌，倾诉我的浓浓情意，
只是你的神秘的芬芳是上帝的赠品，注定无法复制，
我永恒的渴望，总是随风而起，却无法随梦而息……

2010 年 6 月

生死伊甸园十章

一、怀念蛇

有谁的生命比你更沉重？用冰冷的盔甲鳞片，裹紧伤痕累累的血肉之躯，仅为转递神的一个秘密，终生用腹部走地，生于土，死于土。

还有比付出美更惨的代价吗？永远在黑暗中摸索，在曲折拐弯中爬行，世代囚禁在幽径草丛，承受所有的赌咒和唾弃。

智慧永远在蜿蜒中成长，以神为终结，以人为起点，真爱永远苦涩，以喧嚣繁华开场，以沉默孤寂毁灭。

其实所有的惩罚你都为我们担当了，物欲横流，我们怀逆水之勇，受遁法之忠，拥驾驭之智。

神灵在上，我们却无法直立独走，为一个童话寓言、一朵爱情之花、一枚智慧之果，结伴蹒跚在神秘幽深的时空隧道……

如今我们行将魂归故里，阳光下相拥而泣，对你，我们却无以回报：

只能将我们最后的形而上的生命，化成两条青烟，相互纠缠成蛇状，伴随天堂钟声向你飘去；

没有您，我们纵使相见也不相识，相识也不相知，相知也不相爱，相爱也不相随；

怎能不怀念您，恩人！至高无上的蛇！

二、黑白智慧果

五彩缤纷的叶片全部凋零了，光秃的智慧树只剩两枚果子，一枚漆黑如夜，一枚灿烂如昼。

用苦胆腌制的黑果，用腥血风干的黑果，用生命捂熟的黑果，神说没有罪恶，怎么会有星光月色弥漫？野火舞蹈？萤火虫闪烁？

阳光慢慢渗透，冰雪慢慢融化，用泪水洗净的白果，用灵魂照亮的白果，神说没有善良，哪来浓荫斑驳、七彩花瓣？

上帝留下两扇门转身而去，答题原则：黑白相间，善恶交错，阴阳互换，刚柔相济，生死相依……

激情映红了白果，沉默融化了黑果。

神的启示，人的智慧，唯剩生命之吻了，在慢慢收起昼的长卷上，悄悄撒下浓浓的夜色：

交汇生命甘露，把爱情的甜美和苦涩，把所有的黑白日子交汇成一幅浓浓的水墨画：

智慧树摇曳，月色迷茫，黑得浓郁，白得精彩……

三、死亡谷

生命树盘根错节枝繁叶茂，红彤彤硕大的永生果子，永恒凝视着树下疲惫不堪的上帝。

凝固在时空的精灵，永远搞不清一个问题，如果再一次选择，归来的魂为什么放弃永生？

宁愿化成两股清风，辗转在生命的漩涡，不愿从此陌生，书写崭新的记忆和故事。

不愿分离，放弃再爱一次，宁可化成雨滴，守候在生命终点，不再重新选择，毁灭就是那么高贵！

对，宁愿再死一千遍，放弃永恒，宁愿退到死亡谷，一切都成为瞬间，顷刻生长，顷刻腐朽。

永不分开，哪怕死亡谷转眼硕果累累，转眼枯槁虬曲，复苏中带着绝望，毁灭中带着欣喜。

神也郁闷，神也纠结，神也做梦，梦中生命树轰然枯萎倒塌，生命果砸在头上，金光四射。

惊惶未定的神抬头一看：死亡谷灿烂如画，生命树孤独荒凉，伊甸园悲喜交加……

四、罪与罚

罪过呵！神捂住了春的双眼：谁敢这样创造？走出伊甸园，竟软风细卷，弱柳婆娑，芊芊青草，蒙蒙烟雾，满山春鸟……

罪过呵，神堵住夏的双耳：残荷听雨，落花有声，谁敢箫声和鸣？如怨如慕，如泣如诉……

屏住秋的呼吸，罪过！谁敢收获？谁敢散发淡淡幽香？似有若无，氤氲流荡，清净悠远，灵气飞舞……

给你们永远的冬季，让冰雪覆盖了所有的记忆：枯树、空山、冷月，苔迹、蚁痕、冷骨……

惩罚有衰老，可没了芽有茎，没了茎有蕾，没了蕾有果，没了果还有土，没了土有诗行。

惩罚有死亡，可没了花，还有叶，没了叶，还有根，没了根，还有憔悴，没了憔悴还有相思。

神呵，其实你不知道最残酷的惩罚是刻骨的回味，永无尽头的期待，期待中永恒的寂寥：

心灵无法随着缕缕不绝的暗香起伏、盘旋，那无形的流动，神韵飘举的生命气味。

不可画、不可吟、不可藏、不可造的是在那香腾起出处，倾听生命的妙音……

五、神的悖论

谁偷藏生命的种子？谁采撷智慧的花朵？神故意转过身去，

假如尝试给他们违背意志的自由：

遍地荆棘丛生，风是智慧的产婆，扫荡出广袤无边的婚床，

水是灵魂的佳酿，漫天情思，一夜苦雨，遍地猩红花儿初放，

花丛深处，一支横笛，一架琴瑟，云霭轻轻托起一片歌声，

抽芽了，苏醒了，山林、水泽、云霞，生命站起来了……

生生不息的翠绿，智慧树破土而出，树冠花儿影影绰绰，
绵绵不绝的鲜红，生命树结果了，年年不断，代代飘香，
假如必死无疑的生命永生了，假如季季有果的智慧终结了，
淡定的神慌了：落叶吧，枯萎吧，死去吧，葬身黑土吧，
生命树倒下去，智慧树也轰然倒下，树与树生死相依，
森林亮起来，果子又开花了，命与命血脉相连，
死亡在岁月的生长中，爱情在绝望处再生，
神茫然地望着陌生又熟悉世界：
没有智慧的生命是人？是神？没有生命的智慧是神？是人？
到底是神创造了人，还是人创造了神？
假如不给他们违背意志的自由……

六、复活的脚步

我把自己钉在青春的十字架上，一根爬山虎沿着娇嫩的躯体攀缘，苦难勒住了命运的咽喉，我以为自己拯救了世界。

垂下沉重的头颅，猩红的杜鹃怒放了三天，泪珠儿如黎明的晨露，可复活脚步却渐行渐远。

三年绿色的绳索，依然缠绕我青葱的岁月，叶片粉饰高雅的祭坛，只有遥远坟墓的来风，轻轻安抚美丽的花瓣。

三十年的沧桑，十字架风雨中崩塌，世界依旧，只剩下我以永恒的十字架姿势固执站立，任鸟儿在肩头歌唱。

风暴、冰雪、雷电、灾难、贫穷、伤痛、炼狱、蜕变、衰老、死亡……

你到来了，风尘仆仆，披着基督的外衣，把自己钉在我的翠绿的躯体上，以为一起受难，就能等到神救赎的一天。

温情包装了所有的故事，这时一枝粉红三角梅悄悄生长，沿着带着体温的重叠的十字架继续攀缘。

三百年的躯体渐渐冷了腐朽了，洁白的玉雕骨架上早已枝繁叶茂、花团锦簇，沉重如同纪念碑。

可谁也看不到曾经岁月的苍凉，只剩合二为一的灵魂了。

慢慢，慢慢地提升吧，倾听复活的脚步声，世界渐渐远去，一切都成为往事……

七、荆冠之吻

风吹动稀疏而柔软的头发，却吹不动嵌入头顶的荆冠，曾经的鲜血，一颗颗玫瑰色的宝石，在荆棘中闪光。

好似智慧国的王，盘腿坐在向阳的山坡上，漫山遍野的向日葵摇曳，神说，除非有人献上生命之吻。

一只吉祥鸟在头顶大榕树上筑巢，留下一个彩蛋飞走了，蛋滑落在草丛里，蛇把它捂熟了。

雾一样美丽的白衣少女来了，黎明深情一吻，清晨带露的玫瑰花，装饰了王者的梦，荆冠发出吱吱的响声。

傍晚，老鹰在头顶盘旋着、盘旋着，一根黑色的羽毛，神的指令飘在蛇冰凉的躯体上。

命运蜿蜒引路，云一样苍凉的老太太飘过，饱经沧桑的吻贴在伤痕累累的额头上，顿时荆冠慢慢裂开了。

接着山崩地裂，蛇在吉祥鸟的歌唱中扬起了脖子，太阳慢慢西下，向日葵垂下沉重的头。

是啊，爱情不是皇冠上的饰品，唯有一生的悲欢离合的打磨，才造就一把生命的钥匙，打开灵魂的枷锁。

神拔掉带岁月带血的刺，把碎成一地的血珠子，串成一条美丽的项链，挂在智慧王的脖子上，说：去吧，前世有约，莫问是谁！

八、天国情缘

一起来却无法一起走，假如有一天，我的头颅越来越沉重，脚步越来越温柔，请不要想我。

搂住行吟的树，那是上帝给我的嫁妆，流动的根，行走的枝干，魔幻般的叶片，天籁的歌声……

我会留一个长长雨季给你，洗净所有的尘埃，依然新绿的空气，叶柔圆，幽淡而有弹性，枝净白，灼目而忧伤……

我会留一座花园给你，百花灿烂，那是我伊甸园之魂，或灿若云朵，或小若微尘，或露或藏，或抑或扬……

我会留一片原野给你，雾里看草，无形可寻，却有香可求，给你淡淡的水墨染出，青云出没无间，雾气缥缈……

我把最后的体温留给你，假如你还觉得寒冷，就用我的阳光火种，点燃行吟的树，连同生日的烛光。

带上最后的诗行，那是上帝留下的最后的念想，连同你生命的灰烬，以及冉冉升腾的蛇状青烟。

我，我已化为一条美丽的白蛇，盘坐在伊甸园竹林静静等你，假如情未尽、缘未了，假如还有来生。

我知道你已经步履蹒跚，记住我的话，独自慢慢来，泪水洒过的花径道滑，我不再搀扶你……

九、忏悔与宽恕

还有比这更体贴的叶子吗？这样的轻盈，这样的温柔，这样的湿润，守护着生命最敏感、最脆弱的部位。

美丽的裙子，最古老的装饰，最现代的线条，如此大片的绿色的屏障，展示充盈的生命吗？

粉红的小花，未曾喧闹就被囚禁，隐藏在囊状花托里，掩盖于枝叶的腋窝中。

不用忏悔，我们已用冰凉的泪水，浸润了无数甜美生命，在果实成熟前，留下清肝火、散郁结的诗篇。

手掌形状巨大的叶，竟在夏季，在阳光下枯萎，不用忏悔，我们绿色文化，已经注定了爱情的长度、厚度和宽度。

一枚紫色的干瘪无花果，所有的光彩都已经暗淡，不用忏悔，它味甘性凉，只要一声深情呼唤，彼此清热生津，消除所有的肿痛。

不用忏悔没送我上帝的皮裙子，你已经把一片连一片翠绿编织进我的岁月，给我新陈代谢的流动。

不用忏悔没给你一片园子，我已把我的灵魂放进你的灵魂里，把我的爱恋，渗透到你的故事中。

保护我们苦难的历程，用裙子文化，抵挡一切羞耻和恐惧，我们彼此忏悔，彼此宽容。

我们赤诚相见，把原罪留给上帝，我们看到了彼此的神，其实不过是生命之约、灵魂之盟！

十、魂归伊甸园

最静谧的地方留给自己吧，空灵的伊甸园，我们神秘的家，没有喧嚣，没有涟漪，一片澄明：

黑暗肥沃的土壤，苦难铺垫的沉重故事，苦涩眼泪种子，收获了茂盛的翠绿：池塘春草，竹影婆娑……

金色的绝灭与绚烂，似有绝妙的音乐声起伏，竹林与风融为一体的绸缪，舞着蛇步，梦一样的缠绵……

同盟的倩影，若分若合，灵气氤氲流动，似有若无，似淡若浓，爱情的悲哀与复苏，说不清似漂泊的生命，似安顿的住所……

终于卸掉一层一层的伪装，摆脱世俗所有的羁绊，声望、名誉、地位，两条蛇，烟中相拥飞翔。

把污染过的心擦拭得透亮、晶莹，把黑白相容的日子，分成两半，半个月亮，半个太阳，燃烧留在人间，悠远赠给自己。

孤云舒卷，青烟缥缈，寂静的园子，烟雾深深中一声惊天动地的长啸，竹林倒伏，一阵瑟瑟，雨打清池，充耳沙沙。

终于回家了！智慧的子夜在天空，头上星光灿烂、月影沐浴，地下古朴荒率、锦心绣肠……

回家了！凄寒中有清韵，疏落中有奔放，出于尘格，荡以远思，人的情致，神的宁静，我们终于魂归故里！

2011 年 6 月

阅读生命十章

一、天地子宫

给你一串时间的钥匙，一张通往上帝办公室的秘密地图，给你一个小小的宇宙，给你讲一段创世纪的往事。

这是属于你的天地，给你一个有限而又无限的框架，这是属于你的时间，演绎曾经发生又不曾发生的浪漫。

椭圆的天穹低垂，茂盛的大地无边，银河将天地缝连成封闭的世界，新鲜绿草如绒毛，肥沃如母亲的子宫。

空气透明又清新，初阳把水染成血，升起又落在隆起山巅之上，风雨一遍一遍走过，所有的季节都亮了。

不要以为，最原始的作品，没有黑暗，没有荒凉，百花盛开，百草飘香。

不要以为洪水最终会淹没所有沧桑，再平静的水面也有裂缝，找出破绽，

文学作品最初都是无题，独一无二不仅仅是造物者的专利。

只要有创作激情，信不信，深渊底下还有深渊，故事之外还有故事。诗人唱着歌老去，信不信，梦想既能在岁月中枯萎，也能在毁灭中再生……

二、足月怀胎

裸露的心脏在冷热涡流旋舞中破碎又凝聚，脆弱的神经在季节变换中断裂又衔接。

造物主弯下沉重的腰背、滴血的双肩……

把累散了的骨架燃烧，点亮漫天星辰，最亮的是太阳，最凉的是月光。

而后便有了甘美的乳浆，有了漫山遍野的花香，有了青青水草，有了鱼，有了鸟的歌唱……

只是灵魂何处安放？

原罪本来是神的过错，谁能证明？谁敢担当？

成功失败后的疲惫，完美残缺后的遗憾，神足月怀胎，开始寻找替身，打造完美血色骨肉身躯，按照自己的形象造人：

生存演替悲怆蜕化的主宰，用文字创造，用语言诉说；

于是一种叫激情的东西，开始从延髓出发，沿着迷走神经，穿过颈静脉孔，走出硕大的头颅；

于是一股叫文学的暖流，淌过左锁骨下动脉，越过左肺根，达第六胸椎左前方那个叫心脏角落，喷涌而出……

神一点一点失去了自我，谁将获得整个世界？

三、无痛分娩

假如还能忍受，神不会让你倒下，留下醉人的独特酒香。

假如能远离苦难，神不会给你五彩缤纷的梦，给你想象。

没有甜蜜的催眠曲、魔幻般的神秘隧道，生命的密码将如何复制？没有神奇的柳叶刀、娴熟的创造技能，晶莹剔透的灵魂，如何诞生？

划开筋膜，分离肌层，取下靠心脏最近的一根肋骨，止血、缝合、引流、打结……

雷霆、风暴、冰雪、酷暑；灾难、血腥、阵痛、痉挛……

梦中红玛瑙般的血珠飞洒，一只白鸽飞出胸膛，又把温软的双翅覆盖在伤口上……

梦中红色的伤口慢慢愈合，晶莹的雨点纷纷下着，梦中桃花在林中慢慢绽放……

松软的大地上，隐隐作痛的是心，熟悉又陌生的体味汗香……

不知是悲是喜，生命从此不再圆满，好在歌唱总算有了和声。

在地上生长叫树，在树上飞翔叫鸟，树下站起来的是人，有人站起来的地方叫家；

神的儿子叫男人，男人的一半是女人……

四、剪不断的脐带

把独立的心脏留给你，仅带上你心跳的节奏、你滚烫的血浆。

脐带已被神剪断，带走春夏，带不走秋冬；带走山峦，带不走汪洋。错位的季节，孤独的宇宙，重叠、碰撞、分离，这难道就是文学永恒的主题？

风暴雷霆，碰撞、毁灭；电闪雷鸣，破碎、再生。

一样热的血把飞沙走石熔成砖，筑一座攻不破的城堡；一样的心跳节奏，出世的歌声是对落第者的奖赏。

绝望的缠绵，缠绵的绝望，月迷津渡，何处是爱情的故乡？

天地间瞬间撒出一张无穷无尽重合交错的联系之网，破碎的心如同无数的小太阳，交织成锦绣，金线灿烂。

剩下心心相印了：

剪得断关系，剪不断思念；剪得碎花瓣，剪不碎花香；剪得出悲欢离合，剪不出超越时空的心灵渗透。

神的剪子剪断了无数瞬间，又默许在永恒的链条上，时空网上的同心结，美得炫目，美得心酸……

五、体验伤痛

谁的咳嗽，把叶形的肺片撕成天窗？一朵猩红的血玫瑰，惊醒了孤独的守夜的人。

汗珠，以苦涩排列，椭圆形的故事，以无可挑剔的光滑，从每一个毛孔慢慢渗出……

滚烫的额头风干所有的记忆，留下晶体，淡淡的咸味，柔软如泪，坚硬如石……

白茫茫一片痴情不改的盐，恰巧用来腌制开花的季节，愈夜愈深，无处疗伤：

是谁的手在丈量伤口的宽度深度？生命原来可以这样被阅读：

“疼痛是上帝的馈赠，眩晕是命运的恩赐，伤痕斑驳是最美的生命线。”

酒精来苏水清洗了所有的生灵，原来十字架可以这样被诠释：

“永远的博弈，形与神、灵与肉，天使的一半是魔鬼，死亡的一半是永生！”

一粒盐在热锅中跳动，可以弹奏出美妙的锅碗瓢盆交响曲，也可以发出一束寒冷的光穿透暮色。

不知你看到没有：

风中红玫瑰静静谢了，风暴中一柱熔浆，红叶破茧成蝶，在绝望拐弯处，有节奏扇动双翼，翩翩起舞。

不知你想过没有：

谁在观察？谁在体验？谁在叩问命门？

你可知道一只红蜻蜓从此绣在伤痕累累的胸口……

六、错位时空

两个宇宙，共一片天地，各半个时空，谁信？

把太阳留给你，给你灿烂的笑容，任向日葵粉丝在风中摇曳，把金光四射的头衔留给你，让你浸透芬芳。

把玉一样温润、水晶一样透亮的月光留给我自己，让唐朝明月，漂浮在璀璨时空星座，解读我的忧伤。

其实，我何曾不想有个太阳，风暴总是匍匐在起伏的思绪里，只等灵感搅动一片金黄；

其实，你何曾不想一枚月亮，把永恒银色的寂寞，藏到灵魂的深处，一层苦难，一层寂寞。

终生不见谁信？错位的时空，月亮的初晕，夕阳的余晖，相互辉映的目光。

半个太阳，半个月亮，谁信？初恋的青涩，燃烧的成熟，缺了又圆，无论灼热，还是冰凉。

挂在错位的时空的球体，总是沉甸甸地陷下去，又伤痕累累地浮起……

不错，你很阳光，我很月亮，似乎还在期待，似乎又带绝望，只是一个无解问题写在天边，写在心上：

“你是谁？我是谁？我们是谁？”

“你从哪儿来？我从哪儿来？我们到哪儿去？”

七、生命的灯

悬挂在枝条上的一枚青果，渴望成熟，渴望荷尔蒙，渴望多巴胺，渴望去甲肾上腺素，渴望红色的染色体悄悄注入体内。

生命课题申请书，没有前期天堂的创造成果，没有后期地狱毁灭的综述，神皱了皱眉头。

没有研究内容，好在有生命呼唤；没有论证论据，好在还有虫鸣、鸟的歌唱。

没有研究框架，只剩大自然挥泪而去的风情万种的背影……

谁的设计？谁在运作？

阳光悄悄拍打翠绿的叶片，温暖着冰凉叶绿体，释放出生命的呼吸；

雨淅淅沥沥，生长素汇聚在茎的弯曲部位，浓度或高或低，调整生命的节奏。

一阵风暴，秋风潜入林子，无影无踪，无声无息剪去多余的枝蔓。漫长的岁月期待，果子以自己的方式成熟了，红红的如同一盏灯，悬挂在夕阳西下的园子里。

终于明白生活中要紧的不是光环，不是虚名，而是善于爱，要背起责任的十字架，同时学会忍让；

总算晓得一切激情都是瞬间，一切存在都会永恒，思想是文学的魂，文学是生命的灯。

博爱、善良、智慧，至高无上的神耸了耸肩，终于微微一笑，注册了红果子课题申请书，问道：

“生命研究你还继续吗？”

八、生命馈赠

一无所有了，就剩这深深的影子。

曾经的温暖，一寸一寸漫过我的枝头，玉兰花一朵一朵开放。

黑色镂空长裙，浓浓淡淡，撒一地花瓣。

月光下简明的黑白图像，薄如蝉翼，斑驳如蝶，

分明浸透你的名字，我的形象，

人像花 样瘦，花像人一样凉。

没有比这更重的平面，谁也搬不动，拧不起一片影子；

没有比这更轻更快的摇曳，风中的苦难，一夜泪光；

没有比这更深的沉默，来无迹可寻，去无踪可觅。

真想馈赠你一份生日的礼物，可我一无所有了！

假如你不介意，密密，疏疏，

让我把所有影子修剪成一个一个深色的象形文字，

取出笔墨纸砚，涩涩，畅畅，在纯净空旷的宣纸上，

真切切地触及你的心跳，酝酿成那一墨粲然！
神把人唤走了，世俗的眼光无法看到影子，
你把魂带走了，世俗的耳朵听不到歌唱。
生命透明，心事沉重，
假如你不介意，就让我的影子追随你吧，
诗歌是生命的影子，影子是最长的相思……

九、命运处方

时空崩塌断裂，世界沉浮在天堂与地狱之间，
壁立墙墩，遍地瓦砾，只有路旁白花依然圣洁。
污泥的肢体，黑暗的隧道，狭窄的关口，
请不要嘲笑匍匐的姿势，仰视神高尚的头颅，
请不要指责饥渴的眼神，伸手要一杯蠕动的液体，
不问是烈酒，是苦药，是血浆，还是一杯
浓浓的苦难和泪水调制的盐卤，来自心血管的杀手。
不要追求干净又干净，来自混浊，敢问清白？
不要要求低调再低调，来自草尖，敢不谦卑？
清澈的血管，沉淀太厚历史的尘埃，
柔弱的躯体几乎撑不起体内的废墟，
请给我一颗卡托普利，含在我已经麻木的舌尖，
先压一压飙升血压，再给我一片阿司匹林，
扩张如同钢筋铁管硬化的血管，推动沉重血浆，
给我一颗倍他乐克缓慢我狂热又散乱的心跳，
还是让我沉入瓦尔登湖吧，
不要求酸钙改善体质、增强活力、恢复青春，
不需要磺泉软化角质，碳酸水漂白肌肤，美丽容颜，
只要让清澈的流水清洗灵魂褶皱中陈旧污秽，
心肌梗死之前让我能踮起脚尖仰望一次星空，
神啊，我的灵魂已经劈成两半，

一半陷入地狱，一半飞往天堂，

你还要不要继续为我把脉沉疴、重塑人生？

十、回到出生

一条游过清澈小河，穿过奔腾的大江，闯入蓝色大海的小鱼；

一条晾在枯竭海底地面，等待一滴相思泪水，一颗命运星辰坠落拯救的小鱼；

一个长在礁石红珊瑚树之上，像鱼又像花，等待绽放的花骨朵；

一朵鱼形花突然怒放，浸透芳香，银色花瓣在微风中扇动，伸展出双翅；

一只美丽的鸽子，穿过白云，飞过山峦，飞入绿色茂密的丛林；

一片白色羽毛飘落，一根晶莹剔透肋骨雕成的玉箫，一个风姿绰约随时回到男人心里的女人……

全部都是出生！

一天接着一天，一季接着一季，所有天上飞的、水里游的、地上长的都成活化石，走进神的展示精品的橱窗里。

一年接着一年，一个世纪接着一个世纪，所有的生命又走出上帝的展厅，回到出生。

激动、欢乐、痛苦、悲哀，人类已经精疲力竭，神却翻手为云覆手为海；

宇宙中的飘起又落、落了又飘的尘埃，天庭星体聚了又散、散了又聚的精灵。

文学不过是记录苦难又美丽的生命的流程，生命主体就是神创造的阅读生命的读者。

生命的每一天都叫死亡，生命的每一天都叫新生。

今天是你的生日，谁都不倾诉痛苦的裂变和残酷，只道一声：

生日快乐，Happy birthday to you！

2012 年 6 月 6 日

青鸟和鹰隼十章

一、遭遇荒诞

古典和谐的宇宙裂开，泥石流冲出大峡谷，苦难的心僵硬成两片透亮的悬崖，杜鹃啼血，隔着芥子的距离，彼此相望却迢迢如须弥的边缘。

峡谷的岩壁并不是明镜台，激情的青鸟俯冲，漫天羽毛飞舞，菩提大树乃有绿叶纷披。

蓝田日暖，良玉生烟，从沧海月明的精神家园出走；

青鸟之躯上，罂粟大而艳丽，红、黄、白、粉红、紫，虽然是含苞待放的蕾，在梦里才更加妖娆。

荒诞不是美的存在。

心灵净界上的莲座，怎么会长出罂粟？谁能找回含笑的杜鹃，而不是喋血的花蕾？

冒着杀戮风险，鹰隼降自太清，盗窃了心灵的密码，在混沌中笔走龙蛇，一字一字，是锁链，还是月下的一丝红线？

青鸟借着星光，在诗歌的绳索上来回游荡，苦难和缘分，从悬崖这头通向悬崖那头……

岁月埋葬了暗香浮动；激情的云霞升腾，若隐若现的是电光火石，相见时难啊……

谁能把握心灵的大千世界，理性支离破碎，无限的狂欢，开拓饕餮的生命，母性和赤子在宁馨的天国，在荒诞的世界面前，谁能正视荒诞，超越荒诞，照彻黑洞，走向正大光明？

二、鹰隼的柔情

无法在落红之前，珍藏你的笑靥，夜来风雨，片片殷红为谁落下？只要是美丽的花瓣，是杜鹃还是罂粟，又有何妨？

一生就做一次鹰隼，青鸟期待诱惑，用生命换一杯鸩汁，共饮一杯，如登临天可汗的金殿。

是你的沉默和固执，使我的玻璃钢墙蒸发，不知是呐喊还是欢呼，只记得张开了双臂，满山满谷风中悠悠摇曳罂粟花啊！

你说我本娴静，你本雄强，隔着距离，默默凝望是杜鹃；你说我本清纯，你本无毒，一旦渗透，便成开不败的罂粟。

无声的是李商隐的断弦，有形的是流不尽的蜡泪，狂热过后的孤独，追忆时的惘然，弱水三千，只有一瓢是苦的，兼传羽杯如蜜。

在哑默的宇宙中，你我注定在参星与商宿之间，焦虑、痛心、畏惧，盈盈一水的银汉啊，脉脉凝眸的迢迢啊！

鹰隼不甘沉沦，船沉了，就是一根稻草，也是生命救赎，绝不能自我囚禁，画地为牢，双掌合十，眼观鼻，鼻观心，也勘不破三生石上的孽缘。

杜鹃和罂粟永远是同类，凡是爱，都是上帝的名字；凡是美，都是佛祖的封号，可怎么也逃脱不了被连根拔起的劫难。

遥遥相对，木棉和橡树，在无人的山涧，开了又谢，谢了又开！

三、鸱鸮的慈悲

被激情击毙一千次，灵魂闪烁，与夜合二为一，自由而堂皇飞翔在月黑风高的天空。

总想不食人间烟火，却无法飞越尘世，哪怕是白云生处，也是禁地，昨夜星辰，银汉灿烂，是织女的婚礼还是葬礼？

一只曾经日日夜夜鸣啭的青鸟，一只在岁月秋千晃动的青鸟，被风暴摧残，撞伤在爱情的十字架前，化为黑夜的鸱鸮。

谁愿意被化成一朵罂粟花，滴血于五线谱上，将美丽研制成罪恶，灵魂剁成音符，任其如天花乱坠？

谁愿意成为黑暗的使者，冷眼生灵的蜉蝣，在如烟的尘世中，将绝望篡改成永恒？

选择了黑暗动物，义无反顾，在这之前，把你的生命还给我，把“菩萨蛮”的曲谱还给我，让我登台献演天问，哪怕一分钟也罢：菩萨蛮啊，菩萨蛮，菩萨为什么是这样蛮？

绝对的神圣如今化作绝对的荒诞，时间不能摧毁心中圣殿，信仰就是坚守，贴耳于大地，听达达的马蹄，明知是美丽的错误。

成为鸱鸮之前，谁能给青鸟留一个梦幻的空间，留一片调整和缓冲的林子，赠送满堂琴瑟和钟鼓？

在爱与恨、在进与退、在脱下和戴上黑色面纱的瞬间，都如唐人的绝句一样将记忆保鲜，或者是白香山的歌行，将长恨进行到底！

四、俯冲的青鸟

天空是荒谬的，头顶是闭合的穹庐，两侧是火成岩的出生证明，经过暴风雨洗刷，更加陡峭、狰狞。

青鸟是荒诞的，甘作垂死的俯冲，展开骨折的双翼，水击三千，未能化为垂天之云，惊恐万状的哀啸，绝壁镜台，照出悲壮的英灵。

假如能够乘风归去，假如时间能倒流，命运有无数的选择与可能。苦难是自由成长的沃土，但自由是荒诞的，青鸟的处子之心是崇高的，可青鸟的自由却演化为荒诞。

凭什么指责愚昧无谓的牺牲，心比天高，却毅然集香木自焚，涅槃的火焰发出的是冷光，颂歌化作挽歌，浪漫化为灰烬。

荒诞的青鸟和鹰隼，杜鹃和罂粟都是主角，荒诞是崇高的温床，时间是严峻的法官，可惜没有合格的裁判。佛祖、先知、上帝永远是沉默，保持着恬淡的悲悯。

当理性重升宝座，东风应律，请不要指责一只在荒诞岁月做最后挣扎的青鸟，从碧天垂直坠落，一千次选择，一千次无怨无悔！

自由落体加速的壮观是瞬间的，而心灵圣洁的基因是永恒的，泥石流横扫过后，净土上的杜鹃和罂粟，不需要观众。

在形而上的天宇！在形而下的红尘，俯冲的青鸟，在历史的时空卷轴上，留下的只是一个无声的惊叹号！

五、鹰隼与青鸟的虐恋

青鸟选择了爱的自虐与被虐，生命透支，感知必须麻木，双目必须失明，回眸往昔的荒诞需要勇气，面对杜鹃盛开的远方，一切与自己相关的世界，只能闭上双眼。

自我施虐是永恒的，甘愿被虐是终生的，但是，时间却是伤口上的盐。

越来越深刻的痛被树林遗忘了，但是，林子从不缺乏鸟的歌唱，对于青鸟心头悲壮的歌，青天没有耳朵；对于青鸟伤痕的美，星星没有眼睛。

自我扼杀的恶之花，自我摧残的罪之花，风姿绰约，绝代风华，悄悄地开了，悄悄地谢了，与天地无关！

青鸟把最后一首歌，唱给不断销蚀的美丽，美与丑、生与死相差只是一个音符。

罂粟花已经疯狂，何须默读那即将自燃的诗章，所有的记忆碎片都已经飘零，只等待末日的宣判。

青鸟最渴望一滴毒泪，渗入冰清玉洁的躯体，疼痛是生命的证明，可生命的体悟不可言传，而痛却是死亡的无声的锦瑟。

罂粟花曾经渴望一次英灵祭奠，荒诞的年代，拯救过无数本应阵亡的生命，创伤愈合，祭奠只是梦幻泡影，可荒诞年代的梦想，并非妄执无明。

罂粟和青鸟用全部生命化合为一片透明的冰心，用自虐和被虐超越荒诞。

虐恋也罢，灵魂的彼此拯救也罢，罂粟和青鸟在悠悠的暮鼓晨钟里，在青灯古佛的座下，合而为一，水乳交融，在圆寂中新生，无须任何光环。

六、鹰隼与锁链

鹰隼终于从沉沦中挣脱，风暴过后，一片狼藉的原野，无奈固守既定的命运，强者的身份证，照片上有饱经磨难的信息和坚毅的密码，峡谷的裂痕与沟壑扩张，龟裂成两片褐色的翅膀，他生死未卜，梁祝奏鸣曲并不保证双飞的翩翩。

罂粟收敛鲜艳，安宁并未到来，蝴蝶已经飞走了，苦难仍然在锥心，不能逃避如此残酷的劫难，宿命哲学是否太过冷漠?

逃不脱荒诞，火成岩背后的生命的激情，将去何方?超越荒诞，沉重而铿锵的步伐，能否踏破苦难?

比任何虚幻的幸福承诺更为实在的，是心与心的交响，察看手掌上的纹路卜命，侧耳甲板上的翩翩步履的脉冲，垂危的鹰隼脱掉芒鞋，有了欲飞的冲动。

没有走过罂粟和杜鹃的人生，不是深刻的人生，正如没有血就没有诞生一样，没戴过锁链的爱恋，不是庄重的爱恋，如同没有火就没有死亡一样。

心灵上有紧箍，夜以继日地收紧，一环连着一环，经文的逻辑封闭而开放，从心的这头铺向心的那头，终于横贯灵与肉的峡谷。

将凝固的悲剧打造成庄严诗篇，希伯来与希腊交替，不着一字，超越善与恶、美与罪，生命升华在斗室的空气里。

感恩佛祖慈悲！

七、鸱鸮与歌唱

鸱鸮站在理性的审判台前，从黑暗到阳光仅一步之遥，可鸱鸮却走了一生。

犯了何等的罪恶，竟受到这等的酷刑：爱情猝然遇殛，心灵化为废墟，精神的莲座破碎，自尊被囚于五行山下。

到底犯了什么天条，享受爱的感官却变成了痛的载体，终日奔波于暗夜，行走于冰尖，期待上帝最后的拯救。

在朝霞满天的黎明，青鸟送来一缕阳光，劫难中用这根金线，把破碎的相思串成美丽项链，暗自装点伤痕累累的记忆。

不错，曾经在烟雾弥漫的黄昏，珍藏过一片月影、一朵星光。

确实，在世纪风暴扫荡后的山坡，曾经把嗅觉，托付给南来的大雁，北去的风，给鹰隼送去大面积的呼吸。

也曾吮吸过一滴雨，滋润干枯的唇吻，一片红云，给憔悴的面庞，恢复青春的风华。

偷盗过勇气，把苦难唱成幸福；偷盗过诗句，给寒流送去暖流；偷盗过眼神，把冻僵的心化成一泓透明的春水。

荒诞的时代，谁分得清何处是地狱，何处是天堂？人间万象，光怪陆离，谁说得准，谁是鸱鸮，谁是青鸟？但愿佛陀的眼有睁开的刹那。

渴望救赎的鸱鸮，四顾茫然，时代在否定中向前，可生命只有一次选择，鸱鸮把所有的疑问提交岁月，把生命交给诗行。

八、鹰隼与杜鹃

拥有世界上所有的财富，鹰隼还需要最美的秘密，为了一片杜鹃花瓣，它决定放弃全部。

荒诞的时节，崇高是疯狂的装饰，承诺不是甜蜜的欺骗，哪怕一缕疏影下浮动的暗香也是绝对的本质。

峡谷对岸，与大地诀别的杜鹃花瓣，为了此生信念，宁愿一片一片解脱，把疼痛留给不死的根。

一阵飓风，把所有的落英，沿着螺旋式的轨迹托上天宇，也许与神邂逅，接受了先知的指点，也许是上帝的心迹，激情在呼唤声中回归。

如滴血一样鲜艳的花瓣，在明镜中自由舞蹈，飘落在峡谷下的涧边，按照美的规律，摆成心状的图案。

两岸隔着深深的沟壑，缓缓流动的沉重泥石流，将所有的通道封闭，难道爱情只能属于诗的视觉?

鹰隼屡屡建造栈桥，一心投身没有结局的事业，永远达不到彼岸的巴比伦之路，不可否认的虚幻，然而，命运是自己的，连接心与心的四目的双轨是天然的，

杜鹃花丛已连根拔起，对岸半坡鲜活的生命已经戛然而止，唯有馨香是不死的，悠悠飘过峡谷，心灵的栈桥是无限多样的，在卷帘时，会心一笑，赤橙黄绿的鹊桥，才是永恒的。

鹰隼半醉半醒，天涯仙路啊!

九、鸱鸮与罂粟

屈辱、惩罚、摧残岂能杀死鸱鸮和罂粟，风雨兼程，结伴行走在通往救赎的路上，怀着脱胎换骨的希望，

沿途历史理性路标模糊，头上宇宙星空晦暗，漫漫长空散发着雪片，像传单，又像来自天堂的讣告。

风卸掉了红、黄、白、蓝、粉五颜六色的魔幻外套，罂粟在风雪中抖颤，裸露出永不愈合的伤痕。

回到起点，鸱鸮褪下黑色的披肩，曾经慷慨付出自己的良心和奉献给世界的天使，只有伤痕属于自己。

遍地绝望的瓦砾，大地似乎陷入宇宙洪荒，生命太珍贵，独立的自我何等神圣，牺牲自我虽然晦涩，当然，同样神圣。

晦涩的天空，荒诞的舞台，谁不是焦虑、恐惧、神圣而荒诞地活着？

谁又能改变宿命的角色，挥戈驻日，重新开始新的旅途？

鸱鸮披上罂粟五彩缤纷的花瓣，美丽是生命的桂冠，与其无奈沉默，不如歌唱。

罂粟挥动鸱鸮黑色的披风，旋转着，真正的荒谬是自我以外的黑暗，怎能说是美的精灵的罪过？

罂粟和鸱鸮重踏风雨交加的旅途，舞台依旧是舞台，鸱鸮依然是鸱鸮，罂粟依然是罂粟，然而，与孤独为伴，如李白之与月影为伍，就有李叔同圆寂时的“悲欣交集”的灵悟。

上帝似乎靠得很近，似乎又离得很远，远方悠远的钟声响起，罂粟和鸱鸮同时发问：

是上帝和我们一起出殡，还是护我们作灵童转世？

十、走过荒诞

回到大峡谷，回到神秘而世俗的大峡谷；回到大峡谷，回到晦涩而激情的大峡谷。

两岸的绝壁何时轰然倒塌？是谁的手，把遍地的古老的黑石，按照神的灵感、大自然的规律，建造出如此时尚的现代的图案？

杜鹃花又在迷蒙的晨雾里开放，已把凋谢留给昨日荒诞肆虐的风，但非理性的生命激情、落红缤纷的痛，说消逝就能消逝吗？

罂粟坚守着纯情梦想，偶然被抛到大自然荒野的生物，为什么还一直为自己曾经的命运恐惧和战栗呢？

鹰隼把战利品交给了历史博物馆，已成为古典的英灵雕像，矗立在理性的天门，岁月凝固的难道仅仅是盔甲刀枪和那饱经风霜的脸庞？

鸱鸮依然一无所有，所有的人家的灯光都亮着，又都暗着，最亲的人一直在最近的天涯，还继续掏空自己吗？

忽明忽暗岁月之后，青鸟悟出了成熟的悖论，是生命的执着，用战无不胜的期待，撞击着宿命永不开放之门。

走过荒诞，大峡谷云蒸霞蔚，填满相思的雾水，一切皆变，唯有嗅觉不变，空也是香，虚也是香，哪怕左在汉城，右在汉堡……

上帝从来就没死去，它依然俯视人寰，最荒诞的问题不是“我是谁”而是“我是你的谁”。

是啊，走过荒诞，大峡谷，我是你的谁？山呼谷应，风卷云舒，如火如荼，如泣如诉，如慕如怨。没有任何生命听得懂这样的语言，

只有鹰隼听得如痴如醉、如梦如幻，不知是青鸟梦见了鹰隼，还是鹰隼梦见了青鸟……

生命魔方十章

——题2014年1月15日龙岩照片

一、仰俯之间

鲜花，掌声，追随，合影，仰望是虔诚的眼睛，是对收获的崇拜，对未来的期盼。

不是英雄，也俯下身子，不是智者，也有信仰，交付沉甸甸的感谢，向未来深深鞠了一个躬。

激情的起源是英雄情结，硕果累累的季节，鲜花盛开的梦幻，谁的足迹不是从仰望起步?

芳草仰望微风，山峦仰望阳光，花蕊仰望春雨，绿叶仰望芳菲，谁不是在仰望中陶醉，成长?

时光如熟透的红苹果，俯身是灵魂的倾诉，生命的沉淀展示，命运自由体坠落沉重的辉煌。

俯身是谢幕，也是启程，忍辱负重的征途，披荆斩棘的拼杀，生命意义不就是在众生中争一次端坐的首席?

有一点自豪，有一点骄傲，仰俯之间，岁月穿过千山万水，好在鲜花已掩盖滴血的脚印。

仰俯之间，有一点苍凉，有一点感叹，新生的蓬勃，老去的腐朽，不是庸人就是恺撒，无论身在何方!

其实最想的还是回到仰望的起点，重新来一次渴望，最美的永远是那未开垦的处女地。

让范畴不断交错，让解读虎虎生风，俯下身子，再悄悄昂起头，让仰望的泪水慢慢流淌。

在仰俯永恒交替之间，在春华秋实之后、花团锦簇之前，其实，谁都看到创造的价值，只是看不到荣耀背后的虚幻和无常！

二、虚实之间

是来生的彩蝶吗？在虚幻中扇动美丽翅膀，闯入今生梦的图案，

神的承诺，不然何以对今生如此着迷？

是前世的枯蝶吗？为寻找似曾相识的人，将美丽虚化为最完美的

拟态，和树林地面上的枯枝落叶融为一身。

遥远前世的翅膀在热带雨林轻轻扇动一下，命运卸下蝴蝶疼痛的

半透明的翅膀，冒着风险，在今生就造成一场飓风：

这是一场战争，永远在生成之中，前生有很多故事情节，来世有很多美丽传说，到今生都成了现实；

现实的今生只剩下蛹了，蛹是实体，成熟后不吐丝的茧，潜伏在植物叶子背面隐蔽的地方；

用几条丝将壳固定住，逐渐坚硬成为小小家园，在反锁的门里，将生命的激情挤进美丽的翅膀。

最终目标是个多么虚幻的词，蝴蝶只满足现实的挣扎：

神最奇妙的设计，是细小的身体从蛹中挣扎出来，它必须经过这个实在的过程，为来生准备新娘的彩妆。

也许，蝴蝶虚无得完全不可以把握自己，它无法走进当今的世界，它就是来世，它不敢回忆过去，也不听预言，它就是前生。

只要你有足够想象，爱情永远在生成之中，昨天为你生成，明天为你生成，前世今生同在一个空间。

你将发现这时成千成万的鳞片，有系统地并整整齐齐地密排在翅膜上，使整个翅膀依种类而呈现一定的色彩和颜色。

美在虚实之间。

三、起落之间

是不小心丢失了构思，还是刻意删除文档？一颗携带遗传信息密码的种子，从上帝指缝中滑落，飘飘洒洒。

一只大鸟，穿云破雾，揣着上帝的密令，将黑匣子藏在翅膀夹缝里，在霞光里盘旋，寻找开花结果的神话。

故事开始的时候，也许不是赌局，残酷的命运，好像不是上帝的预谋，起起落落，怎么可能是上帝的梦想？

一粒种子失落在悬崖绝壁，与黑土遥遥相望，一棵树被风暴折断了腰，留落一片翠绿过的枯萎。

一朵花谢了落下花瓣，弥漫不肯消失的清香，一只大鸟自信停落在残缺的枯枝条上。

一阵枪响，鸟儿惊飞，却落下羽毛，一滴血从高空滴落，浸透饱满的种子……

开始并不预示结束，故事每天都在进行时，不知道哪些因素会先后加入，只知道看不见的力量在放纵它们，让它们有不同的结局。

起起落落之间，种子又发芽了，生根、开花、结果，大鸟用英雄的头颅做赌注，在凌空把鲜红果实抛到浪漫极处，又向现实坠落。

起落之间闪过色彩，那是世纪的酒窝，洒落不尽的英雄泪，用鲜血酿造的岁月苦酒；

起落之间有意外，命运跌落的地方，永远找不到黑匣子，只有想象和猜测，艺术创作和希望，无数的结局和可能；

起落之间有韵律、有节奏，起落是诗歌摇篮的音符，歌声飘落的地方，必定有歌声响起。

所有的因素似乎都在回到预先编好的程序中，暂时放纵你，因为知道你迟早要回来，听从它的召唤，猜测它的目的，服从它的美丽！

上帝在起落之间挥手，鸟儿又怎么知道？

四、上下之间

马斯洛登上形而上最后一层台阶，实现了最高价值，风吹起稀疏柔软的乱发，极目远眺，头上星光闪耀，脚下鸟儿飞翔。

所有的荣誉怎么随风飘去？想念的竟是醉人的啤酒，烤鹅的喷香，温馨壁炉跳动的火苗，墙上的悠扬的钟声？

很想站在伟人的肩膀，瞭望世界，可惜世俗之人，只能在形而下的漩涡中潜行：

在得失“亏盈”的交易中斤斤计较，多了一个铜币在口袋里摩擦，发出清脆的声响，是美妙的笙箫吗？

为什么如此不安？计算器怎么算得出凡鸟与梦的距离？诱人的大排档，怎么激起了青春爱情的错觉？

形而下的嘴唇说着形而上的神话，舌尖上说不清的才是美味佳肴，老谋深算的都是一笔笔抽象的糊涂账。

形而上写的形而下的故事，悲欢离合之上的道德逻辑，潜藏意义之下的自然意志密码。

上下之间的交错，山体崩塌，天雨的降落，美丽的高山湖泊上升；悬崖断裂，峭壁凌空，万丈瀑布奔涌倾下……

道不明上下之间的暧昧，物理的阳光走过每一寸土地，心里的明媚便打开一扇封闭的心窗。

谁能评价上下之间的联网？“人们首先必须吃、喝、住、穿……”

走近马克思墓前，收获了哲学的高度，超越世俗的演讲。

还是把马斯洛的需要理论，炒成上下可口的真理，给日常的存在注入社会意义，穿越欲望主体，创造精神长廊。

无论怎样，慢慢走，未必欣赏，只有慢慢往上攀，才能看到万千风景，看到上下之间，滋长的诗情，鲜活的观念，哲学的灵光……

五、前后之间

是否再次倾听昨夜那场雨，一声声，空阶到天明，在心头蓄起一片湖？

是否再钓寒江的雪，一片孤舟，一片飞雪，把心灵融化在幽深的海洋？

关上一扇窗，是否应该回首，用感激或深情的目光凝视身后的秦时风汉时月？

想念一个人，倾诉一个故事，陶醉一场相遇？

舍不得卸下毫无感情的微型芯片，停下指尖跳动的舞蹈，放弃一群虚无的鱼，在漫漫的信息的河流里搜索。

也许网络前方，会偶遇似曾相识身影，魔幻般新婚典礼，晶莹剔透的理念城堡，永不凋谢的爱情之花。

渴望一次初恋，吟诵一首诗歌，流清泪一行；

天地悠悠，前有古人，岁月匆匆，后有来者。

可如今的心脏像上紧的发条，到死了都找不到活过的影子，庸碌与浮躁，连梦都充满了拥挤和喧嚣；

如今股市跳水，职场厮杀，铜币没有稳定的基因，无处躲逃快递的敲门声，急促又嘶哑。

丢失的何止一个又一个故事，还有曲院风荷冷月空山，迷失的何止一程又一程开花旅途，还有姑苏城外夜半钟响。

岁月不是收藏品，找不到阳光博物馆，走不进月光纪念堂，哪怕留下昨日暴风后的一片废墟，曾经的心灵余热，铸就今天的一点信仰！

渴望一个温柔，渴望一次忧伤，渴望一夜孤独。

无论往前走得再远，都有蓦然回首的一刻，也许短短美丽转身，留恋目光，就停留在灯火阑珊的今天。

只是，那人还在吗？

让我们且前，且后，且珍惜！

六、左右之间

水是不安定的分子，在冰与气之间徘徊，在零摄氏度的冷漠与一百摄氏度的狂热之间左右晃荡。

冰是水的躯体，是水与西北风无数次交手后的结晶，漫长岁月僵化的战利品，战神精疲力竭后休憩的水晶宫。

气是水的灵魂，激情后的生命蒸发的无数水珠的仙雾，天上的飘逸云朵，水边浪漫的朦胧，可惜只是水流浪的家园。

不错，水是生命的源头，原本有形的波浪，是冰冻，又一次封锁了春天信息，瞬间酷寒塑造了一座美丽的冰城。

春水中鲜活穿梭的鱼儿，飘逸的水草，如今以永恒艺术的形象，凝固在晶莹剔透冰的橱窗里，留住了观赏者的脚步。

水有自由自在的灵魂，有起有落的身段，可如今炙热阳光切断了无形的命脉，烧灼了天边的云朵，平息了池塘的蛙鸣。

临界点是生命的底线，在固体和气体之间，水就是液体，除了流动的永不平静的生命，还有无法平息的争端。

不过水还有流动的机智、涌动的波浪，把生命两级推向极端，把柔软和勇气演绎到极致：

茫茫大海隔断所有联系，左边是冰，晶莹剔透的固体，坚硬而脆弱；右边是雾，无数仙气凝聚成的浪漫，美丽又温柔；

水是左右之间的度，生活的智慧和艺术，是理性的大厦与诗意的栖居之间的距离，是左右之间的无形的彩虹。

也许有一天，全球变暖，冰川崩塌，冰又融化为水；也许有一天，水化为雨，雨又落在水里；也许有一天大地重新一片汪洋。

也许有一天上帝又开始创世纪了！

只是大自然的法则，谁能左右？！

七、冷暖之间

蜻蜓是谁？

这前身潜伏在水中，在水中悄然呼吸生长，经数十次疼痛蜕变，近千个日夜修炼，才沿水草羽化为仙的精灵。

亭立在才露出尖尖角的小荷上，是向水宣告暖春来临的消息吗？带着上帝赠送的流动的眼睛，敏锐耳朵，向东奔流的水，渴望季节，渴望自身冷暖的最终裁判。

深夜，是破冰的声音吗？像刀切过的碎片，丰满而沉重的美丽晶体，漂浮在透明水面上。

冰以一种牺牲姿态融进水的河流，但冬季并未结束，虽然河面水草宣告水有体温，有小鸭子的身影穿梭。

渗透风雪遗留的冰凉的水，仰面倾听春雨来临的声音，蓦然，雾气盎然的水面飞来了一只蓝蜻蜓。

是春天使者吗？蓝色的蜻蜓，轻轻掠过水面，水看到了那通明的翅膀，那隐藏阳光消息的明亮的大眼睛。

孕育于水，脱离水，回归水，又无法渗入水的舞者，在水面旋转着、飘忽着、变换着各种优美姿势，把水的精华带入空中。

叶片上的露珠，清晨的雾气，江边的云彩，蜻蜓温润的影子倒映在碧绿的水面，把蓝色音符点缀在流动的五线谱上。

变动不居转瞬即逝的感觉，阻碍了人们对自身的认识，猜测自己与世界的冷暖，除了眼睛、耳朵，还有自己的心灵。

蜻蜓点水，产下诗歌的胚胎，向水发出最深沉，来自灵魂深处的感动和呼唤。

或许，这就是水温，来自春天最暖和的消息。

八、里外之间

茧之梦，谁知？茧之谜，谁晓？

一千零一次往里蜷缩着，在一层又一层的银色掩护下，一根透明的思绪，缠绕成一个椭圆形的梦。

一步一步地延伸，不长不短，不急不慢，一圈又一圈地链接，不凉不热，不浓不淡，把漫长岁月封闭成有形天空。

不问身外是美丽的月光，还是晦涩的雾霾，锁住曾经的怨怼、昨日的凄惶，只想不远不近的往事，回味不甘不苦的故事。

在梦里，茧子里的蛹，宛如柔软的女人，把风暴裹成平静，构筑自己灵魂的宫殿，接受自己赠予的一份清凉。

一粒椭圆的心，黯然如一新画，像谜一样的冰冷，经过夜的庇护，渐渐有了泪珠的形状与味道。

茧不咸不淡，置身于尘世之外，无意阳光将梦一丝一缕地软化，一室之内的温暖，不温不寒。

梦外是谁在敲打着门窗？一只蝴蝶翩翩起舞，一千零一次舒张美丽的翅膀，不轻不重，不惊不慌。

梦里梦外，只有翅膀，披着哲学的袈裟，不近不远，不浅不深，才喜欢茧，悄悄靠近茧。

流连在时间的边缘，愿意隔着透明的屏障，耐心等待，谁见过蝴蝶衔着灿烂，闯入茧的梦乡？

茧是蛹的智慧，包裹苦难岁月的蜕变，坚如磐石的信仰，思想的光是蝴蝶的花样年华，茧的前世今生。

温凉寒暑，寒气极致，阳气上升，生命流转不息，其实，茧是蝴蝶的乡愁，蝴蝶才是茧的梦幻。

蝴蝶最深的风情是沉默，吻着茧的梦香，静静注视破茧，内心布满伤痕，依然灵魂飞扬!

九、浓淡之间

仅仅为了树的一声叹息，一只举世无双的绝色粉蝶，卸下那艳丽的双翅，收敛了花纹、图案，隐藏了粉墨，开始漫长枯槁的梦。

这绝世的精灵，把两片枯黄的带着伤痕的叶片，深深嵌入肩背，黑褐色纹线，如树叶的中脉之中，那惨痛，那昏厥，那期待……

枯叶蝶，你这是何苦呢?

不嫉妒栖息于溪流两侧的阔叶片上的彩蝶，从春到夏，镶着宝石颜色的梦幻，在浓浓的色彩与灵动的线条盛会中游弋、飘舞。

不在众多生命中，伪装成一片枯叶，等待惊吓后的逃逸，敏捷收合起两翅，竖立在高大树木梢头，凋零成一首小诗。

枯叶蝶，把对生的追求拓展到死后，把浓烈的色彩冲洗到最淡处，把所有的激情遗留在身后。

只等老树无数古铜色落叶的飘飘，裸露苍凉而瘦瘠的臂膀，干枯的血脉，剩下时间和风，在荒野上流动。

只等老树把无数的翠绿故事编成选集，浓缩在森林的幽深的档案馆里，只等大自然把彩绘的翅膀化为尘埃，天地那一声长叹之后。

一只关注灵魂的蝴蝶，一个追求爱情翅膀的天使，在所有茂盛之后的枯萎中，才飘逸舞动楚楚动人的肢体，开始疯狂、野性、酣畅淋漓地舞蹈。

不仅如此，那时枯叶蝶之王，将呼唤无数的紫褐色的子孙往上翻飞，这世间唯一向天堂飞去的叶子，这浪漫的有藏青的光泽却淡淡的叶子。

只有枯萎才蕴含一段鲜活的历史，浸透逝去爱情的痕迹，只有枯萎才是心灵最深处最深沉的呼唤，魂兮归来：

浓淡之间，枯叶蝶搅动了满天汉府和唐诗的波光，无数那看似枯黄却是激情的诗歌翅膀，那是自由的神曲。

难怪枯叶蝶，你情愿用美丽的一生，换取老树一个枯萎的梦！

十、浮沉之间

在冰川与大海约会的地方，在飓风与阳光决斗的地方，断裂岁月的碎片缓缓卷入漩涡，一座冰山浮沉在苍茫海面上。

任海水慢慢覆盖了沉重的躯体，时光欲言又止，冰凉的故事一寸一寸下沉，开始了生命中最晦涩最暧昧的日子。

灵魂居然跟不上水下冰块沉沦的速度，说不出的是曾经的历史，猜不透的是永恒的沉默，无法解读的是原始潜在的冲动。

时光自由跳跃，冰山又以超乎生命的轻盈浮出水面，浮沉之间，露出晶莹一角，如同上帝天堂透明的塔尖。

此时在波浪之间，在同一条航线上，一艘永不沉没的爱情之船，正沿着逆光前行，前方阳光下冰山一角，明净而透亮。

海面突然开始咆哮，是谁见证了这一次强烈的撞击？突然而又猛烈，船擦过冰山一角而断裂，终结短暂灿烂辉煌的航程，缓缓沉入深邃水中。

水底沉船的遗骸，仰望着巨大的磐石般的冰山梦魇，而诗歌沿着冰角的斜线，浮出水面，用回忆的碎片来解释世界、重建世界。

这是一种命运的碰撞，还是一种戏剧性的毁灭？这是一个关于宿命的不幸的神话，还是一个关于信念、勇气、牺牲和爱情的故事？

大跨度的时间里，思想在理性和非理性之间流浪，谁都逃不脱终结的命运，可自由不是，既可在此地，也可在彼处。

天地万物，谁也无法避开闪烁在时间深处的眼睛，真实的故事是面向结局的叙述，可爱情不是，既可在此时，也可在彼时。

沉浮之间，是大海就容得下沧桑，透得出辉煌，其实这就是我们认识真理的途径：事实慢慢沉入水底，真理慢慢浮出水面。

不变的还是逆光里的冰山，依旧浮沉在蓝色背景里，同时把逆光延伸到无限黑暗中，任你或吟唱，或梦幻，却无从寻迹。

2015 年 2 月至 4 月

鞋的童话十章

一、水晶鞋

脚只有一个愿望
就是成为鞋的主人

一只脚还在泥泞里挣扎
另一只脚已经踏上时光的征途

梦中的鞋在眼前的晃动
鞋后跟像精灵的眼睛闪烁

阳光照不进深潭
却把身后的死亡之海
晒成斑驳的油彩

污泥是血腥的膏药
治愈疼痛的永远不是阳光

孤独行走是人的宿命

抽出的泥被火烤成甩不掉的褐色

不只是哲学家懂得仰望星空
暗夜里的脚祈祷满天星鞋坠落

期待金属碰撞的响声
是宇宙何等美妙的音乐

沉默天庭闭上所有的眼睛
唯有淅沥淅沥的雨下着

苦水流过树叶，撒在花瓣上
像泪珠留在花蕾的心尖上

水倒洗净脚上所有的泥泞
露出婴儿般圣洁的灵魂

伤口似乎全都愈合了
仔细看每一块都贴着诗歌的纱布

透明的水如一双温软的手
紧贴着脚面如同一双水鞋

鞋会不会像脚一样呼吸呢，
看来只有脚知道

宇宙永恒不变的转折点是零度
脚面的水渐渐结成透明的冰

不时出现的是风暴和沙砾
把冰敲成碎片如同珍珠

这就是梦中的水晶鞋啊
再伤害的脚也不放弃美丽

再次踏上更遥远的征途
赤脚也不知疼痛，有歌陪伴

有过鞋的梦，至少还有期待
至少梦中还能听到
天上鞋掉下的声音

2021 年 1 月 30 日

二、鹅黄色的草鞋

芦花飘静了，苇秆在季节的绝望中分裂
万千丝条辗转反侧，一夜成了会思想的草鞋

草鞋为脚而生，精确尺寸，谁的脚模？
爱情为梦而泣，鹅黄色的思念，谁的影子？

阳光把金色斑驳的幻觉渗进纤条，
风把永恒骚动的思绪扎进灵魂

优美的脚形曲线是鞋生命的弧度，
可是形而上的潜在解放了鞋对脚的禁锢？

刀光剑影，没有后退的大道，脚越走越远
风霜雷电，距离越拉越大，回声越来越弱

脚梦中的鞋是金属焊接的闪光的靴子

铿锵的脚步敲打水泥大道，震撼云天

脚的舒适在于沉醉锅碗瓢盆交响曲
回家的路，永远有温馨的灯光闪烁

一页又一页的长卷，脚以为自己从此是头颅
就差一顶桂冠了，那就是人间独一无二的领袖

谁会提醒脚最初的梦想，清晨的疼痛，午夜的柔情
紧贴着大地的脚底，柔软如草的欲望?

这时才想起脚踏是大地，血染的伤口深如沟壑
成功后的失落，长途的困惑，已进入麻木的黄昏，

是啊，人走一生自由，脚步只能却越来越沉重
可草茂盛，年年有旺季，鞋样能越翻越新鲜，

总算闻到散发一双草鞋古老芳香的了
总算读懂固执的草鞋还有亘古不变法则了

脚想念起秋天芦苇滩，芦花飘飘洒洒的季节
期待思想的鹅黄色，期待注定一生的等待

可此时收获的季节补偿不了裸露撕裂的心迹，
舔舐洁白的心，令人窒息的美，有了一种决绝，

草鞋正收住金色的欲望，转身，慢慢打开
打开每一个结节，拉直每一条思绪，然后死去

这时一只时光之鹰衔着金鼠模样的草鞋
站在嶙峋的岁月巨石上眺望

诗歌的翅膀，神的眼睛，茫茫人海
高空抛下一段故事，一段回忆，一首歌

终于鞋脚零距离长出了寓言
一双长满白色老茧脚，两片枯黄叶般的鞋

想过吗？鹅黄色草鞋，不过
是生命最远端也是最后的一首诗，
可它离心脏最远，却离心跳最近

2021 年 2 月 3 日

三、千年木屐

鸟儿抢在黑暗来临之前
衔一颗种子起飞了，
树一夜喜极狂草，
汪洋恣肆，不料点燃了自己，
顷刻，没了树叶，没了枝条，连同四季

最后一星火苗靠近根部了，
风，空中巡逻兵，
一个巴掌，将大火拍灭，
灰烬掩埋了所有的故事
从此一段残根
不生不长，不死不灭

一千年过去了，
远方密林盘根错节一片苍茫，
一千年过去了，
岩层把根挤成片状，

残余的命只够一双木屐
褐色的注解何止忧伤

好在等来春的柳条鞋带
秋把菊花插在木屐鞋帮，
好在有厚土陪伴根的沉默
忽略、冷漠、驱赶、嘲笑
木屐不喜不悲，不声不响
背向大树，不热不冷，不醉不醒
天知道，木屐是唯一有生命的鞋，
汇天地精灵，采日月光华
地知道，木屐是唯一行走的根，
喝天上甘霖，吸深流琼浆，
描上天的密码，酒暖花深
只要有美酒，有脚本，就有歌唱，

踏着诗经小径，穿过楚辞长廊，
走过魏晋风度，大唐风流，
木屐有诗有歌却没有远方
远方林子正笑靥如花，鸟儿雀跃，
彩蝶狂舞，红粉佳人
巨大岁月的底座，树说那才是它的故乡

绝妙的是远方始于足下，
密林所有的节奏或沉郁或顿挫
都来自木屐的设计
川消山长，万象枯荣
更奇的是木屐与林子同根同脉同源
木屐走得越远，树的根拉得越长

2021 年 5 月 16 日

四、千层底布鞋

只是时光中走了很久很久的一双鞋，
一双想回家却永远找不到家的鞋，
无痕无迹的脚步，闪过谁的身影？
黑白相间的朴素，惊醒了谁的目光？
如此轻盈，如棉如絮
又如此沉重，如铅如铁

足足千层，是越叠越厚的光阴，
层层是思念，越来越浓的记忆，
三千年古老文化，片片是圆融境界
那是从家脚下延伸出的一丝丝温暖
不是岁月的钢锥伤透所有的日子，
哪舍得命运的麻绳穿梭心与心之间？

想起一寸又一寸心思抚摸过柔软，
一朵又一朵的桃花绽放过的期盼，
雨湿透了身后你永远不知道的脚窝，
无声歌起伏在黑夜与白天之间
朝霞映日，如莲花纯洁的脚印，
一定是梦中那双千层底布鞋走过

走过千山万水，却逃不出风暴的袭击
只不过一双布鞋，美丽撕成的碎片
只不过摒弃所有繁华后的一双孤独
最简单的愿望，最低调的问候
舍不得也搂不住家的梦幻背影，
唤一声走啊，华丽转身，谁在长叹？

只是岁月中无法散去的千千结
阳光下如蝶，星空下如萤，
最柔润的翅膀，最坚硬的筋骨，
沿着螺旋的风飞升，夜里有泪濡湿
清晨有光披彩，又是谁在说，
鞋化在何处，漂泊的心都会抵达？

2021 年 6 月 1 日

五、牛皮靴子

一头完美得无可挑剔的牛，
缓缓倒在遥远古老的祭台
血一滴一滴随着号角声流尽
最后只剩一张光滑无比的皮
没有一丝杂质如同绸缎一样

掏空了心，暴晒、鞣化后的皮
携来一双光荣与梦想的靴子
寻找曾经颠沛流离的光脚
以征服为名命，以荣誉为命，
以狂飙为歌，横刀跃马驰骋疆场，
开始穿靴子男人一个人的长征

踏过滚烫如刀的沙漠沙砾
闯过茫茫草原、湖泊、沼泽，
时光脚步只丈量一个人的孤独
天地间枕着靴子仰望星空
直到崛起的地平线红霞满天
抚摸靴子斑驳的肌肤赤脚回望

半世纪太阳还是憔悴了，
归乡的人想不起遥远祭祀的鼓声
靴子褪色了，伤痕累累，刀痕如画，
哪怕遗忘成了永恒的爱人，
可靴子年轻，有牛的灵魂依附皮上，
每一个毛孔都是青春时节的呼吸
每一寸肌肤依然散发当年的芬芳

夕阳下女主人细心擦拭靴子血渍
连同胸章紧锁进战利品的橱窗
终于有一天老人眯着眼凝视皮靴子，
沉默得如同一本哲学教科书，
用沙哑低沉的声音喃喃问：
“我有酒，你有故事，
我醉了，你能不能醒醒啊？”

2021年6月5日

六、雨鞋

只要一场雨，就能淹没
这浅浅的稻田，田鼠一生的棋盘，
可无论多少日子，都填不满
那弯腰插秧的人的最低梦想
每一颗谷粒都灌满甜浆

田埂是水稻一生的围墙，
种子水里生根，梦中发芽
松软垄上一双春雨濡湿的鞋，
清澈的初恋渠水，甘甜如泉，
滋润着每一寸未抽穗的土壤，

温润的谷粒是土地的馈赠
最好的季节，最香的稻谷，遍地金黄，
赤脚的主人挑着冒尖的担子扬长去了，
剩墙内一亩三分地的寂寞
沉甸甸的叹息，劳作后的悲伤

满地的金子是田鼠盛大的节日，
一滴水加一粒谷便有热恋，情深意长，
可谷穗更宁愿被遗弃在稻田
仰视那弯腰拾稻穗的人，
只有生命换来的生命才算圆满

所有的谷粒都是上天落下的孩子
拾起所有的日子，干瘪或饱满，
酿一壶米酒，唤醒田埂一片蛙声，
醉眼蒙眬，把燃烧的水滴入心口
等待烈焰升腾，染红面颊，忘了忧伤

青春的酵母和着纵横的老泪，楚汉两界，
鞋型的酒杯，棋盘精气冲天，人鼠推杯交盏，
田鼠想的是雨后的新家，墙外的月光，
水田墙内寂寞是水，孤独是酒，幸福是期待，
直起腰吧，假如还有来生，假如田鼠还穿鞋归来……

2021 年 10 月 6 日

七、舞鞋

透明的舞鞋是蜻蜓的魂，
一滴水，是它的形，
沿水草羽化为仙的精灵

如今已经垂下了双翼，
荷叶之上是无望的期待，
苦难之下是春水的絮叨。

终结了水上芭蕾的献祭，
断了池塘一生的梦想。
飞溅的水花，柔美的舞姿
池塘需要透明的装饰品，
如同仰视自己青春的倩影
点击诗歌水上春秋的韵脚。

渴望一只蓝蜻蜓的造访，
来自水又逃离水的幽灵
去完成灵魂深处的激情。
就送一双点水的舞鞋吧，
春风拨动池塘层层水波，
可所有水花都消失于湖面。

每一滴水都是池塘的女儿
碧波荡漾，盈盈骨肉难分，
或许池塘也有寂寞，严冬
有美丽有棱角的冰块浮沉，
可水没有神经，不知疼痛，
冰未必能濡湿诗歌的灵魂。

没有舞鞋蜻蜓涌出热泪
一滴水形的液体滚在伤痕的脚上
通明的翅膀开始扇动了，
明亮的大眼睛隐藏爱情的光芒，
诗歌轻轻掠过水面，
惊起池塘的涟漪阵阵。

一滴水加一滴水还是一滴水，
水滴或大或小，或老或嫩，
可一滴水加一滴泪便是一首诗
这诗可苦可甜，可浓可淡，
这时池塘却说它蓄满的也是水
它还是天空掉下最大的一滴泪
蜻蜓啊，你信吗！

2021 年 10 月 28 日

八、人字拖鞋

孤独是人字拖鞋的品牌
剪掉青春后跟的羁绊，
镂空中年多余的前窗
老了，留一条人字的牵挂，
只求一个力的支点，叫自尊！

封闭斗室，一层薄薄的泡沫，
留脚下最后一点松软，
隔离冰凉的地板和灰尘，
踩灭人间烟火后的天真
黑暗背景舒展灵魂的真诚

走廊的路灯忽明忽暗，
四周野猫烦人的叫春，
是用脚趾紧紧夹住耻辱，
疼痛是孤独的生命体征，
咽下倾诉欲望闭上双眼。

时尚锃亮的皮鞋走过门口。
但求放轻脚步，嘈杂议论
不求谅解，但求一声叹息
走过一个世纪，如今只欠一死，
可否唤回卑微的尊严?

人字拖鞋的是拖鞋的极品
最简约造型承担最沉重的苦难
隐私的独白拒绝高傲的怜悯!
一人，一鞋，享受独自舔伤，
还有永恒的静默，非诚勿扰，
记住，请勿敲门!

2021 年 10 月 31 日

九、高跟鞋

忍了很久，想问又不敢问，
这到底是不是爱情的模样?
带着双脚初心的余温
以死心塌地的鞋跟，长途跋涉
如今变形扭曲成一双高跟鞋

全部的生命只为了脚的理想
以卑微的善良和有限的高度
成全挺拔的身姿，优雅的步子，
初恋的激情伴着幸福滚烫热泪
亲密无间忘情走过青春的红毯

老了吗? 越走越沉，血肉膨胀
逃离窄小拥挤不堪的空间的渴望

脚的疼痛鞋知道，可没有脚的灵魂
鞋与谁说它的苦难，胶一块创可贴，
哪怕拇趾外翻撑破鞋的天窗！

五味杂陈开放的小小天地
露底的鞋开始想念原始的清香
收藏在奢侈品展览柜外的钦慕
可失去汗渍血瘕混浊的自由
哪里有成熟的体温醇厚的思想？

风吹起稀疏柔软的头发，
极目远眺，头上星光闪耀，
浪漫之下是慢慢磨平的鞋跟
形而下的粗糙撑着飘飘的身影，
佝偻的结局这也是爱情的形象？

爱情已经消失在每一个路口
高跟鞋只不过是蓄着体温的小房
不过一间幽暗的历史档案馆
不过一滴泪加一滴血加一段故事，
或许就是爱情的模样？

唉，不问也罢！

2021 年 11 月 16 日

十、虎头鞋

不忍直视，一只双目失明的虎
在满野灿烂的阳光下坐禅
佛说，我的血已经流遍你的全身

我踏着时光来，荡着尘埃而去，
我的肉已经成为你的筋骨，
你心中有佛，此生何求？

泪珠涌出虎的眼帘，
已经把命浓缩小成一双，
一双小小的婴儿童鞋了，
已经摘下百兽之王的桂冠，
伴大悲咒的音乐走线飞针
把王的辉煌绣在赤子额上了

命运在各种彩线上行走，
黄色的虎皮，黑色的钢须
脱胎换骨的虎疼成线的条状
血染的针脚如珠、如花，
绿缨红穗，拔花、刺绣，
挡白虫，驱避灾，祝福吉祥！

一生只一次，虎匍匐祈求，
只求一眼，命中的小虎鞋，
时间过滤过的唯一的光
佛说：济世度人，禅修成仙
无上菩提心，遍地虎头鞋，
何须分辨最像的那一双！

漫长岁月封闭成有形天空，
那是佛的子宫，生命流转不息
虎内心布满伤痕，起立又趴下
最深的风情是沉默，皈依的佛香，
静静坐禅，可虎不是佛，十里之外
依然能闻到熟悉的味道芬芳

不留耳朵也听到命中呼唤
不留声音品也哼出童谣欢畅
不想，可梦里有人等他，
走了，可有人诗里写他
虎的内心长出了千千眼，
缘深缘浅，一望千年，风轻云淡！

一万年后，荒野苍茫，夕阳如火
一位僧人注视一尊虎的雕像
他姓王！

2022 年 1 月 21 日

福州工人文化宫赋

冶城故郡，八闽雄都，拥海西文化之俊彩，踞改革开放之前沿。榕树风华，江海精神，开放弄潮，矢勤矢勇，经济实业之先机已获，举世皆称。文化步武，岂可稍懈？乃有工人文化宫重建之宏图。工字当头，顶天立地，宫殿为居，文化入主。

宫前浓荫，榕须飘拂，借先贤伯玉公千年长风，怀林祥谦无畏之豪情，挟王荷波壮烈之精神。过下沉广场，越历史之“万水千山”，乘“长缨缚龙”之雄风。径入中厅，于擎天玉柱之间，昂望穹顶，享日月之精华，意星辰之可扪，血气能不腾跃，精神能不升华？

登临远眺，闽江东去，日月沉浮，马尾铁甲船体百年涛声依旧，春风拂面，20世纪50年代光荣榜下锣鼓依稀。琼楼横陈，沉稳如文化长城，轻盈如两翼延展，张臂迎宾，其势坦如。罗马八柱，肃立两厢，职工穿流，来此即家，宾至如主。

文化舞台辉煌壮丽，视野海阔天空，丝竹声声荟萃职工文化之精华。心潮逐浪、玲珑小影院，一廓贯通，轻拢慢捻，铺陈十邑文脉之绝响。文化艺术展厅，琳琅书画，交相辉映，尽展劳动创造之伟大。职工之家，窗明几净，简约质朴，服务职工，温暖畅达，凸显榕城工会之担当。会议室工运研讨，流派峥嵘、和而不同；培训班上，春风化雨、润物无声，十邑职工于此高谈阔论，陶冶性情，大展宏图。游泳馆，搏击碧波，球室内，腾跃身心。21世纪之职工，理当精神与体魄全面提升。

春回左海，文归八闽，凤凰涅槃，浴火永生。

历史传承与和平崛起比翼齐飞，文明文化与长天共舞。来此职工之大乐园、大学园、大公园、大家园，此乐何极？修身养性者，立身大讲台，披风当襟，雄视古今，可也。侧身此大平台，凭栏默想，挚友品茗，可也。钟情艺术者，登此大舞台引吭而歌，随心而舞，独乐亦可，献艺亦可。擅长诗词丹青者，笔走龙蛇，以笔会友，更可。青春妙龄者，牙牙学语者，可享兰蕙流芳，松荫竹翠之馨。信步漫游者、无目的者、观热闹者，皆可如欧阳醉翁以观民之乐为乐。当此盛世，步履匆忙，拼搏紧张之际，有此一方净土，乃有福之州、多福之州又添一福地，追梦之纪，圆梦之世，更添一梦境也。

昆中铭

母校欲为铭勒石。命余为之。推辞无方，勉力命笔。

山河光复，日酉悬项，西街小楼，昆中草创。解甲归来，笑脱戎装。庙宇为庠，床傍神像，浴血疆场之忆，化为弦歌一堂。

幸逢建国，东风浩荡，一元复始，更新万象。中华复兴，风起云扬。宏图大展，迁校西塘。楼砌红壁，丹心朝阳。背佳木之葱葱，豪情与群芳竞放；临清溪之泱泱，意气化旋律嘹亮。双层木床，土建民房，红心以红旗为翅膀，壮志以大地为图样。献身梦想，飞向长城内外，生命之光，照亮黄河长江。劳燕分飞，俊彩星翔。捷报频传，山色增光。执教团队，钟灵毓秀。红楼基因雄强，大渔新园光大发扬。

园名“传是”，“所传惟是”百年书香。才蕴东南，文脉流芳；地属姑苏，玉出昆冈；英才竞秀，人杰辉煌。炎武先生音容永远在场，匹夫有责，精神密码凝聚无声目光。“所传求是”，问鼎真理之光，谁言大道青天坦荡？曲折回廊，先贤格言铿锵，步向精神殿堂。桥名跬步，蒸蒸日上，门题青云，壮志飞扬。因材施教，柔中有刚。容湖潋滟，倒影亭台绰约，凤竹森森，吟古笛昆腔。沐浴清化，呼吸氤氲馨香。

八面来风，校门开敞。春华秋实，迎来多少学霸？银杏摇金碧手掌。“因是传是”，历史和时代奏响乐章。斗转星移，频送世纪栋梁。华夏第一县，春风故乡，育才天堂，栽花似锦，插柳成行：校徽含金量与日增光。

楼观阳澄，日月千年起降；门听杜克，钟声万里悠扬。胸罗传统风范，志在传承发扬。日月精华所育，水色山光所养。莘莘学子，国运担当。放眼世界，风雷激荡，传是文脉源远流长。君子不忘：自强不息，不息自强。

2019年6月26日榕城

怀人诗一组

夏日南斋怀温小珏

寻师未若两相知，翘首南窗念子期。
君撰天骄大漠史，吾吟海燕白云诗。
常嗟契阔雁来晚，频致殷勤书答稀。
两句三年喋血死，莫嘲夸父舍身痴。

1973 年 8 月 7 日

悼谭华孚

天道乖常道，白头送黑头。
英才悲早逝，闽水难西流。
业载长安麓，功存旗山楼。
千千祈福手，望鹤谁能留？

2016 年 12 月

黄莱墓志

画家黄莱，樟溪人雄。山水花鸟，一鸣惊众。

蛮荒枯树，微禽花茸，默默恬定，怡然从容。
笔遣游丝，生机融融。笔走龙蛇，遽标高风。
大漠洪荒，苍凉豪雄。野狼嚎月，苍鹰横空。
胸罗万象，彩墨峥嵘。元气淋漓，笔扫苍穹。
生命哲理，博大恢宏。乾坤日月，积健为雄。
重塑国画，独行国中。在我则龙，舍我其虫。
艺坛奇骥，俊彩追风，心骛八极，所向无穷。
天违人愿，鹤驾难从，画卷长留，宛见音容。

第三辑 小说

暮雨中的自行车

题记：献给福州市工人业余大学。

黄昏从马路两旁还没有完工的高层建筑群上飘然降落。街灯变得耀眼了、生动了。白天高高在上的天空，这时低垂下来，连星星也显得亲切了。马路变宽了，宽得像平潮的大江。喧嚣的市声和烟尘失去了浩大的声势，大街变得相当温存。机动车道与自行车道之间新竖起堂皇的铁栏杆，漆成红白相间的颜色，体现着现代化交通秩序不可侵犯的庄严。

早已过了下班的时间，快 7 点钟了。自行车的奔流仍然浩浩荡荡，还是蛮有气派的。不过骑车的人没有 5 点钟前后那种拼老命的神色了。

在这条大街上，难得有这样安详的节奏、柔和的气氛。白天，连在人行道上走路都得提防着人家踩掉你的鞋子，至于骑车，那就得格外谨慎。在我们这个海风长驱直入的城市，有那么多精力过剩的“派头俤”，专门好在汹涌的车流中表演他们惊险的车技，虽然，他们精心保养的凤凰车并不比他们的雄心更加经得起两车相撞的考验，可他们在那由此引起的凶神恶煞的口角中究竟获得了什么呢？这真是不可思议。

现在正是华灯初放时分，大街把它最优美的一面展示在我的面前。我很喜欢这个时候街上那种恬静的气氛，听任自行车的轮子带着双脚旋转，听任耳边的风轻轻地絮语，这种味道，不像是在骑车，倒像是在滑冰。你可以骑得快一点，享受一下清风拂面的舒畅，也可以骑得慢一点，欣赏一下新开张的展销部之类的橱窗。那些妖艳的霓虹灯有时也给人一种生气勃勃之感呢。最主要的是这种恬静的心情中有一种自由的感觉，那是一种不可多得的心灵的享受。对于那些像雨后春笋般冒出来的公家的和私人的新住宅，你可以用羡慕的目光鉴赏一番，也可以不去观赏，让脑子“懒”一会。不过即使不看，你也可以想象得出那些惹人眼红的阳台，它们使得三四年前造的没有阳台的房子变得丑陋而寒碜了。阳台上不再有鸡笼了，甚至连从老祖母出嫁时不断积累起来的破肥皂箱和纸箱也越来越少了。家家户户都在种花，花盆越来越大（怪不得买大花盆都得要有点门路才成）。人类爱美的天性经过了这么多年的压抑，又在蓬勃地发展着了。不管你平时对这个城市发过多少精致的和不精致的牢骚，你可不能不承认她的居民正在越来越强烈地追求文明、追求美。

想到这一切，我甚至想吹吹口哨。

可是我的口哨还没有吹出来，心情就黯淡了。车子进入了这个城市最丑陋的一段街道。中华人民共和国成立前留下来的一片木头房子，歪歪斜斜的，窗户已经成了平行四边形了。每当汽车经过，这些木头楼板，就惊慌失措地颤抖起来，做出种种立刻要垮台的样子，但是它们在每天千百次这样颤抖以后，终于没有倒塌。原因可能是不知往左倒，还是往右倒更合适。这可能要归功于支撑着倾斜的木板墙的柱子，七长八短的木柱颇有一点向牛顿古典力学挑战的气势。

但是，不管这些风烛残年的木头房子命运如何，我可得赶紧到一个工人业余大学去，还有十分钟就要上课了。

忽然，我听到一个女孩子的声音："老师——"这声音是那么清脆，好像溪水流过翡翠的河床，不过比那还多了一点动人的亲切的弹性。我知道这是工人业余大学的一个学生阿美，一副温顺端庄的面儿，给人一种典雅的感觉，但一笑起来，露出一颗恰到好处的小虎牙，使我想起她前几年那个野丫头的样子来。那是七八年前，她也不过十七八岁吧。她爸爸和我同下放在一个山村。我们是邻居。她常常不叫我叔叔，而是和她爸爸妈妈一样叫我名字。那时她伶牙俐齿，和她们那一辈知青一样好和上级长辈顶嘴，好像顶嘴在那贫乏的生活中是一种莫大的精神享受似的。她总是把严肃的或轻松的话题变成一场激烈的争辩，然后又把激烈的争辩变成调皮的欢笑。有时，她妈妈出面弹压她的任性，但常常又被她逗笑了。等"四人帮"被粉碎以后，我再见到她的时候，她已经出落得水葱似的，牵动着许多小伙子倾慕的目光了。

她成了我的学生以后，在我面前变得温文尔雅，笑起来也老是抿着嘴唇，连那颗恰到好处的小虎牙也轻易不露出来了。她也不再野了。和我说话总是一字一板，精细地挑选着文雅的字眼，而且还是小心翼翼地顺着我的意思。

我不忍心看着一个伶牙俐齿的姑娘变得吞吞吐吐，便竭力避免任何使她为难的话题。我指着霓虹灯广告问她：

"'葆春霜'是什么名堂？"

她立刻变得活跃起来：

"是用来保护皮肤的。这是上海电影制片厂出的。眼下很时髦。王丹凤五十多岁了皮肤还是透明得像玉似的。她用的就是这种‘葆春霜’。”

接着她还告诉我，这种“葆春霜”比之“杏仁蜜”有什么不可比拟的优越性，比之美国的一种什么名堂（她一说出名字，我马上就忘了）又有什么独到之处。

显然，她曾经在这方面有过钻研。我不能不惊叹她在这个领域里的智慧颇有点称得上辉煌，我很不习惯在自己的学生面前感到自己的无知，赶紧换了一个话题。我对马路上已到风烛残年的木板房子发起牢骚来：

“现在又不兴忆苦思甜，还让这些丑得要命的房子摆在大街上！”

“那么，按你说，放在后街、放在小巷子里就可以容忍？”她又恰到好处地露出了她的小虎牙。

“自然，人在打扮自己的时候，总是要把美的部分突出出来，把丑的部分掩盖起来。”

“可是人如果靠掩盖丑来显得美，那么将会是一种虚伪。”她有点得意地望着我的眼睛。我大吃一惊。这怎么可能出自她的口呢？这么深刻的警句应该出自一颗对生活沉思的心灵，而她毕竟是太热衷于表面的美了。我不禁脱口而出：

“这好像不是你的话，你是从哪本书上看来的吧。”

她变得庄重起来：“明云常常这样说。”从她的语调可以感到她对这个人由衷地崇拜。她的那种崇拜明显是奉献给异性的。未经我多少试探她就爽快地告诉我，明云是她男朋友。她说我也认识他的，就是那个时候时常从别的班窜到我课堂里来旁听的学生。每次都是坐在最后一排靠门口的座位上。永远穿着工作服，戴一副很神气的钢窗式的眼镜。那眼镜是那样大，好像有一公斤重。我想起来了，似乎有那么一个小伙子。我听说过他的故事。他和同房间的青年工人，故意三个人睡两张床。三个人三班倒，一个下班，叫醒一个，起来读书，自己才有床睡。小伙子也在念业余大学，还没有毕业，就已经考取了美国加利福尼亚大学的研究生了。

“十年浩劫”，使得一代人的青春荒芜了，在沙漠似的脊土上，好像只剩下了浑身戒备的仙人掌，可是那仙人掌上开出的花朵竟是特别的珍奇。

这时候，有两三点雨落在我的鼻尖上了。地上旋起来一阵风，把树叶和包冰棒的纸，卷到我脸上，灰尘有点呛人。雷声好像在远处的下水道里咳嗽，老是不能舒畅。我有点着急起来，我必须闯到前面去，不能让红灯把我堵住，时间更紧迫了。

自行车的洪流有点骚乱。安详气氛被打破了。车铃像人的心情一样混乱起来。可以听到车叶子轻微碰撞和摩擦的声音。接着是相互埋怨，终于变成了互相指责，乃至不逊的攻讦。不文明的语言，粗暴的脸色，是那么叫人不舒服。人们为什么那么轻易地降低自己？我们民族引以为荣的礼仪，还有至圣先师孔夫子提倡过的温良恭俭让，为什么只有在喜事和丧事的宴会上才能有所传承？难道“十年浩劫”中把它和革命尖锐地对立一下，它就一蹶不振了？我们民族几千年的文明传统就这样不堪一击？此刻我和阿美都听到正在进行着一场把一切罪过都推给对方的以舌头为武器的持久战。

交通堵塞了。警察不能再装作没看见了。虽然，眼看一场阵雨就要到来，但是这场小规模的口角竟有那么大的吸引力，使得一大堆人带着笑容围在一起来观赏。我和阿美相视一笑，果断地从重重围困中钻了出来。一连串的车铃，一连串的对不起。

雨点更大了，它摔到我脸上，溅成好几片。我再不拼点命就要迟到了，而且淋成个落汤鸡走进课堂，效果也不好。

教书这么多年，我还没有迟到过一次，我的习惯是提前三分钟到达课堂。我一进门，课堂里那装满一千只蜂箱似的喧闹气氛就平息了下去。原本尖声笑着的女同学吐了吐舌头用芭蕾舞一样的动作回到座位上去。我的眼前是这个城市工人阶级中最富有进取心、最有智慧的青年。许多人还没有来得及换下工作服，课堂里弥漫着从各个工厂和车间带来的机油的气味。6 月的南方，已经相当炎热，男同学豪爽地扇着扇子，女同学文雅地用手绢在鼻尖旁边扇着，被耽误的一代，正在分秒必争地拯救自己于愚昧。课堂是向一个中学借用的。中学生的桌子，对于他们显得太矮、太窄，与他们发达的骨骼不大相称，但是他们并没有显出任何不舒服的样子。一百颗心灵从世俗的喧嚣中解放出来，期待着我去播撒真理的种子。

这时候，我忽然体会到我是真正地活着。我出生在长江沿岸，抗日战争期间逃难到乡下，寄居在农民家中，从小儿就野、调皮，老是学一个放羊的阿叔说话结巴，结果，自己说话时常也不由自主地结巴起来。奇怪的是，我唱歌并不结巴。有时我和阿叔出去放羊，忽然发现一户人家草棚失火了，阿叔自己去挖火沟，派我回去报信，到了家里，我气急败坏，结巴得说不出话来：“不，不好……不好，草……草……草……”我“草”了好几分钟，还是说不出话来，我自己急得眼珠都在冒火，大家急得团团转。正在干着急，阿妈来了，她说：“你别说了，你唱，你唱。”于是我就用山歌的调子很轻松地唱了起来：“草棚失火了。”

50 年代我大学毕了业，当了一所大学的助教。一上台，我就有一种唱歌的感觉，我一下子变得口齿伶俐起来，一点也没有结巴的痕迹。这真是一个伟大的发现。

在业余大学，我能带着唱歌的感觉一下子进入规定情景。我庄严地把那一百多颗心带进一个美妙的人类智慧的境界。在那里尘世间的一切邪恶和污浊都沉落到地平线以下去了，什么走后门时做作的干笑啦，拉关系时肉麻的亲切啦，自由市场上飞涨的物价啦，从《少年维特之烦恼》中抄来的文字给女朋友写信啦，统统都像水蒸气一样消失了。我看到一百双眼睛中那种虔诚的神色，像秋天的晴空那样纯净爽朗。

我体会到，我是受欢迎的、被爱戴的，甚至夸张一点说，是得到崇拜的。

我变得更加口若悬河。常常是离开了讲稿，讲得更加流畅、更带激情，而且妙趣横生。课堂里学生时而紧张地期待，时而会心地微笑，时而顿悟地哄笑。我体会到我隐含的幽默，留有余地的暗示，他们有心领神会了。我时而倾盆大雨，淋漓尽致，时而如绵绵细雨，无声地滋润。我想起了斯坦尼斯拉夫斯基要求演员忘掉自我的学说，我不再是生活中那个结巴壳子了。我变得纯粹、高尚、自由，充满了献身于庄严事业的激情。我把这一百颗心和我自己一起迷住了。

我把我心灵中最美好的一切集中起来展示在我学生的面前了。

是的，教师有教师的灵气。那就是思想比口齿更伶俐。一句精彩的话还没说完，另一句奇警的比喻已经到了舌尖。有这种灵气的人会把最艰涩的公式定理讲得清楚而生动，讲课是一种享受。缺乏了这种灵气，讲课就是一种苦刑。哪怕你长着一头可敬的白发，学生也老是没有必要地看着表，眼睛从天花板移到窗外，又从窗外移到天花板，或者用两只手轮番地支撑着沉重的脑袋。每当想到这里，我总是隐隐感到在我的潜意识里产生了一种平时一出现就被迎头痛击的小小的自鸣得意，或者叫作一种优越感。那是一种体会到自己比别人对于社会更加有用的一种幸福的感觉。这时，我禁不住由怜惜自己而放任自己了。是的，有限度的优越感，可能并不是绝对的罪恶。人如果没有一点优越感，是活不下去的。

当我和阿美重新跨上自行车往前猛蹬的时候，雨下得更大了。阿美忽然惊呼起来："老师，怎么没有雨衣？"说着便从车子上下来把她自己的雨衣脱下来交给我："赶快穿上。"语气是坚定而且有某种命令的成分。好像她是幼儿园的老师，而我则是受她保护的孩子似的。

我自然不能接受。我怎能眼看她被雨淋着，而自己却心安理得地穿上呢？ 50年代，我在大学读书的时候，那些东欧国家的留学生告诉我，如果你和一个女同志在街上走路，你不挽着她的胳膊，不替她拎着皮箱，那是不文明的。可是现在，我却没有条件去发扬这种欧洲式的骑士的传统文明。现在是一个漂亮女孩子，她懂得漂亮女孩子所特有的权利，她敢于恰当地运用美的权威，以一种不容商量的口气来保护我。当然，我也能想象得出来在另一种场合，她也会利用她动人的容貌的威力，在一个首长面前娇娇滴滴一番便办妥了一件别人几年也办不了的事。但是，我深深感到，她在追求一种更高尚的趣味，她多么愿意带着她身上最美好的一切出现在我面前，而把那些俗气的趣味推得远远的。

要拒绝她的雨衣是困难的，可是接受也是困难的。在这种情况下，我向来讷于言辞，我在课堂上口若悬河的才智到这时突然失去了。我没有结结巴巴地推辞，讲一些没有表达力的感谢的话，我只是下了车把雨衣接过来，不过没有披在身上，而是搭在手臂上。

这样，我就和她一起在雨中淋着，她懂事地一笑，恰如其分地露了露那颗小虎牙。我想，我和她这一生已经淋过不少次的雨，可是这一次应该是淋得最美好的。

我早已不像大学生时期那样在云端里生活了。当年我是那么爱好幻想，总觉得现实得加上幻想才过瘾、才够味。我时常想象，如果我出去救火，我应该受点伤，扎着绷带回来；如果我去游泳，我希望有孩子在等待我去抢救，而结果是我住进了医院。我曾经是那样浪漫，可我现在变得这么现实。人到中年了，上有老，下有小，我那一点工资不够开销烟火之食的，我不得不出来兼一点课。想起来真有点庸俗。年轻的时候，我是那么欣赏圣西门，他要求他的仆人，每天这样叫他起床："伯爵，起来吧，伟大的事业在等待着你。"50年代的大学生谁不曾有过世界就在自己肩上的那种感觉呢！

"老师真是太辛苦了，风里来雨里去的，学校也不派车接一下。"我听得出来她是真诚的，不像某些女孩子这样说，不过为了博得人家的好感。

"我还没有那么娇贵，再说，等车子来接，还不如骑车自由。"说着，我猛蹬着车子，趁衬衣还没有湿透，赶紧一点。弄不好，还感冒了，在床上一躺就是一星期，眼睁睁把生命都浪费在看天花板上。

我忽然感到可怜自己，心情也暗淡了。大街变得凄凉，雨中的街灯有一种冷漠的色调。刚才那种滑冰的感觉早没有了。

"今天，是你讲课，我才来上课，要是别人讲课，我早溜了。"

她很会讲话，当面讲我的好话，讲得那样有分寸，没有过分引起我的局促。我深深感到安慰。我的劳动价值毕竟比我那养家糊口的报酬大得多。长期以来使我感到最大的不安的是看到一些青年在最有希望的年纪却有某种绝望的情绪，没有雄心，没有建立功勋的幻想，没有追求荣誉的冲动。有的是混日子的惯性，除了本能需要以外，似乎不感到精神的饥渴。然而我一走进课堂，就强烈地意识到，由于考不上大学而产生的那种失败的情绪，那种叫人精神退化的势力正在节节败退。那在"十年浩劫"中被粉碎的梦想，正在被唤醒；那被践踏的希望，又在重新聚集力量，构成朦胧的形体而显出迷人的色彩。

"明云说，你唤醒了他胸中沉睡的力量。他认为，你就是在古希腊那些哲人中间也是一名出色的雄辩家。"

这自然是过奖了，不过我认为没有必要郑重其事地去更正，只是微微一笑，表示我对此并不重视。我感到我笑得恰如其分，既不过分谦虚也不显得造作。

再过一个十字路口，就要到学校了。校门口林荫道上玉兰花优雅的芳香已经飘了过来。

阿美向我告别，她要到一个同学家去借一件雨衣。

"要不，你会把我的雨衣搁在胳膊上晾上整整一堂课的。"

时间更紧迫了，前面又亮起了红灯。我看看表还有三分钟，今天肯定要迟到了。我变得焦躁起来。好不容易等到绿灯亮了，我马上用最快的速度冲过十字路口。可就是在耳边风声呼呼作响的时候，车子猛然一震，失去了平衡，等到我弄清是怎么回事，已经跌倒了。身边一个青年正在从地上往起爬。我知道，是他从侧面横冲过来，前轮撞在我的链盒上了。我感到膝盖在隐隐作痛，撑在地上的手也擦破了，血在渗出来。我显然成了这位“派头佬”惊险表演的牺牲品。我的情绪是那样恶劣。看着那个小伙子正在心痛地抚摸着他自行车碰破的漆皮，而那一只沾满泥水的脚正踩在我的讲稿上。我那精心包装的讲稿已经散乱了、打湿了。我的心剧烈地疼痛起来。可那位“派头佬”却狠狠地回过头来瞪着我：

“你他妈怎么搞的？”

他的表情是那样蛮，语调是那样横。我对这些年代的“新产品”向来就没有好印象，便没好声地顶了他：“你自己是怎么搞的？”说罢，赶紧去拾我的讲稿。当教师的不怕火烧了家具和时髦衣衫，最怕烧了讲稿，那不是一年两年能够恢复起来的。谁知当我去拾讲义，示意他抬脚时，他却以为我要对他采取什么果断的行动，身子一拧，把我的讲义踢了出来：

“你他妈的眼睛上贴了膏药啦！”

我的血都凉了。我想起来，我也是一个血气方刚的男子汉，在十年“文革”中也曾冲冲杀杀过。这几年不过逐渐懂了一点人要学会约束自己才能更文明。可这并不是意味着忍受一切外来的蛮横。平时深深埋在我骨头里的野性大大发作起来：

“你的眼睛长到屁股上去啦。”

他这才转过身来对我仔细端详了一番，便喷出了一连串的污言秽语，说罢便哈哈大笑起来。那笑声使我想起当他们一伙一伙地凑在一起总是那么放肆地夸耀他们蔑视文明礼法的英雄气概。他们在说出了一连串别人耻于出口的话以后就是这样野蛮地笑的。我觉得那笑声是可怕的。我那被多年的生活的浮沉磨平的野性也蠢动起来。在这以后双方就卷入了一场狂暴的谩骂中去了。自然，不久便引来了一大堆观赏者，当时，我说了些什么，我记不清了。我只记得我从我的心眼里突然冒出来一股热辣辣的仇恨。我专挑那些狠毒、残忍、野蛮刻薄的词汇去刺伤他。他则用最粗野、最不堪入耳的粗话来回敬我。我被一种狂热的情绪支配着，要伤害他，使他痛苦得心灵颤抖，把他压倒，让他在损害人的心灵方面不如我。我的思想是那么敏捷，语言是那样丰富，一句挖苦的话还没有说完，另一句像刀子一样尖刻的话已经到了舌尖。我那当教师的灵气在帮助我流畅地发泄着一种恶毒的感情，可是和他不同，我尽量不用任何粗野的字眼。我的语言的洪流赢得了围观者的赞赏。我含蓄的讥讽，引起了他们心领神会的哄笑。我进入了角色，真像斯坦尼斯拉夫斯基要求的那样，进入了忘却自我的境界。我变得不像是我，可我仍然是我，我温文尔雅的风度消失了，我滔滔不绝地倾泻着我心中狂暴的低级的感情，我把我的对手淹没了。他张口结舌，为缺乏恰当的针锋相对的语言而干着急。眼看我的敌人被我伤害得这样厉害，我感到得意，甚至有一种痛快淋漓的感觉扩散到全身。

但是，我不能不突然停住了。

这倒不是越来越大的雨点熄灭了我的怒火，而是我突然发现我的进攻对象并不是一个“派头俤”。而是一个端正的青年，穿着整洁的工作服，戴着一副钢窗式的眼镜。他眉宇间的神态唤起了我一种朦胧的记忆。糟了，他莫不就是那个即将到美国去的明云。天哪，他还是我的崇拜者呢。

我已经把我灵魂中最丑恶的东西集中起来赤裸裸地展示在他面前了。

这如果是一场梦多么好！

那一天我记不得是以一种什么样的狼狈姿态走进课堂的。那好像装着一千只蜂箱的课堂过了很久才平静下来，直到最后还可以听到一两声强忍住的刺耳的笑声和怪异的窃窃私语。我第一次不敢看那一百双像秋天的晴空一样爽朗洁净的眼睛。我鼓了好几次勇气才看清楚了靠门的最后一个座位空着。那个穿工作服、戴黑框眼镜的小伙子没有来。不，他一定是感到偶像的破灭，回家去哀悼他白白浪费掉的感情了。阿美借给我的雨衣压在我手臂上有几吨重，我只好把它放在讲台上。阿美那纯真的期待的眼神也不见了，她眼帘低垂着。也许，她太善良，她在替我害羞，她准是不忍看着我那沮丧的神态才故意把眼睛盯着笔尖的。

我一开口就讲了一个不通的句子，跟着而来的是夹杂着颠倒重复的车轱辘话，我的自我感觉告诉我，这是一个不好的兆头，今天这堂课准是一塌糊涂。我的舌头变得沉重起来。

我最担心的事发生了，我逐渐失去往日讲课时那种唱歌的感觉，我终于变成一个货真价实的结巴壳子，我语无伦次。有时，我不得不僵在那里。

课堂里死一样的沉默。

幸亏学生们很有修养，他们平静地等待着。他们一点诧异的神情都没有。

那就更糟，那正说明，他们已经洞悉我语无伦次的原委。

即使讲到最拿手的地方，学生们的反应也和我讲得最糟糕的地方一样冷漠。

我的沮丧难以形容。我不敢再依靠我的灵气，我有生以来第一次不得不拿起课本来照本宣科，几乎是一字不漏地把所讲的章节读了一遍。我不止一次地枉然地看着表。这时我才体会到平时不知不觉讲到下课铃响是多么幸福。混时间的课，是那样叫我感到痛苦、羞惭。

讲台下开始有些叽叽喳喳的声音，交头接耳在我回过身去板书时发生了。这一堂课真叫人伤心，我尽一切努力让自己振作起来，可是完全徒劳。

好不容易下课铃响了，我像逃离地狱似的溜出了课堂。可是背后传来那清脆而富有弹性的声音：“老师。”这是阿美在叫我。

一阵恐怖流过我的全身。我硬着头皮，准备好恰到好处的笑容。她把一张相片，交给我。相片上是个陌生人。我不解地问："他是谁？"

"他就是明云，已经提前走了。"

我赶紧再端详一番。那清灵明秀的仪表，和我刚才遇上的那一位完全是风马牛不相及。

"他本来要去看你，来不及了。这相片留给你，反面有字。"

我反过来一看。

"我永远感谢你把我引向一个崇高的精神境界。"

那天晚上我骑着车回家，清爽的凉风挟着稀疏的雨点扑上我滚烫的面颊。我呼吸着城市一天中难得的清醇的优美的空气。美好的环境反而使我痛苦。很久很久我一直轻松不起来，我想，人类在文明的积累过程中，辛辛苦苦地得到了收获，我在完善自己的修养过程中，艰难曲折，终于使自己不再惭愧，可是今天这一来全完了。我像一个野蛮人似的降低了自己，降低到文明生活水平线以下去。在我的灵魂深处，还有一个处在蒙昧时期的角落。它是那样丑陋，比这个城市中最丑陋的那些木头房子还要叫人不能容忍。我被一种隐隐约约的悲哀纠缠着。最糟糕的是，我还得到那些敬重我的业余大学学生中去，在他们尊敬的目光中登上讲坛。

从那以后，一下课我就躲避他们。有时碰到阿美，骑着车，再没有那种亲切自如的交谈，现在轮到我挑选着字眼，尽量避免引起她当天的回忆了。本来我认为，人与人之间心灵的亲近是美好的，但我却那么害怕。我得时刻注意和她保持一种距离，使她无法进入我那戒备森严的内心的领域。我甚至有一种明明是疑神见鬼，而又常常摆脱不了的恐惧，每逢我看见她和同学在课后窃窃私语，或者哄笑起来，我就有一种心惊肉跳的感觉。我的情绪变得那么不稳定，六神无主。

阿美他们显然是觉察了我的变态，她和几个同学主动到我家里来闲谈。他们的神态更谦恭，带着更明显的谨慎。他们甚至还组织了一次游园，还让我参加他们划船。但我总觉得他们的笑声中隐藏着一种叫人捉摸不定的危险的怜悯。

我讲课时结巴的程度有增无减。

整整两个月，我陷入绝境。可是，有一天阿美拿给我一封信，是美国加州大学寄来的。我打开一看：

亲爱的老师：

来美国已经两个月了，一切都是新鲜的。美国劳动人民所创造的高度物质文明使我惊叹，从那图书馆中电子计算机的终端技术到普通杂货店的自动售货机，都深深震撼着我的心灵。色彩妖艳得叫人眼花缭乱，节奏紧张得叫人喘不过气来。一切都在强迫我沉思，一切都在向我的思维能力挑战。美国人的思想和四肢一样永不休止地运动，否则就会被生活抛弃。对于一个中国人来说，更是这样。这里的价值标准是不一样的，譬如，我们大学里教授讲师辅导，是有不同的价格的，公开挂出牌来。价钱高的标志着身份的高贵，价钱低的，就可能被瞧不起，受到学生的冷落。在这里，人们爱美，但夸耀的是另一种东西。

从汽车的样式到穿着的花样。这一切，在我们祖国是叫人脸红的。但是，在这里，人与人之间的距离是遥远的。在大街上美国人几乎对一切人都友好，但难得有友谊。你只要在大街上碰巧和任何人的视线接触一下，他就给你一个微笑，说一声“哈啰”。但是即使你的同学或老师，也难得对你谈到属于他个人的情况，而当他不谈的时候，你去打听，是不礼貌的。正因为这样，在这里我感到孤独。在这一切都在向我的思维挑战的环境中如果我不幸步入歧途，我不能指望（除了我自己以外）有什么人能帮助我。同样，当我看到我所尊敬的师长有什么违反人类良知的行为或思想，我也不能设想像我们在国内那样“提出宝贵意见”。正因为这样，我一到这里，便深深地患上了怀乡病，主要是怀念祖国人与人之间那种同志式的关系。我向一个美国老教授夸耀，在我们祖国，人与人之间的距离并不像美国那么遥远。他深表同意。因此，当我收到阿美的信，了解到你，我尊敬的老师在马路上遇到的风波以后，我并没有惊讶，我惊讶的是，阿美竟然至今还在和你演戏。不，事情不应该这样处理。她应该告诉你，她已经知道了一切，她应该对你开诚布公地提出意见。人总是爱美的，但不能掩饰丑。丑之所以能存在，就是因为它被美掩盖。显然它已经暴露了，就不该再费功夫把它藏起来。藏，只能使人与人之间的距离更遥远。我说得对吗？老师！我们应该珍惜我们祖国这一份精神财富。这是达到世界先进水平的。因此，今天，我怀着激动的心情，向你表示，正因为我尊重你，我才希望你的心灵排斥一切丑恶的不文明的斑点。我说得对吗？

永远爱你的明云

读完信以后，我的第一个感觉就是如释重负。当然，我也感到羞惭，脸上热辣辣的，但更主要是感到痛快。我抬起眼来看着阿美，阿美也有一点羞惭。我们相视一笑。这一笑好像一个变焦镜头，一下子把我们之间的距离缩短了。

从这以后，我上课不再结巴了，我又变得伶牙俐齿、口若悬河。

阿美再也不在我面前挑选着字眼讲话了，她又敢于和我争辩，又总是把严肃的轻松的话题变成激烈的争辩了。她又时时对我调皮地笑着，恰到好处地露出她的小虎牙。

1981 年 5 月 5 日初稿

1981 年 7 月 16 日二稿

原载《福建文学》1982 年第 2 期

“权威”

这天是大夜班，大瑞提前到集体宿舍休息，说是休息，其实休想，集体宿舍正像赶集一样。三十平方米内是一片喧闹的海洋。打扑克的占据了那唯一的办公桌，观战的人比打牌的人更起劲地喊叫。煤油炉里烧着不知从哪里弄来的柴油，发出呛人的油烟，质量低劣的虾油，在锅里歇斯底里地响着。每个人都沉浸在自己的欢乐和激动里。就连支在角落里用来做家具的檩条也惊天动地倒下来，差一点砸扁了煤油炉，也没有引起特别的注意。

大瑞不知道自己为什么这样烦躁。他想了好久，才意识到在这喧闹的人群中他感到孤独、寂寞。

早上他在一张包工具的旧报纸上，看到一则电视大学招生的消息，一算时间只剩下三天了。报名手续也不复杂，只要单位出具介绍就成。但是，考取后每星期要脱产一天，这得跟班长和车间主任打交道。可这时班长正在扑克牌桌上狂热地鏖战，车间主任正被那正在成形的家具迷住了。大瑞连拉了他三次衣角，竟毫无反应。这时如果来个小偷，把他的口袋摸个精光，也不会有任何风险。

门口咳嗽了一声，进来了一个人。有个人偶尔回头一瞥，他惊喜地喊了一声“小杰”，顿时房间里全部的注目礼向他投去，牌桌上所有的人都站了起来，连搞家具的也走过去寒暄。

这小杰，是劳动模范吗？不是。是精神文明建设积极分子吗？差得远。是刚刚提拔的新干部吗？没门。可是在这个厂子里，他可是一个最大的权威，一个无形的精神领袖，连车间主任都是他的崇拜者。

房间里肃静了一分钟，直到小杰被拉入了牌局。

大瑞乘这机会找到了班长，班长一口答应，兄弟哪有不帮忙之理。

大瑞又抓住了车间主任，主任说，既然班组把任务都包了，车间自然没话说。剩下来的就是明天到厂办公室去开个介绍信了。

有人马上向小杰汇报了介绍信的事，小杰那漫不经心的神色突然消失了，脸上露出了一点惊讶。在这个厂子里，但凡办什么急事，走什么门路，没有不求他的；不管多难办的事，只要他出马，没有不成的。

他的权威就建立在这一档子事儿上。现在他的朋友，有事居然不来找他，他有一点权威受了亵渎的感觉，等到大瑞吞吞吐吐把事情述说完，小杰点上一支烟，练习着把烟叼在嘴唇上说话的技巧：

“你呀，没有大学那块牌子，不过瘾，是不是？可你没见那些大学生给分配到‘新西兰’（新疆、西藏、兰州）去？你该感到高兴才是。”

小杰的口气完全是个长者，虽然，他比大瑞还小几岁。大瑞看着小杰那精致的五官，深深感到惋惜。除了皮肤苍白一点，显得有点委顿，嘴巴略大一点，未免给人放肆之感以外，他可以列入风度翩翩的小伙子的行列。优雅的五官常常跟并不优雅的思想联系在一起，人世间常有这样的憾事。

大瑞知道，在小杰那么多崇拜者中，自己是孤立的。在这个每个月只发八成工资的厂子里，不少小伙子宁愿把自己装得浪荡一点、愚蠢一点，也不想给人一本正经的印象。他自己不也是为了避免孤立，宁愿以出洋相的姿态，精致地发牢骚博得人们的亲近感。多少小伙子宁愿从别人友好的嘲弄中得到心灵的享受，也不想到大会上去念一份决心书啊！

大瑞告诉小杰，万事俱备，只待明天去厂办公室开个介绍信。小杰一笑：“那么便当！”他从来认为，凡事不是自己出马，就没有希望。

大瑞迷惑了。厂办公室主任就是小杰的爸爸，作风正派，在厂内有难得的好名声。

说到他爸爸，小杰的脸上表情开始复杂起来：“我们家那老头子，这下子掉了魂啦，连说话都结巴了。三十几年了，厂里换了几个朝代，老头子的舌头有特别的适应能力。哪位厂长当政，就用哪位厂长的舌头讲话，不上几个月，就能估摸出新来的厂长的脾性；碰到什么事，该赞成，该反对，或者既不赞成也不反对，这叫作，一不推，二不扭，不点头，不摇头，算起账来不发愁，说得比厂长还有谱。老头子从组织干事，升到办公室主任，永远稳坐钓鱼船。可现在老厂长正在办离休手续，新厂长还没来，老头子新舌头还没长出来，这下子该冬眠了，你叫他用什么去说话？”

大瑞觉得，不管什么正经事，一到小杰嘴里，就成了牢骚、怪话，就轻轻捶了他一下，“你这张嘴呀……”小杰摇摇头，烟还叼在嘴上：

“这事儿，一句话‘两个寡妇对哭——难（男）’，老头子去请示吧，准找没趣。什么电视大学不电视大学，不上大学不一样当厂长吗？不去请示吧，我还没有下台你就把我当泥菩萨了？去年动力车间有个工程师吃得太饱，办了个业余技校，开头多红火，可后来老厂长哼了一声，不就收摊了？”

大瑞记得那回事。那个工程师曾说过产品质量为什么上不去？文化技术水平太低了，要从根本上提高，不然总有一天连八成工资都发不出。至于小杰和他爸爸之间，大瑞知道：长期互相看不惯，目前已发展到互不侵犯的程度了。老头子古板而固执，他没有什么别的可夸耀的政绩，只有自己不拉关系不走后门这一点，自己羽毛是干净的，政治威信是崇高的。他特别痛恨小杰给他揽事。到办公室找他一谈就妥的，托小杰给他讲反倒给搁浅了。有一次大瑞亲眼看到主任气得手都发抖了，指着他儿子的鼻子：

“我像你这么大那会儿，除了牙刷是自己的，什么都交给组织，连性命都交给组织，连你妈给我的信都交给组织，可你倒好，什么都靠朋友。什么肝胆兄弟，一群狐群狗党！”说着把手越举越高，好像要实施什么家法似的。可小杰却安安静静地对他温和地笑着，一直笑到老头子想起来打人是违反党纪的时候为止。

大瑞觉得老头子不可亲，太僵化，可挺值得同情。有时老年人的天真固执，还怪可爱的。归根到底，他说的话，有什么错呢？一点也没错。当前这种办事都靠朋友、老乡的风气毕竟不能不算是一种病态吧。正大光明地走进办公室，堂堂正正地拿着介绍信出来，脚步都可以把地板打得响响的。光那种坦然的心境就是一种不可多得的享受。不怕别人问你，你的高兴，你的欢乐，没有一点是不可以公开在阳光下的。可是小杰却觉得，不是凭门路而是公事公办去达到目的，他的威信就会可怕地贬值，他对大瑞这么不够朋友是无法忍受的。他把牌往桌上一丢，把大半截香烟吐在地上：“老头子不会顺顺当当给你办的。”

整个牌桌上的人都惊惶起来，大家面面相觑，鸦雀无声，好像老家长发了火，小辈们连喘气都不敢了。没等到比较聪明的人来得及说出一句圆场的话来，小杰已经悻悻然拂袖而去。

大瑞看着小杰匆匆远去的背影，深深感到生活是多么奇怪啊，为什么他爸爸对他这么多年的呵斥竟不起作用，而那无声的世俗风尚竟那样有效地塑造着他的作风？

小杰走路永远是匆忙的，连跟爱人在林荫道上散步的节奏都比别人快好几拍，他永远忙着替朋友和朋友的朋友去打通关节，恨不得把谈恋爱的时间都奉献上。他永远忙忙碌碌地、马不停蹄地攻克一道又一道难关，完成一项又一项重托。他那平时没有表情的有点苍白的脸，只有给朋友弄内部票证、搞户口迁移，才显得红润而生动。当然，他和那些靠拉关系拍肩膀，搞人情的等价交换的角色很不一样。他并没有他们那样明确的实用目的，他对那些俗不可耐的家伙是不屑一顾的。忙忙碌碌的奔波，在他已成为一种爱好。正如有人抽烟、种花上了瘾，他有时觉得自己的瘾，要高尚在于没有什么目的，过瘾本身就是一种目的。他不但为朋友的朋友、老乡的老乡，也为那些一辈子也不可能见到的人，去张罗，不辞劳苦地去赔笑脸，去严肃地说谎，去义无反顾地冒种种风险。他耗费了那么多精神，指望过成为雷锋式的助人为乐的标兵吗？不。但是他对这一切，比对他的职业更热爱。越是难度大的，在别人看来是绝望的事情，他越起劲儿。他在这样的奔波中享受到一种难以言喻的美妙乐趣，获得他的社会荣誉。只有在这样的时候，他才感到，自己的才华是如何出众，能够完成别人不能完成的任务，他在别人的感激和崇敬的目光中，甚至变得谦逊起来。厂里谁不尊崇他呢？他比那些照片贴在光荣榜上的先进工作者神气多了，比那掌着大权的书记、厂长、主任威信高多了。

第二天，下了班，大瑞澡也没有洗，就奔厂办公室。

没想到事情竟分外地顺利。

小杰的爸爸、老主任，是早就认识的，头发已经开始斑白了，可是每一根头发都有固定的位置，跟他的工作作风一样一丝不苟。看见大瑞不敢进门的样子，就先亲切地笑起来："又不是老虎洞，干吗不敢进来？"一句话打消了大瑞的拘束感。老人家显然对这个勤恳好学的青年有好印象。一杯乌龙茶带给大瑞无限的温暖，主任的话比茶更暖人的心。有事就找组织，是主任的信条，多年的政治工作经验，使他对靠拢组织的青年有一种天然的亲近之感。看到一些青年以对组织的不驯为荣，他特别有牢骚。老主任热情地夸奖了大瑞的志向，还讲了一通提高职工文化技术水平和提高产品质量间的密切关系。问清了班组长和车间主任的态度以后，老主任一口承诺。但是管公章的同志正好不在，他不无歉意地请大瑞下午再来。

临走，主任把大瑞送到门口，笑得那样亲切，还拍大瑞的肩膀。

大瑞找到小杰的时候，走路都带着风，小杰一笑：

"算你运气，吉星高照。刚才从我妈那里得到消息，新厂长，内部已经定了：动力车间那个工程师。就是那办技校挨了'克'的。这下老头子有了舌头了。"

小杰的笑容有点懒洋洋的，带着看破红尘的意味。

下午，大瑞满怀信心地到了厂办公室，一眼就看见管公章的同志坐在那里，好像是在等着他。可大瑞万万没想到碰了个大钉子。

老主任笑得还是那样亲切，一杯乌龙茶还是那样热气腾腾，可大瑞觉得那茶变了味。

老主任一边凝视着墙上的年历，一边颇费斟酌地寻找光滑流利的字眼：

"组织上是支持你上进的，可是我一个人做不了主，得开党委办公会议，研究研究。"

老主任笑得并不艰难。

大瑞感到有一种异常尖锐的辛酸之感涌上了鼻腔。在这种情况下，最容易失去对情绪的控制力，他尽可能以正常的语调申诉，过了后天报名就截止了。

“组织有组织的原则嘛。”主任显然循循善诱，很平易近人地说，“读大学不读大学，目的是一样的，都是为了工作。不读大学，当厂长、当模范的不多的是吗？而且当得很好嘛。不读就没有前途了？不能这么形而上学。”主任本来有承受青年工人更无礼更放肆的语言的经验，他从不和下级争执，只有那些没有水平的干部才那样轻易地丧失代表组织的庄严。他的习惯是等待对方滔滔不绝地说完那些在理性恢复以后想想都要后悔的话，然后宽容地一笑：“好吧，组织上再研究研究。”这样的官话一出口，就意味着最致命的后果了，一切解决问题的可能性都推到了地平线以外，但是老主任是喜欢大瑞这样有上进心的青年的：

“不要着急，过几年，我们厂自己办个业余大学，就省得这些麻烦了。”

大瑞觉得主任变得十分陌生了。他感到难受，不仅因为事情办不成，而且因为心里感到寒冷。他扭头就走，老主任在办公室门口不胜感慨地摇摇头，如今青年之冥顽，他又一次领教了。

现在轮到小杰神气了，他脸上露出辉煌的笑容：

“我早就料定老头子要变卦。动力车间那个工程师上不去。听说，厅里有个权威人士说了一句话：‘让他夹紧尾巴做人！’”

大瑞觉得整个世界都暗淡了下来，可是小杰却笑得露出了三十二颗大牙：

“你呀，千条万条第一条就错在以为我家老头子比我神，老实说，他神不起来。你想想，他给厂长办事，一天办一件，一年三百六十五件，就是三百五十件办对了，剩下那十五件，就够呛。到算总账的时候，一年十五，十年就一百五，连本带利送你去劳改也不为过。就这个把他弄成了精，他还没有往前走一走，就得先看好三步的退路。我呢，就不怕这个。就算我一天也办一件事，一年三百六十五件，哪怕三百五十件办不成吧，可一年办成十五，十年也是一百五，加起来，请我上天安门，当个中央委员也够格。”

小杰又笑，他笑得叫大瑞想哭。

等他笑够了，这才给大瑞鼓气，可大瑞觉得事情明摆着已经绝了望，可是小杰的才智常常是在这种看来是绝望的事情上放出光华。大瑞不管平时多么洁身自好，这时也不能不低声下气地问：“还有什么希望吗？”

这当口，小杰那脸上出现了少有的庄严的神色。那招生广告上并没有规定要厂部哪个办公室开介绍信呀。厂部那么多科室，哪一个不能开呢？

大瑞这才真正体会小杰确有值得崇拜之处，他不能不屈服在他的权威之下，请他帮忙了。然而小杰却搭起架子来。未来的丈母娘要买内部供应的日本尼龙蚊帐，在北京工作的老同学的爱人看中晋江市场的滑雪衣，还有过去的一个语文老师要带上五十斤的龙眼干到上海出差。总而言之，他的每一分钟都有重要的使命，他忙得不像国务院总理至少也不亚于电影明星。他不胜抱歉地摇着膀子走了，临走时留下一句话：明天上午他在家。这就是说，他要惩罚惩罚大瑞，要逼他明天登门求救。

在大瑞看来，此时他那孩子气的顽劣，要比平时那老气横秋看破红尘的架势可爱多了。

从大瑞的本性来说，他十分厌恶当前这种风靡一时的靠拉关系办事的风气。有时，万不得已，通过关系解决一些紧迫的问题，也常常引起内心深深的烦闷。每一回他都安慰自己这是最后一次。可为什么正当的目的要和不正当的手段联系在一起呢？他老是暗暗蔑视自己，也老是希望这是最后一次。

第二天，大瑞在家里，有人敲门，过道里一阵混乱，小竹椅给踢翻了，一听就是小杰。这个家伙走路从来不看脚下。紧跟着满屋子都是他放肆的说话声，连玻璃窗都颤动起来。

小杰早已忘了昨天搭架子的事。他离开大瑞后，就分秒必争地活动开了。正好碰上工会的胖阿姨，这是市里某领导的夫人，和蔼可亲，脸上永远堆着满足的笑容。小杰一见她就想起鼓山庙里那个皆大欢喜的弥勒佛，如果把弥勒佛的性别换成女的，那就活脱脱是这位胖阿姨的塑像。胖阿姨也像弥勒佛一样，对一切人都怀着用不完的好心。从三十多岁找不到对象的老姑娘，到几百里外下放时房东大娘的缝纫机，她都真诚地当作自己的工作一样放在心上，她利用工会活动的每一个机会，热心地探寻曲线解决的途径。她是一个到处受欢迎的人物。

胖阿姨从办公室追出来，高兴得喘不过气来，说是正满世界找他。有一个朋友的小姨子要结婚，想买一台福建日立牌彩色电视机。听说有一种内部供应的票，价钱便宜得多了。胖阿姨问小杰福日电视机厂有没有熟人，小杰想正是用得上她的时候就胡诌说："有，是搞供销的。"

小杰自然没有脸红。

胖阿姨高兴得脸上笑出一朵花来。她推着小杰赶快去落实，好歹弄张票来再说，小杰好不容易才腾出嘴来跟她讲起报考电大开介绍信的事。胖阿姨还沉溺在自己的欢乐中，说工会才恢复没几个月，月前只管发电影票、洗澡票之类的事，连个公章都还没有来得及去刻。

小杰连忙向政工科跑，科长出差去了，没人敢做主。小杰又奔党委组织部，才看到组织部的牌子，就倒抽一口冷气，拔腿溜到大瑞家。

一进门又往沙发上一横，不住地叹气、骂人。等骂过了瘾，才咬咬牙说：

"现在只有向妞儿屈服一条路了。"

大瑞被感动得差一点掉下眼泪来。

小杰有个对象，小名叫妞儿，是厂党委组织部部长的千金。两个人逛马路磨破了几双鞋底之后，就张罗着办喜事。可等到布置新房的时候，发生了事故。新房安在哪一头呢？按理说，在历史发展到了父系社会以后，自然得安在小杰家，可妞儿是个孝女，眼看哥哥姐姐在外地成了家，自己再搬出去，二老双亲就太孤单了。她就摊出了婚姻法，说住在女家也有法律根据。小杰呢，举出已经现代化了的美国和苏联为例，说人家那里结了婚，女的还要改用男的姓呢。这如果纯粹是理论问题，当然可以耐心地争鸣下去，但是这不是理论问题，而是实践问题，时间是很逼人的。在实践中，有一种比行政的强制力量更强有力的是风俗习惯。小杰的祖家是山里来的客家人。那里只有穷得叮当响的，才让人家招女婿。小杰一住到丈人家，消息传到家乡去，那里的人向来是把住丈人家同招女婿当成一回事的。小杰又不能登报声明，他这脸往哪搁？妞儿又仗着自己爸爸级别比小杰爸爸还高，就闹成了个僵持局面。

要在一天之内，拿到组织部的介绍信，除非是妞儿出面跟他爸爸娇娇滴滴一番。小杰就别无选择，得认输，还得加点甜言蜜语。至于新房安到女家名誉上的损失，也就无法计较了。

大瑞突然发现小杰笑得那么妩媚。小杰那侠义的或者叫作自我牺牲的精神，使大瑞深深感到友情的温暖，连昨天老主任的官腔留给他的寒冷的感觉也给驱散了。大瑞不知不觉和小杰谈起种种对策，甚至为设想中的胜利图景而一起爆发性地笑起来。

正谈得起劲的时候，大瑞忽然想起来，妞儿的爸爸最近住了院。

大瑞又陷入了绝望的境地。

小杰是永远不会绝望的。他从来没有失败过，也从来没有体味过失败的苦闷，他立刻把目标转移到劳资科科长头上。可这个科长是新调来的，小杰并不认识，这也不是灰心的充足理由。小杰知道这位科长是仙韶县人。光有这一条，事情就大有希望了。仙韶人最讲乡亲义气，两个仙韶人在外乡一见面，讲上两句仙韶话就心心相印了。全世界有几十亿人，会讲仙韶话的人才几个？仙韶人在世界上是多么珍贵，只有仙韶人才知道。小杰想起来，他有一个朋友曾经和一个仙韶人谈过天，那位仙韶人的小舅子正好和劳资科科长的侄子是邻居。小杰想到这里不能不为自己灵感的丰富和活跃而感到自豪，在几秒钟之内，他在想象中已设计好曲折的进军路线。小杰一拍大腿：“没有什么事能难得倒我。我家老头子老瞧不起我：‘你小蝌蚪能翻起大海吗？’我就翻给他看看。”他匆匆忙忙去了，临到门口又把小竹椅踢翻，自己也差一点没跌倒。

第二天工间操的时候，大瑞正找小杰，老主任却来了。他笑得还是那样自然、亲切，二话没说，把一张盖着厂办公室的大印的介绍信交给了他。

大瑞真感到有点像做梦。他几乎没听清主任说了些什么，只是模模糊糊记得他说的是提高职工文化科学水平和产品销路的关系，还有那结束八折工资的希望，总之大瑞还没有弄清自己是兴奋还是惶惑，不知道自己是在思索还是怀疑的时候，主任已飘然而去。

不久，小杰来了，永远是那么兴头冲冲地顺手就拿给他一张打着劳资科公章的介绍信。大瑞连忙把办公室主任的一张拿给他看。

小杰掩饰不住扫兴的神色，痛苦地一笑：

“我就知道老头子又该有舌头表态了。老实告诉你吧，这不能算是他给你开的绿灯，今天早上省里的红头文件已经下来，那个动力车间的工程师已经走马上任。他这是个顺水人情，也是给新厂长的一份见面礼。”说着就要把办公室那张介绍信给撕了。大瑞连忙抢下来。

小杰愣愣地看着大瑞：“用这一张吧，也不枉兄弟给你跑了那么多腿。”

大瑞深深地为难了。

他望着小杰那风尘仆仆的脸，第一次在他眼中看到恳求甚至是等候判决的神色。别说不拿他的介绍信，就是把两张介绍信同样地拿起来，不但意味着对小杰这一两天功劳、苦劳加疲劳的贬低，而且简直是对他的神通、他的权威的冒犯。如果他只拿办公室那一张，弃小杰那一张于不顾，那就更严重，那必然要和他结冤家，甚至要冒犯崇拜小杰的许多人。不够朋友、不识抬举的人比“文化大革命”中的“黑九类”还要为人不齿。宁犯天条，也不能犯众怒呀。大瑞正不知如何决策，

小杰不阴不阳地开口了：

“你不能领他这个情，这是新厂长的。”大瑞脑海中那本来像云影一样飘游的思绪，经他这一说，迅速成形了，好像有一道天外的闪电带着隐隐的雷声，使两片带电的云层汇合了。大瑞突然觉得精神一振，也不知道从哪里传来一声呼唤、一股神奇的勇气，他慢慢拿起厂办公室那张介绍信，而把劳资科那张还给了小杰：

“我就拿这张新厂长的。”

光从小杰脸上的表情判断，如果说是发生了八级地震，恐怕也没有夸张的嫌疑。他露出了那三十二颗大牙笑起来，让大瑞毛骨悚然，然后恶狠狠地把介绍信撕得粉碎，摔在地上，头也不回地走了。

他的神圣权威第一次遭到这样严重的亵渎，他的热脸第一次碰到冷屁股上，他第一次体会到自己的神通也有此路不通的时候，他的心里第一次不得不容纳被轻视的痛苦和羞辱。

过了一个月，大瑞考取了电大，又逢上大夜班。集体宿舍里仍然是一片喧腾的海洋，但人们不打扑克，不煮夜餐，不搞家具了，一个劲在那议论纷纷，不时爆发出惊叹和哄笑。

当小杰从外面进来的时候，居然没有人发现，也没有人把座位让给他，显然小杰红得发紫的权威已经在衰弱。这些等待夜班的青年工人正在热烈地议论新厂长。意见纷纭得很，有说是他已在省委书记那边拍了板，承包了这个厂，保证一年内改变样貌，结束八折工资的历史，年底给国家上缴五十万元税金。他要求有权调动、开除一些不中用的人。有说中央首长给省里来了批件，对新厂长称赞备至。也有的说，没有这回事，称赞他的不是别人正是要他夹尾巴做人的那位领导。最新的消息是，厂长马上要组织文化技术考查，而且对不及格的停发奖金，今后提拔干部先从大学生中找。人们一面互相补充着、争论着，还暗中根据对自己未来是否有利，来肯定或否定消息的真实性。不管人们怎样争论，有一点是没有争论的，那就是厂办公室主任，这个几十年一贯制的不倒翁给免了职。这已经是板上钉钉的事实。

正当每个人都沉浸在争论引起的欢乐和激动之中，不知是谁叫了一声“大瑞”，霎时间所有在场的目光像行注目礼一样向大瑞投来，几乎所有人都以钦敬的目光期待他对他们的争执发表高见。有人在让椅子，有人高声地张罗茶水，大瑞突然觉得自己被抬高了，好像成了什么权威人士似的，他有点害羞。可拗不过众人，正酝酿着说点什么。屋里一片期待的寂静。突然，一个女人充满欢乐的甜嗓子在叫小杰，她显然是在追小杰要那张彩色电视机的票。小杰一声不吱。当胖阿姨伸头进来看见小杰，做出可爱的夸张的表情要骂小杰时，大伙不约而同地把手指放在嘴唇上，一致以难得严肃的表情镇住了她。这个到处受欢迎的女人第一次遭遇到人们厌恶。

当大瑞沉着地谈起对工厂前途的估计的时候，胖阿姨的大呼小叫被严厉地制止了。谁也没有听到她离去时嘀嘀咕咕的话语：“这帮孩子，一个个都发了神经病。”

1983年1月2日写于福建师大花圃

原载《福建文学》1983年第5期，以笔名“吟鸥”发表

梦碎汉堡

紫薇从北京来到了西德。许多同学在临行前夕都来欢送她，她成为被羡慕的对象。但紫薇心里苦恼有谁知？此次去汉堡，绝不是夫妇团聚，团聚的梦做了三年，结果却被他的一封信粉碎了：离婚。不过李丹总算还有一点多年相依为命的情分，心还不是那么狠毒，请人担保了，让她来到西德以后再离婚。紫薇知道，这在李丹算是一笔补偿。

可是，这是什么样的补偿呀！十年的共同生活，共同的欢乐和忧虑，还有这九岁的女儿，就这么一笔勾销了吗？

在那些羡慕她的朋友中间，还得做出像新娘一样幸福的心满意足的笑脸来。

紫薇在当时还能做得出笑脸来，因为她还有一线希望。冥冥之中，她总觉得李丹和她十多年的感情不会轻易了结，只要到了西德，只要见了面，只要让李丹进入往日那种欢乐而痴迷的回忆之中，他不会毫不动心的。往日他们也吵过架，甚至赌气，几天互不搭理，可是只要紫薇主动依偎在他身上，或者在他读书的时候，抚摸他的头发，一切隔阂、恼怒就会烟消云散。

而且还有这个玲玲呢，李丹不是早已把她当作命根子一样宠爱吗？难道见了这么可爱的女儿，他的心还会那么平静吗？

她打听清楚了李丹的住址就在大学图书馆边上，蔚菁告诉她，那里有一座男人的雕像。

找到了李丹的住处，草绿色的建筑物，所有的玻璃门都紧紧关着，不管紫薇怎么用拳头在玻璃门上敲，都没有任何反应。西德的大学校园，总是那么人烟稀少，连个问讯的人都没有。虽然已是下午 8 点多了，在北京早已是万家灯火，可在这北欧地区，灿烂的夕阳还在一排玻璃窗上闪耀着傲慢的光。一片荒凉之感袭上她的心头。

紫薇明明知道，李丹就住在靠路边的二楼，按中国的习惯，只要在楼底下喊一声就成了，可是她喊李丹的名字喊了三次，又让孩子喊，都没有任何反应。

李丹那屋里百叶窗紧闭，只传出一种高级音响装置发出的音乐。紫薇没有时间诅咒李丹，也没有想到痛苦，甚至连要哭的感觉都没有。

紫薇硬着头皮把蔚菁从正在上课的教室里请出来。蔚菁扶了扶自己新配的眼镜，抱歉地笑了。这种顽皮的、狡黠的笑容紫薇是熟悉的。当年初入大学的时候，第一次晚会上，他就是这么笑的，笑得那么天真。可后来，紫薇就感到十分抱歉了，那是大学三年级的时候，紫薇和李丹的恋爱公开化了，蔚菁见到她就再也轻松不起来了，在她面前，他就永远失去了那天真的纯洁的笑容。

这次来汉堡，能打听到李丹的住址，还多亏了蔚菁。但是蔚菁虽然给了她地址，可是并不主张一来就去找李丹，他认为李丹已经变了心，已经和一个德国小姐同居。李丹现在全部的心思，只有一个焦点，那就是拿到西德的公民卡，至少也得是永久居留卡，而要做到这一点，最可靠的办法就是跟德国姑娘结婚。

可是那位姑娘只想同居，根本就没有考虑过结婚。

他这一说，更鼓舞了紫薇。蔚菁调皮地一笑："你去了更糟。"紫薇利用她在大学生时代对他的权威，叫他别说废话，蔚菁只好退让。

紫薇按上了十二号按钮，过了一会儿，里边一个似乎熟悉的声音用德语问："是谁？"好在紫薇也是德语系毕业生，便报了自己的名字，对方愣住了好久，才说出一句中国话。

"你到这里来干什么？"

紫薇一听他那略带上海口音的普通话，就感到一股热浪涌上心头，与那口音联系在一起的幸福的欢乐的痴迷的记忆猛然涌起来，一下子竟然答不上话来，好容易才镇静了一下，尽量用缓和的口气说："来看看你，老同学的身份。"

对方犹豫了一下，显然下了决心，"我们还是不见的好。"

紫薇绝对没有想到李丹会这样残忍地给她这样一个闭门羹，万里迢迢前来寻夫，丈夫居然连门都不让进，连面都见不到。

"为什么不能进去和你谈谈呢？"

"不行，我说过不行就不行。过去的就过去了，人不是为过去而活着的。而且……"

"而且，而且什么？我会妨碍你吗？我那么老远地赶来，连个歇脚的地方都没有，你叫我到哪里去呀，现在这么晚了。"里面沉默了，好久没有声音。

在紫薇的记忆中，李丹是个性格软弱的男人，只要你坚持到底，他迟早总是会"投降"的。然而今天的形势不同，李丹变得这么强硬起来，这就使紫薇不得不做出最大的让步。她是不是感到委屈，都来不及想了，她现在最迫切的是要见到他。现在他对于她，不仅仅是丈夫（虽然很不可靠），而且是她眼下唯一的生活依养，失去了他，就连今晚住的地方也没有，连明天、后天的生活费都成问题，往日的感情虽然不能说已经完全死亡，可是比这更强烈的，是一种求生的欲望，用这样恳求的语调对他讲话，这在她还是第一次。

然而，里面的反应仍然是沉默。

不过可以感觉到李丹并没有把耳机挂上，从门口的话筒里可以听到他沉重的呼吸，也许是叹息吧！

就在这个时候玲玲踮起脚尖对着话筒大叫一声："爸爸，我是玲玲，我要进来，我饿了一天了。"

好像是奇迹似的，门缝吱的一响，机灵的玲玲随手一拉，门开了，紫薇情不自禁地冲进去，上了二楼，只见一个男人拿着耳机待在那里。紫薇还没有来得及适应过来，玲玲已经大叫一声冲了过去，吊在李丹的脖子上了。

李丹蹲下来紧紧把玲玲抱着。玲玲喃喃地说："爸爸，别生气了，妈妈投降了。"李丹的眼睛抬起来，紫薇的眼光迎上去，一刹那，李丹浑浊的目光清亮了起来。

两个人就这么对望着，足足有三分钟，甚至话都说不出来。紫薇命令自己走过去，可就是移不动那千斤重的脚步，还是懂事的玲玲拉妈妈，紫薇顺从地让自己的上身侧过去倚在李丹的肩上，一刹那一股熟悉的男人的汗气传入她的鼻腔，一种遥远朦胧的欢乐的感觉似乎向四肢扩散开来，紫薇看到李丹的面庞模糊了，她知道是自己的泪水溢满了眼眶。她把手伸到了李丹粗硬的头发上，同时也感到李丹强有力的胳膊从玲玲背后伸过来把紫薇拢到了自己的胸前。这时紫薇才就势用双手把李丹和玲玲一起抱在自己的怀里。紫薇忽然体味到似乎已经遗忘了的那种如梦如幻的珍贵的感觉。这时，她突然想起，他们往日吵架过后，李丹常念的一句诗："而那过去了的一切，都将成为亲切的怀恋。"不是吗？

然而，就在这最珍贵的一刻，李丹的房门开了，一阵组合音响的粗暴音乐几乎像地震似的摇动了整个走廊。

一个金发女郎，披着浴巾走出了房门，用德语问："李！啊！这是夫人吗？"

李丹浑身一震，手松了一下。玲玲滑到了地上，但是没有哭。紫薇看着李丹的目光一下子暗淡了下去，那珍贵的梦碎了。金发女郎毫无惊异感，非常大方地请紫薇和玲玲到房间里坐。她一点也不管李丹的狼狈，把音响关闭，倒了一杯咖啡放在紫薇的面前，还找了一包巧克力拿给了玲玲。

"非常欢迎你到我们这里做客。"她用西洋美女特有的优雅姿态把玲玲抱在膝盖上，而玲玲则相当克制地挣扎了许久，终于挣到妈妈这边来。

紫薇自然一下就意识到这个细皮娇肉的嘴唇涂着口红、身上发出法国香水的女人，就是她最可怕的敌人。她以为这个第三者一见了她会感到胆怯，甚至会躲避她的目光，没想到她居然那么坦诚地望着自己。

最使紫薇不舒服的，是那一副女主人的姿态，一进来，就把你推到客人的地位上。而她呢，连外衣都不穿，仍然穿着那“比基尼”三点服，披着浴巾自由地走动，好像主妇在接待一个丈夫的莫逆之交。

紫薇感到自己的嘴唇在发抖，她咬住了下唇。大家都找不出适当的话来打破眼前的沉默的紧张，紫薇多么希望这个洋女人能出去一下，让她和李丹好好谈一谈，要知道，他们见面以后一句话还没有说上呢！

然而洋女人丝毫没有提供方便的意思，她把身体贴在李丹背上一面看书，一面大声在嚼着一块很硬的糖。

时间好像凝固了许久，那洋女人终于换了一个姿势对李丹用德语讲起话来。紫薇当然听得懂，她是在提醒李丹，明天是周末，他们已经计划好的节目，到莫萨河钓鱼，她在查问李丹鱼饵准备好了没有。李丹说准备好了，然后她又问：是蚯蚓还是玉米？李丹说是蚯蚓。她就非常夸张地说，蚯蚓不好，蚯蚓太脏了，还是玉米好，玉米要煮一下。李丹用德语说了一个“遵命”！这使紫薇心里一痛。这两个人就是这样非常热烈地讨论着明天将会钓到什么鱼，回来用什么方法烹煮。

紫薇惋惜地看到在李丹脸上那种驯顺的表情，而这正是他当年在追求自己时经常有的表情。

“我想，我们还是谈一谈，比较好。”洋女人问李丹，紫薇讲了些什么，李丹翻译给她听了。洋女人非常通情达理地点点头，说：“很有必要，很有必要。”

李丹的脸上驯顺的表情一下子变成了讨好的表情：“可我觉得没有必要，我已经告诉她们不要到我这里来，我们之间剩下的只是法律手续问题。”

洋女人认真地听着，并且非常同情地点着头，耸耸肩做了一个对李丹无可奈何的姿态，并且用询问的眼光看着紫薇，紫薇不得不承认在她的目光中并无敌意，而是充满了天真的同情，甚至怜悯。

紫薇最不能忍受的就是被自己的情敌怜悯。

她忍不住站了起来，对李丹说：“我们还是得谈一谈，因为至少我们得对孩子的抚养问题达成协议。”

李丹看了洋女人一眼说：“我会用书面通知你。”

“但是，我们得讨论一下。”紫薇看出来，在这洋女人的阴影笼罩下，李丹的感情不可能复活，便狠了狠心走到洋女人面前说：“我想，请你离开这里一下。”

洋女人惊讶了：“你有什么权力，这里是我的私人住宅。”

紫薇更惊讶了：“我想，我和李丹先生在离婚手续办理完毕以前，我仍然是李丹的妻子，我是这里唯一的女主人。因此，我坚决地请求你离开我的家。”

洋女人大笑起来，笑得那样残酷、那样放肆，以至连浴巾都滑落了。

等她笑够了，才整理头发说：“这不是在中国，这里是联邦德国，按照我们的法律，这是我们的私人住宅。如果你再不出去，你就侵犯了联邦德国的法律了。我随时都可以打电话请求警察的保护。”

紫薇被她的傲慢气炸了，连一直沉默地躲在一边的玲玲都忍不住跳了起来，紫薇在愤激的怒火中几乎把大学时代所学到的最难听的几个德语字眼都使用上了。于是洋女人拿起了电话筒，只过了十分钟警车便停在宿舍区。几个警察走了进来，温文尔雅地又是毫不动摇地把紫薇和玲玲“请”出来。当玲玲在警察的手中挣扎时，紫薇看到李丹的眼泪流了下来，他头靠到了墙上。

走出李丹的宿舍才几步，蔚菁迎了过来，他什么也不说，就把玲玲抱起来：“走吧，到我宿舍去。”

紫薇觉得那样太不清不白了，便严词拒绝了，她就在那裸露的中年男人的塑像下坐了一夜。第二天，蔚菁再去找李丹时，人们告诉他李丹已搬走了。

1990 年夏写于西德特里尔大学

原载《香港东方日报》

第四辑　散　文

应该有一支颂歌
——悼念邓小平

应该有一支颂歌，人人会唱的颂歌。用这个世纪最美好的旋律，调动下一个世纪最美好的感情。曲调应该是庄严的、神圣的，像50年代的颂歌一样优美。

颂歌应该是不朽的，就是千百年后，子孙还能从歌声中领会到我们这个时代的真理：历史为什么选择了他，还有他的航程，不怕航程上看得见的漩涡、看不见的暗礁。

在最艰危之时为什么他不能后退，因为他的肩头载负着全民族每一个人的命运、每一个家庭的希望，他的心头承载着比我们更灼人的忧虑。

我们并没有相约，却突然同时把他称作历史转折的设计师。这么自然，谁都来不及感到惊异，就如同长江、昆仑的风突然从我们心头卷起，香江、宝岛的潮一齐从我们胸中流出。庄严的心灵旋律，顷刻间笼罩了长城内外大江南北。这么大的空间还是不能充分容纳一个民族的全部的情感，表现了它的浩渺，又难以体现它的精致。如果旋律仅仅是庄严、崇高，能不能充分表现他的风格？是不是该有一点亲切？亲切得像在天安门前的游行队伍的横幅上省去姓氏，直书他的名字，向他问好，好像是朋友，又像是亲人遥远的会心的微笑。无声的致意比之有声的招呼更加有感情的分量。

当然，应该有华彩的乐段，有激情的快板，有流水一般的行板。

像高山上的锣声一样辉煌，像地下的流泉一样永恒。

日日夜夜，时时刻刻。

它应该有三个乐章，呈示、展开、再现；三次高潮，直上九霄的欢乐；三度低回，在沉默中显出喜马拉雅山一样的伟岸、坚韧、沉着。在无声的休止中更有思想的力度，他炯炯有神的眼睛和抿紧的嘴唇便是最好的象征。

在严寒的冬天，整个民族曾经把耳朵贴在大地上倾听他越来越近的脚步，那温暖的欢乐总是从第一道冰缝里流出；而最后一个休止符，预告了灿烂的秋天正在从地平线以外翩翩而来，金色瀑布的光华正在开始扩张着我们的瞳孔。

它的第一个乐章，不该是写在有形的乐谱上，而是在那些将要消失的记忆上。

在那早已成了文物的粮票、布票上，在那用神圣的名义反复刺伤同志的信仰上，在那刚刚痊愈的恐怖上。

它该奏响在每一个美国超级市场都少不了的中国产品上，在 Made in China 的每一个字母上都有它的旋律。

有在高速公路上才有的一往无前的节奏，有在家用电脑才有的宁静的节拍。

那一条条新开的街道上，每一棵绿化树都是它的一个音符吗?

那一座座崛起的玻璃立面的大厦能比得上他理想的光华吗?

它呈示在敞开的中国大门，在出国旅游的农民掏出护照的自信的姿态上。

这应该是一首唱遍大街小巷的歌。然而，至今仍然还没有出现这样一首每一个中国人都会唱的歌。

难道是音乐家们不能充分感应人民心灵的旋律?

也许是颂歌的华彩，不完全符合他的风格。他是那样的朴实、那样的整饬，他的整个性格就像一块闪着磁蓝的不锈钢，每一个线条和每一个弧度都以最准确的数据组成。他是那样不易形容，那样不容渲染，也许连诗歌所少不了的夸张都难以和他的风貌相容。

他不浪漫?

但是，他又同样充满了理想的坚定和沉着，无论是在谈笑间决胜千里，还是徘徊在只有一个人的小道上，他的刚毅和坚韧，充满了英雄主义的豪情，没有一首浪漫的歌是不可能的。然而他不同于那些享有最美好歌曲的历史人物，他的歌是无声的。

他的琴师是没有琴弦的，不是用来听的，甚至不是用来看的。他的歌写在他的行为举止上，在他行走在逆风中的风貌中，在他脚踏在八级地震的从容中，在他以难得的诗情表述到香港自己的土地上去走一走的手势中。

没有形容，没有夸张。他太珍惜语言，甚至不敢浪费太大的手势。

一切都遵循历史的命令，服从事实的指挥。

不论是在胜利的鲜花铺就的大道上，还是在力挽狂澜的险滩上，他的姿态正在成为我们民族的姿态。这种姿态本身就是一个成熟的民族才有的灵魂的雕塑，他的性格使石头变成了交响的颂歌。他说他是人民的儿子，但是他的刚毅和豪勇正在成为我们民族的遗传基因，我们后代的手腕中正在增加着铁的分子。

这样的颂歌，绝不能仅仅是写在乐谱上，因为它太伟大，是这个时代对上一个时代的回答，是这个时代对下一个时代的通知，小小的乐谱是绝对容纳不下的。

它只能写在中国的江河大地，这全世界上最大的工地上。

无声地回答了过去，默默地凝视着未来，因而无声胜过了有声。

原载《光明日报》1998 年 1 月 3 日

想起周扬

我对周扬的第一印象是：在文化界的领导人中是最帅气、最漂亮的。茅盾够文雅的了，但并不漂亮，他那一撮小胡子和他雅致的外表、女性的语调互相冲突。郭沫若当然神采飞扬，但是没有周扬那种男性的美，表情又太浅露，缺乏周扬面部那种蕴藉的深度。在我看来，周扬比之郭沫若更具学者的凝重和才子的风神俊秀，他的皮肤是那样细嫩，真像他翻译的《安娜・卡列尼娜》中那个主人公：有象牙一样淡淡的光泽。

他到北大中文系做过几次报告，好像并不太轰动，在北大办公楼小礼堂、大饭厅里，什么大人物没有见过呀。周恩来、康生、陈伯达、李富春的报告，听了就听了，事后也不见得视为特别的荣幸和激动。就是印尼总统苏加诺、苏联的最高苏维埃主席伏罗西洛夫的演说，随着时间的流逝，也都淡忘了。至于文艺界的著名人士，光是 1956 年一次由学生会主办的小型会议上就来了巴金、曹禺、冰心、赵丹、孙道临。有一回，经过未名湖，看见一群人涌了过去。一个北大附小的孩子问：谁呀？有人告诉他是郭沫若，他想了一下说："哦，那不是我国现代伟大诗人吗？"

无论从明星或行政的级别来看，周扬不算太高。但是，他的报告，连同他的形象在我记忆中却至今栩栩如生。他什么稿子也不拿，一讲就是一天，除了一些今天看来属于官样文章的话以外，也谈到了一些属于他自己的思想。他说，他在印度，有一个左派作家问他，既然个人崇拜的后果这么严重，作家是人民的良心，在苏联共产党二十次代表大会上揭露之前，为什么就没有一个作家能够提出"个人崇拜"这样的问题。他在回答时，提出了一个理论："每个时代的时代智慧并不是平均分配的，总是集中在某一个领域里，在社会主义时代，时代智慧集中在共产党内，不像在 19 世纪的俄国，时代智慧集中在文学界。"差不多四十年过去了，周扬对个人崇拜的具体解释已经为历史所证伪。但是，作为一种阐明历史文化现象的理论原则，仍然有相当的生命力。后来，他还给我们做过一次报告，叫作

《建设中国马克思主义的美学》，特别批评了当时的文艺理论满足于庸俗社会学的图解，对于艺术本身的规律缺乏理解。他说，政治上已经有了毛主席的六条标准了，还要有一个艺术标准，无产阶级的艺术标准。很可惜，他的这种思考，到了60年代阶级斗争天天讲的时候，不能不停止了。每当我整理书籍，拿起他那油印打字记录稿时，就不由自主地想起苏联前期的文化部部长卢那卡尔斯基被列宁批评为“艺术的保护神”的典故。1981年，我因为一篇《新的美学原则在崛起》受到围攻，他到福州开了一个中级以上的文艺界干部会议，居然破格把我也召去参加。我在发言时说：“有人批评我说我受了叔本华的影响，我觉得还不如说是受了周扬的影响。正是周扬同志早在1959年就提出了马克思主义美学和无产阶级的艺术标准的命题。”他当时，以一贯的凝重，先是称赞了我的文章表现出“诗的禀赋”，然后，他避开当时左派在政治上、意识形态上给我上纲，轻描淡写地说我有“精致的唯心主义”倾向。过了好几年以后，我才获悉：他当时身受巨大的压力，处境很不好。我的发言肯定给他增加了压力，等到我意识到自己使他处境更为尴尬的时候，他已经过世好几年了。

跟蔡其矫学诗
——悼念蔡其矫

蔡其矫突然走了，谁也没有想到。将近九十高龄，一直笑声朗朗，对身边的一切都充满孩子似的乐趣。十几天前还和我们一起参加中国作家协会代表大会，忽而仙去，原因是晚间起床如厕跌倒。没有感到不正常。毕竟是老人了。但大会闭幕不久，得到噩耗，已经在医院过世。原来夜间跌倒，是脑中有肿瘤，恶性的。诗人还闹着要开刀，但已来不及了。

对于这样一个大诗人的逝世，我是很沉重的，不知如何纪念。想来想去，最好的办法，是把年轻时代心中的蔡其矫写出来，尽最大可能还原诗人一个鲜活的侧面。

1973 年，我从福建德化山区调到福建师大中文系，内心是很兴奋的，终于恢复了“大学教师”的头衔。当助教当了 18 年，可以说，成了“助教精”，当时的大学教师，社会地位并不高，虽然工资比一般年轻工人高一点（57 元），但动不动就下放到农村去，弄得许多朋友，连找个小学教师，甚至营业员结婚都很困难。就是结了婚的，因为下放，遥遥无期，没有把婚姻保住的大有人在。有一个顺口溜，形容福州女孩子选择对象的最高目标：“一宰猪，二都都（汽车司机），三支书。”用福州方言念起来是押韵的，多少带着一点牢骚的意味。宰猪的，在中国古典小说中，叫作“屠户”，品位是很低下的。《儒林外史》中那个著名的胡屠户，完全是一个丑角，那样的家伙，居然成为二千二百年文化古城福州女郎的首选。念着这样的顺口溜的，找不到，或者失去老婆的年轻小伙子，有多少辛酸，如今的年轻人是体会不到的。

我之所以能够回到城市，回到大学，并不因为我有多么过硬的门路，而是在那文化荒漠化的年代，凭了一些粉饰太平的豪言壮语的“假大空”的诗歌，成功进行了“文学自救”。在自救成功以后，逐渐感到“文革”话语的窒息，不无苦闷。偶尔也闪过朦胧的怀疑，生活和内心并不仅仅只有英雄主义、豪情壮志。还有许多精彩的东西，却没有适当的语言，就是不会写。我虽然号称善于怀疑，但也不敢多想。

这时，我认识了蔡其矫。

他当时的处境比我更惨。虽然，他有着 1937 年的老革命的身份，著名诗人的头衔，但是由于被判过刑，在福州，被侧目而视，一般人是回避和他来往的。但是，我听说，在闽西山区，他所到之处，总是围绕着一些文学小青年。我觉得，这些小青年真是令人羡慕。他是一个独行侠式的人物，不容易找到。虽然在那样的情势下，去拜访一个曾经被判处徒刑、属于“杀关管”的人物，是需要勇气的，但是出于对他诗歌艺术成就的仰慕，我还是抓住了机会。已经忘记了第一次是怎么把他找到的，只记得，相谈甚欢。有朋友警告我，你的问题已经够多的，不要好了伤疤忘了疼。拜访一下就算了，不要再去，尤其是不要张扬，要保密。我感谢了他的好意，真的保密了好长一阵子。但是，毕竟是人生难得的一种经历。何况又是我早在二十年前就仰慕的诗人，他的诗集《涛声集》《回声集》伴随着我渡过了青春岁月。和大诗人直接接触的体验，转化为一种夸耀的冲动。不久以后，我就憋不住对一个诗友俞兆平吹了起来。诗友对蔡其矫的诗也是很迷的，坚持要求我带他去亲耳聆听蔡的言谈。正好，蔡的姐夫就是师大教师，他来福州时，常常住在姐夫家。得知我们要去，他当然很高兴，但警告说，他姐姐有神经性的洁癖，不管是什么人来，都会做出极其紧张的表情，唯恐客人的鞋子把她洗得发白的木头地板弄脏。进入他住的小楼的斗室，显然是一个比较保险的天地，比之在集体宿舍里，要隐秘得多了。这一次，谈得比较久，也比较深。蔡其矫带着浓重的闽南口音，普通话可能属于“基本流畅”之列。他不是理论家，许多观念都只是诗人的直觉。直率加愤激，带着不讲理的率性。他的表情很丰富，爱憎分明，毫不讳言他对当时流行诗歌的藐视。他说，他坚持着诗歌创作，写了好几本，和市面上，也就是我们奉为样板的那些东西完全不一样。我表示极其渴望一睹为快，他似乎也准备把诗作拿出来一起欣赏，但是，不知是怎么一来，提起了彩色照片的事。那时，内地还相当稀罕，他突然兴奋起来，拿出一个相册，郑重其事地让我们欣赏。全部是妙龄女郎，除了个别比较端庄的，大抵都做出娇媚的姿态。这些女郎，他并非都很熟悉，有些还是萍水相逢，但是，他开心地为她们拍照，底片寄到香港，扩印成照片，再转赠这些女郎。他眉飞色舞，一一品评着女孩子长相，诗坛的话题，他的诗稿，早已忘到九霄云外。

我向往着拓展我的心灵和语言，渴望从他的作品中得到启示。几次想把话题转移到他的诗集上去，但是，我无法转移他的兴奋点。出于礼貌，我只好默默忍受。现在回想起来，他的许多话，都是我们当时不敢想，或者想到了，也不敢说的。我记得诗友的眼中闪动着惊异的神色。但是，如今记忆里只留下在当时看来令人大惑不解的话。那就是，人生最大的享受是“三美：美文，美食，美女”。应该说，我长期受正统的、压抑欲望的、以谈性为耻的教育，听到这样的话，与其说是惊奇，不如说是困惑。告别以后，我非常遗憾，多么难得的一次精神大餐，白白让那些俗气的女士相片破坏了。我想，蔡其矫自有他的乐趣，在欣赏那些青春的照片时，他也享受着他的精神大餐，享受着“少女万岁”的神妙体验。

我后来不止一次地想过，也许并不能完全怪罪那些少女的相片，可能是萍水相逢，交浅不可言深，他作为一个曾经在情报联络部门工作过的老革命，对我们不能没有一点保留。但是我又想，如果我们不是男性，而是女性，表现出一种少女的天真、纯洁与好奇，情况就可能大大不同了。

我们的交往逐渐频繁，在那阶级斗争严酷的年代，他常常坦然地表现出对人的本性、人的欲望的赞赏与宽容。但是，对于不同的性别，有所不同；对不同外貌也有所不同。他曾经对舒婷感叹过，在他认识的女性中，外貌美丽的，往往缺乏形而上的追求；富有形而上的追求的，外貌又很少是美丽的。这句话引起舒婷的异议，因此写了那篇很有名的，也引起了许多误解的《致橡树》。但是，这并不妨碍他和众多女性成为朋友，女孩子，主要是青春的女孩子，在他身边像走马灯一样，一茬一茬地转换，他对她们的缺点表现出最大的宽容，以最大的耐心博取她们的好感。

在他的朋友中，男性比较少。他对于男性不像对女性那样殷勤。有时，我感到，我在他心目中的地位，还不如一个萍水相逢的半老徐娘，失落之感时时袭上心头。但是，精神孤寂的环境，毕竟把他和我的心理距离缩短了。他开始主动来拜访我，有时，我出差，和学生到山区或者海岛去“开门办学”，一去就是几个月，回来的时候，在门缝底下，会发现他留下的条子：某月某日，来访未遇。看着他那一点男子汉风格都没有的、笔画柔软的钢笔字，我内心涌起一种满足之感。毕竟他在我心目中，不是一般的诗人，而是有才华的、有成就的大诗人。成为这样一个人的男性朋友，应该是一种荣幸。

过了一两年，我们交谈，就很少在他姐姐家了，一来免得神经上忍受他姐姐那样紧张的压力，二来也免得他又拿出美女照片册来分散注意力。那时，我的宿舍名义上是两个人，但是，一个人家在福州，不常来住，在我宿舍谈话，就无拘无束，比较持久。

终于他把他珍藏的手稿拿来了。

阅读之后，第一印象就是惊异万分，简直是醍醐灌顶。几乎每一首，都使我灵魂震撼。有些句子，有惊人的影射，实属“大逆不道”，如“不要让灾难佯装幸福，不要帝王扮成导师”“当往日的呼喊变成低语”“当颂扬之声不再感人”。如果有人出卖，只要一两句，就足以打成“现行反革命”。感人最深的是《屠夫》，具体诗句当然记不得了，从他的诗集《雾中汉水》查得，这是他 1973 年，也就是我初到福州的时候的作品：

当人猛增

而猪陡减
你满面红光，
下巴叠成三层
想捞些油水的
都向你罗拜。
即使是混毛的
浅膘的
灰色的
提着一块走过街上
也引来无数羡慕；
就在这
缺乏上面
美艳上面
建造你渺小狂妄的权威。

我当时之所以感到惊心动魄，主要原因是，我一直感到自己的诗歌，组装英雄主义的豪言壮语，已经成了习惯，只能用有限的话语说话，换一种语调，就什么也讲不出来。就如，福州的民谣，少女选婿的第一选择是“宰猪”，人们天天都感觉到其中的荒谬，要把它写成诗，却找不到诗化的语言。可是从蔡其矫的诗作里，我感到了他的语言艺术魄力，“权威”的庄严内涵，变成了反讽。既有思想的深度，也有艺术的新异感。还有一首《所思》，一样充满了反叛的情绪：

仲夏夜迟升的月亮
为黑暗的条状云掩蔽
一切都非常寂静
仿佛在等着重现光明

受伤的老狗蜷伏在草地上
默想生活的残酷
对热情招呼不再信任
因为他并不愚蠢

在那文化专制的时代，把孤独感诗化是很危险的，何况其中凝聚着受伤的感觉，显然充满隐秘的期盼和刻毒的复仇情绪。这是有点令人毛骨悚然的。震惊之余，有些振奋，振奋之余，也有些惭愧。我在当时，虽然还没有觉悟到否定“文化大革命”的程度，但在密友之间议论江青、发泄不满，已经不是很稀罕的事。但是从来也不敢想到过把这转化为书面的诗的语言。“文化大革命”期间，多少善良的人，往往就是因为书信、日记，而付出鲜血的甚至生命的代价。严酷的现实，让人们学乖了，朋友、亲人之间，连书信都不敢写了，何况把这些异端思想，字斟句酌，写成整整一本诗。蔡其矫显然把在密友间传阅他大逆不道的思想和艺术，当成一种乐趣。

一种肃然起敬的感觉油然而生，不仅仅是他的勇气，而且也为他能把刻骨铭心的思索转化为诗歌。

回想起来，我在极端苦闷之时，也曾经借诗发泄愤懑。唯一的一次，那是 1969 年春天，在华侨大学被隔离审查，一连四个月被关在一间斗室里，除了一本《毛泽东选集》以外，什么书也不给。但是，我充其量只能把咒骂写成打油诗，抄在从报页边上裁下来的小纸片上，卷成一个纸捻，插进眼镜盒的夹层，绝对不敢拿给任何人看。几年以后，有点后怕（想到其中有把“万寿无疆”写成“万臭无香”的句子），终于取出来吞下了肚子。在蔡其矫的诗作面前，深深感到自己是个大俗人，写作品就是为了发表；而蔡其矫写就是为写，放在抽屉里，并不想发表，就是给自己、给自己的朋友看看，过过瘾，如果有什么目的，也就是一种思想和才能的证明。这种境界是我所达不到的。虽然感到惭愧，但是，多多少少也有一点自豪，毕竟他把我当作朋友，把我当成能够进入他诗歌艺术境界的人物，这也许是那些徒有青春容貌的少女所不能到达的档次。

更使我震撼的是后来，他来了，一手托着一个手抄本的诗集，是两个年轻人的。我狼吞虎咽地浏览了一个女工的诗集，虽然经历和我如此之不同，但是，她对人的隔膜的哀伤，对人与人之间沟通的渴望，以及可意会而难以言传的、潜在微妙的体验和意识，包括那无声的共鸣和温婉的默契，那样的微妙，那样的清纯，完全是另外一个心灵的和艺术的世界。我第一次听到了舒婷的名字，但是没有记住，但是那种精神清净之感却一直留在我心里。真正要记住舒婷这个名字，则要等到 1977 年底，《福建文艺》讨论舒婷诗歌的时候。蔡其矫展示给我的另一个诗集，是北岛的，给我的冲击也极具有震撼性。他的哲理性的冷峻和深邃，令我感到骨头里冒出来一股凉意。事过四十年，当时令我毛骨悚然的诗句，已经忘记了。只有一句，是永生永世难忘的：

世界，我们和解了吧

这句话，像刀子一样刻在我心里，可惜的是，后来多次阅读北岛的诗集，都没有找到。每逢我想起这句诗，冥冥之中，就出现了一个冷酷的面容，与被我们用颂歌来赞美的世界冷眼对峙，说是“和解”，其实势不两立。虽然那时，我并不完全认同他这种孤独的姿态，但是作为诗歌艺术的追求者，我不能不感到，这不仅仅是思想的，而且是艺术的突破。时间大概是 1975 年下半年，我是真正感到自己的虚弱了。

诗歌领域，并不是只有颂歌和战歌的语言，另一种诗的境界，已经被开拓出来。我平时所感所思，老是被自己拒绝于诗门之外，可人家已经写得这样精彩了。写到这里，我想起来，后来，有人以为我在 1980 年开始为朦胧诗呐喊，是冷锅子里爆出来一颗热栗子，诗人严辰问过我，“你的诗不是写得很整齐的吗？”至少在他看来，我的转变是很突然的，其实并不是，我的内心早就感到了某种蜕变。当时播下的种子，酝酿了很久才发芽，这是因为，在诗歌趣味这种精致的领域，脱胎换骨，是需要比较漫长的时间的，直到四五年后，我才写出了《恢复新诗的根本艺术传统——舒婷诗歌给我们的启示》和那引起诗坛地震的《新的美学原则在崛起》。

当然，这期间，还有一些过渡性的事情。不可忽略的是 1978 年底，粉碎“四人帮”以后，中国作家协会第一次恢复活动，我参加了由艾芜任团长、徐迟任副团长的作家代表团，到大庆和鞍山访问。那时正是“真理标准大辩论”的时候。回来以后，我听说，蔡其矫把他“文革”期间写的诗集拿给艾青看了，连艾青都不能认同他在诗歌中表达出来的思想。有人告诉我，艾青说，这样的诗除非拿到地下刊物去发表。这时，我写了一首表现 1976 年“四五天安门事件”的诗——《觉醒的一代》，很快在《诗刊》上登载出来。那首诗比较长，对白体，大约有两三页。我来到蔡其矫在福建省文联的房间，他给我以鼓励。但是以他一贯的坦率，他仍然批评说，写得“比较抽象，比较概念”。他的大意是：关键是要观察客观生活，从观察中构成自己的感觉，把事物的特点和自我的特点结合起来，激发出思想火花来，不要这样直接抒情，不要像郭小川、贺敬之那样把诗写得那么长。他说，中国的诗就是给贺敬之、郭小川搞坏了的。这样的话我当时听来有点如雷贯耳的感觉，但凭良心说，并不十分理解。虽然我一贯被朋友称赞，说我反应敏捷，但是，我要承认，在理解比较深刻的话语方面，其实我是比较迟钝的。蔡其矫的这些话，我反刍了四年到五年，还是不甚了了。直到 1984 年前后，我请他到我们福建师范大学给诗歌爱好者做报告。题目已经忘记了，但例子却留在了我的记忆里，他介绍自己写《大竹岚》的经过。当时，正是 1983 年“清除精神污染”余波未息，1985 年胡耀邦的“创作自由”尚未提出，思想解放潮受挫的关头。他说，北京的知识分子的心灵在希望与失望之间沉浮。但是，他说，把这种感情和思绪直接抒发出来是写不好诗的，要找寻一个客观的实体作为依附（现在想来，也许可以是西欧后期象征主义者说的“客观对应物”吧）。他来到武夷山大竹岚自然保护区。那雨雾中满眼的绿竹给他以青翠欲滴的感觉。他急忙抓住自然界的特点和自己感受的特点，写出了第一句：

泼水在天空凝固

这既有雨雾浓郁、水珠在竹梢凝聚成水珠的印象，又有泼水凝固在天空的想象。写完这一句以后，诗歌的形式感提示他，这一句的感觉是从下而上的泼，如果接下来，还是从下而上的感觉，就单调了。他觉得下面一句，应该是自上而下地往下落的感觉才好，于是他就以“滴下”作为想象的核心：

碧绿快滴下露珠

这样，就形成了向上和向下运动的对称结构。但是光有一个结构，还只是框架，接下来的任务是，让这个结构中水淋淋的感觉饱满起来。他调动了光和影的效果：

光明颤动在末梢

又像喷泉又像雾

在这样观察的时候，他说，感觉和想象最忌平面滑行。因为这四行都是静态的描绘，再描绘就可能缺乏内在的深度，单调了，不够深刻了。要打破视觉的惯性，这种惯性就是表面性。他提醒自己，要从感觉层次向感情层次深入，对感情做出更高的概括。这时，有一种积郁在他内心的冲动，要突破视觉的平面滑行，从视觉升华为思想的激发，又要与视觉有联系。这时，拥塞于心的希望失望翻腾，一下子冒出来：

希望就在此一刻复活

来自失望的坟墓

不可感触的思想就这样和可感的视觉猝然遇合成为哲理了。

正是这个例子，使我深刻理解了蔡其矫几年前批评我的话。也正是这句话，帮助我真正触摸到了蔡其矫的艺术个性。从这时起，我才想清楚了，早在20世纪50年代和他一起登上诗坛的年轻诗人，包括那些一度大红大紫的诗人，如贺敬之，为什么到了新时期，艺术生命不可挽回地凋零，而他却和牛汉、曾卓等诗人一起，保持着艺术的青春，把生命的尾声化为艺术的高度。我欣慰地感到读懂了蔡其矫，走近了蔡其矫。这时，距离我第一次和蔡其矫相见，已经十年了。从接触到真正走近他的艺术，竟然花了十年的时间。我的心灵实在是够迟钝的。就是如今，我也只敢说，走近了他，却不敢说，走进了他的心灵。他毕竟相当丰富，至今，他的艺术和他的生命中仍然有些我所不理解的东西，有待我日后从容反刍。

2007年2月21—22日

两种风格：蔡其矫和郭风

在福建省的元老级作家中，无疑首先要算郭风和蔡其矫。这两个人的共同之处是，都已年近八旬，而且都还在笔耕不辍。尤其难能可贵的是，两个人的作品的艺术质量和数量还相当可观。郭风今年在全国还得了儿童文学的大奖，蔡其矫则活跃于诗坛，不像一些年事已高的作家，到了这份年纪，质量就有下降的趋势。不管是关心他的人，还是对他有些成见的人，谈起来，都不能不承认：他的诗作，一直保持着相当高的质量。

不过，人们谈得更多的还是他们两个不同的地方。

有一个相当熟悉的作家说起郭风的特点，开玩笑说，一言以蔽之：不亲女色。听者莫不拊掌大笑。的确，郭风生活作风之严谨，不自今日始。甚为难得的是，直到今日，人们还不难从他白皙的皮肤和高耸的阿拉伯人式的大鼻子，推测出他年轻时代的潇洒风度。虽然他的结发妻子是个文盲，并且不能生育，但是他始终忠于他的爱情和家庭，一直有柳下惠的美称。我认识他多年，从来没有听到过桃色的闲言碎语。而蔡先生，就在几年以前，参加了一次福州幼儿师范的舞会。据当时在福州幼儿师范任教的王性初先生最近一次在宴会上对我说，舞会之后，许多女孩子都说她们爱上蔡先生了。郭风先生好静，年事渐高以后，一般的迎来送往的文学活动，他总是尽量避免，连全国第五次作家代表大会这样的盛会，他都请了假。而蔡其矫先生在这方面和他恰恰成为对照。这几年他虽然已经退休，但是却不断在全国奔波。他不但有不同凡响的旅游的兴致，而且有难以想象的精力。

在一次聚会上，福建省作家协会的负责人陈章武先生说，蔡其矫去西藏旅游，有关方面考虑他年事已高，就派人在机场接他。接客的工作人员，可能有点麻痹大意，居然没有接到。等他回到宾馆的时候，却发现蔡其矫先生自己背着一个旅行背包，正走向宾馆，完全不像一个年近八旬的老人。旅游快结束的时候，蔡先生发现有一个地方还没有去。一问是因为太遥远，又太偏僻，来去要四天，就取消了。但是蔡先生不领情，他自己买了票，就去了。当他从遥远的西藏边地归来的时候，满脸的兴奋使同行的人感动不已。章武先生的话还没有讲完，同桌的一个年轻人说，蔡诗人不但连小伙子佩服，有时连向导都不能不刮目相看。有一次去青海旅游，他要去的一处地方是沙漠，向导都不敢去，他坚持要去，向导不肯，劝阻不听，最后只能由他雇了一头小毛驴，独自到沙漠中去了。

过去，他有名言：美文、美食、美人是一定要欣赏的。现在我觉得要加上一点，那就是美景。他好像就是为追求各种各样的美而生活的。

屠岸和绿原的白发和童话

1998年11月，酝酿已久的全国诗歌理论讨论会，最初定在江苏省北部的出产洋河大曲的县级市召开，最后改在了江苏省的新兴工业城市张家港。我几乎是滴酒不沾，洋河大曲在我的感觉中等于零，而张家港却在我度过青少年时代的苏南地区。当年叶圣陶笔下的那河岔港沟，一里一座木桥，十里一座石拱桥的风光，差不多有四十年的睽违了。对于童年的怀旧，本身就比酒更为醉人。

到了张家港，进入会场，感觉到每一升空气都令人兴奋，这里的水和空气给了我永远难以改变的语音的尾巴，再加上：看到了硕果仅存的老诗人。在我年轻的时候，最初的诗歌气质、趣味就是他们的作品熏陶的。我一下子恍若进入了少年时代的梦境。坐在我面前的诗人就是屠岸，我问他，是不是在中华人民共和国成立的时候写过诗，他说，没有啊。我说，可是我念过，那是当时为数不多的颂歌中的一首。中学语文教师作为补充教材油印了，发了下来，并没有讲解，可是我却记住了。开头的句子是这样的：

你是长途奔波的历史老人啊

应该停下脚步

赞叹又欢呼……

他笑了起来，说：是的，有这样一首诗，发表在当时上海的《文汇报》上。可惜，已经忘记了，没有收集到自己的选集里去。后来我又遇到绿原先生，我告诉他我第一次知道他的名字是在中华人民共和国成立前出版的《开明少年》上，那好像是叶圣陶或者夏丏尊先生主编的。那里有一个栏目，叫作《诗人的心》。刊物是1949年前出版的，但是，我却在1954年前后，在昆山中学的图书馆里把它找了出来。

那一期介绍绿原的一首诗，似乎是悼念弟弟的。第一句是：

小河转着弯回家了

小羊和小牛也回家了……

绿原先生笑了起来，他说是有这么一首诗。但是，他却不知道《开明少年》给转载了，而且还有人写了评介的文字。我问他事情是不是真的。他说，不是，是虚构的，就是写一种儿童失去骨肉的感觉。我记得，他的一本集子和艾青、阿垅、鲁藜、天蓝、田间、冀汸、孙钿的诗集编在胡风先生的《七月诗丛》里，叫作《童话》。在 1952 年，我进入高中的时候，恰巧是书店卖特价书，我就买了一套。虽然其中有好多诗，我不一定全懂，但是，正是他们的作品，使我第一次领悟了什么叫作诗，奠定了我生命的航向，让一个十六岁的少年以诗歌为生命，而且在许多关键的时刻，本着以生命为诗歌的原则做人。这不仅给我带来了欢乐，而且也曾给我带来了灾难，而今回顾起来，让我感到生命的充实。

直至这次会上，我才弄清楚了，绿原先生被打成中美合作所特务的内情。1955 年《人民日报》上有关胡风反革命集团的按语上，说他是中美合作所特务。胡风冤案平反后，听说，虽然他在中美合作所工作过，但正是共产党派他进去的。这次问了他本人和曾卓先生才知：他当时在重庆的复旦大学英语系毕业，当局分配他到中美合作所去就业，他觉得这是个折磨共产党人的地方，就来找曾卓商量；曾卓说这个地方不可去，他就不但没有去而且逃掉了。生活这样严峻地考验着诗人，同时也给诗人以回报：绿原先生在 1998 年获得了土耳其国际马其顿诗歌奖。虽然，得奖时，童话诗人已经满头白发，垂垂老矣，但是诗人把他的诗集送到我手上的时候，笑容里还是流露出一片童真。

淡化了的少年记忆被唤醒已属醉人，何况增加了新的醇香，这肯定会成为来日亲切的回忆。

一滴透明的水

——纪念冰心

人们常常习惯于把任何伟大事物比作大海，而把它的一部分，比作一滴水。这样来比喻冰心，似乎太不够分量了。虽然英国诗人布莱克说，从一滴水可以看出大海，但是，它令人想到的只是大海在一个短暂的时间里的汹涌，而冰心在现代文学史上的特点，是与历史同行的漫长历程。如果一定把她比作一滴水，就必须加以说明，这是一滴从源头一直流到浩渺无际、滔天蔽日的洪波中去的水。但是这似乎也并不恰当，冰心的特点，从她的为人到她的作品，其特点并不是雄伟、宏大，使人望之产生渺小之感的；她的思想与其说是如洪波涌荡，还不如说是如晶莹的山溪，纯净透明，它不是在遥远的大海里，而是在自己童年上学的路上，在外婆家屋后的草叶上，在妈妈雨后归来的发梢上。

从这个意义上来说，还是把她比作一滴水比较恰当。

然而，她仅仅是一滴平凡的水吗？

我想还不够完全。

那是 1959 年的金色的秋天，国庆十周年，北京新建了十大建筑，最为雄伟的就是人民大会堂。那时我还是一个年轻的大学生，每逢走过那海一样宽广的天安门广场，在傍晚淡淡的雾霭中，望着那雄伟的建筑，如梦如幻，心中都会涌起莫名的感动，后来一个同学提供了机会，在正式启用之前让我进去参观了一下。一踏上那红地毯，望着那穹顶上星座式的顶灯的时候，仿佛感到自己的灵魂在飞升。

那是一生中难得的一次体验：突然强烈地感觉到自己和整个国家、整个时代结合在一起。我非常感动，但是无以言说，不知想了多久，仍然找不到恰当的语言。

后来在《人民日报》上读到了冰心的文章，其中有这样的句子：踏进人民大会堂，“突然感到自己像一滴水流进大海一样渺小”。老实说，光有这样一句还不足以感动我，关键在于接下去的一句："同时又感到了一滴水在大海里的伟大。"这一句使我震惊了，这不但是我要说而说不出的，而且使我的灵魂升华了。

我常常感到，她的文章对我的影响，就像一滴沁凉的水，无声地留在了我的心间。我说的是一滴水，而不是颗种子，因为种子是有形的。冰心对我的影响，是不见痕迹的。

我想起 1948 年，我在上海读小学时候。那时国民党政府的"国定教科书"国语课本，非常枯燥。语文老师潘祖谨先生就一篇又一篇地把冰心的《寄小读者》用她那娟秀的字体刻印给我们阅读，还反复地讲解。老实说，那个时候，冰心的母爱，人间的亲和，并没有给我以特别的震动。只是一种美好的印象，就像温暖的风夹着细雨，吹过我那干裂的心田。但是，几十年后，等到看到自己的孩子，在考试的深重苦难中挣扎，我就坚决反对某些家长把爱变成专制的苛刻的风气。我对孩子的同情和宽容不管遭到多少质疑，都毫不动摇。后来，我的教育方法被某些人士称之为"爱的教育"，这本是调侃，但是我却坦然接受：名副其实。正是从这样自发的命名里，我感到了冰心对我的影响。

这种影响，不像其他作家那样，有的是一团火，有的则是一声霹雳、一场地震，而她的思想和文采留在我心田只是一滴水，这水是没有形状的，没有声音的，这水是如此透明、纯净，甚至可以说圣洁，连痕迹都是没有的。但是，它的渗透是长远的，按照物质不灭的定律，是永远不会消失的。

非常遗憾，在冰心生前，我有许多机遇可以和她相见，但是都错过了。唯一的记忆是 1956 年北京大学"五四"纪念会上。她站在曹禺、孙道临、赵丹、黄宗英中间，显得那么娇小，轻盈得真像一滴水，圣洁而透明。

序李德身同学

德身的古典诗集，放在我电脑里，已经好几个月了。一直没有动笔，口头上的原因是，陷于事务，身不由己，实际上是，不敢率尔命笔。虽然，大部分诗作，均未注明写作年代，但是，作为同窗、学友，深知其命运坎坷、艰险，光从题目上就可以看出，几十年足迹所至，皆留诗句，其精神坎坷与升华历历在目。开卷第一篇五言绝句《北海大桥凭栏》，标明为1956年国庆游行后所作。

北海望南海，千秋云水连。

人潮桥上涌，神往画中天。

当时还是大学二年级学生，心态是如此的欢快，“北海望南海”“神往画中天”，天真的政治热情，对领袖的崇敬溢于言表。当时，他热爱诗，并不全是古典诗歌，更多是新诗，我们是诗友，都为作为新中国的大学生而骄傲，政治上的浪漫情怀是我们共同的语言。大概就是在1956年秋，他曾经出示一首诗作，开头是这样的：

一行行，大雁南征，

一声声，要远行哪，

要远行……

我那时沉醉在苏联诗人马雅可夫斯基的呐喊式的抒情之中，看到他这样的诗，从节奏到语言含着古典意韵，十分羡艳。五十多年过去，也许他已经忘记了，可诗句还留在我的记忆中。很可惜的是，一年以后，这个从北海大桥神往中南海的诗人，在“反右派”运动中，厄运当头，被打入另册。我当时的言行，可能比他还露骨，日日夜夜处于被揪出来的恐怖之中。端赖挚友刘俊田的包庇，再加上团支书阎国忠、党员费振刚的忠厚宽容，涉险过关，列入“中右”，属于“只差一口气”就是“右派”一类，受到共青团内的严重“右倾”的处分。虽然口头上属于人民内部矛盾，但是，头上那把达摩克利斯剑，随时可能落下。正是由于此，我们彼此默契，保持着安全距离。

我留在北大工作了一年之后被发配到福建，而此时他远在南充师专，还给我来了一封信，通报喜讯：帽子摘了。兴奋之情溢于言表，还写了一首七言律诗。可是我当时，离开了北大那些了解我的同学，在左得发昏的华侨大学，在一个恶霸系主任的统治之下，心情相当压抑，对他的乐观，并没有热情地响应。此后几年，直到“文化大革命”，我一直处于被白眼围困，因为写了一封发牢骚、想调离的私信，被学生举报，从此落入一周一小整、三周一大整破帽遮颜的境地。出于某种心照不宣的安全考虑，我断绝了和一切同学的书信来往。

得知德身后来调回连云港师院，已经是浩劫过后的好几年了。

1998 年北大百年校庆，彼此过花甲，重新见面。 多年的坎坷留在脸上，相视而笑，心中五味杂陈。他带着女儿，到处照相，心情不错。原因应该是改革开放以后，他的学养得到尊重，在家乡高校享有一定权威。我曾想象，二三十年的精神磨难，心底的烙印应该是不可磨灭的，当年豪情肯定只是记忆了。但此番读他的诗却颇使我惊异。如五言绝句《沛县怀古》：

恩威加海内，芒砀气豪雄。

猛士诛将尽，如何唱大风？

这是历史质疑，也有现实联想。更为直接的是《闻大贪官伏法》：

肌腐必生虫，暗朝心腹攻。

快刀须一割，何虑血流红！

长期的苦难并没有从根本上改变他的气质，对于现实他也没有宁静致远，相反，诗中流露出强烈的爱憎。更引起我兴趣的是，他对于五言绝句结构的驾驭。诗的前两句，均为陈述，最后一句则为感叹。

五言绝句不以文采取胜，精神全在三四句的情绪承接和转折之中。对此，他把握得得心应手，毫无斧凿之痕。看来，他对其难度也心中有数，故集中更多的是七言绝句，文采华赡，气韵浩然。浩劫之后，颇有游兴，足迹遍及海内名山大川及海外欧美名都。多数诗作，似为即兴，甚至接近口占，但是，颇有深沉的寄兴。如《嘉陵江纤夫》：

岂惧霜江透骨寒，风风雨雨等闲看。

冲滩号子青山应，回首烟云天地宽。

意象是纤夫的艰难跋涉，骨子里却是李德身的心态。经历了那么多年的苦难，精神没有被压垮，还有“回首烟云天地宽”的乐观，但是这并不是麻木，相反，时时流露出一种坚韧和自信，在《咏扒埂草》中：

紧扒大地发春芽，节节生根伴草花。

万木萧疏红叶尽，劲藤犹自绿天涯。

草根意象显然含自我精神写照的意味。即使在环境严酷到“万木萧疏”的程度，沦落到“扒埂草”境地，还保持着乐观，甚至潇洒的情绪。

在我们班上，他遭受的苦难可能是最深的，但是，在诗作中，他从来没有正面涉及苦难。他善于把苦难当作背景，反衬精神的坦荡、自得。即使和当年的难友相遇，也表现得豁达。他和同时被打入另册的挚友张厚余，自然拥有共同的记忆，故写劫后相聚之作多至十首，虽感叹良多，感伤却稀有。在《怀京华相聚》中这样写：

燕园追忆话沧桑，不改当年浩气扬。

酣卧一床秋共被，谁知蝶梦漫诗香。

沧桑历尽，居然“不改当年浩气”，年过花甲，还要秋床“共被”，入庄子梦蝶的境界，这就不仅是浩气不改，而且是青春的浪漫的升华。这种浪漫，往往是以直接抒情表现的。《登花果山迎曙亭》中，他这样写：

山亭雄视群山伏，海日威凌沧海横。

我自扬眉一呼啸，松涛滚滚谷长鸣。

与此“扬眉”“呼啸”风格一致的是《连云港东磊玉兰王》：“孤标傲世阅沧桑，玉蕊迎春千仞岗。”但是，他似乎不太满足这样的直露，故在结束时，以沉默为读者留下隽永的遐想的空间：

遥望浑成香雪海，临风无语立斜阳。

和遍及海内外的同辈古典诗作者最大的不同，他不屑在诗中发牢骚，即使应酬之作、即兴之作，他更精心表现的是某种的历史感，这使我想起中国古典诗咏史传统。在这种传统的熏陶下，他的视点就自然地提升，显出俯视历史人物的气度。汉高祖、秦始皇、崇祯、洪秀全，都为他的笔阵所驱遣，而在《狂风暴雨中临慈湖厝堂》写的是对台湾慈湖的蒋介石灵柩的感兴：

也曾叱咤弄狂风，何故偃旗逃岛中？

尸骨凄凉聊寄此，可怜一世枉称雄！

当然，他的诗风并不属于那种自我扩张的类型，对于历史上真正的圣贤，他还是甘于俯首的，如在《谒黄帝陵》中，他就显出了恭谨：

桥山龙驭彩云腾，万古神州第一陵。

历代帝王都下马，今人谁敢不恭登！

除了七言绝句以外，他似乎对七律有更大的把握，旅游即兴，从中华古迹到欧洲名都，所作甚丰，西欧之游就有组诗十三首，文人浪迹情怀，比比皆是。笔走龙蛇，驱遣自如到近乎口占的程度。其中五言律较少，多为七言律。窃以为五言律古拙为上，一为斧凿、典丽，则难免轻浅。德身似有自信，虽五言排律，亦敢为之，质量难得，然浅尝辄止，小试牛刀而已。与七言律相比，五言出格之作较少。而七言律则上乘之作，所在皆是。如《法兰克福晨兴俯望》：

满城静谧点春花，绿树合围千万家。

保尔教堂天外立，梅茵河水谷中斜。

情牵维特思歌德，脚踏欧原喜汉莎。

丽日初生开玉宇，平生妙境敢豪夸。

虽雄视异国，无中华咏史之深沉，但是，借助律诗的工整对仗，时空概括，从歌德到汉莎航空公司，尽收笔底。再看《古罗马斗兽场遗址咏叹》：

徜徉最古凯旋门，直面入云危立垣。

驰想当年曾斗兽，空悲今日竟销魂。

犹如贵族豪华失，惟剩雄风威势存。

同是辉煌留见证，圆明园址恨伤痕。

纪游之作，此首为最。好在最后一联，荡开一笔，作时空之自由跨越，联系到中华近代史的国殇，彰显感伤，然非个人，而在民族。

德身七言律多佳，盖其体易为豪雄，其气质自然流泻，此其一也。诸多佳作，格律严谨，然不拘谨，我意其最佳者如《次韵梁璆吟长即事》：

木香透纸沁心香，想见幽斋花映窗。

曾历风霜摧玉骨，终逢雨露润诗肠。

瘦如清照传疏影，神似淑真凝淡妆。

何日还来赏秋菊，云天馨绕漫思量。

此诗之胜，不仅在对仗工细，更在以流水句作对，思绪起伏自如，不致滞窒也。又如《重庆师院董味甘教授赠诗，读来口角噙香，次韵和之》：

高山流水贵知音，玉璞有缘能胜金。

鹅岭多情传锦字，云台着意动诗心。

遥钦匠师善挥斧，自愧相如难鼓琴。

何日飘然下三峡，东临黄海发豪吟？

表面上前三联皆对，然皆为流水对，尾联更是顺流而下。为律而能越律之局限，读之有以古风为七律之感。如此之作还可举出《游崂山感兴》：“一自汉唐香火旺，于今山海信徒隆。不知穿壁聊斋讽，可在人们记忆中？”用了流水对，使律诗有古风之美。德身如此之作，诚为难能可贵。

德身于七律格律中挥洒，中规中矩，不是难事，然七律的规范太严，对于思绪、情志束缚难免。古风句法让他获得了某种自由，毕竟是有限的。如果干脆写古风，艺术效果如何呢？当然这有风险，无规矩不成方圆，无才者难免中道失路。古风之难难于律绝，全凭胸中奇气、笔下文采，非平仄合辙所能敷衍。放眼数十年来发行量甚高之《中华诗词》，其为律绝者滔滔，为古风者寥寥。德身可能有意彻底解放情志，在古风中一试身手。早在20世纪60年代初就以古风体呈现一系列诗作。写于1962年的《岳阳楼放歌》，堪为精品，是诗作于当年暑假自重庆到南京的“东方红36号”轮船上，遥想三峡之险，在那极“左”思潮寒流滚滚的时期，而无险恶之感，居然神思飞越，“吹我直上碧云霄”，似乎进入了李白《梦游天姥吟留别》的境界：

身披三峡雨，足踏大江涛。
惊飙一下七百里，吹我直上碧云霄。
碧云霄，任吟遨，烟波如海心来潮。
但见银山堆里红日荡，湘娥黛髻影动摇；
又闻袅袅秋风送渔唱，落木千山水迢迢。
老杜凭轩悲洒泪，山谷登楼笑寂寥；
浩然羡鱼空寄慨，张说赋诗入梦遥。
北锁青莲长啸之江夏，
南控贾生痛哭之长沙；
东连靖节弃官之彭泽，
西扼放翁流寓之川巴。
雄鹰盘旋于迷茫天际，鼋鼍搏浪于浩淼湖涯。
千秋英杰皆作古，后生索迹怅烟霞。
君不闻仲淹豪语垂宇宙，忧乐何处不是家？
又不见湖南湖北英雄涌，岳阳山水壮中华！
壮中华，君莫嗟，
待取洞庭一湖水，点染大地满春花！

五十多年后读之，端的青春朝气逼人，不禁想起杜甫称赞李白“词源倒流三峡水”的赞语，其三言结尾的长短句中有情意脉络的起伏，插入双字尾散句，句法错综，有叙述之功能，有节奏之变幻，思想容量乃大。充分发挥了古风不讲平仄、不拘对仗的优长，而又不失古风的规矩。和厚余《梦挚友》，有心步杜甫《梦李白》之后尘：

君乃并州文苑杰，剑舞笔锋肝胆裂。

我为海郡看潮儿，浪游云港咏江雪。

忽见鸿雁驾长风，双梦联翩蕴味浓。

挽臂花林如手足，灵犀一点意相同。

迢遥忆昔燕园路，厅壁展诗惊四座。

赤子拳拳报国情，青春未料招人怒。

五十年来天地新，历经变换葆其真。

扶摇巴蜀奋飞晋，管鲍神交老更亲。

流水高山频寄梦，平生知己独斯人。

虽为古风，却写得这么整齐，有七律的意韵。如果以为德身之长全在融律诗、古风为一体，那就狭隘了。德身以数十年之生命奉献于古典诗歌，其风格有多方面的探索。如《海天居铭》：

海不在豪，有月则清。

天不在华，有日则明。

惟吾新居，日月是临。

青山排闼入，绿水对窗横。

敲韵赏黄菊，著书玩紫藤。

随意弄棋琴，款亲朋。

有儿孙之绕膝，无风浪之惊心。

柴桑五柳庐，滁郡醉翁亭。

居士笑云：乐何如哉！

这里，既不是古风，也不是近体，而是铭体，德身甘冒蹈袭刘禹锡之嫌，盖出于自信其有胆识、有真情，诗句结合散句，抒情融入哲理，情采智采交织。如果说，诗歌把他的豪情表现得相当饱满，铭体则把潇洒、淡定的心态表现得自如。这不但显示了他风格的发展，而且表现了心灵的提升。

耄耋之年，自强不息，不仅在诗，而且在人。

三年前，我往徐州讲座，又应一个当了不小的干部的学生之邀，在徐州小驻，与德身共住一小别墅，欢谈甚洽，纵论五湖四海形势，当年之激情不改。今观其诗品日新又新，不禁想起近五十前他出示的那首现代诗的开头：

一行行，大雁南征，

一声声，要远行哪，

要远行……

生命不息，远行不止。愿以远行，再远行，日新又日新与德身共勉。

2015 年 10 月 18 日

徐敬亚和王小妮：朦胧诗伉俪的朦胧人生

1980年春天，朦胧诗还刚刚出现在报刊上，就引起了相当激烈的争议。正处在思想解放的初期，争论还是比较自由的。被质疑的一方，并没有感到多大的压力。到了夏天，《诗刊》就邀请了十多位有了一点影响的朦胧青年诗人去到北京举办了一个“青春诗会”。这里面有后来名声很大的舒婷、顾城、江河、杨炼，争议比较大的北岛和芒克不在邀请之列，却有名声远远不及他们的徐敬亚和王小妮。当时徐王二位还是吉林大学中文系1977级的学生。

王小妮的轻言慢语、深思熟虑的神态和像她的身材一样苗条的辫子至今仍如在眼前。她说，中国的文化经济发展太不平衡，现在存在着两类人，一类是意识到自我的人，还有一类，是意识不到自我的人。

意识到自我的人，应该去唤醒那些还没有意识到自我的人。

这么深刻的思想出于一个才二十出头的女孩子之口，不能不使我吃惊。

徐敬亚讲了些什么我已经记不得了。仔细回想起来，可能是当年他还没有像后来那样天马行空，不可羁勒。也许是初出茅庐，还有点拘谨吧。

徐敬亚和王小妮一样写诗，但是，他的诗评比他的诗有才气。最早的一篇评论题目叫作《复活的缪斯》，写在1980年，当时他还是一个没有毕业的大学生，没有资格参加任何学术会议，但是当他的文章寄到正在南宁召开的第一次诗歌理论讨论会上的时候，引起了我和谢冕，还有张炯的激赏。我们一致认为文章不但写得有思想，而且相当有文采。他的才气、勇气、魄力，尤其是他的概括力，像一股清冽的泉水一样使我们激动。

不久张炯在他主编的《当代文学研究丛刊》上，把这篇文章在相当突出的地位上发表出来。当时，在全国性的大刊物上发表文章，对于一个大学生来说是很不寻常的。

从吉林大学毕业以后，王小妮在长春电影制片厂当编辑，徐敬亚在吉林省作家协会工作。在这前后他和王小妮结婚了。

由于朦胧诗遭到压制，我的《新的美学原则崛起》被围攻一两年，从《人民日报》《红旗》杂志到各省的报刊，几乎陷入了四面楚歌的境地。徐敬亚却勇敢地发表了他的《崛起的诗群》，以更为尖锐的语言对“左倾”诗潮进行猛烈的进攻。起初，文章发表在大连的《海燕》上，后来可能是他觉得影响不大，不过瘾，又把文章发表在兰州的《当代文艺思潮》上。这个刊物和福州的《当代文艺探索》在20世纪80年代初期，全国性影响比较大。在引起轰动之后，接着而来的就是“清除精神污染”。于是，我又一次被拉出来和他，还有谢冕，成为全国性大批判的对象。我由于受省委书记项南的保护，谢冕由于有北大副教授的地位，日子还不算难过，而他在长春很难待下去，就来到了最为开放的深圳。一来二去，徐敬亚成了没有户口的人，换了不少工作单位。王小妮虽然有正规的工作，但是她总觉得，老是上班，实在有碍写作，就辞职不干，在家当自由撰稿人，靠稿费过日子。

1996年我途经深圳，到他们家的时候，第一个印象是家徒四壁。当时物价猛涨，消费水平提高，他们的稿费收入，要维持中等生活水平，已经有点捉襟见肘。

徐敬亚和王小妮最大的不同，就是他的天马行空的想象，在写诗的时候发挥得往往不如在生活实践中，因而他每过一段时间，总是要闹出一点出格的事情。

这种出格的事，有时给他们这个小家庭带来灾难，有时也带来意外的幸运。

突然朋友们传说，他发财了。这是确实的。

那是在1989年以后很短的一段时间，当时股市狂泻，他买了一点。过了不久，股市狂涨，他一下子成了富翁，据说最高达到六十万，这在当时是一笔不菲的财产。

然而天马行空的诗人好景不长，在股市高潮的时候，他没有把股票抛出去，一误再误。终于他们又恢复了原来的感觉：柴米油盐、儿子的学费又重新沉重地压迫着他们瘦弱的双肩。

他对我说，回忆起当年拥有财富的角色，觉得不堪回首，那完全是一种“合法的强盗”。

他们过得很清苦，我问过王小妮，为什么不去写一点电视剧，至少可以混一点钱，减轻生活的压力。王小妮笑笑，说：“和电视剧制片人谈合同，无异于和土匪打交道。”

徐敬亚爽然地说：要找一个工作了。

过了一年，我们在武夷山相见的时候，谢冕也来了，算是三个“崛起”第一次相聚。此时，距离朦胧诗出现，已经差不多二十年了。谢冕已经是华发满头。徐敬亚则从二十多岁的毛头小伙子，变成了四十开外的为人父者，他的儿子已经高过他一头。

我们三人一起照了相，回顾起 20 世纪 80 年代的初期的那段峥嵘岁月，不胜感慨系之。

历史真是最为严峻的裁判官，三个“崛起”，已经成了历史重要文献，进入了当代文学史，成为博士、硕士论文的题目。当我和谢冕把回忆当作专利的时候，徐敬亚却仍然在和生命搏斗，在诗歌以外的领域长驱直入。

他已经在一家公司找到一个“策划”的工作，王小妮则和广东作家协会签了两年的合同，每月由广东作家协会发给她一千二百元工资，保障她的心灵去自由创造。

后来舒婷从德国归来，德国一个学术机构请舒婷推荐中国诗人，舒婷就推荐他们俩到德国去做一年的研究和写作。可惜两三年过去了，杳无音信。

我问过王小妮，过去最爱读什么书，她说不清楚，她反复强调，她从来没有认真读过什么书。不管什么书，她总是拿起来翻翻，好像从来没有翻完的。

徐敬亚和她不同，在上山下乡的年代，他的行李中，有一本查良铮（穆旦）翻译的《普希金诗集》，他差不多把它读烂了，他后来在大学里读过很多理论书，而王小妮是绝对不读那么抽象的叫人头痛的书的。

1997 年是王小妮的丰收年景，有四本散文集问世。徐敬亚也有一本散文拿到我的手里。

我拿着王小妮刚刚出版的散文集《放逐深圳》（云南人民出版社）。看着她那别具一格的《后记》中的一句话：“我不流连具象，哪怕谁会说我浪费了无数细节。”很显然，她是一个靠丰富的感觉和深思写作的。但是，没有经过文学经典的熏陶，她怎么可能有这么多坐在家里写不完的东西呢？

在讨论会上，轮到她发言的时候，她本该讲些诗歌理论问题的。但是，她却讲了一些形象性很强的散文似的话语。她说了半天，我只记住了一点：诗人是木匠，而小说家是铁匠。至于为什么是这样，实在是不太清楚。回来以后，我去钻研她为诗歌讨论会写的文章。有一段使我十分惊喜：“我不去上课。十七八年前，我缺了很多中文系的课程。趴在学生宿舍的上铺，我那床很响，我趴在响声里看小说。我用最快的时间阅读，两天看完了《约翰・克利斯朵夫》，一天看完了（索尔仁尼琴的）《癌症病房》。读小说读到吃饭的时间，头昏沉沉地跑到食堂去。”这说明她在年轻的时候，并不是一概都是好读书不求甚解，而是曾经沉醉在经典之中，她的心灵的确曾经为大师们所耕耘的，只是由于她的灵气，她没有像普通人那样付出特别艰辛的劳动罢了。

今年在大连一个会议上，又见到徐敬亚了。这回他发言还是风风火火，来去匆匆。

说到诗坛现状，他表示不满，但是他毫不讳言他对王小妮的高度评价。在私下里我和他谈到散文界的状况时，他有许多不满意。我们谈到对于余秋雨的无理围攻时，他甚为愤愤，但是他说，王小妮写得比余秋雨要好一些。我正想和他辩论一番，可惜他被另一个朋友叫去喝酒了。想和他再聊聊，却找不到他了。说是已经走了，他永远是风风火火地奔走着。

从《作家》主编宗仁发那里得知，他从深圳回到长春干了几年，主要是房地产策划，成功以后，他不但在经济上翻身了，而且在策划方面声名大震。也许是名声越大，他就越是风风火火，越是风风火火，他就越是招忌，终于落荒而逃。幸而河南一家房地产公司看中了他。这一回可能条件相当优厚，他就把全家都迁到河南去了。

这一回连王小妮那样一个文静的人，而且是到过深圳的人，都跟他去了。从中可以推想，他肯定混得不错。据宗仁发先生说，这时长春的房地产公司用年薪五十万招徕他，被他拒绝了。

成了一个企业的策划以后，他身上诗人的气质居然还没有完全消失。

我时常禁不住要拿徐敬亚和王小妮相比，这是一对神秘的伴侣。两个人性格上反差如此之大，却一贯夫唱妇随，这在当代可能是一个奇迹。无疑，王小妮在诗歌乃至散文领域里，才情要高于徐敬亚。只要有诗歌和散文，王小妮对于此生已经相当满足了。但是徐敬亚是不安分的。就是在诗歌领域里，他总是在发出一种石破天惊的声音，也许在这方面他是过早地觉醒，因而纵使诗歌和它那相当前卫的理论并不能完全容纳他全部生命，他的生命总是要在诗歌乃至艺术之外找到表现形式。20世纪90年代初的股市，不过是让他小试锋芒。

如今河南的房地产能够完全容纳他天马行空式的风风火火的生命吗？

什么时候他又会杀回诗歌领域里来呢？这个问题可能谁也回答不了。哪怕是去问他自己，也许他的回答是：二十年后再来问我吧。

原载《北京文学》2001年第1期

忠于自我感觉的舒婷

我和舒婷是朋友，凭良心说，不论以她的成就，还是以她的人格，我都为有她这样的朋友而自豪。但是，用世俗的眼光来看她，在不少时候，她的性格常常像谜一样难解。

有许多记者追踪着她，她总是千方百计回避，甚至非常直率地不让人家上门。每逢有传媒要求她上镜头，她都是坚决地毫无妥协余地地拒绝。也不参加什么大奖赛，更不肯担任评委之类。在这真正的艺术家都不能不为出书而奔波的时候，她的书却是供不应求。我亲眼看到她果断地、毫无商量余地地拒绝了不少出版社方面的提议。

所有这一切，在一般作家看来虽然有一点怪，但是作为一个朋友，我觉得可以理解。她虽然和我们生活在同样的环境中，她却超脱了世俗的、尘世的浮名。她生活得自由、自在，她轻松、愉快地在许多文人梦寐以求的名利边缘飘然而过。对于她这样的飘然，我深深为之感动。

今年春天，不知道一家什么性质的单位要在北京音乐厅举行她的诗歌朗诵会，最高票价高达二百五十元。消息传来，我本以为她又要断然拒绝了。但是她却接受了。对方问她有什么条件，她只要求让她一家三口去北京听一下，除了车票和旅馆的费用以外，就不再要求什么了。演出甚为轰动，各种等级的票预售一空。在这商品价值高于一切，诗歌已经被挤到文坛边缘的时候，这可以称之为一大成功。

很快广州一家公司来了电话，一个业务员和她打交道，要求授权在广州举行同样性质的朗诵会，一共三场。她本来是同意的。后来谈到了报酬的问题，对方问如何确定。她就随便说了，每场五千。对方未免犹豫了一下，随即提出，其中一场属于文艺界同行交流性质的，希望能够适当减免。她以一贯的爽快当场就答应了。事情本来就可以定下来，但是那位做惯商务的先生，又一次提出请她再考虑减少一点报酬。

她就拂然说："我们不谈了。"事情就此僵住。

以后，对方力图挽救，几次来电，表示取消当时的要求。

她的回答是：不行。对方问：为什么？答复是：我的感觉不好了。对方公司的经理来电表示抱歉，说是个业务员，讨价还价，对于做业务的已经形成了习惯，请她原谅。

答复仍是：不行。原因还是那一条：我的感觉不好了。

在如今这个商品潮流泛滥的社会里，许多人已经习惯于为生存的需要而委屈自己的情感，能够忠于自己的感觉，而且为之牺牲物质利益的实在是凤毛麟角。这实在是令我惊叹不已。但是，当我把这一切告诉一些朋友们的时候，除了表示赞叹的以外，也有一些说，这在她是很自然的，但是要让我们像她这么活法，实在是无异于跟自己作对。

犹太教授

在武夷山中国现代汉诗的学术会议上，和一个犹太教授直接打交道给我留下了深刻的印象。在这以前，我曾经从外国电影上看到过犹太人，在俄勒冈大学的英语系有一个犹太血统女教授。不过，只是在背后听人告诉我她是犹太人，在当面我从来不敢问她。这不是因为礼貌，而是因为怕引起误会。在美国，有许多关于犹太人的说法，比如吝啬之类。我和她有两次在一起工作，绝对不敢让好奇心超越了礼貌问及她有关犹太人的特点。

但是这一次不大相同。荷兰人克瑞先生，讲得一口很溜的北京话，其发音的准确简直要使我们好多“地瓜腔”很重的福建人惭愧。我问他是在哪里学的，他说是在荷兰，后来又来北京学了八个月。这很使我们惊讶。他连北京小伙子的油气都学到了家，动不动就“哥们儿”。不看他的脸，你简直不会想到这是一个欧洲人在讲中国话。

有一次武夷山市市长招待我们，他走到我的身边，说：“可以坐在你这儿吗？”我自然欢迎之至。他说他在澳大利亚一所大学里教中国当代文学，在教到诗歌时，他曾经向澳大利亚的学生介绍到我们的“崛起”。我自然不胜荣幸。不知怎么的，一开始我们谈的却不是诗歌，而是他这次来的时候，学校方面起先不肯给他出路费。他说，虽然只有一千五百澳元，但是我们不能给他们欺侮。教中国文学的不给到中国参加学术会议的路费，这是绝对讲不通的。

他的斗争自然取得了胜利。我想起了，过去一些美国教授对我灌输了一些有关犹太人吝啬的话，但是有点挂不上号。又想起了犹太人长期受辱，也许他们对于受歧视，有某种特殊的敏感吧。不过这只是心头一闪而过的念头，并没有留下什么持久的印象。

印象变得深刻的倒是后来，他主动提起了他的家庭在第二次世界大战期间有四分之三的人给屠杀了。所以他每遇到一个五十岁以上的德国人，就会想：在我们受到屠杀的时候，当时你是在什么地方？这使得我颇为震动，我告诉他，我们也曾对日本人有过这样的想法，但是这几年有点淡化了。他说，他永远不会停止对德国人的这种审视的态度。

这是我第一次得到关于犹太民族的直接印象，而不是道听途说。但是我们之间初步的沟通，这不足以让我有勇气去问他有关犹太人民族特点的问题。我只是问："你怎么能在一大群欧洲人中间认出谁是犹太人呢？"他说："这个很难说，要凭直觉。"他能猜出百分之八十到九十来，但是不能保证绝对可靠。我说："是不是头发有一点卷曲？"他说："是，但也不是都那样。"我说："是不是鼻子有一点勾？"他说："是，但是也有肉肥肥的那种。"每一种特点都有例外，连他也说不清。这使我想到，在外表上，要把犹太人的特征说清楚，已经很困难了，何况，要在内在的心理上去准确地概括他们的特征。

因而有关犹太人是不是吝啬的问题，我就不想再受莎士比亚的影响，把犹太人都看成是夏洛克。

虽然克瑞是那么开放，我还是不敢问他人家说犹太人吝啬，他有什么看法。

武夷九曲会顾彬

德国汉学家顾彬，在中国颇有影响，与顾城和舒婷等诗人有比较深的交往。1990 年我到德国去的时候，明明知道他就在柏林，却并没有去找他。这次在武夷山的诗歌学术会议上，算是第一次直接交往，当他惊叹于武夷山九曲之神奇的时候，我告诉他我曾经到过德国，而且在那里住了好几个月。他问我为什么没有去找他，我没有来得及作答，他就自己回答说："哦，那时你还不认识我。"其实他说得并不对，但是我并没有去纠正他。当时我记得清清楚楚，原因是我把舒婷交给我的信寄给了就在波恩的著名汉学家马汉茂的妻子。她是一个台湾人，我以为这样比较有利于沟通，但是她一直没有回信。这给我这个民族自尊心特别强的人以很大的刺激，就不再给任何德国人写信了。

1994 年 5 月我们又在一次国际学术讨论会上有一个见面的机会。

但是那一次，他从他的话语权力理论出发，认为中国文学从 1949 年以来就是一堆垃圾。当时，他的论文是用英文宣读的，大多数中国学者没有听懂。听懂了的余光中先生，表示了异议。我也是听懂了的一个，也非常激动地发表了意见。我还利用当时有一些中国大学生在场的优势，煽动他们用掌声向他施加压力。后来有个当时并没有听懂的先生在《文艺报》上写了一篇文章，题目叫作《顾彬，卷起你的舌头》，多多少少把学术问题政治化了，虽然他在文章中表扬了我。我认为一个对中国友好的汉学家有一点错误并不值得大惊小怪，错误的要害不在他的论点，而是他对权力话语理论的简单搬用。他的论点并不完全针对中国，同时，也针对德国文学一个时期的现象。正因为这样，后来那位先生把他的文章拿到香港来寻求发表的时候，稿子到了我的朋友辜健先生手里，他征求我的意见，我主张不要发表。因为这位先生对人家理论的来龙去脉一无所知。顾彬原来也许以为那篇发在《文艺报》上的文章是我写的，也许后来他了解到我并不是那篇文章的作者。因此这次会议上，他主动来和我谈话，自然也谈起了往事。我问他是不是很在意那样一篇文章，他说他并不在意。但是在后来关于顾城的论文的发言中，他还是一再声明他只是遵循事实，并不想伤害任何人，也不想在《文艺报》上受到攻击。他显然对中国文学十分热爱，他曾经邀请顾城和谢烨住在自己家中，他说他亲眼看到顾城文理不甚通顺的稿子是如何经过谢烨的修改然后才发表的，而现在流行的某些顾城的诗又如何加上了出版社和亲属的修改。他的看法是谢烨和出版部门共同创造了一个与顾城不完全相同的顾城。

他的诚恳和他的苍苍白发赢得了与会者的尊重，而我们也从礼貌性的疏远逐渐变得亲切。轮到我主持会议，我用幽默的语言开了这位先生几个玩笑，他显然对我的幽默十分重视，一再对我表示友好。当他背着包爬着武夷山大王峰的时候，他说："我爬的和你爬的是不一样的山，你爬的是幽默峰。"

那天由于身体不适，我并没有去爬山，但是我仍然觉得我和他一样爬过了一堵互相隔膜的山峰。

与友人书：谈莫言获诺奖

莫言获得诺奖以后，西方世界的一片喧哗、讨伐之声，震耳欲聋，中国网络上跟风炒作，风生水起，虽然众说纷纭，然而异口同声，出发点却似乎雷同。我厌恶美国号称“中国通”的洋大人，尤其是林倍瑞，他认为莫言没有对中共政权发出全面抗议，就不配得诺奖。这样武断，这样强加于人，不但是文化专制，而且是不懂文学。洋大人太自恋了。

文学毕竟是文学，每一作家都应该有不同于其他作家的选择。在这位洋大人潜意识中，作家的思想只有一个政治模子：莫言，一定要变成刘晓波，才有资格获得诺奖。洋大人自恋到忘乎所以的程度，认为郑义才是他理想的获奖者。可惜郑义那样的叙述一点创造性都没有。毛泽东的政治标准第一已经片面了，第二毕竟还有艺术标准。可这位洋大人的政治标准已经到了唯一的程度。我为莫言获奖而高兴，并不因为他抄了毛语录就责难他。相反我尊重他的选择，我欣赏的是他的作品、他的才华，并不求他的行为和我遵循同一准则。人有自己的选择，有自己的自由。一定要符合洋大人的口味，那还有莫言吗？偏偏中国人得了诺奖，有些洋大人就苛求起来，其实是打翻了醋罐子。

还有一个洋大人就更荒谬了，就是德国的那个汉学家顾彬。近二十年来，一直说中国当代文学是“一堆垃圾”，待到莫言得了诺奖，就说是因为葛浩文教授翻译得好。我看到这样的说法，憋不住冒出来一句粗话：真他妈的放狗屁。中国人得了诺奖，是因为美国佬翻译得好。葛浩文翻译了许多中国当代作家的书，按这个逻辑，他起码应该获得五六回诺奖了。洋大人潜意识中，有一种莫名其妙的优越感，中国文学一塌糊涂，根本不配得奖，得了奖，不是因为政治上不合他们的口味（没有成为流亡作家）加以抹黑，就是贬低其艺术水准。说到底就是，中国文学是垃圾，中国人是垃圾。对中华民族的歧视到这样的程度，只能以“疯狂”二字来形容。对付这种自以为是天之骄子的白种洋大人，如果不能像孔夫子所说的那样“可鸣鼓而攻之”，至少也可以用阮籍的白眼视之。

2014 年

为你不平
——致余秋雨书

长久以来，我一直是你忠实的读者，也曾经在一篇文章中给你的散文以相当富于情绪色彩的高度评价。后来还有一个专门收集对你的评论文章的人写了信来要这篇文章，我没有给他。因为，这不是一篇专门的文章，而且写得也不太好。我想以后总是有机会，重新写一篇的。在80年代中期，我注意过你的文学理论专著《艺术创造工程》，很为你把文学理论文章写得那样文采风流而惊叹。但是，你的文采和情采，你的诗人气质妨碍了你的逻辑思辨，因而在80年代，你在文学理论界并不属于最前沿人物。90年代初由于出国了两次，我对国内文学创作的情况比较生疏了。但是在我身边的青年向我推荐了你，我立即就被打动了。虽然至今仍然没有时间认真地系统地阅读你全部散文。但是，我坚信，你已经找到了你自己最好的表现形式。在现代散文史上的重要地位已经确立。哪怕你从现在起，一个字也不写了，也是一样。

你的作品在青年中，产生了那么大的影响，使我越来越相信，我对你的评价没有偏爱。但是我也隐隐感到，一些人，或者在某些方面有影响力的人，对你有成见，不仅仅是那些写了吹毛求疵文章的人。这使我十分纳闷。不过文坛上有这些现象并不奇怪，好在最严峻的裁判官是文学史。

读了你在《羊城晚报》上的《敬告全国读者》，非常振奋。这么些年来，你终于打破了沉默，对那些盗版者、文化盗贼，发出了檄文。对此人神共愤的文化公害，我想，全国的读者和作者都会站在你的一边。另一方面，你正面提出了一个“文化杀手”的问题。我想，你蓄积已久，我从字里行间看出来，你意犹未尽。你只是指出每逢盗版猖獗的时候，总是有一些人对你文章的某些文献资料吹毛求疵，而抹杀你文章中的原创性。

我作为你散文艺术的激赏者，不能不指出：你的文献资料不是没有任何问题的。连我这个疏于文献的人，也在《三峡》中发现，你把巫山神女的典故说成是楚襄王的，其实是楚怀王的。这并不是什么了不起的大错，古人就弄错了，后来有学者发现了（所以才有“襄王枕上原无梦，枉诬阳台一片云”的诗句）。你不可能对一切文献重新考察，有错在所难免，也无可厚非。就是渊博如鲁迅，他的杂文中不也是有并非个别的文献方面的错误吗？稍稍翻阅一下人民文学出版社出版的《鲁迅全集》中的注解，便可以知道。有些学者有吹毛求疵的癖好，我除了佩服他的耐心以外，我也劝你也要耐心一些。

如果情况正常，发现了文献错误，是好事，要改也不难。例如，我上面所说的楚襄王的问题，改一个字就成了。可是现在出现的不正常的现象，不仅仅是对你文献资料的吹毛求疵，而且是贬低你的散文。

这事可以从 1998 年的鲁迅文学奖中（这是中国作家协会第一次把各项文学奖统一为一个权威大奖）看出。散文得奖者有十名以上（其中有一些人，平庸得要命），居然没有你，这实在是 90 年代中国文坛的大笑话。在我，还有我所接触的青年读者看来，如果散文只有一个人能得奖，那么这个人就是你。这不是你的损失，而是鲁迅文学奖的损失。

1998 年

鸭子先生为什么不会飞

很久很久以前，鸭子先生的躯体不像今天这样肥硕笨重，不飞则已，一飞冲天，优雅潇洒，有天鹅的风格，有大雁的英姿。雄视八方，居高临下，观古今于须臾，抚四海于一瞬。收入眼底的，是蓝得透明的海，白得耀眼的云，远远近近的云朵，像蓝色海洋中的水母一样，轻盈而舒展。

有谁分得清这是在天上翱翔，还是在水中浮游?

但是，这样诗意的生涯，在我们这个星球上，是在亚当夏娃还没有被逐出伊甸园，精卫还没有开始填海的时候。

生活的色彩是多种多样的：有杨柳轻烟，春城花飞，风和日丽，红装素裹；也有雨骤风狂，云遮雾障，千里冰封，万里岑寂。远望是明月潇湘，飞近了却是凛冽寒霜。

当冬天来了，想着：春天还会远吗？可是冬天过去了，春天并不是终点。永不休息的是翅膀，翅膀就是飘扬的旗帜。生命永远是向春天进发，希望永远在没有终点的远方，在茫茫的千山万水之上，在浩浩的千年万代之上。

但是，这是一种强者与弱者的激烈的竞争和淘汰。

等待着弱者的是坠落和死亡。

从哪里发出了凄惨的哀鸣，又一个同伴消失了，只留下飘落的羽毛缓缓飞扬。

远征不相信眼泪，飘飞的羽毛像纸花一样速朽。

西西弗斯徒劳的故事，在窃窃私语中流传。争论发生了，在同伴、战友，甚至在配偶之间。一个声音叫喊起来：遗弃受伤病弱的同伴，眼睁睁让他们坠落在湖泊、草莽之间，是不是太残酷了，有悖于庄严的传统。应该停止前进，以虔诚的语言，向上帝祈祷，直到他们痊愈。另一个声音则反驳：滚滚寒流会冻僵我们，这无疑是集体自杀。要知道，一支舰队的速度，只能是那艘最慢的舰艇的速度，而单个军舰则是它自己最快的速度。

于是，心肠特狠的强者，继续远航，而那善良的、高尚的，侧翅盘旋，寻找弱者。

出乎意料的是，这是一片水草丰茂的湖泊，病弱的同伴并没有在呻吟中等待死亡，相反他们活得滋润而健康。当寒冬封锁着大地的时候，这里却流淌着一脉温泉，吹拂着和煦的春风。水草青绿色的倒影是终年不变的，鱼虾的自由嬉戏是日夜不停的，这是一角得天独厚的仙境，多少年后，正是陶渊明梦魂萦绕的地方。

日出而作，日入而息，生命的需求是不难满足的。当然，弱者也有饥饿的时候，但是，强者都是高尚的鸭道主义者，有仗义疏财的自觉，把多余的食物奉献给弱者，是他们最大的享受。他们设计了一个小康的乐园，让上帝所恩赐的一切，平均共享。他们发明了一种最精密的天秤，连一片小小的水草的重量也能均分到小数点十位以下，他们没有宪法，但绝对平均的理想刻在他们心上：走共同幸福的路。无处不均匀，无鸭不饱暖，盟誓勒诸金石：保留私有的食物，是最大的耻辱。

回想往日的苦难，有诗为证：

难忘那年复一年的远航，
如夸父逐日一样狂妄，
强者遥遥领先，
孤独的哀鸿在草莽间舐伤，
强者的家园竟是弱者的坟场。

他们就在这里休养生息，繁衍着子孙，在平等的家园享受着和谐的安康，生齿日繁，熙熙攘攘，弱者习惯于等待供给，而强者却难免懈怠，乐得装出病弱的样子，于是有了匮乏和贫穷，强者和弱者一起忍受着饥荒和寒冷的折磨。

一个声音响起来："让我们走出这个穷困的家园，让我们继续高飞远航。看哪！那天宇上远征的队伍，不正是我们当年的伙伴？"

然而，它的声音立即被一片愤怒的喧嚷所淹没："那病弱的伙伴呢？你竟然这样自私？""如果强者没有希望，弱者就更没有希望。"理论是灰色的，他陷入极端的孤立。第二天早晨，那当年从未停息南征的队伍惊讶地看到：一个冰冷的尸体横陈在门槛。一张布告宣布：背叛神圣原则的下场。

但是，饥饿却有更大的力量，一批最勇敢的鸭子去追随那南征的队伍。

这是一群最小、最丑的鸭子，默默无闻地组成了杂乱的鸭阵，心中也没有多大希望。

但是，他们远远看到了，当年的伙伴的雄姿在前方领航：鸭阵一字形排开，气宇轩昂。乘着悬浮的气流，从容地招展，两腿并拢，轻盈地滑翔，潇洒得令人想起苏东坡乘风归去的诗意。忽而一抖银翅，摆成人字，扶摇直上，像是小提琴上进入高音区，银翅也似发亮的旋律，消失在天心。在银翅的映衬下，天越发蓝得透明，照见下面的山脉啊，湖泊呀，海湾呀，水中拉长的海藻啊，在草上飘飞的芦花啊，公园里女孩子头上的蝴蝶结啊，尽收眼底。

安徒生的童话的灵感就是从这里获得的。他给这些勇敢的鸭子取了一个名字：天鹅。

而那些紧紧跟随的小鸭子，经过几番挣扎，找到了感觉，在飞翔中学会了滑翔，在千山万水之上，他们顶住了风骤雨狂、雷鸣电闪，他们的躯体变得精瘦，它们被嘲笑了："野鸭子。"但是后来，他们胜利了，获得了大雁的称号。

当然，免不了有掉队的，气力和意志不够，一个倒栽葱，跌了下来。幸好，在草地上，身体没有多大损伤，只是头上鼓起来一个大包，好红好红。

他们却庆幸地大笑起来："哈哈，哈哈！本来就知道是不行的。哈哈，哈哈！"

他们张开翅膀，挥舞着、拍打着水花，专门等着那些跌下来的勇士，表示他们的欢乐。

从此以后，他的翅膀就只能拍打水花，鼓掌。

从那以后，他的名字就叫作鹅。

而那些被他们的笑声吓破了胆的，再也不敢起飞的，就全是鸭子先生了，他们的翅膀永远也不能飞翔了。

但是，鸭子并不服输，他们举办学术讨论会，进行论文评奖，获奖论文如下：

鸭子者，非姓鸭名子者也。

"子"者，与先秦诸子同列也，进入大成至圣为首之宝殿：孟子、曾子、荀子、鸭子，井然有序，鱼贯而入，岂为鸡、鹅、猪等类望尘所能及者！鸡不能称鸡子，鹅不能称鹅子，猪不能称猪子者何？血统高下不能混淆也。

鸭子，鸟类也，属于有翅阶级中之雄长者也。甲旁鸟，乃鸟中头一等，天字第一号之谓也。甲字乃鸭子之本质属性，其翅膀乃现象，可以略而不计者也。

文章最精彩的部分，是提出一项战斗性任务——反教条主义：

夫翅，多用也，飞翔只其一也，然教条主义者，只知其一，不知其二，乃以为非飞翔莫属，谬哉！君不见，鹅之翅，用于鼓掌者乎！又不见，鸡之翅于交配之时用于撑地者乎！教条主义者，废此重大功用，其目的乃欲亡吾国灭吾种也，其用心何其毒也。

老友张毓茂的人和文

一年前，我出散文集，请毓茂写了序，此番他出散文集，要我写序，也不怕人家背后嘲笑，一搭一档，互相吹捧。我想，干什么也得有个资格，要捧张毓茂，一般人恐怕还不大够格。

第一，在青年时代，尤其是“反右”那一场惊心动魄的经历中，我们是难兄难弟，都是“差一口气”的角色。

第二，他谈恋爱那阵子，我荣任首席顾问，一大车子私房话，多少绝密的策略，至今还不想免费奉献给后现代青年参考。恐怕要学世界级的大作家，写成回忆录，藏诸名山，等到一百年后，由我们孙子的孙子，联合拍卖给研究20世纪50年代恋爱史的博士，说不定发笔小财。

第三，论了解他之深，在这世界上，我是世界第二（世界第一让给他太太比较妥当，免得产生无谓的争论）。

第四，除了他太太和我，还有谁敢臭他，指出他文章中的不足？在这方面，我暂居世界亚军。

写到这里，想起来，我骂过他，本来，是只给他一个人听的，可却被他综合在给我写的《序》中，大公无私地让天下读者共享了，原文如下：

> 他（按：指鄙人）不止一次地在口头上和书信里斥责我，说我在“自我扼杀”，说“你的文章不像你写的，你被自我被流行的套子窒息了。你的文章不如你这个人生动……”甚至不惜用粗话骂我：“你怕什么？怕谁咬了你的 ××！”我得承认，他骂得有点道理。

凭良心说，骂人是我的一大业余爱好。最佳境界是：事前没有任何准备，全凭即兴、灵感，大笔写意，淋漓泼墨，天马行空，风行水上，云收海隅，雨乱珠帘，潇洒飘逸，汪洋恣肆。我有篇文章，叫作《潇洒骂一回》，写我骂人骂过瘾了，就非常幸福地睡去，不到屁股上有阳光金色的手指在抚摸，绝对不知东方之既白；起床以后，仍然非常潇洒地，兴致勃勃地，过着同样浑浑噩噩的日子。

我骂他一次，能幸福一晚上，一想到能把他的思想搅乱，就乐不可支。不过，坏事能变成好事，我刺激他动了一点脑筋，他的散文大放光彩，其最佳成果就是他给我写的《序》。所有读我那本散文集《灵魂的喜剧》的熟人都对我说："你那本书整个儿加起来，还赶不上人家那篇《序》。"

妙哉！快哉！美哉！

不但我那本书里，最有才气的是他的那篇《序》，而且在他这本散文集中，最妙的也就是那篇《序》（请看官注意：在本书中，文章改了一个名字，叫作《如是说孙绍振》）。

自从我有了一点小名气，写我的文章不少，大都是我的学生和读者写的。他们不知是真是假，都用一种仰视的目光来看我，把我写得很有点了不起，有的还给我来一圈光环。只有毓茂知道我的底细，他用中国史家传统的实录的笔法，把当年的我写活了，不但天真、幼稚，而且脆弱、卑微，顶不住压力，还把他给供了出来，弄得两个人狼狈不堪。和我学生们写的比起来，在他笔下，我的形象真是有点寒碜，可是那就是历史。人是不应该忘记自己的历史的，更不能欺骗自己。

有了他这篇《序》，我第一次找到了骂人骂出好结果的例子。我对于自己骂人的水平，颇为自负，特别讲究灵感（虽然常常被他形容为"一团乱草"）。行文随意性很大，兴之所至，什么句子先涌到笔下，就先写下来再说，不管他好话坏话，图个痛快，等到思路理顺了，更严密的句子姗姗来迟，可是篇幅已经差不多了，也就掷笔而起，拉倒了。

他和我不同，思想比较缜密、深刻，但是不如我浪漫，我那股疯劲，他很是羡慕，可是，他就是不想学习。而我倒是不断从他那里学到不少东西。有些东西学不到，就做梦也羡慕。

我除了羡慕他的沉着、深邃以外，还羡慕他头发比我多，但不羡慕他后脑勺上那"地中海"，不过我们俩都由于这不可改革的"地中海"，被人称为"聪明绝顶"。

兴许是为了再引来我一次高水平的痛骂，他在把本书清样寄给我的时候，在前面用相当工整的笔触（不亚于他当年写情书），写了几句话："请您写序，要快！把别的活儿，先放下。我这许多所谓文章，其实狗屁而已。然而尽管满嘴鼻涕，到底是自己的崽儿，敝帚自珍，未能免俗也！"

他这么一说，我却不想骂他，说正经的，谦虚谨慎，并不一定能使人进步。

我反复诵读他在标题上打钩的文章，绝对不同意他的说法，相反，越读还越觉得余香满口，不由得佩服起来，忍不住要讲讲正经话：

我说的主要是两类文章。第一类是写他童年、少年、青年时代的师友的。笔锋如梁启超，常带感情，这种感情很是珍贵，不但是真情，而且是多年的积累，这是生命超重内涵，连模仿也困难的。他的老师公眉先生，在他笔下尤为感人。除了师德感人，更令人感佩的是落难之时的恬淡，农民同学把老师养在家里，感动得我都有点惭愧了。我想起自己虽然从20世纪90年代每年给我中学语文教师寄五百大洋（21世纪增加到一千）书报费，还寄过一笔钱让他去把牙齿全部重新装过，比起那个同学来说，就小气得多了。

写温小钰的那一篇，当然也属上品。但是为什么用来做开头第一篇，就有点令人莫名其妙。论文章质量，似乎不如写我那篇，论个人关系，温小钰算老几啊，几曾和他共过患难？除了是个女流以外，有什么理由在这本散文集的第一篇。莫不是他当了市长以后，步猪八戒的后尘，去西方极乐世界访问若干次，在洋人那儿取到了lady first的真经？

在写师友的时候，往往有动人的情怀，但是他不善于抒情，他的气质和我不同，他深沉，诗于他是不适合的。他不是用抒情诗的笔调，而是用一种叙述的风格，写出了自己生命的记忆，常常有异常的情趣。

在《人格的魅力——怀念吕公眉先生》中，他写到老师正直孤高，对于一些阿谀逢迎之徒，极其蔑视：

> 记得有一回，学校搞春季卫生周，我们几个学生帮助老师打扫办公室。工作完毕，空气新鲜，窗明几净，阳光灿烂……几个老师在议论一个“进步分子”的卑劣行径，征询先生的看法。先生仰起头，冷冷地说了句：“干干净净的屋子，不说这种人，太脏。”

这几句话，潜在量却很大，不但可以想见这位吕先生的为人，而且可以感到毓茂日后愤世嫉俗的语言风格的萌芽。

他也并不是永远那么愤世嫉俗，他往往也追求一种随意自如的风格，他自称“胡扯”。他并没有刻意表现自己的个性，但是他个性中的谐趣却往往在不经意间表现了出来。

他在大学时和一个姓邓的同学，共同办一个手抄的墙报《小火星》。

这位姓邓的同学说：普希金年轻也办过墙报。接下去，他说，到毕业的时候，这位“姓邓的普希金”被分配到大西北去了。每说到他自己的时候，也常用这种颇有调侃的笔法，随意间流露出一种幽默。我在《北大读书》中，曾经说到他建议我读弗洛伊德、柏格森的书，因为这些书离开北大就很难借到了。他在文章中纠正说，其实，他当时着迷的并不是弗洛伊德、柏格森之类，而是别林斯基、车尔尼雪夫斯基。可是后来分配工作时，却干了别的，“什么‘斯基’也不是”。

每每在这样的语气中，轻而易举地显出张毓茂式的自在和自如的性灵。这里有他为文时并不经常流露出来的自嘲和自慰。很可惜，他的身份不给他充分的自由。在许多场合下，他不能像我一样任性，不怕人咬掉什么部位。他在写一些怀念领导岗位上的同事的时候，他就不能不严肃起来。这样的文章，比起他写自己的生命的回忆，在深度上和分量上就弱一些。但是，就是在这样的文章中，有时也还闪耀着他性灵的光彩。他写沈阳市市长接待萧乾，很有点出格。市长学理工的出身，也学过一点点文学，就在萧乾面前大谈起意识流、后现代来，毓茂好生着急。而萧乾对市长的明显离谱，很是宽厚地笑笑，说："难得有你这好见解。"或者说，"这个问题，我不熟悉。"接下去他这样写：

> 这情景使我联想起鲁迅对其爱子海婴的态度。海婴上小学认识了一些字以后，兴高采烈地对鲁迅说："爸爸，我认识了好多字，以后，你写文章有不懂的字，就来问我。"鲁迅宽厚地笑了，说："好的，好的，我一定问你。"
>
> 我后来把这想法告诉了迪生（按：市长），他哈哈大笑，拍了我一掌，说："你这家伙总是这么刻薄。你看萧老人家多宽厚。"

他比我们这些人深刻，他常有一种悲天悯人的情怀。难得的是没有居高临下的感觉。这一笔的好处是，不但写出了当时当地的情景，而且写出了朋友之间那种难得的心灵不设防。只有心灵真正沟通，才能这样开怀地说他"刻薄"。

当然，要说写师友的文章，写得这么好的，在他的集子里，并不是多数。

这里头有个讲究。

写师友的，大都是一些抒情文章，可是，他从气质上讲，缺乏抒情的基因，如果从我钻研的"创作论"来看，他长处在于平静地叙事，他的冷峻使他与诗意的抒情格格不入。

如果光是凭他这抒写师友之情的文章，是不够出一本集子的。当然十个指头不一般齐，我忍不住要评头品足，他这本集子里，写得最好的文章，并不是抒情的，而是另外一类，叙事的文章。就从上面举的写沈阳市市长的例子来看，虽然是写友情的，但是最为传神的，却是叙事的细节。

他这种叙事的功夫，在写到他最为热爱的萧军和他周围的人事关系的时候，就大放光彩了。他往往能用极少的对话或者动作，把历史氛围和当事人的气质和个性表达得淋漓尽致。他写到萧军在 1948 年挨批判的时候，是这样的：

> 东北局宣传部负责人刘芝明是批萧军的挂帅人物，为了写那篇批判萧军的长文，需要萧军过去的作品当靶子，萧军便主动提供。刘把文章给萧军看，问："觉得怎么样？"萧摇头笑了，说："不怎么样！""为什么？"萧军轻松坦率地告诉刘芝明："若是我批判萧军，就不这么写。你把萧军比作狼、虫、虎、豹，还有什么老鹰狮子等凶

兽，但凶兽毕竟不是巴儿狗！你不记得吧，鲁迅说过，自己的血肉宁愿喂鹰喂虎，也不给巴儿狗吃。养肥了癞皮狗乱钻乱叫，可有多么讨厌！”

刘芝明当然非常生气，此后批判萧军的声势越来越大。萧军却对刘芝明挑战说：“你要能批得我少吃一碗饭，少睡一个钟头觉，我都佩服你！”刘说：“你和共产党要什么硬骨头！”萧反问：“共产党净需要软骨头吗？”

张毓茂冷峻的气质就在这种没有任何形容和渲染的叙述中显示出来。

也许，他并没有刻意要刻画萧军的形象，只是本着实录的精神，把历史的真相记载下来，但是他的叙述，是这样干净，三言两语，就把萧军作为一个作家却富有绿林气的特点表现得如此鲜明。除此之外，还显示了中华人民共和国成立初期比较宽松的文化氛围，是很有历史特点的。在抒情上不见什么功夫的张毓茂，在叙事上，尤其是在写到他所最为热爱的萧军的男子汉气概的时候，给人的印象常常是妙笔生花。如写萧军早年当兵，为了打抱不平，要把队长劈死，在上海，他悼念鲁迅的方式，受到了一个文人的嘲弄，他把这个家伙（张春桥一个小兄弟），狠狠揍了一顿。尤为精彩的是，写萧军1938年第一次到延安：

毛泽东听说萧军到了延安，就派秘书邀请萧军见面，萧军却以不便打扰为由辞谢了。想不到第二天毛泽东却亲自登门拜访，并在招待所宴请了萧军……在延安逗留期间，萧军曾应邀参加了不少活动，不止一次见到毛泽东。如在陕北公学开学典礼的会场上，毛泽东看见萧军时，就把他介绍给在场的陈云、李富春、成仿吾等同志，拉着萧军一起在操场上会餐。

在尘土飞扬的大风中，轮流共喝一个大碗里的酒，开怀畅饮，高谈阔论，放声大笑。那种“大风起兮云飞扬”的豪迈壮观的场面，非常投合萧军的脾气。

张毓茂的功夫就在于完全凭借于叙述，而不事任何渲染、感叹、形容，不用夸张和描写，就把一种精神氛围给再现了出来。这种人与人之间心领神会的精神交流，是很有历史特点的。

关于抗日战争时期延安的政治文化生活，已经有了许多电影和回忆，但是达到这样深度的传神的篇章还不多见。

值得注意的是，这种历史氛围的再现不是静态的，而是和文化人物的活动联系在一起的，因而就显得不但有历史文献价值，而且有艺术审美价值。

这一点最为显著地表现在萧军和王实味的关系上。王实味和萧军本来没有什么关系。王实味遭到批判的时候，有一个朋友请萧军，以他和毛泽东的特殊关系为王实味说情。萧军根本不了解批判王实味的复杂缘由，自恃与毛泽东有友情，便轻率地承担了说情的使命。毛泽东听了萧军的倾诉后，是很不高兴的，但却宽厚原谅了萧军的鲁莽。毛泽东告诉萧军，王实味的问题很复杂，不但犯了政治错误，还有托派和国民党特务问题，要萧军不要管自己管不了的事情。萧军碰了个软钉子，但他一向粗心，以为不要管就不要管吧，也没有多想。可是，萧军找毛泽东给王实味求情的传闻，很快不胫而走，引起一些同志的误解和强烈不满。

> 6月初的一天，萧军随“文抗”的同志们到王实味所在的中央研究院参加批判王实味的大会。会场比较乱，王实味每说句什么，立即招来一片怒吼和痛斥声……萧军坐在会场的后边，根本无法听清前边人们说些什么，便烦躁起来站起来大声喊：“喂……让他（指王实味）说嘛，为什么不让他说话！”会场上人们的目光，从四面八方，一时间集中到萧军身上，萧军也毫不在乎。

这样的场面，不但对于学习和研究现代文学史，而且对于学习中国现代思想史都是不可多得的史料，这种史料的好处，还在于它是活生生的，而不像一般史料那样带故纸堆的气息，缺乏历史的生命的律动。

以后萧军和周围的人的冲突步步升级，他还把自己认为的事实真相，写了个《备忘录》给毛泽东。过去他给毛写信总是马上就有回信，这一次毛泽东却置之不理，萧军还是不清醒，继续为王实味向毛泽东转信。毛泽东仍然不予置理。萧军却锋芒不减，顶风而上。在纪念鲁迅逝世六周年的大会上，他突然宣读了他的《备忘录》。

> 这一下子像滚油锅里倒进一桶冷水，立即展开了激烈的论战。丁玲、周扬、陈学昭等党内外七名作家轮番上阵。萧军孤身一人，舌战群儒，毫不怯阵，越战越勇。整个两千人的会场鸦雀无声，无一人退席，都想看个究竟。从晚上八点一直论战到深夜两点……

后来吴玉章说了几句安抚的话，萧军压下了怒气：“我先检讨检讨，百分之九十九都是我的错，行不行？你们是不是也应该考虑考虑你们的百分之一？”

这时丁玲却盛气凌人地说：“我们一点也没有错，你是百分之百的错！告诉你，萧军，我们共产党的朋友遍天下，丢掉一个萧军，不过九牛一毛……”

萧军刚平息下去的怒气，立即爆发了。他腾地起来，拍案大怒，说：“百分之九十九我都揽过来了，你连百分之一的错都不肯认账，那好吧！你们既然朋友遍天下，我这个‘毛’，绝不去依附你那个‘牛’，你那个‘牛’也别来沾我这个‘毛’。从今后，咱们就他妈的，拉，蛋，倒！”

萧军那种绿林气，他对政治的无知，他的纯洁和天真，他品格上的高尚和政治上的愚蠢，在张毓茂笔下表现得淋漓尽致。萧军不像胡风，他是一个独行侠，他没有一帮子哥们兄弟，他也没有任何理论指导，他完全凭着个人的直觉和民间的正义感。他的可爱、他的幼稚，张毓茂几乎是毫不费劲地表现了出来。但是我知道，这可不是轻而易举的，为了把这样的历史氛围化为他自己的生命的体验，他耗费了多少生命，从20世纪50年代中期起，他就对萧军有了兴趣，大学一年级，那是1955年，我俩就私下议论，胡风根本不是反革命。到了1957年春天，他以老乡的身份私访萧军，他告诉我，问起胡风是不是反革命，萧军那时处境已经很严峻，只是笑笑说“历史会作出回答”。凭他四十多年的积累，他笔下的萧军，明眼的读者都可以感觉得到，岂止是萧军，其中又何尝没有他自己对于人际关系的期待、人生自由的向往。

对于萧军和他周围的文化人物的表现，无疑是集子中最为精彩的篇章。但是不知为什么，他并没有把关于萧军的一辑，放在最前面，而把抒情味比较重的一组放到了最显著的位置上。这也许是，他总以为散文总应该有一点抒情罢。可是他又对于自己的抒情总有些不满，因而就有开头所引的那段对于自己相当苛刻的话。

其实，他的这些散文才可以列入真正的散文之列。

不但他的抒情篇章，不如这类散文甚远，就是他放在下面的几辑，以议论为主的散文，比之这一辑，在艺术上也显得逊色。这种逊色，是和张毓茂自己比的，不仅是和他最好的散文比，而且是和他自己的个性比。他是一个相当富有谐趣的人，大学生时代，他和我谈笑，往往有东北歇后语，如形容某同学做事有条理：光屁股坐板凳——有板有眼的。又如，说到班上有同学有谈恋爱的苗头了，就说是：乌龟看绿豆——对上眼啦。在一般怀旧的文章中，他有时还能把他的谐趣流露出来，到了一本正经发议论的时候，他动人的幽默，尤其是他那赵本山式的民间谐趣，就不翼而飞了。我时常有一种设想，如果张毓茂把他日常谈吐中的幽默和诙谐，表现出来一点点，哪怕像萧军所说的百分之一吧，他的散文，他的议论就可以让一些追求幽默的散文家望尘莫及了。

附记：此文是为老友张毓茂的散文集写的序。写成后有信声明：“文章奉命写好。花了几块钱的电话费，电话打到贵府上去，夫人说不在。此次给兄写序，凭良心说，没有怠慢，相当认真，当作评论和散文来写的。

你让我快写可是自己却跑到大连去旅游了。

哀哉，乐哉，快哉，美哉！文章用吴稚辉体，滑稽突梯，不正经之处，你可以随意修改。2000年5月17日。”

2000年5月17日

祸福之间
——纪念尹克杰同学

老同学张毓茂从遥远的北国来信，附上另一个同学尹克杰几年以前写的信。展读之余，不禁感慨系之。在那极“左”的年代，他遭到了冤屈。他不是“右派”，出身农民。原因似乎是，他和好友在阅读《史记·高祖本纪》，以刘邦比附了最高领袖，还有，1959 年，他回到安徽农村看到了农民吃不饱的惨状，还在小组会上发生了思想动摇。

不料，他突然被抓走了，被判劳动教养。

好在到了 1965 年，就得知他已经就业了。二十年以后，1979 年，他得到了平反，还为他补发了北京大学中文系的正式文凭。大家为他感到庆幸，那时该庆幸的人太多了，却没有仔细打听他的下落。直到不久前，才从张毓茂那里得知他的消息。多年的业务荒疏，他不能像我等一样在高等学校施展，只能到一所中学去平淡地教书。到了六十岁，平淡地退休了，在自己的家乡种苹果。

他那封信写得潇洒：

> 黄河岸边，茅屋五间，园地数亩，种些花果，修修整整，一天打发着日子，闲时和乡邻喝几杯淡酒，说些闲话，心情还算平静。

他这种陶渊明返璞归真的散淡的情调颇引起我的羡慕。可是最近得到消息，他的日子并不如我想象的那样潇洒。他的妻子——一个不识字的农妇，中了风，他就承担起护理的重任，日子变得很艰难。他最近的一封信的最后一句话是：

> 信就写到这里，孩子们在催我下地。

从中可以看出他的心情，已经不如往日那么自如、自得。

人的命运真是充满了偶然性。其实当时我对极“左”思潮的怀疑比他要彻底得多，只是我周围的朋友把我当成小孩子，童言无忌。如果他比我不幸，偶然中有必然，反过来说，我之所以比他幸运，必然中就有些偶然了。他的兴趣在于阅读古典文献，显然立志皓首穷经。如果正常发展，不难想象他在某一所大学，背后跟一些硕士、博士，以孔夫子的情调，沐风浴水，发些潇洒的议论，弟子们也许会诚惶诚恐地记录下来。

他的身材高大，相貌颇为英俊，既有黄土地的朴质憨厚，而这种憨厚往往又是不设防的陷阱，再加上他的气质中，不乏现代知识分子的清灵明秀之气，如果让他在高等学校的课堂上讲上几十年的课，不知要迷倒多少批初进高等学府的小女生，说不定还会演出一些三角浪漫的故事。最主要的是，他称之为“丰产”的四个儿子和一个女儿，将在比较优越的文化条件中成长。也许，他们之中至少有一个、两个会秉承他内在的秀气，在学术上，乃至在实业上有所成就。

如果这不是空想，那么，他的命运就不是令人同情而是令人羡慕了。

当我把这种想法告诉张毓茂时，他却给了我以迎头痛击：你这种想法完全是浪漫病，表面上是心地善良，实质上是像《红楼梦》中所说的“糊涂油蒙了心”。如果他留在高等学府，以他那种憨直之气，也有可能在“十年浩劫”中，弄出更大的祸端来，就是浩劫不来找他的麻烦，他那些儿子和女儿成为学术上和经济上的大款，也不是唯一的可能。也许他们在炒股的时候破了产，或者在开着自己的轿车的时候，就出了车祸。也许，城市空气的污染，使得他们之中，有的就得了癌症，这时他就又要令人同情了。

人生是不能假设的，就是能打草稿，那起草和修改的手也不完全是你自己的。

附记：这篇文章是为香港《文汇报》专栏写的，时间是20世纪90年代。在编入这个文集的时候，得到消息，他已经于两年或者三年前过世了。他的身体比我强壮，心情又那么怡然，为什么竟先我而去，真是生死有命，不可测也。

错过开花季节的同学

早在两年前就向往着北大百年校庆欢乐的聚会。可到了临近出发的时候，却有一个同学告诉我，校友的一切活动他都可以出席，但是唯独不能参加班级的聚会。这使我大感扫兴。当年对他的遭遇并不负主要责任的北大中文系主任费振刚先生在电话中反复向他表示歉意，诚恳地表示要给他“谢罪”。费振刚动了感情，甚至还流下了眼泪。可他的回答仍然是：“你是一个好人，但是我仍然不能去参加班级的聚会。请你尊重我的个性。”

他并没有被错划成“右派”，只是在做毕业鉴定的时候，被一个心理比较狭隘的同学写得比较刻薄了一些。不知怎么一来，不明事理的基层单位竟把他当成有严重问题的人弄到一个农场去劳动。发现管理人员对待他们好像管教劳动改造的犯人时，他抗议，对方的回答是：“你就是人民的敌人。”他跑到母校讨一个说法。幸而，同班的费振刚就在北大，问题很快得到了解决。他可以重新分配工作了。但是，已经到了 1961 年，经济困难日益严重，一些初建的高等学校纷纷下马。他失去和全班其他同学一样到大学工作的机遇，只能到一所中学去教书。到了“文化大革命”时期，他和造反派对抗，遭遇更是不堪。外部的不快并不因为事态的缓和而过去。他曾经跑到那个为他写鉴定的同学家去，把他大骂了一场。他们同是福建人，后来在回家的时候，在汽车站上遇到，他把他叫过来，又狠狠地斥骂了一通。

浩劫以后，虽然是迟到的春天，但是毕竟当年北大校园里打下的基础是雄厚的，不论在学术领域还是在创作园地，我经常惊喜地把玩同学发表的新作，还不无虚荣地宣称，某些文章的作者就是我当年的同学。想到当年叽叽喳喳的小伙子和黄毛丫头居然取得了如此令人瞩目的成就，我得到一种难以言说的精神享受。

我本以为灾难的历史公案早已随流逝的岁月而去。绝对没有想到晚来的春风并不能为每一株小树催开花朵，对于那些错过了开花季节的朋友，意识到自己创造的潜能一去就永远不再回来了，当年留下的伤痕就更深了。校庆前夕，福建校友会赠送给母校的严复铜像捐赠仪式，他倒是来了。他递给我一张自己书写的横幅，我没有来得及展开就匆匆赶往中文系1955级的聚会了。同学们以热烈的掌声调侃我的迟到，我报之美国电影明星式的飞吻。费振刚在致辞中提到，有一个同学已经来到燕园，但是由于过去被错误地对待仍然拒绝到我们会场上来，“这件事，我要向他谢罪”。这时，我插上去说，费振刚此言不妥。我在这里授权发表这位同学的“语录”：“费振刚是个好人。”随即我把他给的条幅展开，上面写着：“有幸共剪西窗烛，无悔再作北大人。”大家热烈鼓掌，这回鼓掌有了真正的隆重。

这次从外地和国外来参加百年庆典的北大校友多达四五万人，而举行五四庆祝典礼的人民大会堂只有不足一万个座位。一个系所掌握的票，只有十张左右，几十个远道而来的同学最多只有一个人能够进入大会堂。而大家毫无争议地把宝贵的票坚决给他，而他却一直婉言谢绝。不得已，我和四五个同学开了一辆车连夜把票送到了他的旅馆，他客气再三才不得不收下了。回来的路上，我一直想：他显然是受了感动，但是即使深深的感动能医治那错过开花季节的创伤吗？而且，我还注意到那个多少要为他的遭遇负一点责的同学，对此一直没有任何表示，我自然并不认为他要为此事谢罪，但是我奇怪的是从他那平静的脸上，我看不出任何内心的波澜——也许他的平静是伪装的吧。

寻找恩友沈剑云

一到张家港，我就打通了江阴的114，找一个叫作沈剑云的人，但是那边的回答是电话本上没有这个名字。在经济如此发达，电话又如此普及的江南，一个知识分子居然没有电话，这是不可思议的。第二天诗会移师江阴，江阴县委宣传部的领导和我同席，我向他打听沈剑云，他眉头皱了好久才说，不知道。像沈剑云这样1960年毕业于复旦的老资格，应该是很有名的才对。我又说出了另一个朋友的名字，他和沈剑云在“文革”期间是一起调回江阴的，终于得到消息，沈先生的朋友已经退休了。他保证让他和我联系。

然而不管是在张家港的宾馆还是后来回到福州，快一个月过去了，杳无音信。这不但使我失望，而且使我忧虑。论年龄，沈剑云也该六十五六岁了，连县委宣传部这样的主管部门的领导都找不到他，这就可能是出了什么意外了，我不敢往下想。

多少年来，我一直在冥冥之中想念着他，没有他也许就没有我的今天了。

那是1967年的秋天，我们那所华侨大学，学生“杀”向社会差不多一年，把校园留给了稀稀拉拉的大字报以后，又打着血红的旗帜，乱纷纷地杀回来了，广播喇叭又惊心动魄地震动着玻璃窗。清理阶级队伍即将开始，一些走资派、“牛鬼蛇神”又被拉出来游街。在大家摇着红色语录“早请示”的时候，一些“牛鬼蛇神”就跪在我们面前进行所谓“早请罪”，我只能用心惊肉跳来形容自己的感觉，接下去，就要轮到我了，想到这样的屈辱将临到我的头上，我就克制不住轻生的想法。在紧张地考虑了几天之后，我下了决心，一旦有人来给我戴高帽，我就以死相争，一百八十粒苯巴比妥已经从医疗室偷来了，正好一个朋友回家，我就把他的房间借来，一只大碗放在了桌上，兑上了满满的凉水，一旦高帽拿到我门口，我就连药一口气灌下去。

遗书都寄出以后，心情反倒平静了。望着那戴高帽的队伍一天天地变大，竟然没有一丝恐惧。但是我从沈剑云的眼中看到了温情，他对我说：“你最近脸色不好。”我勉强地笑笑，民不畏死，奈何以死惧之。

然而，一个月过去了，居然没有人来敲我的门。

得到消息：有人替我讲话了，“孙绍振比较脆弱，不要动他，弄不好会出人命”。

我松了一口气，很不好意思地写信把遗书收回。

学校很快解散，没法落实是谁救了我一次，但我坚信，是沈剑云。在比较了解我的朋友中，唯有他有这种本钱，他出身工人，当过解放军，是可以讲得上话的。以后我下放到德化，他就调回江阴了，这么多年来，间接的信息还是有的，他在江阴一所教师进修学院教书，以他的学养和品性，肯定是个不可多得的好教师。

这次动身之前是想和他照一张相的，还准备了一个相框，至今空相框还放在书桌上。

每逢对着相框，我就想，如果他一切正常，该是有了孙子了吧。

附记：后来我终于和他联系上了。他给我来了信，字还是那么工整，风格还是那样从容。每逢过年，在电话中，我们互道珍重。我们并没有提及往日的事情。过了几年，不知怎么一来，我把他家的地址连同电话号码弄丢了。我很不甘心。每逢有江阴的粉丝，请我去讲座，我的唯一条件就是请把沈剑云的电话地址找给我。然而，年轻的粉丝们，一迭连声地“是是是”，讲座结束，他们就把诺言忘得一干二净。终于有一个机会，我通过种种曲折，把他的电话弄到了。通话时，有点怪异之感。等我到江阴，人家告诉我，他已经有点“木”了，这是老年痴呆症的委婉语。我去看他，他已经不认识我了。我给了他家人一个信封，其中的钱在江阴一般教师看来可能不算太少了，但是回来以后，老觉得心里有点沉重，为什么不早点去看看他，叙叙旧，非要待到讲座顺道呢？难道救命之恩，不值得我专程跑一趟吗？如今就是专程，这一辈子再也不能报答他如山的恩情了。

受伤的蒲公英
——怀念老同学杜念春

1990 年春天，我初到德国，第一次尝到为陌生人的冷漠包围的痛苦。突然从汉堡来了电话，是一个老朋友的声音，请我到他家去做客。

我是多么向往和一个老朋友相聚斗室，互赏眉飞色舞之态，共享青春回忆之精神盛宴啊，然而我却不能不有所犹豫了。虽然，论朋友，可以追溯到 1955 年入北京大学之初，可是论友谊却有一段微妙的裂痕，他已多年回避和我交往，而我也是默默接受了他淡然的疏远。

他是属于那种既可爱又可恨的朋友之列的，然而不管多么可恨，你却又不能不惦记他。惦记什么呢？无非是那青春时代一去不返的事情。冥想和回忆是最耐琢磨的图画，那过去了的一切包括那愚蠢的故事都会引起持久的微笑。

我们曾经分享心灵的隐私，包括偷偷起草、互相修改第一份情书，虽然那理想中戴着光环的爱人还不存在。我们一起把莎士比亚、普希金、白居易的名句抄在日记本上，诗人笔下那比蓝天更透明、比生命更辉煌的爱情在我们精神发育过程中注入了多少圣洁的营养啊！

然而，现实总是比理想暗淡而苍白，直到 1961 年我们在福州相见时，他正为爱情的饥渴而煎熬。

“我害怕孤独，最难过的是星期六晚上。”他神情呆滞地对我说。

那时我们同在华侨大学执教，满眼都是穿着白色连衣裙系着黑丝绦领结的却又光着脚丫的少女。但是当时有一条严酷的纪律：禁止和女学生谈恋爱。有几个早期的“勇敢分子”已受了处分。然而他那潇洒的风度和雄辩的口才却使不止一个女孩子坠入情网。终于有一天，他偷偷告诉我，一个女孩子勇敢地来找他了。他说了那个女孩子的名字，我很惊讶，那是一个白衣静女，在校园小路上我几次和她相遇，她连眼皮都不敢抬一下，就像落叶一样轻盈地侧身而过。我没有想到她能第一次单独相处就把火热的嘴唇贴到了她崇拜的老师的唇上，以至于那个毫无经验的老师一连三天享受着嘴唇上火辣辣的感觉而舍不得洗脸。

不久，我的朋友在一户农民家里租了一间瓦房，我知道，那是为和那女孩子幽会。整整几个月，他走路都是带风的，光听他那滔滔不绝妙趣横生的议论，就足以使我想起契诃夫小说中一个人物的话：爱情的力量真了不得，比大炮更厉害。

可是不久以后，他突然变得神情呆滞了，像祥林嫂那样木然地搬回了集体宿舍。原来爱神可以突然从天而降，也可以无声地飘然而逝。我多方打听以后才知道，有人警告那女孩子，说我的朋友社会关系很复杂，他们家族与台湾方面有说不清的联系。而她恰恰又是抛弃了南洋优裕的生活和家庭决裂了才归国投奔革命的。虽然她的内心发生了一场革命和爱情之间残忍的战争，但在表面上却保持宁静，仍然是低垂着眼皮走路，遇到人总是轻盈地侧身而过。

这使我的朋友陷入更可怕的爱情饥渴之中，他一下子变得憔悴起来，几度徘徊于活着还是死去的十字路口。后来我随同华侨大学迁去了厦门集美，我的朋友因为是借用的教师所以留在了福州。在集美，我曾收到了他的几封长信，请我在那白衣静女面前大力斡旋，然而我却既无胆量去触犯天条，又无足够打动芳心的语言技巧。只是在回信中，我引用了法国大革命时期革命家丹东的话：求他活着，而且要勇敢、勇敢、勇敢哪！为了安慰他，我还提起大学课堂上的一则往事。我们曾经问过吴组缃先生，为什么《红楼梦》中那些少男少女，才十四五岁就有了那么强烈的爱情。吴组缃先生以艺术家兼学者的睿智打了一个精致的比方说：就像路边的蒲公英，越是遭到践踏，越是可能提前开放出花朵来。我告诉他，也许幸运女神已在你背后，踩着你的影子了。

我不过是随口说说，没想到居然被我歪打正着了。

断断续续从他的来信中，我感到他的心受到了抵抗不住的吸引，他转弯抹角地向我透露，那完全称得上“艳遇”，经我再三追问，才知道，那异性不是他曾经向往过的白雪公主式的少女，而是年龄高出他将近二十岁的女人，一个有名的“破鞋”，可又是他的顶头上司。他被挑中，作为随员去出差，起初，他还为自己的才干被赏识而自豪，不久就逐渐感到有些惶惑。他没有来得及思索，就发生了一件事。那天早晨，他们正准备出行，突然，她停下来说：“我的鞋带散了，给我系一下。”他愣住了，盯着她眼睛，她的眼神镇定地坚守着，他只好弯下身去为她系鞋带。

就在他站起身来的时候，她把他抱住了，使劲地吻他的嘴唇。这时他的第一个感觉就是她那满口的烟味和唾沫的咸味。那白衣静女的吻曾经使他销魂，把他带进天国，而这个半老徐娘的吻虽然有地狱的味道，他却不能抵抗。他自己也知道，他不能抗拒的不仅仅是对方的权势，而且还有自己生理的饥渴。

在那经济困难时期，大家都为填饱肚子而苦苦挣扎。每次欢会之后，她都会给他一堆罐头。他感到屈辱，他不知道这算是馈赠还是酬劳。他本该就此拂袖而去的，但是每逢得到她的召唤，他又几乎不由自主地去了，尽管提着罐头回来时，心头留下的是茫然和愧悔。

难道遭到践踏的蒲公英开出来的竟是这样的恶之花吗?

为了这个，他挨过我多少骂呀！他写过多少忏悔的信呀！然而，他仍然不能抵抗引诱，直到“文革”浩劫前夕，他终于找到了一个美丽的妻子，他借助妻子的力量抵住了地狱的诱惑。但是，在铺天盖地的大字报上，他得知那个放荡的女官员垮台了，他那些并不浪漫的故事公开了，成了他的精神灾难。

在大字报上、漫画上，他成了小丑。他的妻子离开了他，留给他一个女儿。他忍受着羞辱和自卑，往日朋友们的歧视使他失去了和周围的精神联系，整整十年他生活在透明的监牢之中。直到浩劫过去，我们再度相逢，他迎面走来，却不敢看我的眼睛，只是艰难地一笑，那笑比哭还难看。

终于，他选择了退职，投奔德国汉堡一个亲戚，开始了他在饭店打工的生涯，然而他永远使不完的才智却使他在不到十年之间，成了汉堡小有名气的针灸医生。

时间的推移和空间的转换，弥补了我们之间微妙的裂痕，中年异国相逢，我们又自然地神聊胡侃起来，在温习了那并不浪漫的经历之后，他不胜感激地说，世界上只有情爱，没有浪漫纯真的伟大爱情。

他的事业是辉煌地成功了，然而他心灵却是一个黑暗的废墟。更使我震惊的是，当他女儿准备到福建中医学院去读书时，他竟当着我的面对这个才十六岁的女孩子说，你可以找男朋友，和他同居，但是不要结婚，因为这个世界上没有爱情。事后，我责备他不该把这样有毒的情绪传染给像鲜花一样盛开的女孩子。他苦笑着说，爱情本身就可能是有毒的。对这样可怕的思想我不能苟同，我说，真正的爱情，也许是存在的，只是被莎士比亚描绘得太浪漫了。

他不屑地摇摇手，而且恶毒地一笑。

第二天他开车带我去观光。首选的景点不是渔人码头，也不是汉堡大学的校园，而是汉堡公墓。说是公墓，可绝对没有任何死亡的气息，色彩鲜明的花朵纠结成厚重的墙体，藤状的花枝连绵交错成雄浑的森林。灿烂的生命色彩像波涛一样汹涌着，耀眼的锦簇像豪迈的歌声起伏着，满眼都是生命的光华与色彩的交响，这着实使我的心灵为之一震。

突然，在墓碑的石栏边，我看到了一棵被皮鞋践踏过的蒲公英，叶子大都枯败了，花茎破裂了，然而却又崛起了，开出半朵娇黄的小花，姿态是那样不屈，在光洁如镜的花岗岩墓碑上，那精致的花蕊纤毫毕露，好像故意和死亡挑战似的。吴祖缃先生三十多年前那个比喻，又一次顽强地来搅动我的思绪了。

我突然觉得这是我朋友命运的象征，是个吉兆，也许他情感饱经摧残之后终于会开放出鲜丽的花朵来。

我的朋友嘲笑我的“浪漫劣根性”，他说爱情最好的象征不是纯洁的蒲公英，而是罂粟花，正因为有毒，它才美丽。爱情的维系并不像诗人所说的那样全靠善和美，有时需要的恰恰是恶和丑，像蛇一样的邪恶也许比美和善更有力量，就像当年那个高级女官员的肉欲和权势迷住他一样。

说完，他哈哈大笑，我却毛骨悚然。

难道他的心真的被罂粟一样的毒汁浸透了吗？然而他又告诉我一个故事。

他初来德国的时候，他的第一份工作就是切洋葱片，每天将近十个小时，洋葱熏得他涕泪纵横，他也不敢懈怠，终于有一天他切断了一个手指。既没有医疗保险，又没有工资，他用一点消炎药，包扎着，躺在一间散发着烂白菜和发霉面条气味的房间里。他第一次尝到绝对寂寞的痛苦，虽然从大堂里不时传来顾客的欢笑，厨房炒菜的气味也不时刺激着鼻腔，然而他却感到世界离他越来越远，他好像一颗石子缓慢向无底的黑暗下沉。他痛切地体会到所谓孤独就是既没有人爱你，也没有人恨你。如果你死了，绝对不会有人流一滴伤心的泪水；如果你康复，也不会有人由衷地为你庆幸；就是你的尸体发出腐臭，早晨照在窗台上的阳光、夜晚镶满窗框的星星也不会有任何变化。对于世界和生活，你完全是多余的。

就在这个时候，电话铃响了，是一个年轻的中国女性的声音。这对于他已经麻木的心灵，并没有引起激动。那声音说，她已经观察他许多天了，完全理解他身处绝境的悲苦，她不想打搅他的平静，只是请求他为她做一件事。她的老父已经故去了，留下了一笔可观的财产，自己却只能孤独地留在汉堡公墓的一角，而她却因为企业管理工作繁忙不得不远居南方的特里尔城。她请求他每周去为她的父亲的坟墓换一个新花圈，而她则每月给他寄上八百马克的支票。

他自然欣然允诺。汉堡公墓就在附近，那里富豪的墓上差不多每一两天就更换一次新花圈，许多被弃置的花圈上的鲜花仍然娇艳欲滴。他收集那些生命仍然放射光彩的花朵，自己编成花圈。不是一周更换一次，而是三天左右。他东方花圈的风格是北欧的花店里所没有的，这使他感到一种享受。不久以后，那位女士来电话，首先她为他的诚实而感动，其次他东方的花圈艺术使她仰慕不已，她还请他原谅她偷偷地窥探。她建议就在他所工作的餐馆中见面，她会在纽扣上别一朵玫瑰花。这个富有的女人显然并不在遥远的特里尔，而是在近处监视他，这使他很不自在。他自然明白，在西方，女性为会见男性在衣襟上别玫瑰花是什么含义。他总觉得从一开头，这里就有一些鬼鬼祟祟的名堂。

我是多么希望这位女士的降临会证实吴祖缃先生艺术家的睿智呀，然而令我扫兴的是，他不能相信浪漫的爱神会像在童话中那样光临，因而他和她十年的交往仅限于电话。

不久之后，她在电话上告诉他，她要结婚了，但是恳请他不要去参加婚礼。

我至今弄不明白，我朋友中了什么邪。他是那样害怕孤单，年轻时孤独曾使他饥不择食，如今，身在异域孤独到绝望的程度，是哪里来一股奇异力量让他抵挡住浪漫女性的引诱？这个谜，常常令我情不自禁地想探寻他灵魂的奥秘。

过了些日子，我们又见面了。正巧他的女儿从福州归来了，还带回来一个一句德文也不懂的小伙子。不顾老父的反对，他们以闪电的速度结婚了。很快屋子就有了孩子的笑声，到处是孩子破坏的痕迹，爱情的甜蜜洋溢在家庭的每一个角落。一天晚上，趁他父亲不在，我问那女孩子，她是怎么战胜他父亲黑暗的灵魂的。那女孩子开始絮絮叨叨文不对题地讲起她和那小伙子相识的烦琐的细节。在我看来，平凡到平淡的程度，完全没有浪漫的诗意，然而对于那女孩子来说，那每一个细节都无限珍贵。她说了一个多小时，我却无法克制眼皮的下垂，我只好请女孩子原谅我到洗手间去一下。当我走出房门时，没想到，她父亲就在外面侧耳倾听，他听得是那样入神，而且陷入沉思。走廊上的灯显然是被他灭了，我看不见他的脸，只有那烟头一明一灭的火光，照着他眼角的一颗泪珠。我蹑足走回房间，庆幸他没有发现我。

不久以后，他宣布结婚，我去参加婚礼，那个打电话的女士也来了，可惜不是新娘。她和我是在被拥到贵宾席上才认识的。使我吃惊不已的是其实她根本没有结婚，当时她只是为了刺激他一下才说着玩的。婚礼开始以后，我一直观察她谜一样难解的微微的似乎永恒的笑容。但等她悄悄走到门廊上去抽烟时，微笑就突然像一阵风刮跑了，消退得一干二净。在她毫无表情的脸上，一点生命没有留下。

我又禁不住想起那受伤的蒲公英了，也许那倔强的小黄花可以成为她的象征吧，然而，她的爱情并没有提前开花，她的命运比之蒲公英悲壮得多、绝望得多。

漫长的岁月，并未把朋友的故事留在时间隧道的尽头，难得的书信往来，都是寒暄。他的灵魂是过分倔强还是过分脆弱，对于我仍是个谜。但是，汉堡公墓那蒲公英的倔气和傲气，那畸形而又顽强的姿态和吴祖缃先生的比喻令我惦念不已。但是这一切又并不能帮助我理解朋友的命运。我终于不得不承认我的探索失败了。也许这是因为我过分迷信吴祖缃先生那精彩的比喻了，我朋友的性格不可能受这预设的框架拘束。也许吴祖缃先生的比喻还需要某种补正，难道所有受伤的蒲公英都能提前开出傲气的花朵来？至少那不能算是一种规律吧。

1995 年 10 月—12 月

附记：这篇文章写好以后一直没有发表，待到收入本集中，杜念春同学已经过世了。他在当年的西德，凭着绝顶的聪明，当了多年的针灸“医生”。他是北大中文系新闻专业毕业的，没有医学博士学位，在德国行医是违法的，也曾被德国警察逮捕入狱几天。后来他和一个德国医生合作，以他的助手的名义行医。红红火火过了十几二十年，不幸中风，抢救得法，乃回到漳州，定居。好客，好美食，好出游。于云南石林门前突发中风而逝。

中学纪事

写着这个题目，怀疑就在膨胀。

六十开外的人了，回忆少年时代，是因为有历史的价值吗？自己是个小人物，历史的洪波不会刻画在自己当年的琐事中，我是把自己当成文化化石吗？无非是一些小小的悲欢，好玩的、聪明的、愚蠢的、天真的、纯洁的、浪漫的、怯弱的、卑微的故事，已经和当年的风一起消逝了，自己又没有记日记的习惯。而且，少年心事，本来就是那样朦胧，那样天马行空。就连当时，有没有爱上从小学五年级就跟我同班的一个女孩子，都说不清楚。

人的记忆，是那样的靠不住。就连当场发生的事，不同人的复述都相去甚远。如果一年有百分之一的损耗率，五十多年下来，所剩下来的不小于零，就算秋雨，都会记录在年轮里。

几年前，我在美国加州旧金山的红杉公园里，看到一棵红杉的横截面，数千圈的年轮，真是伟大的奇迹：这里标出耶稣诞生，那里标出恺撒大帝建国等等，在唐太宗即位的那一轮上，我看到一边特别宽大，而一边比较狭窄。这是当年春天的雨水较多的铁证。

当然，有一点是很清楚，而且不用考证的：从我懂得了“中国人民站起来了”这句话的意义那天起，我就立志不能庸庸碌碌地度过一生。

今天引起争议的苏联小说《钢铁是怎样炼成的》，在当时是把我从武侠小说的沉迷中拯救出来的第一本书，起初是华中新华书店出版，白刃改写的，后来是华北新华书店的麻纸版全译本。保尔·柯察金不像武当豪侠那样有飞檐走壁之功，也没有玩弄采花大盗于股掌之中的超人本领，但是，他骑在战马上，在烽火的疆场呐喊前进，先为流弹击中，后为伤寒折磨，躯体和爱情一样都受到了摧毁，甚至在双目失明以后还用他的笔为革命服务，这样壮丽的人生，和我灵魂中的民族浪漫主义有深深的共鸣。

保尔的名言我至今仍然能够背诵：“人最宝贵的是生命，生命只有一次。它应该这样度过：当他回首往事的时候既不因虚度年华而后悔，也不为碌碌无为而痛苦，这样，他在临死的时候，就可以这样说：我的一生已经献给了人类最光辉的事业。”

当我念念有词地背诵着这样的名句的时候，我甚至想象自己高举战刀，骑在枣红马上，一颗流弹打中我的脑袋。我仍然勒紧马缰，让马头高高举起，以便把战刀向敌人的旗帜砍去，在敌人的旗帜倒下去之后，我一头栽在芬芳的草地上，鲜血从帽子里流出来。望着蓝天白云的背景上红旗的飘舞，听着那猎猎的声响，我就这样含着微笑闭上眼睛……

能够把自己的鲜血流在革命的红旗上，是人生最大的幸福。

但是，十分遗憾，这仅仅是加入共青团那天晚上的一个梦。

伟大的二万五千里长征已经过去了，过雪山草地，吃树皮草根，已经不可能，抗日战争也已经成为历史，怀揣着一颗手榴弹、两块地瓜干，抓上一个舌头的机遇，也一去不复返了。当解放大军横渡长江的时候，我还在小学的课桌上画关公、岳飞的头像。

谁能不深深因为自己出生太晚，没有赶上那血与火的年代而遗憾?

听过那么多的英雄报告，在兴奋之余，不免也有点惭愧：不管故事多么动人，那样伟大的功勋并不是我创造的。将来，当我白发苍苍的时候，我有什么故事可以对戴着红领巾的儿孙们说呢?

当抗美援朝战争爆发，我是那样兴奋，我想起了电影里面很多英雄冲锋的场面，那拿着红旗、头上包着绷带的，难道不就是我吗？全校都沸腾了，为汉江南岸的日日夜夜，为黄继光、邱少云献身的事迹而激动；参加军事干部学校的热潮在全国中等以上学校掀起，虽然才十四岁左右，全班却百分之百地报了名。

口号很干脆：站出来让祖国挑选！

可是，唯一没有报名的竟是我。说起来，很难启齿：妈妈说了，我们家已经失去了两个（大哥和二哥），不能再去了。二哥报名，家里也是反对的，不过大人不好出面，就让我跑到松江中学去拖后腿。我为什么竟毫不勉强地去了呢？为什么没有感到尴尬呢？我连想都没有想。

家庭、亲情的力量是无法与社会政治潮流相抗衡的，母亲的话，在理论上是经常遭到我的抵制，但是，母亲的眼泪，却比流光溢彩的主流话语强大得多。

难道全是因为妈妈吗？似乎也不全是。

我这个人是不是适合打仗，连我自己也没有把握。不要说打仗，就是打架，与我的个性似乎也有点格格不入。

一个比我们高一年级的同学，每逢见到我们打玻璃弹子，就无缘无故地把弹子踢向四面八方。我们决计教训他一下，找了一个个子比较大的，设计好进攻的路线，一下子就冲到他们那间小烟纸店门口。本来是该我第一个动手的，可是一看见他在我们威武雄壮的问罪之师面前可怜巴巴的样子，我的心突然软了下来。居然呆在那里，动弹不得了。还是第二个勇士冲过了我，握着粗大铁钉，一下子就打在他的肩膀上，我心居然还颤抖了一下，立刻看到对方的棉袄的肩部露出了白色的棉花。

当朋友们欢呼的时候，我却沉默着。

我在想，如果在战场上，面对真刀实枪，这样不是成了叛徒了吗？

尽管如此，生活是轰轰烈烈的，上课上到一半，往往就接到通知：街头作宣传演出。我从来没有怀疑过自己的表演禀赋，戴着星条帽，装上大鼻子，表现帝国主义的丑态，是我的拿手好戏。

战火远在鸭绿江以外，而到了上英语课的时候，却有了真正的硝烟。

有些同学提出：拒绝上帝国主义的语言课。那头发已经有点花白的女教师的气愤显然比之她所能驾驭的英语更多，结果，她什么也说不出。一些勇敢的同学就这样大摇大摆地走出了课堂。而我为什么和女同学一样没有走出去的勇气呢？甚至到了老师自己也愤然离去的时候，我很想去挽留，但是却没有行动的力量。自然，下一次她还是来上课了，那些反对上英语课的同学东倒西歪，做出郁达夫作品中一些人物的样子，我是很讨厌的，但是我为什么也不敢正襟危坐，也多多少少歪歪地坐着呢？

农村正在实行初步的互助组，我们班也分成五个学习互助组，每一个组的桌子组成一个方阵，调皮的男同学，把毛笔放在桌子前面，女同学的白衬衫上，都出现了形式各样的花纹。当女同学尖声叫起来的时候，胜利的笑声震动了课堂，正在板书的老师回过头来。那笑声戛然而止了。这种当时号称“煞车”的技术是多么精彩，又是多么令人钦佩啊，为什么我就享受不到那份发明者的光荣呢？

这个尖叫的黄毛丫头，和我从小学同学到中学，从来都是不起眼的。小学六年级，为了一件永远也不可能回忆起来的事，我还勇敢地和她用算盘，打了小小的一仗，并且为把她吓哭而骄傲。这事我早已忘得一干二净，可是为什么最近在单独和她相处的时候，舌头的运动不像平时那样自然了。特别是听到不少男同学在熄灯以后，称赞她的美丽，我却对她表现更为冷漠，不管她笑得多么好听，我总是眼观鼻、鼻观心。

冷漠完全变为迷恋是以后的事。在一次演出前，她用那世界上最为柔软的小手为我的面部打底色，原来，世界上还有这么美好的感觉，这种感觉就和她那突然变得美丽起来的脸庞在我的记忆里永远不会改变了，直到前两年，我从母校的老师那里得知，她已经“驾鹤西游”了。

那么青春焕发、那么摄人心魄的一张小脸怎么会与死亡联系在一起！

现在我才明白，当时的我，在人生态度上，是向往英雄主义的，但是，就是在女孩子面前英雄不起来。五十年后，回想起来，许多重要的事（施俊邦爱上郁乃仁，在团支部受到批判）已经变得很不重要，许多不重要的事（陆福泉突然不念书，回家种田了）已经变得十分重要了。不管重要不重要，我为记忆的丰富而庆幸。

生命是多么奇妙而且美好啊。

每天都有叫人激动的发现。

但是，也有恐怖。

1951 年，我考取了上海光华大学附属中学二年级的插班生。

在例行的体格检查中，医生说我的肺部“有问题”，要复查，在当时，肺结核是不治之症，医生的话无疑是死刑的宣判。

当我从四川路桥旁边的医院出来的时候，阳光正照在一辆有轨电车上，车窗口一个孩子的红领巾在飞舞，车子发出叮叮当当的悦耳的声音。我突然感到悲哀，再过几个月，我就再也看不到这样美好的生活了。光华大学的游泳池的笑声，并不会因为我的死亡而有所减少，我将睡在无边无际的冰冷的黑暗里，没有歌声，没有鲜花，祖国、时代、英雄都将化为虚无。

这一切，仅仅是过眼的云烟吗？

在那如梦如幻的少年时代，每一轮心灵的微波难道就如流星一样流入深不可测的太空，永远消失了吗？

但是，一切在心灵里产生过、存在过的，都不会白白流失，不可能不留下任何烙印。

至今，现在的我，在讲起普通话来的时候，和当年的口音是没有什么两样的。

除此之外呢？

在我灵魂的年轮里，就没有一点波纹吗？

到了年过花甲的时候，还会为一种强烈的民族主义情绪所激动，为社会不平而急公好义，而慷慨激昂，少年时代心灵的基因结构的深沉，远远超过旧金山红杉横断面上的年轮。

尤其是当我感到，我受到损害，弄不清是该反抗还是应该沉默的时候，好空想，有罗亭式的华彩语言，但是却缺乏真正男子汉的魄力，把软弱当善良和道德崇高，这一切和当年那个不成熟的少年之间的必然联系并不需要任何形式的文化考古，也是一清二楚的。

厦门人和福州人

这几年，福州人到了厦门，对厦门人有什么感觉?

我相信，只要他的感觉还没有瘫痪，都会感到厦门人变得可爱了。不论是传统的小家碧玉还是新近富裕起来的工薪阶层，都毫不掩饰作为厦门人的得意，连那刚刚取得厦门户口的北方来的女大学生，厦门话还听不全，脸上那厦门人的自豪感，见了外地人简直都要从笑窝中往外淌了。一个个走路都好像踩着弹簧似的，都是带风的。过去，年轻的姑娘，遇到北京来的游客问路，都要憋足了劲把舌头卷成好几个圈儿，发出几个蹩脚的，而且往往是没有必要的卷舌音，以表现小城市人对于大城市人的倾慕。如今她们讲着齿音轻快的闽南牌的普通话，用语音雄辩地证明了她们是地地道道的厦门人，连三十二分之一的外地血统都不可想象，但是又没有广东人那过分以纯种广东土著自豪的呆气，也没有上海人多多少少有点自负的油气。

对于这种毫不掩饰的城市优越感，福州人越来越感到既不太自在，又不能完全不服气。

人家的优越和自豪，已经不再是传统的、狭隘的“地方主义”了。鹭岛人为自己的城市感到高人一头，其本钱已经不仅仅是物华天宝，如诗人郭小川所说的“熔壮美与秀美于一炉”的自然风光了。如果光是登上鼓浪屿，望着那天光云影、风烟俱净，享受着福州人很难享受得到的极目远眺的幸福，或者在郑成功纪念馆穿过时间的隧道作历史的遐想，体验着中华民族的伟大的凝聚力，我是没有资格在回来以后向朋友夸耀看到了当代厦门人的。老实说，光凭这一点，对于当代厦门人，恐怕连“门”都没有摸着。真正的厦门之“门”不完全在大自然的鬼斧神工中，也不限于在老祖宗的遗产里，而是在厦门人的崭新的群体文化意识中，在他们身处人杰地灵之世的共同的生命姿态中。

这是一座现代城市人的精神之门。

不用到华侨博物馆去，那里的厦门的形象是老祖宗提供的，色彩多少有点旧了。走到街上去，到普通人的日常生活中去，看看厦门人在短短十年之内创造了一个什么样的厦门人的形象。

我注意到一个个体鱼贩，把鱼虾收拾了以后，耐心地用清水冲洗石板地，旁边还有一个妇女，她的身旁还有一把棕刷。他们是那样从容、那样自然，完全没有感到在做着福州人要听一百倍大道理才迟迟疑疑地去做的事情。在那边路上，我看到一个妙龄女郎，正吃着一种什么山楂吧，也许是什么话梅吧，她正和一个男青年唧唧哝哝、卿卿我我，然而，她声音越来越含混了，最后，她竟然什么也不说了。那男青年却仍自在抒情，并未留意到女郎沉默的原因。原来那位女郎一时找不到果皮箱，只好把山楂或者话梅的种子留在了嘴巴里，此时，她的嘴巴已经给种子鼓满了，无法开口。我不由地想，如果在福州，那些五一广场上的西装革履的“派头佛”随手扔下易拉罐（还潇洒地踢出几声沙哑的声音来），会对这个女郎怎样嗤之以鼻，他们的潜台词是不是：“浪蒙”（傻瓜）！

走上公共汽车，我自动地排在队伍的末尾，随着人流，鱼贯而入，慢慢跨上踏板，车上只剩下最后一个座位了，如果在福州，也许我是会加紧脚步，尽可能去占领那最后一个座位的。然而在厦门人秩序井然的队伍中，我却失去了在福州的那种豪放的自由。

厦门人早就有一种福州人少有的乡土自豪感，一谈起厦门，哪怕是一种土里土气的小点心，都以绝对夸张的语调加以赞美，厦门的什么都是神圣的，不是世界第一，也是世界第一流的。说到鼓浪屿就更是天堂了，上帝把最好的气候、最好的风光，还有最好的民俗和人品都集中在地球母亲这蓝色而透明的胞衣的一角上，闪耀在这金色的纽扣上。整个闽南人都有这种乡土自豪感，不过，以厦门人为最。比起其他闽南人来说，光说厦门人有乡土自豪感，我怕是委屈了他们。应该说是乡土自恋感才比较确切。在这一方面，他们和泉州人一样虔诚。随便找一个泉州人，他都会说出一大串泉州世界第一的历史遗迹、人文典故和现代民俗，他们比之莆田人的眼光要开阔一些，少一点狭隘的色彩，但和莆田人一样充满了对家乡痴迷的感觉。也许正因为痴迷，甚至迷信，恋乡之情才充满了诗意。上海人那种对于大上海豪华的夸耀，往往是在离开了上海才得以充分发挥的，因为上海虽然伟大、豪华，上海人虽然聪明、机灵，但是他们的乡土自豪感，都带着一点个人的虚荣的性质，而且偏重于物质方面，因而上海人的乡土自豪感，和厦门人比起来，就是缺乏诗意，那简直只能算是散文。

厦门人的城市自恋是物质和精神、历史和当代互相渗透的，不仅仅是属于个人的，还是属于整个城市的。这其间的区别并不需要从美国请来社会心理学家进行多少问卷调查，只要问一个大吹法螺的上海人，你在伟大的上海，关起门来的天地究竟有多少平方米，他们往往就要兴奋程度大减，虚荣心受到打击，以至鼻尖上冒出女人才有的那种细微的汗珠来。上海人创造的一个风行全国的名词“亭子间”，就把他们的老底全部曝光了。很善于发一点精彩的牢骚的上海人，身在上海时，对这个城市的毛病的精确感觉，绝对超过了时髦女郎对于新衣服上的一根跳纱的明察秋毫的天才，但是一旦离开了上海，特别是在一些没有到过上海的“阿乡”面前，他那种自大就火速地膨胀起来。和厦门人相比，上海人更珍视的是属于自己的那些平方米。东方明珠亚洲第一。笑话：有什么用？儿子结婚你能让我在那里摆上一张床吗？他们不会像以厦门人为代表的闽南人那样对于家乡的山水、民俗、历史、传说乃至现代发展那么着迷。上海人是实际的，没有什么人为光启中学被改成一个莫名其妙的公式化、概念化的名字而惋惜。比起全国许多城市来说，上海的历史是贫穷的，上海最早的、几乎是唯一的历史名人就是徐光启，居然在他的家乡没有什么有识之士，为取消光启中学的名字而感到恼火，至今也没有人为提议恢复此校名而奔走呼吁。上海也许什么都不缺，唯独缺历史文化意味深厚的人文景观。上海人太物质化了。他们的注意力集中在看得见的、摸得着的、闻得到的、尝得到的东西上，至于那些虚无缥缈的历史传统、民间故事，文化水平很高的上海人即使偶尔提起也不过是当作姑妄听之的笑话而已。上海人是没有什么乡土观念的，这也许和真正的上海人太少有关。

1945年我在上海时，上海才有三四百万人口，可现在号称上海人的就有一千二百万以上，这就是说四分之三的上海人不过是持有上海户口而已，而不是真正具有上海独有的历史文化心理的公民。因而上海人一般地说是没有家乡观念的。他们缺乏闽南人、厦门人那种乡土精神的凝聚力是不足为奇的。但是以厦门人为代表的闽南人表达对于家乡的爱时，他们所夸耀的往往不仅仅是嘴巴里味蕾感觉得到的，身上的皮肤接触得着的，而且是那些很遥远的传说；一块小饼之类并不重要，但是如果这块小饼和一个什么故事、什么人物联系在一起，这个历史故事往往比之上海的全部历史还要悠久。这自然就使厦门人对于家乡的一切怀着某种神圣感，珍惜着其永恒的精神价值。正是这种小饼、小故事作为触媒，把厦门人的乡土自豪感化合在一起。

当然广东人也是以迷信自己的家乡而名闻天下的，特别是他们的方言，他们中的某些老派人物，甚至在美国居留了三代，说的还是一种被美国人称之为“破碎（broken）英语”的语言，许多人不但不会说而且不能听普通话，他们除了广东话什么话也不在乎。在伶牙俐齿的上海人眼中，广东人比较拙于言辞，他们讲起普通话来，比不讲普通话时更多地把舌头死死地粘在上颚上，他们说“四十四只石狮子”，八个音节，让人听起来永远是同一个音节的延长，令人想起妇女们在逗引婴儿小便。上海人有一句谚语说，天不怕，地不怕，就怕广东人说官话。在夸耀自己家乡方面，广东人要和厦门人举行奥林匹克比赛的话，广东人肯定是要全军覆没的。首先，他们的普通话就只有家乡人才能完全听得懂，而在广东一切引以为荣的世界第一这一点上，他们和老乡在娘胎里就是没有分歧的，而和他们有分歧的听众根本无法领悟其妙言要道。

乡土观念，本来在我心目中是一种思想保守、精神狭隘、心灵封闭的表现，完全是小农意识的残余。世界大得很，美妙的去处、奇妙的传说何止万万千千，难道一个鼓浪屿，就值得你舒婷死守着，成为不肯到福州去的充分而必要的理由？我一向认为，厦门人的城市自恋是一种小家碧玉气质，限制了他们的胸襟，虽然他们面对大海，没有什么高山峻岭挡住他们的目光，但是他们的心灵半径却过分地局限在这小岛之中了。他们有时站到日光岩上，而精神并没有上升到时代的高度，缺乏我们省会城市高瞻远瞩之气概。

然而今天，我却不能不感到省会城市的大气魄没有多大用处了：正是这种对于小小家乡的近乎迷信的热爱，使得厦门人甘愿为家乡的美好形象、响亮名声做出奉献；而这正是福州人也是上海人所缺乏的。正是出于在福州人看来不一定有充分道理的厦门优越感，他们才甘愿为这个心灵的殿堂做出他们虔诚的奉献。他们并没有特别地互相约定：让我们向全中国、全世界证明这一点，但是厦门优越感像一道无声的命令在指挥着他们，他们就像德国人一样驯顺地服从着自己内心的命令。正因为这样，他们在为城市的清洁和文明付出劳动时才会那样自然、从容。如果这种不慌不忙的从容、自如，是在某个个体身上表现出来，那是不会引起我的深思的。但是这种从容、自如，几乎在每一个厦门人身上表现出来，是从每一个厦门人充满乡土自豪感的心眼里流出来的。这就构成了一种和谐的交响。

我在中国许多城市的大街上看惯了人与人之间互相妨碍，互相排斥，互相无缘无故地、轻率地把原本细心地包装在时装里面的粗野暴露无遗。但是几年不见，这些厦门人，竟使我刮目相看。他们并不像莆田人只有离开了家乡才互相不可缺少，莆田人在家乡时，矛盾倒是颇为尖锐的。这些厦门人，就是在家乡，其关系也是水乳交融的，就看那公共汽车前排队人的姿态，虽然并不像德国人那样整齐，队伍有点弯曲，有的人斜侧着身子，有的在俯首阅报，有两个还在并排交谈，姿态各异，但是自如、自然、自在的心态是相同的。这些中小城市特有的小家碧玉式的和谐，是不是有点像五线谱上豆芽菜一样的音符？当然，绝不是贝多芬的雄浑的《英雄交响曲》，也许是一曲贺绿汀式的《牧童短笛》吧。但是，最准确的象征恐怕还是厦门人热爱的、充满地方气息的又带着古典意境的南音。正是这种牧歌式的和谐，使我感到了一种令人轻松而又沉重的压力。之所以轻松，是因为我在省会城市福州，已经习惯了街上的人互相摩擦、互相挤对、互相无缘无故地恼火。之所以又有压力，是因为遗憾油然而生：很可惜，这样的轻松不是在福州，而且，不知道什么时候才能在福州的街道上让人们普遍地享受牧歌的悠扬。这种压力是看不见、摸不着的，然而却像缥缈的音乐在我心中升起。这种音乐带着一种诗意和妒意，这种妒意不产生在那号称“钢琴之岛”的鼓浪屿的曲折的巷道上，而在厦门人的行为举止的默契里。它那轻盈的节奏和自由的氛围令我心灵感到抚慰、受到感召、受到刺激。一种无形的同化力量，使我产生了一种愿望，想要和厦门人同等地和谐、同等地从容、同样地默契，不要让厦门人看出我们福州人心里的一丝一毫的妒意和心虚。

作为一个福州公民，我到过秩序比厦门好得多的波恩、法兰克福和马克思的家乡特里尔。德国人好像随时随地都在准备着听从命令似的，在那里，我感到过文明秩序的压力，但却比不上在厦门人中间的心虚感、妒忌感和紧迫感。因为德国太遥远，在厦门朋友的感觉之外。我们福州人自然是胸怀广阔的，不会傻瓜到不承认自己在公共秩序上落后于西方人民，但是只要厦门人和我们一样，那种压力就遥远了，如果厦门人比我们更乱，我们就多多少少可以心安理得甚至窃窃自喜了。但是现在厦门人像音乐一样和谐地文雅起来了，在厦门的福州人不得不承认有一种并不十分精彩的感觉粘在自己的心坎上了，正是这种感觉的压力，像透明的水一样从四面八方包围着我。经过反复选择词语，我终于不得不承认这种并不美好的压力并不完全是妒忌，更要命的是一种自己也不敢承认的自卑感。这种感觉的味道似乎有点酸溜溜的，但也不完全，多多少少有一点甜味，也许是上海人和苏州人所说的糖醋佐料吧。从大道理上来说，毕竟厦门还是福建的一个部分，一个比福州小得多的一部分。虽然在福建，人们都很明确厦门和福州之间的区别，可到了外省，或者远一点，外国，人们只有一个笼统的概念：中国。那些老外也许还以为长城就在西湖边上，住在西湖边的旅馆里可以欣赏长城城墙的倒影呢。一味猎奇的老外怎么会弄得清厦门和福州的区别呢？就是在“中国通”面前，我也敢说自己是厦门人，也不一定有人会出来揭发我是假冒伪劣。

但是自卑感毕竟是自卑感，总不能说成是自豪感。福州人的确有过省城人的自豪感、优越感的，但是福州人的自豪感、优越感和厦门人的有所不同。福州毕竟是个省会城市，是八闽大地的政治中心，因而它不但对来自八闽大地，讲各种各样方言的人都要一视同仁，而且要对来自外省的，尤其是北方的更大的政治中心的多种多样的民情风俗都要表示尊重，没有厦门人那种随便地表现出唯我厦门独美的样子。福州人自然也是很热爱家乡的，不管到了什么美好的地方工作，福州人都要设法回到福州。所谓“七溜八溜，不如福州”，此之谓也。但是，福州人的自豪感地域性的成分很少，也没有家乡的自恋情结。其原因，除了省会的政治中心性质以外，福州在地理环境上和厦门相比，似乎也没有太多可以夸耀的。

在那政治挂帅的年月里，福州的省会自豪感曾经很经得起挥霍。但是当经济大潮汹涌十数年以后，福州的政治资本变得不那么雄厚了，近来就更和福州的城市垃圾的增多和交通秩序的混乱程度成了反比了。连泉州小弟都开始对福州大哥哥不那么崇拜、不那么佩服了。一位泉州朋友公然用一种过去我们称之为“地瓜话”的不三不四的普通话对我说：“你们福州的电系（视）播音炎（员）都不如我们泉州的漂亮，普通法（话）也不行。”他非常严肃地做出嗤之以鼻的表情，我一笑置之，心里想的是：宽容不但是有信心的表现，而且是大哥哥式优越的姿态。

可到了厦门，我失去了这种宽容的大度。大哥哥的优越感先是岌岌可危，后来则訇然崩塌。不知不觉就有一种追求，连走路的姿态最好也得和厦门老弟一样文雅。这时，来了一个带外地口音的小伙子，他以最粗野的动作抢占了一个座位，而且四顾傲然地笑着，这在福州已经司空见惯了，我的视觉可以说是瘫痪了。然而同样的现象，在厦门看到就觉得刺眼了，这刺眼的感觉唤醒了我久违了的对于没有文化的痞子的蔑视。我突然希望：这个家伙最好不是福州来的，我不由得不和厦门人一起朝他那张脸惊异地看上几眼。这目光表明，我已经和厦门人升华到同一个档次，至于这眼光中还有多少意思，让他自己去体会好了。

自然，这几年福州也没有睡觉，福州人在挥霍完省城的自豪感以后，日益感到屁股后面的厦门旋风在不客气地催逼着自己，福州不得不穷则思变了。城市的确在改观，玻璃钢筋构筑的大厦的立面上映着的云彩和厦门的色彩同样艳丽。福州城市改造的力度在全中国也许名列前茅，道路也在以空前的速度开拓，有时令人不知是汽车追赶着道路，还是道路追赶着汽车。桥梁一座座地建造，其雄伟的气魄，可以说史无前例。一个前几年到过福州的美国人，去年再访福州，一进市区就感叹起来：“OK! So many magnificent new buildings!”福州的有识之士也没有死光，他们的确也以空前的自觉配合有关管理部门的整顿措施。交通秩序正在好转，市内的卫生正在改观，这都是无可否认的事实。但是，不论是相对数量还是绝对数量都太不成比例了。而作为一个省会城市，它本应成为全省无声的表率，这一点似乎被不在少数的福州人轻松地忘记了。

作为一个现代福州市民，我从厦门一回来就往往禁不住感到丧气。这不是来自我早已习惯了的拥挤和推搡，而是迎接我的一幅图景：就在我所居住的小区，崭新的绿化园地里的一棵盛开的三角梅上，平添了好高一堆破砖，原来是一家邻居装修，把整整一堵墙拆了下来，那堵墙是那么大，而三角梅是那么纤弱，于是墙就成了三角梅丑陋的坟墓，我只能在砖缝中，看到折断的花枝上一朵残存的花，我说不出这是表现着抗议还是哀悼。令我的自卑感大为膨胀的还不仅仅是这样一幅令人惨不忍睹的图景，而是居然在两天之内，无人提出抗议。我的邻居们，在经过的时候，或者是视而不见，或者是皱皱眉头，就悠然而过了。我本当向这个害群之马提出抗议，找他算账，但是不知道为什么，总是缺乏勇气，无法开口，思虑良久，才采取了一个折中的办法，请有关领导出面处理。两天之后，我听到楼下有争执之声，伸出头去一看，是居民委员会主任出面干涉了。然而使我更为意外的是，那个不要脸的家伙居然还在像受了侮辱似的嚣张不已。叫我感到泄气的是，起码有几十户的人家都听到了，但是大家一起运用某种特异功能让自己的耳朵暂时聋了。我实在忍不住，从楼上喊了下去，那家伙居然气势汹汹地朝我问："你是什么人？"而不争气的我，平时口若悬河，号称雄辩家，此时却张口结舌，一时想不出恰当的回答，迟疑良久才回答了一句："我就是我。"事后我不但生那个粗野的家伙的气，而且生我自己的气，怎么讲了那么一句没有水平的话，照理，最有力的回答应该是：我是这里的人民代表！就是说"我是这里的一个普通居民"也漂亮得多呀。然而，我在这个还没有进化为人的猴子面前，居然没有一点人类应该具备的机智和气魄。最使我恼火的是在这个居民区中，有我那么多好朋友，他们都是高级知识分子，什么环保意识啊，什么公民意识哪，大道理都是他们先讲起来的，这个时候，也许在为没有得罪人而庆幸吧，也许在暗暗窃笑这个孙大炮又在乱放炮了吧。我不由得想起了鲁迅的话："沉默啊，沉默，不在沉默中爆发，就在沉默中灭亡。"

后来我把这个故事告诉了一个朋友，他笑笑，说："福州人是不像话，应该狠狠地骂。"他还告诉我一个故事。前一阵，全国城市卫生文明检查，有一段北大街（在旧米仓附近），一向脏得叫有关方面担心，于是三令五申，并且派了人轮流去巡逻，总算在检查的时候，没有给福州出丑，但是后来，满街比平时多了好几倍的垃圾，一了解，原来是这几天，这条街上机灵的福州市民都不约而同地把垃圾袋慎重地保存在家里，上午检查过去了，下午便迫不及待地把垃圾潇洒地扔到了自家的门外。

福州人是没有城市自豪感的，如果你对他说福州不行，他们说得比你还过分。你说福州人真该好好批评一下，他就说好好批评没用，应该狠狠骂一顿。连地地道道的福州人都主张该把福州人羞辱一番了，这真正如上海老派人所说的"作孽""罪过"。

福州人真他妈的活到这种惨的程度，这是福州人的不幸吗？也许是福州人的觉悟。具有这等觉悟的荣幸，恐怕只有福州人才能享有。厦门人有这种雍容大度吗？泉州人有这样的宽广胸怀吗？莆田人有这么虚怀若谷吗？不要说在他们面前骂他们的家乡，就是委婉地指出他们的"地瓜话"某一个发音不够优美，他们也是要群起而攻之的。福州人不在乎人家说福州不行，连他自己都先说，福州不行，自己都觉得该骂，不怕赖、不怕丑，怡然自得，真不知道应该归入哪一种颜色的幽默。问题的严重性还在于大家都觉得福州人该骂，但是大家都没有起来真正地、认真地、彻底地、痛快地骂。这种现象在我看来，比之绿化地上堆着垃圾没人问更叫人愤恨不已。

福州人真的都不要脸了吗？脏得不可救药了吗？非也！老实说，福州人也许是全中国最讲究室内卫生的，家家户户的地板、钢砖已经是低档的了，可在北京却至少算是中档的，豪华的水曲柳拼木地板在上海是大款才敢问津的，可在福州，却是并不罕见的。福州人家里花岗岩地板的光洁度，可能是世界第二——仅仅次于德国人公墓里的墓碑，二者都可以照得见人的眉毛。说句不算夸张的话，福州人的地板可能不亚于上海某些人家的饭桌。事实上不管哪一省的人，有像福州人这样大的气魄吗——客人还没有进门，先叫人家暂且免进，且脱下鞋子，爱面子的上海人如果这样做会不感到难为情吗？福州人就不怕友谊和面子受到多大损害，就是要保持室内一尘不染。不管是新分的房子还是旧房子，福州人室内装修文化的优越感肯定是领导全国新潮流的。在这方面，厦门人可以说是比较自甘落后的，几乎没有什么厦门人（除非受了福州人的致命影响）敢于在客人到达门前的时候，要求他们脱下鞋子——以免把肮脏的泥土带到自己家里的地板上来。厦门人对家里地板的清洁度，是没有福州人这么考究的自豪感的。但是他们的自豪感在室外马路的清洁度上得到了补偿，而福州人马路上的清洁度的自卑也从室内的清洁度得到了补偿。

福州人不像厦门人，也许是福州人做京官的多，不像厦门人做买办的多，所以三坊七巷大都是官邸，而鼓浪屿则大都是发洋财的商人的住宅。福州人的文化心理没有受西方那么多的浸染，他们心灵深处保存的国粹肯定要大大超过厦门人。但是奇怪的是，厦门人即使到了海上，还有雅兴组织家乡的南音吟唱，而福州人即使在家乡，也没有什么年轻人喜欢闽戏，相反，公然说闽戏太难听的大有人在。闽南诗人蔡其矫先生饱含热情地歌颂了少女披散着刚刚洗过的秀发，在露台上弹唱南音。可是福州这么多诗人，一概对于闽戏嗤之以鼻。但是福州人关于家的正统观念，显然要比厦门人深厚。

中国人造了一个最能表现他们集体无意识的字眼：国家。国就是大家，家就是小国，家就是国的最基本的细胞。他们深知修身、齐家、治国、平天下的大道理，要把一个国家搞好，首先要把家搞好。国家，国家，表面上国是放在家之前的，可实际上说到每一个人的时候，往往直接说“大家”，“国”字就没地方搁了，因而把家搞好是放在把国治好之前的。毛泽东深谙此中奥妙，在朝鲜战争期间，他老人家把一个原本不太合国情的口号就改成了“抗美援朝，保家卫国”，把保家放在卫国的前面，这更符合中国老百姓的潜在思维模式。抗美援朝终于取得胜利，多少也与这个口号容易取得老百姓拥护有些关系。国民党统治时期，中小学、县政府的影壁上，大都书着“国家至上，民族至上”，一般老百姓根本没有印象，这不过是官样文章。蒋介石教育自己的儿子蒋经国，就不用这个大而无当的教条。他让苏联归来的蒋经国读中国的古书，其中很重要的一本就是《曾文正公“家”书》，而不是曾国藩的奏折之类。

中国人重视家，举世皆知，连美国前总统布什都称赞在美国的各族裔中，犹太人、中国人、日本人最具竞争力，因为这三个族裔，最重视家庭，尤其是家庭教育。的确，中国人家庭至上的观念无处不在，不管什么样的职业。一旦和“家”这个字眼连在一起，就有点不同凡响的光彩了。军人，不怎么吓人，若说是军事家就了不起了。一本书的作者，这说起来很平常，但改成作家、文学家就神气得多了。对口腹之欲有特殊爱好，这可能会让人瞧不起，但说他是一个美食家，就有一点令人肃然起敬了。依此类推，举凡艺术家、政治家、书法家、数学家、思想家，其光辉莫不来自一个“家”字。成名成家，诸子百家，凡与家相连者必大大提高档次。培养大学毕业生的目标，在西方一般称之为学有专攻者，英语的 Specialist 和俄语的几乎同音的一个词都是这个意思，但是中国人不这样小看大学生，把 Specialist 翻译成专家，就有点令人需要仰视之感了。和尚、尼姑在旧社会是给人瞧不起的，但是改称为“宗教家”，谁还敢怠慢他们？就是什么职业也没有的二流子，只要换一个说法，叫作“自由活动家”，这门行当也就大放异彩了。

这个深藏在中国人的潜意识中的家庭至上的神圣性，其实是有很大的疏漏的。厦门人在理论上虽然没有来得及明确地表达，但是在行动中却不折不扣地说明，现代城市人不能满足于此，因为光搞好一个小家并不一定意味着就能搞好一个这么大的国家。家太小，而国太大，中国的自然空间、社会空间都太大。“各人自扫门前雪，休管他人瓦上霜”的古老的小农经济信条，绝对不能解决今天工业化大城市的许多问题。在家与国之间还有一系列的社会机制，至少人们不应该忽略西方人所津津乐道的社区（community），其有相邻各家共同体的意思。不要以为这是一个资产阶级的词汇，它和公社（commune）、共产主义（communism）、共产党（communist），是同一个词根。这个社区就是联结家与家最近的网络，如果这张网络是破烂的，在这张网络上的每一个小孔还会有什么功能吗？不但鱼打不到，恐怕连垃圾都捞不到了。在四周都是垃圾的环境中，就算你们家那地板光洁度超过德国人，一旦你的邻居得了鼠疫又怎能保证你不会受到传染呢？即使不受传染，你的心情又怎能像在德国的花园里般愉快呢？当你看见有人把易拉罐和塑料袋随意丢在福州郊区的森林公园或者十八重溪风光旖旎的旅游胜地，按家的观念来说，这不关你的鸟事，但是按社区的观念来说，你就有责任去制止。社区的责任感，首先是一种感觉，当你看到福州人在武夷山旅游，把矿泉水的空瓶扔向九曲溪的时候，你是不是有一种苍蝇湿湿的吸盘叮在嘴唇上的感觉？你是不是想去告诉他也许他是你的朋友，一个矿泉水瓶在这溪水中要经过五十年才能消解。如果九曲溪每天有一千游客的话，五十年中你将给一千一百多万双嘴唇带来恶心的感觉，而你不过是轻轻一扔。如果大家都这么轻轻一扔，这个九曲溪，在五十年后，难道你愿意你的孙子乘飞机或者武夷直快来这里看泡沫塑料池吗？

在许多中国人眼中，西方人是自私的，只管自己，甚至自己的父母都不管。然而奇怪的是，如果你在家里打老婆，只要发出声音来，五分钟后警察的车子就呼啸而至，原因是你的邻居向警察局报警了。在这种事情上，他们是不会像中国人那样休管他人瓦上霜的。这就是社区观念。这种观念使得看来挺自私的西方人中产生了许多志愿者（volunteer），他们毫无报酬地做着公益服务。在德国，我看到一位已经不能行动的犹太老太太，定期受到社区派来的一个女孩子的照顾，包括购物、护送到医院、谈天。在依阿华城，我去参加了向无家可归的人免费提供伙食的活动。任何人（哪怕是旅游者）都可以走进来，拿上一个盘子去领四份菜，一份汤，一杯饮料，吃完了，就走，不用向任何人道谢，自有那些中产阶级的太太、小姐替你把杯盘洗干净。

家的责任感固然可贵，但是并不是最高的境界，爱自己的窝是连老母鸡、小母兔都有的本能。但是作为万物之灵的人，应该在这以外、在这以上，还有更广阔的精神境界。社区责任感，范围是有限的，但作为精神，却是比之家庭责任感更崇高的。

厦门人崭新的生命姿态正是在这一点上给我们以启蒙。

志愿者的职责不仅限于奉献，而且还包括监督，不是一个家长，而是大家的眼睛都日日夜夜在严峻地扫描；不光是负有责任，而且是进行干预，当然不一定是打架。在美国纽约皇后区，一条街上，有人开了一家脱衣舞场，便有社区居民前来，站在他门口示威，寒风凛冽之中，夜以继日。就是家门以外，也不允许有人来污染这个社区的精神环境，这个瓦上霜，虽然不在我的屋上，但是我绝不能容忍。不久，这家脱衣舞店关门大吉。这就是社区意识的神圣力量，这种力量使得社区有一种不待行政干预就能迅速地自我净化的功能，或者自我免疫的功能。

当然，厦门人如今尚未达到社区意识的自觉的、有组织的水平，但是厦门人已经在心灵深处向这个崭新的精神世界迈步了。乡土自豪也好，城市自恋也好，也许原本是小农经济的产物，但是厦门人正抓住新的历史机遇，把新时代的要求和古老的乡土情结合在一起，重新加以铸造，在这世纪之交让它发出精神的晶体之光来。

在这一点上，他们也许不仅仅走在整个福建省的前列。

厦门人不声不响地给福州老大哥出了一个不大不小的世纪难题，我们在感到又酸又甜的刺激以后，该如何做出回答呢？时间是不等人的。一万年自然是太久了，可是只争朝夕又太短了，福州人如果不感到焦虑是实在太说不过去了。

挑剔厦门人

余三年前作《厦门人和福州人》，将可爱的厦门人狠狠鼓吹了一番，厦门读者莫不奔走相告，欢呼之声，不绝于耳。近来有施晓宇先生以百折不挠之精神，以长达三个月的时光，反复逼吾再写厦门，催稿之诚，感天动地，奈何本人对于厦门好话虽未说完，但再说就有拍马屁之嫌，且厦门人非马，且分男女，欲拍亦不如拍马臀部之易为也。乃学毛泽东反陆游《咏梅》之意，草成一文，小试以舒婷为代表之厦门人之雅量尔。

厦门人和福州人最大的不同就是厦门人有强烈得不得了的城市自豪感。

花园一样的城市，城市一样的花园，天堂、仙境不在神话中，就在厦门，就在你脚下。尤其是鼓浪屿，就是活到五十岁，也能永葆白雪公主的仪容，到中华路去一睹舒婷冰清玉洁的风姿，就知此言不虚。厦门的经济发达、全国拔尖，中央电视台旅游区气象预报，有厦门而没有福州。再说，还有亚热带的气候，四季常青，日光岩下之三角梅香气世界第一，在世界花卉博览会上不久将取荷兰的一切鲜花而代之。鹭江之秀丽，西湖不能相比；日光岩之壮观，泰山不能望其项背。巨石凌空，欲飞欲舞，从没有见过山的小伙子为之露傻帽相者有之，作济公状疯癫状者有之。再说，同样级别的干部每个月比福州多拿好几百元哩，口袋之鼓，更比胸脯高，连厦门式的普通话，那永远改变不了的闽南腔，和泉州人的“地瓜腔”有天壤之别。用郭沫若在《凤凰涅槃》中的话来说，“一切的一，一的一切”，恰是厦门优越性的充足而必要的证明。

厦门人对上帝太感恩了，唯一的小小的不满就是脸庞太小，小姐们颧骨略尖，不及草原上和高原上来的旅游者坦荡，没有足够的空间来写其自豪。

厦门人是纯洁的、单纯的，可爱得像安徒生笔下的一颗小豌豆，当春天来了，豌豆就以为世界的全部颜色是翠绿的；到了秋天，小豌豆又以为天下都是金黄的。

厦门人从来没有想象过瑞士的日内瓦湖，也没有想象过拉斯维加斯，在内华达一片沙漠之中，那一片金碧辉煌的不夜城。要讲工资，银行存折上的位数，和深圳、北京、上海、广州甚至香港的上班族相比，相距太遥远了，但小豌豆从来不管豆荚以外的事情。

上帝为什么给人两只眼睛？一只专门看自己的优越，对超越厦门的精彩世界，用左拉的话来说，叫作“视觉瘫痪”。据系统论，如果人的一只眼睛的有效视力是1，两只眼睛加起来，并不是2，而是7。正是因为这样，厦门人的目光有效距离比较短，除了比老鼠长以外，可能比连把“石狮子”说成“死虱子”，甚至是“嘻嘻嘻”的广州人还差一点。在厦门人的潜意识中，最远的参照系是福州——三百公里的距离（按高速公路是二百五十公里）。刘勰的“思接千载”“视通万里”，那是想象，至于唐朝人“欲穷千里目，更上一层楼”，早已成为历史了。

厦门面向海洋，却不太喜欢到海洋上去玩命，所以冲浪运动在厦门永远没有发展的前途。他们有长乐人、福清人的不要命的冒险精神吗？他们有惠安人吃着地瓜渣，把石头玩得面团一样听话的豪气和灵气吗？

但是，厦门人的豌豆眼却有特异功能，无以名之，姑且曰“中度远视症”。中等程度距离，能看得一清二楚，近及自身就不行了。

厦门人瞧不起福州人，福州人待客“小气”；厦门人瞧不起泉州人，泉州人“土”；厦门人瞧不起莆田人，莆田人节约到“吝啬”的程度。但是，他们连厦门的经济总量才及泉州的一半，都是看不到的，他们不会感到厦门最豪华的住宅的买主是石狮人有什么了不起，他们连莆田出过一个航海女神妈祖都心不在焉。郑成功的像倒是立在了厦门的鼓浪屿，可是他是南安人。厦门有什么文化底蕴能和福州相比呢？林则徐、严复、林琴南、冰心是福州人，连郭沫若的祖籍都是长乐。福州人在文化和商业上一点不比厦门小气。十多万福州人占领了美国纽约的唐人街，一大早可以听到福州话叫卖“蛎饼”，与东海岸的旧金山唐人街通行无阻的广东话遥遥相对、息息相通。厦门太美了，美得像诗，像童话一样，但是，童话的眼光如果不是有高下之分的话，至少应该是各有所长罢。

厦门人应该改变童话眼光，把视觉延伸到世界各地去，领略一下中国人货真价实的豪情。比如，看看人家温州人是怎么个活法的，人家在20世纪70年代随着印度支那难民到了巴黎，两手空空，十多年后，占领了巴黎十三区，把法国商店挤了出去，连招牌广告都变成了中文的。还有，三明人一句外语不懂，普通话都不三不四，却在20世纪80年代，敢于跑到匈牙利去“留学”，从小摊小贩做起，备受欺凌，但几年以后，他们跑到罗马尼亚、南斯拉夫，去开超级市场，坐着叫东亚人眼红的奔驰。就是名不见经传的永泰人，几乎垄断了上海的干货；莆田人则垄断了北京的木材，所有这一切，难道不应该让厦门人清醒吗？

厦门人光为厦门自豪是不够的，厦门是上帝给的，他们应该为厦门“人”自豪，“人”

是自己“拼”出来的，只有泉州人才对《爱拼才会赢》有真正的体会。

厦门人，你们能不能扪心自问一下：在做人方面，不管是做传统的中国人，还是做现代市场经济的闯将、冒险家，和福州人、泉州人、南安人、福清人、长乐人、莆田人相比，他们的心灵财富，有多少是值得你们眼红的？

厦门人，我的朋友，我的兄弟，但愿你们能把我当作真正的朋友，当作敬畏的诤友。

2002 年 3 月 11 日

论“阿拉”
——献给 21 世纪的新上海

上海话中的“阿拉”，是个方言词，但是走遍大江南北、长城内外，尽人皆知、无人不晓，似乎应该叫作“全民语词”才对，但是，它的命运没有四川话中的“搞”那么风光，永远处于方言的“另册”。

这个第一人称代词，听起来就古怪。汉语几乎所有的单数人称代词，不管是“我”还是“你”，“吾”还是“汝”，“余”还是“渠”，“己”还是“彼”，都是单音的，体现了汉民族的话语节俭的光辉传统。也许，上海人的自我意识特别强，别的人称无所谓，自己的称谓，音节可是要双料的。

第一人称单数的人称代词，几乎全世界的语言都是很节约的，英语的“我”是“爱”，俄语的“我”是“爷”（用上海话念：雅），法语的“我”是“邪”，都是一个音节。用两个音节称呼自己，乍一听，令人想到日本话，日本话的第一人称单数代词音节特别长：“滑头哥洗袜”（用柏杨先生的反问法：为什么不是“黄毛丫补鞋”），起码浪费了四个音节。上海人毕竟是上海人，精明严谨，连讲话都戒绝挥霍，在日本人和西方人之间，用儒家的致中和的原则，一个音不够，五个音节太多，两音节正好。

美中不足，“阿拉”至今还没法用两个都有意思的汉字写出来，只能暂时和“疙瘩”“李拉”等等忍受同等待遇，随便找个声音相近的字，写下来再说。外地人、外国人听起来怪，无所谓，地地道道的上海风味，意蕴无穷，耐人寻味，才是真的。

“阿拉”的意思大致相当于普通话中的“我”，只能说大致，上海话中还有一个用读书音读出来的“我”（ngo），完全等于普通话中的我。“阿拉”比“我”，要丰富得多、神气得多。一个上海高级知识分子到了小城市，要是说“我（ngo）是上海人”，神态一定是很谦恭的，没有一点大城市人的架子。要是他说“阿拉上海人”，就有点神气活现。如果他身边正好有一个关西大汉，用极具乡土气的语音说“俺是陕西人”，有了这个对比，那“阿拉”的声母和韵母中间就凭空添了优越感。这不是说，上海人天生就傲气。在上海话中，还有一个与“阿拉”差不多的口语叫作“我伲”，“我伲”相当于我们，而“阿拉”也代表第一人称的复数，和英语中的 we 差不多。说“我伲上海人”和“阿拉上海人”的心态是不一样的。说“阿拉上海人”，是居高临下的，是把对方排除在外的，而“我伲上海人”，则是把对方团结进来的。

20 世纪五六十年代，是上海人的神态最为昂扬的时候，工资是全国最高的，副食品供应是全国最丰富的，粮票、油票、糖票、香烟票、肥皂票、布票定量是全国最多的，“的确良”布票也曾经是全国一花独放的。

拥有被称为“金户口”的上海户口，就意味着高人一等。连带上海话腔调的普通话，也是令人肃然起敬的。

不过，老上海是谦虚的，上海工人老师傅支援外地，不太喜欢说“阿拉上海人”，而喜欢说“我伲上海人”。明明知道对方不是上海人，也把统一战线扩大，把对方包括到“我伲”中去。这充分表明：上海人对《共产党宣言》中的解放全人类的理想，和中国传统的“四海之内皆兄弟”一视同仁，同样落实到口头上。

到了浩劫期间，上海的知青到穷乡僻壤去修理地球的时候，“阿拉”光彩顿失。眉清目秀，皮肤白嫩，算不得什么自豪的资本。过春节，捧着江西老乡送来的年糕，只有眼泪两包，再提什么“阿拉上海人”，自己都觉得不三不四，心里充满落难公子的凄凉。这时，上海人不管在什么场合说“阿拉”，旁听的农民再也没有王胡、小 D 听“阿拉”说城里风景时那种肃然起敬的神色。

相反，每逢提到有些人穷志短的、不检点的行为，例如，把房东家的猪尾巴偷偷割去煮汤，在猪冤屈的喊叫声中，农民嘴巴一噘：还不是都那些“阿拉”干的。

在这种遭遇成为历史以后，“阿拉”回到了上海，意气风发了好一阵子。可惜，好景不长，眼睛一眨，老母鸡变鸭，“阿拉”大鹅变成了丑小鸭。

广东话突然神气起来了。电视台妖艳的女主持人带着广东拖腔的普通话已成为时髦。过去上海人嘲笑广东佬：天不怕，地不怕，就怕广东人讲官话。可是现在，怎么说呢？“阿拉”口袋不如广东人鼓，“阿拉”也就失去了灵气。“阿拉”不得不把优越感暂时藏起来，胸怀祖国，放眼世界：原来人家早就把广东话变成了香港的普通话。“阿拉”在旧金山，除了英语以外，不得不学一点广东话；“阿拉”在纽约的唐人街，不得不学最土的老保姆的福州话，去和投资商打交道；而到了曼谷，又不得学一点潮州话，去和银行家打交道。

三十年河东，三十年河西，“阿拉”并没有花三十年，仅仅是 20 世纪 90 年代，十年左右，上海恢复了青春，“阿拉”，“阿拉”，“阿拉”，自豪、自尊、自得、自在、自信的意气，和崛起的东方明珠电视塔一样，又成仰望的对象，比之20世纪五六十年代那些粮票、布票的优越感，如今可是洋气得多了。打工者、冒险家、洋人、土人、各式人等，上海的崛起的大厦群中，每天都有争夺市场份额的群英会。

广东小姐，也会“阿拉”几下了，不过貌合神离，广东风味十足；美国经理也“阿拉”，发音那么准，是当年从希特勒魔爪下逃亡到上海的犹太人的后代吗？但是，日本老板，明明是当年北四川路上日本书店老板的传人，发音怎么那么差，但是能把“阿拉”两字写得比中国人还好，就不能小瞧人家。只有俄罗斯的小姐不行，竟把“娘希匹”当成了上海话。

21世纪的门槛上，“阿拉”崛起了，“阿拉”迎接着四面八方的仰望的目光，在“阿拉”的眼神中，凝聚了广东人的务实、福建人的冒险、香港人的精明。

为什么“阿拉”的目光特别灿烂？一个诗人说，因为他从整个民族一个世纪的沧桑中汲取了能源。

香港人和清明节

不少香港人是70年代从内地去的，虽然二十多年过去了，见了面，仍然是老兄老弟，甚至连不雅的口头禅都不加省略。谈起分别以后的情况，许多事情才说了一半就可以达到会心而笑的默契。和台湾人在一起就多多少少有一些客气，常常以先生相称，连握手的姿势都是比较正规的，有时，还要情不自禁地把腰略微弯一下，好像有一道无声的命令，在时时刻刻提醒着你：保持彬彬有礼。礼貌和客套使人在尊重中掺进了生疏感，比较起来，我感到还是香港人比较容易成为肝胆兄弟。

但是在香港住久了，又感到有一些隔膜。香港人以会说广东话而自豪，不会广东话的，如果再加上不会说英语，不要讲求职，就是和漂亮的女士见面，都不免有一种自惭形秽的感觉。但在一些正式的和非正式的学术会议上，每当香港人长篇大论讲西方的学问的时候，我的自尊心并不会遭受太长时间的折磨，一旦有机会，我就大讲特讲中国的古典历史的细节，从玄武门之变，李世民亲自射杀自己的兄弟，到中国最高统治者武则天和乾隆活到八十岁以上。看着他们目瞪口呆的样子，我禁不住暗暗乐在心里。但是这样的法宝，只能用来对付香港人，遇到台湾人就不大能够奏效了。他们有时比我还更加精通中国古典文献。因而，在我印象中，台湾人是不好糊弄的。因而要可以神聊海侃的哥们儿还是到香港人中去找。

但是在香港，经常有些东西叫人感到不自在，有些香港人看来很平常的事情，在我却感到很难屈从。比如，圣诞节热闹非凡，而到了春节却是家家店铺关门大吉，大街上真有秋风萧瑟、灵魂荒凉之感。春节在中国人心理上是一个分量最重的日子，不要讲对于小孩子是一年中幸福的顶峰，就是家长坐到年夜饭桌边，也会感到事业和亲情的辉煌。它意味着一个人和他的亲属之间牢不可破、血脉相连的亲情，失去了这种精神联系，就不能说你的中国人的感觉是完整的。许多中国人就是到了美国，成了美国公民，不但不敢稍稍懈怠这个家人重聚的节日，而且更多的人，把鞭炮放得特别响，让围观的美国孩子眼红中国文化传统的深厚。在香港，居然变成了这样一个冷冷清清的样子，实在令人伤感，甚至愤恨。

至于走到街上，一看那地名，什么英皇道、太子道，连铜锣湾这样地地道道的中国地名都有一个英文名字（causeway bay），时时刻刻在提醒你这里的话语权并不在中国人手里。乘坐着香港的地铁，听着英语和广东话的广播，独独没有普通话的，你不由得想，这里有一只无形的权力之手，在顽强地扼杀着、阉割着你的中国人的完整感觉。它宁愿让你感到你是广东人，也就是只让你有半个中国人的感觉。而英语的特殊尊贵地位，实质上是把你的灵魂的一大部分领土割让给了大不列颠和北爱尔兰联合王国。这意味着你的心灵的每一根神经天生具备的连通中国长江黄河的感觉力和表达力受到了阻断。事实上，不用福柯的话语理论，你就可以感觉得到这种残缺的母语被筑起了一道透明的、柔韧的殖民主义心态的屏障。

但是一到台湾，在语言方面沉重的屈辱之感就像被一阵豪雨吹走了，令人享受到从肉体到灵魂的清凉。听台湾人讲话，真是一种享受，令我时时刻刻感到这是确确实实在中国。不论是学生还是商人，其北京卷舌音的准确往往超过了许多广东人、福建人，音调之标准，也许连一些山东人、四川人都要肃然起敬。再看那街上的路名，忠孝仁爱，信义和平，四维八德，你打听一次路，就感受到一次至圣先师在千年以外的冥冥之中对你的召唤。尤其是到了故宫博物院，看着那些穿着中学制服的学生在老师的带领下，仔细地观赏着甲骨、钟鼎、唐宋名画、魏晋书法，神情中流露出的虔诚和惊叹，不管多么严格的礼貌也挡不住你不由自主地用目光直视他们。你和他相接触的何止是目光，你甚至听到他们的心灵穿过历史的帷幕和古老的祖先在对话。当你看到来自全世界的游客，听到大厅里英语、法语、甚至是阿拉伯语的解说时，你不难发现，这些年纪很小的中国人，也就是感觉作为一个中国人时间最短的一代人，也许是每来一次都增加了一些中国人的感觉的庄严的分量、自豪的深度。你们之间的联系不仅是皮肤和头发，也不仅是语音和风俗，而且是受着列祖列宗深邃的目光的审视的。你要让这些小中国人被剥夺中国人的感觉，是不可能的。

在台湾，没有香港那样荒凉的春节，就连我们内地都忽略了的清明节也是热闹非凡的。这是一个祭奠祖先的节日。其认真的程度并不亚于春节的风光。看了那一天从台北到台南、基隆的公路几乎完全堵塞就可以想知一二了。朋友的、情人的约会不言而喻地延误了，甚至商务的谈判都理所当然地被取消了。如果春节是为了活着的家人团聚，共享三百多天的成就的话，那么清明就是和故去亲人的灵魂互慰互勉的日子。

我们这个把家庭看成是灵魂的一体的民族，有其特别的精神联系方式。正是这种联系方式，使得我们民族在感情上有了特别强大的凝聚力。对于这种凝聚力，只有到了台湾，才更有体悟。正是由这种体悟，我才更加深刻地领会了，为什么在德国大学里有那么多的假日，尤其是在复活节前后，常常是莫名其妙地放假。有时一个星期往往只上三四天的课，有时忽然来了一个一连十天的长假。起初，我以为这是宗教迷信，这对于以勤劳刻苦著称的日耳曼人来说是不是一种反讽？到了台湾，过了一个全世界最拥挤的清明节，我才明白了，这是一个民族传统和精神凝聚力的盛大仪式。任何民族精神在历史的风尘中，总是要有一点磨损的，就是拧得再紧的螺丝，也会为时间的风雨朽蚀，它需要定期加油和维修，而传统仪式就有定期的精神的维修功能。

在现代生活中，不同的职业就像风吹云朵一样把人们抛向世界的四面八方，人们的感觉被不同的生活考验和挑战所分化，每一个人都生活在各自不同的感觉世界中，互相隔膜得都麻木了，只有在这民族仪式的跪拜香火中，拥有共同血脉的人们才能够回到统一的感觉上来。在忍受拥挤、等待延误的班机过程中，这种感觉就特别集中在同一的焦点上。正因为这样，1996 年清明节，我坐在淡水临河的一家大酒店里久候朋友不至，眼看着堵得无法通行的小汽车的长河在微微的细雨中，以全世界最大的耐心等待疏通的时候，我所感到的不是失去和朋友相聚的失望，而是我们这个民族精神凝聚力的伟大。

就在我自以为是地以为自己有了崭新的发现之后，我回到了香港，和朋友们谈起中华民族伟大的凝聚力的感想，他们都感到高兴。但是同时，也不得不纠正我的一个错误，那就是，每一年的春节，香港人并没有忘记自己祖宗的节日，他们把空空的大街留给英国人，却纷纷跑到内地去享受和亲人团聚的幸福去了。不信可以看，每逢春节，通往内地的飞机票、火车票都提前订购一空。在罗湖桥头，那浩浩荡荡的人龙绝对比之从淡水到台南的车龙要壮观得多。香港人对于任何形式的排队向来缺乏耐心，但是对于春节回乡的排队却习惯成自然，几乎可以说，漫长的等候，用忍受来形容已经不太准确，严格来说有一种享受的味道。而且香港人向来就是极其慎重地过着清明节、端午节、重阳节、中秋节的。

而且，邮票上的英国女王的头像正在为紫荆花的图案所代替。当你走在英皇道上的时候，许多香港人已经不用广东话去读它，脑海中出现的已经是标准北京话的拼音。英皇道路牌制作虽然堪称精细，文字还没有来得及变化，但是这个名字的权威已经斑斓驳蚀，变成了对它无情的反讽。也许在一段时期中，这个名字还不会马上剥落，但是，它给你的感觉已经不是大英帝国当年日不落帝国的飞扬跋扈。也许香港人刻意为了让彭定康这个末代港督在经过这里的时候，体验一下薄仪式的凄凉。也许在他的内心，还有一种很容易用外交辞令掩盖的、隐隐约约的哀伤。想必他眼看香港临时立法会已经通过了新的公众假期，其中不但有清明节，而且有端午节、重阳节、中秋节。也许他很难理解香港人为什么急于宣布和祖宗对话的清明节，而且恢复那已经快要失传了的重阳登高、遥望亲人的假日，而且还有一个纪念中国第一个大诗人的节日。大英帝国即使在她最辉煌的年代也没有想到定出一个公共的假日，来让他的臣民和英国最早的诗人作灵魂的沟通。

我并不感到奇怪，为什么香港人一下子要拥有超过内地的中国人所享有的传统节日。有一首歌曲说，不在乎朝朝暮暮，只要是曾经拥有。今天的香港人的回答只能是：因为失去得太多、太久，因而就有权更多地拥有。

对于台湾人也一样：他们的民族感觉曾经被更残酷地剥夺过。香港临时立法会在日理万机之际，这么早就决定给从查理·义律以来的每一个港督一个照会。一百五十多年的民族仪式、民族文化的剥夺，其效果等于零。也许，这是“肥彭”（香港人对彭定康的戏称）永远也不能理解的。这么多年的英国文化的霸权，即使持续不断的倾盆大雨，在中国文化浩渺的洋面上，也转眼之间就消失得无影无踪。不管他多么想保持英国绅士派头，只耸耸肩表示遗憾，但是让大英帝国的最后一面旗帜由他手里降落下来，他总感到不是滋味。香港人不去马上改变英皇道的名字，也许就是为了给他以充分的时间去体会这种特殊的滋味。

其实他的这种酸溜溜的感觉是多余的。香港人从来就没有忘记自己民族的仪式，遍布于香港银行大楼面前的石头狮子，它的尊严可以作证。黄大仙庙前，挤在一起跪倒在庭院中的善男信女可以作证。你的士兵的皮靴可以在我们的土地上行走一百年以上，但是这块土地上的精神血统是不可改变的。正等于在台湾，日本处心积虑地强行推行日语的结果是一场空一样，中国人的精神始祖孔夫子的英灵、中国民间的义的观念比之在大陆更为神圣。这种生命力不仅表现在肝胆朋友们的奋不顾身上，而且表现在海洋公园里的宋城上，在大箭山顶上的全世界最高的佛像上。

中国人不同于西方人之处，就是拥有一种神奇的民族凝聚力。他们不像欧洲移民，到了美洲土地，第二代人就不在乎自己是爱尔兰人、日耳曼人、意大利人了。何况香港人是在中国的土地上。血浓于水这个真理是永远响亮的，而且是具有神圣的号召力的。对于我来说，还有更鞭策的意义：多少年来，由于一种对于唯物主义的粗糙的甚至是粗暴的理解，我已经淡忘了许多传统的节日，自从50年代以来，我已经不记得曾经在什么时候认真地过一次清明节了。似乎是出于一种浅薄的时髦心理，我常常以对传统表示藐视来炫耀我对于无神论的忠诚。最可怕的是，我已经很久没有感到这是一种心灵的残缺了。

从今以后，我要好好过清明节、端午节、重阳节了。

1998年

恢复中国人完整的感觉

女作家赖妙宽是学医出身的，她的特殊文学感受力常常和医学联系在一起。有一次她告诉我：人的器官长在身体上是很可爱的，但是一旦被切割了下来（比如，躯干、头颅），就变得可怕了。这种说法触动了我，在很长一段时间里，不知道为什么，舍不得轻易把它忘记。冥冥中感到，这里不仅仅是一种身体感觉的奥妙，而且应该有比躯体感觉更深刻、微妙的意味，也许它竟是某种象征。但是一下子没法说清。直到我第二次到了香港，那是在 1995 年，我才找到了对这种感觉比较准确的阐释。

我不知道，别人到了香港最强烈的印象是什么，反正在我自己心里很是复杂。自然，香港的繁华，香港人所创造的物质文明，可以和世界上最先进的民族相比。就拿海洋公园来说，它不像东京和巴黎那样，连名称也满足于对美国迪士尼乐园的模仿，而是把洛杉矶的迪斯尼乐园和圣地亚哥的海洋世界结合起来，此外，还加上了宋城、云冈石佛那样中华民族传统文化的象征。香港人的文明程度，遵守公共秩序的自觉，可以和随时准备接受命令的德国人相比。在香港，绝对没有法国地铁入口常见的一些人，他们不买票，从三角门档下钻进去，更没有纵身一跳就越过了地铁收票处的青年人。按一个西方新闻机构的统计，香港人办公室里的紧张程度是全世界第一。这也就是说，连号称“经济动物”的日本人都被甩在了后面。一些英国的年轻人居然跑到香港来当跑堂，这是因为香港人的工资比之英国要高得多，特别是香港的大学教师的工资，比之美国的还要高出一倍。这可以充分说明，香港的繁荣是香港人遵循中国传统的自强不息的精神，艰苦奋斗的结果，并不是英国殖民主义的恩赐。香港人身上凝聚着的不仅仅是中国人勤劳、智慧、精明的传统，而且也渗透着全世界最先进、最现代的文明精神。只要到黄大仙庙去看看那些进香的男女老少，不论是时髦的妙龄靓妹，还是西装革履的老者，其虔诚绝对不亚于巴黎圣母院里踮着脚尖走路的游客和跪在白袍神父面前忏悔的金发女郎。比起内地来，中华民族的传统文化的某些方面在香港人身上有着和现代文明的奇妙结合。最古老的和最现代的文化是如此水乳交融地结合在一起，显示出了东方的庄重和西方的虔诚，既没有德国人的那种不近人情的古板，也没有英国人的那种自以为优越的绅士派头，更没有美国人的散漫和肤浅（当然说得好听一些，是幼稚）。

这无疑给我这个在欧洲和美国受尽潜意识里民族自尊心折磨的中国人以莫大的安慰，令我感到深深的自豪。

但是伴随这种自豪的却并不完全只是喜悦，有时也有些许心酸。这并不需要多么深刻的思索，只要往街头一走，这种心酸就油然而至。每个从内地初到香港的中国人，如果不会讲广东话，就必然要默默地、反复地体味这种心酸。你开口问路，得到的反应常常是：没有回答，没有表情，没有人类交往时任何内心活动自然而然的流露。我绝对想不起来在全世界任何地方曾经出现过这样一张表情完全空白的脸，甚至连敌意也没有。这时，从他们的眼睛——灵魂的窗子——看到的也许只有天文学家所说的黑洞才能形容，对于以合群为特点的灵长类来说，完全是一道无解的方程式。

我在巴黎地铁曾经迷路，碰到一个因为绝对瞧不起美国人而懒得用英语回答我的法国女大学生，但是她还是把我领到了地铁出口处，虽然因此她损失了一张地铁票。在美国秩序最坏的纽约，哪怕是碰到黑人，他们也会不厌其烦地给我指路，虽然事后少不了要向我索取一点小费。在旧金山，一个不懂英语的西班牙妇女，唯恐我听错了她的意思，特地把我领到了我要去的地方。然而，在香港，我面对的常常是一张完全漠然的脸，是他们不愿浪费表情，还是他们和外地人交往时，已经完全遗忘了东方的礼仪，这实在是一个令人恼火的谜。实在没法，我只好向一个西方人问路，此人倒是很热情，不但为我详细地指路，而且还要把我带到可以看到我要去的地方的路口，不过我相信自己的辨别方向的能力，断然谢绝了。

我把我的困惑向一个老香港请教过。他说，普通香港人大多数不懂普通话，连大学生都不大会讲，他们只会讲广东话。这几年已经好多了，过去还要更加严重。以后你碰到这样的情况，用英语问路好了。

以后，我就用英语问了一两回路，那些听懂英语的自然是比较热情地回答了我的问题。而那些听不懂英语的，本来没有表情的脸突然就变得很复杂地做出笑脸来。有一些人缺乏做出笑脸的技巧，就满脸惭愧、惶恐，乃至耳根都红了起来，连忙用广东话说，对不起，我听不懂。

在这种情况下，我的民族自尊心受到的刺激比之他们不予理睬更加严重。为什么听不懂自己祖国的语言就心安理得，而听不懂殖民地官方的语言就要惭愧起来？这种心灵的、情感的扭曲，自然是一种历史的遗产。在很长一段时期里，殖民当局把英语当作唯一官方语言，在大多数中小学里，课本（除了语文）不是用汉语而是用英语写的。这种民族耻辱，难道是漫长的时间掩盖得了的？我知道，世界上有许多民族正在为自己民族的语言而斗争，甚至不惜付出生命和鲜血的代价。这是因为传统的精神财富都是积累在自己的话语里的，它不可能像萤火一样地漂流在空气里。没有自己民族的共同语言，人们不但无法毫无损失地保存自己祖宗的精神血脉，而且连正常思维都要打折扣。这就怪不得香港人考美国人的托福的成绩不但不如新加坡，甚至还落在中国内地之后。香港人大概在小学里都念过法国作家都德的《最后一课》吧，被剥夺民族语言之痛，想必他们不会不理解，但是在这个现代文明最昌盛的地区，漫长的殖民文化统治的麻醉性使得人们在这一点上表现出了超出正常限度的容忍。

这时，我想起了学医的女作家的那个感觉，当本属于人体的手臂断裂出去以后，人体自然是感到疼痛的，但是那断裂出去的手，它会感到疼痛吗？据我粗浅的医学常识，当手臂离开人体之初，它的痛感神经肯定不会立即死亡。但是，它活着的时间可能是很短的。不久之后，会因为缺乏氧气和营养而逐渐死亡，它主管疼痛的神经元也就跟着失去了对于外部世界各种刺激的感应能力了。而这个时候，人的躯体上的每一根神经却仍然活着，那痛感神经却能长时期地把疼痛传输给大脑。

自然，拿这来比喻香港的百年民族耻辱也许并不完全合适，它作为祖国的一脉骨血，并不像割断的手臂一样，它的神经，包括痛感神经并没有死亡。因为民族精神是不可能割断的。英国人统治印度三百年，并没有改变印度的文化和任何一种民族语言，尤其是印度的音乐。香港被英国殖民文化统治才一百多年，香港人的中华文化精神是不可能像人体的任何一种器官一样被斩断的，也许，它的神经只是被冷冻着。

任何痛感都可能因为时间的延长而被淡忘，但是民族的屈辱不但不会被遗忘，恰恰相反，由于中国的历史结束了受屈辱的阶段，内地的强势文化正在无声地呼唤着香港人潜意识里中华文化的血脉。因而，这一两年来，在香港报刊的广告栏里，大学里的电梯上、走廊上，到处都有学习普通话的广告，有初级班，也有高级班，就像我们在内地一些大学里，经常看到一些英语托福速成班一样。我还看到基督教会组织的汉语教学班如雨后春笋一样地发展起来。

自然，要恢复母语的自由思维不是一朝一夕的事，它需要一个相当长的过程。在这个过程中，我不但淡化了民族的辛酸感，相反，却有一种奇妙的历史机遇的幸运感。

不久前，我到香港城市大学去拜访一个美国学者不得不问路时，我遇到的大学生，虽然听懂了我的问话，但是却不能顺畅地回答。他们非常抱歉地请来了另一位同学，他的普通话受到广东话的舌面上颚音的干扰比较少，再加上手势和表情的帮助，我们之间很快就沟通了。于是我就第一次享受到和讲广东话的香港人心领神会的微笑。我的微笑，是出于一种庆幸，我再也不用忍受在中国地面上和中国人用英语交谈的痛苦了。而他的普通话也许是第一次获得被同学认可的优越和荣幸，并且也是第一次享受到和一个多少带着北京味的人交谈时的轻松的认同。会心的微笑，对他来说，是对一个完整的中国人全部感觉的恢复。也许他是第一次体会到，在这以前，他的中国人的感觉一直是不完整的。如果不是像残肢，也许更像色盲。他今天的笑容里有第一次看到五彩绽放的兴奋吗？这种兴奋是不是唤醒冷冻了一百多年的潜意识？他感到做一个完整的中国人的舒坦吗？

任何一个民族的自豪都是和民族语言的自豪联系在一起的。

中国人的标准的自我感觉，不但是和中国人的黑头发、黄皮肤，而且是和标准的北京话的语音联系在一起的。这在任何一个民族都是一样的。你可以不喜欢法语中的舌根颤音，也许你以为它比之俄语中的舌尖颤音要难听多了，但是巴尔扎克却认为它美极了。同样，普希金觉得俄语是世界上最美的语言，并没有什么人会觉得这是狭隘的成见，相反人们会觉得这种成见非常可爱。如果不是这样，普希金以为他们的舌尖颤音没有法语的后舌音好听，以之为羞，倒反令人觉得可怕了。一个法国人在福州工作多年，每逢讲福州山水之美的时候，就不用法语，而是用英语。翻译问他为什么，他说，他从来不用自己的母语来赞美别的国家的风物。听到这个看来微不足道的故事，是在二十多年前，然而，至今仍常常触动我的深思。

说着不同方言的中国人的心灵，只能通过中国的全民语言来沟通心灵，除此以外任何一种语言都无法代替。光是看着正在学习普通话的香港人用力地发出北京话的卷舌音的努力、认真、庄重的态度，以及顺利地发出了以后的轻松的心情，或在发声困难时，看到我为他担心、鼓励他努力的表情而发出感激的眼神，我就觉得比之受到德国人、美国人、西班牙人的礼遇要舒坦得多了。

虽然这不过是微不足道的、与陌生人的交往，但是对于我来说，每一次都是非常难忘的经历。还没有到达 7 月 1 日，英国人在香港一百多年的统治留在语言上、精神上的透明的堤坝，就开始提前崩溃了。这时我又想起了学医的女作家的那个说法。它忽然变成了一个象征，不过要稍稍加以修改。一个从母体上割断的器官，曾经是可怕的、痛苦的，但是民族的历史毕竟与个人的躯体不完全相同。不管割断了多少年，那主管伤痛的神经元、主管语言的神经元，仍然会一根根地和母体对应起来、联结起来。那每一个元音和辅音的拼读，都意味着对埋藏得最深的血脉中能量的发现，都是民族自尊自信压倒殖民话语在潜意识中遗留下来的权力的一种冲击，而每一次成功的发音，都不啻是一曲欢乐的凯歌。

我忽然记起了小时候，有一次，手指上一块肉被削破了，那血淋淋地翻过来的皮肉，实在是可怕，但是妈妈把它粘连上去，包扎起来，过了几天，手指上忽然有了某种痒痒的感觉，妈妈说，那说明那块肉又活了。后来我学了生理卫生，才知道，那是神经末梢向新的肌肉延伸的结果。这时的感觉非常奇妙，它使我想起了起死回生、化腐朽为神奇这些成语的真正含义，虽然这不过是一个非常微小的局部的复活，却使我的全身洋溢着一种难以言说的美好的感觉。这种感觉的复活，令我体会到生命的精致和伟大。以后一连几天，我就享受着那种微妙的愉悦在不断地扩展。它像一首乐曲，从我的手指出发一直到达我的心里，无声地、悠扬地缭绕着，使我感到心灵的疆界像水母在温暖的海水中一样自由地、随意地舒张。

1996 年

屋檐的复辟

前不久，报纸上登载着20世纪初期的福州的老照片，大概是一个外国人拍的，从高处俯视，灰黑的屋顶，参差错落的飞檐，衬着小巷里白色的粉墙，令人顿生某种遗憾，生活在高楼林立的福州城里的现代青年恐怕再也无法领略这种乡土风味的凝固了的音乐了。这几年“见缝插针”式的高档楼群，已经让人们习惯了一种钢筋玻璃结构的美。

那古老的、二千二百年的福州消失了。人们是舒舒服服地看着它瓦解，欢天喜地地庆祝它的消失的。

四十年前，我因为“反右派”的后遗症而被流放到福州，最不可理解的就是这茉莉花和玉兰花的故乡，房子是那样的破烂而且丑陋。南门兜号称市中心，许多小旅馆却是摇摇欲坠的木板房，我往那苟延残喘的木楼梯上一踏，整个楼房就神经质地颤抖起来。躺在床上，可以看到顶棚上糊着旧报纸，上面还有“蒋宋美龄”飞抵某地的消息。就在“文化大革命”后期，南门兜开始变化，砖木结构的三层楼房，不是一座，而是整整一排，成为当时最壮观的风景。我是带着欣慰的心情看着那些风烛残年的屋檐在一夜之间化为垃圾的。按那时的风尚，把传统和垃圾联系在一起，是再恰当不过了。没有屋檐的房子有一种朴素的气派，没有一块多余的砖块，朴素本身就是一种革命的炫耀。在那以奢侈为罪的时代，就连姑娘都以把头发塞在军帽里为荣，连女性青春的魅力都不屑于炫耀。

建筑就是心灵的雕塑。

20世纪80年代，改革开放了，土木大兴，遍地开花，有系统地拆迁是对福州传统瓦顶屋檐最彻底的歼灭，整个福州到处都响彻着一首告别屋檐的大合唱。繁复的屋檐看起来落后、小气，而且浪费，拉成直线的屋顶显得简洁而流畅，现代实用性对古典的烦琐性取得了摧枯拉朽的胜利。虽然敏感的姑娘们已经在头发上玩些花样了，但是，含蓄是必要的自我保护，张扬是招人非议的，再说，经济条件也不允许你花哨到什么地方去。

女人的头发，是一个城市的名片，其花样翻新的速度永远和城市的发展保持联系。但是，很少同步。建筑小心翼翼地稍稍拉后一点距离，尾随其后是恰当的，距离太远，就会有被遗弃的危险。这时，出现了一个复活了的新词，叫作“时尚”。这是一片无形的磁场，人的心灵、砖头、钢筋、水泥都无法摆脱它的遥控。

屋檐又悄悄回归了。起初还是羞羞答答的，不敢以传统全面复辟的形式出现。只在高层房顶上露出一道红色的斜壁，这是一种变相的屋檐，就像一顶土耳其帽子。屋顶是不需要帽子的，但是，风云际会，应运而生的东西是不需要理由的。它既不像飞檐斗拱那么豪华、张扬，又恰到好处地吸引路人注意力的延长。几乎是在一夜之间，民居上的“土耳其帽子”成为时尚。福州人根本就没有想到为它命名，但是，它却得到了普遍的认同，其普及的速度只能用“一夜春风”来形容。

时尚并不是时髦女郎的专利，它对于任何人都一样强大，不但让女人，而且让男人的眼睛都改变了感觉，那没有屋檐的房子，虽然还没有变旧，却忽然变得寒碜了、难看了。没有帽檐的帽子，像阿 Q 的毡帽，戴在头上保暖、防风是没有问题的，但是，人们忽然发现，不超过七层的民居没有屋檐，就显得寒酸、别扭，就像一个军人，举起手来敬礼，手往哪里搁啊！而有了这道赭红色的短檐，好像年轻的姑娘用一根丝带把黑发不着痕迹地往上一束，丝带的质地是无所谓的，但是，和黑色的头发形成一种对比的和谐，构成一种炫耀，这不仅是一种美的炫耀，而且是一种富足的炫耀。

能把这样的屋檐当作 20 世纪 90 年代心灵风貌吗?

人们的眼光变化之速度，在 20 世纪 90 年代中后期达到了高潮。女人们的头型，花样翻新，叫人眼花缭乱，有把头发染成黄色、绿色的，更大胆的把头发弄得像来自非洲的刺猬，民居自然不敢拉下太大的距离，平面屋顶突然拱起来了，三角形立体上的块与面变得复杂起来了，装饰性的几何线条与南方城市特有的轻快色调相结合，构成了一片辉煌的旋律，习惯了简单线条的福州眼睛，突然受到一种惊异的款待。再看“土耳其帽子”又变得陈旧、寒酸了。而那大街上高层的建筑，钢筋玻璃的立面，一律没有屋檐的大厦，虽然有香港乃至美国的时尚，却不能不令人有单薄、缺乏文化的感觉。

毕竟，这个城市有二千二百年的历史，福州人心灵深处的文化积淀在建筑物上没有一点表现，是不能达到令人赏心悦目的效果的。这时，再看省图书馆、全聚德的屋顶，那坡式屋檐和拉直了的线条与新建的小区的彩色屋顶连成一片，你不能不感叹，二千二百年毕竟没有白过，传统文化生命力量毕竟是生生不灭的，砖瓦固然可以被钢筋水泥玻璃马赛克代替，而绵延的文化传承是不可代替的。

屋顶无疑是在炫耀，既是物质富裕的炫耀，也是一种文化的炫耀。

阔别了半个世纪的屋顶复辟了，它以一种张扬的姿态，在日光下，在月光下，在灯光的装饰下，宣告传统和时尚结束了相互排斥和折磨的历史，进入了历史的蜜月期。不仅是屋顶，还有窗饰、阳台、窗帘，都像女人的头发一样招徕着目光，谛听着人们心头无声的文化复苏的音乐。

2002年9月15日

神游精神隧道

对于福州这样一座城市，我有一种很复杂的感情。一直以为自己是外乡人，也就对于它缺乏认同感。后来一个堂兄告诉我，我的曾祖父就是福建长乐人，我才对这个生活了二十多年的城市有了一点乡土温情。但是由于来得比较晚，所以也就比较淡薄。这种淡薄之感，却表现为对福州的缺点的高度敏感。比如，福州人，尤其是仓山人，对于肮脏和混乱的忍耐程度，可能是全中国沿海省会城市的冠军。当然，我对于这个城市的如雨后春笋似的高耸入云的大楼是很以为自豪的。令我不无自慰的是，就住房建设的速度来说，恐怕也可能要拿到全国的冠军的。

福州人对于自己的家乡有一种天生的自豪感，哪怕是居住在洋头口的都不例外。还是在浩劫期间，在我下放的乡村，有一个福州人，他的人生最高理想就是回到福州。在他的口中，福州就是天堂，连满街的虾油味都像法国诗人艾吕雅写巴黎在二战以前满街的炒栗子香味一样迷人。后来我和他都很幸运地到了福州。他邀请我到他家做客。没想到，他那被描绘得如天堂一样的家竟在洋头口。在福州现代城市建筑体系上，洋头口无疑是一个丢人的旧补丁，是福州人城市自豪感上的一个创口，可是它又偏偏坐落在最显眼的大街上。这位朋友所享有的那座小木楼，早已接近风烛残年，作三十度以上的倾斜，不得不用一根木头支撑着那气息喘喘的、时刻都可能倒塌的墙壁。连窗户都变成了平行四边形的了。不用汽车经过，就是我登上楼梯，整个房子就惊慌失措地颤抖起来，不知是往左边倒比较光荣还是往右边倒比较自在。但是一旦我安坐下来，它又颇有大将风度地安然自适了。每逢经过他家的时候，我都要想到，这座在洋头口很有代表性的房子，可以不可以说是福州人生命的象征？它颇为安贫乐道，是不是有一点我国古代哲学家老聃的随遇而安的伟大的人文精神？但是不管怎样，我对于这个作为省会城市的破旧总是耿耿于怀。有时竟产生一种恶毒的想法，但愿什么时候，来场火灾，把这个洋头口烧个干干净净，这样就有可能在这废墟上建造起高楼大厦来了。自然我自己也感到这样的想法不妥、不光彩，所以一直把它作为个人的隐私埋藏在心头，避免讲出来，以免引来那些福州同乡的攻击。

没想到首先反对我的不是我的福州朋友，而是我在德国时的房东。那是1990年的秋天，我正在马克思的故乡、美丽的花园城市特里尔，住在一个享有两个花园的退休汽车工人西蒙先生家里。适逢我省省长王兆国访问德国，报上每天都有福州的报道。房东太太马丽亚把有关的报道剪下来送给我看。其中有巨大的工业区，都是高楼大厦。我颇以为荣，便问她哪一张照片比较好看。她一直不答。只是在照片中找到一幅洋头口的照片。上面有一棵小叶桉树，树下有一个小店的招牌，招牌下，一个中年人正懒洋洋地骑着一辆自行车。我有点意外，问她为什么这一张好，她说，这一张很“自然”，不像那些都是对大自然的“破坏”。我诧然良久，才想起来福州有个鼓山，便给她狠狠吹了一下。马丽亚和她丈夫对于鼓山的悠久历史着迷似的神往。等到她弄清了什么叫摩崖石刻，唐朝居然是在德国的史前时期时，她就更为惊叹着表示要到中国来开开眼界了。当她得知鼓山的地理位置竟远在我所居住的仓山时，又问我所居住的“社区”仓山，有没有这样的古老得叫他们感到自卑的古迹。我不能不非常遗憾地说，没有。

这件事过去不久，有一天大早，突然鼓乐喧天，社区乐队戴着饰着黄色流苏的帽子，穿着白色制服，裤缝上带着蓝色长条，在街上游行。西蒙夫妇兴冲冲地把我带到一个大得可以容纳几百人的临时帐篷。那里正在庆祝他们这个社区建立五十周年，据说要狂欢三天。长椅面前是铺着洁白桌布的长桌。金色的啤酒、彩色的冰激凌在叮当作响的发亮的玻璃杯里，显得特别鲜艳。临时搭起来的舞台上，各个社区的乐队正在表演一些乡土风味十足的舞蹈。西蒙先生深深为自己社区而自豪，他反复向我说明，他是看着他们这个社区连同教堂在第二次世界大战以后的废墟上建立起来的。但是他也深深为他们这个社区缺乏古迹而感到遗憾。我说，你们这里不是还有你两千年以前古罗马帝国的石头的“黑城门”（port nigra）吗？他说，那不同，那是别的社区的。

多少年来，我这个仓山老百姓对于自己的社区多多少少是有一点不理解的。比如，这里有着十几所高等和中等学校，明明是福州地区智力水准最高的地区。但是这里的人们却没有什么文明的自豪感，对于与这里的文化水准不相称的脏乱现象所采取的却是比之洋头口的居民更为乐天知命的态度。人们已经习惯了，到远在西区的西禅寺去激发一下怀古的幽思，到远处的森林公园去享受大自然的清净。

但是谁能料到，就在我居住的高等和中等学校林立的学区附近，在乱坟场中，沉睡着一座千年古刹，被我们这些整日忙着俗事的现代城市人遗忘了，连一些谈恋爱的大学生都忽略了它的巨大隐蔽价值。我们不能不为仓山区人民政府有关方面的高效率的工作而感到振奋。仅仅在半年左右的时间里，一座面积达一百六十公顷的公园就在情侣们过去止步的荒凉的山脚下出现了。到达公园门口时，首先让我们吃惊的是，一千平方米的停车场，在几十株玉兰花树的庇护之下，其中的一株据说是在福州古树保护榜上有名的。这哪里像是一个区级的公园，完全是美国国家公园的气派。那刚刚竖立起来的崭新的门楼简洁的几何线形，具有强烈的现代色彩，迎门的蒲公英式的喷水池，令我想到天安门前节日也喷着一模一样的透明的水花。尤其是小巧的草坪上，翻滚着隔壁幼儿园里来的孩子。他们的喧笑之声，比之美国国家公园里孩子的笑声还要放肆。登上观景亭，红色的屋顶颇具德国风采，但是栏杆却具中国曲径回廊的格局。沿着曲折的山坡拾级而上，不止一处有中国古典式的亭台在等待着我们，人们就好像从西洋式的建筑文化氛围走向中国传统的园林境界。这不但是为休息我们疲乏的脚步，而且在呼唤我们在此享受一下古代诗人披风当襟的豪情。

女作家唐敏曾经说过，福州四面是山，福州人是典型的山里人，从来没有享受过极目远眺的幸福。然而登上高盖山腰，从山崖上凿出基座的八角亭上，不但可以享受极目远眺的神思飞越的豪情，而且可以呼吸一口来自远古年代的深山幽谷的空气，领略与蛮荒时代大自然的精气沟通的、激浊扬清的欢快。我还是第一次俯视我们这个近几年才膨胀起来的现代建筑群，不过我没有像陈子昂那样，感到前不见古人、后不见来者，而是在深不可测的天地交接之处，在迷蒙的云影之中，看到了遥远的时间深处，每一处人文景观都留下了逝去的时间的印痕。我们好像不是沿着山道作空间的延伸，而是体验着时光的倒流。尤其是当和风从我的手背上吹过的时候，我不能不感到，在古人的手背上所流过的不也是这样宁静而柔和的气流吗?

我的手抚摸着古老的观音岩的粗糙的石栏，那上面肯定曾经留下过古人的温热的汗水。站在巨大的岩洞中，作为一个现代唯物主义者，只有在这里，才可能体验到也许和千百年前的善男信女一样的虔敬的心情，才会享受到和古人沟通的神秘的感觉。隐蔽在一个小小的缝隙里，被香火熏得发暗的观音神像，似乎时时刻刻在提醒我们：那悠远的时光和古人的心灵都被小心地藏在那幽暗的洞中，好像如果把神像挪到光亮的空间中来就不但会把那古老的虔诚亵渎了，而且会把那悠远的时光吓跑了似的。

工人们还在修筑上山的道路。荒凉的山路两边，早已废弃了的桃花源中的桃花早已开过，只剩下一两片鲜艳的花瓣，显然不在意无人欣赏，真令人想起王维的诗：“涧户寂无人，纷纷开且落。”其间的禅意，只有在攀行间故意与大声谈笑的同行者保持距离、守卫着自己的沉默的人才能体会得到。

越往前走，草木越是显得荒疏，但也越是显出了野趣。在突然出现一片茂盛的枳林之后，隐隐露出一角山门。原来这里就是妙峰禅寺了。十几年前，在这里的柑橘园边上发现了一口水井，井栏上镌有“嘉祐八年中秋癸岁次十五日”。井边还有一个洗涤用的石涤盆，凿造于宋绍兴十五年（1145）。据史书上记载，妙峰寺的建立远比这些石头制品要早，大概是在866年，唐代咸通六年，差不多是李商隐死后十年左右。

至此，我才意识到我所穿越的实在并不是一条蜿蜒的上山之路，而应该是一条时间的隧道，从现代步入古代的晨钟暮鼓之中，终点正是日耳曼人停止在森林中吃人肉以后不久。

摸着冰凉的石头，想象着文明祖先比石头还要坚硬的毅力，似乎听到了周围的空气里震动着中古汉语的声母和韵母，一边脚步已经跨过新修的山门，肌肤便领受到一千年以前留在古老的荔枝树下的浓荫了。不管那古枝上是否挂过那古老的唤醒世人的佛钟，但是，那深沉的梵音一定曾经震颤过这里的枝枝叶叶。进入海灯法师纪念堂，越发觉得身在时间隧道深处，现实的感觉就更加变得缥缈起来。你不由得不踮起脚尖，在钟磬香烟的包围之中，进入那些高僧的崇高的精神境界，不由得不产生某种身如菩提、心如明镜之感。我那近在一千米以内的校园，以及那繁忙的琐事，不觉就和那缥缈的香烟一起远去了。

在这样的境界中，如果你不能经历一次和古代高人心灵上的洗礼，不做一次心灵的净化肯定是说不过去的。

我深深沉浸在这种洗礼的特异功能之中。

当我回到现代生活中的时候，突然对于我平时看惯了的现象，诸如一些男女大学生们拿着二尺来长的甘蔗边吃边吐的情景，十分痛苦起来。这些现象和那苦心孤诣追求精神净化的境界一下子显得特别不相称。以至于，一个男大学生“当啷”一声把一个易拉罐扔在地上的时候，我不禁大叫一声：给我捡起来！

回来以后，我一直不明白，是什么原因让我变得如此粗暴起来。沉吟良久，才明白，原来是在妙峰寺时光隧道上回来之时，我心头早就形成了一个念头，那就是给我的德国房东写一封信，向他们炫耀一下我所居住的社区有这么古老的历史文化景观。在他们那里，五十年历史的居民点就要那么郑重其事地每年庆祝一番，而在我们这里，一千多年的文明古迹居然被我们忽略了几十年，如果他们能和我一样穿越时光的隧道去领略一下千年以前我们祖先的精神境界的清净，他们该露出多么惊讶的表情。

1998年2月15日

序福州三山陵园

穿越古典的牌坊，仰望庄严的白云，倾听着拾级而上之足音，把生命的乐章凝聚在这里，在这苍山如海的视野中，在这鸟鸣幽谷的意境里，灵魂歆享最高、最无限的安详。

选择这里，因为，这里的山——苍峰并峙，生命不倒。

这是闽山闽水赐予的福泽。

这是物华天宝、人杰地灵、百年积淀的厚重。

每一座塑像、每一棵古树，都有文化血脉的年轮。

到哪里去找这样自然景观和文化重镇的庄严化合啊。长江三角洲，园陵典雅，精致然而纤巧；香港的石碑，面海傍山，然而空间局促；汉堡公墓，鲜花如海浪翻腾，如火焰升腾，毕竟生命的旋律缺少巨石的沉稳来衬托；莫斯科新圣母公墓，举世闻名，艺术家的群像好像还带着体温，但是，没有山的托举，毕竟少了一点气概。

三山的雄浑，是福州先贤的精神华表。

三山的高度，是以刻在石头上的英雄的名字来标志的。辛亥革命的先行者、抗日战争的烈士、解放烽火中的名将：壮志宏图，气贯长虹，珍藏在墨香淋漓的题词里。

三山的高度，是以写在历史上艺术家的心灵来塑造的：晚清翻译家、五四才女，笔走龙蛇，锦心绣口，胸罗万象，不竭的才气在墓志中凝聚。

三山是博大的，不但举得起英雄伟人，而且也拥抱着芸芸众生，功成名就的骨伤名医、超群的武术家、脱胎漆器大师和热爱生命却早夭的女孩，心雄万夫然而壮志未酬的学子，相互聆听着和谐的心曲。

三山的不朽，不仅来自传统文化的宝库，而且来自创造的新谱，花葬纪念园：骨灰回归大地，滋养似锦的繁花。

年年岁岁，清明假日，香烟飘飘不断，鲜花不败。

共青团员在宣誓，少先队的队旗在飘扬，基督教联合会在复活节合唱：有了这一切，中山舰牺牲的悲歌和新四军的凯歌就会永远交响。

一代又一代，薪火相传，三山的乐曲不是生命的休止的尾声，而是生命的前奏。

一番又一番的祭奠，积淀层层，三山的精神海拔，随着时代提升。

2007 年 1 月 13 日

北大的陈章良现象

从去年开始，我就不断听到北大副校长陈章良的故事。其一曰：陈章良剽窃某一国外学者的论文，现在颇有一点狼狈；其二曰：陈章良嫖妓，为公安局受审，最后是北大校长陈佳洱把他从看守所里领了回来。

对于这样的小道新闻，我从本能上是怀疑的。

这不仅是因为陈章良是福建人，我在福建工作三十多年，在感情上已经归化，而且是因为太离奇。为此我还特别去问了北大哲学系和中文系的老同学，他们都是领导，出言十分谨慎，说是：反正他们没有从正式渠道得到任何消息。我看得出来，他们宁愿信其无而不愿信其有。但是他们在没有得到正式信息以前，是不习惯于断然表示肯定或者否定的。

这个问题就一直搁在了心里。

前不久，北大方面为了宣传百年校庆，向各省派出了以校领导和著名教授为主的宣讲班子。也许是由于百年庆典工作本身就是陈章良分管的，也许因为陈章良是福建人，到福州来宣讲的领队就是陈章良。

三十多岁，又不是从北大毕业出来的，就当上了北大的副校长，这在北大50年代以来的校史上也许是罕见的。去年开全国作家第五次代表大会期间，出面接待了我们这些代表的就是陈章良。也许由于他年轻，也许由于他的个性，他一开口就语出惊人："人家都说清华大学出来是做官的，北大出来是坐牢的。"他一说，大家就笑了，笑是心灵间最短的距离，我慢慢地体会到了他的幽默。

这一次，由于工作繁忙，他到福州已经迟了，我们的会正在进行。有人递条子给我，请他讲话，他也不客气拿起话筒来就以那种准确无误的莆田腔滔滔不绝起来。他说他作为一个福建人，只有回到福建才感到心情舒畅，经常想有机会回到福建来工作。大家以为他是幽默，就给他鼓掌了。他显然受到了掌声的鼓舞，就继续发挥下去：他在北京连个亲戚都没有，经常有“举目无亲”之感。台下的都是福建人，自然又给他鼓掌了。我看到他年轻的脸色兴奋起来，台下的人也兴奋起来，台上台下进入了我在演讲学中称之为最佳现场交流状态。他说，如果我是在福建，而不是在北京工作，有些事可能就不会发生。比如有些人造谣，说我剽窃别人的成果，现在已经查明，跟我毫无关系。更为严重的是：由“剽窃”变成了“嫖妓”。底下哄堂大笑，以更加热烈的掌声报答他的坦率和幽默。他受到的鼓舞更大，更加自由地讲下去：“甚至造谣造到让我的朋友都相信了，电话打到我家里来，我去接，人家说，你怎么还在家里，你不是被公安局逮捕了吗？”这时台上台下已经进入了更加融洽的状态。掌声和笑声构成了一种和谐的气氛，他一时似乎忘记了自己副校长的身份，我们也忘记了已经花白的头发。

从会场走出来的时候，一位校友不胜感慨地说：他这样的性格只有在北大才能把副校长当得稳稳的，要是在别的学校早就下台了。

关于北大和交大

几个月前，我曾在某报写过一篇文章，谈到邮电部为北大百年庆典发行一枚邮票的事，在这篇文章中我谈到了两年前交大百年纪念庆典邮电部为什么只发行了一张明信片的原因。据我当时获得的资料是：国内已经庆祝过百年庆典的大学，都不像北大那样是国家兴办的，也不是综合性的。文章就这样写了。行文的时候，感到这个问题比较敏感。很可能会引起交大和南开大学校友的反感，故而文中特别提到这可能引起学术上的争鸣。事隔数月之后，突然收到交大厦门校友会的刊物，其中就有一篇署名蔡秋泉的文章批评我的错误，他根据交大校史馆提供的资料，提出它的前身是 1895 年由盛宣怀奏办的天津西学堂。我在答复时感到这很容易动感情，便以少有的冷静减少情绪化的可能。

首先，我要表示，关于这个问题，以学术的态度进行争鸣，来讨论中国高等教育史上的这个问题是很有意义的。蔡先生提出了商榷的意见正是这种正常讨论的开端，不但对于促进中国高等教育史的理解，而且对于北大和交大的同学和校友互相沟通、互相尊重有很重要的价值。我希望这种讨论，能够成为我们两所学校校友之间情感交流的一种渠道。

我诚恳地感谢蔡秋泉先生，称赞他的文章有助于我更全面地考虑问题。在有些行文上，我可能是不够准确的。蔡秋泉先生指出：交大前身的建立，并不是私人行为，这是很正确的。交大的前身除了不属于我们讨论范围的小学和中学之外，还包括师范学院和工程、采矿、机械、法律四科，这也是事实。但是，以我之见，这四科实际上仍然只是我所说的工科。师范加上工科这就是两科了。再加上蔡先生在行文中又提到的“最初开办的目的在于培养政治专家”，这样就有了三科。我把交大的前身列入“单科性的工业大学”的确不够准确。这是我要向交大的同学和校友表示歉意的。

但是，我还有一点不够明白的地方。我的原文是说：北大是第一所由国家兴办的综合大学，所谓综合大学是 50 年代以来中国高等教育界的约定俗成的说法，一般是指具备文科的文史哲经、理科的数理化和法律、图书馆学等等多种学科的大学。按西方的说法，要称之为大学应该具备四个学院（文、理、工、医、农、法等中之四）。从这个意义来说，我在文中所说的“综合”和“大学”的含义，不论是按50年代中国流行的说法，还是按西方的规范的说法，交大的前身是不是就可以称之为“综合大学”？我本来是要写蔡先生的说法“还是不能成立”的，但是我特别谨慎地改用了“还可以继续研究”的说法。考虑到蔡先生的文章中，还写了一些与我的论述毫无关系的话，例如：交大在后来中国历史上的地位和作用，为了减轻火药味，我又加了一句：“至于交大后来的发展和在中国现代化历史上的巨大作用。我同意蔡先生所述。在这方面，我想我们是没有分歧的。”尽管如此，我还是觉得，在这个问题上，几所著名大学之间的神经还是过分敏感的，我不知道我的文章是否在这样敏感的焦点上火上浇油了。

北大校园的历史感

多少年来，习惯于把北大校园里的山石园林仅仅当作风景来欣赏，从来没想过几乎每一个景观都隐藏着我们民族悲怆的故事。1955 年 8 月，一进校门就看到办公楼前的一对华表，第一印象是：和天安门前的一样庄严。从那以后，我的感觉和思绪就瘫痪了，在三十八年以后，读了一本关于北大校园的书，感觉神经元突然复活起来，一百多年以前圆明园安佑宫前吹过华表的烽烟才扑上我的面颊。走近办公楼，那带着皇家气派的丹墀、麒麟，是目睹过英法联军和八国联军的浩劫的。

海盗的喧嚣，也许曾经使麒麟那石头的心震裂；那冲天而起的火光，一定曾经把它的身躯烤得发烫。如今，石头当然不再烫手，可是也没有完全冷却。经过了一个世纪的历史风雨，周围的一切差不多全都变了，唯一没有改变的就是它的庄重和沉稳。未名湖中那总是露出头和尾巴的石鱼，曾经吸引年轻的我，让我联想起许多浪漫的神话式的爱情，如今才得知，它来自圆明园的喷水池，它西洋雕刻的写实风格和燕南园里传统风格的花神庙碑（养花太监祈求神佛保佑花木的），有同样的历史沉重感。多少次走过燕园，只有今天才有走过时间的隧道的感觉，从风光鲜丽的校园可以透视到历史的长廊最黑暗、最屈辱的尽头。

再没有什么比未名湖上那石舫更有象征意义了。当中国的江河上千帆竞发，帆篷上涨满时代的风的时候，这石头的船却和它所模仿的颐和园中的石舫一样连一寸也没有移动过。这是乾隆皇帝的宠臣、军机大臣和珅穷极奢侈的铁证。石舫僵在那里仍然有它的价值，至少给中国的当代人和后代人一个警惕的信号。

越是黑暗，追求光明的眼睛越是明亮。从庄严肃穆的校史馆里，我看到了严复的相片，当年时髦的八字胡子虽然给人一种古老甚至陈旧之感，但是，那微厚的下唇，却极富福州人纯朴忠厚的乡土特色，而那锐利的目光，则掩饰不住那习惯于面向海洋的敏捷。从五四时期一代英豪那多少有点模糊的照片上，发出了不仅是北大，而且是整个中国最灿烂的启蒙的思想光华。从这里出发，再去看看校园内李大钊、蔡元培的胸像，纤秀的纪念“三一八”烈士的方尖碑，块状的北京大学革命烈士纪念碑，每一个献身者的名字都刻在黑色的大理石上，不用去触摸，也可以感到英灵们最后的目光是凝聚在未名湖水塔尖顶之上的。

水塔，作为北大校园景观的焦点，长期以来我不知道为什么没有名字。原来捐资修建这座水塔的是一个美国人，他的中国名字叫博晨光，历史是不可能长期被隐瞒的，如今这座为燕园生色的水塔，终于把博先生的名字带了上去，称之为“博雅塔”了。

这样的尴尬不但有北大校园的历史，而且也带着中国历史的特点。想想吧，燕园本身，虽然不像清华是美国人用所谓退还的庚子赔款所修建的，但是，那建校基金与西方教会有千丝万缕的联系。按照传统的思考方式，这不能不激起人们的联想。也正是因为这一点，仔细观察着它江南园林的岁月和西方的建筑艺术，一时竟说不出这二者是和谐地交融着，还是在永恒地争辩着。这个问题可能是太深刻了，我们这一代人大概是难以圆满地回答的，还是留给下一个世纪的智者罢。

走出燕园，不带着历史感是不可能的，但是光有沧桑感是不够的，站在西校门口，我感到的是第二个一百年的挑战的压力比之第一个一百年更为强烈。

北大校史馆

北大成立一百周年校庆，各种准备工作正在全国范围内紧锣密鼓地进行。发行纪念邮票，中央领导人分别题字，举办五十所大学校长大型学术讨论会，在人民大会堂举行庆典，都在紧张地筹备。其中有一项：校史馆，我最为神往。早在50年代，我就参观过在未名湖畔第二体育馆地下室的校史馆，留下了至今难忘的印象。光是那本五四时期领工薪的本子就很有文献价值。我记得：毛泽东的月薪是大洋八元，李大钊是一百八十元，而陈独秀是二百二十元。在以后的几十年岁月中，每逢有朋友哀叹中国知识分子的待遇太低，我就想到那个发黄的本子上那些漫不经心的毛笔字。

我还见过1949年进城之初，毛泽东答复学生自治会请求他为北大题写校名的信。毛泽东的信是通过当时的北大党委书记江隆基转达的，写得很客气。开头是“北大学生自治会诸公大鉴”，校名题写了好几张，有一张我记得是带着行书色彩的。现在北大正门时匾额上用的是写成正楷的那一张。

我想北大校史馆中一定还保存着50年代不适合展出的一些文献，比如有关胡适的、辜鸿铭的、沈从文的、冯友兰的、朱光潜的、宗白华的以及其他学术权威的内部文件。比如说，初期，沈从文还是北大的教授，不久，突然自杀，被抢救了过来。我看到的几本沈从文传中都说，上面都认为他“没有问题”，然而他还是到中央文史馆去了。我想，这在北大的档案中一定留着不少原始资料。我还曾听前几届的同学说，在“三反五反”时，朱光潜几次在学生中做检讨都不能通过，不少学生递了条子上去，朱光潜十分狼狈。我想有关的文献档案对于研究中国当代知识分子的心灵史，是非常珍贵的。

我曾经设想过，当我们在会场外边从拉线广播里听着哲学楼里对马寅初先生人口论的批判时，那已经是事情的尾声，在这个过程中，一定有不少有关的文件，决定了这种批判方式的规模。比如说，批判会在一个小型的会议室内举行。虽然是1959年那样动不动就搞运动的年代，对马寅初这样的人物，还是讲究了起码的礼貌的。我还记得，1959 年元旦，北大学生代表在人民大会堂见到了刘少奇，向他说起对马寅初的愤怒，并且表示，这样的校长，对于北大是不适合的。刘少奇很明确地表示：他可以辞职。不久以后，我们就在一个正式会议快要结束的时候，听到一个附带的传达说是：马寅初先生提出辞职。高等教育部认为，这是合适的。

我想，光是在决定对于马寅初这样的人物如何处置的过程中，就可能有一系列的文献，比如报告啦、批示啦、其中的曲折和变化啦，包括那个小型的批判会如何和会场外结合啦，马寅初本人的辞职信的原件究竟是如何写的啦，其运作过程肯定具有历史的经典性。当然，所有这一切显然不可能完全在文字材料中留下来，也许一部完整的北大校史只能保存在北大几代人的心灵中。

北大百年邮票

记得在50年代初期，还是读初中的时候，我就开始了集邮。至今，虽然不再为这种小小的爱好耗费心力，但是对于邮票的艺术和实用价值还是颇为关注的。可直到昨日为止，我对一枚邮票的诞生背后有多少故事和曲折是出乎意料的。

北大一百周年纪念就在明年。隆重的纪念活动正在紧张地筹备之中，其中一项就是出一枚纪念邮票。我本以为以北大在中国近代史上的重要地位，这是理所当然的。但是当北大的一位领导来到福州和我谈起这件事情时，我不能不感慨万千，其中牵涉的事情实在是太复杂了。

北大有关领导在和邮电部有关人士讨论的时候，有人提出，前几年，交通大学纪念一百周年校庆的时候，并没有出纪念邮票，而是出了一张带着图片的明信片。他建议出一张明信片。这当然不能满足北大的愿望。参加会议的有北大的校长，还有邮电部的有关领导，气氛有一点僵。高级领导们都不适宜于针锋相对发表议论，参加会议的中级北大干部这时就有了用武之地。他们提出的理由是，虽然早在前几年就已经有了天津大学、交通大学等大学举办了百年校庆，北大是不是中国历史最为悠久的大学可能成为一个学术问题，但是北大的前身京师大学堂是戊戌变法的一个重要举措，是中国第一所由国家创办的综合性大学。其他的，如天津的南开大学、上海的交通大学，则是单科性的工业大学，最初是以私人办的书院或者公学的形式出现的。再说如果把北大的前身也算进去的话，那么至少可以上推到京师同文馆，这样北大就有了一百三十年的历史。如果按照胡适先生的说法，北大的前身最早可以上推到西汉的太学，历史就超过两千年了，可以说是世界上最古老的大学了。因而纪念北大一百周年并不是一所学校的行为，而是国家的行为。把纪念北大一百周年定在中国第一所国家创办的综合性大学这样一个主题上，已经得到国家教委批准了。

这个理由一讲出来，自然有些分量。在座的邮电部的领导一个个先后出去，显然是作内部磋商了。最后的结论是：同意出一枚纪念邮票。北大方面不好再坚持，就同意了。

但是问题跟着又来了，按照邮电部的规范，每一套纪念邮票都是两年定选题，一年设计，一年印刷。当时已经是 1996 年的 5 月了。邮电部特别通融，要求在一个星期之内拿出设计图样来。这当然是个难题，好在北大人才济济，各方面紧急动员，果然如期把图样设计拿了出来。

身为福建北大校友会的副会长，我对于北大自然有一份特别的深情，多么希望从朋友那里拿到一张图样先睹为快，但是朋友说，很对不起，那是严格保密的。关于这张邮票已经有了这么多的故事，如果给你看了，保不定又要生出什么故事来了。

清明祭严复

随着5月4日北大校庆一百周年的临近，严复家乡福州的报刊对于北大第一任校长严复的宣传逐渐增加了起来，两家报纸抢新闻，没头没脑地发表了一条消息，说是严复的塑像，不日将运往北大。洋洋洒洒文章作了一大篇，我看了真是又好气，又有一点好笑。这个塑像，说来还真是话长，福建北大校友会的全体会员，经过两年的筹划，募捐集资，校友会的总干事长卢美松、欧潭生的鞋底都跑破了，才总算不辱使命。在这期间有多少甘苦，不是局内人是不可能体会的。可是塑像还没有正式揭幕，传媒就忙着把新闻抢得七零八落。

这也不能完全怪记者对于情况的掌握和理解深度不足，就是我自己，身为北大校友会的副会长，对此事也是逐步加深了理解的。日前得知：塑像不但引起了在闽严氏家属的支持，而且得到台湾严复的孙女严倬云女士（辜振甫夫人）的关注，她不但捐资八万元，补足塑像经费并资助出版严复学术讨论会论文集，还表示要参加5月3日在北大图书馆的塑像揭幕仪式，以年过古稀之高龄，能有这样的决心，可以想象老人家内心的激动。

新闻界的可爱在于他们的敏感，但是他们的可恨也往往由于仅仅是敏感而已。

对于比较平静的、不具轰动效应的事态，他们往往就容易忽略其重要性。

同样是纪念严复，塑像不过是形式之一，其实，还有一种纪念形式，就是每逢清明，在严复的出生地福州市仓山镇阳崎鳌头山，严氏的墓园里都有扫祭仪式。

由于严复研究会的热情相邀，我第一次得以躬逢盛会。汽车开出去不到二十分钟就到了一处山坡，进入围墙，就看到一大群小学生，在老师的带领下，默默地安放花圈。

这是一个典型的福建墓园，坐落在严复家乡阳岐村之外。墓园所处山坡，有颇为茂盛的树木，虽然不像公墓里的树木经过精心修剪，却堪称葱茏。整个墓地的形状有点像一座太师椅子，迎着早晨的阳光，给人一种永恒的安详之感。登上几层台阶，心情就肃穆起来。望着那墓台上缭绕的香烟和传统的奠祭礼品，进入时间隧道之感油然而生。青石上的文字显然是这几年修葺的，新鲜的油漆痕迹和淹没小径的荒草形成了对比，历史的沧桑之感不在那鲜艳的花圈上，而在多少有点荒芜的草木中。难得的是，严复研究会的会长郑重先生宣读的祭文，典雅凝重，非一般的官样文章可比。这不但表现了严复家乡人办事的严谨，而且显示了这方水土所养育的后代传统文化的深厚。为了和读者共享，征得作者同意，谨将祭文节录如下：

阳岐固始，苍霞初传。旗鼓龙渡，灵之所钟……马江击水，船政先锋。扬武东海，鼓帆西风。

物竞天择，适者生存。天演宏论，振聋发聩。开创北大，广纳众宗。教泽绵长，三民程功……神往健者，勿忘乃翁。呜呼烈哉，呜呼壮哉！

伏尔尚飨。

作者陈瑞坤并不是什么饱学的耆宿，而是一个普通的中学老师。这样的古文功底不要说在中学语文老师中是罕见的，就是大学教师中也是不多见的。

为同乡严复雕像

距离 1998 年 5 月 4 日北大一百周年校庆，还有半年，各省北大校友会已经开始忙碌起来。别的省不说，光是广东校友会的气魄就够大的了。据消息说，到了明年 5 月 2 日广东校友会将包整整一列火车，从深圳开往北京，沿途各站，只要有北大毕业证书的，一律免费上车。这次北大校庆，不是一般学校的自我庆祝，而是国家一级的政府行为，正式庆祝的主会场将在人民大会堂举行，国家主要领导人都会出席，盛事当然不能简办。

福建校友会没有广东校友会那么阔气，但是也不甘落后。这次北大校庆预算相当惊人，据说要花上两亿人民币。海外来的捐资已经有了不少。有消息传出，届时福建校友会要包租一架飞机上京。身为福建校友会副会长，我听了有点不敢相信，问了一下，说是这完全有可能，因为包租一架，还可以打折扣。

福建校友会的主要计划是募集款项，为北大树立一座严复的雕像。因为严复是当时政府正式任命的第一任校长，是福州人，很令福建人骄傲。但是因为任期不长，长期以来不太为人所知，令福建人感到十分不平。不管怎样，毕竟是第一任，作为福建人，应该还历史以本来面目，以正海内外的视听，是我们福建校友会的责任。

这件事说起来很是简单，但是操作起来，还真是有点麻烦。

首先是，要在北大校园里树立一座严复的雕像，并不是随便什么人心血来潮就能说了算的。这个地方有太多的眼睛盯着。要在这里树立雕像，要经过有关部门审查认可，看够不够资格，有没有可能达到水平。批准立项了，才能进入具体操作阶段。

由于本人生性散淡，最大的愿望就是当一名名副其实的傀儡式校友会副会长。正会长陈创天教授，经常出国，几年来我只见过一次。许多事情本来应该我管一下，但是我的操作能力实在是太有限了，光是筹集资金，我就有狗咬乌龟之感。幸而干事长卢美松、欧潭生是干才。从总的策划到具体筹办、组织、发动，都是他们一手包办。最后采取校友自愿捐献的办法。但是北大校友在福建的并不太多。因为在20世纪五六十年代，有一条不成文的规定，北大的毕业生，尤其是文科的，分配往往不过长江，因为长江以南有复旦等等的院校。北大毕业生在西北、东北、华北的比比皆是，在福建大多数是因为特殊原因来的。

有的是福建人在“文化大革命”中辗转归来的，有的像我这样的，是因为“反右派”运动，在北大待不住，被“发配”来的。

“文化大革命”以后，情况有所变化，大体是从哪里考来就回到哪里去。福建人念了北大，回来的就多了。但是校友总数还是不太多，所捐的数目并不太大。一落实到具体设计上，不管怎样精打细算都很难完成任务。先是到北京去，找一位中央美术学院的权威雕塑家，一开口，光是设计费没有十万不要谈，至于正式进入工场雕塑或者浇铸，还要超过这个数目好几倍。福建校友会要为严复塑像已经宣传了一年多了，有关方面已经批准立项，北大方面也列入了规划，但是经费产生了危机。这就不能不佩服校友会的干事们的神通了。他们辗转找到了厦门大学艺术系教授李维祀，他一听说这样的事，非常慷慨地表示除了系里的管理费以外他可以免费为北大奉献。他认为自己的作品能在北大这样的最高学府树立起来是他的荣誉。

李维祀先生并非无名之辈。他60年代毕业于中央美术学院雕塑系，在雕塑方面享有很高的威望，他所雕塑的妈祖神像立在福建湄洲岛上，获得了国家级的雕塑大奖。他的慷慨使我感慨万分，看看今日报刊上满是歌星影星的诈钱、榨钱的丑闻，不禁感到：我们的记者是否该对歌星、影星冷淡一些，而对真正的艺术家热情一些。

北大李嘉诚图书馆

正当我为北大校史馆由于资金不足而未见眉目遗憾的时候，校园内李嘉诚图书馆已经耸立在我的面前，站在这绿色玻璃瓦顶的古典式建筑面前，我不禁感慨万千。

早在50年代，我在北大读书的时候，就听当时的校长马寅初先生说，北大图书馆太小，要造一个新图书馆，地址就在哲学系大楼的前面，当时颇为广阔的地面上，只有一所小小的北大幼儿园，每逢我在教师楼上看游国恩先生的《中国文学史》的时候，不时听见幼儿园里的稚气的歌声，在广场上盘旋。

那时候，北大的读书风气十分浓厚，旧燕京大学图书馆容纳不下这么多求知欲旺盛的年轻人。在最紧张的时候，到图书馆去读书是要凭牌子的。平时大多数人在上课，还比较好些，一到星期天，就紧张了，往往是兴冲冲地去，面对座无虚席的阅览室，只能败兴而归。有一个同学教给我一个办法，早上起来不要洗脸，也不要吃饭，先用书包去图书馆占领一个座位，然后消消停停地回来吃饭、洗脸。

在50年代中期，国家的财政金融状况想来比较紧张，要建一所与北大的地位相称的图书馆，所耗资金想来是十分巨大的。我不止一次地在听报告的时候，听马老用他那浓重的浙江口音说："兄弟要去找周总理要钱、要钢材。"然而我在北大学习前后六年，不但没有看到这座图书馆的建成，反而在本科毕业的前一年，看到了马老因为坚持"新人口论"而不得不辞职。

等到"文化大革命"以后，大约是1980年吧，我再到北大时，新图书馆已经在北大幼儿园那片土地上矗立起来了。比起燕京大学时代，美国人用庚子赔款建立的老图书馆来说，自然是十分壮观了，当时除了感到一种兴奋以外，还有一点遗憾的感觉：新图书馆的正面大立柱的风格似乎更接近于古希腊的神殿，与周围雕梁画栋的哲学楼、文史楼、生物楼并不特别的相称，构不成一个统一的整体。

这一次，矗立在未名湖畔的李嘉诚图书馆，由主楼、南配楼、北配楼组成，虽然脚手架还未拆去，但是可以看出斗拱彩绘和拉直了线条的飞檐，既有传统风格又有时代感，气势磅礴，雄伟壮观，和它周围充满民族风格的老馆非常协调一致。

李嘉诚图书馆建筑面积达两万六千多平方米，是亚洲大学中最大的图书馆。香港企业家热心捐资办学，在内地一直有良好的口碑。我在中山大学、福州大学都看到过一些他们捐资兴建的教学大楼和图书馆。不过，在我印象中，那些建筑设计水平并不太高，和北大的这座大楼，壮丽中含着雍容，不能同日而语。为了这所大楼，李嘉诚先生捐资一千万美元，我们自然是应该铭记的，同时我不能不从心里感谢把大楼与北大环境处理得如此协调的设计师，正是他的才华使得一代又一代的年轻人在未进入学术殿堂和历史上最伟大的思想家进行对话之前，就感到了庄严的历史感、时代感和民族责任感。

漫画家和稿费制度

看到《羊城晚报》上一篇文章，诉说漫画家稿费收入菲薄，一幅漫画发表了才几十元，少数名气大的漫画家才百元。即使每月发表七八篇收入才数百元，比之当前演艺界和文学家的收入真是微不足道。

看了这样的报道，尤其是老漫画家方成的诉说，实在痛切感到世道之不平。老艺术家的牢骚确该一吐。

但转而一想，牢骚又有什么用呢？作者文中提出了外国漫画家的收入甚高的数字，似乎悬殊甚大。我手头就有一本美国著名漫画杂志《智慧世界》，上面载明：美国漫画家每年平均收入是八万八千美元。最高收入是二千四百万美元。此人名叫查尔斯·舒尔茨。他们收入高的原因不单是稿费标准高，而且还得力于一个很好的稿费制度：可以一稿两投，甚至多投。那位舒尔茨每完成一稿，并不像我们的漫画家一样，自己寄给某一编辑部，等待编辑的发落，而是交给代理人，由此人分送多家，乃至百余家报刊去发表。

这在美国是法律和行规允许，并得到保护的。在他们那里，一稿多投，并不存在法律和道德问题，如果哪一家报刊要独家发表，也就是要求作者不要把稿子让其他报刊发表，那就得通过协商，以一种高得多的标准付给稿酬。

美国的稿酬标准是双方通过协商以一种契约形式确定下来的。这里只有法律问题，没有道德问题。而在我们国家，稿酬不是双方的契约，而是单方面的规定，而且，大体是一次性的。作者很少有提出异议的余地。这种形态在许多方面已经不符合我国文化市场的现实规律。在不少部门，早已被冲破。例如，在电视和电影领域，就既可以通过一次谈判定价，也可以同时分别卖给不同的电视台。

目前漫画的市场机制还没有发达到与电视和电影同步的程度，可以说处于落后状态。从长远的发展来看，这种落后状态迟早是要突破的。但从眼前来看，却不能不说是死水一潭。可以预言，我国有关的法律和法规迟早会区分出一次性稿酬和多次性同时发表稿酬的不同范畴的。事实上，目前在我国自由撰稿人中早已流行着一种在不同地区同时或先后发表，多次获得稿酬的做法，我相信，这种做法在不久的将来会得到法律的认可。

道德上的惶惑将会随着法制的完善而得到解决。到了那时，最重要的就是漫画家精神产品的质量问题了。没有质量就没有竞争力，不要说无法多家同时发表，就是在单独一家报刊上发表，也是很困难的。就是在美国，也不是每一个漫画家和全部专栏作家的作品都能为上百家报刊同时接受的。

这就对漫画家本身提出了挑战。不管什么漫画家都得扪心自问，自己用什么去迎接瞬息万变的文化市场的考验？别的不说，至少总不能老是一种线条、一种构思去投入竞争。坦率地说，如果那一天很快地到来，我就不能不为一些老一辈的漫画家担心。例如，华君武的漫画，他那几十年一贯制的文意多于画意、文趣多于画趣的风格是否能稳操胜券呢？再看看我国漫画界，应该承认，在艺术的革新和创造上，远远落在了诗歌、小说、电影的后面。这些年，文学、电影、舞蹈引进了许多外国的思潮、手法，并进行着痛苦的消化，产生了那么多新的探索、新的观念，而漫画家连苏联的幽默招贴画的许多新手法都茫然、漠然，毫无反应，以这样的状态去预期新的法规，不免有点令人忧虑。一旦新的法规产生了，而漫画家的竞争力却不济，我们究竟应该同情谁呢？

1998 年

当官的感觉

明知自己不是当官的料，所以能很轻松地把当官的坏处说出一大箩筐来。看着当官的朋友，退休了以后，一脸掩饰不住的苍凉，禁不住幸灾乐祸起来。但是，从来没有体验过当官的感觉，对于短暂的人生而言毕竟不是一件很完美的事情。有时想象，当官的感觉一定是很好的、很开心的、很滋润的、很好玩的。要不然古代那些大臣明知伴君如伴虎，明知能保全脑袋和脖子联系的并不是特别的多，为什么还是没命地往官场里钻呢？

当官有一百条坏处，至少有一条好处：旅游起来省了许多操心的事，不管到了哪里，总有人迎接，行程安排得妥妥当当，不比自费旅游，担心班机，担心旅馆。最要命的是：担心口袋里的大面额钞票的张数。拼命克扣自己，免不了忍受拿钱买累的后果。虽然我是坚决反对特权的，但是，车子开在路上，交通警察优先放行，想必是很爽的。那种感觉，权当游戏，体验一次，也不枉我一米七四男子在人世潇洒一遭。一辈子一次，绝对不会因此而腐败，我敢保证。到一个单位参观，说还有人排队给你鼓掌、敬礼之类，那种感觉，在马斯洛的人本主义心理学里可能属于“高峰体验”，无疑是和英雄就义的感觉属于同一范畴，绝不是金钱可以买到的。

当然，像妓女接客，小偷被抓，总统到大陪审团去坦白交代自己的偷情，那样的感觉，并不需要身临其境就可以想象，除此以外，任何人生体验，都是心灵的财富。体验一下当官的乐趣，有如看电视体验阿兰·德龙的惊险的搏斗，是生命的享受。

终于有了一个纯属偶然的机会，让我在一个短暂的时间里，成了一个月的官员。首先让我感到满意的是，一些不大不小的官员，对于我有超额的尊重。我被奉为“领导”，他们对自己单位的工作介绍变成了“汇报”。走进他们办公大楼的时候，居然有工作人员排成队向我敬礼。事后发现还有照片登载在刊物上。这样的尊重，引起我的惭愧之感，自尊心满足以后的不安，像喝咖啡的苦味一样有回味之甘。

想到我对那些单位的工作发表意见的时候，我真切地感到，一点也不比某些高级干部差多少。

相处的时间久了以后，彼此成了朋友，工作关系中渗透一点友谊。有说有笑，称兄道弟。谁说当官的都是木头？他们也有可爱的一面。就在这时，一份礼物，送到了我的面前。送礼的人，脸上满是可爱的朋友的笑容。我反复拒绝，他反复以朋友的名义送回来。不管我如何诚恳地解释，他总是坚持。我这个心肠软的人，痛苦万分。不得不妥协说：把它放在我住宿的房间里。我临走，装作忘记了。直到车子到了我家门口，一个工作人员居然尾随两百公里，提着“礼物”做最后的努力，弄到我不得不厉声请他尊重我的人格。

望着他怏怏而去的背影，我突然感到当官的悲哀。权力设置了太多的陷阱，为了避免陷阱，你不能不让自己的心肠硬起来，明知要做出伤害朋友的事，也不能不硬着头皮坚持到底。

我庆幸，我没有当官，让我这样心肠很软的人当官，那没完没了的推来推去，会不会伤害朋友？那对于朋友是不是一种折磨呢？但是，后来还是觉得这个短暂的官当得不称职，因为我发现，虽然把“礼物”退回了，可是我的下属却一体笑纳了。

1999 年

公共汽车新生

20 路公共汽车，就在我们学校的门口，是我心头的创伤。

我年轻的时候，它就是这个样子：拥挤不堪，以等情人的耐性等了十分钟，再来一辆还是同样的拥挤。车子下面的，每一个人都有焦急的理由，可是车子上面的，也有同样的理由焦急。下面的人，为了争先上去占领一个宝贵的座位，不得不用最机巧的姿态，抵着门侧，为了保险，一只脚就近踩到踏脚上；而车子上面的人，情绪恶劣地下来，有意无意地踩着那踏板上的鞋子。于是怒目而视，于是恶语相加。有时，双方无心恋战；有时，形成僵持状态。人们变得粗野起来。这种粗野在平时是小心翼翼地用时装、用香水、用时髦的发式，包装着、掩藏着的，可是眼下，却以最肆无忌惮的形式，喷射了出来。

那肮脏的、恶毒的词语啊，带着方音，字典里都难查到，一辈子也用不上一次的。

发出野蛮语言的人，刚才还在图书馆里研读着精神文明的经典。就在五分钟前，他还在镜子面前仔细地修饰自己的形象，并且感到十分满意。

每逢看到这种情景，我都感到痛心。不由地想起在西德的公共汽车上，人们是如何地礼让，鱼贯而入，循序渐进，婴儿车到来的时候，总有人帮着拉上来，就是身边的座位空着，那站着的也常常继续站下去。也许是不想过分打扰他人的宁静吧。

我给学生做过报告，把我对于我们这个悲哀的民族的全部失望倾盆大雨似的发泄了一番。不久以后，有人告诉我，由于我的报告，20 路公共汽车秩序良好了许多。这颇使我感到安慰。然而，几天以后，人们又变成了原始人，把达尔文的生存竞争变成了座位竞争。

悲哀的 20 路啊，悲哀的民族，难道我们的形象就只能和那破旧的车子相配？

市政府无能为力。谁都知道，公共交通补贴已经成了它背上的一座沉重的大山。看来，只有等待车子运行到半路上骨头散架了。可是那患了老年气喘病的车子的生命力却很顽强，年复一年，日复一日，鞠躬而不尽瘁。面对着这些老而不死的家伙，我时常产生一种犯罪的念头。但愿有朝一日，出了个把恐怖分子，一串炸弹把它炸个精光。

然而，车子虽然没有满足我恶毒的狂想，却在一夜之间变了样子。崭新的大客车，柔软的垫子，自助交费，每隔一分钟，最多两分钟，就有一辆。比香港的公共汽车还漂亮，好像是西德的公共汽车一下子开到了中国。它从容不迫，颇有大将风度。乘客们鱼贯而入，彬彬有礼，自动交费，就连那并排空着的座位也像德国的一样，无人用屁股去填充。人们一下子恢复了自尊。真要感谢这样美好的车子，感谢它们让我们恢复了美好的天性。这些车子，从哪里来的？市政府哪来那么多的钱？

原来是职工集资投股的。说了多少年的股份制，不再神秘，终于看得见摸得着了。中国人的素质一点也不比德国人差。

1999 年

哭笑不得的在职硕士生

如果光看物质待遇，大学毕业以后，再念三年的研究生，实在是需要一点苦行僧的决心的。助学金只有二百来元人民币，连吃饭都不够。人到二十三四岁以后，还要父母负担，也实在有点不好意思。再说还有的已经开始谈恋爱了，光结婚费用这一项，就是有很好的收入，也得节衣缩食好多年。但是，这几年还是产生了考研究生的热潮。七年前，我在北大遇到一个当年的学生，正在攻读硕士。那时只有一百多元的助学金，北京的生活水平又高。因此他几乎每天都不敢吃得很饱。好在北大有不少勤工俭学的机会，他才度过了艰苦的三年。

当然，还有一种办法，有利于改善生活待遇。那就是先在一个单位工作几年，然后，征得单位的同意，去投考研究生，毕业了再到这个单位工作。这样的研究生，算是在职的。就可以带着单位的工薪去上学。这样大约每个月可以有五六百元以上的收入，来去的路费还可以在单位报销。

今年，来我这里报考的，有一个原来的科技大学化学系的。已经工作了五六年，甚至还混到了一个印刷厂副厂长的职位。可是他还是不能忘却他的文学梦，又来我这里考硕士。考试成绩第一名。这样的学生谁不器重呢？他仗着有工资，没有后顾之忧，入学以后就准备结婚了。

然而他却来告诉我，他的婚结不成了。我本来还以为是女方变了卦。他说，是校方变了卦。他本来是在职研究生，按国家规定是带着工薪来上学的。但是最近他所属的学校印刷厂，因为经济效益不好，就让一个私人承包了。而承包者认为他是去念书的，其工薪不在承包之列，于是他就不可能领到工薪了。

本来这也没有多大关系，反正他是可以领到助学金的。然而，最近的消息是，他连助学金也领不到了。原因是，在最初编制学籍的时候，他被列入在职的一类，而非在职的一类的助学金是省教育委员会核定了的，现在一下子还不能改动。

这下子，他弄了两头不着实。

事情从印刷厂弄到学校方面，又从学校方面弄到每一个有关方面，每一个方面，都对他表示万分同情，但是，就是没有一个方面能够为他解决这个不成问题的问题。

这把他弄得哭笑不得，也把我这个做导师的人，弄得哭笑不得。我想：如果有任何一个方面，表示就是不应该解决的，那就可以找他们吵一场，出口鸟气也有利于心理健康。但现在是每一个方面，都十分同情，都表示应该解决，可三四个月过去了，就是没有一个部门可以明白地告诉你，你可以到什么地方去寻求解决之道。

过去，我读西方文学，对于他们所谓的黑色幽默，都觉得美国人有点夸大其词、小题大做。这会儿，我可是体验到了中国式的《二十二条军规》了。

1999 年

集资建房和“神经病”

内地[①]教授的住房一直是个热门话题，但是，不同地区、不同时期的教授，虽然说着同样的话题，可其真正的内涵是不大相同的。例如，在改革开放的初期，一般地说，是北方的，尤其是北京的教授，住房水平比较高。远的不说，就是到了 1990 年，北大教授无偿地分配到三室一厅大约六七十平方米的住房，就很值得我们这些在南方的教授羡慕了。但是不到五年的工夫，我们南方的不少教授住的房子就一下子跳到一百多平方米了。而北方的教授却不能不望洋兴叹了。

这里，有个收入水平的问题，由于住房与规定的标准拖欠太久，就产生一种自行集资的办法。我记得当广东早已推广了以后，我们福建省还有人想不通。一方面，许多人对于一家四五口住在六十平方米的房子里，感到十分不满；另一方面，又感到政府已经不可能再给教授们锦上添花。我记得，最初我在学校提出自行集资盖房方案的时候，是 1992 年，当时，我是十分乐观的。后来粗略估计了一下，国家提供地皮，其他自己出资，一百平方米建筑面积，大约需要三万五千元人民币。消息传出以后，所有的人都认为这是个天文数字。有些人甚至说是我神经有问题。这样，就拖了下来。两年以后，价格并未下降，反而上升为五万元左右。有一个教授，算了一笔账，他从 1952 年参加工作，所有的工资都加起来，也不到五万元。又经过一番折腾，最后公布的造价，涨到七万五千元到八万元。不过令人鼓舞的是，面积较大：一百二十平方米左右。

最初，我是有点悲观，担心搞不成。但是，一到登记的时候，大家居然十分踊跃。原定只有四十二套的教授楼，居然登记的就有上百户。只好按年龄和职务以及其他方面的贡献评分。等到年底，房子造成了，装修又是一家比一家更为高级。算一算，除了个别的人家以外，装修所花的钱，竟也不比买房子少花了多少。我说，这下子土财主都冒出来了。

① 本文为香港报刊专栏，故用“内地”一词。收入文集，保留原貌，不做修改。

中国教授的经济状况，是很难从工资上算出来的。打听了一下，那些平时看来挺寒酸的，其实大多有额外的收入。有的是儿女在国外工作，有的是自己有发明创造，有的是有稿费收入，有的是自己就在国外讲过学，最差的也有一些海外的亲戚给予支援。

可是就在我们南方人住房水平大提高的时候，北方的教授们住房却大大地落后了。说起来工资收入相差并不太大，但是观念却大不一样。一个北京来的老同学，已经是权威教授了，对我说，你这房子在北京是“部长楼”，可你们南方人真是有点神经了，花了十多万把房子买下来干什么？你想想看，把这十多万，存在银行里，一年就该有差不多一万元的利息。我们住公家的房子，可以住到老。每月房租也就几十块钱。房租再涨，哪能涨到八百元一个月啊。

我们听了，不能不说他说得有理，但是，就是没有一个人听得下去。今年又开始登记集资建房了，令人鼓舞的是，往年龟缩的土财主，今年都纷纷地出笼了。我对他们说，去年你们骂我神经病，现在你们不是都跟着成了神经病了吗？他们说，现在我们也被北方人骂成神经病了。

望子成龙的文化内涵

汉语里面的“望子成龙”从纯粹客观的立场上看显然是片面的，为什么仅仅是望子成龙，而没有“望女成凤”？这里面有着深邃的文化内涵。这显然是男权社会的潜在的传统观念造成的片面性。

中国的父亲把儿子看成希望，倒也罢了，可是连母亲也一样不把女儿当作希望，反而一生下女儿就自卑。中国的母亲和父亲一样，早在还在授粉（这里没有隐喻，请不要过多联想）的时候，就想到要在观音菩萨面前烧香，走后门，考虑落实生个儿子、光宗耀祖的希望，对菩萨进行物质和感情的投资了。

明明百分之一的希望，也要有百分之百的期待，这就是中国式的理想主义胜过西方人的地方。上亿的中国孩子哪怕是不到百分之一的人能到美国去留学，不到亿分之一能得到诺贝尔奖奖金，可是，没有一个台湾人、香港人、内地人不把孩子的英语说得比鬼佬还溜，当作最高目标。在国民党时期，小学里最重要的课程是英语、国语、算术。五十年后，内地高考，不管你投考文科还是理科，不管你有志于体育还是会计，必考的三门功课还是英语、语文、数学。这也雄辩地证明了国民党人和共产党人在骨子里同样是中国人。内地人对物价有神经质的敏感，通胀指数百分之五就如大难临头，可是为孩子补习英文，从存折里挖多少老本也像英雄面对敌人的刺刀：面不改色，心不跳。

听说香港的一些家长，至今对用母语教学还视若畏途，这也难怪，事关孩子得诺贝尔奖的前途，谁能不特别认真?

谁说青果子希望渺茫，不能算数？希望之花，最初都是如云、如雾、如风、如烟，正因为其渺茫，才考验出中国人的战略眼光。狐狸这样蛊惑人心，说轻一些是妒忌，说重一点是为自己的孩子减少竞争对手。如果不是居心不良，那只能是头脑简单、思想愚昧、意志脆弱、精神萎靡、种性退化。寒鸦才实实在在具有中国人的传统的坚毅的美德，具有改革家等着青果子发红的魄力。

1999 年

为师之福

1999年元旦前后，我收到的贺卡不下七十张，这可算是当教书匠的特殊幸福了。其中有得意门生的，有只听过一次报告的，有常常来往的，也有名字连一点印象都没有了，但是那上面的诗一样的语言却常常更为动人。一个名字陌生的学生在非常精巧的贺卡上这样写道：“当老师的最有趣是：他永远不会知道自己的影响有多大，他语言的种子在什么时候，在哪里开花，有些学生失散了，却不曾告诉你——他想起你（或你的一句话）的刹那。”这些话深深地感动了我，使我思绪纷纭。我想起了，到外地参加一个学术会议，在主席台上和一个当地的领导客气地寒暄，他却说：我是你的学生啊。而我却记不得他的名字了。他告诉我，我曾在他毕业纪念册上题过字，这句话使他终生受用无穷。然而我不管怎么搜刮枯肠，也想不起来我曾经写过什么值得一提的话语了。他告诉我，那是：“把自己放在恰当的地位上。”

这可真是冷锅子爆出来一颗热栗子，凭良心说，这句话，还真是有一点格言式的深刻，对于一个从政的人来说，可能是受用无穷的。这宦海沉浮的保身之道，是从我心灵的哪一种体验中升华出来的呢？我不能不对自己天马行空的灵感有点崇拜起来。

也许这不足为奇。当教师的，一年到头都在课堂上滔滔不绝，就算你资质鲁钝，全是鬼话，可总少不了歪打正着，有那么几句人话，像飘飞的柳絮一样，落到了某片肥沃的心田，无心插柳而绿柳成荫了。我想起，在小学五年级的课堂上，我敬爱的潘祖谨老师，把杜牧一首著名的诗写在黑板上：

清明时节雨纷纷，路上行人欲断魂。

借问酒家何处有，牧童遥指杏花村。

她说，这首诗，表现了古典五七言诗歌有一个共同的特点，可以把七言改成五言，五言改成三言，都不妨碍诗句的音乐性。例如，先删去开头两个字，变成：

时节雨纷纷，行人欲断魂。

酒家何处有，遥指杏花村。

当时是 1948 年，我才十一二岁，觉得有趣，就牢牢记在了心中。

没有想到，到 1978 年，当年的种子，变成了我的灵感。在此基础上，我发展出来一个观点：中国古典诗歌的五七言体，由尾巴上的三言结构和前边的四言结构组成。前面的四言结构是辅助性的，不管怎么变化，只要后面三言结构不变，其吟咏的调性就不变。如果把这三言结构变化为四言结构，情况就大不相同了。例如把它变成：

清明时节细雨纷纷，路上行人莫不断魂。

借问酒家何处可有，牧童遥指杏花山村。

这就不是吟咏调性，而是说白调性了。根据这个观念，我写了一篇论述中国古典诗歌和民歌节奏的历史发展的论文，现在公论是我最好的论文之一。

如果把教师的工作比喻成播种，但是这种播种又和农民不同，农民春种秋收，有明确的目的性，有恒定的收成回报，而教师播种的周期是漫长的，收获并不像金秋那样一齐到来，所以是容易忘却的，收获是没有金秋庆典的，常常在自己的视线以外。越是饱满的谷穗越是低垂的、隐蔽的，不可以预言的。当低垂的谷穗连成一片金秋的时候，自己的生命却面临惨淡的冬日了。这足以让一个把毕生奉献给教育的人自得。但是同时，也使我自警：年年月月，日日夜夜，所讲哪能都是格言，难免有一些鬼话，这些鬼话也一样要发芽，有朝一日，你突然发现自己毕生的辛勤换来的竟是一片恶之花，面对那黑色的秋天，又该如何自处呢？

1999 年 1 月 4 日

阿Q的“专利”

为鼓励阿Q考上研究生，拿到改变农村户口之文凭，余乃亲陪其于图书馆内苦读。未几吾忽感内急，仓皇奔厕，阿Q尾随而至，亦内急也。然厕门紧闭。余原地团团而转，如热锅上之蚂蚁。阿Q曰：先生于文学之事常小觑老弟，然于此等事，当少安毋躁，且看小弟功夫。乃对厕门以掌击之，头撞之，足蹬之。余急止之曰：此等破坏公共财物之举，吾等读马列书之人不可为也。及余问诸馆人，答曰：近日将迎文明校园检查团，厕所空前彻底打扫，地板洁净如校长办公桌，可席地而聚餐；玻璃如总务长太太之化妆明镜，光可鉴眉发。楼内一改往日流溢于走廊之尿味，更喷法国香水。鲍鱼之肆，遂为芝兰之室。为使检查团先生之第一印象强烈，故暂停使用，密闭数日，以免鞋脚污染，且使香气流失也。

盖该校，前数年全市高校检查，以五分之差，与文明校园称号失之交臂，而兄弟高校文明校园之荣誉，已为老太婆的棉被——盖有年矣。形势逼人，形势逼官，此番全校动员，大喇叭，小广播，豪言壮语，上下一心，不夺文明校园，则校长之乌纱有损，书记雷霆之怒不可遏也。

于是有停课三日之豪举，学生于午睡之时，不得入宿舍，以免折成四角形之被褥其直线变曲。袖戴红布者，如临大敌，火眼金睛，平日乱扔纸屑者股栗不已；实验室日夜清扫、洗擦，前清皇帝太傅当年办学时留下之具古董价值的灰尘，不惜一扫而空。阿Q闻之不免发噱，乃哈哈大笑，弯腰、岔气，犹不可止。

吾急止之曰：不可。吾乃学文科者，物理学基础甚差，笑前，未惶考虑虎克定律，肚腹体积固定，弹性有限，笑声与压力成正比，与肚皮强度成反比。笑愈炽，压愈剧，丹田之下，将有如鼓如浪之声，决口之虞遍及脐下各部。吾等本当以百米冲刺速度，奔馆外寻厕。然奔速与爆裂概率成正比。欲保肚皮之完好，裤袜之淋漓则难免，此乃康德所说之两难也。

正无计处，阿 Q 眉头一皱，计上心来，曰：先生于理论物理学则明矣，然于应用物理则暗；且看吾虎克定律之新应用：放大步，高抬股，轻落地，两全其美也。只见其：弓腰身，展四肢，减震动；如蛙泳，如蝶泳，或单腿脚尖着地，或双脚平行移动，跳如西藏舞，行如秧歌舞。当此时也，余不能不惊服阿 Q 之伶俐也。

惜绕文科楼数匝，而未见厕所。

阿 Q 遂大骂曰：身为万物之灵，礼义廉耻之重负、之可恶、之可恨、之可骂、之可杀，亦至于此，使吾不如癞皮犬、怀春猫内急时之旁若无人，抬腿释放内压之自由，不亦痛哉！不亦遗憾哉！不亦窝囊哉！

正骂间，忽见一墙角，有美人蕉之属，下有花圃，有玫瑰焉，有石竹焉，有嫩草焉。阿 Q 大喜，曰：吉人自有天相。乃解衣欲释放腹中之压。余急止之，曰：此举殊不雅，且其味熏人。然阿 Q 曰：先生只知其一，不知其二。此乃普天下最文明之举也。昔六七十年代有广积肥之运动，今日后生浑忘矣，待吾唤醒之。

从容事毕，束腰而起，四处无人，乃轻吹口哨，作飘然之状，以身蔽余，以解燃眉之急。

余少读圣贤之书，长攻马列之学，本不当为此举，奈何不效阿 Q 之所为，则胯下淋漓之苦、之不雅有过于此也。君子知其不可为而为之，有愧于心，且有惭于面。默祷圣人囿情，事毕后，松爽之感，颇有回味之甘，实乃人生一大享受也。

此等伟大发明本属专利，然消息不密，数日间，不闻厕所门备受锤击之声，亦不见楼边情急舞蹈之步。当月色皎洁之时，每当余于馆内读书而走神，临窗凭轩，看繁星渐显，眺群山入冥，偶见楼下花丛树侧有人影匆匆焉。间闻有异声起于下方，如小溪流水，忽作忽止，如苏东坡文：如怨如慕，如泣如诉。如杜工部诗：随风潜入夜，润物细无声。

待检查团光临，于图书馆印象尤佳。团长先生留言曰：该校不独厕所香气四溢，且楼下鲜花特别肥硕。赞赏之余，特加五分。

有人告余：且莫小觑这五分，自此该校翻身，文明校园达标，校门前金字匾额闪闪有光焉。余不禁赞曰：积肥与美化两全其美，人物与植物生态平衡，不亦妙哉！不亦妙哉！自此，阿 Q 伟大之不拘一格之精神，深入吾心，虽鲁迅再生，吾亦能保证其不敢小觑也。

静静的金湖

泰宁太小，金湖的名气也不大，虽然随着大流，人已到了泰宁，可对于金湖之美，我毫无思想准备。一旦到了十里平湖之上，望着那浩渺的碧波，城市里那种人与人互相距离太近，连公共汽车上、在人行道上都相互妨碍的感觉一下消失了。我被如此辽阔平静的视野震惊了。首先感到舒畅的是我的眼睛。在城市里被所谓“水泥森林”横加阻挡的目光，突然获得解放，那平时被高楼大厦分割得七零八落的天空，奇迹似的变得完整了。平日里它高高在上，总是令我不得不仰望，今天它居然低垂下来，变得这么亲近。我再不用仰酸脖子去追寻一片小小的云彩了，云彩们在这里不像在城市里那么高傲，它们随和得多了，就在你眼前，你一下子就习惯了和它们对视、平视，甚至是俯视，我指的是云彩倒映在水中的影子。天是蓝的，水是绿的，上下云彩是对称的，把天和地的距离一下子缩短了。我就站立在这对称的图案之中。

这里的水面与厦门、东山的海面不同。在东山的游艇上，在浪尖波谷中起伏，好像骑在一匹劣马上，你体验到的是与大自然搏斗的惊心动魄，你和海浪是征服者和被征服者的关系，甚至是你死我活的关系，在某种意义上，这和城市里的竞争没有本质上的区别。而这里的天地是浑然一体的、和谐的，你一到这里马上就被恬静的水和天同化了。在这伟大的宇宙之中，我变成了它的一个小小的质点，我弄不清是变得伟大了还是变得渺小了。但这一切都变得无所谓了，因为在这里，我不用和什么人比。我只和大自然相对，伟大也好，渺小也好，都不关我的事，因为这里不存在竞争，人与人的关系和城市里迥然不同。我可以感到自己的心胸在扩展，有了一种想夸张地吐一口气，想象着自己的心胸与天和水同化的感觉。

在这样清澈的、洁净的世界里，我难得地享受到一种不属于自己，而属于大自然的幻觉。当我望着那湖面上形态各异、碧草丰茸的小岛，双眼追逐着水中的一尾游鱼时，我弄不清是想象还是真实，只是感到水鸟和游鱼，都和天水一样透明。在这种童话似的境界中，我不由得产生一种愿望：让我的心变得像这里的天和水一样安宁、自由、恬静吧。人生能有几度体验到与大自然融洽无间、浑然一体的欢乐呢？

当我们在金湖上享受着金湖特别而温厚的微风的时候，经过一个个姿态、风格都各具异彩的小岛，眼睛都看酸了，还舍不得离开那岛上带着原始性的树林。从旅游小册子上，我了解到，这里原是一片险峻的群山，水库的建成，使得人迹不到的虚无缥缈的绝顶，变成了近在眼前的小岛。岛上充满蛮荒的景象，一切都在无声地宣告，这里的树和草似乎还活在盘古开天辟地的年代，除了飞鸟以外，人都没有去打搅过它们的静默。这里的静谧是永恒的，人类花了好几千年破坏了世界的安宁，这里是唯一的例外，它是上帝的浪子——人类所破坏不了的。

在这种时候，最大的享受是沉默，一切的人声都是亵渎。

自然，球形的、卧虎形的、伏狮形的小岛上的静默，并不是死寂，这是生命的安谧，仔细看那岛上的树丛，其实并不令我感到有任何的自生自灭的禅意。相反，我看到了无声的竞争。那一丛丛树木，明显是分成群落的。很少有单株独枝的大树，那枝叶特别茂盛的，结成一个群落。那连片的树冠像超级大国似的豪华地展开，占据了更多的阳光。而那资格老到可以当祖宗的羊齿类，却不得不屈辱地俯伏下来，占领更多的土地。那中等层次的杂木则在竞争不到天空和土地以后降低了树干，为利用更多的空气，在苦苦挣扎中，它们不得不扭曲了自己的躯体，不管怎样，每一根扎枝总算找到了虽不算完全足够但也可以繁殖它们的生命的空隙。不同群落缄默地并存着，欣欣向荣，但这是多少世纪生死搏斗的结果啊。我们现在看到的仅仅是胜利者，而失败者，自然是永远地消失了，连让我想象一下它们濒临灭绝时的呻吟都不可能了。不用多少生态学的知识，就可以发现，在这么浩荡的湖面上，居然看不到几只水鸟，实在是一件憾事。在美国的伊利湖、休伦湖上成群的水鸟甚至是不怕人的，白水鸟停在超级市场的汽车顶上作绅士的漫步是很平常的事。

我不知道别人热衷于旅游的目的，在我自己则是为了舒缓竞争的疲劳。然而，就是在这童话境界的金湖上，那残酷的竞争也只是暂时地离开我，只有我完全不动脑筋的时候，才能享受与大自然融合，没有矛盾、没有冲突的安宁与和谐。一旦我开始思考，我就看到了也许是更残酷的竞争。那无端地灭绝了的物种，不可能有任何法庭、律师为它们主持公道，在那里，早有达尔文指出弱肉强食是唯一的法律。这绝不是过去的历史，而是仍然在我所欣赏的美丽小岛上静悄悄中进行着的现实。

不论是什么样的美都不可能是没有遗憾的，金湖之美，也不可能例外。一个成熟的人，不应该向世界要求纯粹的真善美。但是，应该珍惜那虽然不免残缺的美。因而，回到城市以后，我仍然十分热烈地向我的朋友赞赏金湖之美。我的朋友在金湖待过一年，他对我的激动嗤之以鼻。他说他当时去“玩金湖”，绝不像我们这样“土”，他们是带着猎枪和帐篷到岛上去“尽情浪游”，在枪声豪迈地回响起以后，把带血的水鸟野物串在枪尖上，“满载而归”。

说罢他嘿嘿而笑，笑得很甜蜜、很善良、很温柔、很真实。

仔细地研究了他的笑容，他真的笑得一点也不残酷。

嘿嘿嘿……他还在笑。

武夷写照

生来不会欣赏风景，但也把朝觐名山当作乐事。武夷山竟然去了四次。

第一次是在十四年前，初识玉女峰，根本就没有感到它亭亭玉立的丰姿，至于九曲的竹筏流水自然惬意，颇有心与流水俱净之感，但也没有想象中那么了不得，似乎总有一点故意夸张的兴奋，因为不夸张一点，对不住念《徐霞客游记》时的那种神思飞越的享受。至于大王峰，我怎么也想象不出它和王冠有什么相像。自然，天游峰的晒布岩，宽六百米、高四百米，浑然一体，连一点裂缝都没有，囫囵一大块，十分惊人，令我想起好多伟大崇高的东西。这本是大自然的奇迹，但并未在我心目中留下太深的印象。

也许，我后来想，我如汪曾祺先生所自谦的那样是个渺小而平凡的家伙，和那太伟大的东西之间总有些距离之故吧。

同去的袁和平，那时还年轻，肚子还没有达到今天这样巴尔扎克的水平。和谢冕、刘心武、李陀一起登上天游峰，我并没有产生孔夫子那样“登泰山而小天下”的豪情。记得最真切的倒是袁和平冒充内行，给一个女孩子看手相，我便夸张地赖他把女孩子的手握了三小时。谢冕身为北大教授，凡事比较认真，在我看来，近于天真，可刘心武在背后却叫他“老夫子”。

我记得住、记得深的尽是些琐碎、可笑的事，也许，这是因为我是个开玩笑成性、永远正经不起来的角色。

由此，我想到游山玩水，在别人也许意味着认识祖国壮丽河山，可在我却是认识了老是没正经的自己。

第二次去，是开一个学术讨论会，什么都忘了，只记得会后一位很诚实的朋友来找我说，省里某民主党派主任委员已近退休年龄，如果我有兴趣加入，暂任常委，过一两年就是副的或者正的主任委员，那时，那辆轿车便归我使用。

对于坐轿车，长期以来我自然是颇有点羡慕，说白一点就是有点眼红的，而且对于这个朋友如此器重，我很是感激，但是对于这样的“加盟”方式，却是不习惯，便婉言谢绝了。

很久以后，我想起这番武夷之行的唯一印象不禁有点自得：我自己一向以浪荡自在而自豪，居然还有十分正经、坚持原则的时候，心里不由得乐滋滋的。

第三次游武夷，则是陪同一个菲律宾文学代表团。我们碰到了一个乱收费的关卡，争执起来，我们一位在现场照了相的工作人员竟然被一伙暴徒围攻。我当时意识到危险，便劝他上车，然而还是遭到了殴打，我十分惊惶甚至失措，这时却是舒婷出来以身体护住了那个工作人员。

那次回去以后，脑海里久久不能抹去的是自己作为男子汉的惭愧，居然不及一个女流。

前一次心里留下的乐滋滋的感觉一扫而光。

原来自己并不怎么样！

最近这一次上武夷，又和袁和平一起陪同几个香港作家。十三四年过去了，袁和平的肚子已经大到上不了天游峰了，但是他竟然当着七八个朋友的面对发脾气的太太做检讨，而且神色自若，他那炉火纯青的技巧实在令我自卑，其时，我忽然觉得袁和平的可爱的笑容远比同去的香港女诗人舒非女士雅致的笑容更为生动。

这次回来以后，大家约定写一篇文章，写武夷山。我对武夷山的风景早已失去新鲜感，写来写去还是袁和平的肚子之类。可是如果没有袁和平的肚子之类，一个人去登天游峰，那么玩命地爬山，孤零零的，那不是受罪吗？

说实在的，我倒是觉得袁和平的肚子，给老婆赔不是，还有那些有点匪气的乱收费的家伙，比之武夷山的石头、流水、悬崖上的棺材有滋味多了，因为它留在我记忆中，令我开心，有时在哥们中间吹一吹，大家会一齐笑起来，而笑是人心之间最短的距离，那沟通之乐才是人生一大享受。

我虽忝为文人，但对古代文人津津乐道的山水之乐，总是缺乏雅兴。在北京读了六年书，居然没有去过长城八达岭。直到五十多岁，从德国归来，才在太太的催迫下去了一趟。长城的印象自然深，但那导游宰人的印象更深。

如果把心灵比作镜子，为什么我这面镜子里照出来的就很少壮丽崇高、超凡脱俗的形象，而是充满了鸡毛蒜皮、鸡零狗碎可笑的东西呢？

也许，因为我归根到底不是一个当英雄的材料，而是一个追求轻松的家伙吧！

鼓浪烟雨[1]

上火车的时候，湿漉漉的马路开始泛白，甚至有点发亮，我的心情不禁为之一振。打从春节起，这绵绵的细雨，就以罕见的韧性破坏着我的情致。几十天中，吸进胸腔的，好像不是春天那清冽的提神的空气，而是公共浴室中的水雾。现在，终于看到天上出现一个蓝色的透明的窟窿。对于坏天气的共同仇恨，使得车厢里的陌生人心心相印起来，对好天气的一致向往打破了初见的矜持。广播中传来了天气预报：从明天开始，天气将有根本性的好转。人们变得健谈起来。有人开始从国计民生和“四化”前途的高度来分析低温阴雨的巨大危害性。然而，我只能自惭没有那么广阔的胸襟。我盼望晴天不过是为了到阔别六七年的鼓浪屿乘兴一游，享受一下大自然的恩惠。

第二天，一觉醒来，车窗上不祥地流着一道水珠，窗外逶迤的青山全部沉没在似雨非雨的雾气之中。空气的湿度很大，毛衣上、小茶桌上都蒙着细细的发白的水珠，手一拂就留下一道痕迹。但严格地说，这还不能说是下雨，我还抱着一线希望。等到进入厦门站，车窗上竟然出现了斜斜甩断了的雨线，我扫兴之至，而走到月台上，那雨居然下出了声音。这真叫人有点绝望了。雨，残忍地、从容不迫地下着。

我只好到店里去买一把大大的雨伞。

轮渡比之六七年前大不一样了，显然经过整修，看得出来油漆一新。厦门人的服装自然更新，这早在预料之中。出乎意料的只有那江心庞然的巨大货轮。从我认识鼓浪屿起，它的魅力就只限于大自然的鬼斧神工。当渡轮经过货轮旁边时，它那巍然的胴体吸引着我的眼帘不由自主地向上了。它也许是一条水上的街道吧，那淡雅的基色衬出几道鲜明的色彩，简洁的几何线形轮廓中，包容着那像蜂房一样密集、精致的舷窗。在惊心动魄的马达声中，在滔滔滚滚的波浪之上，它显得那样安详、雍容，好像任什么风雨也不能动摇它的稳定性。而在它后边的鼓浪屿，在密密层层的雨帘之中倒变得小了，显得有点淡、有点轻、

① 这是我试写的第一篇散文，大抵写于 1982 年春节后一个月左右。

有点空灵缥缈了，好像在鹭江之上缓缓地沉浮。现代化的货轮并没有破坏大自然的优美，反而更衬出它的高雅。

踏上鼓浪屿那曲折起伏的街道，扑面而来的是鼓浪屿80年代的热烈色彩，商店尽情地炫耀着它纷繁的商品。孩子和妇女的衣着，款式比色彩更动人。店面那乳色瓷砖砌就的墙壁令人想起百合花的雅致，那墙角的商店临街门敞开着，把它干净的花砖地面提供给走便道的行人，这是一种友好的表示、聪明的招徕。小小鼓浪屿的空间是珍贵的，但是留给来客的空间是足够的。到了这里我才想起生活中的一些不足，人们似乎不应该满足于像在火车站售票处的小窗口那样完成实用主义的交换，商店应该留给顾客友好、关切的空间。人们离开商店时，除了商品还应该带回一种赏心悦目的感觉。

不论在商店里还是在街道上都不拥挤。从大城市带来的人与人之间互相妨碍的感觉，一到鼓浪屿就消失了。而那些披着长发和烫着卷发的女孩子带着入声的普通话，也像春雨一样从容、亲切。

我信步走进一家不超过十二平方米的小店面，才一进门，那玻璃柜台后面比我年纪大得多的营业员就站了起来，当我的目光停在一件商品上的时候，还没有来得及开口，柜门已经打开。在这种情况下，是不好意思装模作样地看看就走的。而在新华书店里，我向一个年轻的女营业员打听一本书，很快地，书便从里间的仓库里找出来了，而且还附着另一本书，“这本，你也会要的吧！”语调自信而亲切，她怎么猜到这本书我一定需要呢？我不由得为这样玲珑的心窍而惊奇了。

这里没有车马之喧，汽车、自行车一律不能进入这个海上花园。即使在雨中，邮递员的步履也是那样安详，像那个女营业员一样具有一种高贵的气质。

走在这样的人中间，我不能不把脚步放轻，说话不能不更加彬彬有礼。

绵绵的春雨下在那像梦一样的没有方向的街巷之中。走着走着，不知怎的却勾起了我许多暗淡的记忆。关于鼓浪屿也有许多粗暴的故事，也有许多野蛮的喧嚣，也许就在那三角梅奔放地泛滥出来的围墙后面，新的感情正在无声地占据空间，而在那藤萝半掩的百叶窗后面被撕破了的乐谱又默默地重新抄清了。而那当年深夜里的一声惊呼，却随着海风飘向遥远的天边去了。而听到这一切的棕榈科植物却又在温顺地承受着一年又一年的春雨了。

沙滩上人的脚印是稀疏的，我没有听到郭小川曾为之赞叹的“如鼓的浪声”，正是退潮时分，大海正彬彬有礼地把脚印悄悄地带走。

天色暗下来，在萧疏的暮雨中，在最后一片彩色的三角帆归去之后，海上货轮上的灯光一下子豪爽地亮了起来。

等我匆匆赶到招待所报到时，才发现，我拿在手中的雨伞一直没有打开，而我的头发这时正淋下一颗颗水珠。

母爱的冷漠

朋友请我吃饭，等着我的还有一个陌生人。他已经不年轻了，脸上的皮肤仅够勉强包住骨头，在常人可以作弧形隆起的地方都像给偷工减料了；突出的眉骨，像是未完成的雕塑，连眼睛也草率得只是深凹的一个黑暗的洞。我不禁想，这样的脸相，在美术系，可以做江洋大盗的模特儿。这汉子，本来是教书的，后来被开除了，说起来很是可笑。

1949 年，他的父亲和母亲离婚了，母亲去了台湾。他从小就受尽了没有娘的孩子之苦，做作文都写不出母爱是个什么感觉。看到人家暑假和妈妈手拉手上街的情景，对妈妈撒娇的样子，他只能把凄凉藏在心底。大学毕业后，在一所中学教了好几年的书，思母情结，并没有淡化。转眼到了 80 年代初，进入而立之年，终于得到一个在澳门的亲戚的地址，就写了一封信请他在澳门报纸上登一则寻母启事。在那政治上春寒料峭的时期，没想到，信没有寄出，人却被捕了。虽然没有判刑，却失去了走上讲台的权利。这并没有让他灰心，终于从姑母那里得到了母亲台湾的地址。他写了信，转托已在德国定居的老师（我的朋友）转寄。没有想到，得到的竟是从香港寄出的信，母亲极其冷峻地宣布：第一，在台湾这样的社会，离婚是很正常的事，没有什么特别可以伤感的；第二，她已经结婚，孩子也已经长大成人，今后不便联系；第三，他们全家将迁居加拿大，一般不要再来信，如有特殊需要，可以通过一个香港地址转寄。

按说，这位母亲写这封信时，已经是年近古稀了，进入生命倒计时，心当返善，对于年轻时的许多作为应该有所忏悔。朋友在一旁推测：可能她顾虑这突然冒出来的儿子未来要争夺遗产，又可能是她的丈夫属于上层人物，对于妻子年轻时破裂的婚姻，在亲朋间讳莫如深。但不管怎样解释，都不能成为拒绝暗中流露一下温情的理由。对于无辜的儿子遭受长期的苦难，她竟一点负疚之感都没有。更使我惊骇的是，这个儿子越说越愤激，毫不掩饰他的仇恨。那脸上的棱角，变得更加鬼斧神工的陡峭。

我突然想到：人的感情，哪怕是最富人性的，也是多么脆弱呀，那么长的时间，都不能窒息的天然的感情，竟然这样轻易地变成了恶毒的仇恨。

家庭的温馨和孝道

对于家庭，我本以为自己是个现代观念很强的先锋派，但不知为什么我成了公认的孝子。

父亲去世以后，母亲选择了跟我到福州，我感到温馨。我觉得，上有老，下有小，有饱和的亲情氛围，才有家的温馨。当我外出归来，感到这边房间里有我母亲欣慰的笑容，那边房间里是我正读高中三年级的女儿闭门苦读的寂静，我享受着这样无声的宁静。走进我的房间，读书写作，心灵特别安宁。母亲到九十余岁，终于生活不能自理，大小便失禁，当然有许多麻烦，尿布挂满阳台，满室气味熏人。朋友经过家门，偷偷掩鼻而过。但是，我没有感到有什么异味。我时时想到，母亲养了三男一女。因为生我而病倒，一岁时，日寇入侵，举家分成四处逃难，母亲是被抬上民船的。那时，在农村四处奔逃，缺医少药，我曾一度病危，都已经放在地上草席之上了。舅舅说，这孩子不行了，赶紧去买个盒子吧。母亲心有不甘，听从一个老太太的建议，死命咬我的脚跟，我抽搐醒来。母亲给了我第二次生命。

母亲活到九十四岁，从未提过当时的辛劳困苦。最后无疾而终。临终弥留，我看着她鼻子渐渐不能呼吸，嘴巴一张一合，从每分钟四五十次逐渐递减，从十五次到八次，最后一次，嘴巴合不回来，我替她按着嘴唇十分钟，闭合，以免露出牙齿，不够美观。她离去了，我没有哭，我为她这样安详地离去而庆幸。我为她换衣，洁体，触遗体臃肿处，体液和药液飞溅到我唇齿间，当时顾不得擦拭，事后亦未想到洗涤，我珍惜母亲留给我最后的感觉。

母亲过世以后，我请九十高龄的岳母来我们家长住。我感到她的眼光有些怯，我想无非是怕我不能容纳。她耳聋，我一回家，第一件事就是挥手向她微笑，她也微笑挥手。久之，她安心了，到九十五岁，也是无疾而终。

这几年有人对我这个在欧美大学里生活过的人，思想以前卫著称，而行为居然这样传统表示惊异，我仔细想了一下，才明白，我虽前卫，但中国传统孝道给我灵慧。前些年，我被评为福州十大孝星，还得了一个金色奖杯。我觉得奇怪，比起老一辈，我实在差得太远，惭愧都来不及。那个奖杯，起初还放在眼睛看得到的地方，后来整理书籍，不知放哪里去了。我没有去找，不用找，我知道，它肯定在我家里。

2006 年

不堪细读的福州名片：三坊七巷

三坊七巷，是福州的文化名片，福州人城市自豪感所在，朱光潜先生说，熟知非真知，几乎没有人反思过，为什么叫作“坊”。“坊”并不是福州人的口语，不像北京的胡同、上海的里弄，活在口头上，“坊”字为一个建筑群名称，有深沉的历史文化积淀。“坊”在古代有高级官署之联想，隋太子官署有左右坊、门下坊、典书坊等，唐以后易为太子左春坊、右春坊。如今看文儒坊、光禄坊、衣锦坊，就知不属皇亲国戚，亦非世袭，不过是古代文人由文儒、光禄，再衣锦还乡的理想。自东晋至唐，是学优而仕，士大夫聚居之处。但是，并没有像谢安时代的朱雀桥、乌衣巷到唐朝就成了刘禹锡笔下的野草、杂花的废墟，而是胜利地抵抗着王朝兴衰，上千年岁月的侵蚀，至清末而鼎盛。

福州人高度的乡土之恋源远流长。

高高的马鞍形起伏的围墙，把几百户民居包围在内。春风直入中轴长街，郎官巷、宫巷、吉庇巷、黄巷、杨桥巷、安民巷，分立两厢，气象博大而不华赡，没有显赫衙门和高官府第高及膝盖的门槛，更无石狮之威猛。

围墙高得出奇，就是有一枝红杏也很难有出墙的惊艳。但是，坊内居然有水榭、微型戏台，与江南园林相比，似乎是袖珍的。偶尔也有曲径通幽，循无声时光之流，如穿越时光隧道，领略福州里坊体制文化的活化石。

不能不说，围墙太高，空间狭窄，明显封闭，但是，在晚清，这里却是最开放的，其间历史人物精神的光华，成为晚清思想解放的烽火台，照彻着整个中华大地，闪烁着整个时代的历史风雷。

睁眼看世界的第一人林则徐的母亲就在这里出生，林家祠堂成了纪念馆，赭红墙体随着岁月越发表现出某种精神显赫。林则徐手书对联，似乎墨迹未干，与此相连，三坊七巷的墙体似尚黑，庄严中有一点沉重感。

天井并不太大，仰首观天，仅见一方，回廊曲折，更是狭窄，不时擦到肩膀，园林小巧，甚至逼仄。但是，就在这并不敞亮的建筑构架中，却容纳了来自世界和中国历史的宏大的思想。一进又一进，庭院深深，民族危亡，先辈探索救亡的脚步，一步比一步沉重。

多少精英，从这里走向中华近代史前台，义无反顾。血祭轩辕的色泽似乎鲜艳如旧。

同样是二十三岁的青年，风华正茂，先是林旭出发，为变法维新，喋血菜市口，把头颅献上了改革的祭坛，后继者是林觉民，慷慨赴义，义薄云天。严复和林觉民一样从这里走向马尾海港，不过严复是走中国海军的摇篮——马尾船政学堂，而林觉民却是把秘制的火药，装在棺材中转运到广州去武装起义。亡国灭种之痛，凝聚在严复的《天演论》中："物竞天择，适者生存。"不适者，虽有五千年文化传统，难逃覆灭之命运。英雄并非超人，无情未必真豪杰，林觉民赴义之前留下了缠绵悱恻的《与妻书》："吾至爱汝……吾九泉下，闻汝哭声，当相和也。"至今仍在华文世界的语文课本中撼动着青少年的心灵。

英雄气概，与儿女情长在这里水乳交融。

从这里出发的林长民后来第一个把巴黎和会上中国被列强出卖的外交惨败公诸报刊，成为五四运动提前爆发的导火线。后置棺木一具，于天安门前演说，誓死捍卫祖国权益。对于这样的历史功勋，国人知之甚少，倒是他因之被遣去国，带上他十六岁的女儿林徽因，在英伦邂逅徐志摩，酿成了惊天动地却又扑朔迷离的故事，一个世纪过去了，浪漫情感似乎还未褪色。

历史不堪细读。对历史具有重大意义的，湮没无闻；对历史没有多大意义的却成八卦，家喻户晓，想象的转基因，化为网络炒作、饭后谈资。其实，林徽因和徐志摩的情感实质，最可靠的是志摩的日记，收藏者却拒绝公布。历史的关注点，转移到另一个女士身上。林觉民的妻子陈意映避走之后，居所转辗到一个谢姓海军军官家族，后来出了才女冰心。她在五四时期的文学成就，再加上活到百岁，罕见的长寿，文学品位随之增值，虽然她只在福州生活不过几个月。

但是，历史又是应该细读的，只有在细读中才能读出许多偶然性的深邃的意味。当年林旭去京，意气风发，成为戊戌变法的核心人物，途经杭州，邀约林纾同道，林纾仅仅因为初娶继室而未果，如果不是这样，则北京菜市口可能多了一名烈士，而五四新文化运动时期，是不是可能少了一个保守派呢？

历史不可假设，然而可以假想。假想固然有假想的趣味，而不可假设，有不可假设的意味，林旭是沈葆桢孙女婿，而沈葆桢又是林则徐的外甥兼女婿。姻亲血缘关系既和宗法传统，融为一体，义无反顾地肩负起风雨飘摇国运。

福州人的城市自豪，不仅出于特殊的乡情，而且因为这里有中华近代历史价值重大的传奇。其中之一，远超刘备的三顾茅庐。其实，在正史《三国志》中，只有三个字：“凡三顾。”根据的是诸葛亮《出师表》中的“三顾臣于草庐之中”。曲折神秘的传奇都是《三国演义》的虚构。可是，这里的三顾，发生在宫巷一号，于史有详细实录。两次鸦片战争屈辱失败，洋务运动兴起，乃有坚甲利兵之决策，左宗棠奉命建海军，请沈葆桢出山兴办水师，这位林则徐女婿拒绝，再顾仍拒，直到第三顾，答应一切事务自专，不受任何官僚干预，才在丁忧三年未满之时，出任督办南洋水师，组建北洋水师，奠定了当时亚洲最强大的海军的基础。虽然后来失败了，就其功绩的性质而言，乃是开拓海洋军力，挽救国运于危亡。而诸葛亮为刘备建策，跨过荆州，进而取得军事政治力量空虚的益州（四川）作为根据地。联合孙权，赤壁一战打败了曹操，固然是战略智慧超群，但是，从客观效果而言乃是造成三国鼎立，血肉横飞的混战延长了七十多年。须知，东汉末年，公元 156 年人口五千零七万，经过黄巾起义和军阀混战，公元 208 年赤壁大战，全国人口剩下一百四十万，这个统计数字可能有点令人难以置信，但是，曹操自己的《篙里行》中就说：“生民百遗一，念之断人肠。”也就是说，百姓死了百分之九十九。其景象凄惨到“白骨露于野，千里无鸡鸣”。一直到公元 265 年，蜀国割据政权已经被统一，距吴国被统一还有十五年，三国人口总计才七百六十七万，还没有达到战乱前的七分之一，死亡率高达百分之八十几。我宁愿假设二十七岁的诸葛亮最好是个大草包，更年轻的孙权完全傻冒，让曹操赤壁大胜，中国统一起码提早几十年，百姓也少死上千万。三顾茅庐让诸葛亮的生命得以自我实现，可是其中浸透了多少百姓的鲜血和眼泪，还要暴露于野地的白骨作为代价。刘备三顾茅庐典故家喻户晓，但是，左宗棠的三顾宫巷一号，却连福州人都不一定清楚，当然这可能因为后来海军在甲午海战中失败了。但是，诸葛亮同样也失败了啊。国人对历史英杰，是不是太不公平了？沈葆桢的名字不但不如诸葛亮，而且还不如林徽因为国人耳熟能详。

光禄坊东北口，宋熙宁三年（1070），光禄卿、福州太守程师孟常游此，书“光禄吟台”。数百年后，林纾在光禄吟台参与陈衍吟诗作对。在人们印象中，林纾只是五四新文化运动的保守派，其实，在辛亥革命爆发，在福州街头，他是呼喊歌哭的斗士，而陈衍则在戊戌变法时曾为《戊戌变法榷议》，堪称维新运动的前卫。多少精词丽句，慷慨胸怀，声振金石，“光禄吟台”的石座想来也为其频率震颤，如今，游客们只是叽叽喳喳、吵吵嚷嚷，只能让石座，保持冰冷的沉默 .

陈宝琛和郑孝胥，同科中举，先后曾为帝师，然而，最后分道扬镳。陈宝琛在政治上失意以后，献身于家乡教育，创办了福建优级师范学堂，如今成为福建师范大学。一百多年来，弦歌不辍。建学校，在当时乃官场失意人的所为，然而，文脉所存和我几十年的生命联系起来，让我享受到为师之幸、为师之荣。而他的朋友郑孝胥，后来沦为伪满洲国傀儡皇帝的宰相，他的汉奸的名声超过了陈宝琛，不过在三坊七巷的人物中，他的名字是最脏的。

说到名声，福州人把林徽因当作福州的名媛，其实她在福州一共就住了二十多天。住的地方，就和我的小区隔一层墙，好几十年，我都不知道，只是近几年，炒作起来，在那叫作什么“庐”的门口，有了一块木质的牌子说明她曾经在这里住过。作为邻居，我没有感觉，但是，偶然也有文艺女青年打着花阳伞，前来照相。拉我做伴，我茫然迁就，并应命假笑，然心甚悲凉。因为，就在附近，有林森故居，这个反清割台，辛亥革命期间领导九江起义的英雄却门前冷落。每逢经过，细读门前牌简陋文字，徘徊而已。

在民族危急存亡之秋，英雄业绩，美女花边，如此错位，福州人，情何以堪，细读太沉重、太沉重，每每掩卷沉思，不忍细读。

2020 年 8 月 16 日星期日

第五辑　文化随笔

告别世纪之梦

站在世纪之交的门槛上，向新的百年展望，情怀颇为复杂。这其中有告别、有怀恋、有痛惜、有自豪。但是最为强烈的是什么呢？应该是告别罢。

有过一种带着朝霞色彩的梦：把诗的语言和生命一起，当作射程最远的精神导弹、原子弹，投向敌人的阵地。在血与火的洗礼中，重新安排日月和天空的秩序，重新塑造国民精神，在这样的过程中，让自我的灵魂，像朝霞一样美丽地燃烧。

梦是纯洁的，留下的历史的格言是灿烂的：不以诗为生命，而以生命为诗。

为了这个梦，有多少真诚的诗人、艺术家把自己的生命奉献在历史的祭坛上。

既然生命都在所不惜，艺术本身就更不在话下了。

那不愿做诗人、宁愿“作标语人，口号人”的郭沫若的誓言，那罗曼蒂克的情怀至今仍然令人神往。把诗写在墙壁上，写在枪杆上，把诗和群众的口号一起在集会上喊出来：诗人和艺术家在广场上火一样地公开了自己，多么神圣而壮丽！

连未来派马雅可夫斯基、象征派的聂鲁达都加入了这支主攻灵魂的导弹部队。

然而，一定有什么地方出了问题，文学丧失了自我，变成了留声机和传声筒。在那屈辱、恐怖的记忆里，浪漫的、红色的梦变成了噩梦、黑色的梦，一块真正的灵魂浩劫就这样留在了全民的集体记忆里。

浩浩神州文坛，一片荒芜，八亿人口面对八部戏剧样板瞪着发呆的、空洞的眼睛。

这样的文化惨剧，肯定要告别，永远告别！

告别浪漫，当然应该睁大着眼睛，面对严峻的现实，可是，当脚板结结实实踏在冰冷的、火热的、不冷不热的、崎岖的、平庸的大地上，人们就再也不需要梦了吗？

没有梦的人生，没有梦的文学，是不是更为精彩呢？

难道看腻了血与火的场景的眼睛就只配看《还珠格格》式的作态吗？喊腻了广场口号

的嘴巴就只配作无聊歌星无病的或者有病的呻吟吗？

这，当然不是梦，而是货真价实的、不折不扣的现实。热火朝天的炒作，掩盖不住赤裸裸的然而又是冷冰冰的商业现实。

什么人文精神，什么灵魂升华，什么终极关怀，能给你、给我、给他利润吗？废话！

但是，对于文学来说，没有梦，才真正是一种噩梦。

为了反抗这样的噩梦，艺术的先锋队、精神英雄们并没有休息：他们无畏地向相反的方向探索。群众的声音是粗暴的，个人的内心应该是最精致的；广场太狭窄了，个人的、自我的内心才有最大的内存，才有比之天空、海洋更宽广的宇宙。

厌倦了红色的梦、黑色的梦，拒绝了红色的眼睛、黑色的眼睛，他们梦想着：也许无色的眼睛有更为宽阔的视野，更为幽远的景深。

用无色眼睛，他们去寻找艺术的光明，作英勇的探险。

他们发现的是一个无色的世界，也许无色的世界比之红色的、黑色的世界更为空虚。

在新世纪的门槛上，在旧世纪的门洞里，我们选择什么？

不管电脑、网络将给文学带来什么信息，不管太阳黑子、火山、地震会给人类带来什么灾难，有一点可以确定可以坚信：文学不能没有梦。

不管来的是什么梦，可以肯定：红色的、黑色的梦将一去不返，在无色的梦，受到历史的判决以后，我们将会有一种新鲜的、精彩的、绝不单纯绝不幼稚的，而是相当结实的，符合 21 世纪人类步入成人阶段的梦。

那是我们，从来没有体验过的那一种梦。

1999 年 11 月 17 日

公共交通和社会稳定
——德国和美国的比较

从表面看来，德国和美国是差不多的，美国公民有七八千万是日耳曼移民。但是，从公路交通和社会秩序来看，这两个国家的差异实在是太大了。

公共汽车在德国和美国都是比较少的，自己有车的人太多了。但是，毕竟还有老人、学生、带孩子的母亲还有残疾人。在德国，哪怕是很小的城市，都有公共汽车，很漂亮，还有专门为残疾人的轮椅和婴儿车提升上车的设施，有很漂亮的车站。公共汽车的班次当然很少，有时一个小时一班。车站上有时刻表，其准确的程度，不亚于火车。德国人做什么事情都是一丝不苟，公共汽车很准时。有一次，我和一个老太太在一个还算热闹的街角等候汽车。车子准时来了，却没有停。我当然很生气，可远远不及老太太生气，她竟然追着汽车狂奔。我觉得她真是太呆气了，凭她那已发胖的身材，再加上高跟鞋，和汽车竞赛速度，能有什么好果子吃呢？我不胜同情地看着她的身影在人群中消失了。不久以后，老太太回来了，我不无幸灾乐祸地问她追上了没有。

她笑眯眯地说，她没有去追车，是去街角打电话投诉的。汽车公司向她道了歉，答应十分钟之内，派一辆小轿车来把她和我一起送到目的地去。不久以后，我就坐在小车上享受自己的惊异了。

德国的社会秩序很好。哪怕是到了夜间12点，女孩子悠闲地从夜总会出来，没有任何紧张。大不了在公园门口碰到一两个拿啤酒瓶的醉汉，沉在喃喃自语之中，他们大都是懒得去工作，靠救济金生活的，每天像上班一样到公园门口，一直喝到晚上。没有人去注意他们，他们也不搭理别人。

不仅是醉汉和清醒的人友好共处，就是有车的人和没车的人，也是友好共处的。

每逢节日放假前夕，大学里布告栏上，就充满了叫作“分担汽油费”的广告：

“本人于某日欲往某某城市，车上空座若干，有意参与者，请拨以下电话号码……”

我就乘过一位女郎的汽车，从南部马克思的家乡特里尔，纵贯德国，到北部的汉堡去过复活节。十天以后，又乘她的车归来，只花了二十五马克（合人民币八十元）。如果不是这样，乘坐火车，起码要花一百多马克。

如果连这点钱也不想花，还有一个办法：做一个硬纸标版，上面写上要去的地方，在马路边举起来，最快的只要半小时，慢的也就两个小时，总会有一辆子开到你面前停下来，请你上车。德国的社会秩序良好，人与人之间没有多少戒备心理，长途开车，容易感到寂寞，有个人聊聊天，可以减少疲劳。

相比之下，在美国就没有这么便宜的事了。在美国，哪怕你在马路边上，把牌子举上一天（或者把大拇指朝下），也不会有人理你。

报纸上不时有消息警告，不要随便让人搭车，以防劫匪。

美国的社会秩序比之德国差得太多了，尤其是夜晚。

在秩序最坏的纽约，一般人到了下午 7 点钟就不敢乘坐地铁了。在人员稀少的车厢里，只要两三个人，其中一个拿一把小尖刀，把你往当中一围：拿钱来，否则就不客气。你怎么办？只好给他一点（二十美元左右），否则自讨苦吃。美国的医疗费，贵得吓人，光是挂号费就是五十美元。就是手上划破一块皮，医生给你上点药，护士给包扎一番，最后账单来了，三四百美元是家常便饭。

公共汽车很难找，美国是个装在汽车轮子上的国家，汽车太普及了，乘公共汽车的人太少。在洛杉矶那样的大城市，除非你是内行，否则根本找不到公共汽车站，连个显眼的标志都没有。就是找到了，往往也不免吃惊，比之福州的公共汽车站可是差得多了，既没有时刻表，也没有站名。只有一个若隐若现的柱子，似乎有些斑驳的字迹，根本就不准备让人看清，有本事你就等着罢。至于在唐人街，商店到七八点就关门了，不安全，谁知道会不会闯进来一个歹徒，还是少赚一点，平安就是福。

为什么德国和美国有这么大的差别呢？

因为经济制度不同。美国是市场经济，非常强调竞争，贫富分化很强烈，而德国是“社会市场经济”，在保证市场竞争的前提下，十分强调对于竞争中的弱者的保护，德国的税收比美国高，社会福利当然也就高，连住房都有法律规定，每人不得少于十几平方米，失业者可以拿到百分之七十的工资，许多保险（如医疗保险）是强制的。二次大战结束时，德国一片废墟。但是，德国实行弗来堡学派的“社会市场经济”，既不实行苏联式的国家垄断经济制度，也不实行美国式的绝对市场经济，而是把市场经济和社会平等结合起来。几个月以后，工厂冒烟了，十年后就崛起了，十五年后成为欧洲的工厂。从贫困到小康，从小康到富裕，一般是要有社会动荡、工人运动的，然而，德国没有。而美国至今仍然有三千万人没有医疗保险，国家对于无家可归者，只给一百多美元食品券，不管住房。因而不管是大城市还是小城市，从首都华盛顿到西部充满维多利亚情调的小城，都有一批无家可归者到处流浪。一旦风吹草动，就要大闹一场，1922 年，洛杉矶大动乱，枪战，火烧韩国城，至今美国人对惨象记忆犹新。

自我保护和自爱

中国消费者和中国商品市场一样是不够成熟的。首先是，商家的承诺不够；其次是，消费者的自爱意识不够。许多在西方国家行之有效的规范，在中国就不一定行得通。比如，在美国，相当普遍地实行一种无条件退货的制度。顾客哪怕是购买内衣，只要觉得不合适就能以“不舒服”（uncomfortable）为由退货，商家一般都很信守承诺，不会有任何刁难。还有，美国超级市场中的化妆品，并不特别反对顾客试用。我亲眼看到一些无家可归的女人，心安理得地从货架上取下化妆品自由地试用。这当然是有损商家利益的，但是，服务员并不干涉。就是口袋里没有多少钱的上帝，他们显然也不敢得罪。

这种做法，在中国可能就一下子行不通。大量不争气的爱占小便宜的顾客会一下子弄得商家濒临破产。这不是我的空想，《羊城晚报》有报道，上海有一家商店实行了无条件退货以后，在一个短时期以内就被弄得难以承受了。

商业承诺制的悠久传统，保证着顾客拥有的上帝的感觉是全真的。而承诺的全真，又提高了顾客的自觉、自律和自尊，形成了一种良性循环。

20世纪90年代初，我在德国，和一个年轻朋友一起买了一台电视机。拿回来以后，我觉得效果挺好的。但是年轻朋友，觉得声音效果有问题，我问他什么问题，他说低音尚可，高音较差。我听了半天，听不出毛病来。他说问题虽然小，仍然值得去商店计较。我劝他，不要去，免得人家嘲笑我们中国人无理取闹。我们仍然去了。

我看着商店店员以德国工匠特有的精密技能为他耐心维修，他也说不出具体有什么毛病，但是就是不满意，商店无法，只好让他在许多电视机中另外挑了一台。

更有趣的是，有一次我和一个老太婆一直等候公共汽车。在德国，公共汽车是很少的。大家都有自己的汽车，公共汽车站上都像我们火车站上一样张贴着时刻表。

在马克思家乡那样的小城市，有时一班公共汽车，要等上一个小时。在等车的过程中，我和老太太，有一搭没一搭地闲聊，几乎成了朋友。可能就是因为我们聊得太起劲了，公共汽车经过的时候，竟没有注意到。等到我们惊醒过来，汽车已经开了过去。不管如何追着打招呼，汽车都没有反应。我追了一气，就自认倒霉，停了下来。可是那老太太却坚持追过了街角。我觉得这老太太有点发疯。凭她那风一吹就倒的样子，还追什么汽车！过了不久，她回来了。我问她，为什么不追下去了？她说，她根本没有追汽车，而是跑到街角去打了一个投诉电话，公共汽车公司已经向她道歉，马上就派一辆小汽车来，把我们送到目的地去。

说话间汽车就到了。

我想，这样的制度，要在我国实行，其结果只能是制造公司垮台的条件。光是调查究竟是公共汽车故意不停，还是顾客有意不上车，可能就要设立一个专门的机构，雇佣许多调查人员，就是这样，还是免不了被一些作伪证的团伙坑得个落花流水。

当然，西方人也不是个个都是圣人，他们也有他们的问题，但是毕竟数量较少，性质也不太严重。据一个商店主人对我说，每逢到暑假前夕，中学举行毕业典礼期间，总有几个中学生去商店“买”黑色西装礼服，用过以后就又归还了。但是这样的做法是要受到家长和社会谴责的。所以也就不会在太大的程度上危及承诺制的生命。

我们国内在舆论上，在道德的自觉性上，要达到这样的水平，恐怕还要经过很长一段时期。

当然，一下子达不到这样的水准，也不能完全怪顾客，因为，中国当前的主要问题很难说是顾客的不自爱，更严重的是商家服务缺乏起码的承诺。假冒伪劣，坑蒙拐骗，不仅是屡禁不止，而且是屡打不死。从文化心理的深层来说，除了市场管理和竞争机制不健全以外，顾客的自我保护意识不足，也纵容了某些奸商的不良行径。

在一般情况下，光有管理体制的规范是不够的。原因很简单，制度是死的，而人是活的。再严格的制度也不可能没有软弱的、弹性的部位。没有高度自觉的人，这些部位就可能成为一纸空文。妨碍我们自觉地和市场上恶劣现象作斗争的主观因素大致有两种：一是中国传统观念，特别是在经济问题上持息事宁人的态度。当代中国人也许从 20 世纪 50 年代就养成了政治上的高度敏感，而在经济上却表现得好像很清高。二是在传统儒家的教义中，义和利处于绝对对立的地位，这成为中国人心理上的一个很沉重的负担。即使意识到自己的利益受到了损害，也不愿意公开地进行针锋相对的斗争，好像为了金钱去纠缠就丧失了清高的品格似的。

当然，时代不同了，商品市场的不断完善，也孕育着新的观念，市场意识的普及，使传统观念受到了很大的冲击，王海的出现，就是一个例证。

但是从根本上来说，对于数千年来形成的观念，光有这几年的冲击，只能是很表层的。在一些特殊场合下，自我保护的原则性就不免要受到歪曲。形式之一是，把自我保护变成了另一种不正当的谋取暴利的手段。王海成立了公司以后，就是自我保护恶性走样的样本。形式之二是，在所受到的损害的价值比较小的时候，自我保护的耐性就要打折扣。我自己本人就有过类似的经验。有一次，在华联商厦，买了一个可以直接加温的玻璃热水杯。服务员给我试了一次，其实我并不满意，但是又不好意思叫她再来一次，就匆匆拿回家了。第二天，才接通了电流，就"叭"的一声炸裂了。本当拿到商店去退货，但是一下子找不到发票，后来发票找到了，又考虑到公共汽车太挤，打的，当时要给过桥费，算一算，来去要花差不多三四十块钱，而一个杯子不过才五十多元，就打消了退货的主意。这好像是顺理成章，但是要是一个美国人，特别是德国人可能就不是这样打算的。他们往往把商品质量的原则性看得比商品本身更重要。真是有一点得理不让人。美国人之爱打官司、善于打官司，是举世闻名的。

从这方面看来，他们有时是有一点呆气的。虽然过得比我们要富裕一些，但是他们那种斤斤计较的劲头，常常令我们惊叹。的确，不但他们的法律鼓励他们这样做，而且他们的舆论也在道德上支持他们。"小气"在英语中并不是一个常用词，不像我们中国在口头上用得这样频繁，而且也不一定与强烈的、贬视的意味联系在一起，有时它只是表明节约、有节制而已。当中国人说着"小气"，美国人说着"stingy"的时候，也许在表层意识是相近的，可在深层的文化价值观念上距离是很大的。

从这个意义上来说，中国的市场承诺只有做到不但在法律上，而且在道德舆论上，在无形、无声的潜意识中都构成一种价值观念，消费者的权益才有根本的保障。消费者的高度自我保护意识如未达到潜意识的深层，再好的商业承诺都可能变成徒有其表的形式。反过来说，自我保护意识如果不和自爱结合起来，恐怕连起码的商业承诺都难以实现。如果二者能相辅相成，则必然形成良性循环，否则，则不可避免地变成恶性循环，买卖双方都受苦。

从马加爵的凶杀案审视我们的人文审美教育

云南大学生马加爵连杀四个同学，当然表现出心理上不健康，甚至有病态之嫌。有人认为，如果他在大学里接受过系统的心理学课程，也许他还不至于发展到如此残忍的地步。

假定毕竟是假定，研究不能从假定出发，而要从事实出发，研究的出发点，应该是他心理的本初状况。

他的犯罪心理，是有蛛丝马迹可循的。由于家境贫穷，大学时期，不得不勤工俭学，造成了他为社会地位而自卑，他的内心压抑造成了他孤僻的性格，不善交流，因而也就没有宣泄的渠道，这就导致了他的情绪的恶性积累，这种积累是一个无声的过程，因而其危险性就难以觉察。积累达到一定的饱和度，就产生了一种爆发性的后果，他不但不顾及行为对于他人的严重后果，而且不计较对他本人的严重后果。这种心理状态表明他的情绪已经失控。许多犯罪都是由于情绪失控，但是，一般来说，失控的时间往往是较短的。

但是马加爵似乎并不是这样，看不出他从和同学一般口头争执（打牌作弊与否），发展到勾起平日自己以为受歧视的积怨，转化为凶杀的动机，在持续五天时间里，他的情绪似乎没有明显失控的迹象；从外部表现来看，并没有异常的狂热或者反常的恐惧、歇斯底里的表现。他不慌不忙地逃离，化名、做假身份证，说明他自我保护、冷静思考的能力没有丧失。

他作案的过程和一般凶杀案最大的不同，就是时间比较漫长，心态比较从容，在一百多个小时中，他残害同学是那样的平静，亏得他还是生命科学学院的学生。从容杀害一个，过了一阵，再以同样的从容杀害一个，又过了一天，又从容杀害另一个，连续杀了四个朋友，在这样的过程中，看不到任何凶杀造成的明显的心理压力。把尸体放在自己房间里，也很泰然，似乎没有什么可以看得出来的心理紧张，更没有因后悔而中断。他的表现，不太像一个初次杀人的角色，好像是一个杀人的老手，没有初次杀人者所常有的心理紧张。本来第一次杀人，杀的又是自己的朋友，而且据他自己在法庭上的陈述，还是很好的朋友，才二十出头，用自己的手杀死鲜活的生命，手染鲜血，至少应该有本能的恐惧，在他接触到温热的血液和变凉的肢体时，杀灭生命的心理冲击感会积累，人的神经的承受极限会受到挑战，身心会发生异常的反应，例如在鲜血飞溅时，一时吓得手软，难以为继等等。但是，他没有。

这说明，他缺乏人的本能反应。这种本能，在文明人身上，是并不需要训练，天生就具备的，是相当根深蒂固的。反过来说，要消除这种人性的、根深蒂固的、本能的反应，是要经历长期、大量的杀戮，才能致使本能反应麻木。一个医学院的学生，不要说杀死活人，就是解剖尸体，其心理也是要经过一段时间的适应的。

人的本能是相当复杂的，一方面，为了自己的生存，可以任意杀死任何生物，而不手软。但是，人却很难无缘无故地杀死同类而不感到心灵震颤，除了在你死我活的搏斗中，人对于同类的死亡是本能地怀着同情和不忍的。孟子说“人皆有恻隐之心”，道理是相当深刻的。

从这个意义上来说，说他患有一般意义上的心理疾病，是太肤浅了。法庭出示的医生检验证书，说明他的神经并没有错乱，心理很正常。

要避免马加爵式悲剧的发生，光是用心理学的方法，加强教育是不够的。

那么，是不是可以用法律意识的普及来减少这样的悲剧呢？

看来，也不是很周全。

作为一个大学生，并不是一个法盲。他对自己杀人的法律上的后果，是有预见的，用他自己在狱中写的诗来说，他决心“玉石俱焚”。

他从容得好像不是在杀人。从容，说明他没有罪孽感。没有罪孽感，就没有自律的内趋力。

当然，他仍然具备一个人的生理特征，但是，他却缺乏属于人的心理特征。

美国人本主义心理学家马斯洛，把人的最低层次的需求定位为生存和安全的需求。这种需求，属于比较低级的感知和反应系统，很大程度上是处于无意识状态，是一种自动化的反应。人本主义心理学认为更高的心理层次是情感归属的层次，也就是需要爱的认同，这就是比较高级的情感系统，这是一个自发的系统。如果作为人的本能反应丧失了，人的情感就失去了基础。正是因为这样，马加爵在实行凶杀的过程中，没有任何同学之间友好的情感记忆，他杀死了自己的同学，平时很要好的同学，他自认为是不歧视他的同学，好像这些同学没有和他们在同一个课堂上课，同一个宿舍进出，在一起打牌、开玩笑。他不但对于人的鲜血没有感情的反应，而且对于同学、朋友的鲜血没有感觉，甚至对于同学生命的杀戮，都没有感情的反应。

在这种情况下，即使在事前，读多少心理学，包括马斯洛的人本主义心理学，和周围人有心理沟通的机遇，也很难改变事态的最后发生。本来打牌，就是一种情感沟通的方式，但是，在马加爵那里，却变成了凶杀的契机。沟通是要有情感作为内容的，在没有情感的马加爵那里，变成了仇杀。

这是因为，没有了人的本能和情感，对人没有真正的爱（字面上的爱，是空洞的，甚至是自我欺骗的），他的内心并不是空白一片，而是被另一种本能占据着，那就是动物的本能，其特点是突发性，为随机的细微小事而不惜舍命厮杀。本能是自发的，尤其是动物的本能，比之人的本能更加具有突发性、不可控性。动物的本能和人的情感不能构成沟通的基础。

当然，人是高级动物，在人的身上，也不能说没有一点动物式的本能反应。但是，人所受的种种教育，是综合性的，因而我们的教育，强调综合素质，不是某一门学科的理论教育。教育最大的价值就是从根本上，把人的本能提升到情感、理念或者观念的层次，例如，关于人的观念。观念是明确的，不像本能处于无意识领域，也不像情感，经常是朦胧自发的状态。观念和本能、情感有一个根本的不同，那就是观念是自觉的、可控的。人在下丘脑部位有一个节制人的本能欲望的机制，这就保证了人可能以鲜明的意识克制本能和情感。当然要达到真正的控制，需要一个漫长的积累，或者修养的过程，从感性、智性到理性深化的过程，这种修养积累到一定饱和度，人就能超越于动物本能，作为人，从自发到自觉地重新体验人的生命、人的灵魂和肉体。从个体来说，是在思考、取舍、决断和行为中，提高生命体验和期望。从群体来说，在社会文明进化的历史过程中，逐步积累起对于人的生命理念。在理念的明确指导下，人逐渐认识到生命在这个世界上具有最为珍贵、最为高贵的价值。因为，人的生命只有一次，其不可重复性决定了人的一切，包括其感觉、知觉、情感、意志、理智、行为、选择、想象甚至是幻想等等，都是世界上最为宝贵的。人所做的一切，从科学发明到文学创作，从体验情感到制定法律，从道德修养到体育竞赛，都是为了生命，从认知、情感到意志，得到全面发展和深化，从而让这唯一的一次生命活得更美好、更自由、更幸福、更庄严、更具人的价值。正是因为这样，莎士比亚才说：“人这个名字，听起来是多么骄傲。”

也正是因为这样，佛家才有那样极端的戒律，把杀生作为罪恶，一切动物的生命，甚至动物生命的胚芽（如鸡蛋）都不能拿来作为菜肴；也正是因为这样，才有天主教把堕胎视为谋杀的信条。

从这里，我们可以体会到人的至高无上的尊贵，这就是人文观念的庄严核心。

马加爵经过测试，心理数值很正常，为什么却做出了这样疯狂野蛮的勾当呢？这显然表明，他的动物性凶残，压倒了对于人的观念残余。人文价值观念的空缺，是马加爵走向犯罪深渊的最根本的原因。

从这个意义上来说，心理学的教育，即使是马斯洛的人本主义心理学也是软弱无力的，心理学是一种理性的规律，而人的理性观念的升华，是要有感性作为基础的。这就要有文学教育，人伦熏陶，家庭、集体、社会多方面的情感的温床，灵魂才有居所。不管什么样的心理学，都是一种理性的概括，并不具备情感熏陶的功能。正因为这样，西方古典作家有过《情感教育》的经典。五四时期，蔡元培提倡过“以美育代宗教”。对于人的教育，是一个复杂的系统工程，它包含着家庭、社会、学校，也包含着心理、文学、伦理、法制等诸多方面。但是，我们往往把它看得简单了，往往以一种最为简陋的教条去取代多元复合的心智成长过程。我们的教育，讲德智体美，这是不错的，但是，真理在被多次重复的过程中，其最根本的含义可能被遮蔽，不管是德育、智育、体育还是美育，综合起来的最高价值，就是人，以人为本位，人的道德、人的智慧、人的体魄、人的实践理性、人的道德理性、人的情感的审美，一句话，除了人的知、情、意的全面发展系统提升以外，没有更重要的东西。

我们的教育，长期以来，并不是没有道德和情感教育，相反，表面上是很重视，我们大学里有相关的课程。但是，我们的课程，有两个方面的缺失。第一是，过度地把德育、美育和政治（有时简陋化为政策）的实用价值联系在一起，甚至在很多情况下，政治淹没了德育的内涵。极“左”时期那种政治冲击一切的潮流早已成为过去，但是，对人的评价，总是侧重于政治表现的习惯势力仍然很强大。大学里的有关品行教育，其正式名称是“政治思想教育”。从实质上来说，所谓德育、美育，充其量不过是政治教育的附属品而已。而政治教育中，又充满许多过时的、陈旧的、为实践所证伪了的教条，把道德教育和一些谎言式的教条纠缠在一起，其结果就不能不产生某种反道德的现象，例如，为了分数而在考卷上说谎，甚至为了就业，而不是为了奉献，而申请入党等。据教育部基础教育司去年的一份调查，政治，在中学课程中，至今还是不受欢迎的一种。其次，德育课程自从 20 世纪 80 年代中期设立以来，一直被当成一种知识体系，这是与德育的实践特征，其从多方面反复体验良知的过程性，其潜移默化的规律是相违背的。德育成绩的虚假性，又加剧了道德观念的歪曲。

德育课程的弊端，从根本上来说，是与以人为本的人文精神相冲突的。

这几年法律教育得到相当的重视，这是值得庆幸的，但是，在我们科班的和群众性的法律教育中，有一种倾向，就是取其具体条文，而弃其精神，偏颇地把法律教育降低为知识的普及。这样的法律教育就变成了一把双刃剑。法律只相信条文和证据，是不相信情感和眼泪的，这本质上是一种理性的威慑、一种他律的武器。但是任何法律都是有漏洞的，只有在高度自律的人群中才能落实法律的公正。但是，我们的法律教育往往强调了他律，忘记了自律，也就是脱离了人本精神，结果就可能产生一种可怕的现象，对于原告和被告利益的重视，超越了对于人的重视。精通法律，只是为了利用法律观念中的“无罪推论”来逃避惩罚，有效地钻法律的空子，成为律师水准的标志。很少有人，包括专业人士，从根本上去理解“无罪推论”之所以要替代“有罪推论”，就是为了防止对于无辜的人的无端伤害。其根本精神，就是对于人的生命、人的自由的不惜代价的尊重。

从历史发展的过程中，可以看出一种明显的趋向，那就是对于人的生命越来越珍惜，因而刑罚越来越趋向于轻。古代的肉刑，诸如五马分尸、凌迟处死、宫刑、斩首、鞭刑逐渐被废除，都表明了，就是对于罪犯，也还要当作人来对待，而不能把他们和动物一样任意宰割。许多发达国家废止了死刑，最能说明：即使罪大恶极，也不能剥夺其生命。当然，在这个问题上，是有争议的，坚决主张废除死刑的一派，坚持认为，除了其他理由以外，最重要的一条是：死刑从宣判到上诉，从判决到执行，有一段时间，对于罪犯来说，等待死亡的心理折磨，残酷性是人所难以忍受的，是非人的，也就是不人道的。从法律惩处的进化中可以明显看出，即使对于罪犯，也不能违背以人道待之的准则，但是我们的法律教育往往忽略了这一点，以至于西方一些消极的法律观念、商业化的法律观念，常常把法律条文虚化的地方当成罪犯的天堂，这就使得法官和律师的道德人格形象和社会公正一起大打折扣。

马加爵在大学里考试时，他的法律课程的分数是在及格线以上的。

这就突出地暴露了我们教育体制上的漏洞。

升学的恶性竞争，导致了唯分数论，高等学校入学考试和大学里的考试，又把这种唯分数论，以量化到百分之几，乃至千分之几的精密程度，以公平、公正的名义把理论与实际背离合法化体制化了。而真正的品行，恰恰是不能量化的，不能在考卷上体现的。唯分数论的体制，就掩盖了像马加爵这样的败类。马加爵在分数上有优势，因而一俊遮百丑，他在中学时代曾经获得过中学生物理奥林匹克赛的二等奖，他的高考成绩高出了重点线六十分，成绩使他成了学校和家族的期望值很高的人，也成了他不正常自尊的资本，至于他在内心酝酿着多么严重的罪恶，却没有一种有效的检察机制来防患于未然。

在这样的“人”的身上，表现出一种动物性的凶残，从本质上说，是非人，或者是反人的。

在人类繁衍的进程中，这种非人的凶残，是罕见的。但是，也不是绝无仅有。近日报刊上报道德国有嗜食人肉者，中国有嗜杀少年多达十余名者，这些都是人性的理性和情感的绝灭，具有向动物性退化的特征。这种变态和退化本来是可以通过教育，通过漫长的潜移默化得到抑制的，但是，在考生和家长心目中，分数体制的立竿见影效能，却使潜移默化的人文熏陶相形见绌。

这并不是我们国家特有的现象，在西方发达国家也是屡见不鲜。但是，人家为了抑制这种倾向，在考试体制上作出多处变通，例如，在课程设置上，防止文理偏科，理科学生要修相当数量的文科课程；高等学校入学考试，不采取一考定终身的办法；又如，学生在学校里，要完成一定数量的社区服务、服兵役等等。

马加爵现象是一系列的体制的不合理性发生恶变的毒瘤，单纯从心理或者任何其他方面着手，是不得要领的。要防止毒瘤的恶性膨胀，要有一个人文教育的系统工程，不能天真地以为增加一些心理学或者法学的课程，就能立竿见影。人文教育是丰富的多元的，必须综合治理。这是要有耐心的，人文价值观念的培养，是一个潜移默化的甚至是充满了矛盾和反复的过程，绝对不可能一口气吃出个大胖子来的。

2004 年 4 月 23 日

说说汉语中的“路”

人和一般动物有什么不一样？有人说，其特点是会制造工具；有人说，能够创造语言符号。这些都不错，我要补充说一句：人之所以成为人，还因为站直了，用脚走路，能够享受到极目远眺的幸福。当然，许多动物都是可以勉强站站的，可是，站得很不像样，比如，它们之中最高级的猴子，用后脚站不了多久，就两手没处摆放，双腿哆哆嗦嗦，显示出虚弱和害羞的样子，直到前肢撑着地皮，才让人心里不悬乎。人站起来就不同了，他能登高望远，雄视四方：或气宇轩昂，英雄盖世；或亭亭玉立，仪态万方。在前不见古人、后不见来者的土墩子上，都能观古今于须臾，抚四海于一瞬。除了人，四足的动物，谁有“欲穷千里目，更上一层楼”的气概呢？鱼会站起来吗？乌龟站起来翻倒了，四脚朝天，手忙脚乱，再也翻不过来，只好等死。青蛙倒是能摇摇晃晃罗圈着腿站起来的，可是它一站，事情就更糟。

有一个故事说，猴子和青蛙背着一座山看风景，猴子看到前面是一座公园，公园外面是一片旭日冉冉升起的大海，青蛙却看不到。猴子就说了，你太矮了，站起来看看。青蛙站起来，却连公园都看不到了，别说太阳和大海，它看到的是自己背后的青山。

原来青蛙一站起来，眼睛就到了后脑勺上。

不但青蛙，许多高级动物，都难以想象披风当襟、神思飞越的豪情，脑子里绝对不可能出现纵目骋怀这种花里胡哨的念头。猪狗牛马，不但是人类亲密的朋友，而且都属哺乳类，是和人有点血缘关系的，至少是个远房亲戚罢，多少年前供同一祖宗牌位。当然，各有各的优越性，可在人面前就是神气不起来，就算难为它用后脚站起来了，把胸脯挺起来了，却把那亚当夏娃用树叶挡起来的部位暴露无遗了。

如果我们的祖先走路满足于和前后肢一齐跳腾，怎么也不可能从猿爬到人这个份上，至今还是和大猩猩一样，虽然也想唱什么情哥哥，做出风情万种的姿态，但，让人看起来，不过只是吱吱怪叫歪歪乱跳而已。

不用脚走路，生命的档次就低了。

但是，不会站的动物却有一个优越性，就是，都会跑，脚下不必有什么路，跑得飞快。公猪看见母猪的时候，不管有没有路，肯定跑得比人快。

人为万物之灵，站起来挺潇洒的，可是有一个缺点，哪怕是上一个陡坡，只要没有路，猴子的遗传基因就流露出来——手就不由自主地往地上放。

中国人造这个“路”字，挺有讲究，从足，和手没有关系。布丁的证明就是吃，路的证明就是脚。走路，走路，路是给人走的。不管是信步闲庭，还是奔驰疆场，路的功能是给脚以自由，让人享受了做人的福气，正是因为这样，西方一位作家用“在路上”来概括人生的精义。正是这个“在路上”，把人托上了马斯洛的心理学所说的“高峰体验”。

没有路，就不能叫作走了。登没有路的高山，不能叫作走山，只能叫作爬山。就是把手当作前脚，这和牲口一样，有点不大雅观，但话可以说得文雅一点，叫作攀登。什么叫作攀？就是爬，这是文雅的字面遮蔽不住的，攀和爬行动物的爬差不多，和四脚蛇、鳄鱼没有什么差异。

路对于人是太重要了，路就是生命的象征。活着，不管多么倒霉，只要有一线希望，就叫作有“生路”；再滋润一点，像西方人说的，“条条大路通罗马”；灵魂升天，像鲁迅说的，“到上帝那里吃糖果”；活不下去，叫作“走投无路”，其严重性，不仅仅是脚没有地方放，而是“死路一条”。

鲁迅又说过，地上本没有路，走的人多了，就成了路。这话，钻点牛角尖，似乎不够严密。泰初，的确是没有路就要用手帮衬着爬，但是，就是在那个时代，路和脚的联系也并不是宿命的。《史记 · 楚世家》说“筚路蓝缕，以处草莽”，注家引服虔的注解说：“筚路，柴车素木也。”是简陋的木头车子的意思。这个“路”字，本来是车字偏旁的。

脚的伟大，在于让人站起来，手似乎是低贱的，但是，一旦把手腾出来，或者说得文雅一点，解放出来，去造路，造车子，把滑动摩擦变成滚动摩擦，手就比脚更伟大了。能让车轮子滚动的路肯定要比只能用脚走的路要高级得多。当然，车子遇到高山还是有问题的，直上直下，硬推上去，也会掉下来，这很恐怖，因为头皮和骨头的硬度有限。“远上寒山石径斜，白云生处有人家”，来点迂回，把石头小路斜过来，拐几个弯，不但可以上山，而且可以欣赏风景。古时打仗，先锋的任务是，逢山开路，遇水搭桥，哪怕山穷水尽，也叫他柳暗花明：这是开路的神通。这种神通，在古人看来，最高的表现，就是“道”，道就是路，路就是道，所以叫作“道路”。老子说：“一阴一阳，谓之道。”“道生一，一生二，二生三，三生万物。”有了道路，就什么都有了。老愚公为什么发疯似的，不惜工本要把太行和王屋两座山搬了，就是想修一条路。他最后壮志未酬，但是，这条路一直保存在中国人的心里，它看不见、摸不着，迷蒙漶漫的一种思念，经过多少年，思念变成了思路，思路成了智慧的索引，就了不得了。在汪洋大海面前，不用去学游泳，也会有水路。在茫茫云海面前，不用羡慕雄鹰展翅，也会有航路。

有了新航路，就有了思想的新大陆，七尺之躯就能顶天立地：海阔凭鱼跃，天高任鸟飞。看不见的思路，使老愚公的路变成了高速公路，变成了磁悬浮列车的路。

路的高度就是人的高度。

在家与国之间

中国人重视家，举世闻名，也重视国，汉代英雄的豪言："匈奴未灭，何以家为？"有一个最能表现集体无意识的词语：国家。把国和家联系起来，是汉语文化的一大创造。不管是法语和英语的（来自拉丁语的）state，nation，country，还是俄语的"斯特拉那"（ctpana），都和"家"风马牛不相及。在汉语中，国是放在家的前面的。国就是大家，是家的联合体。但是，从政治实践程序来说，家却比之国有更为优先的地位。儒家经典教导的"修身、齐家、治国、平天下"的大道理，深入到集体无意识：只要把一个个家搞好，国就大治了。这样，事情就倒了过来。齐家是性命攸关的，看得见、摸得着的，而治国却是一种理想。毛泽东深谙此中奥妙，在朝鲜战争前夕，他老人家把"抗美援朝，卫国保家"改成了"抗美援朝，保家卫国"，把"保家"放在"卫国"的前面，更符合中国老百姓的潜在思维模式。

但是，这种家庭核心的神圣意识，其实是有很大的疏漏的。光弄好一个个家并不一定就能治好一个国。家太小，国太大，其间的自然空间、社会空间无限广阔。各人自扫门前雪，休管他人瓦上霜，明显是以一家一户为生产单位的小农经济的信条，绝对不能解决现代国家大城市的根本问题。在家与国之间还有一套复杂的、系统的社会机制。至少人们不应该忽略西方人所津津乐道的"社区"，"community"——相邻各家共同体的意思，这不是一个资本主义的词汇，它和公社——commune、共产主义——communism、共产党人——communist, 是同一个词根。社区观念，或者扩大一些，社群观念，使得家与家的神经构成精神密码。家并不是封闭的。一家家的防盗网森严壁垒，就算安全了吗？在明眼人看来，不过是把自己关在铁网里，让小偷自由地在外面游荡而已，何况防盗网也挡不住邻居家咳嗽的飞沫。中国少数人有随地吐痰的恶习，但有谁会在家里闪亮的拼木地板上放任自由呢？在公家的办公室里也是没有任何人敢于放肆的。但是到了家庭与国家管辖范围之外，

“自由”就无限膨胀了。

有一个人，自知得了萨斯传染病，就不回家，住到宾馆去。反正宾馆既不是家，也不是国。

中国人当然是爱国的，自在的民族认同感源远流长，民族文化凝聚力历久弥新。在计划经济时代，这种国家认同感曾经达到高潮。这是由于当时的单位体制和一元化的人事组织系统，具有超越血缘情感的精神规训功能。新时期，这种功能由于经济多元化而淡化了。没有来得及与时俱进的统一的国家民族话语，在很大程度上，变得空疏起来。严肃的民族话语和假大空的话语界限模糊了。宏大修辞，如爱国主义、英雄主义、自我牺牲、无私奉献，不管其中是否包含着个人与民族国家正当的从属的意义，难免羞羞答答。国家民族意识的淡化，已成为一个不能不警惕的现象。国难当头本来也可以是对于国家民族整体意识的一种唤醒。这不仅仅为中国近代历史所证明，而且是西方国家的历史变动的常规。许纪霖教授在答复采访者时说：“‘9・11 事件’发生以后，美国民众对民族国家的认同达到了极点。他们当时的第一反应，是觉得受到攻击的不是纽约，而是整个美国，纽约的灾难就是每一个美国人的灾难，他们急于用各种方式表达对国家的忠诚。最直接和简单的表达，就是每家每户悬挂星条旗。平日也有人挂国旗，一般这样的家庭被认为是保守派。但‘9・11 事件’之后，连自由派也在自己的家门口、汽车前挂国旗，通过这个象征性的举动表达他们在国家危机的时刻患难与共。”但是，在我们这里，至少是在开始阶段，认同感没有达到人家的程度。

以血缘为基础的经济和精神共同体很难独立地抑制任何民族灾难。如果没有一种超越血缘的精神联系，一种社群精神把不同的血缘关系统一起来，家和国之间就留下了一片不设防的开阔地带。

隔壁邻居孤老太太发烧了（不管她是不是患了非典），没有人照应，按齐家、治国的逻辑来说，这不关你的事，但是按社区的文明观念来说，超越血缘的关爱义不容辞。社区是一个更大的精神家园，是国家民族认同感的渠道。我在德国时，朋友的楼上住着一个犹太老太太，八九十岁了。没有孩子，不能指望血缘的关爱。但是，每过几天，就有一个女孩子来陪她谈天，上医院，为她到超级市场去买东西。这是一个社区的志愿者。把关爱奉献给一个在血缘上毫无关系的人，不求报酬，完全是出于社区和国家民族认同感。志愿者，对“他人瓦上霜”不是出于行政的摊派，而是出于心灵的命令。在美国依阿华城有向“无家可归者”（homeless）免费提供伙食的服务，任何人（哪怕是旅游者）都可以走进来，拿上一个盘子去领四份菜、一份汤、一杯饮料，吃完了，就走，不用向任何人道谢，自有那些中产阶级的太太、小姐戴上橡胶手套把杯盘洗干净。依阿华人之所以能为自己的城市的

“平安”（peaceful）而自豪，就是因为，这种机制缓和了社会上贫富不均的矛盾。

志愿者不光是奉献，而且是进行监督和干预。这种干预没有行政赋予的权力，也不是打架，而是一种精神的围困。在纽约皇后区，一条街上，有人开了一家脱衣舞场，便有社区居民前来，站在他门口示威，寒风凛冽之中，夜以继日。就是家门以外，也不允许有人来污染这个社区的精神环境。不久，这家脱衣舞店关门大吉。这就是社区意识的强大力量，这种力量使得社区在法律规范以外，不待行政干预就能自动地作精神的自我净化和自我免疫。

社区精神的家园，不但作为精神防御体系，抵制突发的灾难，而且是为了提升国家民族的精神文明的竞争力。

2003 年 5 月 27 日

爱与欺骗

丈夫为太太买东西，总是吃力不讨好。不是质量有问题，就是价钱太贵。几个弄文学的朋友在一起商讨制胜良策。一个号称“小诸葛”的朋友说出了他的妙计：不管买什么东西，要讨老婆的芳心，最简便的法门就是把价钱降低一半。他本以为这个方法是他的专利，没想到大家都笑了，原来是英雄所见略同。一致认为，拿这样幼稚的法门来献宝，枉污了小诸葛的英名。

小诸葛遭到的嘲笑还不仅仅如此。

一个朋友说，这样的法门虽然通用，但是常常造成不可弥补的损失。

他举出最近报刊上有一个颇有名气的剧作家弄巧成拙的故事：为了讨好太太，剧作家把本来八百八十元一件的女式衣服说成是四百四十元。太太破天荒地称赞了他一番。但是在试穿之后，发现衣服的尺寸大了一点。好在，太太心情比较好，这个问题没有演变为全盘否定丈夫情意和水平的后果，明天去商店换一件就是了。

正在此时，来了一个非常熟悉的女客。太太多少有点得意地炫耀丈夫为自己买了一件衣服，又便宜又时髦。女人的本性使这位女客禁不住试穿了一下，正好不大也不小，女客请求原价转让，太太慨然应允，爽爽快快收下了客人的四百元钱。做丈夫的在一旁暗暗叫苦。

几个朋友说，这倒是一个编喜剧小品的好题材。

我说，光有这么一点还不够。原因是主人公在精神上还不够尴尬。大家问：怎么才能使这夫妻两个在精神上更加尴尬起来？

我说，这个故事，不过是让丈夫为损失了四百元钱而有苦说不出而已，充其量不过是一点点经济损失。光有这样一点经济损失，还不足以构成真正的喜剧性，应该有精神上更为尴尬的处境，才能激发出强烈的喜剧性。经济损失，固然可能产生失落之感，但是，这种失落之感并不严重，如果让他们意外地获得经济上的收入而不知如何是好，也许更有意思。

比如，把事情倒过来：妻子给丈夫买衣服，丈夫总是觉得不够高档，妻子只好故意先把价钱提高了一倍：原来是四百四的，说成了八百八。丈夫满意了。这时，来了一个朋友看得很满意，按照八百八的价格把它买走了。

这时，妻子该怎样向丈夫说清原委，在原委说清了以后，夫妻两个又如何处理这多出来的四百四十元钱。这就有好多喜剧化的东西，有许多戏可演了。

这样的戏才真正有幽默感。通常我们之所以幽默不起来，就是因为满足于实用价值上的得失。讽刺小气鬼是比较容易的，而如果不是小气鬼，得了意外之财，在精神上却造成了尴尬，则往往被忽略了。

而这种被忽略了的，正是幽默深刻之所在：爱有时是需要与欺骗，只是只有高水平的欺骗才能与高水平的爱相配。

寒鸦和狐狸
——拟钱锺书

钱锺书先生辞世，不胜哀悼。忆于浩劫期间，虽数度住在先生工作之中国科学院文学研究所，却无缘一睹先生风神。曾听友人提及有人虚构先生“反动言论”云：《毛泽东选集》放在他桌子上，会弄脏了桌子，致先生长期受审查。其实，如果钱锺书先生真要有此等说法，一定会说得非常俏皮。

不止一次，友人指点先生背影，然缘悭一面。近读先生散文中曾提及之《伊索寓言》，其一则云：饥饿的寒鸦，在冬天急投无花果树。当其飞落之时，发现果子全青，尚未成熟，乃耐心守候，待其成熟，以便充饥。未几为狐狸所见，告之以冬天的果子不可能成熟，不要抱着渺茫的希望欺骗自己了。伊索的结论是“好高骛远是无济于事的”。在伊索看来，寒鸦的希望不仅是过高，而且是根本不可能实现。显而易见的是，不等无花果成熟，寒鸦早已冻死。

若是让钱锺书先生对此发表一点批评意见，肯定不会满足于这么一通稀松平常的道理。他会这样说：人们以为狐狸很聪明，其实，西方庸人而已，而寒鸦却是真正的理想主义者，而且是中国式的理想主义者，比狐狸聪明到一百倍。试看中国人做哪一件事，不比西方庸人高瞻远瞩？比如养儿子，谁会像西方人那样傻瓜，一到十八岁，就让他远走高飞。自己老了，也不敢麻烦儿女。不要说院子里的树枝疯狂地长乱了，雇人去剪，付上二百美元的工资，还要给保险公司付高空作业保险费；就是自己生病，住了医院，让孩子来看护一下，还得按小时付给工资。和那自作聪明的狐狸式的西方人相比，中国人养儿防老、积谷防饥，几十年如一日的理想主义比之寒鸦更要彻底。寒鸦的理想主义，是羞羞答答的理想主义，它竟迟钝到花开过了，果子成形了、发育了，才看成希望，中国人早在还在授粉（这里没有隐喻，请不要过多联想）的时候，就想到要在观音菩萨面前烧香，走后门，考虑落实生个儿子，光宗耀祖，对菩萨进行物质和感情的投资了。

明明是，百分之一的希望，也要有百分之百的期待，这就是中国式的理想主义胜过西方人的地方。上亿的中国孩子哪怕是不到百分之一的人能到美国去留学，不到亿分之一的能得到诺贝尔奖奖金，可是，没有一个台湾人、香港人、内地人不把孩子的英语说得比鬼佬还溜，当作最高目标。在国民党时期，办学里课程最重要的是英语、国语、算术；五十年后，内地高考，不管你投考文科还是理科，不管你是有志于体育还是会计，必考的三门功课还是英语、语文、数学。这也雄辩地证明了国民党人和共产党人在骨子里同样是中国人。内地人对物价有神经质的敏感，通胀指数百分之五就如大难临头，可是为孩子补习英文，从存折里挖多少老本也像英雄面对敌人的刺刀，面不改色，心不跳。听说香港的一些家长，至今对用母语教学还视若畏途，这也难怪，事关孩子得诺贝尔奖的前途，谁能不特别认真?

谁说青果子，希望渺茫，不能算数?希望之花，最初都是如云、如雾、如风、如烟，正因为其渺茫，才考验出中国人的战略眼光。狐狸这样蛊惑人心，说轻一些是妒忌，说重一点是为自己的孩子减少竞争对手，如果不是居心不良，那只能是头脑简单、思想愚昧、意志脆弱、精神萎靡、种性退化。寒鸦才实实在在具有中国人的传统的坚毅的美德，具有改革家等着青果子发红的魄力。

乐观主义和悲观主义

在一本叫作《喜剧世界》的杂志上，有一个《阿呆答问》的栏目。一个福建读者提出：什么是乐观主义与悲观主义的区别？阿呆答道：假如这里有半瓶醋，有人看到它以后，庆幸地说："太好了，还有半瓶。"这就是乐观主义者。如果看到以后，说："真糟糕，只剩半瓶。"这就是悲观主义者。这并不是给悲观主义和乐观主义下科学的定义。回答都相当片面，根据都显而易见的不充足，由于对照，显得荒谬绝伦。但从幽默的角度来说，却是有一点水平的。

这让我想起了钱锺书先生在《围城》里的一段，方鸿渐和孙柔嘉订婚以后，方鸿渐想起伦敦一位教授的话，随便发议论说："天下只有两种人，譬如一串葡萄到手，一种人挑最好的先吃，另一种人把最好的留在最后吃。照例第一种人应该乐观，因为他每吃一颗都是吃剩的葡萄里最好的；第二种人应该悲观，因为他每吃一颗都是吃剩葡萄里最坏的。"钱锺书先生和阿呆的方法是一致的，都是在逻辑上取其一点，无视其余，层层演进，推向极端，导致荒谬。也许这位阿呆先生还受了钱锺书先生的一点启发也未可知。

但是，钱锺书先生的方法比阿呆在层次上要高超。钱先生接下去发挥说："不过事实上适得其反，缘故是第二种人还有希望，第一种人只有回忆。"一般人只能在人们共同的逻辑、习惯性的思路上进行思考，而有幽默感的人，则善于在人人习惯了的思路以外引出思路，一般的惯常的逻辑有一种强大的束缚力，这是由于它与科学的和实用的价值联系在一起，从小学到大学，人们就接受种种训练来适应这种思路，幽默的歪曲逻辑能量不强大到一定程度是不可能超越它的。作单层次的超越，已经罕见；能作多层次的超越的，非大家莫属。钱先生借方鸿渐的口，讲了一通歪理以后，才气还没有用完。接着写道：

"从恋爱到白头偕老，好比一串葡萄，总有最好的一颗，最好的只有一颗，留着做希望，多好？"这话得罪了孙小姐。她不高兴了，他哄她、求她，她才说："你希望的好葡萄在后面呢，我们是坏葡萄，别倒了你的胃口。”孙小姐的思路，显然又是对方鸿渐的思路的一种超越。明明是泛指，偏偏要拉到自己身上来。不但人物心理刻画别开生面，而且思路层出不穷，显示了他才气不可羁勒。

记得契诃夫早期有一篇小品，说的是类似的主题。一个人遇到了倒霉的事，往往郁闷。契诃夫却说：如果你被小偷偷了，你不要为失去的钞票而沮丧，你应该为家里没有失火而高兴。美国一位政治家说过，如果你妻子背叛了你，你应该庆幸，因为她背叛的只是你，而不是你的国家。这种话看来是极大的虚拟，但是，对于增加幽默感来说，心胸宽广，却是关键。没有宽松的心态，无法摆脱实用价值和科学价值的窠臼，当然就不会有逻辑的超越。

从这个意义上，我们才能理解：庄子的太太死了，他为什么要鼓盆而歌。他说她从土里来的，现在回到土里了。这好像一点人味都没有了。但是从哲学的意义上来说，这正是辩证法：事物在一定条件下必然向对立面转化的规律的表现。从这个意义上来说，幽默的极致，可以达到哲学的极致。

正是因为这样，毛泽东才会说：死了人应该开庆祝会，庆祝辩证法的胜利。

在日常境界里，也就是从人情上讲与哲学是矛盾的，但是到了最高的境界，在辩证法境界里，生转化为死是自然而然的，哲理与人情，达到了统一。

义气和财气

中国人天生就懂得辩证法，不用从《老子》里去找，只要仔细捉摸老百姓的口语用词就行了。我们把一切事物通通叫作“东西”，一个东，一个西，二者相反相成，这就是说，一切事物都是由互相对立的成分构成，这一点，哪怕是文盲都当作理所当然的事。你们美国人所说的 thing，有这么深刻的意蕴吗？你们把做生意叫作 business，不过是暗示这玩意实在太忙了，给我的感觉是，这个名词是从忙碌（busy）中转化出来的。我们把它叫作“买卖”，也就是买进和卖出的对立统一，你承认不承认比你们深刻？汉语构词法，是不是有一点黑格尔哲学的深邃意味？

这样的例子一抓一大把：天地、春秋、夫妻、衣裳（上衣下裳）、寒暄、黑白、是非、老小（一家老小）、乾坤、水火、日月、一来二去、南征北战、七上八下、五荤六素、瞻前顾后、上下左右、朝三暮四、花开花落、嘘寒问暖等等。给事物命名的时候，总是忘不了内在的矛盾，注意到事物的矛盾的时候，又不忘记它是和谐的统一体。这个现象早就引起了我国古代一个学者的注意，他写了一本书，叫作《东西匀》。后来杨献珍还就此发挥了一下，指出，事物不但有毛泽东指出的一分为二的规律，而且有与之相反的合二而一的特点。

在 60 年代，就有点大逆不道，因而遭到批判。但是事实就是事实，中国人不但强调对立斗争，而且还强调统一，是中国古典文化传承的精华：对立面是和谐地结合在一起的。和大自然的关系，是天人合一，人和人的关系，是和而不同。

从表面上看“财富”，也属于这一范畴，它和朋友、国家、人民、平均、歌谣、贫穷一样，是和谐的统一体，但是，实质上这是个例外。

在传统心理上，一涉及财富，就有一种不雅的联想，不要说发财，就是刚刚吃饱了肚子，就有警策的格言了，叫作“饱暖思淫欲”“为富不仁”，更是心照不宣的潜意识。

这是因为，财富是从利益这个范畴来的，这是孔夫子和孟夫子所说的“仁”“义”水火不相容。《孟子》开宗明义第一篇，说他来到梁国推销自己，梁惠王说了，你老人家不远千里而来，恐怕是对我们这个邦国挺有利的罢。孟子就训诫他说，你何必说什么利不利的呢，有了仁义就行了。

在圣人们心里，利益、财富和道德、人格是绝对对立的。仁和义，是不讲利害的，是不要命的，以生命为代价，才显出它的光辉。孔子曰：杀身成仁；孟子曰：舍生取义。一说仁人义士，令人肃然起敬；一说富人、财主，肯定令人想起不义之财、荒淫无耻等龌龊的联想，联翩而至。

汉族是个农业民族，以食谷物为主，有鱼肉吃，就是有钱的。一旦你有鱼肉吃了，精神就污染了。《左传》里，那个军事心理学家曹刿先生说过一句名言，叫作“肉食者鄙”。能驾驭财富的，就注定见解狭隘、心灵狭隘。

要超脱这种自限，达到仁人义士境界是很受苦的。第一种情形，是穷得叮当响，爬到一座首阳山上去饿死，或者在现实面前开小差，做与松竹为友的隐士。饿得脸色越苍白，越是光荣。

第二种情形是，一旦有了钱，而且很多，不是很不光荣了吗？也有解救的办法，你把钱财拿出来，主动送给穷人。金子、银子各一锭，用托盘里托着，请收下吧。这就叫作“仗义疏财”。有钱是不义的，如果把钱主动送给穷人，就是义士了。所以在梁山泊，一百零八个英雄义士，宋江以全票当选天字第一号义士，天下英雄一见到他莫不纳头便拜。

我国古典小说中，英雄崇拜之风，以此为最；无条件的个人崇拜，于此最为典型。这位宋江先生，外号“及时雨”。在农业社会，这样的恩泽恐怕连最英明的皇帝都要向上天祈求的。也许正因为此，虽然他既没有武艺，又没有智谋，却稳坐第一把交椅。

义士必须是财主，没有钱的穷光蛋就没有希望当义士了吗？有的。那就是用武力去抢劫，这叫作“劫富济贫”。这也叫“义士”，不过是第二等的。有了这两类义士，就天下太平了，在《水浒传》上，叫作“杀尽不平方太平”。

这里隐藏着我们民族很深刻的理想，就是追求平等。怎么才能平等呢？全世界的大圣大贤、先哲先知千百年来一直都在伤脑筋的事。我们的圣人认为最大的隐患是不平均，所谓“不患贫，而患不均”。一个人饿得要死，很痛苦，大家一起饿得肚皮贴着后脊梁，只有出的气，没有入的气，就开心了，即使翘辫子，也是古典的“安乐死”。汉语中，总是把穷与苦联系在一起，穷苦，穷苦，这是成见。如果大家一起穷，就不苦了。不是也有一个词吗？叫作“穷开心”。穷开心的条件只有一个，就是不让一部分人先富起来，不让他冒尖。谁冒尖，我就痛苦。冒尖当然好，最好是大家都冒尖。套用已故作家王小波的说法，这个难度太大了，十个指头有长短，你想让所有的指头都像中指一样长，那有多么艰巨。可是要让所有手指像大拇指一样短，那就很简单，拿把刀来，没有刀，拿把锯子也成。不用费多大劲，就大家一起进入了平等的理想世界。

多少年来，我们的仁人志士，抛头颅，洒热血，从北宋王小波的“均贫富”到晚清洪秀全的“无处不均匀，无人不饱暖”，所做的都是一件事，就是只许大家都穷下去，不让一部分人先富起来，已经富起来的，就让他穷下去，和最穷的一样穷。所以在明朝李自成造反的时候，农民就唱了：“吃他娘，穿他娘！”按太平天国的法律，私藏一两金子，是要杀头的。所以，这个极乐世界如果有一千条好处，可是有一条坏处，就是不能改变贫穷带来的痛苦的感觉。1947 年，我们家搬到上海市郊区青浦，看见门前一片瓦砾，父亲问房东，回答是：“洪杨事变”留下的。我是个崇拜英雄义士的人，可是那堆瓦砾无论如何不能给我崇拜的感觉。

直到新时期，我们才从梦中醒来，让大家共同贫穷（或者说得好听一点：共同富裕）是平均主义的空想。按毛泽东的《矛盾论》，绝对平均、平衡应该是一种形而上学；按马克思主义，平均主义连同农民都是反动的。我们从形而上学的乌托邦中解放出来以后，才恢复了起码的常识，不可能让大家一齐都富裕起来，正等于不能让十个指头一样长。还是耐心一点、自然一点，让长的更长，短才可能往长里长。在经济学上一个简单的原理，生产是要扩大的，资金是要积累的。用仗义疏财和杀富济贫的办法，不利于资金积累，当然也就不利于社会财富的增加。用上千年的工夫，我们才体会到一条真理，那就是用让富人变穷的办法并不能使穷人变富。这话虽然是里根 1992 年在共和党代表大会上说的，但是我们不能因人废言。

财富不是超龄的，它虽然为个人所有，但是就功能来说，同时也是社会的。只有富人更富了，才会投资，穷人才有机会就业，就业了才能变富。用马克思的经济学来说，从绝对贫困上升到相对贫困。有钱使得鬼推磨，意思是金钱是万恶之源。如果去掉反面的意思，从正面理解，有钱使得机器推磨，有什么不好呢？总比人和鬼一起穷得没有力气推磨好一点吧。

50 年代初刘少奇在天津讲话说，资本家先生，你剥削我一下吧，你剥削我一下，我就舒服了；不剥削我，我就不舒服了。“文革”期间把这批判为“剥削有功论”，当然是屁股朝天看问题的结果。其实，当前最应该批判的是绝对平均有罪论。

财富不是罪恶，本来，我们的老祖宗，对“财”这个字并没有成见。不过一边是贝，也就贝壳，也就货币。另一边的“才”一般说是表示声音的。但是我却觉得，同时也是表示意义的，持有货币的人，就是有才的人，对于社会来说，可能是相当重要的一种才气——以财生财的才气。

我们民族，很讲究义气，但是义气和才气相比，就是贬低“财气”，总是把它和花天酒地（酒色财气）联系在一起。

其实，没有财气，哪来义气，仗义疏财又怎么可能呢？

我的意思是，义气和财气是一分为二，又合二为一的，用俗话说，也就是不是冤家不聚头。

说说汉语中的“老”和“小”

艾青先生在一首诗中说：假如我是一只小鸟，我也应该用嘶哑的喉咙歌唱，这被暴风雨所击打着的土地。我就经常想不通，既然已经是暴风雨了，一只小鸟就是叫破了嗓子，鬼才听得见。如果是一只老鸟，那个嗓门就有点可观、有点深沉、有点“酷”了。那沧桑感，与艾青诗中那种悲怆的境界也和谐。但是，一旦艾青不写“小鸟”，而写“假如我是一只老鸟”，那肯定要遭到人们的攻击了。

这很令我反感，为什么要这样歧视老鸟？为什么一叫老鸟，就有一种莫名其妙的、不雅的联想，思想像坐了火箭似的，窜到人们不愿意用文字写出来的地方去？小鸟引起的联想，其实部位是同样的，可就是比较可爱、文雅，而且还有一点诗意！艾青先生把它往诗里一写，人们就停止了往这个方面去联想。这其实是一种年龄歧视。青年人、中年人、小孩子，包括老年人自己，也随着大流，在潜意识里自己糟蹋自己。

不管什么东西，和小字一联系起来，就成了珍珠，同样是徐娘，不管是否风韵犹存，你可以把她说成小女人，就多少带点同情甚至怜香惜玉的意思。可是，一旦说成老女人，就像股市狂跌般贬值了。

人们就是这样变得虚伪的，明明脸上开始出现皱纹，可以夹死苍蝇了，却不敢按照汉语的规范，称之为“老姐”，那些比猪八戒还好色的家伙，还是满脸笑得皱成荷包，以“小姐”称之。因为小姐是值钱的，小蜜就值得更多了。一旦变成了老蜜，就等于是公开宣布，人老珠黄，成了处理品了。

连孩子都是小的为好，一旦成为老孩子，就有点尴尬了。同样是一个青年，人家叫你“小青年”是亲热；如果叫你“老青年”，就有点拿你开涮了。连鬼都是小的好，一旦成为老鬼，尤其是老色鬼，那可真是在道德形象上永世不得翻身了。

一提到“老”字，一连串贬义词就接踵而来：老气横秋、老谋深算、老羞成怒、老奸巨猾、老生常谈、老而不死、老古董、老菜帮子、老瓢子，《水浒传》上把那帮潘金莲毒死武大郎的王婆叫作“老咬虫”，等等，一个个带着马王堆出土的味道。我们祖宗初创语汇的时候，为什么要对老年人这么刻薄？也许是仓颉先生在造字的时候，年纪正轻，还没有想到有朝一日，活到老帮子的年纪？

其实老谋深算，有什么不好？难道一定要少不更事、嘴上没毛、下巴溜光，就像契诃夫说的，光得像脚后跟才标致？漂亮当然是漂亮，但是办事不牢靠。连撒个谎也脸红得像猴子屁股似的，不要说做生意，就是谈恋爱，也准是谈一个栽一个，见了三陪女都以为是朱丽叶，不染上艾滋病才怪。殊不知：画龙画虎难画骨，知人知面不知心。不在半夜里把算盘放在被窝里敲敲打打，你想发财，发个鬼吧！您哪！不弄通这一点，你就不懂得人生三昧，普天之下，什么是好东西？不要像一个年轻诗人所写：女人是个好东西。他说的是小女人是个好东西。须知，老谋深算、老羞成怒、老气横秋、老奸巨猾才是好东西。没有老奸巨猾，没有老谋深算，一系列的谋略，你的小姐，就会成为别人的老婆。不要心里嘀咕，又来了，老气横秋！老气横秋不可怕，你们这帮子毛头小伙子、黄毛丫头，少气横春才祸国殃民。

不要嫌那些老瓢子、老菜帮子啰唆，没有话找话说，老也有老的含金量。感谢曹操，他发明了一个说法，叫作：老骥伏枥。我这里加上一个，叫作：老马识途。用老百姓的话说，就叫作：姜是老的辣，甘蔗是老头甜。酒是老的贵，难道鸟就不是老的好？早在《尚书》上，就记载着周公的名言：“人唯旧，器唯新。”就是说，朋友老的好，只有人要重点挡住的部位，如小鸡鸡，才是小的好。

信不信，由你；说不说，由我。对有些小顽固，说了也白说，可是，我还是要说，不说白不说。有一句古话，作为临别赠言：不听老鸟言，性命在眼前。

小Q的假儿子

话说商品大潮如火如荼冲击阿Q的故乡未庄，村庄变成了市镇，少不了有一番兴旺风光。按下慢表，且说，阿Q的孙子小Q却觉得世道越发不像样。虽然自己托邓小平的福，肚子不再饿得老是唱绍兴滩簧了，还总算有了几间房子，唯一难以解决的是床上缺个伴。自己照照镜子，调查研究一番，长得也不算“退班”，可是，那些个骚包丫头一听是阿Q的后代，一个个就像《水浒传》上说的“倒抽一口冷气”，扭头就走。

后来，还是小D的孙子小小D帮忙，介绍了一个对象。

本来，小Q还懒得和小小D沾边。这家伙专卖假货，进过好多次公安局，终究不是正经货色。虽说，而今不讲究阶级成分，但是，小Q从来没有做亏心事，大大的良民，半夜不怕鬼敲门。有道是，害人之心不可有，防人之心不可无，可毕竟看不出小小D肚子里有什么坏水。

小小D说那姑娘，是老邻居，从小一块长大的，别的不敢说，没有破过瓜是可以打包票的。当时，九斤老太就发话说，小小D这样的货色，卖假货出了名，什么东西经过他手都有三分假。而今这世道，什么东西都是一代不如一代，就是制假，可是一代更比一代强。可小小D看看那对象，真是红萝卜嘴唇白萝卜腿的，就是腰粗了一点，一个大活人，怎么会假?

不久，老婆的肚子就像西瓜一样鼓胀了起来。才八个月就生了，虽说早了一点，可是个儿子。一称，九斤半。光那个茶壶嘴，九斤老太拿手去托了几托，说是，连那鼓鼓的小鸽子蛋，毛重少不了九两。拉起尿来，热乎乎地冒了九斤老太一脸。乐得小Q几天睡不着觉。

但是，后来小小D的老婆，偏偏也养了个带茶壶嘴的，小Q起先还不相信，后来，孔乙己拉小Q去托托下面那鸽子蛋，说是也有九两。小Q一看那小小D得意的样子，一股无名火就冲口而出：你家那茶壶嘴，螺丝头，最多不过五六两，不信你割下来，我称给你看，我的秤是工商局核准的圆盘秤。

小小 D 只是冷笑，说道：我不称，要称，你自己先割下来称。

九斤老太，站在小 Q 一边，说是小小 D 的孩子那话儿成色不好，卖假货的，儿子的蛋也掺假。小小 D 哈哈大笑，说，要说成色，我家这个才货真价实，你家那个才是，是……

说着，很有把握地笑。小 Q 不指望他狗嘴里吐出象牙，倒是经验老到的九斤老太揪住他，要他说清楚，鸽子蛋的成色掺假，是什么意思，破坏名誉，要打官司的。

三个人吵起成一台戏，小小 D 架不住，笑得很吃力，幸亏孔乙己打圆场，才拉开了。

架是拉开了，可是风声也传开了，小 Q 家儿子的成色掺了假。虽然没有证据，可传播这样的消息本身就是一种口福。小 Q 当然觉得尴尬，又计较不得。好在天长日久的，在未庄多轰动的新闻也会给淡忘。可是，涉及蛋儿的成色，事关重大，却不但没有随时间而淡化，反而越传越邪乎了。问题倒不出在小小 D 那张乌鸦嘴上，而是小 Q 儿子那张脸越长越像小小 D 了。

到了进小学的时候，小 Q 和小小 D 儿子在一个班，那模样竟是一个模子里脱出来的，不要说老师，就是小 Q 自己，也时不时地弄错。

谣言变成了铁的事实。笑话变成了灾难。

弄到这个份上，小 Q 才意识到自己的老婆肚里的瓜竟是小小 D 下了种的。他哑巴吃黄连，成天躲在家里，不敢出门。未庄的人有同情心，一个个装作什么也没有看见。只有九斤老太，见人就嚷嚷："你看这世道，什么都是一代不如一代，就是造假一代胜过一代。儿子明明从老婆肚子里生出来，弄到了头，还是个假的……这可真是一代比一代强。"

小 Q 躲在门背后，捂着耳朵，直想哭，而小小 D 却躲在门背后，咯咯咯咯地笑。

打倒“如果”

世界上所有的词语里，什么最可怕？不是台风，不是地震，不是落榜，不是失恋，不是破产，不是癌症，不是游泳抽筋，不是上吊断绳，不是后娘改嫁，不是股票狂涨而后狂泻，不是艳遇变成三陪女，不是核电站泄漏，而是两个字：如果……

台风、地震过去了，家园还会重建，地毯还会更新；落榜、失恋、破产是人生课堂里必要的学费，不管什么灾难当头，当有大将风度，人生就是战场，胜败乃兵家常事。闽南语歌曰：“爱拼才会赢。”没有失败，就没有爱拼的决心。就是癌病光临，则须将毛泽东语录恭书于座右：既来之，则安之；管它来日方长还是方短。

而一旦“如果”驾到，就是来日方短也没有你的份了。

如果，你父亲和你母亲恋爱没有成功，你根本就没有可能享受人生，不要说欢乐，就是痛苦的欢乐、欢乐的痛苦，也没有任何可能。

就是你父母恋爱成功，如果，你没有在那亿万分之一的同伙中，力争上游，勇获冠军，这个世界对于你来说，就是一个永恒的空白，连黑暗的感觉都没有。

在你成为幸运者以后，如果你天生耳聋，永远不会听见世界上的音乐，连自己的哭声多么豪迈都无从领略；如果，你生来失明，你就永远只配妒忌别人视觉的盛宴；如果，你无缘无故得了脑膜炎，成了白痴；如果，你下台阶跌断了腿，成了终身残疾不算，还变成亲人的累赘；如果，你赴小姐的约会，恰巧电梯停电，从十八层飞流直泻而下，小姐因而成了他人的太太……人生灾难，防不胜防，苦不堪言不算，还招来他人的怜悯的目光。

当然，这种性质的“如果”，太悲观，能不能乐观一些？《易经》上说，乐极生悲，否极泰来。

如果，如果太阳二十四小时都不倦地照耀；如果，树上可以结面包和糖果；如果，谈恋爱不那么麻烦，双方不用那么痛苦地探索、纠缠和折磨；如果，人可以长翅膀飞翔；如果，苹果不需要采摘，而是自动地飞到你的嘴巴里来，而且小辫子还朝上；如果，大自然不那么吝啬，梦见什么东西就能自动飞来；如果，干什么都不用动脑筋，不花力气，当然也就不用那么刻苦地从小学读到大学，博士、教授、院士的头衔都是按需要分配；如果……

如果，这样一如果，人就变得比乌龟还要懒惰，人类可能至今还在演出乌龟和兔子赛跑的悲剧。

因而，如果是可怕的，比之原子弹氢弹还可怕。它的威力可以毁灭人类。

只有一种如果于世道人心有益，完全没存严重后果，那就是人人的面孔都长得比电影明星还漂亮，那就不会有歌星假唱、逃税，不会弄得毛阿敏现象、韦唯丑闻满天飞，不会让他们一次广告超过一个科学院院士一生的收入……

但是如果真是这样，晚报、刊物就没有新闻可炒，《打倒“如果”》也就没有地方可以发表……

打倒“也许”

舒婷和一些朦胧诗人，在诗里好用“也许”，她的名句是：“也许内心有一重海洋，可是流出来的只是两颗泪珠。”可是，生活中碰到的“也许”，却没有这样美妙：也许一个美丽的女郎对你笑一笑，令人想起唐伯虎在苏州的艳遇，罗密欧初见朱丽叶的场景，可是，后来却发现，她不过是一个三陪女。

也许一个情窦初开的少女，面对一个“白马王子”，听他滔滔不绝，山盟海誓，美妙的语言超过了一重海洋，可是也许，他立刻向她借钱——法院调查的结果：不过是一个骗财骗色的家伙，而且正在被通缉。

也许，你心中没有这么些“也许”，你就可能被弄得落花流水，甚至有染上艾滋病的危险，但是也许，你心中装着这么多也许，那你还能相信什么人，活着不过是在也许的精神炼狱里煎熬。

当然，也许并不一定都那么可怕，它可能是一种清凉剂，像万金油，像……也许，女友答应你如期赴约，如果你以为她一定准时到达公园门口，到时限以后，手表上的分针和秒针，就可能成为你精神的绞架。这时，缓解这种苦刑的良方，就是多来几个“也许”。也许她是耽误在车子上；也许，她是丢了身份证或者钥匙；也许，她生病了，正在急诊室，发烧四十摄氏度；也许，她的心情不大好，正在对自己妈妈发小姐脾气；也许，她的情绪不太稳定，已经动身了，忽然觉得自己也说不清要不要赴约；也许，她的心正在变卦的前夕；也许她真的要变心；也许这种变心就像天上的云彩，永远没有固定的形状。也许，如果感情一旦固定，就叫人乏味。也许林黛玉不那么变着招数折腾贾宝玉，贾宝玉没有痛苦，林黛玉没有眼泪，爱情就变得没有意思，像一杯白开水，《红楼梦》还有什么看头。

也许，她正遭遇灾难；也许她遇到了抢劫，甚至遭到了强暴；也许，你应该停止这样也许下去……

论包办婚姻之优越

都说自由恋爱是文明的标志，但是它所带来的痛苦难道比之包办婚姻更少？

固然，包办婚姻导致了许多惨剧，不但年轻人，就是老年人，没有专门研究的，也大都难以想象。在下年轻时看过清朝大内档案，其中申请彰表节妇的奏章，真是惨不忍睹。有一个寡妇，为了表示守节的决心竟然反复自杀，从绝食到割腕，从饮盐卤到吞金，无所不用其极，终于追随夫君于地下去了。这当然是个别的，对于一般平头百姓来说，包办婚姻的坏处是，第一，是违反人性求偶的本能。河北民谣云：

小小子儿，

坐门墩儿，

坐门墩儿干啥？

想媳妇儿。

想媳妇儿干啥？

点灯，说话；

熄灯，做伴儿。

连小孩子都懂得人，不能孤独，要有个伴儿，说说话儿。

包办婚姻最为残酷的一点就是让夫妻点灯没话说，熄灯也没有做伴的感觉。

第二，为什么要做伴？就是因为有个伴才有温暖。没有伴的感觉，比之单身的牢房还可怕。

一旦丈夫早夭，寡妇家冬天的被窝比较寒冷，又不让身体滚热的男人破窗而入，这至少是能量的无谓损失，而国家能源部却又无法统计。

第三，对妻子失去兴趣又不能离婚的汉子在外偷情，得了艾滋病，又不敢找医生。

五四新文化运动的精英们说，封建礼教的野蛮和残酷无过于此。

但是，我对这一条持怀疑论的立场。

从人口统计来看，唐朝最为兴旺的时期，是开元天宝年间，那时人口五千五百万。到了安史之乱之后，据杜甫说“千家尚有百家存”，那就是只剩下百分之十，也就是五百万。而到了清朝末年，把为了粉饰太平而虚报的，打一个适当的折扣，差不多是四亿。人口增长得这么快，几百年来一直蝉联世界冠军。

这个冠军意味着什么呢？

南帆先生在他的《文明七巧板》的第一篇《躯体》中说，躯体是个人的边疆，是人的尊严的寓所，为法律所保护，人的精神可以写成文字，让全世界的读者目光抚摸，而人的躯体却只能向所爱的人公开，有情人才能互相进入躯体。如果没有感情，而又让对方进入躯体，这就是娼妓。

我想南帆先生所说的娼妓概念不一定只限于女性，其中也就包含着男性娼妓。这在中国还没有一个适当的词语包装，在这方面美国人和英国人总是比我们先进得多，他们已经给这种职业以一个冠冕堂皇的名字，叫作 gigolo。

这就产生了一个问题：

我们的人口总量世界第一，当然个个都是精英。相传女娲用黄土造人时，机械重复性的动作使她烦腻了，就偷工减料，粗制滥造，随便抖抖绳子，让黄泥巴飞出去，就算是人了。我们的同胞绝对不是这种批量生产出来的伪劣残次品，一个一个都是艺术品，正如南帆先生所说，是一次一次互相进入躯体的结果。

这种世界上最大规模的精品生产有两种可能：一是，按五四新文化运动先驱的学说来说，这么多人口都是封建婚姻无爱的产品，这不但是历史的悲剧，而且是人性的堕落。如此说来，问题就有一点严重了。先保护一下女性，不提她们也罢，光说我们的男性祖先（说男人的脸皮的厚度、保险系数比较大），如果他们真的和太太都没有什么感情，又和她们生下了那么多孽种，他们岂不是都成了 gigolo 了？

我们不忍心对自己的祖先作这样的推断，只好取第二种可能。那就是，他们生了全世界最多的孩子，恰恰证明了他们之间感情无比强烈。这一点，肯定最容易被我们十三亿同胞所认同。

如果真是这样，最为高产的孩子，正是我们祖先在床笫上感情最为深厚的雄辩的证据。我国传统的包办婚姻最为理想也就不言而喻，则我们的祖先的光荣得救了。

可是又使五四新文化运动的先驱，陷入了困境。

但是，在我们这个不理想的世界上，婚姻制度和人口的膨胀，二者的关系还没有达到理想的境界。这事复杂的程度超出了当代人的想象，连最有智慧的大师脑筋都不够用，弄得马寅初和毛泽东发生了争执，双方都没有占到便宜，马寅初丢了北大校长的宝座，而另一个却留下了历史败笔。

所有这一切都成了历史的共识，只有一点大家还有一点模糊，那就是我们的包办婚姻，实在有极其伟大的优越性。君不见，那些自由恋爱的，今天这个要上吊，那个要投河，一会儿这个要离婚，那个又要复婚。正是因为这样，五四时期最为先进的思想家如鲁迅、郭沫若、胡适都不敢离婚。只有徐志摩最勇敢，敢冒天下之大不韪，结婚离婚，反反复复，弄到最后，娶了一个二婚的陆小曼，而这个陆小曼竟然抽鸦片，传说还和一个医生有染。

也许正是因为这样，弄得西方年轻人不敢结婚了，出现了美国式的同居。还有更不堪的，干脆就是自由到底，连家庭都废除了，和老母鸡一样，今天看谁合适，就跟谁过上一个晚上，明天再换一个……

反正没有人管得了。就是发生克林顿那样的事儿，如果没有和希拉里结过婚，国会为调查性丑闻所花的上千万美元，就可以捐给那些无家可归的流浪汉了。

由此可见，应该向美国人推销中国正在消失的传统，一切婚姻均由媒人和父母包办。

万岁!

办公室里的自行车

这个沿海城市越来越美好，玻璃钢筋的大厦，立面上天光云影。这个城市的居民，想起记忆中的那座寒碜的纸糊的城市掩饰不住的自豪。这里的居民，尤其是男人，很有幽默感，善于自我调侃。有一句名言是：这里什么都好，就是一点不太好。人问什么？答曰：自行车失窃率世界第一，大概要上吉尼斯世界纪录了。

甚至连时任市委书记都解嘲了：没有丢过自行车的，不算是本市正式公民。

尴尬、烦恼，成了笑话以后，心灵得到了必要的补偿。

这可以说是本市90年代的独特人文景观，要是在“文革”中，丢车可是一大灾难。直到70年代中期，这个城市才造出了第一批自行车。一辆自行车相当于一个大学毕业生三个月以上的工资，还得有票。在一个拥有近百个教师的单位，每年一张，我当时二十多岁，要轮到这张票，大概要等到一百岁出头。当然，耐心反正是最便宜的，用不上什么本钱。

如今一个月的工资可以买到三四辆，甚至十七八辆自行车，自行车在人们心目中的分量变轻了。但是，自行车遗失的速度却超越了人们心理承受力的增长。在男人看来，问题不算严重，女人就不同了，她们以特有的细致心灵和小偷展开了心理的和技巧的竞赛。

有一位女同事，疼爱她的自行车超过了疼爱自己。放在停车棚，总是提心吊胆。每天都从楼下把自行车扛过两层楼梯，放到办公室的中央。我就劝她：这么累又不是为了减肥。还是放到楼下车棚里去。哪里就这么巧，就偷了你的？再说，我这里窗口正好对着车棚，略抬一抬头，就能望见。她觉得也是。第二天，就把车子和我的一起锁到了车棚里。

从此，她有事无事总要欠起身来看看车子是否安然。当她发现自己的车子突然不见了的时候，连忙直奔楼下。我非常同情地跟她下楼，还叮嘱说：慢点，别跌倒啰。一到车棚，她的车子安然无恙，而我的车子却不翼而飞了。回来以后，我不免愤愤不平，最不可理解的是：为什么就偏偏丢了自己那一辆，而她的却没有丢。免不了要把不平向朋友说说。朋友哈哈大笑，说：“幸亏是你的车子丢了，你应该开个庆祝会。”我问他此话怎讲。他说：“要是人家的车子丢了，你的车子还好好的，你就更难受了。”

从此，同事的车子就堂而皇之地雄踞于办公室之中央，很快，不管什么人，都练就了绕车而过的从容。

无言者的智慧

第一次和许少钦接触，他说话木木讷讷的，每说一句话，都要想一阵，停顿的时间那么长，等得我都替他着急了，可他的表情还是很平淡，我看不出他内心有什么丰富的活动，难道他内心竟是一片空白？幸亏我不太相信当代流行的在语言之外没有思想的学说。濒临倒闭，三个月发不出工资，工人都静坐示威了，他还是这样，一句话让人等半天。

高原反应，生理上还没有完全调整过来，领导就要求他在两个月之内把工资发下去。他不否认有短暂的动摇，但很快镇定了下来：与其苦熬，不如苦干；宁愿掉肉，也不掉队。他从账本上看到，有二百多万元拆借款要不回来。他责问会计：为什么拿着金饭碗讨饭？答曰：现在的世道是，欠账的是爷爷，要债的是孙子。派了人去讨债，甚至动用了法律手段，不但钱要不回来，反而赔了出差的路费和开销。他卖了自己的吉普车，仍然是杯水车薪。他不说话，躺在破旧的机器房里，思想像雅鲁藏布江的波涛一样翻腾了几天。终于一个点子成熟了。

他找来了五个人组成了讨债小组。一个是老工人，两个中年妇女，一个小孩子，由一个工会副主席带领，一律穿着藏装，去邻省一个市。先到市领导那里挂号，说明此番来讨债，是理直气壮，也是出于万不得已。他还吩咐：除了工会主席，一律只说藏语。到了为欠债单位担保的银行，毫不客气地与行长同吃、同住。行长上班，他们就追着他谈还款；行长有事，就守在办公室外；行长下班，跟着他回家；行长住房间，他们就睡客厅。他交代，不吵不闹，理直气壮。对方讲道理，就以礼相待。对方不讲道理，要吵要闹，让小孩去；要哭要骂，妇女们上；要打架，就让老人站出来，老人不要说被推倒，就是被摸一下，就往市领导机关抬；要协调，就由工会主席出面。

我不由得赞叹，这样的绝招、怪点子也只有闽南人才想得出。

谁说，语言以外没有思想？语言木讷的人，思想并不比口若悬河的人差。

正是这样的绝招弄得这个县的银行行长受不了啦。终于派人到农场找到他，起初还趾高气扬。他却装作很神秘的样子对来人说，你不要吵吵嚷嚷，让职工听到了，就不是五个人，而是五十个，甚至是五百个人跑到你们那里去吃饭。

对我说完这些，他有点得意，但他那年轻的脸上还是没有什么特别的表情。

我突然想起了一句话，叫作“内秀”。有了这两个字，对于以后他的一番作为就不足为奇了。他把在西藏本来是野生的松茸变成高档出口商品。这种松茸，在日本是最上等的营养品。据科学资料，在原子弹轰炸以后的不毛之地上，最先长出来的就是这种松茸。在西藏市场上，只要几十元钱一斤，到了成都就变成了几百，运到日本，就是几千。关键是必须在采集之后三天之内运抵日本，至于他是怎么解决这个难题的，我望着他那张思想多于表情的脸，一点也不觉得这对于他是多么大的难题。

这个故事也许有人觉得一点也不幽默，但是，我觉得从冷幽默的角度来看，还是相当高明的。

钱又不是抢来的

朋友告诉我，他的太太去街上为自己和女儿买衣服。转来转去，终于用三百多元为自己买到了一件衣服，但是孩子却始终没有什么合适的。为了补偿孩子心理上的不足，就带孩子到一家餐馆去吃了一顿肯德基。

在回家的路上，发现一家商店里有一件孩子很合适的上装，就花了三百多元买了下来。孩子自然很是开心，因为不但得到了衣服，而且还吃了一顿。而太太却心里一直不平衡，觉得这一顿肯德基完全是浪费。

在场的一个朋友告诉他，在用钱的问题上，女人和男人确有不同的逻辑。比如，星期天上街，要不要乘的士，往往要争议一番。孩子自然是主张乘，丈夫是坚决的支持者，而太太却坚持乘公共汽车。后来只因星期天公共汽车太挤，只好乘了的士。

等到逛完了街，要回家了，争议又起。

孩子和丈夫仍然主张乘出租车，太太却坚决不同意，说："你们这些人，钱好像是抢来的。"

孩子仍然闹着要乘的士，丈夫同意孩子的要求。太太有点火了：

"要乘的士你们去乘好了，我一个人去乘公共汽车。"

最后自然是太太大获全胜。

孩子很不高兴，而丈夫却很高兴，我问他为什么。

他说，从这里他深深体会到，虽然生活在一起十多年，经常有些小冲突，总弄不清为什么，现在终于明白了：男人和女人在花钱上的逻辑是不同的。用自己挣来的钱去乘的士，在男人看来是正常的，在女人看来是荒唐的，只有不花力气抢来的钱才可率性浪费。

我说，如果是我的话，在乘公共汽车的时候，就从她的口袋里偷走一百块钱，等到归来的时候，证明自己的正确。朋友说，那种事情是不能干的，一旦干了，太太起码一天心情不好，没有事情也要发脾气，把整个家庭空气搅得沉闷异常，起码要有一天以上的日子不好过。最好的办法是什么呢？

这是对男人的智慧的严峻考验。

朋友说，他的妙法是，正要去乘公共汽车的时候，突然，手捂胸口，什么话也不说。太太问他怎么了，他还是不说，一味作痛苦状。最后是太太慌了，连忙叫出租车，上医院。等到上了出租车以后，他才喘了一口气，说，好一点了。

妻子这时也松了一口气："哦，吓死我了。你平时好好的，怎么今天这个样子？"

丈夫说："天天上班都是挤公共汽车，一见公共汽车就发神经性心脏病。"

妻子说："那以后还是少乘这种车。就是多花一点钱，乘出租车。"

丈夫说："钱又不是抢来的。"

丈夫微笑，妻子打了他一拳，也笑起来。

地震之夜

9 月 21 日台湾地震影响所及，在福州的大学校园里，一度引起惊慌。

我本睡得迷迷糊糊的，隐隐约约感觉到窗子外面呼呼的响声，以为是汽车。奇怪的是，不像往日呼啸而过，似乎是一直赖在窗前，发出单调的呻吟，引得玻璃痛苦地颤动。女儿已经醒来了，说是地震。

我赖在床上不动。女儿在阳台上观察，楼下绿化带上已经有三五成群的人在走动。偌大一个居民区，住着上千人，这一点人，显然是少数。邻居从阳台上传过话来，把门打开。地震要真来了，墙壁变形，门就打不开了。

心里多少有点恐怖，但是，身为家长，起码要有处变不惊的修养。脸上要保持平静，不能有丝毫多余的表情。想躺着不动，楼梯间嘈杂脚步声越来越热闹。遂和女儿、太太一起走下楼去。虽然力求步履平稳，但免不了失去节奏。

新村门口，早有一伙人聚集在那里。

一个无师自通的地震“理论家”在高谈阔论。其实讲的都是常识性的废话。我坐在看门的工人的床上，身下不时感到有微微的余震，站着的人肯定没有感觉，“理论家”显然越来越起劲。

围绕着他的人越多，他的神采就越是飞扬。人群中不时发出了笑声。

虽然在一个新村里住，人们难得见面，不免互相寒暄一番。

一个当年的学生，这几年“下海”，发了一把。他太太拉着我，说：“你不是说他‘失踪’了吗？我给你揪了回来。”那家伙脸胖了一圈。慢悠悠地说：“不用发通缉令吧？”我说：“要发通缉令也无效了，阁下的脸吃肥了一圈，下巴多了两层，拿着照片都对不上号。”夫妻两个都笑了起来。来了些小孩子，有一个背着书包。有人就嘲笑他了：“书包顶什么用？没有吃的也得饿死。”小孩子就惭愧起来。另外一个孩子就自豪地叫起来：“我有吃的。”是一盒月饼。又有人笑起来。还有个小孩子什么也不带，就抱一个毛茸茸的大白兔，问他：“没有吃的，又没有书包，毛绒白兔顶什么用？”孩子光是傻笑。

余震渐渐消失了，大家准备回家，那边又哄笑起来。原来是一个研究生的故事。刚才乱哄哄的，把她吵醒了。她从床上坐起来，问什么事，告诉她是地震。她一听松了口气：“我还以为什么了不得的大事。”说罢倒头便睡，至今未醒。

这故事大概已经说了五遍，每一遍都引起由衷的哄笑。

这个场景，在后来，反反复复地讲述，每一次，都增添一些愚蠢的、可爱的细节。

庙里的猪头和夏娃

当了三十八年的教书匠，最有味道的休闲，不是看风景，而是在他乡遇到老友，尤其是在出差的期间。电话铃不断响起，一个又一个不速之客满脸是真诚的惊喜，让你心灵深层那沉睡记忆享受到复活的欢乐。一刹那，十多年的时间间隔顿时消逝，往事变成了眼前的现实，年轻的感觉很快扩散到全身的每一个毛孔。

那满是中年沧桑的脸上恢复了往日永远没有正经的调皮鬼的表情，那洋溢着成熟的智慧的女博士突然变成了当年那美丽的傻丫头。而在校期间以发表精致的牢骚而自得的家伙，在走向生活的过程中，牢骚发得越是精彩，苦头越是吃足；本来早已变得老成了，此刻为什么又信口开河起来？他故意夸张了往日可笑，那是为了我呢，还是为了那正好也在场的他当年所崇拜的校花？那在桌上抓紧时间吃水果的孩子，是哪里冒出来的？早在他的父母春心萌动的时候，我是第一个知情者。“文化大革命”时期，教育部有明文规定：大学生不能谈恋爱。还是有抵抗不了人性的亚当来到我宿舍，悄悄对班上的夏娃评头论足。消息走漏，不但没有带来严重后果，反而使得沟通的程序变得直截了当。当班主任反复对他们施加压力的时候，男孩子的胆怯与女孩子的大无畏恰成对照。那传颂一时的名言还记得吗？

“我就是要谈恋爱，你怎么样？”这样的姑娘如今已经是一所中学的权威。

大家都开怀大笑了，在笑声中，一起享受青春的回忆。只有一个人例外，他把微笑深藏在木然的表情背后。这引起了大家一致的声讨，嚷着叫他放下平时当领导的臭架子，而他却平静地说：“我和你们不一样，我在任何时候都是‘倾听、倾听’，而你们却可以自由地、潇洒地嬉笑。”

为了报复他，我把当年的故事端了出来：他怀着自卑感，来自边远地区，在同学们分析着班上的女夏娃的时候，他悠然的名言是：“别痴心妄想了，那些都是庙里的猪头——有了主的。”这句话广为流传。没有想到偏偏有一个“庙里的猪头”愿意成为他的夏娃，这是班上一位高才生，能歌善舞。她一看到他脸就发红，以为他是很高傲的，不敢造次，居然胆怯地托了他一个老乡来试探军情。而他还以为是这位老乡要捉弄他，唯恐上当，请了我去做最后的决策。我把他骂了个一佛出世，二佛升天。世界上居然还有这样的银样镴枪头。于是，从他脸上冒出了庙里的猪头的喜洋洋的红色。双方第一次单独相处，他竟然忘了准备了多日的浪漫的抒情，第一句话竟是："你是不是要让我到你们那个家去做女婿？"

故事逗得大家笑得弯了腰、岔了气。他终于忍俊不禁，脸上先是泛出了红色，只是，仍然憋着，越憋越红，直到带上庙里猪头的颜色，才笑了出来。

他终于忘记了他的领导身份，忘掉了他的所谓"倾听"原则，在滔滔不绝地补充起当年愚蠢的细节时，他恢复了青春的感觉。

妒忌的近距离效应

在所有与幽默无缘的人类情感中，妒忌是人性中一种怨毒的情结。它总是在阴暗中不断膨胀，寻求发泄，有时，膨胀到极限，仍无从发泄，那只能是自我消耗，无声无息，日日夜夜地忍受心灵的煎熬，直至把自己的生命耗得像晒干的老鼠，连肺病患者那样双颊潮红的病态美都与之无缘。它的性质与其说是恶毒的不如说是阴毒的，以自我情感污染为特点。

可是一旦发泄，则变成为极其卑下的情绪炸弹，使自己的精神地基作粉碎性的下沉。虽然，它的射程和污染的范围是很有限的，因为它所瞄准的对象往往是同类、同行、同性。同等序列的才构成对手，最近距离的才是靶子。在妒忌的射程半径范围之内，人类是十分偏狭的，而在射程范围之外，人类变得分外的宽宏。正是因为如此，在近距离的妒忌中，没有幽默，而在远距离的宽宏中却有幽默生发的空间。

一个囚犯会妒忌另一个囚犯得到了看守所所长的表扬，而对电视传媒赞颂的擒匪英雄则抑制不住佩服。一个妓女会妒忌另一个妓女得到大款的青睐，而对好莱坞明星得了奥斯卡金像奖则崇拜得五体投地。林黛玉会妒忌贾宝玉对薛宝钗的一个微笑，对袭人天天和贾宝玉相处则表现了少有的大度。阿 Q 会妒忌小 D、王胡、赵司晨先他而在头上盘起了辫子，而对假洋鬼子早早就把辫子剪了则不屑一顾，给他取一个“假洋鬼子”的绰号，赏他一点戏谑的亲切。每年评教授、竞争博士授予权期间，总有不少告状信，写告密信者皆为同校、同系、同教研组的同仁，措辞尖酸、刻毒，无所不用其极，好像世界的前途、党国之命运莫不系于此，除此之外没有更为重要的事情。即使大名鼎鼎的美国加州大学伯克利分校聘教授出了丑闻，也是一笑置之：没有一点丑闻，也就显不出美国人之天真烂漫，人类也就太寂寞了。只有在这个时候，也就是竞争对手比较遥远的时候，人类才有可能从妒忌这种卑下的感情中解救出来，与幽默感有一点沾边。从这点上可以推断：人类的早期心理与刺猬是否有血缘关系，将成为21世纪科学的公开课题。

妒忌的性质是一种仇恨，又不是一般的、普遍的仇恨，而是一种偏恨，集中在一个有限对象上的恨。正面说明它，不如从反面说明它讨巧：与它相反的是偏爱。母亲会偏爱自己的孩子，从孩子的笨拙中看出诗意；情人会偏爱自己的对象，从对方小小的无赖中感到浪漫；哥们会偏袒自己的兄弟，从自己人的野蛮中看到英雄气概。

妒忌则恰恰相反：它会从爱意中看到敌意，从浪漫中感到野蛮，从英雄气概中发现匪气、霸气。与其说它是一副恶毒的变色眼镜，不如说它是精神的病毒。

为什么在莫泊桑的《羊脂球》中，坐在驿车中的太太们本来互相敌视，一旦发现来了一个妓女就变得亲密无间起来？这是因为，本来她们地位相近、相当，互相成为竞争优越感的对手，心理上短兵相接，一旦来了羊脂球这样一个姿色不俗的年轻女人，她们竞争优越感的对手转移了，心理空间扩大了，她们在获得的社会地位优越感的基础上，迅速结成统一战线，妒忌感消失了，自然就相亲相爱起来。

有些人为什么在本单位很少或者很难幽默起来，很可能是因为，竞争的对手太近了，竞争对手越近，人类原始状态的刺猬基因就容易发作。如果你在原来的单位中幽默不起来，切实可行的办法之一就是拓宽、拉开（甚至是脱离）竞争空间。拉开空间距离可能导致心理距离的缩短，这正是幽默感的产生的基本条件。

征婚和喜剧

中国人渴望喜剧，中国的舞台、屏幕上最缺乏的也就是喜剧。这几年小品火了一阵，又有点无以为继的样子，主要是缺乏有创意的剧本。而缺乏好剧本，又是因为现代城市文化的一种病态：崇拜身体超过崇拜内心。演员在酬劳和社会荣誉方面大大超过了作曲家和剧作家。演员侯耀华（侯宝林的儿子）狂妄地宣称：剧本提供的只是百分之一，而演员则要创造出百分之九十九的东西来。许多小品、歌曲，观众只知道演员的名字，而作曲家、作家则完全被忘却了。在酬劳上也是，一个演员一出场就是上万，而作家、作曲家，一个作品才几百元，有的才几十元。其结果是，大众传媒制造了一拨又一拨的没有文化底蕴的泡沫明星。前一阵有一个当红的主持人，曾经在以她的名字命名的节目中企图讨论一些比较深刻的文化问题，这一下把她的泡沫文化水平暴露了出来，节目遭到京津沪闽一致声讨，最后无疾而终。

缺乏深度不仅是小品的问题，而且是一切现代城市文化的问题。现代城市大众文化的特点是没有深度的大众明星崇拜。丹尼尔·笛福根据一个水手的故事，写出了《鲁滨孙漂流记》；普希金给果戈理讲了一个故事，果戈理就写出了《钦差大臣》；托尔斯泰听了柯尼法官讲的一个故事，就写出了《复活》。故事是许多人都知道的，但是杰作却是大师才能写得出的。故事是肤浅的，它所提供的只是一些可能性、某种暗示，甚至还包含着某种干扰，自然还有许多空白，空白可能变成艺术，也可能破坏艺术。作家以他毕生的生活和艺术积累去充实它，给它以生命，使它从生活的毛坯变成艺术精品。可是，今天的一些大众明星往往把作家的创作看得太轻松了。

前几天我听到一个故事，一个离了婚的人走进婚姻介绍所，他的征婚条件是：第一要爱他的孩子，第二要和他的年龄相差不大，第三必须是职业妇女，第四是长相要过得去。他的年龄已经不小了，符合这样的条件的，实在是凤毛麟角。难得这家婚姻介绍所的服务人员很是耐心，终于找到了一个完全符合这四个条件的妇女。他当然很高兴。等到把相片拿过来一看，他垂头丧气地说："这就是我的前妻。"

这无疑是个好故事，为未来的创作提供的框架，就算是百分之一吧，那位自称只要百分之一的提示就能发挥出百分之九十九的演员，绝对不可能把它改成一个像样的剧本的。要完成这样一个任务，先要回答许多问题，首先就是，你在这里看到了人生的什么东西：是人生的荒谬还是人生的可悲；你是看到了社会的可怕还是世界的可笑。在形式上，像这样一个题材，可以改成一个轻喜剧，也可以改成一个闹剧，甚至可改成一个荒谬喜剧。这就要看作家整个生命和艺术的积累，还要看作家的形式的追求。你可以把这对夫妻往黑色幽默的路上引，也可以把他们往反讽的情境中逼。这些问题在作家没有解决之前，任何一个演员是什么也干不成的。

老的感觉

老的感觉本来一直是非常的遥远的，就是到目前，那初进大学工作的情景还历历如在目前。和学生们去海岛开门办学，偷偷地（为了避免被批评为“小资产阶级情调”）早起独自去看日出。和学生们一起把野花插在背包上在闽西老红军走过的路上一天拉练几十公里……

那时真是和学生们一样年轻。把稿件投入邮箱以后惴惴不安地等待着回音，感觉还是昨天的事，一转眼却变成了年轻的编辑登门求稿。时光消逝的感觉，最初是从“小孙”变成了“孙老”的玩笑中开始的。

“老冉冉兮将至”的信号是比我年轻的妻子发白鬓角提醒的。朋友的退休成了生命的衰退的警告。对着校园里突然出现的讣告，时不我待的自励压抑不住生也有涯的悲哀。

学校是永远年轻的。每一年进入学校的学生同样年轻，但是每学期第一堂课，那坐在第一排的学生却越来越小了。老朋友凑在一起，热门的话题总是：学生的水平好像越来越不济了。其实，以后的事实证明，不论从哪一点上说，都不比前几届差，相反，起点越来越高。聊以自慰的是：这也许正是自己的水平比当年高得多的证明。当年一个嘴上没毛的小助教，每逢开会，总是充当放大炮的角色，现在却是享受着四面八方的崇敬的目光的资深教授了。沉稳的微笑好像总是在反复暗示：这样的人最适合在主席台上出现。发言肯定是要被安排在头一个的；自己也知道，这不是因为水平最高，而是因为资格最老；最重要的是，会场上很大一部分人物都属于你的徒子徒孙之辈。你有权发表最空洞的讲话，习惯于被人当作最不空洞的话来赞扬。你有权讲得语无伦次，你有权把鸡毛蒜皮的小牢骚拿到大雅之堂上来发泄一通，所有听众只有对你的废话表示宽容的、尊崇的微笑的份，而无权流露出一点迁就的样子，没有一个敢皱一皱眉头。

对这个世界最最九斤老太的感觉也是属于你的，但是最热烈的鼓掌还是属于你的。

老了的感觉不是从头发和记忆力一起衰退开始的，而是从对于年轻人总是看不惯开始的。当你觉得自己当年比一切年轻人强得多的时候，你已经绝对地老了。当然，不可否认，有时你对年轻人又特别宽容，这往往是在年轻人对你特别尊重、特别谦恭的时候。有那么多文学青年把他们第一本书的清样拿到你面前请你写序，这时候，你对美好的形容词就特别慷慨大方起来。如果这在别人，你无疑可以断言：

老年综合征已经全面扩散。但是，人难得有自知之明，就像镜子不能照见自己一样。老年综合征不管多么严重地扩散，一般说来，它不会致癌，它是良性的，不是恶性的、进攻性的、破坏性的，因为这时，你已经失去了把你所不习惯的世界推翻，让自己来当上帝的勇气，而失去了这种勇气，就说明，你不可救药地老了。

值得庆幸的是，这个世界上没有一个老人能够返老还童，如果所有老人能够返老还童，可以肯定，世界要比目前这个样子要可怕、糟糕得多。

渴望夸耀

我曾经说过在大学里工作的，有两种人：一种是为学校的校徽增光的，一种是校徽为他增光的。学生也可以两类：一类是为老师增光的，一类则是老师为他们增光的。我就属于那种老师为自己增光的一类。在纪念北大一百周年的日子里，我写了好几篇文章，都是怀念像马寅初、何其芳、吴组缃那样大名鼎鼎的教授的。

离开了北大那样一个群星灿烂的文化大宇宙，来到福州这样一个文化小世界，我却比较轻易地得到一份自豪。学生当中不乏因为有我这样的老师而自豪的。我有自知之明，一株小树，不是在大森林中，而是在一片灌木丛中，容易享受到更多的阳光，显出其挺拔。我所领略的荣誉感，远远超出了我所作出的贡献。在这方面，我很清醒，不大容易为糊涂油蒙了心。但是我也不敢说一点虚荣心都没有，每逢看到学生有了成就，就压抑不住夸耀的冲动。这样的冲动，无非出于对自己没有信心，情不自禁地借助学生抬高自己。

对于在学术方面有成就的，我自豪地宣称：这是我的学生。我会享受到四面八方投来的肃然起敬的目光，其实，自己并没有给他上过几堂课。在这种场合，我多少有心虚的感觉。碰到某些学生在经济领域里成了大款，那种夸耀的冲动就相对比较弱了。我分析自己，也许是多多少少有一点清高吧。这时不免自慰，甚至自我欣赏。

但是，这种清高非常脆弱，常常经不起考验。在一个比较高级的会议，做报告的副省长恰巧是我往日的学生。他一出现，我就想对身边的人讲，他是我的学生。但立刻又觉得这很庸俗。几次想开口，都噎了回去。一面很为自己的修养而自豪，一面又深深感到有话不得发表的痛苦，当台上的讲话得到称赞的时候，我的痛苦达到了高潮。

报告结束的时候，许多人走上去和他握手。我胜利地克制住了走上前的强烈愿望，可又禁不住想象：如果我去和他握手，他一定会突然地站起来（表示不敢当），大声地叫我老师。这时会有许多人带着艳羡的神色对我刮目相看。这时我该如何整理我的表情，是沉着冷静一点还是热情一点呢，我拿不定主意。

眼看那些和他握手的人一个个地带着荣幸的笑容离开了，他也卷起了公文包，我本该走了，但我却下意识地脚步迟疑了。我在等待，等待什么呢？也许他会在把最后一份文件放进公文包的时候，突然发现，会场里还有他的老师。是的，我等待的就是这个。然而机遇很快过去，他在秘书的簇拥下匆匆离去了。

这时坐在我身边的一个老同志拉着我的手说：走啊，你怎么这样死死盯着他看，莫非他是你的学生？

我爽爽快快地回答道：是啊，他是我的学生，1977 级的。

说完，我只轻松了几分钟，不知怎的，过了一会儿就变得不轻松起来。我相当丧气地意识到：我失败了。

害怕开会

从小生性散漫，思想爱跑野马，但也喜欢集体生活的热闹。到了初中三年级，就搬到学校去和大家住在一起。但是，却讨厌一本正经的开会。每逢开会不是做小动作，就是带着一本书偷偷地看。年年的成绩报告单上都有“自由散漫”的评语。我是一个有上进心的青年，在团支部的会议上，对于这样的批评，我总是无条件地“虚心接受”，但是多年来的事实则证明：实际上是“决心不改”。

到了大学生时代，我尤其怕开很长的会。要读的书是那么多，真正体会到伟大的生理学家巴甫洛夫所说的，科学需要人奉献一切，就是两倍的生命也还是不够的。时间就是生命。我甚至想到了鲁迅的话：无端地耗费别人的时间无异于谋财害命。有一次班长才宣布开会的通知，我就不由自主地嚷嚷起来：“真吃不消！”结果是被团小组“帮助”了三次。我深挖思想根源，苦思冥想，终于明白了：原来是，在那样的会上，只有一种声音。一旦发现内心的声音与它不一致，还得千方百计地改变自己，去适应那种声音。

但是，在我的天性中有一种东西似乎更为强大，一些声音总是压抑不住。每逢开会，我不是沉默，就是放炮。就在 1956 年，在批评铁托的课堂讨论会上，居然忍不住说：铁托没有什么问题，不过是个性比较强而已。此话经教师在课堂上转述，长时间就传为笑谈。至于 1957 年“反右”期间，我更是忍不住为几乎所有的“右派”辩护，上至储安平，下至本校的同学。一个正统派责问我：按你的逻辑，究竟还有没有“右派”？在那种形势下，我这个心灵从来不设防的人，不得不作了保证起码的安全系数的妥协。我说，“右派”是有的，全国只有两三个。

这句话，一经转述，长时间地成了笑谈。这个笑谈，给我带来的后果，一点幽默感都没有。它把我后来的生命历程引入极其险峻的航道。二十年后，“右派”获得平反，有人想起了我当时的说法，居然称赞我的估计是实践所证明的真理。大家笑了起来。这时，之所以笑得起来，完全是因为，并不是在开会，而是在自由自在地闲谈。闲谈与开会的不同就在于，不同的声音越多越好、越乱越好，越是敢于发出谬论的，越是显得潇洒。

其实在新时期，大学里规定的开会时间已经少得不能再少，参加会议，也和闲谈差不多。但是，我，还有我的朋友们，不拘形迹的天性还是和开会的一本正经相抵触。例会的会场上总是七零八落，常常令主持人尴尬。80年代后期，就出来了一条规定：无故缺席者，一次扣除年终奖金五元。我不声不响地走到负责这一事项的副主任那里，奉上一百元。说：一学期二十个星期，兹奉上一百元，这学期，我就不来了。他哪里敢收我的钱，客客气气地送回来了。这事被一个年纪轻一些的朋友知道了，他也学着我的榜样，也不去开会，没想到，到了学期末了，就被狠狠地扣去了六十元。从那以后，每逢开会，他再懒洋洋，他的太太就在他背后喊叫起来：快去，快去，人家是老资格，你没有本钱学人家的样子。

电脑常委

说起来，在中国这片大陆上，高级科学技术的普及也真是快得惊人。90 年代初，我到德国和美国大学去工作的时候，走进图书馆，对着电脑还是一片茫然，常常因为无法从中检索目录而苦恼，甚至产生无可奈何的自卑。有一次在一所美国中学做报告，讲解当时比较轰动的《老井》，注意到几乎每一个课堂的后面都有一排电脑供同学们自由使用，不由得产生一种焦虑。和朋友们在一起讲到这件事，都不免感慨：什么时候，电脑才能在我们国家普及啊？大家都有一种怆然之感。落后得太厉害了，连想象力都有点麻木了。

完全没有想到的是，四五年之后，电脑就在中国大陆上静悄悄地广泛地占领阵地了。先是摆上了一些大公司的办公桌，后来是一些小超级市场，一些学校也出现了电脑房。在学术讨论会上，某些大学教授的论文用激光打印机打印出来，简直就和印刷厂出来的书籍一样。不久以后，到处就出现了电脑培训班的广告。这几年，在我们这所大学，越来越多的系发放补贴，鼓励同仁们购买私人电脑已经不是新闻。

最初我还有点自卑，年纪这么一大把了，能不能熟练掌握操作技术，会不会因为考虑汉字编码而影响写作质量？还没有来得及想清，一些中国最早期的电脑迷，以西方基督徒的苦口婆心，说服我买电脑。但是一位来自美国的朋友却提出了一个令人忧虑的问题，那就是初学者没有不被电脑折磨得痛不欲生的。任何电脑操作都是会出毛病的。哪怕是一点小故障都要送到商店去，花钱不算，时间浪费太令人痛心。每一回都弄得你的神经错乱少则几个小时，多则几天。但是，这里毕竟不是美国，我的电脑迷朋友们拍拍胸脯把一切维修都包了。在短短一年时间内，他已经荣获“电脑常委”的称号。他们连哄带骗地让我学了最难掌握的五笔字型编码。皇天不负苦心人，在被这不讲理的编码折磨了两个星期以后，我尝到了甜头，逢人便吹不用电脑写作是人生遗憾。

没想到还没有得意几天，接二连三的灾难就来了，先是，机子像体弱的孩子一样，不断地感冒发烧：不是一下子死机了，就是不能拷贝了。弄得我经常有失恋的感觉。幸亏，一个电话，电脑常委不是骑着自行车，就是乘着的士以金庸作品中大侠的姿态出现了。一般的毛病不大，都是因为我愚蠢的操作，三下五除二，就恢复了健康。最严重的问题是，文件丢失了。一想到几天甚至一个月的灵感，辛勤的劳动一下子就石沉大海了，那份子悲哀，实在只能用痛不欲生来形容。提心吊胆地看着他使尽浑身解数，还是没有进展。打了电话，问电脑公司的技术人员，也是不得要领。他的面色开始严峻起来，我则完全陷于绝望之中。一度安慰他：好在文件丢失不久，印象还深，多少还可以重新恢复起来。但是电脑常委的自尊心，却不允许他认输。终于，他的脸上露出了胜利的微笑。不久，我们一起就把剩下来的时间拿来嘲笑电脑公司的技术人员，还有那些比我更为愚蠢的电脑新朋友。开怀大笑之余，还捎带着传播一些朋友的绯闻。不管是否可靠，说者为的是感觉痛快，听者也不必细究其细节有否漏洞。

网上救人

电脑才普及不久，网络就开始进入我们这个文化水平比较高的地区了。在我的朋友中，早已有了这方面的权威，不但已经上了网，而且还奔走在各大学做报告，显然其权威已经获得了社会公认。这样的朋友，既有基督徒的虔诚，也有传销者的狂热。我这样一个耳朵根子比较软的人，少不了成为他们的重点工作对象。起初我多少有些顾虑，或者说是缺乏信心。特别是，我的时间不够用。我不可能像他们那样，一天在网上泡上几个小时，浏览香港的、新加坡的乃至美国的报刊。但是，他们所说的电子邮件却打动了我的心。发一封信函到美国去，几秒钟的时间，只花几毛钱。这实在太诱人了。虽然，每月五十元，只允许用三个小时，超过三个小时，每一小时加收二十元。这比之美国一个月只交十五美元，任意使用，要贵得多。但发电子信函到美国、中国台湾、中国香港的诱惑力太大了。

拿了一百元钱交了上网费，安装了软件，兴头冲冲地就当起网虫了。可是，运气实在是太坏。在人家那个地区，什么都可以看到，发邮件也很容易，可在我们这个地区，就是上不去。打了投诉电话，那边说，你们那里的线路没有任何问题。可就是上不去。在长达两三个月的时间里，每月的费用白交了还无所谓，时间和精力的浪费，实在是令人伤心。最后，也不知怎么一来，连电脑里的modern卡都坏了。一赌气，就把它停了。

可是，不久以后，两个历史系的同学拿来了一份材料。我一看吓了一跳。原来是一个女同学，得了一种很古怪的骨髓里的癌症。学校已经为她花了好几万，同学们也为她捐献了好几万，可还是杯水车薪。她的父亲是福建山区武平的农民，为了给她治病，已经把家里的拖拉机、猪等值钱的东西变卖一空，而她目前在医院里每天的住院费用就要一千元以上。这两位历史系的同学，是因为得知我懂得上网，信任我的文笔，才来找我的。那时，我正在为研究生上课，事情已经到了义不容辞的程度。我自己也是为人父者，完全可以想象，一个农民要把自己的女儿培养成一个大学生有多少艰辛。每一次考试成绩的升降，每升入高一级的学校成败，都意味着他们家的希望之星的明灭。正当这颗星的光辉最灿烂的时候，却注定要毁灭了。虽然，人类现有的科学技术还不能挽救这样的悲剧。但是我们不能眼看着这个已经破产的家庭孤独地处于无援的境地。我调动了我全部的感情在半个小时之内，完成了一封求助的信。交给电信部门发出去之后，我对于它是否能唤起人们的同情心，很是怀疑。这几年在我印象中，堕落的事情太多了。先是尼采说：上帝死了。后来福柯又说：人也死了。但是，完全出乎我意料的是，这封信被报刊、电视台广为传播，才过了两三天，历史系的一位领导遇到我，就对我表示了感谢。说是有一个网友建议在网上，建立一个银行账户，现在账户上已经有了三四万元。我深深感到激动的，并不是自己受到了感谢，而是深切体会到了：在这个世界上，到底还是好人多。

这女孩子是幸运的，由于是第一个在网上呼吁求助，所得资助达二三十万元，后来到北京去动手术，几个月后就能站立走路了。报纸上还有她的照片。

然而另一个大学生癌症患者，闻风来求我写同类的呼吁，可惜信没有来得及发出，死神的黑翼就覆盖了他的生命，留在我记忆里的只是他劝阻同学们不要为他写募捐的信。

诗的感觉和吴语

接到通知，说是到一个叫作“张家港”的地方去开全国诗会。这个地方近年很有一点名气，是全国著名的文明城市。既然是港口，又是在江苏，大概是在南通附近吧。好在一到上海机场就有人把我接上了汽车。我本以为要过江，没有想到，才两个小时就宣布：到了。原来这是一座新兴城市。第二天听了报告，才知道，这里是在江阴和苏州之间。沿长江这一带是我少年时代生活的地方，这里原来是一片芦苇荒滩，地方小得连我都一点印象都没有。好在位于大名鼎鼎的阳澄湖畔。不过如果不是“文革”期间，样板戏《沙家浜》唱遍神州大地，恐怕阳澄湖未必在全国家喻户晓，至于那湖里的大闸蟹的价钱也不至于贵到连香港人平常也不敢问津的程度了。

虽然是诗会，可是来的大都是意见相同的人，持不同观念的人没有来，这样的诗会，不可能有诗意。

1955 年考取北京大学以后，我就一直没有机会回到这一带来。

一走进会场，光看那装修，和福建经济比较发达的县城没有多大区别。长期以来，我在感情上已经归化了闽南，习惯于用闽南人的眼光藐视外地的一切。虽然是故地重游，还是冒出了一句：是不是有些俗气的感觉？但是，朋友们告诉我：最俗气的莫过于这里说话的口音了。

轮到当地干部介绍经济建设成就，他一开口，不少人就叫苦不迭起来。而他那充满地方色彩的、很难为普通人听懂的普通话，却让我回到了少年时代的感觉世界中去。那浓重的土音让我想起了高中一年级和一个无锡同学的吵架，她是班上最漂亮的女孩子，然而她那土得掉渣的乡音把大家惹笑了，她也无可奈何地笑了起来。报告人用了一个词语，用汉字是没法写出来的，恰恰是历史老师在课堂上批评我们的时候常用的，此刻我可以看到那老师额头上那深深的、夹得死苍蝇的皱纹。

他那轻快的齿音，带着吴语区人士把汉语标准音任意地自由化篡改的惯性，以致独创了许多既不是吴语也不是普通话的语音。他显然搞不清家乡的词汇和普通话有着微妙的差异，却非常自信地用普通话的语音翻译过来，这自然引起了笑声。我突然想起，当年，我按吴语的习惯把口袋叫作“袋袋”的时候，是如何弄得哄堂大笑，一个北方女同学嘲笑我：枉为七尺男子，说话居然冒着三岁孩子的奶气。

我看得出来，他和我当年一样正在跟自己的方言搏斗，尽管在舌头上聚集了吃奶的力气，连我四十多年前初到北京时的水平都不如。

他显然花了许多功夫学卷舌头，卷舌卷得过了火地泛滥，造成了大量的浪费不说，而应该改正的轻快的舌头音却鱼龙混杂。当全场哄笑而他却莫名其妙瞪大天真无邪的眼睛的时候，我想，这和我当年的表情该是相像的。众人笑得抹眼泪，我却产生了一种悠然独享的优越感：只有我才知道，笑话闹在什么地方。那些笑得弯了腰岔了气的人，也并不聪明，其实只是傻子过年看隔壁。除了我有谁知道，一个微妙的错误，造成了多少意思上的水土流失。虽然，在北京读了六年的书，我的舌头已经学会了打弯，至今还没有把握什么是必要的打弯，什么地方是违背了节约的原则。至于那乡音的尾巴，却顽固不化，使我在任何会议上一开口就暴露了并非我所热爱的福建人。

带着甜味的记忆像众多的云，乱纷纷地向我涌来。

正是在这片土地上，用这样并不纯正的读音，我第一次学会了《歌唱祖国》。我最初读李白和杜甫的诗的时候，用的也是这样的语音。填大学入学志愿书以后，我用舌头舔着嘴唇默默地反复读着“北京大学”的时候，用的也是这种语音。用这种语音，我背诵过《钢铁是怎样炼成的》那著名的格言：人的生命只有一次……后来在北京的时候，这样的语音受过许多嘲笑，最为刻骨铭心的一次是，一个东北同学挖苦我说，你说话都和蒋介石一个腔调；而我则说，我的话和鲁迅、茅盾、宋庆龄的是一样的优雅……

这样的语音是和心灵上最美好、最纯洁的记忆永远联系在一起的。那个干部还在滔滔不绝地讲着，还是有不少人在笑，然而，不那么放肆了。笑声并不太令人讨厌，我也在默默地笑，但是我笑的和他们不一样，我笑的是我美妙的感觉，它让一个六十开外的人恢复了十七岁少年的感觉。

这才真正是诗，可惜是不可传达的。这里的经济发展的惊人速度，不但使得那些来自东北、西北的朋友惊诧，而且也使一些来自福建、广东的代表惊叹。语音上的优越感，使我改变了客人的身份，我的翻译不知不觉带上了主人口气。这给我一种自豪，为语音而洋洋自得的感觉，在我是很少有的事情。说起来，真是有点奇怪，当年考大学一心想的就是北京，北大、清华，而上海、南京这一带，待得有点腻了。记得考场是在江苏师范学院，也就是原来的美国人办的东吴大学，当时已经改名为“江苏师范学院”。考试结束以后，大家谈起志向，几乎没有一个人是想留在江苏、上海一带的，后来就连一个考取了复旦大学的同学，给我写信时都说没有考上北京的大学是终生遗憾。没想到他那非常蹩脚的普通话成了这么美妙的音乐。

名片和头衔

而今时兴名片，前几年我顶不住虚荣的诱惑，也印了两次名片。

第一次是去德国前，无非是为了把自己的教授的头衔印上去。我知道德国人比较看重这种东西。第二次是去美国。这时我的荣誉性的头衔已经增加到四五项。到了美国才知道，美国教授一般并不重视这种东西，有一个教授偷偷告诉我，在名片上印上许多头衔，是商人的行为。

以后我就十分警惕，轻易不出示自己的名片。

但是回国以后，经常感到不方便。每逢应酬，人家一本正经，双手把名片送了过来，自己却无以回报，只好撒谎：对不起，今天我忘了带来。老是这样自己也感到难堪，就印了一些放在家里，轻易不拿出来。有一次一个好朋友无意中拿起来一看，居然有四五个头衔，就非常直率地说："太俗气了。"我自然是无可辩解。还有一次，一个更为要好的老朋友拿起来仔细看了一下，然后一个一个地念出来，他那怪腔怪调和神态就使我十分惭愧了。因而，在很长一段时间里，我是没有名片的。有人开玩笑，说："你这张脸就是名片。"我自然不敢当，但是，有时也免不了有某种赶时髦的冲动。

最近有一件事，使我冷静了下来。有一个朋友告诉我说，有一位作家，她所出示的名片上有三十六个头衔。一面不够，还要转到第二乃至第三页。就在她争取第三十七个头衔，或者，把三十六个头衔中的一个提高一个档次的时候，遭到了失败。这种失败不仅仅是头衔的失败而是做人的失败。这件事，颇使我震动。本来，人的价值由本身的所作所为来决定，在小农经济时代，人与人之间的关系不很复杂，人们之间大体都直接交往，凭着直观就可以判别一个人的高下。然而当代社会，人与人之间的关系复杂化了。人对人的了解不可能光凭直接交往，商业性的包装就有了用武之地，名片就是最普遍的包装手段。商品包装、广告反正有名实不符的一面，人们早已习惯了。名片对人的包装自然也不能免俗。但是过分了，就只能骗骗一些俗人，对于明眼人来说，这不啻是一种讽刺。

这不是说，我绝对反对印名片。但是要得体，一旦带上包装之嫌，就不免滑稽了。

自然我今后仍然是免不了还是要印名片的。如果真按我的意愿的话，我只印一个头衔：福州市仓山区人民代表。这个头衔，按世俗的眼光来看，在我许多头衔中是最微不足道的。但是，我却最珍视它。这是因为，它是货真价实的。首先，在我们这所大学文科，只有一个代表名额。根据基层选举法，只能是直接选举。十个人就可以提名一个候选人。最初我们中文系没有在意，一个班级一个选民小组，一千多人才十多个选民小组代表。而历史系则采取十个学生一个选民小组的绝招。结果是，历史系学生五六百人，却有五十个选民小组的代表。最初，提出了一百八十多名的候选人。在选民小组代表中协商淘汰。第一轮下来，只剩下三十二人。第二轮下来，还剩下八人。再一轮淘汰下来，只剩下两个人。一个就是我，一个就是历史系提出的代表。最后拿到全体文科师生中去直接选择。令我非常自豪的是，五千多一点选民投票，本人得了四千一百多票。历史系六百多名师生，有二百人投了我的票，当然中文系一千多人中也有六十人投了历史系那位候选人的票。这个数字，一直保留在我的记忆中，它比我其他任何头衔的含金量要高。

虽然如此，今后我如果真的印起名片来，我还不能肯定就只印这一个头衔。

我究竟能不能免俗，我自己也没有把握。

学风的变化

我在一篇文章中说过：回忆是老年人的专利。就是坎坷的生活回忆起来也是充满了情趣，美好的事情就更加滋润了。最近又要开始一年一度的职称评审了。一些往日的学生们少不得来电话打招呼，如果论文送到我手里，千万“高抬贵手”。说的说得很自然，听的，当时也自然。但是回过头来想想，就不免感慨系之。回想自己当年（1983 年）由讲师申请副教授的时候，论文送上去，根本就不敢问给谁评的。外语考试，两年以后，才在出差的时候听一个同行的朋友告诉我，全系就两个人考了优，其中一个就是我。可是现在的年轻人，外语还没有改完分数马上就都知道了。当时我的论文送出去评审，系里两个评审组的成员，就住在我的楼下。我们每天见面，从来就是点头而过，尽量少交谈，唯恐人家以为自己是要打听有关论文评审的事。我的论文送到武汉大学一个教授那里，不知为什么给退了回来，我也是在事后好几年才知道的。据说，当时所有的论文评语都回来了，只有我的还要送到另一所大学去。这本来是急死人的事，幸而我一无所知。事情无巧不巧，一封信从北京寄来了，告诉我，论文送到了山东大学老教授高兰先生手里。他和我的老同学谢冕教授是好朋友。正好，又请了谢冕教授去他们学校做研究生论文答辩。他就告诉谢冕，我的论文“水平很高”，而且把这样的话写在了正式的评语上。这个消息，谢冕先生觉得不便由他直接告诉我，只向一个进修教师流露了一下，这位先生就写信告诉我了。

后来，轮到我申请正教授职称了。还没有满五年，就算是破格的，要求自然是高一点。全校十几系只有六个名额。这时的风气，已经有了一些变化，人们已经不像四年前那样，对于私人性质的关系那么回避了。我申请了以后，就有人劝我下来做些“工作”。我虽然觉得，这种事情如果靠“公关”得来，就没有什么意思。但是在遇到一位年事甚高的评审委员时，我还是未能免俗地请他“支持”一下。这时，还没有意识到我已经“和平演变”向世俗风气投降了。但是事后回想起来，也并没有感到十分的惭愧。等到我当了评审委员的时候，这时的“公关”已经是大规模的、公开的、有系统的了。一家一家地登门拜访不算，有的还送礼。起初，我遇到这样的人，还比较不舒服。对于他们带来的香菇之类嗤之以鼻，觉得受了侮辱。但是，送礼的大都是自己的老朋友、学生，就不好意思叫他们拿回去，就请他们留下来吃饭。后来，就准备一些自己出版的书，凡送礼的，都奉上一本我自己新出的著作。虽然价值不完全相符，但心里也不再有愧。去年居然有一个人，到家里来为他的职称活动。我看他年纪跟我差不多，就答应支持。没有想到他居然在临走时留下了一个信封，我打开一看，是五百元钱，吓得我连忙把他叫回来，认真对他说，如果我收了你这个信封，整个事情的性质就变了，我这个票也就没法投。经过我这样一番恐吓，他才怏怏地把信封拿了回去。其实这个人的条件完全够了，可是，他为什么要这样下作呢？不正常的风气会使本来正常的人变得不正常。

写评语的经验

高等学校和研究所评职称，评讲师、副教授、教授看起来是很严格的，首先要有一定的年资，正常的升级，每升一级，除了教学工作量，此外还得有论文若干篇。为了防止本单位人事关系的干扰，提升正教授，论文一般都拿到外地去评审。这些都是为了力求公平。但是事实上，世界就是不平的产物。我身边有一个很有才华的副教授，对于电影很有研究。论文送到北京一个教授手里，他对这个年轻人的评价很高，在评语中说此人很有创见，有才华。但是，跟着来了一句，按照惯例，北京的大学都要有专著，所以建议此人待专著出来了再将论文送审。这种要求，也许本来并不算太苛刻。但是，升任教授是否要有专著，并没有统一的规定。同在这所学校的另一个副教授，也没有专著，他的成绩还不如这一位。不过他的论文送到另一个教授手里，这个教授就并没有以没有专著来否决他。

就是统一规定了要有专著，在目前也很难保证职称没有贬值的危险。专著在80年代中期乃至后期，还算一回事。当时出版专著，要求是比较高的。虽然有些人事关系在起作用，总还有个基本标准。可是，从90年代以来，出版社讲究经济效益，只要作者能够拿出两万元左右，作为出版补贴，出一本专著、论文集，就不成问题。出版论文集失去了统一的标准，评审论文就更难掌握标准了。论文分别由不同的教授评审，这些教授并没有互相通气，所持的标准不可能相同。有的比较严格一些，有的就比较宽松一些，也在所难免。标准严格，往往导致被评审者落第。由于是同行，事情不难传到当事人的耳中，于是就留下了疙瘩。日后逢到什么学术会议，见了面连握手都尴尬。这无形中给写评语的人一个压力：凡是给人写评语，多栽花，少种刺为妙。说好话容易，坚持原则难。前几年我曾经否决过两个申请副教授职称的人。这两位先生实在是不通之极。写的是散文这种形式的“艺术特点”，居然除了中学课本上的一些散文以外，古今中外的散文几乎完全在视野之外。我就一连写了两个毫不容情的否定性评语。后来我了解到，当年这两位就“死”在我手里了。但是过了一年，他们找了另外一个教授去评审，结果是人家写了挺好的评语。我的名声，就此颇受影响。据说有人在背后说，撞在这个家伙手里，就算倒了八辈子的霉。经过几年的“磨炼”，都学会了不做坏人。我也学乖了（大家也心照不宣），送来的论文，一般能过得去的，都是笔下超生。实在太差的，就说得含含糊糊，例如，“根据本人教学情况考虑提升”之类。最有修养的，要算一些老先生，他们每逢遇到这样的角色，或者人事关系上很难讲真话的，就来个：本人对于此课题，缺乏研究，请改由他人评审。

关于自由的寓言

小时候，看过左拉的一篇小说，题目叫作《猫》。说的是：有一只猫，被养在一个贵族人家。一切待遇都很好。吃的、睡的，都是贵族化的。这只猫，什么都很满足，就是一点不满足，就是没有自由。它只要有一点随意的行动，就会引起大惊小怪。它就逐渐感到不能忍受，于是就逃出了那个贵族人家。

获得了自由以后，它非常愉快地在繁华和幽静的街头游荡。但是这样的自由，并不能保证它获得足够的食品。它就不得不在各种各样的垃圾箱之间流浪，受到已经占领了阵地的同类的歧视和欺凌。终于它不能忍受这样的“自由”，于是它就回去享受那现成的食物和栖息之所了。这篇小说的最后一句是：“我说的是猫。”

但是，恰恰是这句话提醒我，左拉写的当然不是猫，而是人类。这篇小说，是在一本中华人民共和国成立初期的语文课本上看到的。以后，再没有机会读到。

几十年来，它深深地留在了我的记忆之中。特别是改革开放时期，许多现象不断提示我回忆起它的深刻寓意。

80年代初期，高等学校开始评职称，我想到了这篇小说。

有些同辈人，五十多岁了还没有写过论文。而要升到副教授，非得有一定数量和质量的论文不可。严格按照高教部的规定，许多同龄人，就要落榜；而那些比他们年轻得多的人倒是可以获得晋升的。这时，就产生了相当普遍的社会同情：对这些人应该照顾。他们没有论文，不是他们的过错，而是历史造成的。因而，就有了一些降格的规定，有了所谓的“双轨制”。实际上不够格的，先给他一个头衔，到校外去开学术会议，可以印在名片上，而在校内，再等到一定时期，给予正式的承认。

外语考试也放宽，宽到了一些根本没有学过一点日语的人，不少考到九十分。而对此表示不满、认为应该坚持标准的人，在道德上受到了压力。

十多年过去了。当年五十多岁的人，有些已经退休了，这样的事情似乎成了历史。但是，从吃大锅饭到平等竞争的过渡并没有结束。原来是现成饭喂大的，竞争力比较差的就要怀念过去那种“舒服的”日子。现在有不少企业在竞争中失败，职工存在着“下岗”的问题。这时，就产生了像左拉的那篇小说中的“回去”的思潮。但是现实的严峻性在于，即使要想“回去”已经没有可能了。那吃现成饭的锅已经日益变小了。而在左拉的小说里，“回去”不但吃得有保证，还比外面要精彩得多。现实的情况是，里面不一定比外面好。还可能有一个弄到最后，逃不了再一次出来的问题。

现成饭把人养娇了，就像关在笼子里的鸟，关的时间太长了，翅膀就软了，这就产生了一种惰性。这时如果在所有的鸟中进行民意测验，在一开始，很可能愿意离开笼子在海阔天空的世界中竞争的，并不一定是多数。就是那些有竞争力的，一下子站到笼子口，望着那高高的无边无涯没着没落的天空都不免有点害怕。这时要让它绝对自由地选择，有的，至少暂时是要等待一下，看看形势，有的则是要选择回去的。如果这时，身后有一只手，略施助力，把它往前一推，它就不得不张开翅膀努力地奋飞了。也许它最初飞得很艰难，甚至会摔下来，可是回去的路已经断了，除了再次挣扎着冲天而起，别无选择。这时压力就会变成背水一战的动力。

也许它的翅膀就结束了装饰的功能，恢复了搏击长空的功能，从此翱翔起来了。

人生本来就是要奋斗的。现阶段的社会进步是需要人们的平等竞争的。只是现成饭使得人的奋斗的精神退化了，弄得社会也停滞了。

顾城之死

和一个老朋友差不多一年没有见面，几次开会都错过了，终于找到一个机会畅谈。话题扯到前年，一位她很尊重的画家约好和她在北京见面，等她从国外飞回北京，安排了时间，这位画家却说以后他再去看她。这使她有一点生气。我问她为什么。她说，还不是为了对顾城的看法。由于她一直不但不肯公开批评顾城，而且要求传媒不要打搅顾城地下的灵魂，许多朋友都不能理解。

她认为，顾城之死有一些更为复杂的因素被忽略了。顾城是神经质的。他神经不健全在平时就表现得十分突出，甚至惊人。曾经听说，有时为了一点小事，就突然把饭碗扔出去，甚至把饭扔在别人的脸上。这也许就是他和谢烨不能和平相处的一个重要原因。在她看来，谢烨和顾城的分歧还在于：谢烨是比较现实的，而顾城成天生活在幻想之中。顾城可以说是一个被幻想宠坏了的孩子。

早在顾城和谢烨住在德国著名汉学家顾彬的家里的时候，谢烨就和一位侨居德国的男性有了关系。在比较现实的谢烨来说，这不失为一种更好的选择。然而在当时她还不可能离开顾城，因为顾城生活自理能力很差。顾城发现了这种事情，当然不能忍受，分手的事早就提出了。顾城要求谢烨在他们分手之前，她不能再和那位德国华侨发生关系。这一点，德国汉学家顾彬是知道的。但是，顾彬在他后来谈顾城的文章对此只字不提，为此这次在德国她还质问过顾彬。而且她还认为顾彬说谢烨为顾城改诗，根本不可信。因为谢烨的素质，绝对达不到为顾城改诗的水平。

说到了另一个写诗的麦琪的介入，我本来是很讨厌这个人写的《魂断激流岛》的，麦琪在这本书中说，她来到激流岛，实际上是谢烨安排的诡计。从朋友所掌握的材料来看，麦琪的说法，不能说没有道理。谢烨很难说没有由此找到替身的动机。

在杀人这一点上，我和朋友的看法是一致的。这并不妨碍朋友所提出的一些细节令我陷入了前所未有的困惑。出事的那天，那个侨居德国的男性已经到达（或者是即将来到）新西兰。顾城为此和谢烨冲突起来，冲突的细节永远也不可能详尽地展示了。暴力事情发生了，垂危的顾城被救下来，只说了：我打了她。当时谢烨也只是太阳穴流血不止。救护车来了，只有一个氧气袋。是顾城的姐姐拿的主意，先救谢烨。两个小时没有救活谢烨，顾城也给耽误了。

在朋友看来，从一开始报道就不是很全面的，因而责难顾城就比较多，这是很自然的；但是，谢烨也不是没有责任。这一方面多多少少被忽略了。

我对朋友的看法当然是充分尊重的，但是，也不无保留。也许是因为我与顾城没有什么交往，只是在 80 年代中期在北京开会时见过，也见过他事事受到谢烨的呵护，连买公共汽车票都无能的情形。作为一个男子汉，我不知道他是真的还是假的，因而对他没有什么好印象。

人与人之间不管有多么美好的友谊，但是，我并不指望在一些问题上有完全一致的看法。

风神各异，情智互补
——福建散文风格扫描

福建散文无疑有它的特长：这就是品种齐全、风神各异。其风格差异、品类齐全的程度，可能是全国散文之最。

老中青三代散文各有追求，风姿神采映照、相得益彰。我们有在全国散文界享有盛誉的散文双璧的郭风、何为，是福建散文的骄傲。近读何为的三篇短文，每篇只数百字，但是常在不经意的笔墨中显出纯正的散文意趣，从中可以看出老散文家的平淡中的淳厚。不同凡响的自然是舒婷，她的散文除了情采和文采以外，主要是追求幽默。幽默与抒情本属对立的美学范畴：抒情着意美化，而幽默则不回避“丑化”。在许多作家的作品中这二者鲜能达到和谐的统一，而舒婷则创造了一种把抒情的美化与幽默的自我调侃、自我贬抑结合起来的风格，显示了她在当代散文史上不可忽视的地位。楚楚的散文自然属于抒情的美化的一派，在少男少女中早有影响，但是非种种小女子散文可比。她在古典情趣中创造出一种心灵净化、超脱世俗的境界。幽默不是她的追求，她追求的是纯抒情。

在抒情领域里显示出才华的还有青年书法家朱以撒。他是一个难得既以书法闻名，又创造了理论体系的学者，因而他的散文中充满了书卷气是自然的。当他把抒情和书法文化和历史的沉思结合起来的时候，他的文采华赡和思绪纷纭，就得到了充分的发挥。用诗情和智性的结合来作文化思索方面，他似乎有一点受了余秋雨先生的文风的影响。但是余秋雨先生的特点是智性和激情的交融，而朱以撒则是智性和温情的结合。

五四散文的传统风格的渊源，据周作人分析，就是明人小品和英国式的散文随笔，也就是诗的美化和幽默的调侃。动人之处都不外是情和趣。但是近来，在福建散文中兴起了另一种追求：不是情形和文采，也不是情趣，而是理趣。它的艺术渊源不是明人小品，也不是英国式的幽默，而是一种法国式的智趣。

这就是南帆。他在中国当代散文中，可谓是一种奇迹，因为他一个人独立创造了一种风格。他牺牲了散文中的抒情和幽默，在这一点上，他使我想起了香港的也斯，一以贯之的是以一种冷峻的而不是抒情的目光，对周围的一切包括自己的躯体作宁静致远的思考。如果他的思考不是充满了文化的意味，就和也斯更为相近了。他能以他智性的思考重新揭示了平常人几乎没有感觉到的文化感觉。他不是调动读者的感情而是重新把读者感觉向文化的潜在奥秘深化。这样，他的散文就有了从感觉超越情感直接向理性潜入的深邃。他的艺术渊源不是明人小品，也不是英国人的幽默，而是法国人罗兰·巴尔特的感觉和睿智。南帆除了写作一般篇幅短小的散文以外，他还写一种大散文，有时长达万字。

后起之秀萧春雷走着类似南帆的道路，他自然没有南帆那么深邃，可时时显示出年轻学人动人的随意和任性。当他写得最好的时候，风格颇为妩媚，而又不失警策。难得的是，他的风格也和南帆一样在中国当代散文中是少见的。

兄弟省的散文当然也是风采各异的，但是，像福建散文这样风格色彩如此丰富，而且反差又如此强烈的，实在是少见。福建散文就整体景观来说，不像是清淡的水墨画，它更令我想起了油画那样的色彩的交响和奏鸣曲那样多声部的错落和对位。

1999 年 1 月 29 日

把闽南精神带到西藏

这几年学术交流频繁，国内著名的风景区差不多都去过了，剩下的只有西藏这块神秘的土地留在向往的梦中。一个偶然的机会，一家权威部门来了电话，请我去帮忙，我一听要花上三五天的工夫就有点犹豫了。等到对方说是为福建支援西藏回来的干部整理事迹，就动了心。至少可以在想象中领略一点西藏风情，虽然是间接的，总算是一种心灵的宴飨吧。等到和那些刚刚从世界屋脊回来的人一接触，才知道事情并不如想象的那么浪漫。首先，考验他们的是高原反应。那里的空气稀薄，含氧量比内地少二成到三成。从福建沿海去的干部虽然早已有了思想准备，到了拉萨，尽量少说少动，但是不久以后，就感到像搁浅在海滩上的鱼一样要张大嘴巴才能呼吸，不少人头痛欲裂、恶心呕吐，有好几个人还躺下了，靠输氧气和营养液来缓解。如果他们是去旅游的，可以缩短观光时间，但是他们的任务是让西藏一个地区改变落后面貌，时间长达三年。他们所去的地方自然是西藏比较贫困的。几个福州人被派到一个县当县委的领导。海拔三千七百米，“电灯不明，电话不灵”。往家里打电话，拨了二十多个小时才拨通。每一架电话机上的重复键都给磨得亮亮的。至于说道路，号称“国道”，可是坑坑洼洼，车轮子不是在滚，而是在跳。几百公里跳下来屁股都麻木了。这还算是好的。碰到泥石流发作，有些险恶的路段，只剩下仅容一个人侧身而过的松软的路基。车子翻了，人在千丈悬崖上，体验生命的倒计时，并不是个别人的故事。轮胎爆裂，只有一个备用胎，有时爆了两个，就得自己冒着风雪补胎。补完了，打气五百下，就算硬汉了。渡河的牛皮筏安全系数更小，翻入雅鲁藏布江，连尸体也捞不到，就得学藏族同胞行“水葬”礼。初去的人，每逢乘车乘船，都有壮士一去不复返的豪情。可是他们深入不毛之地，做调查研究，有时是步行几天才到达目的地。有些地方的藏族同胞还是第一次见到干部。他们跷起大拇指说：“本布拉（长官），雅古都（好）！”

闽南人好唱一首叫作《爱拼才会赢》的歌曲，他们就是把这种拼搏的精神带到了西藏，让它在藏族同胞中间扎了根。凭着这种精神，他们在恶劣的自然条件下，仅仅用了三年工夫，居然不但适应了气候，而且许多人学会了藏语，坚持了工作，用福建人所特有的刻苦耐劳的精神，改变所在地县的面貌。在人烟绝迹的地方找到铬镍矿，兴建了工业小区、商业大街。把日本人视为最珍贵的营养品野生松茸变成了出口商品，长期停工的大桥修通了，没有电的县城成了不夜城，几个月发不出工资、工人闹游行的农场复活了，十多户人家买了汽车，原来像牛棚一样的小学修得比寺庙还要漂亮。他们工作的县成了“全国青年奔小康先进县”。

望着这些真正闯出了英雄业绩的年轻人，从他们的脸上，我看不出有什么特别动人之处，但是他们的的确确是英雄的创业者，这三年，他们不去西藏，也许和我们一样平凡，可是把他们派到特别艰苦的环境中去，却一下子干出了这样翻天覆地的大事。是不是苦难特别能锻炼人，能把人们心灵中最美好的东西调动出来？对于我这样的想法，他们的回答是肯定的：如果派你去，你也会这样拼命的。

“打的”和乘公车

70年代末，参加中国作家代表团到大庆去访问，领导明明吩咐过了，可以买飞机票，可连如何买飞机票都一窍不通，托人买了火车票，两天两夜才到北京。回想起来，一点也不觉得委屈。到了80年代，乘飞机渐渐变成了家常便饭。但是，进出飞机场，大巴要转车，很不方便；乘出租车委实太贵，乘上七八次，一个月的工资就报销了。

环境不管多严酷，中国人总是能想出办法对付的，只好让家人来接，到约定的车站等待。可是，天有不测风云，飞机晚点，等得个一佛出世二佛升天。很快，这种原始的方法就显得落后了，朋友让机关的车子来接了，神气是神气，但是，这可是一项浩大的工程，要层层落实、环环紧扣，任何细节的脱落都会误事。有一次，电报打了好几次，可是，下了飞机，等了半天，连个鬼影子都没有，原来是朋友出差，他太太请朋友的朋友，而朋友的朋友开车出了车祸，赔了钱，拿钱给朋友的朋友，又抵死拒绝。弄得不仅在当时，而且在日后想起来都不免有几分尴尬。渐渐地，的士多了起来，阔气的程度与口袋鼓胀的程度成了正比。一来二去的，不但从飞机场回来，就是日常办事，“打的”成了家常便饭。享受了“打的”的舒服，再乘大巴就有委屈的感觉，时间长了，又觉得太贵族气了。乘公共汽车，体验等候的焦虑、拥挤的滋味，可以重温平民化的感觉，但是，次数越有限才越有效，一星期超过了三次，美好的感觉就随着次数的递增而递减。久等不至的焦虑，令人想起初恋时等候恋人度日如年的经历，平民化的感觉就不那么可爱了。

于是常常在心里为“打的”辩护，在另一种意义上，“打的”比乘公共汽车更加平民化，可以了解平民的日常生活。我很喜欢和的士司机聊天。不是和北京的的士司机，北京的士司机政治上的优越感太强，在外地人面前摆出哲学家架势，施舍沉思默想的果实。和福州的出租车司机聊天，一席倾谈胜过读书一卷。一个司机认为下岗是他生命的转折，他有点佛家的悟性，提前下岗。父子俩辛苦了四五年，挣了一辆车子以后，那个厂子倒闭了。

从前那些领导，现在只好到马路上去卖锅边糊，生意显然清淡，他有时经过打个招呼，双方都不好意思。还有一个司机告诉我，一个邻居早些时候，本也想和他一起主动下岗，就是下不了决心。等到他出来混出了一点名堂来了，邻居夫妻俩却双双下岗了，免不了为了家庭开支的事，吵吵嚷嚷。前几天丈夫的爸爸忌日，太太让丈夫买两块钱的那种鱼丸，丈夫却买了五块钱的，夫妻俩吵了一场。他很想送一点钱给他们可是又怕伤了人家的自尊心，只好装作什么也没有听到。听了这样的故事，我又惭愧起来，乘一次的士，二十几块，太奢华了，从此还是改乘公共汽车，和平民百姓同甘共苦吧。

乘了几次后，我又改变了主意。原因是，一连几次，小偷光顾口袋，钱没有丢多少，但一旦发现有人在身边磨磨蹭蹭，神经就受不了，平民化情趣从此一去不复返。

规范和创造

说起来，现在是个重理轻文的时代，从50年代就流行的“学好数理化，走遍天下都不怕”的名言，至今在许多方面还在流行。唯一例外的是外语，尤其是英语。英语成绩好，不但就业比较容易，门路多，而且改行也比较容易。比如考研究生，不论什么专业的，首先就要看英语过不过关。专业考试的题目是本校教授出，考卷也是本校老师改的，标准可以由学校自己控制。但是英语是国家考试，改卷也是国家统一组织。一旦英语达不到国家规定的要求，即使在专业上很有前途的学生，学校也毫无办法。所以，现在是“英语热”。高等学校入学考试，英语系比一般文科的考生录取分数要高得多。许多考进英语系的学生，常有某种优越感。

这和我们50年代就大不相同。那时，只有什么功课都没有优势的同学才去考外语系。因为可以在入学以后，从头开始。如今的外语系毕业出来，容易进入收入比较丰厚的单位，就算同样是教书，教英语的收入也比教中文的要好一些。但是若论毕业生的研究能力、创造能力，就不一定了。现在外语系的四年，都忙着应付国家的八级考试。真正意义上的创造力的培养是很少的。这就出现了一个有意思的现象，尽管外文系入学的分数线比之中文系要高，但是到了毕业以后的研究能力却落在一般文科毕业生后面。最主要的表现在：外语系的教师的论文发表的数量和质量，都和中文系教师不可同日而语。

正是因为这样，就有不少外语系的学生毕业以后考研究生，不考外文系的，反而来考其他文科的。今年有一个已经在大学教了数年外语的年轻人，来投考我名下的文艺学硕士学位的研究生，我就不觉得奇怪了。尽管这样，我还是问了他：为什么已经有了一个令人羡慕的职业，还要来我这里苦读三年，毕业出来，大不了还是当一个大学老师。用这三年，熬一下教龄，也许早混上一个副教授了。

他笑了笑说，学外国语，为的就是能够创造，但是这几年深深感到，外语并不能自然而然地给予自己思考和研究能力，所以要来重新训练一下，试探一下自己的潜在的创造能量。在入学之前，我看过他一篇论文，还有一些诗作，并看不出有多少才华。后来他又带来了一本他在大学时期写的日记，那倒真是能显示出在差不多八年前，他的文字就相当有特点了。然而，整整八年以后，他不但在文学的感觉上没有很显著的进展，而且在文字上，倒好像有点退步的样子。我问他什么原因，他说，学习英语，最主要的特点是，你必须把自己从汉语的规范中解放出来，去适应英语的规范，在很长一段时间里并不需要任何创造性。大学毕业出来以后，又是教别人英语的规范，任何创造都意味着突破，这对于学习外国语、经常不断地面临考试的年轻人来说，是很容易忘掉的。

向流浪留学生开刀

在福建的一所大学里，最近令有关人士感到奇怪的是，许多国家的留学生都与日俱增，只有韩国留学生的入学人数举步不前。

仔细研究了一下，原来这里还隐藏着一个奥秘。

韩国学生和日本学生一样，有一个不成文的习惯，类似中国人所说的“认老大”，对于年级高的同学有一种格外的尊重。不管什么事，都是学着高年级的老大的样子。我记得在日本人统治期间念小学的时候，高班的同学甚至可以打低班的同学。这不但是一种行为、等级和习惯，而且是一种心理上的尊重，甚至是依赖。这所大学最初接收的是一个韩国浪子。他是因为不好好读书，在韩国待不下去才被父母送到中国来的。父母不是没有钱把他送到美国去，而是不敢，因为在美国有太多的东西可能把孩子引坏。首先是毒品。这对于一个学习成绩不太好的青年来说，是一个极大的危险。其次是暴力。不管是自己被人侵害，还是去侵暴别人，对于父母来说，都是极大的痛苦。最保险的是送到中国。中国大学里至少没有毒品和枪支，更不会像在 1992 年洛杉矶大暴动一样，那么多的韩国人遭到黑人的枪袭。

他们相信在中国学校浓厚的学习氛围的影响下，只要不出什么乱子，就能变得好学勤奋一点。但是也有个别的来了以后，不但没有变好，反而变得更懒了。原因倒不是中国学校管理不严，而是在脱离了家长的管束以后，更有条件放荡不羁了。有一个名字和韩国一个著名乒乓球运动员一样的小金，就是这样一个角色。来了以后，花天酒地，老是往卡拉 OK 歌舞厅里跑。中国书没有念几本，中国所有的旅游区，倒是去了不止一次。什么课都不及格，凡是有关地理的却是头头是道。课也不来上，却一个劲地向家里要钱，说是中国学校的什么费用都在涨价，弄得家长打电话来问学费和住宿费有没有涨价。学校大为诧异。家长自然十分恼火，反而减少了汇款。于是，这位金少爷就对学校很是反感，干脆破罐子破摔，不但自己不好好学习，反而把几个才来的都带坏了。每逢有什么人想来这所学校，他就把这所学校说得一塌糊涂。

学校方面警惕了起来。正好他已经第三个学期汉语水平考试不及格了。第四个学期如果再不及格，就不再通融，准备把他除名。在我们这个国家，尤其是一个省级大学，向来是比较正统的。比之北京上海那些比较著名的大学，最大的不同，就是他们一方面希望自己的学校有更多的海外留学生，可是在另一方面，对于自己学校的名誉，尤其是在海外的名誉，是顶真的。做出这样的决策，实在是有点挥泪斩马谡的意味。

不敢平易近人

一般大学教授在课堂上很神气，什么博士、硕士都可以训斥一番。

我亲眼看到一个在外地已经当了副教授的博士生被博士生导师训得眼泪直往下掉的场面。那些副教授肯定是心里不服，只是为了拿到学位，表面上装傻瓜。

我也亲眼看到一些大学教授在小学教师面前挨训的情景。这时就轮到大学教授装傻瓜了。我说的主要是在所谓重点小学，也就是拔尖的学校，孩子进入了这样的学校，就意味着进入重点中学，而拿到了重点中学的入学通知，就等于一只脚进入了大学的门槛。不管是什么权威，人到屋檐下，谁敢不低头？

一个在学术领域很有权威的青年学者告诉我，他什么人都不怕，就是怕小学老师传话叫他到学校去。他的儿子特别调皮，上课向来是漫不经心，连考试都是做了一半考卷就玩起小东西来了。有一次，学校里刚刚装修好了活动室，门才锁上，他的这个宝贝儿子就走上去说，请把钥匙给我看看。结果是，他立即把钥匙甩到了对面的屋顶上。于是，家长就被传唤到学校去了。

那小学老师也不多说，只说一句，我不相信你竟然这么笨，连这一点家庭教育工作都不会做！这位青年学者不胜感慨地说，我从小学念到大学，从研究生到当上这个研究所的所长，表扬的话太多，就不说了。就是倾听最尖锐的意见，也还没有一个人说过他“笨”。我说，不要说是你这样的儿子，就是那些品学兼优的孩子的父母，到了开家长会的时候，哪怕你是大学的校长、副校长，也不得不和一些普通的市民一起聆听训词，其实那些训话者，不过是自己学生的学生。平时，他们看到我们的时候，还是客客气气的，眼睛里还禁不住流露出怯生生的神情，我们也做出一种很平易近人的样子。可是一旦自己的孩子在他们手下，就不同了。他们的话都成了圣旨，他们还是那样客气，但是我们却不敢“平易近人”了。平易近人，这多少有一点居高临下的味道，得把这种习惯了的神态收起来，做出一种什么也不懂的傻瓜的样子来，傻瓜不会装，装个乡巴佬的样子总会了吧。比如，孩子的作文，本来我们这些中文系的教授，应该是比小学老师强得多的，但是在这里，你那一套趁早收拾到一边去，他一句顶一万句，就是错了，你也得点头称是，千万不能露出聪明相来。否则小学考初中的时候，你不按照他的答案，一分之差，就可能使得你的孩子从录取线上滑下来。有一次，我自作主张，替孩子做了一道题，结果孩子就被训了一堂课，从此，我在孩子面前就威信扫地。不久，我还被很客气地请到学校去，我本以为是要像孩子一样挨训了，没有想到，却是班主任先生请我帮一个不大不小的忙，也就是走一个小小的后门。我当然是不胜荣幸地满脸堆笑地答应了下来。

（此文原题为《教授装傻瓜》）

面对乞丐

每逢面对乞丐，看到他们的种种可怜相，我都不由自主地把手伸向口袋。不少朋友反对我这样随意施舍。虽然我读过报刊上乞丐骗人的故事：什么乞丐每月寄一千元回家，什么乞丐家里盖了几层楼的房子。我知道，这并不是造谣。但是，每逢看到那肮脏的、颤抖的手，那绝望的眼睛，尤其是当我看到小孩、老人、畸形的残疾人的时候，不管同行的家人、朋友如何拉我的衣襟，我还是固执地把手伸向口袋。

我并不健忘，我曾经被一个小乞丐骗过。那还是“文革”期间，他向我诉说，父母双亡，和一个瞎了眼睛的外婆相依为命。我把口袋里仅有的一块多钱给了他以后，就看到他欢欣鼓舞地向一个穿得还算过得去的中年妇女奔去，那肯定是他的母亲。

当我踏上公共汽车的时候，发现自己连一毛五分的车票都买不起了，只好徒步走回家。我并不后悔，即使明知他在表演，我也无法漠然面对孩子的眼泪。我记得，悟出了这样小小的狡猾，我开心地笑了。

在美国，我还被一个黑人骗过。我从灰狗长途车上下来，想找一个厕所，问一个黑人车停多久，他说十分钟。于是我就随他走向厕所，最多不过三分钟以后回来，车子却不见了。要知道，我的手提箱还在车上，那上面有我的护照，有我在美国大学工作的证件，还有我那不太多，也不能算是太少的现金。没有了这一切，我不但不能住宾馆，连乞丐都没有资格当。我气得几乎晕过去，他却微笑着向我要小费。我不理睬他，心惊肉跳地找到车站，工作人员用传呼把车子叫了回来。我如释重负，对着他又一次向我伸过来的黑手，我做了一个手势，大声说“No way”，我记得这是我唯一的一次拒绝乞讨的人。后来同事们说我不彻底，我说，他不是一个无助的乞丐。

从更为严格的意义上来说，西方式的乞丐，与中国式的乞丐是很不相同的。西方乞丐很少是纯粹乞讨的，他们或者在地铁过道，或者在广场，施展一点小手艺。如，拉小提琴，把提琴盒子放在面前，就是在过路的人随意丢下小钱的时候，仍然头也不抬，全心全意地拉他的提琴。两种乞丐文化的根本不同在于，西方乞丐很少无条件向人乞求。我很有一点纳闷：在美国这样劳动力很贵的地方，连中国一个偷渡的、没有身份证的农民，在餐馆里打一天黑工都能赚到几十美元，等到把债还完了，可以挺着肚子活得很体面，而这些看来很有一点艺术修养的人，提琴盒子里十几个可怜的硬币，不是很不合算吗?

也许这就是西方人的自尊吧，也许是他觉得他没有在乞讨，他们是在用自己的技能在挣得自己应得的一份吧。

奇怪的是，不管是在巴黎，还是在纽约，对这样的人，虽然尊敬有加，我却从来没有丢下过一个硬币，而在中国，面对一个死乞白赖的乞丐，我却不由自主地把手伸向口袋。

分段和砍头

虽然当了多少年教授，但是对于中学语文教学那一套，常常十分外行，那些刁钻促狭的选择题就不去说它了，叫人莫名其妙的是分段。我常常看到，自己系里的教文学作品选读的老师自己就分得不一样，不过她们事先统一了口径，弄好标准答案，拿去考学生，学生弄错了，她们就乐不可支。而我却对学生十分同情，有一种悲天悯人之感。我很欣赏自己的这一点人道主义精神，没有想到，不久以后，我的这点子人道主义就遭到了打击。

一个朋友的孩子，在重点中学念高中，这一天语文课上老师布置预习了，要给司马迁的《鸿门宴》分段。孩子没有办法，求到了我。我老老实实跟她说，我最怕的就是分段。她就把她爸爸妈妈请了出来，老朋友大驾一到就指责我说："你这个懒家伙，懒得油瓶倒了都不扶。大学教授都当了，分段的事，还不是小菜一碟？这样的小事，动一点脑筋就累死了你？"不管我怎么申辩，他们的眼中都闪耀着真诚的期待着真理的光。我无以自明，只好说："我分，我分，但是，我分错了，你们不要怪我。"他们大笑着说："看你说的。"我费了九牛二虎之力给孩子分了一下，终于把难关渡过了。

过了许多天，朋友孩子来找我改作文，我爽爽快快地替她改了。顺便问起，那次分段的情况。孩子说："我不说。"经我再三鼓励，她才说了，那天正好老师提问到她，她就把我的分法讲了一通，老师只给了四个字的评语。

我问：什么样的四个字？

她说：绝对荒谬。

虽然，我并不因此而自卑，但由此对于中学语文教学中那些教条主义却更为痛恨。终于有一天，有一个机会给中学语文教师讲课，又正好，那个说我绝对荒谬的教师也在。我真想给他们来一点启蒙，又不好太认真，就半真半假地说：世界上的事不能太认真。比如分段，因为事物是个整体，从某种意义上来说，是不可分割的。为了研究的方便所作的任何划分都是相对的、假定的。两只手，能举一百斤，你把一只手从身上割下来，它就连一斤都举不起来了。所以，亚里士多德说过手从人体上分下来就不再是手了。这话说得很机智，其实并不彻底。亚里士多德这老头子比较善良，拿手作比方。要是我就不这样，我拿头来作比，头是很可爱的，尤其是美女的头，玛丽莲·梦露的头、西施的头、海伦的头都是很漂亮的，但是，一旦把它们砍下来，就不但不漂亮而且很可怕了。

所以一般说，语文课本上的那些经典名篇最好还是不要分段，分段是件残酷的事。尤其是像中国古代的经典，《诗经》《史记》之类，本来就不分段而且不分行，把这样的经典拿来分段，是“绝对荒谬”的。

底下听的人都大笑起来，只有那个骂我绝对荒谬的人，笑了一下，突然愣住了，余下的那半截笑卡在嘴巴里了。

我心里暗暗得意。但不久以后就不安起来，原因是我本想幽默一番，和那位中学老师共享幽默，不料却变成了对他的进攻，其结果变成了讽刺，连我自己都失去了欢乐。

血浓于水

到台湾去了一趟，印象最深刻的并不是在传媒上有一点夸张的“台独”的喧嚣，而是台湾同胞对于传统文化的执着。台湾是开放的，经常碰到一些从国外留学回来的大学生，英语讲得很不错，但是，让我感情上引起震动的是他们那一口流利的普通话，与北京标准音接近的程度，不但广东人、上海人要惭愧，就连我这样在北京读过五六年书的人都失去了夸耀的资本。年轻人那每一声轻快的卷舌音，都是历史对于日本殖民统治期间推行的日语化的教育的嘲笑。血浓于水，不管什么人为的暴力都不可能割断民族文化的血脉。怀着这样的感情，不论走在台湾的广场还是纪念馆，都不能不感到那飞檐斗拱、雕梁画栋，无一不在无声地诉说着数千年的文化传承的深厚。

走进台北故宫博物馆，令你感动的不仅是那殷盘周鼎、魏晋书法、唐宋名画，而且是大厅里回响着英语、法语、阿拉伯语的讲解。当那些来自世界各地的旅游者，脸上表现出惊异的神情的时候，你却可以宁静地观察他们之中有几个是真正领悟这些珍宝的价值的。但是，当你身边出现了一群群穿着著名中学校服的孩子在凝神聆听着讲解的时候，你的灵魂就不能不深深为之震颤了。

这些刚刚才意识到这种中国感觉的孩子，他们整个的神情和动作都和那些异族旅游者不同，那些旅游者，时而好奇地专注，时而木然地信步，而这些孩子此刻是踮着脚尖走路的。这些面貌各异、性格不同的孩子，也许还是第一次脸上出现了同样庄严的表情。民族历史文化的自尊和自信，也许是第一次这么微妙地渗入了他们的心灵。也许，他们是第一次体会到中华民族历史感觉的分量。

更加令人鼓舞的是，这种民族文化的自尊自重，不仅在孩子们身上可以感到，就是在一些受西方文化艺术影响最深的现代派艺术家身上也有确凿的表现。在台北现代派艺术家李锡奇先生的个人作品展览会上，当一个美国权威艺术杂志的主编流露出某种欧美文化中心的情绪时，在座的现代派艺术家就非常直率地提出了挑战性的意见。看着他们的作品，我深深感到，他们虽然在努力与国际绘画语言接轨，但是并不以模仿洋人为满足。中国文化传承，中国的书法、民俗、匾额、生漆的材质，都成为他们探索的对象。在他们的心目中，不管向什么民族的文化开放，都不过是为了更好地确立中国文化在世界文化竞争中的地位。这一点，不但表现在他们的艺术的追求中，而且渗透在他们文化精神的气概中。

从讨论会回来的路上，李锡奇夫人诗人古月对我说：“那些美国人，自以为是地用幻灯展示的一些现代派艺术，不过是一些垃圾。”她的话使我非常感动。这不仅因为她的尖锐，而且因为她所表述的不仅是他们艺术的追求，而且是他们生命的原则。李锡奇把我们从大陆邀请到台湾来参加他的画展，可他自己却忙得不亦乐乎，无暇陪我们，每天都是他的肝胆兄弟们轮流陪同我们游览。每一个朋友都把陪同我们当作一项义不容辞的任务。当我想到这一点的时候，我的感觉中没有了在陌生人中的拘束，只有在闽南老朋友中的自在。

孙绍振幽默箴言

面对一个脸红红的小孩子：

如果要抒情，你可以把这孩子诗化、美化一番，不妨这样说："这孩子脸红得像苹果，不过比苹果多了两个酒窝。"

如果想幽默，你可以打一个不伦不类的比喻，例如，这样说："这孩子的脸红得像红烧牛肉。"

如果想让幽默带上一点讽刺，你不妨这样说："这孩子脸再红，也红不过她爸爸拿到老板红包时候脸上的红光。"

如果你想在讽刺中带一点无伤大雅的调侃，可以这样说："这孩子脸红得发亮，不过，亮度比她妈妈偷偷和他爸爸接吻被外婆撞上的时候还差一个档次。"

如果想让它带上一点滑稽的意味，那就干脆这样说："这孩子脸红得像猴子屁股。"

1999 年 6 月 1 日

不速之客

前些年，电话还没有普及，经常大白天有不速之客，门铃一响就知道是陌生人，不少是从外地来的。熟悉我的人，都不敢在大白天来，因为我晚上从来不开夜车，全部工作都在白天完成。还是在80年代中期，我很怕闯进来一个健谈家，一面不断地表示抱歉，一面却又滔滔不绝。9点钟来，正是我大脑机制运转效率最佳的时候，10点多钟离去。重新拿起笔来，要想恢复到最高效率需要半小时以上。可是往往天不从人愿，半天的生命就白白荒废了。想到这种生命的无谓的消耗，不免悲从中来。于是，在我最紧张的时刻，就在门口挂上一个牌子：“今日外出，请晚间来访。”

有一天上午，门居然被一脚踢开了，原来是我的密友颜纯钧先生。他当我助教的时候，我们就称兄道弟，很快晋升了副教授、教授，我们更是行迹不拘。他一进来就哈哈大笑：“我就知道你的诡计，既然门口挂着牌子，就说明人在家里。”他来，就是没有什么特别有趣的消息，或是有些议论，非要对我发发不可。这对面对着稿纸伤透脑筋的心灵未尝不是解脱，我也乐意花上一个上午和他胡吹、神聊。

这几年电话已经普及，还是有些不速之客闯入。一位自称是我朋友的学生的人，说是有一部书要出版，请我作序，我无法抵挡。一看那书稿，杂七杂八，离着出版不下十万八千里，他居然已经替我把序写好了，只要我签个名。这样自动化的作业，在他是非常自然、自如、自由、自在，在我却是十分尴尬。但是我有个坏毛病，内心太多廉价的人道主义同情与怜悯，鬼使神差地把名字给他签上了，还给他泡上了咖啡，随便问起今天住在何处，答曰：尚未有住处。接着他就以一种坦然的神情表示：能不能先借一点钱给他住旅馆。这时，在一旁的外语学院的院长就用英语对我说：这是个骗子。但是，我却顶不住那可怜巴巴的样子，用英语对院长说：虽然我也知道他是个骗子，但是我别无选择。此人拿了钱还说改天来还，我就干脆人情做到底，说不用还了。果然是黄鹤一去，白云千载。

不速之客不断地给我补上人生的必修课，把人性中我所熟视无睹的黑暗和光明不断烙在我的心上，应该承认，并不是所有的不速之客都是可恶的。有时，他们也给我以温情的召唤和强烈的精神震撼。这一天来了一个女士，她十多年前听过我的课，现在一所福利待遇挺好的学校工作。然而，她的目标是去美国加州大学某分校读计算机系，她没有钱，只能指望一个朋友的资助，她的英语和研究能力（GRE）不能达到一下子就能拿到全额奖学金的程度。但是，她却破釜沉舟，连本可以分到的房子都不要，职称晋升的机会也通通放弃。我不禁为她担心，为什么不留一条后路？她说：不用留，凡我要做的事，最后都会成功。我并不相信她一定能在这件事上成功，但她这样敢冒风险的个性，在我们今天实在是太可贵了，说实在的，比我们这些安贫乐道的人要强多了，在这方面我应该拜她为师。

恶性单眼视症

造物主为什么给人们两只眼睛？这不显得重复吗？从物理学来解释，可以说是为了使人有广阔的视野。但是，鸟的双眼生在两侧，视野超过一百八十度；人的双眼生在正面，视野据说在一百二十度左右。人的眼睛为什么没有进化成鸡和鸭那个样子呢？我想，人类的双眼在心灵的深度上，则肯定是超过一切动物的。人可以洞察事物的正面和反面，光明和黑暗，美和丑。如果允许我大胆设想人只有一只眼睛，那就可能产生一种病态，叫作“单眼视症”。

一种是良性的，就像安徒生童话中的那颗睡在豆荚里的小豌豆，以为世界是碧绿的晶体；另一种则是恶性的，他只能看到污泥浊水，就像掉在阴沟里的田螺，觉得世界除了污泥，还是污泥。两种极端都是一种幼稚病，表面上是视觉的病态，实际上是心灵的病态。这种“单眼视症”在当代主要表现为恶性的：只对极丑和极黑暗的现象有感觉，其余的一概是视觉瘫痪。

在世界上见到黑暗最多的，可能就是警察这一行了。他们的职业就是与世界上最卑污的、最丑恶的、最血腥的家伙打交道。他们双眼不能不集中在最龌龊的东西上。也许，他们患“恶性单眼视症”的可能要比普通人大得多。但是漳州 110 报警服务台的警察的崇高精神却让我重温了一个最朴素的古训：出淤泥而不染。正因为他们和黑道打交道，他们就有了比常人更强大的免疫力，他们不仅仅不中邪，而是反过去净化那被污染了的精神空间。

一个人如果一点坏事都不懂，就好像在绝对纯洁的空气中呼吸，眼睛里从来没有进过一点点灰尘，他的精神是绝对缺乏免疫力的。他可能以为一切都是戴着白手套干的，可能因为白手套上一点污点就悲观绝望起来。一个灵魂坚强的人，最可贵的是经历了许多黑暗以后，不但不被吓懵，反而仍然坚持追求光辉的精神境界。当一个女工夜晚回家感到有危险，这本不是漳州报警服务台的分内工作，他们也曾设想此属“非分”而婉拒，然而他们的大队长郭韶祥说，如果这个女工是你的妻子、姐妹，你去不去？这些警察们的家属也同样生活在一种崇高的境界中。漳州市的市民有了紧急的事情，可以打 110 报警求助，但是他们为了自己亲人的休息，却从不打报警的电话。有一次，一位警察上班了，他的妻子身患疾病，却不得不操持家务，终于在市场买菜时晕倒在地，好心的路人打了报警电话，来救助的恰恰是她的丈夫。

50 年代我们的民族还比较天真烂漫，那时有一点“良性单眼视症”，还有一点可爱之处，而在今天本该老练一些的时候，老鼠一样的“恶性单眼视症”却乘虚而入，正在酿造着全世界最大的小市民精神污染，它最危险的症状就是让我们不相信崇高。

1999 年 2 月 14 日

退休主题

这一阵，在教授们之间，谈得最多的共同主题是关于退休的问题。各个单位的情况差别很大。在中国社会科学院，那里人才济济，权威人士很多。所以，除了博士生导师，一到六十就退休是很正常的事。

但是在高等学校，有博士学位点的，年轻人的权威一时还没有建立起来，就连很老的教授也被挽留下来。

内地和香港不同，即使是教授，必须经过国务院学位委员会批准，才能正式带博士研究生，这是一个有很高荣誉的头衔和严格控制的资格，在一般大学，有一两个博士生导师，就很了不得了。就是在重点大学，只有少数的系，才有一些博士生导师，一般教授是没有资格带领博士研究生的。博士生导师在教授中成为一个阶层，这和西方大学实行的制度，颇为不同。由于控制得很严，就免不了有些青黄不接。高等学校为了保住学位授予权，不得不将年事甚高的老权威延聘下来，听说北京师大的钟敬文教授、启功教授，虽然都是年已八十以上还是在带着研究生；华东师大中文系的钱谷融教授，已经七十八了，可是这个系一时还离不开他。

这对于年轻教授的成长是不太有利的，但是一下子还下不了决心来改革。前不久，我在上海的报纸上看到，有一所医科大学，已经宣布博士生导师到六十五岁要退休，到了华东师大才知这是上海有关领导方面的意见。直到和北大的老同学谈起，原来是国家教委已经有了文件，教授原则上六十岁退休，博士生导师则延到六十五岁。不过各个高等学校可以适当权宜从事，如北大就定为教授六十三岁，福建师大则为六十二岁退休。有一些有真才实学的教授在退休了以后，被另外一些单位聘去了。像福州大学的一位公路桥梁专家，一退休，就被交通部厦门工程处聘去了，而北京冶金研究所的一位高级工程师，一退休就让美国的一家公司请去了。本来这家美国公司要他每天都上班，他觉得这么大年纪，还要从郊区跑到市区，实在太累。结果是每个星期只上三天的班。这些确有真才实学的，对于退休与否，比较无所谓，有些学术上不太强的就有点失落之感。学理科的，离开了国家的科学研究经费和实验室，就无所作为了。学文科的，如果没有很强的写作能力，没有个体的创造能力，也很难找到适合自己的工作。有的出于经济上的考虑，到郊区的县或者区去教中学，或者中专，一般来说，在收入上还可能比之退休金还多一些。这也是一种补偿，不过这种人，还算是有点本事的，别的不说，光是他们那活动能力，就非同小可。最没有办法的，连郊区的中学都不想聘用，一些善良的，就挺自在地在家里待着，抱抱孙子，享受天伦之乐。另外一些则未免愤愤不平，不时发些没有人听的牢骚了。

教授大忙的季节

6月份是教授们最忙的季节，不管到谁家去，都没法过聊天的瘾。本来，老同学不容易碰到，见了面免不了天南地北，从当年的趣事，到眼前文学界的小道新闻，一谈就只能拿忘乎所以来形容。记得有一年，我从德国归来，太太来接我，本以为可以到北京的名胜古迹去逛逛，没想到，我到一个同学家里，往下一坐，就是半天，根本就没法从无比的兴奋中清醒过来。最后一天，说是一定要到故宫去玩一下，不巧又碰到一个老同学比我还爱“侃”，一“侃”就“侃”到下午3点，紧赶慢赶，到了故宫，已经是四点半，还没有走到太和殿，就到了关门的时间，只好退出来，弄得太太好不遗憾。老同学就是在北京的也不是常有机会相聚的，我的到来也是大家重温青年时代美妙记忆的一个机遇。但是今年6月，我来到北京大学的时候，几乎没有什么人非常认真地和我神聊。

老同学正处在一片空前的忙碌之中，几乎都在忙着一件事：博士论文答辩。6月下旬，正是北京不下百所高等学校博士、硕士论文答辩的大忙季节，而博士生导师却是并不多的。我到北京大学中文系主任费振刚教授家的时候，他正埋头苦读，都是一本又一本的博士论文，一般都在十万字以上，而且又大多是古典的，读起来马虎不得。在北京师大，童庆炳教授家也是一样，首先是他自己的博士有两三批要答辩，得把北大、首都师大、中国人民大学中文系文艺理论的教授一个个“网罗”来参加答辩，等到北京大学中文系张少康教授的博士生要答辩时，他这一帮人马又要到北大去。因而我在费振刚、童庆炳教授家就不敢多待。想起来，我从福建来北京之前曾经有过一个打算：因为自己的老母九十高龄，卧病在床，想推迟一下，没想到童庆炳教授非常为难，到了北京才知道，实在是牵一发动全身，端的是动弹不得也。

回想起在上海参加博士论文答辩的时候，华东师大中文系的张德林教授，一边答辩一边还在翻阅一本挺厚的论文，拿过来一看，原来是复旦大学中文系的一篇博士论文。说是下午就要答辩了，因为一个原来约定的教授家里出了变故，不能参加了，临时要他去参加，前天下午才拿来给他，害得他两个半夜未睡，匆匆看了一遍，现在还要“复习一番”，以免到了答辩会上有些细节记忆有误。为了下午的答辩，他不能不一心两用。张德林先生和我是多年的侃友，他虽然白发苍苍，然而却红光满面，谈笑到入港处，往往有天真的笑容，我们忘情地拊掌大笑，常常弄得几个在旁的研究生也相视而笑。出门的时候，一个研究生对我说，你一到张先生家里就变得年轻了。我说，到张先生家里，和到老前辈，像钱谷融、徐中玉先生家里不一样。我们是同辈人，许多感想只有到这里，才能激发出来。非常可惜的是，今年去上海的时候，碰上了6月大忙，他十分抱歉地说，不能请我吃饭、聊天了，我说为了年轻的博士们，我只好把这个聊天的瘾憋上一年再说了。

长不大和长不小

女儿到一所中学去实习，回来以后，有一搭，没一搭，絮絮叨叨些个学校里的事，看书的时候，她忽然笑起来，我问她：笑什么？

女儿：真好玩，那些孩子，想想也好玩，有一个女孩子，我们才见面，就说，啊呀，你好年轻，跟我们差不多，不像老师。我笑笑，没有理她。

我：这有什么好玩？没礼貌的孩子。

女儿：你不知道，她好可爱啦。这次语文测验，只得了五十八分，考卷一发下来，她就往桌子上一甩：好倒霉，就考这么一点分数，老师也真是的！就差两分，早知道，少做几题，差上个十分八分的，也才补考一次。

我：考不及格，你就觉得可爱！

女儿：你不知道，才开学，考的都是上学期的，春节都玩野了，哪有心思复习，不及格的很多，我们那时也一样，学期初小考，都是一大片不及格。她们老师，是我的校友，也好可爱，拿着考卷，说：啊，头脑好不清楚，这么多空格，就让它空着，随便填一两个字，多少也能蒙几分，就及格了。学生都七零八落地笑起来，我也笑。学生笑，是因为老师恨学生不会蒙分数；我笑，这些话，是我们老师常讲的，眼见着被这个校友全批发到课堂上来了。那老师就说了：笑什么？笑什么？还做出很凶的样子，在我的课堂还敢这样，数学课上，还不知道怎么欺侮数学老师呢。学生在底下说：没有啊，没有啊。老师说：没有？没有怎么数学考得全年级最差，我这门课又考得全年级最好？学生说，你教得最好。老师说：我教得不好，你们不要乱奉承。在她回过身去板书的时候，有些学生就吐舌头。她猛地回过头来，看到吐舌头的，就是考五十八分的女同学，下课叫到办公室里去“吃大菜”。

我：什么“吃大菜”？

女儿：就是挨“克”。老师说，音乐老师告状了，你上课怎么欺侮她了？那个女同学头低低的：没有啊。老师就说，有没有打电报？没有。老师说，好，反正现在没有人证物证，不能定案，那你就写给我看：八分音符。那女孩子头低低的，老师也不看她，她也不看老师。后来终于被释放出来了，我在走廊上遇到她，就主动上去和她说话表示同情：怎么样？挨“克”了吧？她却挺起胸来说：八分音符，也想拿来考我，我要是写出来，怕老师面子上过不去，拿这点子鸡毛蒜皮来考倒我，哼！正说着，听人说，教室的窗帘被人偷了。她就问，是谁偷了？人家说，下面一个班的那些坏小子。她风风火火就拉着同学往楼下跑，说是要把窗帘讨回来。结果，根本不是人家拿的，回来，她好丧气。

我：就这么点事？

女儿：就这些还不可爱啊？

我：你就是长不大。

女儿：你就是长不小。

第六个手指

这一阵，所到之处热门话题就是干部分流和工人下岗。从理论上来说，没有一个人不痛彻地感到当前的干部、工人冗员实在过多，不但于事无补，反而有害。举我们学校里的电梯为例，不知道最初是怎么考虑的，竟然请了两个女工负责按电钮。这本来绝对是第六个手指，这两个女工，从来不会早到一秒，大家早已挤在电梯门口，她们仍然以一种大将风度不紧不慢地从手提袋里拿出钥匙，不管有多少人急得倒腾着脚尖，她们连眼皮都不会抬一下，相当从容地把钥匙上的灰尘轻轻地吹掉。而下班则绝不会迟一秒，弄得一些手脚不够矫健的同事，每到接近下班时刻，就神经紧张、心不在焉。

两位女性长得不俗，但是满脸写满了冷漠。总是抓紧一切时间打毛衣、钩毛线。年轻一些的，有时还拿着一个电子游戏机，用全部才智进行操作，一副旁若无人的神态。但这并不妨碍她在瞬息之间，自如地腾出手来操作电梯按钮。她们已经养成了用眼角、用潜意识来工作的能力。对于我这样的老资格，她们眼皮都不抬一下，就自动化往“7”字上一按。难道她们就满足于做着这样单调的动作而打发一生？我不禁有点悲天悯人之感。但是这种同情真有点像中国古语所说的：秀才人情纸半张。每逢周末，要到高层办公室里用一点功，想到那紧闭的电梯间，除了恨自己的体力赶不上攀登珠穆朗玛峰的勇士以外，对这两位女士也不无恼火。

每年有两个月的暑假、一个月的寒假，此时正是用功的大好时光，大部头的、砖头一样厚的经典，平时缺乏集中优势精力气魄，这时正是战略用兵，打歼灭战的时候，可是，电梯门前挂出了一个招牌：维修电梯，暂停使用。这电梯的症候也委实刁钻，整整两个假期，就是一直维修不好，非要到开学那一天不迟不早康复痊愈。只有一个极短时段是例外，高等学校入学考试改卷之时，电梯门前维修的招牌突然消失。原因何在？改卷结束，每人都会领到一份不算太微薄的补贴。奇怪的是，即使在这样的时候，她们的脸上也仍然保持着习惯性的冷漠，虽然此时上上下下的人平添了许多陌生的面孔，但是她们的脸上没有任何好奇，绝对不对任何人的五官、衣着流露出丝毫的兴趣。也许，对单调的工作的厌倦，变成了对人的厌倦。

我在多少次会议上对于此等冗员现象提出激烈的批评，与会者无不义愤填膺，连主持会议的有关领导都表示，问题已经到了非解决不可的时候了。然而，这一切不过像一块石头投入了大海。和牌子一样冷漠的面孔和机械、僵化的动作仍然在协调运作。我从侧面了解到：这两个人是裁撤不了的，因为她们是学校某某人的家属。这个某某人，并非要人，正是因为不是要人，才有真诚的社会同情。

年初，机构改革的风声传来了。高等学校的臃肿机构自然不能例外。最迟不到三年，她们肯定是要结束在电梯里按电钮、打毛衣的日子了。一旦离开这个笼子一样的电梯间，我想，她们绝对不会像往日那样对任何事物和人物都没有关注的兴趣了，在日后的生涯中，她们的脸上会出现什么样的痛苦、惊讶、兴奋、欢乐的表情呢？

做作业和剪眉毛

舒婷在一篇散文中写到，女人们聚在一起，会把丈夫和孩子说成一本大字典。现在看来，有点片面。我逐渐发现：我们这些男人见了面有一个主题也是关于孩子的。不过，不仅仅是关于孩子的吃喝拉撒，而是关于孩子的功课。共同的感觉是，我们这些当了教授的人，到了哪里也是备受尊重，可是到了中小学开家长会，一个个就变得渺小起来。

很少好消息。平时积累的矛盾一下子暴露了还不算，有时还有爆炸性的后果。

一个很有名的教授说，他的孩子从来就没有按照教师规定的任务做作业。家长会后，他决心修理一下这个顽劣的胚子：陪着他做作业。但是不久以后，就发现孩子在对着镜子剪自己的眉毛。问他为什么，答曰：为什么不可以试试？强迫做功课，其结果是字写得好像在做广播操，用他妈妈的话说：像鬼跳舞。妈妈主张去教师那里补习。丈夫反对：自己就可以教他。然而，妻子认为丈夫对孩子绝对没有威慑力。丈夫拿出孩子藏在抽屉里的纸张，那上面画着一系列的《三国》名人像，旁边有注解：关公名关羽，张飞字翼德，诸葛亮号孔明，马超字孟起，文字却写得堪称漂亮。

妻子还是主张去补习。不但补习写字，而且补习作文。

丈夫就是文学教授，认为孩子的作文相当出色，然而不算数，小学教师的标准和大学教授的标准完全不同。一次作文，孩子是这样写的：

> 今天考了个好分数，全班第二名，比之以往提高了十几个名次。
>
> 但是，我一点不开心，后悔提高这么多。妈妈要我每次都要有进步，这是灾难的信号。当然，不提高，妈妈的脸色可怕，最佳选择是提高两三名。提得太高有什么用处？下一次就没法提高了！弄不好只考到第五名，甚至是第八名。如果我这次不是考得这么好，下次考上第八名，就是很大的进步；爸爸妈妈都有奖励。考了个第二名，这不是自讨苦吃吗？有一个科学家，他的名字我忘记了，他老人家说过一句话，真是

太棒了，那就是要循序渐进。我的失败就是忘记了他老人家的话，真是活该！

丈夫觉得这是一篇绝妙的文章，其中有反讽、有幽默，老师都写不出来。然而老师给这篇文章打了个不及格。

人在屋檐下，谁敢不低头，作为文学家的丈夫，不是向妻子低头，而是向考试的权力低头，只好花一点钱让孩子去补习。做了作文，题目是《清道夫》。孩子写道：每天早上看到清道夫，穿着白大氅，戴着白口罩，就十分感动。父亲一看就大骂孩子，这不是见鬼了吗？院子里的清道工人明明是个侏儒，从来就没有穿过什么白大氅，戴什么白口罩，为什么这样胡编乱造？孩子说：本来并不是这样写的。可是老师说：立意不高。文学家爸爸说：你想想看，一个穿着白大氅的清道夫，你看了肃然起敬，这没有什么稀奇。如果不是这样，而是一个侏儒，虽然外表上看起来不顺眼，然而他一年三百六十天，总是那么尽心，你还是很尊敬他，这不是更深刻吗？

然而，孩子哪能顶住老师的教条。文章也就越做越坏。

大家得出一致结论：要是我们处在这样的夹板墙中间，做作业也真是不如剪眉毛有趣。

日本浪人留学生

前几年看到一则报道，说是一群中国孩子和一群日本孩子去旅游，结果是日本孩子在严酷的自然条件下，很有生存能力，而中国孩子却十分娇气。这引起了内地许多方面的争论。我不大相信那种把日本青少年说得十全十美的混话。我们这所并不太大的大学里也有不少的日本留学生。在我看来，他们中的一些人有着比中国孩子更加危险的毛病。

到中国留学的日本学生，大致可分为三类：一类可以说是中国文化迷。另一类，是为了求职的。有中国学历，就有比较好的赚钱的机会。第三类，则是一批日本浪子。他们在日本考不取大学，是到中国来“避难”的。

日本大学的录取率大约是百分之四十。每年有一半以上的中学生要忍受名落孙山之苦。这在虚荣心很重的日本父母看来是很丢脸的一件事。有一些就到美国去了。美国大学除了要钱以外，有一个条件就是托福成绩，这并不是一件很容易的事。于是良莠不齐的日本学生就来到了中国。其中一些，不但有中国的独生子女小皇帝的娇气，而且还有富家子弟的浪荡：不会照顾自己，又十分放纵。这是因为日本妇女结婚了以后，除了服侍丈夫就是无微不至地照顾儿子。上学前连中午的便当都给包得好好的。这样的学生，到了中国自然不难变成花花公子。

在福建师大的一个中文班上，有好几个日本浪子，到了上课时间，还不见人影。电话打到宿舍里，铃响了半天，他们才醒来。十几分钟以后，姗姗来迟已经成了家常便饭。HSK（汉语水平考试）成绩当然是不大好，但是不管在中国怎么差，家里的父母，都可以对邻居吹牛：孩子在中国留学。不过，这样的“避难”时间也不是无限的。要进入中国大学的理科，必须过汉语水平考试四级的关。要进入文科，就得过六级的关。在两年之内，不能过这个关，在中国就可能混不下去。中国教师有一种孔夫子的传统，对于宰予昼寝这样的现象是绝不容忍的，弄不好就可能被退回去。但是汉语水平考试对于这些新式宰予来说，还是有一些便宜的。因为它并不是针对日本人的，而是针对全世界各国学生的，其中书写汉字方面对于欧美青年来说，无异于画现代派的画。可是对于这些本来就会写不少汉字的宰予来说，有时还有点驾轻就熟。虽然他们说起话来，舌头好像火烫过似的，可是拿起笔来还能把汉字写得挺“溜”的。这使得一些金头发的洋妞儿给他们不少的媚眼。但是毕竟考试是综合性的，这些宰予只能混过小考，到了真正的大考就不能不反过来被洋妞儿瞧不起了。但是，不可忽视的是，也有叫人肃然起敬的中国文化迷，来到中国中小城市的大学里钻研中国文化。最近就有一个七十岁的老人家申请到福建师大来学习，学校方面颇为犹豫，怕的是突然有个三长两短。考虑再三，还是录取了，但是，言明在先这里没有日本那样好的医疗条件。那位老人还是说，一定要来圆他青年时代的中国文化梦。

韩国博士生和酒

不管在欧洲还是在美国，都可以看到一批又一批的韩国留学生。在德国，不管多么小的大学都有韩国人，和中国人一样无孔不入，像福建莆田人一样特别地合群。前几年在美国，韩国留学生已经快要赶上日本留学生了。这几年，韩国留学生开始大量往中国涌，一下子把中国比较著名的大学挤得满满的，近几年开始往地方性一些不太著名的大学挺进。

找到几个韩国学生谈天，问他们为什么这样热情地往中国并不著名的大学里挤，他们的回答，归纳起来说不外四点。第一，中国的学费和生活费便宜，只要他们在国内一半的开销就足够了，比之去美国和德国，节省了不知多少，这是一般家庭所能够负担得起的。第二，韩国当局规定，大、中学生必须认识一千到一千五百个汉字，否则他们就不但不能念古典的文献，而且不能在作文时，对一些专有名词在括号里用汉字作注解。第三，这几年中国和韩国的贸易发展得飞快，有一口流利的汉语，比较好找工作。第四，韩国的古典文献都是用汉语写的，不懂汉语，特别是古代汉语，对于古典文化就等于是瞎子。

不少韩国的本科大学生普通话讲得很流利，有时略带一点东北口音，不像日本人那样结结巴巴的。而研究生则更为优秀。有一个在韩国已经拿了博士的，又来中国拿博士学位。他所做的《文心雕龙》的论文，令北京师大的许多教授惊叹，他把每一个重要的范畴和概念都系统地加以比照。除了理论上的阐发以外，简直可以编出一本《文心雕龙》的字典来。在答辩时，很顺利地过了关。但是也有不那么幸运的。有一个韩国博士生，论文的提纲就折腾了好几次，虽然后来教授同意了，但是，还有许多保留，等到他的师兄通过了以后，他心里更是悬了。

许多韩国留学生，比较好酒，酒量很大，连女同学也不例外。一到晚上，有机会总要去小饮几杯，有时就免不了醉了。这位可怜的博士候补者，常常为自己的论文忧心忡忡，每每到酒店小饮一番。许多中国同学都告诉他，由于他是外国人，教授一般是不会为难他的。许多参加答辩的导师都有心照不宣的默契，但是作为当事人，他还是没有信心，说自己太不用功了，又说将来中国会有希望，因为一到晚上，中国大学生都在图书馆里，而他们则大多在酒馆里，感到很惭愧。大家劝了一回，他也就安静了。最后不出所料，他的论文顺利通过，这一天他又跑到酒馆里痛饮一番。许多韩国同学都跑来祝贺他，他这才说，他真正体会到了参加答辩的教授都是好人，在许多他感到不足的地方，没有一个中国教授为难他，连他自己都感到：中国教授是按照孔子的仁爱之心来对待他这个外国人的。

书之累

高尔基说，书籍是人类进步的阶梯。在我，书更是我计算生命的砝码。每当岁末回首，如果没有读什么书，就有时光虚度、生命荒废的悔恨。我被称为“读书人”。如果读书是我的职业，就该有业余，但是，业余时间仍然在读书。许多事做的时候很开心、开怀、开胃，回想起来就可能为花费的时间太多而后悔，只有读书是例外。

说起来真有一点“异化”。读书是为了生活，生活可不是为了读书。可是，从中学时代开始，为了读书，就主动放弃了不少人生享受。我曾经是业余舞蹈队的演员，可是一个舞蹈，演出时间只有三分钟，往往要排上十几次，时间耗费得叫人心疼。到了高中，换了一个中学，我就坚决隐姓埋名，不料下象棋又上了瘾，那生命的浪费之感就更为可怕了。秉性软弱，碍不过棋友的面子，不得不要些诡计：每一盘都让他赢得轻而易举、索然无味，直到再不愿和我下棋为止。大学时候，打扑克上过瘾。有一次甚至打过一个通宵，但往往打到兴高采烈之时，忽然隐隐感到浪费生命的痛苦。终于毅然决策：每逢到牌友相约的时候，就躲到图书馆去读最费脑筋的哲学。

走进图书馆，灵魂升华之感油然而生。在这里，我可以和历史上最伟大的思想家自由地平等地对话。望着那一片片高山深谷般的书架，每一个天才、权威都不过只占领一个小格的空间，就禁不住有生命苦短之感。人生不满百年，除掉幼时的无知和衰老时的愚蠢，真正有读书能力的时间不过三五十年，再扣掉睡觉、吃饭、开会、生病、胡吹、发呆、谈恋爱、抱孩子、走后门、上厕所的时间，每天真正专心致志地攻读的，四分之一还不到，这还没有扣掉打哈欠、伸懒腰的时间。生有涯，知无涯。时间对谁都是一样吝啬，唯一的办法就是挤。现在回想起来也真是不可思议，当时我竟除了必修的俄语以外还自修英语，同时又选修了法语。我的词典是一本莫斯科外文出版社的《俄英法词典》。在“文化大革命”期间，一切知识的追求都成了犯罪，却不能割断我对外语的恋情。俄语、法语是无法念了，英语还坚持着。当时每逢开会都兴打开“红宝书”，一起朗诵《毛主席语录》。大家念的是中文的，我却以小偷的手法和罪犯的心情念英文的。革命大串联时期，我舍不得离开四本英文本的《毛泽东选集》。好在当时邮寄毛主席著作不需邮费。我出发前总是先把那颇有分量的四卷雄文先行邮寄。“文化大革命”进行得如火如荼，而我和英语的恋爱也搞得如痴如醉。

当时读英文，并不像今天可以考托福，纯粹是高度集中注意的阅读能疗救我的精神危机，有效地防止自杀的念头袭来。我完全没有料到 1988 年国家教委“来了”一个 EPT（英语熟练考试）让我一举通过，为我提供了到德国和美国大学里去讲现当代文学的机会。这简直是瞎猫撞个死老鼠。而我“文革”中使用的那本英文本的《毛主席语录》竟被一个美国教授求去作为收藏品。这提醒了我，一切都非绝对偶然，人类生存的意义和人生的价值都和书联系在一起，对书籍的恋情对于任何一国的人民来说，都是必然的。

关于一个“阉鸡能手”

出差到一个地方，和当年的难兄难弟泡在一起伸懒腰，神聊，说起在那极“左”的年代整我们最为凶狠的一个人物，此公当年的名言是：知识分子是好斗的公鸡，而他就是“阉公鸡的能手”。80年代以后，阉公鸡失业；但是，他那习惯性的话语还带着历史的行业色彩。比如，说到鄙人：“此人我早就说还是可以教育好的，应该和那些具有反党情绪的人区别对待，但是，如果不夹紧尾巴做人，将来会栽跟头。”看来他的感觉仍然留在他那最为辉煌的年代。前几年，此公年满六十，该退休了，却闹着不退。理由是：文学理论是一门党性很强的科学，年轻人还不成熟，他要站好最后一班岗，再教一年课。一个年轻人就这样被挤在一边，长达一年。这一类人烧成灰我都认得：骨头里极端黑暗，却以神圣旗帜来包装，其手法又极拙，很像当前许多吹牛皮的商品广告。不过，商品广告只是吹自己好，不糟蹋他人；但是，此等仁兄，离开打击他人就失去了生活目标。

这种人，是可恨呢还是可笑，是可鄙还是可悲？朋友们发生了争论。

认为可恨、可悲的朋友颇为愤愤，对我的超然一致声讨。而我觉得人生不过百年，不把生命用在值得的地方，而是用在整人上，不但害了人，而且也浪费了自己只有一次的年华。从造物主的眼光来看，与其说是可恨，不如说是可怜。往大里说，无非就是苦心孤诣地显示自己的精神优越；往小里说，也就是多赖上三百多天，多混几块课时补贴而已。与其和他一般见识，不如采取契诃夫看小人物悲天悯人的心情。从这里不仅看到个人的心灵污染，而且看到人类生存状态的凄凉。

朋友们一个个气得牙痒。骂我忘了当年被整得把一百八十二颗安眠药和一碗白开水放在桌上随时准备自杀的日子。

他们还愤愤地揭发了我一项“罪行”，这位先生评副教授，只有一篇论文，其水平大约不会超过本科生中的才子，评审大权恰恰落在我的手里。朋友们写信给我说起他的品行不端，劝我把他卡死。我颇费沉吟，要说对此公当年作为的义愤，我绝对不亚于朋友们，但是我想，对于历史来说，他不过是个小石子，他被那疯狂的车轮压了，又乘势压了我等，自以为是最精彩的石子。看这样的人，要超越于具体的个人得失，站在历史的制高点上看他，不过是人性恶的一种表现而已，获得最大的经济实惠和社会荣誉几乎是每一个人都有的冲动，然而他缺乏智慧的竞争力，他的挣扎，无一不在弄脏他自己。对于这样的人物，我是和他一般见识，还是居高临下、悲天悯人呢？考虑再三，在学术评审时，我让他过了关。事后，我对自己的胸怀感到得意。但朋友们却正告我，正是我这种“博大胸怀”，使得一个青年被压抑了一年之久。一个朋友坦率地说：“你这种博大很有点虚伪。”起初，我对于这样凶狠的用词感到很不舒服。朋友说：“如果你是这个年轻人，你就不会感到不舒服了。”

这么一说，我倒是有点动摇了。做人的难题真是太多，我不知道如何从理论上解释，但有一点可以肯定：再碰到这样的事，我肯定会觉得，光有契诃夫的悲天悯人是不够的。

补记：在写了这篇文章近三十年后，却有一个读者、一个粉丝，告诉我，此人向他表示，为当年的事，要向我当面道歉。我听了之后心情长久不能平静，毕竟自己还是未能达到佛家慈悲为本的境界。如果能真正上升到禅宗的“放得下”的高度，就不应该把人家看得那么低下。人性不善，如果当年我处在他的地位上，可能比他好一点，但是，也难保有多么惊人的差异。

选举和拉票

系主任年满六十，就要退休，谁来接班成了热门话题。本来这样一个小官，没有专车，又没有多少工薪补贴，除了没完没了地开会以外，几乎没有什么特权，有成就的教授很少肯作这样的自我牺牲。但是这是老皇历了，而今世道变了。

第一轮民意测验下来，十余人的名字上了榜，居然没有一个表示拒绝。

第二轮，征求教授的意见。每人只能推荐一个候选人。听说：有人开始拉票。

风声传出来，我颇为震惊，这太离谱了。这跟政客竞选有什么区别？真是斯文扫地！

由此想到许多令人不齿的腐败故事，不知从哪里来的一股义愤填膺的情绪。

在我的客厅里，朋友提起这件事，向我推荐某一候选人。讲了他的优点，也提到他的不足。我也向他提起某一候选者可能更为恰当。他走了以后，我觉得心情舒畅。

不久有消息传来：有人告状了，拉票可耻。

我又一次震惊。昨日朋友在我家客厅里算不算是拉票呢？如果算，那他是不是我所不齿的败类呢？同时，他不是也有同样的理由，把我当作拉票的败类吧？

更为刺激的消息传来：将进行全体同仁投票，得票最多者，当场被任命为中文系主任。进入大学中文系工作近四十年，系主任的任命从来都是黑箱作业。传统的观念是：人事任命是组织上的事，服从组织决定是思想纯洁的表现。即使有意见也只能向组织反映，背着组织私下里议论是资产阶级自由主义。

当晚，一个年轻人打电话来了，希望支持某一个候选人。

我愣住了。口里不能不支吾应对，心里却虚，声音越来越含糊。第二天，在选举会场，真正的大庭广众之间，见到了这个年轻人，

我不禁有点嗫嚅，他显然看透了我的尴尬，大大咧咧地笑着说：“不要太古板了。不互相推荐候选人，选举怎么能够进行呢？有什么见不得人的！不用偷偷摸摸，我对某人广为

推荐，因为我关心系里的前途，比那些躲在家里只关心自己的人，要堂皇得多！”

这样旁若无人地嚷嚷，真是发神经了。但是，听到的人那么多，居然没有一个人对他投以特别的目光，人们显然认为他的神经很正常。

原来可以这么光明正大，我真是庸人自扰了。

堂堂正正地走进会场以后，心情并没有平静下来。年轻人最后一句话，直到我坐了下来才真正进入我的脑海。难道，我事不关己高高挂起，就算是灵魂干净吗？他们那么热心，就肯定比我更加纯洁、崇高吗？

台上，竞选的人士正在热烈发表施政纲领，掌声如纷飞的鸽群，我什么也没有听见。

老资格碰到了新难题。用托尔斯泰式的道德自我完成绝对不能解决，也需要用新的道德标准来衡量。选举很快结束了，新当选的系主任已经在台上接受祝贺。

我干脆什么也不想了，且为这震撼灵魂的选举鼓掌吧。

拥护独生政策

唯一的孩子到了高中，每天晚上都是十一点半十二点才上床，到了期中考试那些天，听孩子按门铃，都要提心吊胆，拿起话筒问一下，谁呀？答话的声调高昂，那就是发挥正常，如果有气无力，那就预示着大事不好。不但要准备着安慰孩子，而且要在太太面前，设法把事情说得轻描淡写，以免情绪过分发作。一旦孩子的成绩在某一方面发现了重大缺陷，还得想法子请一个靠得住的教师给他补课。比较有威望的老师像市场上的名牌产品，是不容易请到的，在请他们出马这个问题上，绝不敢怠慢。虽然这些人在学术上是无名小辈，和自己的地位不能相提并论，但是轮到自己的孩子，就立刻收起轻慢之心，放下架子，动员一些关系去走门路，少不得从学生送给自己的礼物中挑选出最好的来送给孩子的老师。

好不容易孩子混到高三毕业了，最要命的高考入学考试来到了。太太提前一年就在准备后勤服务。什么都不要孩子动手，饭都是端到桌子上，连铅笔都是削得尖尖的。上考场了，要不要去送呢？有的家长骑了摩托车去送。但是出了洋相，送进去以后才发现连准考证都没有带。又骑着车子回家去取，把孩子晾在考场外面，哭也哭不出来。我家讨论了半天，最后决定还是不送，让孩子自己去承受压力也好。但又不放心，好在邻居家的孩子大学快要毕业了，也有这份乐于助人的热情，就让她早上送孩子上考场，中午、下午把孩子接回来。

好不容易考完了，孩子的感觉一会儿好，一会儿不好。有一天夜里，突然想到在考一门课的时候，答题卡可能填错位了，那就意味着不是一分两分的损失，而是几十分、一大片的分数的全军覆没。于是全家陷入了阴沉的痛苦之中。但是，做家长的没有和大家一起拉长着脸的权利，他的任务是强打精神，等待着孩子的感觉好转的时候，去买一份标准答案来对一下。孩子的感觉如果一直不好呢，还是不对为妙，免得引来更大的丧气。

但是，最后逃不了分数公布的那一天。过去都是等待通知书从邮电局寄来，目前现代化了，一到那天，就可以直接打电话去声讯台查询。做家长的，到了这时，非面对严酷的现实不可了，却害怕孩子和她妈妈承受不了过分的精神压力，偷偷地在早晨6点钟打，谁知早被太太识破，随即跟了过来，只好一起倾听上帝的宣判了。有一家，全家没有一个人敢打电话，最后决定，由太太拨号，先生拿听筒，孩子则在隔壁的房间里等候。还有一家的孩子，平时成绩挺好，自己去拨打，一问下来成绩出乎意料地差，那孩子的姐姐眼看着弟弟的脸上黄豆大的汗珠顺着脸颊往下滚。从那一刻起，孩子就把自己关在了房间里，不和任何一个人讲话，家里人去安慰他都只能引起他愤怒地拒绝。

每年的8月都是几家欢喜几家愁，尤其是做母亲的，一旦孩子的成绩失常，脸上很快就瘦了一圈。知情的人，见了面都不敢打招呼。几个孩子成绩不好的教授聚在一起说，幸亏是只能生一个孩子，要是像老一辈那样生上个三五个，光是高考就把人折腾出癌症来了。单凭这一点，也要拥护计划生育。

校友聚会上胡侃

当老师不知不觉已经三十七年了，论财产、论社会地位并没有什么可以骄人之处，只是有一点颇为令人欣慰，那就是碰到多年以前的毕业生，他们都要对我表示敬意。尤其是一些集会上，总要受到特别的尊重，一定要我像婚礼中的新郎一样坐到会场最为显眼的地方，席间总要让我这个老头子讲话。这是个苦差事。尤其是在毕业多少周年的纪念性集会上。有些老先生，一本正经惯了，轮到他们讲话，还是像在讲课的样子，讲一些非常正确、只能制造沉闷空气的话，还讲得很长。他讲得没有兴致，底下各自谈话的兴致却绝对高涨。主持会议的人好心，少不得让大家安静，这样的提醒，把本来心照不宣的会场秩序的混乱给点明了。这种提醒，最多只有几十秒的效果，不久会场就又像蜂房一样发出嗡嗡的声音来了。

积多年之经验，在这种情况下要讲得有彩头，不能太一本正经。要讲得好玩一点，不怕胡言乱语。有一次，我被安排在这个班的班主任后面讲话，我实在没有什么好玩的话。最后，我决定胡说八道一番。我说，你们现在不少人已经发财（底下有人轻轻说，还没有发财）。我就说，发大财没有信心，那就发点小财吧，有没有信心？（底下稀稀拉拉地说，有！）我又大声问：有没有？（底下的劲头来了，声音很大地说：有！）我说，这就对了。到你们发了财的时候记住我今天的功劳，至少是提醒了你们发财的自觉和自信。今天我要请你们在发财的那一天，为我做一件事，那就是为你们这个班级建造纪念碑，把你们全体的名字都刻上去。同意不同意？（底下答：同意！）我说，不过还得把班主任的名字刻上去，好不好？（底下说：好！）除此之外，还有一个要求。（底下问：什么要求？）我说，把我的名字也刻上去。（底下说：行啊！）我说，光把名字刻上去还不够。我的功劳大，没有我今天的提议，你们就不会想到建立纪念碑；没有我今天的提议，说不定连发财的念头都动不起来，因而我的名字要刻在当中，还要用金子来刻，好不好？（底下几乎所有的人，都同时地欢呼起来：好哇！）

欢呼声还没有落，鼓掌就起来了。

从此，我就得出一个经验，逢到这种场合，要来点幽默感，说空话是一种方法，还有一个办法就是找会场里的一个人，来调侃一下。

有一次，1977 级毕业二十周年纪念会。会上只能有一个教师讲话，公推了我作为代表。代表大家不能太不正经，我就先讲了一点正经的，有一点诗意的：你们在读书的时候，那时你们什么都没有，现在你们有的当了官，有的成了大款，我们却和原来一样十分清寒。在这个笑贫不笑娼的年代，我们没有什么可以夸耀的，唯一可以吹的，就是你们某某局长、某某经理是我们的学生，从这里，我们感到了人生的价值和意义。（这时，我看到了其中一个同学是全班最大的财主，但是他的头发，已经秃得发亮了。我就拿他来开玩笑，我说）但是到了你们面前，我就不好意思吹我是谁的老师了，现在唯一可吹的，就是我的头发比某某同学多。

课堂太小

每年都有一大批考进大学的新生来找我，对我诉说他们对大学课堂的失望。他们说真正令他们的求知欲得到满足的教授，实在太少。

从中学进入大学课堂会产生一个感觉，以为大学的课堂很大，其实，这是一种错觉。大学课堂所提供的不过是人类科学和文化的一些索引，或者通俗地说，是一些门牌号码。所谓“师傅领进门，修行在个人”。课堂太小，不要紧，在这个校园里有的是广阔的第二课堂。在课堂上，对于一个问题，老师只能讲出一种说法；到第二课堂去，到图书馆去，和全世界全人类最伟大的思想家、科学家、艺术家去对话。

到学校的社团去和社会上、和学校里最有才智的人去对话，试着对某种神圣不可侵犯的教条提出疑问，也许你是错了，明白自己错了，比一直认为自己掌握着终极真理更为可贵。

在社团里自由讨论的空气会把你沉睡的、潜在的智慧调动起来。也许你在某一方面有才华，在中学甚至在大学里，被考试压抑得都快死亡了，在这里可能突然像耶稣一样复活了。也许，你有一些美好的素质，但是由于你的自卑，在别的场合不可能得到表现，在这里，你的能量才得到第一次的发挥。

在课堂上不过是把你和别人一样加以训练。特殊的潜在才智，在大工业生产式的课堂上是不可能得到充分表现的。如果你满足一节课堂上所得到的一切，你就可能辜负了自己。满足于第一课堂的人，往往是书呆子。

第二课堂中没有考试，但是却能保证你胜利地面对未来的人生考验。我的同学孙幼军，在大学五年里，迷恋于相声，现在他是我国很著名的儿童文学家；另一个同学刘锦云着迷于话剧，现在他是全国最负盛名的北京人民艺术剧院的院长。同班同学温小钰，把几乎所有的业余时间奉献给小说和戏剧，后来她成了一名颇有名气的小说家，在全国得过几次大奖。还有一个同学不务正业，成天弹钢琴，在毕业时，他出版了一本钢琴练习曲和歌曲集。现任厦门大学艺术教育学院的院长是50年代福建师大中文系的学生，他曾经是师大话剧团的积极分子。他在课堂上没有学过如何当院长，但是他凭着在话剧团的最初经验，开始了他艺术教育学院院长的第一步。我们没有培养当省长、市长、县长的学校，也没有当院长、厂长的专业，我们的院长、省长、厂长都是从他们在有意无意之间，在第二课堂里，从社长、团长、组长和工作中，练就了他们最初的步伐。

有心栽花花不发，无心插柳柳成荫，也许是一种规律：杰出的不拘一格的人才往往在第二课堂中得到不可多得的锻炼。

不要以为自己没有什么了不起，也许你会像我一样，从来没有想过当教授，结果一不留心就当了教授。不要以为自己是丑小鸭，也许多少年后，你甚至比现在你所能接触到的所有的权威更为权威。光在课堂里是不够的，只有到广阔的第二课堂里来，才能对你的青春作一次真正的、持久的、最有权威的，也是最有效的测试。

为师之乐

说起当教师，稍微上了一点年纪的同事，都有说不尽的感慨。要谈起苦经来，也真是三天三夜都说不完的。好在过去的事大家都懒得提了，现在的事，也不值得说了。因为这几年，情况有所变化。当教师已经不是一件苦差事。论起工资来比之一般单位还要稳定一些，至少不用担心效益不好，弄到要“下岗”的程度。这是一个真正的铁饭碗。说起开心的事来，可也真不少。别的国家的，尤其是美国的教师绝对难以想象的。我告诉一个美国教师，我到了洛杉矶，有一个他认得我而我根本不认得他的学生，从遥远的拉斯维加斯开车来带我玩了两三天。这个学生在拉斯维加斯附近开了一家饭馆，每逢星期六他都要到拉斯维加斯去赌钱，绝大部分时间是赢钱的。为了我，他放弃了他的嗜好和几乎是稳得的几百美元的额外收入，陪我乐一乐。整整三天，唯一令我苦恼的是，他的名字我已经不记得了，却不得不装作跟他很熟悉的样子。

美国教授说美国师生的关系绝对没有这样的美好，他问我是不是夸张了孔夫子的传统。我说，一点都没有。就在这以前不久，我从德国归来，太太到北京去接我。这时，我那八十多岁的老母却住进了病房，医院发出了病危通知。电话打到北京，我都有点傻了，家里只有一个十二岁的女孩。正不知如何是好，电话里说，已经有女同学为我值班。待我回到家里，老母的病情已经好转。她告诉我，当时她大小便不能自理，除了女同学，还有一个当年是我的学生、现时已经是副教授的男学生替她端便盆、擦屁股。美国人正好在我们学校访问，他亲眼看到这一切，感动得不得了。

事情过去已经七年了，每逢我想起来，都想到中国尊师重教的传统美德，在如今这个世界上，实在是一份很珍贵的精神财富。一日为师、终身为父的说法，自然是有一点封建的意味。但是在美国大学里把教师和学生的全部关系都归结到商品交换的范畴里去，我出学费，你给我学分，或者你出奖学金，我替你打工，这也太冷漠。美国和我们的文化传统不同，他们连母亲生病儿子女儿去看护，都要按小时计算工资的，对于教师，以一种等价交换的态度处之，也就很自然。说到这一点，美国教授问：在他们为你的母亲服务了以后，你有没有付给他们工薪，我说我们连想都没有想到。我还写信告诉他一件事情。最近我们系里，一个教师的太太，骑自行车，跌倒了，头部着地。很不幸，自颈部以下全部瘫痪。在治疗期间，大小便失禁，头盖骨被钻了一个洞，固定在一个铁的支架上。要翻身，就得有四个人同时协作。如果要雇护工，就得四个，这不但经济上绝对不可能，而且一天三班，要十二个人，一下子也没有地方去找这么多合适的人。这时，学生就自动组织起来，每天由女同学值班，一班三四个，一天三班，弄了好几个月。中文系全体女生，六百多人，每人都轮了一到两次。美国人来信，赞叹不已。在信上的最后一句说："孔夫子真伟大！"我回信和他开玩笑："可惜孔夫子不懂得商品经济和等价交换。"

找到了不敢正视的自己

人们从小学就写作文，直至大学还在写，但是很少有作家把自己的成就归功于课堂上的作文的。据我观察，就我们目前的教育状况而言，我们学校的正规作文教学的用处，充其量不过是给学生一个练习文从字顺的机会。碰到偷懒的老师，连文通字顺的这样起码的要求都很难保证。我自己的女儿，小学的时候，作文写得还不错，有一次很幽默地写到她和外祖父的关系。文章后来不但得了奖，而且还发表在一家专门给中学生看的报纸上。但是整整中学六年，我居然没有看到她认真地写过一篇作文，成天就埋头在那些刁钻古怪的阅读练习中，做那些连我们这些教授都要做错的选择题。就是做了作文，老师也基本不改。差不多从初中到高中，我不知多少次要求她把作文拿回来，我可以给她些辅导。她说，作文交上去，老师是不发回来的；最多只是在课堂上讲评一下很少数的几篇，所以连个作文本子都没有。直到高中毕业前夕，她才从老师那里拿回来几张作文纸。那上面，只有几句极其空洞的评语，连错别字都没有改。语文老师成天忙得不亦乐乎，究竟在干些什么呢？不言而喻，大部分时间都在教学生如何做那些多项选择题。但是做选择题，跟做作文毕竟是两回事。选择题就是出得非常科学，也不能代替作文训练。课文阅读之所以重要，不就是为了帮助学生能把作文做好吗？

把作文放在次要的地位上，甚至可有可无的地位上，这样的语文教学不是陷入魔道了吗？这还不是问题的全部。就是作文课，也还有个指导思想问题。不少作文课，不是让学生尽量地贴近自己，而是尽可能地离开自己。记得一次，女儿在做作文，我伸头一看，题目是《清道夫》。里面写道：我们院子里的清道夫，穿着白大氅，戴着白口罩，每天清扫垃圾，十分可敬。我就对她说，真是见了鬼了，明明我们院子里的清道夫，是一个相貌很难看的侏儒。她说，老师说不能写侏儒，那样“立意不高”。我说，一个穿着白大氅的清道夫，你能对他怀有敬意，并没有什么高明，如果对一个侏儒，你怀有敬意，不是立意更高吗？写文章是为了表达自己、提高自己，可是你现在却是在回避自己、伪造自己。后来她进入了一所专科大学，进入这所大学的人都有某种不如意之感，但是她不能很好地表达这种感觉。不久拿了一个同学的作文来给我看。这个同学写道：

这所大学给我的印象很平常，该长树的地方，都长了树，该长草的地方都长潦草，该建房子的地方也都建起了房子。我交了该交的钱，说了该说的话。老师也很平常，该让同学们笑的地方都笑了，只是没有一个老师想让同学哭……

我觉得这篇文章写得实在太好，因为他表达出了别人表达不出来的感觉，而且是很艺术的感觉，这是有才气的表现。但是一看那卷面上，只有七十五分，批语说：文字虽然好，但是与作文题目《入学散记》不合。我倒抽了一口冷气，这样的作文教学真是害死人。为了表示我对这个孩子的欣赏，我把这篇文章推荐给《散文天地》去发表了。

1998年1月2日

在历史的观礼台上

2000年，其实也和任何其他的年份一样，春天也并不会特别长，风雨不会因而分外调和，人类所遭遇的任何困惑并不会因而烟消云散，造化并没有特别在这一年的门槛前，设置高耸入云的观礼台。但是人类对于千年这样的伟大的整数特别虔诚，不能不把它当作一个制高点来回顾和前瞻。观古今于须臾，瞰生命于一瞬的感觉，毕竟是精彩的。历史的地平线下降了，人生的境界提高了，在这种时刻，胸襟不能不为之开阔，精神不能不为之升华。千里之行始于足下，脚尖触着的今日，不仅是历史的终点，而且是通向无限未来的起跑线。

个人的生命实在太短暂。即使在这样的历史的制高点上，我的目力所及，那时光隧道最遥远的光斑，不过是1959年第一次进入北京人民大会堂的一个渺小的幻想。

作为大学应届毕业生，我来这里听中央首长彭真的报告。周总理显然太忙，但是彭真还是把他请了出来。他挥挥手打了招呼以后，就坐在主席台上第一排，继续批阅文件。

那时我才二十三四岁，望着那天花板上深邃的灯光，似乎时刻要向星空飞升。我深切地感受到个人和伟大的祖国的真正的联系。这种感觉，后来我在冰心的文章中找到了阐释："好像一滴水溶入了大海，感到了一滴水的渺小，同时又感到了一滴水的伟大。"

突然有一种历史的灵感在我心头涌起。从同学的笔记本上，我撕下了几张纸，当场完成了一篇短篇幻想小说，题目叫作《华发重逢》。我写的是，在世纪之交，今日奔赴四海的同学们，在人民大会堂相会。就在涌入人民大会堂的红地毯上的时候，我们开始互相辨认。

那时，我比较谦虚，甚至有点自卑，我不敢奢望自己年迈的时候，能有什么成就，思考良久才把自己安排在一个工作人员的位置上，来分享世纪之交重逢的幸福。但是这并不妨碍我在一年以后离开北京的时候，豪情满怀地暗暗立下誓言，后来我在一篇散文中是这样写的：

我在天安门前做了好几种豪迈的姿态，让好朋友给照相，挥一挥手就登上了火车。这时我才深深感到内心骚动着强烈的愿望：我是要回来的，但是，我决不会像那些没出息的家伙，千方百计调动回来，仅仅为了享受首都居民的荣誉和物资供应。我重返之时，胸前应该戴着劳动模范的红花。

经历了近半个世纪的风风雨雨的考验，岁月的风霜染白了我们的鬓角，历史在我们的额角刻下了深刻的象形文字，除了我们自己谁也读不懂的。

然而，就在这千禧之年的最后一个礼拜，我却来到了人民大会堂。居然真的是来领奖的。作为 1999 年的师范系统的优秀教师，我戴上了红花。以主席台为背景，我还照了相。

我当然想起了当年的誓言，虽然已经失去了当年的鲜艳的色彩，想起当年的情景，不免有童稚之感。

但是它仍然以历史的冲击感让我体验着无声的、秘密的激动。

何况，这一切大大超出了我当年的想象。

此刻，我深深感到：向后看，我的心跳是和 20 世纪的大学生在合奏；向前看，我的脉搏，是在和下个世纪对话。

下个世纪的大学生们：当我向你们展示出我们当年的精神档案，你们是觉得浪漫呢，还是觉得幼稚呢？就像太阳每天都是新的一样，你们的心灵肯定比我们辉煌。但是，不管我如何大胆想象，即使用最美好的旋律、最艳丽的音符，到头来，当时光又一次到达历史的制高点的时候，和你们的心灵相比，我的想象就不能不相形见绌。

有幸站在历史的观礼台上的人，难道会有比体验精神升华更大的幸福吗？

武夷山世界自然文化遗产主题语的修改

原“点子大师”主题语：“千年儒释道，万古山水茶。”优点是：概括力很高，把武夷山的历史文化和自然特点集中在十个字当中，殊属不易。

但有如下缺点：

此主题语纯粹是描述性的，虽然概括很全面，但是没有旅游区主题语所要求的鼓动性和号召力。

原文中的千年和万古太坐实，不够含蓄和隽永，缺乏想象的诱导性和启发性。

主要是对于旅游净化精神的功能未能充分强调，因而缺乏诗意。对于此主题语本可采取两种方针：

一是推倒重来，但不易达到原题词的概括和全面。

二是，此语已经开始传播，当在此基础上，进行适当修改，增加其号召力和鼓动性，避免发生矛盾。

基于上述，当取在原有基础上作修改，改为：

儒释道，传奇、传神、传真；

山水茶，洗尘、洗心、洗魂。

说明：

1. 传奇：指人（与传神指神仙不同），尤指朱熹等儒家文人在武夷山上留下的故事和遗迹。

此语系字面语与专门语之双关：普通用语指古老情节曲折故事；专门语传奇，是古代浪漫故事的一种体裁，如鲁迅编《唐宋传奇集》，指小说，古典戏剧亦时称“传奇”。

2. 传神：与传奇指人不同。此语本乃绘画文学描写上的术语，与此处上下文中字面语含义不同。

此处字面语指武夷神仙故事，如武夷君、大王、玉女、曼亭神仙故事。

3. 传真亦为双关：真，指道家真经，道家称得道者为真人；同时又为现代传真技术。

传真本为驾驭空间距离的技术，而此处暗喻千年、万古时间距离的消失。

4. 洗尘亦为双关，除具体以水洗风尘外，还有接风洗尘之意，引起热情欢迎、抚慰旅客的联想。

5. 洗心，暗用李白“清溪清我心”诗意。把游山玩水升华到精神净化的境界。这里运用了诗家想象虚实相生的手法，避免了原文过分坐实的不足。

6. 文中“洗心”亦可改为“洗面”——山水茶洗尘、洗面、洗魂。暗含洗心革面之意，强调武夷山水的精神升华功能。但洗心革面，有消极贬义，故不取。然可供修改时参考。

如觉“传奇、传神、传真”仍不足以暗示时间，亦可考虑如下方案：

儒释道，千年传奇、传神、传真；

山水茶，万古洗面、洗尘、洗魂。

2000 年 1 月 27 日

假日经济

随着经济的高速发展，人民生活内容的构成和质量发生了巨大的变化，突出的一点，就是休息在生活中占据的比例大大地提高了。双休日，使得我国在常规休假（宗教假日除外）这一点上，正在缩短与发达国家之间的距离。

20 世纪 50 至 70 年代，那种即使有假日也充满了紧张的政治和劳动斗争的情况已经一去不复返。在那狂热的年代，虽然人们并不敢否认列宁的说法：不会休息的人就不会工作，但是在理论上，休息和革命总是处于对立的地位，假日的重要性，最多只能得到消极的，甚至是无可奈何的承认；在实践中，常常被压缩到可有可无的地位。虽然春节仍然在法定的假日中占据最重要的位置，但是在性质上，时而发生变异，如和战士、贫下中农过“革命化的春节”之类的说法，使春节丧失了闲暇的性质。利用假日做额外的贡献、做好事则受到广泛的赞扬。

与这一切相对照的是，有时又突然自上而下地号召的休息，“劳逸结合”的说法，是在经济困难达到严重影响健康的时候提出来的，明显带上了政治的色彩。

那时候休息本身是谈不上目的的，它总是附着在意义比它更为重大的政治上。

把休息作为人生一个重要内容提出来，是 80 年代以后，尤其是 90 年代末期的事。这反映了我们国家经济实力增长，同时也表现了我国人民生活质量的提高，更为重要的是表现了我们民族，对于人生价值的一种新型的追求。过去把一切和革命联系起来，从中寻求最终的意义，无条件地忘我地劳动是为了革命，而革命又是为了什么呢？

革命难道就是为了革命吗？ 1958 年，我们曾经提出过一个口号，把劳动当作生活的第一需要，虽然这是马克思当年的一种理想，可后来的实践证明，至少在可以预见的将来，它还难以在现实生活中兑现。

生命有生命本身的意义，回避从生活本身去取得意义，就是最神圣的话语也是空洞苍白的。生命自有生命的规律，它自然是要奉献的，但同时也要享受生命的欢乐。生命自有生命的节奏，违反了规律和节奏，对生命就构成了伤害。

人们无须把休息和政治联系在一起，休息就是休息，如果连起码的休息的欢乐都要否认，那么工作的意义也就很难得到说明。

所有这一切道理似乎并不艰深，但是仍然是不完全的。

因为长期以来，在国人的意识深处都不由自主地认为社会财富的创造的唯一的途径，就是直接的生产劳动，休息乃是一种纯粹的消费。但是，当人们似乎为休息找到了独立的意义的时候，休息却找到了它的经济的价值，休息与国家的经济发展突然联系到了一起。所谓“假日经济”已经成为当前热门话语。休息，不是一般的，而是相当认真的、兴师动众的。举家远距离的旅游，成为时尚，在一些有宏观眼光的人看来，这不但是生活的一种需要，而且是对国家经济发展（“拉动内需”）的一种贡献。

这实在是令人鼓舞的。其意义相当深远，也许我们今天一下子还很难充分估计出它的全部意义，但是同时也对我们提出了挑战。

首先是挑战勤俭节约的传统价值观念。

勤俭节约的观念，是小农经济时代的产物。小农经济从本质上来说，是一种匮乏经济，其特点是不稳定性，与之相适应的是以节制为特点的消费观念。节制消费不但是一种实用的措施，而且升华为一种道德的善，不但在歉收的时候，就是有余的时候，也要防止他日可能的灾难，故而节约就成为光辉的准则。连生儿育女，都和这一准则联系在一起，所谓养儿防老、积谷防饥，要害就在论证节制的必要性。抑制消费欲望，其核心是生命基本维持和延续的优先性，成为民族道德的一种传统；在这种传统的反面——浪费，举债消费、借钱吃好的，则更无疑成为一种道德的恶。

姑且不认清这种观念将随着生产发展而日益丧失其绝对性，就是光从经济理论本身来说，它也是片面的，至少它是把消费促进生产发展的一面完全忽略了。

而今匮乏经济时代正在成为过去，部分的生产过剩已经发生。消费的不足已经成为生产发展的一种制约，拉动内需，促进生产发展已经成为全民共识。无条件的、笼统的勤俭节约观念就应该分析了。正是在这个意义上，传统的勤俭节约并不完全适应当代世界经济发展的潮流。发达国家的经济学家并不无条件地鼓励节约，相反倒是很卖力地鼓励消费。超前消费、信用贷款、信用卡制度，是推动经济的发展行之有效的手段。假日旅游应运而生，成为国民经济很重要的一个支柱。在我国假日经济、旅游经济作为一种无烟工业，受到国家的重视，在人民的消费支出中日益占据突出的地位。

这表现了我们国家经济的进步，同时表现了我国人民观念的进步。但是总的来说，我国的旅游经济、假日经济还处于比较初级的阶段。

在这一点上，我们与西方发达国家的差距还相当大，西方发达国家的一些制度很值得我们参考。我们国家国庆、五一放假达一个星期，已经是很魄力的了，但是比起西方，还只能算是刚刚起步。比如，在德国每年暑期所有的工人放假一个月，而所有的大学生包括外国留学生，都可以去到工厂打工；在美国大学里，每年的暑假长达三个多月，圣诞节的假期又是那么长。在西方从来没有人把这一切当作纯粹的休息，道理很简单，对于一部分人来说是休息，而对于另一部分人来说则是打工的绝好时机。

这样我们就可以看到一个真理，经济的发展不能用减少休息来促进，相反，倒是用增加假日来获得。同样社会财富的积累，也不应该简单地用无限制地压缩消费来实现，相反，扩大消费，更能有效地刺激人的积极性。

2000 年 8 月 16 日

第六辑　幽默杂文

歌德和契诃夫的幽默

一般地说，幽默感是一种轻松的情绪，它有利于宽松人际关系。过分紧张的对峙，会使幽默无用武之地，但是这并不是说对峙与幽默绝不相容，幽默可以缓和对峙，但不管怎样缓和，它毕竟还是对峙。幽默有它的局限，它只能在一定程度上缓和对峙，而不能在性质上改变对峙。

在原则性的对抗中，能寸步不让，又能带上幽默的色彩，这种幽默属于硬性幽默。

有一次，歌德在公园里散步，在一条狭窄得只能让一个人通过的小道上，他遇到了一位曾经尖锐地批评过他的作品的批评家，两人越走越近。

批评家傲慢无礼地说："我是从不给蠢货让路的！"歌德笑着退到路旁，说："我却正好相反。"这里的幽默来自一句软话中包含的坚定不移的反击，在语言上和行动的表面上，歌德好像很软弱地屈服了，他给傲慢无礼侮辱了他的人让了路，但是在原则上，他却针锋相对、牙眼相还，毫不含糊地表示对方才是蠢货。表面上很软，而骨子里很硬，这就是中国人所说的绵里藏针的办法，而这也恰恰是硬性幽默的特点。

从这里也可以看出，虽然幽默的最大功能是调节人际关系，使矛盾得以缓和，至少是僵持，不致发展到剑拔弩张的程度，但是幽默并不是没有原则的，真正的幽默在原则上是寸步不让的。如果在原则上让了步，那就变成宗教家的消极虚无或阿 Q 的精神麻醉了。

但是对原则的坚持，并不一定要锋芒毕露，收敛锋芒而又英气逼人，才显出硬性幽默的威力。

一个画家去拜访德国著名画家阿道夫·门采尔，向他诉苦："我真不明白，为什么我画一幅画用了一天工夫，可是卖出去却要一年？"门采尔认真地说："请倒过来试试吧，亲爱的！如果你花一年工夫去画它，那么只用一天工夫就准能卖掉。"门采尔本来是批评这位画家作画不认真、粗制滥造的，可是用了一种建议的、假定的语气来表述，特别是用了"倒过来试试”这样的俏皮话，就把批评的锋芒收敛在温和的口气之中了。

为了把硬性的锋芒藏起来，幽默家常常使语言带上玄虚感，让你在一下子摸不着头脑时被他击中。

一位打扮时髦的富商的妻子，来拜访一位名作家。她想知道的是：什么是开始写作的最好方法。

“从左到右。”作家回答。

表面上顺顺当当地做了回答，实际上等于没有回答，这意味着，这个问题根本不值得回答，这里硬性的锋芒被“从左到右”这种毫无实用价值的玄虚话语掩盖了。

绝对硬性的幽默是没有的，因为幽默之所以成为幽默，就是因为它是软的、含蓄的、轻快的。理性幽默中，不管怎样，也有软性的成分，哪怕是攻击性很强的，也得软化。硬性幽默感在很大程度上是一种软硬兼施的功夫。硬性幽默的艺术可以说是某种用软性语言表达某种硬性原则的艺术。原则是坚定的，但是软化的巧妙各有不同。把锋芒别出心裁地伪装起来，是硬性幽默家的基本功夫。

有个向导陪伴一位法官打猎。回来时，有人问他：“法官今日收获如何？”

“法官枪法高明，”向导回答，“只是上帝对于飞鸟特别仁慈。”

实际上他说的是飞鸟很幸运地逃过了法官的子弹，可是他把原因归诸上帝。软化的玄虚感由于他口头上肯定了法官的枪法高明而增加。

这里软化的方法就是玄虚化的方法、间接化的方法、曲折化的方法、不怕自相矛盾的方法。

有时，为了更玄虚一点、更曲折一些，还可以用答非所问的办法。德国一位名叫贝仑·哈特的年轻钢琴家为诗人席勒的诗《钟之歌》谱曲后，特地举行了一个演奏会，把大名鼎鼎的勃拉姆斯也请来了。

勃拉姆斯凝神地听着，有时还满意地点点头。演奏结束后，贝仑·哈特问勃拉姆斯：“阁下是否很欣赏此曲？”勃拉姆斯笑着说：“《钟之歌》到底是首不朽的诗。”

问的是曲子如何，答的是诗很好。答非所问，似乎连起码的逻辑也不懂，但也很曲折地暗示：他所欣赏的是席勒的诗而不是贝仑·哈特的曲。

回答越是玄，幽默的硬性越是减弱，而到了答非所问、顾左右而言他的程度，软性就占了上风。原因是针对的锋芒完全收敛了。正是为了回避正面的攻击性才不作直接的回答（喜欢，还是不喜欢）。

精神上完全占了优势，而又不想把优势表现出来，看出对方的愚昧，不是蔑视，而是产生了同情和怜悯，所谓悲天悯人之心油然而生，这是一种更为超脱的精神境界。美国的赫伯特鲁把自我嘲弄当作幽默的最高境界虽然不无道理，但是并不高明。应该说悲天悯人的软性幽默才是幽默的最高层次。

契诃夫成了名，家里总是不断有慕名而来的崇拜者。有一天来了三位上流社会的妇女，她们一进来就力图表现出很关心政治问题的样（在当时，政治问题被认为是很高深很严肃的）提出问题："安东·巴甫洛维奇，你以为战争将会怎样呢？"契诃夫咳嗽了两下，想了一会儿，随后温和而认真地说："大概是和平……"

"当然啊！会是哪一方面胜利呢？希腊人还是土耳其人？"

"我以为是强的一方面胜利……"

"那么照您看来，哪一方面是强的呢？"

"就是营养好、教育高的一方面……"

这里为止，契诃夫用的都是故作蠢言的方法来回避正面回答三位太太的问题，但是三位太太并没有意识到这一点，她们仍然沉浸在对契诃夫高深的智慧无限崇拜的心情之中。

一位太太大声赞美道："啊，多聪明！"

另一位太太问道："您比较喜欢哪一方面啊？希腊人还是土耳其人？"

契诃夫和蔼地看了她一眼，带着亲切温和的微笑答道：

"我喜欢蜜饯，您呢，您喜欢吗？"

"很喜欢！"太太们兴致勃勃地嚷道。

"它多么香啊！"另一位太太认真地说。

于是这三位太太活泼地谈起来，并且显出她们对于这个蜜饯的问题有非常广博的学问和精细的知识。她们显然很高兴：现在再也用不着再费脑筋装出对于她们从未想过的希腊人和土耳其人的事情的真正关心了。

契诃夫的这种幽默的关键在于，不去回答究竟是喜欢希腊人还是土耳其人胜利的问题，而是不动声色地提出她们是否喜欢蜜饯的问题。

契诃夫的答非所问，表现了他对三位太太的同情胜过了不满。这样的幽默是最软的幽默。幽默到让对方感觉不到锋芒所在，因而是最无伤害性的，但对方感觉不到锋芒，不等于没有锋芒。对于一个稍有教养的旁观者来说，三位太太的浅薄和虚荣是一目了然的。从这一点来说，幽默虽然是以软为特点，但也不是绝对软的。

软硬兼施，曲尽其妙，才是幽默家高明的表现。

歪打而又正着的幽默

幽默之所以可贵，是因为它难能。一般人在通常情况下是幽默不起来的，因为通常的思维方法是理性的思维方法，而幽默主要是一种情感思维。通常思维方法的主要规律之一就是要有充足的理由才能有必然的结果或者结论，如果理由不充足，则结论就不能成立。然而幽默不但不遵循这种充足理由规律，而且要突破它。在幽默故事中，如果结局有充分的理由，那肯定是幽默不起来了。

按照亚里士多德以来的西方文化传统，所谓情节就是由充分原因（“解”）导致必然结局（“结”）的一连串动作。英国小说家福斯特在《小说面面观》中说：故事的定义是按照时间顺序讲事件的发生。例如，先是国王死了，然后王后也死了。如果这两件事中包含着因果关系，如：国王死了，王后因悲哀过度，也死了。这就不仅是故事，而且是情节了。故事的结局不需讲理由或不讲充足理由，因而也是不讲结局的必然性的，而情节则相反，它的结局要有充足理由，亦即充分的必然性。理由越是充足，必然性越是充分，艺术价值越高。反之，理由越不充足，必然性越不充分，艺术价值越低。一本《水浒传》被中国老百姓归结为一句话：“逼上梁山。”一百零八将上梁山是结局，而官家之逼则是充足理由。

这是现实主义小说的基本原则，人物的命运，最终的根源在社会矛盾之中。

《水浒传》之所以不称其为一部幽默小说，其原因就在于这种理性的因果关系太明显了。如果因果不是这样清楚，像《西游记》中猪八戒那样，他去取经多少有点被迫，多少又有点想随大流，经常不那么清楚，因而难免向往“散伙”，甚至耳朵里藏着二分银子，随时准备为回到高老庄当女婿作路费，这就有点幽默了。

但是，毕竟猪八戒取经多少还有些因果脉络可寻，因而幽默意味并不十分突出。

要让幽默感再强一些，则需使因果关系更自由一些，甚至完全瓦解。

在幽默故事中，歪打正着正是一种因果关系非常自由的方法，它的特点是起因与结果的不相干或不相称。

随便打开一本西方的连环画，你总是不难找到偶然巧合的连锁反应。例如，一位先生匆匆忙忙冲进一间客厅，碰到一位太太身上，这位太太的茶杯落到一位老先生身上，老先生碰破一块窗玻璃，窗玻璃落到街上打中警察的脑袋，警察发动全城的同伴追查，如此等等。非必然因果性的成分越多，越能引起喜剧感。这种喜剧风格在西方文艺中是有传统的。试回忆一下塞万提斯的《堂吉诃德》中客店那一场，骡夫纯出偶然，揍了桑丘一下，桑丘又打了马立托奈斯，老板又摔倒在马立托奈斯身上。在现代西方喜剧中，这属于通俗喜剧。原因是由纯粹的偶然性叠加而成，柏格森把这种形式称之为“滚雪球”的形式，它的功能是，一系列的误会使原来正常的动因变成了歪曲的结果，而且越来越歪，离原来的目的越来越远，可以说越打越歪，越歪越打不着。

纯用这种方法的效果往往限于滑稽，而幽默则是比之更富于智慧的深思。幽默的特点，不限于越打越歪，而是在达到极歪的极端，远离原本的目的之极时，突然发现原本的目的已经达到。在一部叫《意大利的草帽》的喜剧中，有一顶草帽给一匹马吃掉了，只有在巴黎才能有同样一顶草帽，必须不惜任何代价把它找来代替原来那顶。每当人们要弄到手之时，这顶帽子总是不翼而飞，害得主角疲于奔命，也害得追随主角的一大帮人东奔西跑。在经历了千辛万苦，终于以为要拿到那顶巴黎的帽子的时候，却发现它不是巴黎的那顶，而正是那顶被马吃掉了的意大利草帽。在卓别林的一系列电影中，这种歪打正着的逻辑被反复运用着。

我们有许多喜剧之所以喜不起来，就是因为不善于歪打而正着，也就是在远离目标时不善于突然地接近目标，实际上就是不善于使读者和观众一次次期待落空之后，准备着再一次落空之时，突然地、偶然地、意外地把落空变成落实。风靡西方和中国的唐老鸭的故事常常把落空积累到极点时，突然让观众惊讶于愿望的落实。

在中国的古典正统文学中，很少有这样淋漓尽致的喜剧，但在民间文艺中则不乏这种风格的精品。有一个单口相声叫作《小神仙》，说的是一种相面的迷信职业者，善于制造耸人听闻的效果。恰巧场外有人打架，一个老头子抱着一把宜兴壶往里挤，正烫着一个小伙子的胳膊，两人吵了起来。小神仙为稳住看客，就对老头子说，你的这把壶出了格啦，今天、明天、后天这三天要摔破，要是三天不摔破，保存到第四天，就价值连城，赛过聚宝盆哪。老头子立即回家找寻安全之地，最后在墙上掏了个洞，把壶放在里边。谁知邻居只有一身出门衣服，白天穿，晚上洗，要在房间里搭个竿晾衣服，隔墙钉钉，一锤子正好捶在老头子的壶上，果然碎了。

这是典型的歪打正着，严重结果与完全不相干的原因形成反差。有时并不一定是期待的落实，而是相反，在期待和愿望层层演进的过程中，突然无可奈何地落了空。这是西方古典喜剧或幽默小说的常用手法。

契诃夫有一篇短篇小说叫作《艺术品》。有一个卖古董的老太太，孩子得了疑难病症，被一位医生治好了。老太太感恩图报，正好收购到一只裸女形体的花瓶，十分精致，便送给了医生。医生自然很喜欢，但考虑到自己的母亲和妹妹看到不甚方便，便去送给一个当律师的朋友。这位律师也感到在他的客人面前，有伤风化，便又送给了一位朋友。这位朋友也不敢把它放在客厅中，就把它卖给了古董店，店主恰恰就是那位老太太。老太太觉得它与原来她送医生的那一只实乃天生的一对，送给医生岂不是锦上添花。当老太太的儿子把花瓶送到医生家时，医生却什么话也说不出来了。

医生越要避开裸女花瓶，花瓶就越是迅速地回到他手上；老太太越是要对医生表示最大的谢意，就越是与医生的愿望背道而驰。这双重的反差使得契诃夫的幽默带上了深沉的特点。人与人之间竟是这样地难以相通。

在中国传统的幽默故事中，不乏这样偶然性的连锁结构。

有一个大和尚对佛法一窍不通，有人前来问法，全靠两个侍从的小和尚代答。有一天，一个游方僧向大和尚请教，正巧小和尚不在。

游方僧问："什么是佛？"大和尚茫然，他东顾西盼不见小和尚。游方僧又问："什么是法？"他感到上天无路，入地无门，只好上看下看。游方僧又问："什么是僧？"他答不上只好装睡，闭目不睬。游方僧又问："什么是修法之道？"他自愧一无所知，还当什么大和尚，不如伸手讨乞，当叫花子，遂把手伸了一下。

游方僧出来对两个小和尚说："刚才我向你师父求教，我问佛，他左顾右盼，分明是说人有东西，佛无南北；我问法，他上看下看，是说法本平等，无分上下；我问僧，他闭目不语，是说'白云深处卧，便是一高僧'；我问修法之道，他伸出手来，当然是'接引众生'的意思。这位大和尚真是明心见性、佛法精通。"

这自然是属于歪打正着之列。但是歪因正果之间，得有一种表面的歪曲的联系。这种联系在实质上不管多么不通，可是在表面上要能发生瓜葛，这种瓜葛越是貌似紧密，就越能构成幽默感。如果连表面的瓜葛都很勉强，幽默感也就很勉强。

表面瓜葛越紧密，实质距离越大，二者之间的张力越大，幽默意味也就越强。

歪打尽可以歪，但正着却不是没有条件的，瓜葛不紧密，则不能正着。

优美的比喻和不伦不类的比喻

通常，我们为了把话讲得生动一些，常常求助于比喻。比喻的妙处在于准确，准确的比喻，易于传情达义；不准确的比喻，给人以不伦不类之感。准确、精致的比喻，容易产生抒情的诗意。

通常，在我们的心理定式中，诗的美妙倾向占着优势，因而很少人往不伦不类上去费心思。比如说，你对学习演讲的听众说，演讲应该是短小得像智慧的火花，这是很有诗意的，没有什么了不起。但是林语堂有个不伦不类的比喻这样说："演讲像女人的裙子，越短越好。"就有点令人忍俊不禁了。有一次我参加一个毕业学生的联欢会，我们几个老师被安置在会场的中央，学生们出于尊重，但实际上却阻断了我们和学生的交流。我很想说，这样不好，把我们安排在当中好像众星捧月一样，使星星和月亮无法对话。转而一想，这样太一本正经了。于是我改用一个不伦不类的比喻：我说，我希望今后开联欢会不要把我们这些老头子安排在会场中央，因为这太像婚礼中的新郎和葬礼中的死尸了。我一说大家笑了。

事后，我分析自己的语言，总觉得有不对劲的地方。首先就是那个葬礼中的死尸，虽然不伦不类，但是自我调侃变成了自我丑化，在分寸上有点过分。因为这是个联欢会，大家又很尊重自己，而自己却这样不自重，把大家的尊重看成可怕可恶的事，这有一点煞风景，心理交流上有点不畅，这个说法不成功。上面一个比喻，把自己比作新郎，固然与作为男教师的身份不伦不类，但拉开的距离不大。如果把新郎改为"新娘"，拉开的距离就更大了，反差程度更大，因而也就更可笑，更有善意的、心领神会的余地了。

由此可见，不伦不类的比喻之所以具有幽默意味，就是因为它不和谐、不相称、不一致，要尽可能拉开距离，以扩大这不和谐，所以新娘比新郎来得幽默。但是，距离也不是可以无限扩大的。因为在深层，它毕竟还有一致之处。如新娘令人联想到婚礼，这与当时现场的联欢气氛又是一致的、和谐的。而葬礼中的尸体，虽同为注意的中心，但是整个气氛的性质却不一致，则无法自然过渡了。

因而，不伦不类不是绝对的，表层不伦不类错位，深层恰恰“对位”，井然有序。在一个层次上拉开距离，在另一个层次又能缩短距离，这就是不伦不类比喻的结构特点。

幽默是一种复杂的高级精神交流，如果光是表面的不伦不类，就太简单，甚至可能低级了。对幽默的过分简单的理解，可能使幽默降格为滑稽。

常见的误解，就是满足于打一个不三不四的比喻。而要比喻得不三不四，最易掌握的法门就是非诗化。通常，在诗中，人倾向于追求美化。比如，一个人在唱歌，你如要恭维他一下，可以用诗的比喻，如唱得好像小溪流水，又像春风细雨，这是美化的方法。但幽默则相反，往往以丑化见长，你可以说：好什么呀，驴叫似的。由于两者太不相称，至少有一点滑稽的味道了，当然还不够幽默，太尖刻了，太不友好了。比喻的距离虽然拉开了，心灵的距离却不能缩短。

钱锺书的幽默为什么尖刻

运用不伦不类的比喻是很容易的，但也要有不同凡俗的意味。如果意味太俗，就很难不停留在滑稽的水平上。

在运用不伦不类的比喻方面，钱锺书是很突出的，在《围城》中，几乎凡有幽默感之处，差不多都是由比喻的不伦不类造成。例如在《围城》第一章，钱先生通过从欧洲留学归国的苏小姐（自然是带一点成见）的眼光去看风骚的鲍小姐：

> 鲍小姐……只穿霞色抹胸，海蓝色贴肉短裤，镂空白皮鞋里露出涂红的趾甲……苏小姐觉得鲍小姐赤身露体，伤及中国国体。那些男学生……有人叫她“熟食铺子”，因为只有熟食店才会把那种颜色暖热的肉公开陈列；又有人叫她“真理”，因为据说“真理是赤裸裸的”。
>
> 鲍小姐并未一丝不挂，所以他们修正为“局部真理”。

这里的比喻之所以幽默，首先是因为本体与喻体之间的不伦，把风骚女人的肉体比作熟食铺的肉和“真理”，在俗气和典雅两个极端上拉开距离，更加显得不伦；其次，对于这两个比喻的解释，所提出的理由也是牵强附会的，熟食铺的肉是动物的肉，是死的，真埋的“赤裸裸”是不用掩盖之义，并非女性肉体；第三，这里的意味，不仅在于对于风骚的鲍小姐的讽喻，而且也在于对苏小姐的成见、嫉妒、挑剔女性眼光的讽喻。

钱先生《围城》中运用这种不伦不类的比喻太多了，而且过分尖刻的也屡见不鲜，故钱先生的幽默感不够宽厚，不免时时被辛辣的讽刺所淹没。

契诃夫的幽默为什么不尖刻

要减少不伦不类比喻的讽刺的攻击性锋芒也不难，只要把它和自我调侃结合起来运用就是。攻击对方的锋芒可能因自我调侃的趣味而钝化。

在文学史上，作家和评论家的关系向来不甚和谐，因而作家就少不了对评论家不客气地尖刻地批判。如，评论家是寄生在作家身上的虱子。这样的比喻太凶了，把批评家比作吸血自肥者。新闻记者问契诃夫对评论家的看法。契诃夫说："作家是马，它正在耕田，而评论家则是一群牛虻，它们不断地去叮马的屁股，弄得马不得不停下来用尾巴把他们赶走。"契诃夫则把他们比作牛虻，也是吸血的，但显得好一点，这不仅是因为牛虻有翅膀，比虱子要体面些，还因为契诃夫把作家也比成了动物。

契诃夫的比喻之所以不显得尖刻，原因在于契诃夫在这里降低了作家的心理优势（也是动物），增加了可怜相，使得双方无声的对抗缓和了。

这样就提高了幽默的品位。

中国作家中长于讽刺者居多，长于幽默者相对少。运用不伦之比，最容易走火，不但钱锺书先生之幽默有过硬之嫌，连鲁迅也自谦说他的《故事新编》有时失之"油滑"。

《故事新编》不伦不类甚多，但是大多不出自比喻，而出自牵强附会，让古代人的生活、环境、食物和现代人的语言、心态甚至一些文化人有案可稽的典故，扯在一起。例如，让古人说当时在知识分子中流行的英语"OK""好图有图"（How do you do），从神话人物口中说一个著名学者考证出来的"禹是一条虫"，嫦娥过着打麻将、上饭店的太太生活，这都显得突兀、不和谐，因而也就显得滑稽而谐趣了。

突然把不相干的东西硬扯在一起

所谓“牵强附会”，也就是突如其来地把不相干的东西硬扯在一起，或者在逻辑上并列起来。在姜昆说的相声《虎口脱险》中，说到他掉到老虎栏中去以后，他向老虎保证：“你放我出去，我一定好好活着，咱们听领导的话，好好干工作，在家里孝敬父母、尊重弟妹；出来遵守交通规则，不随地吐痰。”观众听到“不随地吐痰”的时候笑了。这里因为他把不能并列的东西并列到一起了。和老虎谈判，是个生死攸关的问题，随地吐痰在这里显得微不足道。在逻辑上有个规则：把事物加以分类，必须用同一标准。小学生做练习，老师出的考卷上写着，苹果、梨、香蕉和水果，要求把不同类的概念划去，绝大多数小学生会把水果划去。因为水果和香蕉、苹果不是一类，而与干果才是一类，这是个基本逻辑，违反这个规律就叫“不伦不类”。

这种任意并列的方法和不三不四的比喻一样，能产生不伦不类的效果，在日常生活中运用起来也是很容易的。如果要贬低一个什么人，就把他和一个公认的坏人硬拉在一起，比如说：我一生只讨厌两个人，一个是江青，第二个就是阁下了。也可以反过来，你要出什么人的洋相，就说，世界上英语水平最高的除了莎士比亚，就是阁下了。或者再刻薄一些，如：诸葛亮只有七孔玲珑心，而在我看来，你大概有十七孔玲珑的心窍等。有一次我在演讲时为了活跃气氛，便说：“我的演讲风格，一共受过三个人的影响，第一个是孙中山，第二个是印尼第一任总统苏加诺。”接着我停了一下，让听众有一个期待的时间，清理了一下喉咙之后，环顾四周一下，说：“第三个就是我七岁的女儿。”底下哄堂大笑起来。

这里的幽默感来自不伦不类，虽然并不是把三个人笼统地相比，而是把他们之间的一点（说话风格）拿来比。但是由于前面两个都是大政治家、著名演说家，而我的孩子显然不能相比，因而听众期待失落感顿时产生，我的自我调侃很顺利地为听众所顿悟，感觉精神就迅速沟通了。这类的幽默方法，就是外交国务活动也屡见不鲜。

1957 年，各国共产党领导人在莫斯科集会，毛泽东在克里姆林宫午宴即将结束时，挨个向每个代表团敬酒，当他走到南斯拉夫代表团面前时（当时中国和南斯拉夫还没有外交关系），毛泽东向南共领导卡德尔祝酒说："你们和我们的区别只在于：你们有大胡子，而我们没有大胡子。"卡德尔很快机灵地向铁托阐释说：毛泽东这句话是两国关系正常化的信号。

在那种场合，毛泽东不可能直接说让我们建交吧，但是用句不伦不类的话来开个玩笑，不但起到了轻松气氛的作用，而且传达了表示友好的信息。

牵强附会、不伦不类，不但可以用来交流言外之意，而且可以构成舞台艺术的幽默效果。这在相声中最多。比如说唱歌，把许多不同调的歌曲唱成一首歌，还有串调，把不同角色的曲调唱混了，还有把不同影片名字串起来斗嘴，不过这些，都是些俗套了。因为太容易了，难得有个把出新的节目。给人耳目一新之感的，是 1990 年元旦的小品《换大米》了。它把电影《红高粱》里著名的歌曲《妹妹你大胆地往前走》和换大米的叫声扯到了一起。一个是很艺术的，用我们的术语说，有很高的审美价值；一个却完全是实用的、完全谈不上审美的喊叫。这两种东西牵强附会地扯到了一起，不伦不类之感就十分强烈了。除此之外，这里还有一些更耐人寻味的东西，就是现代歌曲的通俗化和美声唱法之间的错位，大众艺术和严肃艺术的错位，所以这个节目的幽默意味很深长，因而节目的质量也很高。

形成不伦不类之感的门道很多，其中用语言风格的转移或错位的方法也很普遍，而庄词谐用就更是普及。所谓"庄词谐用"的意思，就是把一个本该在庄严、正式、宏大的场面、语境中用的词，用到日常话语中来，让它产生一种不伦不类的趣味。通常我们说话作文，都十分讲究用词准确。不但中心意义要准确，而且联想意义、引申意义、比喻意义都要准确，忽略了褒贬色彩，人们的感觉都不能宽容，即使你把本该用"结果"的地方用成了"后果"，中学语文老师也不会轻易地放过你。如果你把雄鸡说成男鸡，把没有生过蛋的母鸡说成是没有结过婚的母鸡，就是大笑话了。

1993 年春节期间，福建省体育馆从香港请来了一个海豚表演队。

听说那个讲解员很风趣。他带来了两只海豚，一雄一雌，他说这两只海豚还没有正式结婚，就"非法同居"了。

这四个字一下子打动了我，很显然这个讲解员使用了一种幽默方法，叫作"庄词谐用"。我不能不为他的语言吸引，终于去看了他的表演。

那位讲解员果然不凡，他先说一只海豚是雄的，接着补充说，也就是"男的"；另一只是雌的，也就是"女的"，观众开始活跃起来。说到"非法同居"时，几千观众就一下子哄堂大笑起来。把明明是表述人的属性的词语用到了动物身上，一方面好像降低了人，另一方面又好像抬高了动物。其间的错位构成了一种趣味。这位讲解员，一方面是用词不当，一方面又明明是故作傻言，这样就使观众与他之间产生了一种沟通。心灵一沟通，距离一缩短，就笑了。

这位讲解员妙语连珠，的确幽默，经常逗得观众欢声四起、掌声不断。例如，海豚是哺乳动物，一胎只能孕育一个胎儿，这本来是很枯燥的科普知识，而他却说，它不像鱼，一下子能生成千上万的“蛋”；它更像人，尤其像中国人，懂得“只生一个好”的道理。这些按正常逻辑来说，都是牵强附会，可是按幽默感的产生来说，却是出奇制胜。

这种幽默语言的特点就是明知在正常情况下是用词不当，可在追求特殊效果时，却利用这种用词不当构成谐趣。

当代青年作家王朔的语言以幽默著称，他说过：“现代京味语言有个特点，就是日常生活中借用政治术语，用挺严肃的词儿来说自个儿生活中那点挺小挺可笑的事儿。譬如，当我们表达对某件事，哪怕是排队买鸡蛋这样的小事有信心的时候，再也没有比毛主席语录‘前途是光明的，道路是曲折的’更有力了。要表示坚强，也莫若说‘像先烈们在刑场上那样’。这些说起来自然就有一种让人忍俊不禁的效果。”

其实，这种幽默语言也不仅为王朔所专用，毛泽东也不时运用。解放战争期间，胡宗南的先头部队已经打进了延安城，听到枪声了，可毛泽东还是不着急撤离。当周围工作人员劝他及早撤离时，在那么紧张的情况下，本来人们是期待他以庄重的语言回答，他却用一种口语：“别忙走，看看他们是个什么鬼样子。”“鬼样子”，口语词中的轻松成分与当时的严峻形势是那么不相称，一下子把空气缓和了，大家都忍不住笑了。

在该用庄重意味的语言时，用了轻松语词，反过来，该用俏皮语言时，却用了庄重的古典语言，这是当代散文构成幽默奇趣的常用手法，其中尤以台湾的余光中先生和香港的梁锡华先生为最。余光中先生在《牛蛙记》中，把牛蛙的难听的叫声，起初用颇为典雅的比喻“像两条牛对吟”，继之用很俗的口语“牛魔王”“鬼推磨”，后来又用音乐术语，说它像“鲁钝的男低音”，接着用军事术语“阴沟里的地雷”“地下游击队”。最奇妙的是，当他开始认定对牛蛙的叫声已无可奈何时，就同他的妻子“相对苦笑，两个互慰了一阵”，“准备用民主元首容忍言论自由的胸襟，来接受这逆耳之声”。这个比喻又把政治术语用到蠢笨的牛蛙身上去，由于这样多样的语义错位，既有庄词谐用，又有谐词庄用，就构成了极其丰富的幽默意趣。

散文中的“硬幽默”与“软幽默”

李敖和梁实秋

本来，李敖狂傲到似乎完全缺乏幽默感，他甚至并非佯妄而是真狂地说：“五十年来和五百年内写白话文的前三名是——李敖、李敖、李敖。”可是就是这个李敖，却跟在梁实秋、林语堂的文章屁股后面暴露出了模仿的尾巴。林语堂先生写过《来台后二十四快事》，以模拟反讽之笔法仿金圣叹批《西厢 · 拷艳》一折，一连写了三十三个“不亦快哉”。梁实秋先生亦有《不亦快哉》一文载于《雅舍小品续集》，亦声明借金圣叹之意以调侃人生百态。李敖也公然写了《不讨老婆不亦快哉》《不交女朋友不亦快哉》，其立意乃至其反讽风格均近似模仿。这个事实的重要意义不在对李敖的讽刺，只能说明台湾、香港散文中幽默风格之兴盛与其师承或继承 20 世纪 40 年代之幽默传统有关。

本来，中国的幽默散文并不自 40 年代起。早在五四新文学运动的第一、二个十年中早已相当成熟。鲁迅虽然对林语堂提倡幽默不以为然，但是他自己的散文、小说、杂文中有很大一部分是幽默的精品，然而鲁迅的幽默和林语堂的发展方向、价值取向有不同之处。鲁迅的幽默是深沉的，有时带着沉痛，有时走向社会政治的批判，在他的杂文中，强烈的进攻性往往使他的幽默变为尖锐的讽刺或者硬性幽默。而林语堂 40 年代的幽默散文，却更多地带着戏谑的“软幽默”色彩，同时又有学者的睿智。“硬幽默”在钱锺书先生的《写在人生边上》中表现得最为突出。其驱遣古今中外名人故事语录之广博，为中国现代散文之智者幽默开辟了一个新的天地。

台湾及香港的幽默散文所继承的中国现代幽默散文传统主要不是那种社会批判锋芒甚

强的“硬幽默”，而是以调侃性、戏谑性为特点的“软幽默”。甚至连钱锺书先生那种时而过分刻薄的“硬幽默”，在台湾、香港的幽默散文中也很少有追随者。钱先生博闻强记，善于歪理歪推，自然有独具一格的智趣。但是他往往有过分藐视世人、尖酸刻薄之处，与他崇尚的英国式的俏皮、绅士的优雅的幽默，自相矛盾。按幽默之根本精义，在于缓解对抗，即使有进攻性，也往往隐藏在歪理的推演和荒诞的假定之中，力求把对方的思路逼入逻辑的错位或断层之中，使之在短暂的困惑或者失落之后获得顿悟。由于在自身的顿悟中发现了在习惯思路以外，另有一条逻辑的贯通，便得到一种喜悦与享受。故幽默本身就是软性的，而钱先生有时过分暴露了锋芒，使他的某些幽默带上冷嘲的色彩。如他在《读伊索寓言》中阐释蚂蚁和促织的故事。促织整日忙于唱歌，到了冬天没有粮食吃，便向蚂蚁借粮，遭到拒绝后饿死。钱先生引柏拉图之说：促织进化变为诗人。由此反推说：

“坐看着诗人穷饿，不肯借钱的人，前身无疑是蚂蚁的了。促织饿死了，本身就做了蚂蚁的粮食；同样生前养不活自己的大作家，到了死后，偏有一大批人靠他生活，譬如开追悼会写纪念文字的亲戚和朋友。”这至少在态度上有失幽默温厚之道，不但没有缓解对抗，反而刺激情绪，而且也不公平，把几乎所有参加追悼会，写纪念文字的亲友都一概写成不是出于情意，而是为了牟利。这样尖酸的冷嘲用之于社会黑暗的批判则可，用之于讽喻世道人心则缺乏幽默，于可笑、可怜中看不到其中之可爱、可同情之精义。李敖多少受了钱锺书这方面的一点影响，但又缺乏钱锺书的幽默底蕴，故有时把钱锺书的冷嘲变成热骂，如在《杂谈女人》中，他说：“女人只有两种：一种是爱光屁股的，一种是不爱光屁股的。”这就距幽默甚远了，因为它与粗野谩骂的距离几乎消失了。

但是这里多少还是与幽默沾了一点边，那就是故作蠢言的戏谑性。

有这种戏谑性，而又不带钱氏之冷嘲，更不带李氏之粗狂，正是梁实秋、林语堂雍容大度、悲天悯人的幽默之特色。此种幽默文章即使于世道人心有所讽喻，也常常以佯妄之语、戏谑之言出之。以梁实秋先生之《不亦快哉》中之一节为例：

其一：烈日下行道上，口燥舌干，忽见路边有卖甘蔗者，急忙买得两根，一手挥舞，一手持就口边，才咬一口即入佳境，随走随嚼，旁若无人，蔗渣随嚼随吐。人生贵适意，兼可为“你丢我捡”者制造工作机会，潇洒自如，不亦快哉！

通篇十一则都以故作蠢言之姿态，讽喻如狗屎污道、生炉遭烟呛、晨车扰人清梦、小偷小摸等社会不良现象为主旨，事情细节的负面性质与作者“不亦快哉”的“潇洒”态度形成强烈反差，构成怪异的喜剧性。在梁实秋、林语堂先生文风笼罩之下，台湾散文中之幽默风格，往往有很强的戏谑性。吴望尧先生在《“骂人文章”十段论》之下，干脆标以题曰《游戏文章》。这种以“游戏”自我标榜的坦然态度和大陆五六十年代甚至70年代把散文当作诗来经营的潮流相比真是天南地北。光在取材和着眼点上观之，香港、台湾作家能在怕朋友借钱不还、怕老婆、恼电话铃声干扰、恨同道借书不还等看来是毫无诗意的琐事上展开不无扭曲的想象逻辑，作漏洞百出、神乎其神的推演，在这样的艺术空间中，展示出如此诡奇的笔墨，实在是大陆作家想象的触角长时未能进入的。

柏杨与马克·吐温

自然，台港学者散文中之幽默风格，并非完全没有正经立意，伤时忧世、关切世道人心之作比比皆是，但是他们往往喜欢将正经文章以戏谑荒诞之语出之。柏杨先生对于中国的国民性的积弊无疑有许多愤激之情，有时，他可能也有点像李敖那样口出大言，例如认为自己的杂文写得比鲁迅还好。但是他和李敖不同，他不真狂，而是以佯妄语，将愤激化为幽默。聂华苓说他“嘻嘻哈哈开玩笑，其实眼泪往肚子里流，心里在呐喊”是不错的。他自述在台湾没有读过多少鲁迅的杂文，看他的文风更接近于40年代智者幽默散文的传统。光看他动不动“吾友李太白”“吾友莫泊桑”“吾友梁启超”的，就知道这种笔法来自钱锺书先生的《魔鬼夜访钱锺书先生》中的一段反话：“做文章时，引用到古人的话，不要用引号，表示词已出，引用今人的话，必须说，我的朋友。”柏杨先生像吴望尧、周腓力、余光中、思果一样，善写一些鸡毛蒜皮的生活琐事，从女人的牛仔裤到美国人的口头禅“对不起”“谢谢你”，其用语之滑稽，堪称台湾散文家之首。

他以极大的随意性运用谐音，例如，把英语“癌症”的读音写成“砍死儿”，日语中的“我”音译为“瓦特哭兮”，并且还引出没有人念“牛顿哭兮”。有时则歪曲经典，把“天下兴亡，匹夫有责”，改成“衣服有责”，把“才高八斗”改成“才高八抖”。这些看来都是小技，不但为醉心于美化的诗人所不屑，而且为严肃的智者散文家所不为。

但柏杨的散文之所以不乏幽默精品，就是因为他所继承的毕竟是40年代的学者幽默小品传统。一方面，这种幽默是一种精神的自由和逻辑的解放；一方面，这种幽默又有智慧的渊博和深邃作基础。故柏杨能在颠而倒之、倒而颠之的逻辑中，流露出他对国民素质低落的忧愤。从这个意义上来说，他的戏谑性中有某种深沉性，软性中有硬性。他最大的长处是以极滑稽，甚至不免有点轻薄之语来讲本来是相当严肃的事。比如，他对中国人盲目搬用西洋文化，甚至生活习俗的批评。西洋人爱空口喝酒，故客厅中往往有酒柜，而一些缺乏思考力的中国人也赶起时髦来。如果让一般幽默作家来写，最多不过悲天悯人地使之小有尴尬、无伤大雅而已。这对于柏杨先生的尽情戏谑显然是不够过瘾的！他的戏谑性往往不满足于揶揄，常常要弄出一个虚拟的恶作剧来才罢休。他在幽默起来时，既不怕丑又不怕恶：

酒柜大兴，不过现象之一。柏杨先生想当年不阔的时候，客厅之中，就也有酒柜在焉，因为我老人家是不吃酒的，所以买了些洋文招贴的空酒瓶，里面灌上洗澡水，俨然一个伟大的西总。来访客人，无不肃然起敬。偶尔有老朋友，硬要来一盅，我就请他来一盅，结果拉了肚子，病不瞑目——没有灌上尿，正是我老人家忠厚之处，读者老爷不可不知。

这从逻辑上来说是一种导谬术，柏杨的导谬并非为了论辩，而是为了戏谑，故其荒谬乃是非写实的，乃是假定的、虚拟的。正因为是显而易见的虚拟，这才是幽默，而不是真正的恶作剧。然而就在这虚拟的恶中，读者感到了柏杨的善良。截然相反的形式和内容之间的逻辑空白，在读者的领悟中得到沟通。

在台湾戏谑性幽默散文中，柏杨的戏谑不但在虚拟的程度上表现得突出，且在性质上的“不怕丑”也显得惊人。为了表现他的愤激，他有时不惜故作丑行。这种风格，被柏杨无意间称之为“泼皮”，是颇有一点准确性的。这不但是鲁迅的幽默所没有的，就是多少有点不怕故作蠢言丑行的林语堂，也还没有达到柏杨以“泼皮”自诩的程度：

柏杨先生是个老毛驴，泼皮胆大，但就是怕人向我借书。

接着他写一本心爱的书为朋友借去久久不还的情状：

任凭我使出十八般武艺，包括恐吓、哀求，他瞪的眼比我还大。最后忍无可忍，终于在他卧室内人赃俱获，先把该书夺回，宣称内急，而他家的厕所是在大门口的，于是我就驾尿遁而逃。在大门口还听他诧曰：“真出了鬼，我刚才放在茶几上的朗生打火机怎么不见啦。”呜呼，打火机不见，不过略施小计，以施薄惩，以后如果胆敢借书不还，恐怕床头那个钻戒也会不见啦。

柏杨的幽默之所以淋漓尽致，就在于以这种不惜以自我“丑化”的虚拟笔墨来表现自己的愤激和老天真。这事实上是一种“丑化”，在“丑化”的喜剧性中超越了道德的恶，而升华为老天真的美。正如马克·吐温的一个传说：他讨厌冗长的演说，有一次听一个教士讲述他们在非洲蛮荒之地传教的艰难困苦，十分动人，当他讲到五分钟时，马克·吐温准备捐献十美元，当他讲到十分钟时，马克·吐温减少到五美元。可是那家伙讲了半小时，当那个收集捐款的袋子拿到马克·吐温面前时，他不但没有捐献，反而从中偷了两美元。

杨绛和汪曾祺

柏杨的戏谑性和马克·吐温的这个传说一样，是超越了道德的实用理论的美的想象。这种超越，要求较高的审美魄力。这在大陆实用理性和道德理性都比较严酷、僵化的五六十年代是不可想象的。到了“十年浩劫”过去以后，一批老作家如杨绛、孙犁、汪曾祺先生的喜剧性审美价值观念比较强大，受“五四”幽默散文传统熏陶较深，在八九十年代，较早地写出了一批有影响的、略带戏谑意味的软幽默散文，但是这种戏谑的软性是相当有限的，它往往是和某种人生况味、美好人情，甚至是某种哲理的概括互为表里的。审美的倾向大抵高于审“丑”的探索。最早凭借恢复“五四”散文传统，从不无模式化的杨朔、刘白羽的诗化散文的一统天下中解放出来的，是杨绛的《干校六记》。其中一些审“丑”的戏谑性在当时（1981年）曾引起不小的轰动。如她在《“小趋”记情》中写到河南落后农村的狗会吃屎：

> 我女儿初下乡，同炕的小娃子拉了一大泡屎在炕席上。她急得忙用手纸去擦，大娘跑来唤她糟蹋了手纸，也糟蹋了粪。大娘“呜——噜噜噜噜”一声喊，就跑来一只狗，上炕一阵子舔吃，把炕席连娃娃的屁股都舔得干干净净，不用洗，也不用擦。

这里自然有“软幽默”，有一点戏谑性，但更多的是写实。不过这里的写实，并不把当时农村的贫困落后当作可悲的事，而是把它当作可笑可爱的事。那大娘的不卫生完全被她的善良真诚和惊人的节俭所掩盖，她的坦然和纯朴使本来从实用理性来看是令人痛苦的现实，变成引人怜惜的艺术。这是大陆散文家喜剧性审美第一次挣脱了实用价值的严酷，用超越的眼光在丑中发掘幽默的早期作品。但是光有这样“软幽默”的戏谑性还不充分，原因是实用价值与喜剧性的荒诞还缺乏足够的距离。这种距离的拉开，要求作者有更大的想象的魄力，在虚幻性与现实性相互对立之上创造一个张力更强的境界。杨绛女士之所以值得称赞，就是因为她不满足于此，接下去她把读者带入了一个更为饱和的戏谑性情境。她写的是猪和狗都吃屎：

> 我下了乡才知道为什么猪是不洁的动物，因为猪和狗有同嗜。不过猪不如狗有礼让，只顾贪嘴，全不识趣，会把蹲着的人撞倒。狗只远远坐在一旁等待，到了时候，才摇摇尾巴，过去享受。

这里描写的是猪狗之丑相，所用的关键词语均仅适用于人。例如“同嗜”“礼让”“识趣”“享受”，这就在表层语义的契合之下拉开了语义错位幅度，这种幅度较之前段扩大了，作者戏谑之美也就更强了。不过这也就是大陆戏谑性幽默散文美与丑拉开的最大距离，其极限乃是在现实性基础上所能承载的最大虚幻性。虚幻性是渗透在或隐藏在写实之中的，最多也不过是在现实性与虚幻性交错的边缘上驰骋一下笔墨而已。游戏之笔，在大陆幽默散文家那里往往有适可而止、适度而止的倾向。不论在杨绛还是汪曾祺的散文中，“不怕丑”的笔墨都只是某种插曲，绝对没有柏杨先生那种通篇游戏，从不怕丑到不怕恶以致故作泼皮耍赖以自豪的风格，而且也没有林语堂先生《来台后二十四快事》、梁实秋先生《不亦快哉》、吴望尧先生《“骂人文章”十段论》，通篇皆悠游于美丑之间那样的文章。在这方面，大陆散文家实用理性和道德理性较重，多少倾向于美善统一，偶有游戏之笔也往往不取以恶为美之途径，只有较大胆的才敢做更自由的发挥，而且不是主观发泄而常常采取客观描述的笔法。汪曾祺在《跑警报》中，描述抗战期间西南联大的生活，其中有这样的插曲：

跑警报，大都要把一点值钱的东西带在身边。最方便的是金子——金戒指。有一个哲学系的研究生曾经做了这样的推理：有人带金子，必有人丢掉金子，有人丢金子，就会有人捡到金子，我是人，故我可以捡到金子。因此他跑警报时，特别是解除警报以后，每次都很留心地巡视路面。他当真两次捡到过金戒指。逻辑推理有如此妙用，大概是教逻辑学的金岳霖先生所未料到的。

这里表面上是很庄重的三段论推理，很有理性色彩，但其实是不真的歪理。按逻辑学三段论推理，必须大小前提都是周延的全称判断，即所有的人都会丢掉金子，所有的人都会拾到金子，才能得出：我是人，因而一定能拾到金子。汪曾祺明知这位哲学系研究生犯了“中项不周延”的逻辑错误，但不明言，把表面的庄重理性和不真的诡辩一本正经地混淆起来，造成一种戏谑性，但这种戏谑性并不涉及恶与丑，只是显出“无理而妙”的趣味。在大陆散文家中，至今连这种“无理而妙”的戏谑性诡辩之理趣也是不多见的，大多是与诗意结合在一起的情趣。即使有幽默的戏谑，也与丑与恶远离，主要的仍然是亲信友情，越是亲密，越是俏皮；越是俏皮，越是有戏谑性之趣味，因而可以说抒情性与戏谑之结合仍然是大陆“软幽默”散文主流的一个特点。

歪理歪推的智慧
——从《说不尽的狗》写作体会谈起

这篇文章写在 1995 年初，春节前夕。我正在香港岭南学院中文系做研究，课题是台湾、香港和内地的幽默散文。前后有五个月，时间虽然长了一点，但并不寂寞。在香港文坛，我有许多文友，有些是在报刊编辑部工作的。适逢年关，狗年即将逝去，香港《文汇报》副刊部的黄汉文先生打来电话，让我为狗年写一点文章。此前不久，我在香港出版了一本通俗的幽默著作，引起了翻译系一位先生请我讲幽默的问题。

因此一拿起笔来，就从翻译开始讲幽默。

在动笔之时，本可以写成一篇抒情的散文，但，我当时决计拒绝抒情。我从研究中，深深感到，内地的散文，在 20 世纪 80 年代虽然比之 20 世纪 60 年代有长足的进步，但是，趣味仍然比较单调。散文理论的主流，仍然是巴金的"讲真话"，还有林非的"真情实感"论。这当然是没有大错的。但我觉得，也没有大对，因为并没有涉及散文艺术的真谛。特别是，给人一种错觉，真情实感就在作者的口袋里，只要有起码的政治和道德勇气就成了。其实，艺术不仅仅要有勇气，而且需要才气。就是有了真实的情绪和感觉，也只是一切艺术作品的起跑线，并不是散文的艺术境界，充其量勉强接近抒情散文而已。而当抒情成为海内外的共同文风之时，滥情和矫情就应运而生了。我觉得应该把文章写得幽默一点。

对于幽默散文来说，笼统地强调真情实感论，可能造成一种误导：在一切散文中，只能讲现实的情和事。这个理论问题，一直纠缠不清，直到 20 世纪 90 年代末，在一次散文学会年会上，还有学者在讨论什么散文能不能虚构。其实，艺术都是想象的，能不能虚构是个伪问题。真情实感，作为散文理论的逻辑起点，作为理论的基本范畴，应该是蕴含丰富，包含着内在的矛盾和转化层次。一切艺术的真都离不开假定和虚拟，一切的"真"，都包含着"假"。莱辛在他的《拉奥孔》里早就说过了艺术是"逼真的幻觉"。试想，鲁迅在

《阿长和〈山海经〉》中写道，长妈妈对他说，太平军来了，要把女人俘虏去。等敌人来攻城，就让女人把裤子脱下来，往城墙上一站，敌人的炮就炸了。明明是极其荒诞不经的，而鲁迅却说，听了以后，觉得她真有“伟大的神力”，对她产生了“空前的敬意”。就是真情中有假定，实感中有虚拟，有了比之抒情更为大胆的虚拟，才有幽默。一些号称“散文理论家”的人士，除了对他自以为天经地义的理论忠心耿耿以外，对于经受了历史淘汰却仍然保持着鲜活生命的经典文本，已经失去了感觉。要害在于，假定性和虚拟性在幽默比之抒情更为关键，幽默更需要对于现实生活和日常感情更有想象的自由和超越性。拘泥于现实的感觉就是拘守于实用理性，必然压抑幽默的自由想象。正是出于这样的考虑，我在文章最后引用了钱锺书先生的逸闻：谁要是随便跟他讲比较文化，就要学法西斯分子拿出手枪来。我就涉笔成趣地接下去：

当陈德鸿博士请我去讲比较文学时，我立刻想到钱先生的话，本想带刀去会场自裁的。但是，转而一想，我这么一死，就没有人在这个世界上大讲比较文学、比较文化之难了。

于是我决定，还是活着，不过把风度弄得比较悲壮一点。但既不能像王朔那样装痞子，也不能像某些一捞几十万金的歌星那样玩深沉。

这绝对是虚构，不敢作这样的虚构，就没有趣味，也就没有幽默感了。

正是因为追求想象的自由，我在文章中尽可能回避叙事，更不用抒情的方法，而是采用一种随机议论的方法，想到哪里说到哪里，行文逻辑带着很强的随意性。着重从习以为常的、看来天经地义的事和情中，揭示出显而易见的不和谐、不一致、不合乎逻辑、很可笑。在西方幽默理论上有个讲究，叫作 incongruity，是叔本华提出来的。正是因为显而易见的不一致，才显得可笑、好玩、有趣。我在文章开头，把文豪歌德非常严肃的论文《说不尽的莎士比亚》和我的文章《说不尽的狗》相提并论，莎士比亚和狗类比，是不伦不类的，这就突出了不一致、不和谐，构成了幽默感。

这种不一致、不和谐，不但在一般的感觉中，而且在逻辑上。虽然是在发议论，但不是在讲正理，而是在讲歪理。有时，还歪理歪推。在语言上，还显出以有意把大词小用为荣的感觉。如：“美国的狗更娇宠，你一进门，它就扑过来，对你显示那西方美人般的热情，把柔软的然而脏得发黑的前爪伸给你握，完全是一派古典浪漫主义的诗人风范。”

为了营造这种不一致、不和谐、非逻辑的感觉，我还用了两个方法，一是用中国人眼光去看德国人和美国人对狗的感觉，扩大文化心理的反差，不伦不类地把狗、孩子、文凭有意并列，又把情人、浪漫和狗的唾沫直接相联系。二是，尽量把自己贬低，把自己写得糊涂，写得弱智、傻乎乎、死心眼，写得很倒霉。越是虚伪地讨好人家女主人，越是得狼狈地说谎。

这在幽默的学问中，叫作“自我调侃”。在美国的一些幽默理论中，这是幽默的最高层次。

这种幽默最能显示幽默不同于抒情的特点。抒情，是美化环境，美化自我的感情，追求的是和谐，而幽默则相反，好像总是在尽可能“丑化”自我。但，又不是真正的丑化，而是带着引号的“丑化”，因为这里有着显而易见的荒谬，读者会心照不宣地领悟到这是作者的虚拟、艺术的假定，恰恰说明，作者心地宽广坦荡，逗起他们会心莞尔而笑。

而笑是读者和作者心灵最短的桥梁。

幽默的艺术风格，不以抒情取胜，而是以诙谐取胜。抒情的趣味，叫作“情趣”；而幽默的趣味，则属于另外一个范畴，叫作“谐趣”。

许多散文之所以单调贫乏，就是因为太拘泥于真情实感。缺乏超越现实的想象力，习惯于讲正理，缺乏讲歪理所必要的飞越的神思，充其量也就是情趣，与幽默的谐趣无缘。

当然，如果仅仅是歪理，幽默就可能沦为滑稽，耍贫嘴，低级趣味。幽默不同于滑稽，就是因为它不但歪得有趣，而且歪得有理，也就是有智慧。为了强调这一点，从文章一开头，我就突出了对于司空见惯的中西文化的相异，尤其是对于狗的观念上的不一致，种种的歪理，都有一个根源，那就是对于狗的不同文化意识，集体无意识。而这一点恰恰是文化心理学上的正理。

故幽默要成为艺术，不但要歪得有谐趣，而且还要歪出正理的智慧来。

2006 年 12 月 9 日

附记：看了广东版的高中语文教科书，才知道他们把我这篇文章和钱锺书的《窗》和美国作家莫利的《门》，还有丰子恺的《渐》以及秦牧的《菱角的喜剧》放在一个单元。

其实，秦牧的《菱角的喜剧》是讲道理的，讲的是很一般的道理，那就是同种事物形态是多种多样的，结论事情总是很复杂的。但是，这样的事情并不复杂，道理很粗浅，所用的事例又很平。三角的、四角的，还有没有角的，这并不稀奇，没有多少智慧。这样的风格的文章，本来应该有智趣，不是把平凡的事情讲得很不平凡，就是事情本身很是令人惊讶。

丰子恺的文章，也讲道理，但是，讲得很丰富，所涉及的生活经验都是很平凡的，甚至是平凡得叫一般人感而不觉，但是其中有很深的道理，而且所讲的道理，又有很多层次。作者的功夫在于在平凡的经验中揭示出相反的两个极端，一方面是变化的巨大，另一方面是变化的隐蔽。在不变的感觉中隐藏着变，这是哲理。丰先生把它从日常的不变的印象中揭示出来。

丰先生文章的第二个层次，指出变的本质是时间。一方面它不可把握，因为人生“太长”，造成了错觉，因而生出许多的纷乱。如果短一点，人就觉醒了。

最后指出，人生的佳境，就是不要为渐所迷，把一刹那当作永恒。纳芥子于须弥，这是佛家哲理，作者没有正面讲佛家哲学，但从文章的逻辑中，从感性的经验中，把深厚的人生哲理渗透在其中。

秦牧的文章以平凡的事情写平淡的道理，而且没有层次，因而很平淡，甚至可以说是相当平庸。

钱锺书的文章是以讲述道理为务，当以理趣，或者叫作“智趣”为主。但秦牧的文章之失在于没有多少趣味，大概因为是广东人的课本，非选他一篇不可。美国人的文章《门》，就比较有趣了，其中有相当多的人生困境，强调自己的尴尬、失落，当然也不完全是失落。有一句话很重要：

> 开门是一种神秘的动作，它包容着某种求知的情趣，某种进入前的感知和人类的烦琐仪式的一种新形式。

作者追求的是门的文化内涵，说明是“情趣”，其实其中潜在的深度是智趣。作者的思想是有深度的，他的门是人生的象征，一旦关上了就永远不会打开了。从这一点来说，这是很严峻的。而钱锺书的智趣中有谐趣，也就是幽默，有感情，但不是很多，他富于理性，有学者的智慧，左右逢源，引经据典，歪理正推，歪理歪推，歪打正着，翻来覆去，都带着刺。研究钱锺书的幽默的方法，不能孤立地研究，要把他与同代幽默作家比较。

20世纪40年代梁实秋、林语堂、王力散文富于智性的幽默趣味，与同时写作散文的钱锺书先生堪称同调。不过钱锺书先生的推理更加“歪”，更加“强词夺理”，例如《窗》中，这样分析窗与门的区别：

> 我们悟到门跟窗有不同的意义。当然，门是造了让人出进的。但是，窗子有时也可作为进出口用，比如，贼以及小说里私约的情人就喜欢爬窗子。所以窗子跟门和宇宙观的分别，决不仅是有无出进的人。若据赏春来看，我们不妨这样说：有了门我们可以出去；有了窗子，我们可以不出去。窗子打通了大自然和人的隔膜，把风和太阳引进来，使屋子里也关着一部分的春天，让我们安坐了享受，无须再到外面去找……
>
> 所以门许我们追求，表示欲望，窗子许我们占领，表示享受……一个外来人，打门里进来的，有所要求，有所询问，他至多是个客人，一切要等主人来决定。反过来说，一个钻窗子的进来的人，不管是偷东西还是偷情，早已决心来替你做个临时的主人，顾不到你的欢迎和拒绝了。

钱先生更善于将两个本来互相并列的属性（不是对立的，而是互补的），用极其机智的语言结合起来，任意地把二者放在两个极点上对立起来。例如，本来门和窗的功能主要是互补的，但钱先生置之不顾，只把二者的性能孤立地组成一对直接对立的矛盾，作为矛盾分析的逻辑起点：说门是为了人进出的，窗子有时也可以用作进出。这就先为二者找到了统一的契合点，就这一点而言，表面上似乎并不十分离谱。但是这种契合点却是任意性的，这里作为统一的理由是牵强的。从窗子进出的是情人和小偷，这二者的并列，本身已经是不伦不类的了，加之偷偷摸摸被排除之后，又与从门进出的公开化并列起来，就产生了双重的不伦不类。此时的荒谬性还是比较表面的。

接着又把这两点当作一对矛盾：

> 若据赏春一事来看，我们不妨这样说，有了门，我们可以出去，有了窗，我们可以不必出去。

这种对立的极端就更加任意了。但是把这两点作为演绎的前提，却是不可靠的。妙就妙在钱先生偏偏把这不可靠的前提当作毫无保留的出发点，在两个极端上作片面的演绎。在层层演绎中，从推理形式上看似乎顺理成章，但是从所推出的内容来看，却愈演愈歪，这两个极端的矛盾层层放大，越来越走向显而易见的悖谬。从门与窗的任意性对立，变成了人事的荒谬。任何一个从窗子里爬进来的人，不管是偷情还是偷东西，都是来做“主人”的。这个“主人”的内涵就是非常勉强的了，通常的房子的“主人”（所有权、使用权）的含义已经被偷换了。正是这种貌似合乎逻辑的形式和实质上是导致荒谬的内容，二者之间的矛盾造成了钱先生的幽默感。

2010 年 11 月 21 日

结论 1

钱锺书幽默的特点：钱锺书先生这种长驱直入的演绎，所向披靡的力度和旁若无人的果断，在中国幽默散文史上可能是首屈一指的。

相比起来，林、梁、王先生的歪理歪推，例如王力先生的《吃》和梁实秋的《论裸体》从纯形式上观之，往往不如钱锺书先生那么多层次。从内容上观之，也不如钱锺书先生那么尖锐而严峻。在智性的趣味上，即使对世道有所讽喻，他们对于人性的弱点也不像钱锺书先生那样刻薄。常常只涉及一些一般的社会经济现象、无伤大雅的人事，比如物价飞涨、老妈子不好侍候等等，很少涉及人心，尤其是知识分子精神上的暗疾。写这样的主题，林、梁、王先生用了大量的自嘲，自我调侃钝化了进攻的锋芒，因而他们的幽默是软性的，即使有所进攻（针砭）也是把矛头指向社会一般的现象，很少集中在某一群特定的人物身上。钱锺书先生却不止于此，他对于世道人心深刻批判，入木三分，往往在林、梁、王先生适可而止的地方穷追不舍，不惜挥洒他的大笔浓墨，大有不挖到痛处决不罢休之势。

在同一篇文章中，接下去，钱锺书先生就把这种本来是建筑物的特点的认真的思考引申到世道人心上来了：

> 缪塞在《少女做的是什么梦》中他的那首诗剧里有句妙语，略谓父亲开了门请进了物质上的丈夫，但是，理想的爱人，总是打窗子里出进的。换句话说，从前门进来的，只是形式上的女婿，虽然经丈人看中，还待博取小姐自己的欢心；要从后窗进来的，才是女郎们把灵魂肉体完全交托的真正的情人。

形式上的逻辑性掩盖着内容的悖谬。在这里，钱锺书先生已经得出了所有真正的情人都是从窗子里爬进来的结论了，而读者仍在正常思维的惯性之中，二者构成显而易见的错位，谐趣、幽默油然而生。

结论 2

就在这样的思路中，交织着正常与反常、理性与荒诞、严峻与俏皮。这样的思路，就是幽默感所产生的逻辑错位过程。

结论 3

光从幽默的逻辑特点而言，钱锺书先生和王力先生是相同的，但是以钱锺书先生的个性，仅仅停留在人生现象的深刻观察上，是绝对不过瘾的，他要从这一焦点出发，引申出对于世道人心的某种讽喻乃至挖苦，才能发挥得淋漓尽致。钱先生在批评离他生活圈子比较远的人事和社会现象时，还比较温和，他的幽默往往是泛指的、调侃的。就是有某种进攻性，锋芒也是钝化了的。这一点我们在上述引文中可以明显地看出来，他所批评的父母亲择婿对象和女儿的择偶对象的不同标准，这是自古而然的现象，除了他的话说得调皮以外，在内容上，并没有特别的新发现。

结论 4

光是说到这里，还不能显出钱锺书先生的睿智，不能使钱锺书先生的郁积得到释放，不能把钱锺书先生对于生活和心灵中最敏感的焦点之光发散出来，不把对于社会心理状态的批评拉到他所生活的圈子中来，他的才能就不能得到充分的表现。

他笔锋一转，可以说是有了神来之笔：

> 你进前门，先要以门房通知，再要等主人出见，还寒暄几句，方能说明来意，既费心思，又费时间，哪有从后门进来的直接痛快？好像学问的捷径，在教科书背后的引得，若从前面正文看起，反见得迂远了……窗子引诱了一角天进来，驯服了它，给

人利用，好比我们笼络野马，变为家畜一样。从此我们在屋子里就能跟自然接触，不必去找光明，换空气，光明和空气会找到我们。所以人对于自然的胜利，窗也是一个。不过，这种胜利，有如女人对于男子的胜利，表面上看好像是让步——人开了窗让风和日光进来占领，谁知道来占领这个地方的就给这个地方占领去了。

结论 5

钱锺书先生的文章逻辑错位的层次特别丰富，真正当得起余光中先生所说的“左右逢源，曲折成趣”，首先从门和窗子的区别转入到进门和进窗的女婿的性质上的颠倒，其次转到文人做学问的投机取巧，二者本来是风马牛不相及，经钱锺书先生这样自由地推演一番，顺理成章地统一起来，把矛头指向了同行做学问的不老实了。最后又顺带一笔，从绝对没有诗意的笔法，突然反拨，把女性讽刺了一下。

结论 6

在钱锺书先生的幽默视野中，司空见惯的人性不但可笑而且还有可恶的一面。他的批判刀刃好像是专对着文人的。他最乐于把同行、同辈身上的一些庸俗和虚荣、心灵的污点，用刀子一样的语言去解剖。他似乎是在享受着某种远交近攻的乐趣。不把近在眼前的文人心灵的污点挖苦一下，他的浩然之气是不能得到充分发挥的。越是拉近距离，他的批判锋芒就越是尖锐，甚至是尖刻，他的才智就越是得到充分的发挥，他的笔力也就越是左右逢源、潇洒自如。他的幽默感的强硬的进攻性，在这里显得特别精彩。

结论 7

他的幽默感是没有或者极少是自我调侃的。也正是因为这样，他的幽默总是有一种触及灵魂，甚至刺刀见红的特点。这里，我们可以看到钱先生的少年的豪气、傲气，在这种豪气和傲气中，读者可以看出青年钱锺书的愤激。他的幽默是一种进攻性幽默，其尖锐度乃是来自他的愤世嫉俗。

他批评文学评论家好在文章中教训人。如果让王力先生来写，大不了就是以悲天悯人之态，作轻松调侃之语罢了。但是钱锺书先生却不会满足于此。他从多方面挖苦那些好为人师的文学批评家，首先把他们作了无类比附，和借债不还的人相提并论：

> 有一种人的理财学不过是借债不还，所以有一种人的道学，只是教训旁人，并非自己有什么道德。

结论 8

结论的振振有词和论证的软弱之间形成反差，暗示了智性和调侃的张力。如果仅仅限于此，则钱锺书先生的个性则还不能充分显示。

经过一番曲折的歪理歪推以后，他把这一点发挥到一个无以复加的极端上去：

> 老实说，假道学比真道学更为难能可贵。自己有了道德而来教训别人，那有什么稀奇；没有道德而也能以道德教人，这才见得真本领。有学问能教书，不见得有学问，没有学问而偏能教书，好比无本钱的生意，那就是艺术了。并且真道学家来提倡道德，只像店家自己存货登广告，不免自夸之讥；唯有绝无道德的人来讲道学，方见得大公无我，乐道人善，愈证明道德的伟大。

把违背常识的反语说得这样振振有词，已经把文学批评家损得一塌糊涂了。但是这还不是钱锺书先生的真正妙处所在。钱先生的妙处更在于，他在推出这样一个惊世骇俗的结论的过程中，还有多方面的锋芒。在他的才智发挥得最为充分的时候，其特点用左右逢源来形容已经不够了，更准确的应该是左右皆刺。他的推理过程相当曲折，几乎在每一个转折处都包含过人的机智，在每一种机智中都又隐藏着讽刺，真可以用某种意义上的“两面三刀”来形容。他首先把文学批评家比作医生，从正面说他们“仁心仁术”，却引出反面：世上还是有人生病。这样已有了对于医术的讽喻了，当然，单方面的讽喻不是钱锺书所能满足的。于是他又从他们的道德上进行挖苦：

> 不过医生虽然治病，同时也希望人害病。

这样的讽刺已经是够尖锐的了，但是钱锺书先生的讽喻才情还是没有发挥到妙处。他随机引申了一下，就来了更为尖刻的：

> 配了苦药水，好讨辣价钱，救人的命正是救他自己的命。

这对于前面的话是个结论，但是对于钱锺书先生的文章来说，还是个引题。他由此突然推出一个结论说：

> 所以人性不得改善，并不足为奇。

这样的推理方式，从一方面来说，可以说左右逢源，多多少少有点雄辩的色彩。从另一方面来说，他用的是类比推理，而类比推理，是不能单独进行论证的。这里就透露出了钱锺书先生幽默风格的另一个特点，那就是左右逢源的表面雄辩和逻辑薄弱的实质诡辩。雄辩显示了智性，而诡辩则又显而易见的滑稽。滑稽的诡辩性质与雄辩的智性深度相结合，就构成了幽默的基础。但是光有这么一个方面，还不足以将钱锺书先生的才气完全展示出来。接下去钱先生又从动机上来挖苦他的同龄人的文学批评家：

人生之桥已经走了一半，然而《神曲》倒是无从下笔；谈恋爱，参加抗战，似乎年纪太大；吃素奉佛，似乎年纪还轻；要创作似乎才尽，要研究恨欠训练，到此时，他不写说教的文章，你还叫他干什么？

这已经曲折地流露出对于批评家不仅是在才气上的藐视，而且从政治、宗教、情爱等方面极尽挖苦之能事。

2010年11月21日，为去广州讲课而补写

第七辑　文汇专栏

陈寅恪的奇迹和疑问

在一般读者之中，知道钱锺书的可谓多矣，但是要说到陈寅恪，年轻读者就知者甚少了。殊不知，陈寅恪还是钱锺书的师长辈，他的学养，就是钱先生也不能不对他敬礼有加。不幸的是，这样一个不世出的大学者已经去世了。

所幸，陆键东所著、三联书店出版的《陈寅恪的最后二十年》在1995年一出，到1996年6月就印到第三版。

早在50年代后期，我还是北大中文系的学生，就听周扬在报告中说：像陈寅恪这样的学者不能像对一般知识分子那样要求他进行“思想改造”。中央请他到北京来工作，他提出的条件是：不学马列。当时在我印象中，这是一个大师式的学者，连周扬都不得不对他的“顽固”网开一面。这回买了一本《陈寅恪的最后二十年》来看，果然。那是1953年，他对中国科学院聘请他当历史研究所所长的答复。不但自己不学而且全所都不学，还要毛泽东和刘少奇“给一允许证明”。这事当然不了了之。但是中共中央对于陈寅恪的特殊照顾不仅仅如此，在“反右”前后一个粗暴地冒犯了他的党委书记龙潜受到了党内警告处分。在“反右”期间有人提出要把他划为“右派”，也遭到中共广东省委的拒绝。在物质条件极端困难的60年代初，广东省委书记陶铸的特批，给予他生活上特殊优厚的供给。他得到的，可以说是全国知识分子中最好的关照。在知识分子中间，他可能是唯一享受到中共中央要人如陈毅、康生、胡乔木、周扬先后登门拜访的殊荣。在“文革”前安然进行研究长达十余年。

陆键东在书中感叹说，中国共产党知道：中国毕竟只有一个陈寅恪。陈寅恪得到的尊重，实际上是他的学术地位得到确认的必然结果。

他精通十数门外语，对于中国的古典文献耳熟能详，虽然，他早已双目失明，只能在助手的帮助下，口述为文。但仅凭记忆，征引文献，十之八九没有错误，即使专攻文献者也不能不佩服他，赞叹他的“一口准”。不论在学术上，还是在所受的礼遇上，陈寅恪都可以算是一个奇迹。

本来在 1949 年以前，他的隋唐史的研究基本上改变了千年来没有一本“通论其渊源流变”的状况。人们完全有权利预期他在六十岁以后，不以断代史为满足，能在更广阔的领域中施展他的才华。然而在“文革”浩劫以前十多年时间里，他却把主要精力集中在《柳如是别传》的注释上。

这就给今日研究陈寅恪的学者留下了一个不大不小的疑问。为什么这样一个大师把自己的宝贵精力花在一个明末清初的妓女（虽然是有才气又有骨气的）身上？陆键东，力图对此作出解释，他归咎于历史的转折太过迅猛，陈先生表面上的矜持也掩盖着不无脆弱的个性。他以“自由的意志、独立的精神”为生命，自然是值得仰慕的，但双目失明使他的雄心大受挫折。由孤高自许、愤世嫉俗，转而走向“著书唯剩颂红装”，实际上把学术研究当作了身世悲凉的寄托。陆键东指出，由于“更多地渗透着个人身世之慨……纯粹意义上的学术已退居其次”，“生命意识中的悲凉之调，明显改变了陈寅恪以往切入历史的角度。他对历史的考证，他对已被湮没的历史场景的再现，全都附庸于抒发这种‘孤怀遗恨’的历史痛感”。

有一段时间，我曾经同意过这种解释，但是近来翻检的文献渐多，就不能不对这种说法持怀疑态度了。对于陈寅恪的晚年，就是不算单篇论文，光是专书就有：香港出版的《陈寅恪传记资料》、汪荣祖的《陈寅恪评传》、余英时的《陈寅恪晚年诗文释评证》、《纪念陈寅恪先生诞辰百年学术论文集》（北京大学）、《纪念陈寅恪教授国际学术讨论会文集》（中山大学）、《柳如是别传与国学研究》等。总括起来说，对陈寅恪晚年的学术思想和成就的解释就不下七八家。黄裳的主张是，歌颂柳如是的翻案文章，不仅赞美其才艺而且服膺其气节。但是黄裳认为这样的文章不值得写的，毕竟柳如是只是一个风流放浪的末代交际花。汪荣祖认为，陈寅恪著此书一来自遣，寄情于古人，浑忘现实之痛苦，同时也是以极其丰富的考证，集自己一生笔法之大成，以留示后来作为史学方法之“范例”。而一批陈寅恪的高足则持此书中的主旨是揭示“长期的、广泛的、有组织的复明运动，民族抵抗的沿流”。而另一学者则认为是这是一部歌颂女性的史学著作。陈寅恪的朋友吴宓则持知识分子的“人格心态史”之说，刘梦溪认为是一部“明清文化痛史”。而余英时早在 50 年代就认为：本书中以柳如是喻自己的夫人，以钱谦益喻自己，是一部伤悼、自悔之作。绝大多数学者都认为这部书所展开的明清之际，政治、经济、宗教、文艺、军事的广阔历史画面，其在历史事实的层面上，在思想意义的层面上，在文体意义的层面上，都有着极其丰富的内涵，也许不是我们这一代的学人在短时期内的研究所能穷尽的。

原载香港《文汇报》1997 年 7 月 27 日

钱锺书的可爱及其他

每一个人，如果不是丑化了的，大抵都有可爱的一面。这是我读了两本《钱锺书传》和《传记文学》上《耿介的钱锺书》一文后的感想。

钱锺书的可爱，他的“痴”、他的天真、他的博学，已为许多研究者所称颂。但是钱锺书的耿介狷狂却往往被回避了。当然，有许多一望而知是思想境界高超的逸事，是被传媒反复炒作的。如一位外国女士来中国给钱锺书打电话，想拜见他，他回答说：假如你吃了一个鸡蛋觉得下错，又何必要认识那下蛋的母鸡呢？我很欣赏钱先生的这种幽默，在这中国部分知识分子精神严重失落之际，像钱先生的高风亮节实在可贵。台湾的李敖曾经断言中国没有“横睨一世特立独行”的人，也许是他的自许，但是他忘了或者不知道大陆有个钱锺书。在80年代的“一切向钱看”的潮流中，却有一个横睨拜金崇洋的学者。美国普林斯登大学曾竭诚请他前往讲学半年，开价十六万美元，交通、住宿、伙食另行提供，并可携夫人同往。只要求两星期授课一次，每次四十分钟，共讲十二次，相当于每次一万多美元，每分钟近四百美元。对于这样优厚的待遇，内地乃至香港多少学院派文人是心向往之的。但钱先生却不为所动，他对普林斯登校方的特使说：“你们的研究生论文我都看过了，就这个水平，我给他们讲课，他们听得懂吗？”这样的话，就连自称五百年中国文章“第一”的李敖恐怕也讲不出。

一个法国人在巴黎的一家大报上说中国有资格获诺贝尔文学奖的非钱锺书莫属，钱先生在得知之后撰文历数诺贝尔文学奖的误评和漏评。就是对诺贝尔文学奖评委中唯一懂得中文的马悦然，钱先生也是毫不客气：“你跑到这儿来神气什么？不就仗着我们中国混你这碗饭吗？作为汉学家，你在外面都做了什么工作？巴金的书都译成那样，欺负巴金不懂英文是不是？那种烂译本谁会给奖？中国作品就非得译成英文才能参加评奖，别的国家就可以用原文，有这道理吗？”

这话说得多痛快！但是细心的读者在感到痛快的同时是否也有一点“尖刻”之感。钱先生的可爱往往与这种带着某种气的狂傲成反比。

他的《围城》和《写在人生边上》之所以至今不能像巴金、冰心的作品那样家喻户晓，与其尖刻文风不无关系。

原载香港《文汇报》1997 年 9 月 30 日

《董桥文录》：冷峻的幽默

董桥自称他的散文《董桥文录》“全在正正经经的心情下写出来的”，但是除了一小部分谈读书的，充满了书卷气以外，绝大部分文章，却是以幽默、俏皮、讽刺取胜的。据我粗略的统计，“在香港写的”一辑中十八篇文章只有四五篇是正面提出问题、作出结论的。其他十余篇则大抵是从反面着眼，把正正经经的立意藏在似是而非的幽默语言后面的。

当然，仔细分析董桥的文章，其构成因子并不完全是幽默，也有抒情的成分，尤其是他列在“在伦敦写的”一辑中的文字，不仅仅是一般的抒情，而且是发愤激之情。抨击英国人要到香港去发财，又在广告上把香港描写成是鸨母、毒贩、杀手的天下，文中充满了愤激的情绪，读来很是痛快。写到他身在异国所感到的莫名其妙的“乡愁”，对于香港的一切都感到关切。也许苛刻的读者可能觉得，写得太直率了。但是写回到他的印尼老家雅加达“旧地”一辑，文风就收敛得多了。散文的文体感，而且是董桥式的文体感，开始显现出来。写到他回到雅加达，充满了怀旧之情，又对其混乱、贪污感到无奈。在幽默中挟着抒情，情绪很含蓄。如写到唐人街的夜晚，“人家都关上了门。街很静，像三十几年前日本南侵时的黑夜一样，完全不像雅加达的夜晚那么爵士。天亮了，太阳就很大，没有人怕太阳。每个人的脸都晒得黑里透红，这一分光，就够人留恋，旁的不用说了”。这么克制着形容和渲染，从中可以看出董桥的老到。

董先生文中有直白的成分，还有少许像小说那样的叙述成分，像《那天晚上》，完全可以说是一篇近似意识流的小说。但是董桥式文体的特点，我以为还是幽默成分。而董先生的幽默大致在于自嘲与讽世，自嘲相当坦率而且诚恳，做骂人文章，能把自己也骂进去，这就缩短了与读者的心理距离，没有居高临下之弊。他在《没有东西》中解剖自己为文时的沾沾自喜的背后，实际上是失去民族意识的“根”的，他承认自己有时“骗人”，但是骗不了自己。这种自嘲与一般幽默的自嘲的轻松是不同的，因为其中有更多的自谴的痛苦。

董先生的讽世很有深度，从他尖锐的用语中，不难想象他愤世嫉俗的程度。他憎恨浪得虚名的作家失去创造力，又不甘寂寞，但他不直说叫他们老老实实停止装腔作势，勉强生孩子，而是说叫他们服“避孕丸”，“免得珠胎暗结，养出个不伦不类的小杂种”。

说到愤激时，连“他妈的”“放洋屁”“混蛋”“骚味”之类的话都不回避，表面上很是放肆，但是在他的全文中，占优势的是书卷气很浓的文化人的口语和古典雅言，结合成一种董桥式的庄谐交融的文风。

他的放达令人想到台湾的李敖，他的书卷气令人想到钱锺书的《写在人生边上》，但是董桥不像钱锺书发尖锐的歪论时大引中外经典，他也少有钱锺书式的犀利。钱锺书和董桥都善用反讽，好用不伦不类的比喻，构成喜剧性效果，但董桥在逻辑上留下的空白较多。《那吃草的》讽喻香港大讲“生态学”却是“一块草地像一块金子一样贵的地方”，反而把生态平衡的农村当作“落后”、令人“羞耻”的地方。这样的立意，要让钱锺书来写，不论在语句上还是逻辑上肯定要尖锐得多，而董桥只是顺便提一下教自然的老师（本该讲生态学的）“经常便秘”如此而已。

董桥的幽默较之钱先生要温和一些，原因是董桥更着重于美丑，较少着重于善恶，对于丑恶的现象，他更多的是对事而较少对人。他针砭的常常是普遍存在的世态人情。如他由报刊以名人名言为“补白”现象，引申到人生都免不了要作这样无聊的补白：“谈生意要海阔天空一番才言归正传，谈恋爱要献许多殷勤才可以一启朱唇，找饭吃要向上司拍马屁吹牛才得以苟延残喘，结婚要借钱大摆宴席，惊动亲友大忙一番才能够上床礼成。”这得力于借小题（补白）而大做文章，对人生百态在曲折引申中东拉西扯地捎带着加以讽喻。歪埋歪推，歪中有正，热话冷说，冷中有热，把本来很严肃的问题说得很俏皮，这正是董桥幽默中带着冷峻的特点。这是一种智者的冷峻，其特点是在貌似偏激中的深邃，在怪异中令人莞尔，又发人深思。

原载香港《文汇报》1997 年 6 月 22 日

致钱锺书的过分崇拜者

钱锺书先生的《围城》名满天下，许多学者都称赞他的幽默，这自然是不错的，但细究钱先生的幽默，似不同于许多文学大师之幽默，他不如鲁迅《朝花夕拾》之宽厚，鲁迅笔下的保姆长妈妈在床上摆开一个大字，还把手压在童年鲁迅的脖子上，虽经鲁迅母亲侧面启发而不改，把儿童企盼不已的过年变成了一套麻烦的礼节，弄得孩子紧张不已。又讲什么长毛杀门房把头扔给女佣以作充饥之用，小孩要掳去做小长毛，女人抓去把裤子脱了，敌人的炮就炸了等荒诞无稽的故事。然而鲁迅并没有无限地强调她的可厌，同时也写她的迷信的真诚，她不但不虚伪，而且十分善良，主动把鲁迅向往的《山海经》（尽管她把它说成“三哼经”）买来了，满足了孩子的愿望。鲁迅散文的幽默（且不说杂文）显得博大、宽宏，调侃、讥讽中有同情和悲悯。钱先生的幽默则不同。首先，他的幽默不是从人物的行为、思绪、语言、人物关系中流露出来的。《围城》的故事情节本身并没有明显的喜剧性，除了那个一心想嫁人，而又弄得男士们逃之夭夭的女教师以外，《围城》的幽默风格主要是靠叙述者语言的俏皮，这种俏式又是迹近英国式的，常靠某种不伦不类之比喻取胜，比如把穿着相当暴露的有点放荡的鲍小姐比作“熟肉铺子”还不足，又比作“真理”，因为真理是赤裸裸的，但又补充说鲍小姐并不完全是真理，而是“部分的真理”，因为她没有完全暴露。迹近放荡的女人和庄严的真理相比，是不伦不类的，与修辞学上一般比喻追求显性词义与隐性词义的高度契合恰恰相反，他追求的是二者表面上契合实质上不伦。一般追求美的诗人把笔直的小河比作琴弦是艺术的，因为琴弦不但直，而且令人想到淙淙的悦耳的音乐，这与小河流水的联想是契合的，因而被认为是抒情的、精致的。但如果把小河比作棍子筷子电线杆子，同样是直的，因为联想上与河水之软、河水之淙淙不相称，故令人觉得好笑、滑稽，毫无抒情味道，却可能有幽默感。钱先生的拿手好戏就是歪喻连篇。他的歪喻不是抒情的精致的比喻，而是在联想上不相契合、互相扞格、不伦不类的比喻。光凭这样的语言趣味，写长篇小说，是比较单调的，故我曾为文说钱锺书的《围城》不能列入经典之列。当然，现在看来显然偏颇。

我之所以改变了观念，原因是细读了散文集《写在人生边上》。妙趣横生的俏皮的语言加上钱之博闻强记，驱遣古今中外故事，就显得深厚，而不是肤浅的搞笑。以《管锥编》之渊博，信手拈来经典名言与不伦不类的连篇歪喻相结合，遂构成钱先生特殊的幽默风格——亦庄亦谐，谐中有庄。荒诞中有机智。表面上其理往往颇歪，然而歪中有正。正者，其论据之经典性也，其推理之层层演进也。他在《谈教训》中提出一个歪论："假道学比真道学更可贵，自己有了道德而来教训别人，那有什么稀奇，没有道德而也能以道德教人，这才见得真本领。有学问能教书，不见得有学问，没有学问而偏能教书，好比无本钱的生意，那就是艺术了。"这本是反语，亏得他说得振振有词，有时还在征引多种经典之后，层层演绎，明明是诡辩，逻辑上漏洞全然不顾，却作雄辩之状，其歪理歪推之气魄不能不使读者又惊又佩。为使得他的这个幽默歪论显得庄重，他引用西方格言、王阳明的《传习录》、基督教哲学，言之凿凿，以歪语警世："没有道德的人犯罪，自己明白是罪；真有道德的人害了人，他还觉得是道德应有的牺牲。""世界上的大罪恶、大残忍大多是真有道德理想的人干的。""上帝要惩罚人类，有时来一个荒年，有时来一次瘟疫或战争，有时产生一个道德家。"连续的歪理歪推，越推越歪，最后也有歪打正着之妙。读者虽然明知他的推理，常常歪加比附，十分可笑，然而，其中也有钱先生愤世嫉俗的机智。

在散文中，他是一个过度张扬的智者，他的幽默常常失去幽默家视为要义的宽容。钱先生的幽默，过分富于进攻性，属于"硬幽默"，与鲁迅、梁实秋散文中自我调侃的"软幽默"正成对照。当钱先生的尖刻发挥到极端的时候，读者虽能莞尔而笑，但又不免叹息：何其毒也！他嘲笑把文学研究当成毕生事业的人偏偏不懂文学艺术，毫无鉴别力。这倒也罢了。可他还要刻薄一番："恰等于皇帝时代，看守后宫，成日价在女人堆里厮混，偏偏是个太监，虽有机会，却无能力，无错不成话，非冤家不聚头。"这样就差不多把幽默变成刻薄的讽刺了。

原载《泉州晚报》

陶然：大胆“邪”一点、“歪”一点！

我曾经在一篇评论陶然的文章中说，陶然的心中有两根弦，一根是比较阳刚的，一根是比较阴柔的，但是阳刚的一根弦在艺术上明显不够成熟，而阴柔的带着女性色彩的抒情性却有相当充分的潜在量。当时，我所谈的还只限于他的散文诗，我对于他的才智的估计，远远超过了他在散文诗中已经展现出来的成就，因而我开玩笑说：狡猾的陶然，把他最主要的精力放到散文和小说中去了。

在我读了陶然的散文集《侧影》之后，我很庆幸自己的估计没有错。他在散文中所取得的成就显然比在散文诗中要高得多。自然，在他的散文中，给人印象最深的还是那温情脉脉的一面。他好像偏爱寂寥的境界，哪怕是在中环的圣诞之夜，面对比之往日黯淡的街市，也能勾起他袅袅的思绪。他像许多追求诗意的散文家一样，善于在宁静、平安、温柔的外部环境中，调动自己心灵的储存。这在《夜海温柔》中表现得相当出色。他说，以常态心理观之，生活在香港，海也看惯了，但是如果你静下心来，你的眼睛就能“捕捉到那万变的瞬息”。在他笔下，“温柔的夜海”反衬着灯光，“一闪一闪的好像在用秘密的讯号，传递谜一样的消息”，“在沉静中显出温热的美”，于是他就朦朦胧胧地调动自己经验，展示自己奇异的感觉去“破译”“那说不清是距离感，还是亲切感”。其实，散文家的才气，并不在他的感官接触了什么，而在于这种感官的刺激，调动了他内心多少奇异的“密码”。对于这种密码的追思，以及由此而派生出来的一系列性的感觉、回忆、想象和顿悟，陶然显然有着一种气质，极易为柔弱的、温和的、暗淡的外部信息刺激起来、兴奋起来，衍生出淡淡的惆怅、沉默的怀念，他的感受力不是粗犷的，而是精致的。他固然很珍视对大自然的感觉，但是他更重视内在的“意趣”，哪怕是去杭州，他也不是为了风景，而是为了那种风景可以勾起的思绪。即使是在上海这样喧嚣的大都会，他也老是从回忆和想象中抽引出自己最敏感的思绪，那就是在默默无语中的多情、在尘世中的超越，留在心灵中最强烈的，竟仍然是带一点古典色彩的意境：“想谁也不会忘记，在夜凉如水的街面上徜徉，虽然灯光暗淡，却自有一番柔情。此刻，拨动我心弦的声音，仿佛是那幽暗小巷夜色，是那细雨散在伞面上的旋律。是静，还是动？我也说不清楚。只有足音确然，只有影子赫然，还有心的律动怦然。”

“在我记忆中，那长长的小巷依然。”由于他的感情是柔和的，因而也就同化了所有外部信息。他能感到灯光是暗淡的并不出奇，但小雨点散在伞上的声音，还有脚步声、心跳声，他都能感到，那就足以说明，他的心灵、他的感觉是受过何等精致的艺术熏陶了。这里显然带着中国古典诗词的韵味，这种韵味成了他心灵素质的一部分，即使都市的喧嚣也不能改变。有了这样稳固的心灵同化功能，便有了艺术风格，有了创造力。

在这种风格中，陶然尽力施展的是他对生活中美好的欣赏和吟味。他的美往往是无声的、寂寥的，超越于他所居住的大都会的机械的、功利的、世俗的混乱之上。正因为这样，为他的《侧影》作序的周佩红说，陶然散文的情意结是“用梦幻式的吟哦营造缥缈意境”。这自然是不错的，很有见地的。但也正是在这种超越尘世的梦幻中，他的善与他的美达到统一，寂寥的美是洁净的，是排斥恶的，所以对于那城市中流浪的歌者，他所想象的都是超功利的、透明的、善良的。连在医院中看被遗弃的女婴的惨状，他都希望她“有一个明亮的梦”。

这是陶然的特长，也是陶然的局限。陶然太过一本正经了，他缺少一点儿邪劲，因而他不会写不美的、不善的事情，例如，一只叫人讨厌的老鼠，他写了两次，都没有写出味道来，当他接触到有点煞风景、有点严峻的现实生活，当他不得不使用写实的而不是抒情的笔法时，他的思绪、他的想象、他的意象就变得粗糙起来。其实只要陶然把他的美学稍稍解放一点，不光写美与善统一的梦幻，试着把恶把丑，把既不美也不丑的东西写得妙趣、怪趣、歪趣、邪趣横生，像孙犁、杨绛、舒婷、阿城那样，他的散文境界就会大大开阔起来。也许陶然不是这样想的，他把他看到的丑和恶都写到小说里去了，但无论如何对于他的散文是一个损失。

陶然，我的朋友，你在写散文时，就不能变歪一点、变邪一点吗？

原载香港《新晚报》

中年女性和年龄意识

《眼色朦胧》是澳门作家林中英的第二本散文集，比起第一本散文集《人生大笑能几回》，显然在探索女性生命的深度方面有了很大的进展。在这本散文集中，林中英相当新异地揭示出一种中年女性特有的情怀，具体表现为：坦然地接受年龄增长、青春不再的现实，相当突出地表现出一种宁静而又不甘的心态。作者的《跋》只有一句："但愿在岁月的流程里，年龄作为一面镜子，照见我生命意识的成长。"

可以说，中年女性的心态正是这部散文集的思想和艺术的聚光点。自然，在这本集子中的七十篇文章，并不都写中年妇女的年龄意识。如果要做过细的划分的话，可以分为好几个方面，但无疑是以写中年职业妇女的年龄感觉这一组最有深度。作者提出了一个很少为前辈散文家所涉猎的主题：在青春年华消逝的关头，中年职业女性如何来接受这个现实，如何面对这个生理和心理上的改变。应该说，这是一个为许多散文和诗长期忽略了的问题。难得的是，林中英把这个问题不但提得相当尖锐，而且展示得相当丰富。在开宗明义的第一篇《眼色朦胧》中，作者选中一个少女的肖像，从眼色的观察、想象到联想、凝思的过程，始终没有离开过中年女性的已成过去了的经历和心境。

最后则归结为："摭拾少女眼神，犹如摭拾自己的青春行迹遗落的碎片。"

林中英对于中年职业女性的特殊感觉的展示有两种方法，一种是间接的，一种是直接的，二者可以说是各尽其妙，读者似乎很难，也无须分出高下来。间接的显示，如《一双冷足》好像说得很直白，到了冬天，中年女性喜欢男性的躯体焐暖自己的冷足。这不仅仅是为了生理上取暖，如果仅仅是为了取暖，为什么不借助热水袋、电热毯？"但是一借助这些家用电器之类，就有某种已衰老的讯息"。这类间接的联系到衰老的写法之所以比较动人，就是因为，它常常于不经意之间，揭示了中年职业女性潜意识中的危机感。其深度并不一定以强烈的形容词来强调。林中英往往在不经意间，在感受人物和事物的过程中流露出来。如写一个中药店老板和儿子的关系，她非常自然地这样作结：“我无法掩饰对岁月的悲凉”，“老去是生命唯一的归宿了”。又如在写一张老式书桌比之新式书桌还能经得起时间的考验，到了结尾，突然笔锋一转，说：“他日我衰老了，它还健硬如故呢！”文中经常流露出来一种物是人非之感，但是这不等于她是一个生命的虚无主义者，她对于生命的暂短、生命的脆弱，诚恳地表现出一种豁达。“只让时光拿走可以拿走的，却不包括真与善。”值得注意的是，在生命眼睁睁地越过最辉煌的阶段的时候，作者所采取的不是中国传统诗文中常见的伤春悲秋的方法，而是一种坦然接受的姿态，也许更准确一些说，是一种庄重的豁达。

但是，如果把她对于生命消逝过程的思索，就这么称之为豁达，还是有简单化之嫌。她的这个主题之所以达到一定的深度，是因为她写出了现代城市职业妇女面临青春凋落时的矛盾心情：一方面是豁达，一方面又还有不舍：“已是平淡对春秋，但是对年光的暗换，也不是无依恋的。”因而她对于这种青春不可避免逝去的现实，既不采取传统文人那种对于大自然规律无奈，也不是空洞地作英雄姿态，而是坦然又进取的态度。“回过头来看自己，亦只能自自然然地继续依固有模式活着，继续地承担，继续地烦恼，继续地损耗视力，继续地生华发，长皱纹，当然还会继续地作应该的保养和打扮。”

在林中英的散文，最值得重视的地方就是她正视自己内心矛盾的勇气。这在她正面写年华消逝的篇章中表现得就更为明显了。在《女人四十》《做个中性人》《女性新人类》中，她不再仅仅依靠感觉，而是诉诸直接的分析和解剖。不过，以她的艺术个性，似乎可以这样说，每逢她借助于感觉展示的时候，总是比较丰富，而作直白式的概括的时候，就相对弱一点。

她的散文属于报刊专栏散文，就这个集子中的作品而言，以散文的要求来看，也并不给人薄弱的感觉，这有两个原因，第一，她有相当精致的语言和感知。别的不说，稍微细心的读者，就不难感到她古典雅言的提炼功夫。虽然和她接触过的读者，都知道她的普通话的表达力并非上乘，难得的是，她的古文的修养却大大超过了她口头表达。可以作为例证的是，本书最后一篇《写于大除夕的信》，其中有一段是这样的：

> 古来多少雅士皆幽居自得，玉壶买春，赏雨茅屋，佳景都入我眼；眠琴绿荫，上有飞瀑，眠琴与无弦之琴，更是得琴趣的至高境界，人淡如菊，人闲桂落，天与人的和谐融合，岂能在滚滚红尘的世俗中可领受？

不仅在这里，而且在一些其他文章如《春雨楼头兰》中，往往有古典文学的炼字功夫。这种功夫，在港台，尤其是余光中等老一辈散文家中，本不算稀奇，但是对于年轻一代的散文家，尤其是远离母语文化氛围的澳门作者来说，就显得难能可贵了。

林中英的散文还得力于偶尔一露的幽默感。

她在《新世说新语》中说自己的“个性也有顽皮的一面”，从《贫嘴·名嘴》来看，她在办公室里还是挺幽默的，然而在散文中表现似乎并不太突出，但，就已经表现出来的一些来说，却很令关心她的读者高兴。同样是留不住的青春这样的主题，林中英似乎太多地使用了一本正经的表述方法。而一旦使用了比较幽默的调侃方法，就令人耳目一新。所有这一切都足以使得她的散文的表现方法多样，不至于陷入专栏散文很容易陷入的单调。当然，光凭这样一些表现方法，要从根本上使得专栏散文避免单调是远远不够的，最根本的是，要有广阔的社会的、内心的视野和丰富而变幻的生活经历。但是，身居澳门一隅，且为编辑的职业所拘，她的切身经历不能不是有限的。在可以预料的未来，林中英的生活不可能出现巨大的变化，不可能有什么大灾大难，不可能被生活抛出常规，因而也就不可能在视野和人生的体验上有惊人的突破。因而最切实的期待，就是她在书卷气或者在内心视角方面有更为深入的突进了。

香港幽默散文失去优势

直到现在为止，内地的散文仍然以诗化的抒情为主流，幽默散文近年来已大有发展，但在数量上和质量上都不能和抒情散文相比。台湾则不同，他们继承了林语堂、梁实秋、王了一、钱锺书的闲适幽默传统（而不是鲁迅的社会批判的幽默传统），从 20 世纪五六十年代以来就蔚为大观，幽默散文家队伍之庞大，可能是中国现代散文史上空前的。

连那个锋芒毕露的政论家李敖，有时也暂时丢开他的雄辩（在本质上雄辩的正理与幽默的歪理是水火不相容的）卷到以梁实秋为代表的幽默散文漩涡中来，写了一系列幽默散文。

广西的漓江出版社还出了一本《李敖幽默散文赏析》。就本性来说，李敖狂傲到似乎完全缺乏幽默感，他有一句名言是："五十年来和五百年内，写白话文的前三名是——李敖、李敖、李敖。"可就是这个李敖却跟着梁实秋、林语堂的屁股后面，露出了模仿的尾巴。林语堂写过《来台二十四快事》，以模拟反讽之笔法仿金圣叹批《西厢·拷艳》一折，一连写了三十三个"不亦快哉"！梁实秋亦有《不亦快哉》一文，声明借金圣叹之意以讽人生百态。

而李敖居然也写了《不讨老婆之不亦快哉！》《不交女朋友不亦快哉！》，其立意及其反讽风格均迹近模仿。这个事实的重要意义不在对李敖的讽刺，只能说明，台湾（乃至香港）散文中幽默风格之兴盛，其师承渊源乃 40 年代林、梁、钱、王之戏谑性幽默传统，而非鲁迅式的社会文化批判之幽默传统。

社会文化批判之幽默，其锋芒犀利，其幽默成分常常为讽刺所掩；戏谑性幽默，其风格常借自嘲以讽世，故其幽默温和。

自然，90 年代的钱锺书式的幽默散文，在社会政治批判亦有十分刻薄的，故台湾乃至香港散文家更多追随林语堂、王了一、梁实秋。李敖在社会政治文化批判中算是犀利的了，有时他也有一点钱锺书式的尖刻冷嘲，可惜的是缺乏钱锺书式的渊博，故有时他把钱式冷嘲变成热骂。

如在《杂谈女人》中，他说："女人只有两种：一种是爱光屁股的，一种是不爱光屁股的。"这就有点过火，去幽默远而离粗野的漫骂近了。

但是这多少沾了一点幽默的边，那就是故作蠢言的戏谑。

梁实秋、林语堂后期在台之散文，其中最具艺术价值的就是带着戏谑性又无钱氏之冷嘲，更无李敖之粗狂，表现出一种雍容大度、悲天悯人之宽容。

即使对于世道人心有所讽喻，也常常以佯妄之语自嘲之态出之。

梁实秋之《不亦快哉》有一节是这样的：

> 烈日下行道上，口燥舌干，忽见路边有卖甘蔗者，急忙买得两根，一手挥舞，一手持就口边，才咬一口即入佳境，随走随嚼，旁若无人，蔗滓随嚼随吐。人生贵适意，兼可为你丢我拣者制造工作机会，潇洒自如，不亦快哉！

事情的负面性质与记者之潇洒姿态形成强烈反差，构成怪诞的喜剧性。在梁林二位的影响下，台湾散文中之幽默往往有很强的戏谑性。

吴望尧之《骂人文章十段论》，其下干脆标之以副题曰"游戏文字"。

这种以游戏姿态自我标榜的坦然态度，源远流长，流风甚广，和大陆五六十年代，甚至70年代把散文当作诗来经营的潮流相比，真可谓天南地北。

这种戏谑性和杨朔、刘白羽的诗化模式相比，其关键之反差乃在自我调侃。这种调侃与诗化的自我美化的想象和情趣取向正相反。这种自嘲自我调侃，甚至自我丑化（可爱的丑化）被余光中带到香港来，写出了自嘲散文的经典之作《牛蛙记》，后来在梁锡华的诸多散文中得到继承，甚至淋漓地发挥。甚至敢于在《花街柳巷漫徜徉》中说不知自己的婶婶嫂嫂更像妓女还是妓女更像婶婶嫂嫂。很可惜的是，自从余光中、梁锡华分别去了台湾和加拿大，这是香港幽默散文的一大损失，更可惜的是，余、梁二位在港为时甚长，亦有许多崇拜者和追随者，但是很少在幽默散文的风格上能填补他们留下的空白的。

目前香港散文的最大成就仍然是抒情性的，众多的作品，丰盛的作品，未免良莠不齐、鱼龙混杂。其中有王璞那样的佼佼者，也不乏滥情主义的平庸之作，倒是内地除了抒情散文之外，幽默散文大有崛起之势，这给香港散文出了一个难题，该如何弥补失去的优势呢？

原载香港《文汇报》

防盗网心态

从民居的变化可以看出，中国老百姓对于住房已经或正在超越实用需求。在不惜工本的装修中，人们乐意展示的，不仅仅是物质上的富裕，而且还有一种活得有滋味的情趣。

的确，民居的风格，其门、窗、屋顶、立面都不啻是一个城市居民趣味、心态甚至灵魂的博览，细心的人可以从装饰的每一个细部读出房主人的精神状态和社会文化背景来。

以几乎普及新楼每一家的防盗网为例吧。

这是社会治安不能令人满意的一个标志，同时又是主人追求安全感的一种表现。值得注意的是在那些 20 世纪七八十年代建造的房子上，很少有防盗网。同样是在社会治安不够理想的环境中，为什么这些住户特别坦然？是因为那里特别安全吗？好像不是。也许是长期就这么住着，也没有发生什么特大盗窃凶杀案件，或者虽然附近地区发生了，大家提高警惕也就过去了。习惯是一种很强大的惰性力量。要改变它，需要数倍的决心和先觉者的号召，然而具有这种活力和号召力的人往往是竞争中的强者，他们正在逐渐离开这个地区。因而这里就不可能一下子出现那么整齐的防盗网，人们宁愿承受某种不安全感的压力，也不想立即起来改变这种司空见惯的现状。

搬入新居就不同了，这不但意味着享受更广阔的空间，生活在更现代化的物质条件之中，而且意味着更高档的安全追求，自然也就意味着更强大的改变现状的动力。因而在不惜工本的装修中，忍受辛劳，甚至鞠躬尽瘁。为了这一点，自然要作出一些牺牲，财力的牺牲自不必说，天空被铁条分割，阳光和风打了折扣自然是一种遗憾，但是，在从众心理优势中，是微不足道的。只有那精神独立、个性特别强的人才能不为社会心理潮流所左右，这就使我们看到在一片防盗网的笼居之中，有那么几家拒绝为铁笼统治的窗户和阳台。

不惜用自封自闭的形式实现自我保护，把小偷和世界一起拒之于门外。这也许是现代化城市不可避免的矛盾吧？但是这似乎并不是现代城市人注定的命运，至少在德国甚至在美国的许多地方，他们是拒绝防盗网的。那里的人不愿意为了安全感而与生活隔绝，在那里更受欢迎的是防盗电子门。就是在巴黎那种夜间女孩子逛街要有点勇气的城市，人们宁可每月更换一次防盗门上的密码，也不愿意忍受自我封闭可能带来的孤独。

令人欣慰的是，福州市防盗门的技术正在引起广泛的欢迎和关注。

但是同时令人不解的是，这项技术为什么没有像防盗网那样迅猛地占据新楼的绝大部分窗户和阳台。从经济上来说，它比之耗资五千元上下的防盗网要便宜得多，以一个七层楼道为例，每家只要开销三百多元。精于计算的福州人怎么突然变憨了？其实算盘谁不会打，只是人心难齐。我就亲眼看到两个楼道，家家户户都装上了颇为气派的防盗网，但是小偷仍然从楼道正门长驱直入了。问：为什么不装电子防盗门？被盗者苦笑，原因是楼道里有一家反对。自然，在被盗以后，情况也许有所改变。

这就引起我的深思：难道推广这样一套简单的技术，算一笔并不复杂的账，人们不得不期待小偷的帮助！

现代化的城市生活把人们的生活空前紧密地联系在一起，社区安全自不例外。防盗网的严密已经迫使小偷改变了策略，不那么傻乎乎地从私家窗户上爬人，而是从裸体楼道正门进入。这时，防盗网一家一户小农经济式的狭隘性和局限性就暴露出来了。这种局限性，不仅仅体现在防盗的功能上，更体现在装防盗网者的心理上。迷信防盗网可能造成一种现代城市的心胸狭隘症、目光短浅症。如果除自己尺方之地的安全以外，什么都漠不关心，你就很难得到真正的安全。防盗网自然没有错，但现代城市生活中的防盗网心态实在是应该引起警惕的。事情弄到明明对十三户人家有利，但只是对一户人家稍有心理上的不便就不能实行，弄到窝在防盗网中，对网外的事，天塌下来也不管，这样的精神状态，从社会整体来说，恰恰是安全的隐患。

现代化的城市生活有两种力量在吸引着人们，一种是让人们变得越来越心胸开阔、高瞻远瞩，一种是让人们变得越来越自私自利、猥琐庸俗，就看你有没有精神追求，做什么档次的选择了。

原载《福建日报》1996 年 2 月 11 日

附：

社区意识：国与家之间的概念

——访福建师大中文系教授孙绍振

问：2 月 11 日的“文化·人生”登载您写的《防盗网心态》，一些读者反映，您阐述了一个人们熟视无睹的问题，但似乎言犹未尽。我想，您对这个问题还有更深的思考吧？

答：我写这篇文章的最初触动来自在国外看到的社区意识。我国在走向现代化、城市化的过程中提出许多口号，大多是从国、家和个人提高道德修养的角度，很少从我们居住的环境提出来，用西方人的话说，就是社区（community)。拿防盗网来说，明明防盗门给小偷制造的困难要比防盗网大，花费便宜又能管十几家人，但事实仍是防盗网易安而防盗门难装。这说明我们社会文化心理有种偏颇，细究起来，正是缺乏社区意识。

问：您能否结合国外的情况具体谈谈“社区意识”?

答：社区意识是指居住的地区，居民心理的相互契合、监督。我在德国看到，孤苦无助的老人，会有志愿者主动来照顾，每周来几次，帮助购物，乃至陪同谈天。大学里的募捐常常用于帮助艾滋病患者，高速公路的卫生也会有人主动承包，损害社区利益的事立即有人制止。在西方国家里，一方面人与人之间非常冷漠、遥远；另一方面，人们对社区的秩序、传统、和谐、相互关怀的心理机制已经建立，形成很好的文化心理传统。

相比起来，我们有“爱国”“爱乡”和“独善其身”的传统，还有“修身、齐家、治国、平天下”的意识，但是在“国”与“家”之间却是一个空档。国太大，家太小，我们在中观上还是没有形成传统。如果国家利益受了侵犯，大家都会自觉起来保卫，而你不装防盗网，谁会管你？但是我们的城市建设，更需要家与家之间建立起比较亲密的关系，建立相互认同和监督的机制，也就是社区意识。

问：社区意识在国外相当普遍和活跃，在我国却未形成传统，是否与各自的民族文化积累有关?

答：是的，原因也就是我国历史上从农业社会步入工业和商业社会的过程中，管理经验和文化心理的积淀不够。中国农业社会很漫长；城市化过程中带来农村的很多陋习，忽略城市文明先进的东西。中国人太注重家，一个村都姓陈，就成了个大“家”。城市化进程较早的西方，他们的家不那么稳定，而是迁移、分化成许多小家，家乡观念被打破、淡化，他们比较认同住在一起的人。比如美国，公民来自不同民族，具有不同的肤色，没有共同的文化，靠什么联系在一起呢？其中一条就是社区意识。

问：你谈到了家乡观念对社区意识的影响，您住在福州三十多年了，能不能谈谈福州人在这方面的状况?

答：福州有句俗话：七溜八溜，不离福州。与北方人相比，福州人对本乡本土有更强烈的依恋之情。好的一面是包容性大，不排外，对中原文化有自觉的认同，有点像北京人。但是，他们对乡土、城市及社区的自豪感不足。一方面，福州人对整个城建不满，一方面又对落后显得习以为常，甚至麻木。这是大将风度，还是安于现状？应该说，是福州人对改变自己环境所需要付出的艰苦乃至烦琐的劳动认识不足，这种不积极的精神状态，对经济发展与社会需求来说是不利的。

因此，福州人需要建立良好的社区意识，先从心理上解决福州不让人满意的现状。

问：您认为建立良好社区意识的途径在哪里？

答：我想这涉及我们传统的薄弱环节，需要一个过程与耐心。

今天我只是提出一个问题，进行现象的描述。再进一步，形而下需要媒体的宣传，包括大众文化的宣传与学术宣传；形而上需要理论研究，这就不是一个人所能解决的，而是一代人的努力。作为思想建设的侧面，我想，我们这一代是任重道远的。

原载《福建日报》1996 年 4 月 21 日

把鲁迅还原为“人”

新时期以来，鲁迅和毛泽东一样正在从神坛上走下来。不过，鲁迅走下神坛的进度似乎比之毛泽东要慢一些。先是80年代中叶，北京师大的青年学者王富仁指出，鲁迅笔下的农民大多为落后、愚昧、保守的，和毛泽东所一再强调的富有强烈的革命性有所不同。这是因为，毛泽东是从政治革命的角度看农民的，而鲁迅则从思想革命的角度看农民。这在当时颇有一点惊世骇俗，毕竟属于学术，即使很正统的人也逐渐容忍了。后来有一个刊物《青海湖》发表了一篇对鲁迅不太恭敬的文章，就引起了轩然巨波，弄得主编都丢了乌纱帽。这在今天看来是有点事过境迁了。90年代初，上海的王晓明写了一本鲁迅传——《直面惨淡的人生》。作者强调，鲁迅先生一生都在精神危机中和绝望作斗争，在辛亥革命时，他悲观；在五四运动时，他有怀疑，不过为了前驱者不要太寂寞，才出来助阵。到了左联时期，他更是有保留地，不过是暂时地和周扬们在大方向上合作而已。书出几年，居然没有看到猛烈批评的文章，上海市还把它作为中小学生的读物加以推荐。直到几年以后的今天，才听说在《鲁迅研究月刊》上有人提出异议。

把鲁迅还原为人的潮流已经深入广大学者之心，最近一位名叫房向东的先生寄来了一本他在上海书店出版的大作《鲁迅“骂”过的人》。读后，我深深感到：活生生的鲁迅的精神、鲁迅的气质，作为一个伟人和凡人的矛盾和统一，既是令人仰望又是令人亲切的鲁迅形象，从来没有这么生动地在我的想象中浮现。

作者把构思的焦点放在“骂人”上，不但独特，而且深邃。鲁迅的一生在战斗中度过。作者似乎力图通过鲁迅的善于“骂人”来揭示他个性的丰富和复杂。作者的学术积累无疑是深厚的，因而，其论述充满了深邃的见解。在那很有学术性的长达三十三页的《导言》中，房先生把鲁迅的“骂人”相当缜密地分为四类：第一类是原则之争，也就是鲁迅骂得对、骂得好、骂得痛快淋漓的。比如对现代评论派、对新月派的批评等。第二类是原则上骂得是正确的，但是在小的枝节上有失当之处，发了一点文人脾气，如对于创造社和对于国防文学的批评，可贵的是作者为这革命文化队伍的内战，提供了充分的历史文化背景。当时创造社中颇有“左倾”情绪的青年作家，不了解鲁迅的伟大，曾经把鲁迅说成是“封建余孽”“双重反革命”。作者没有跟着传统的说法硬把鲁迅说成是圣人。他没有维护鲁迅动了肝火，把创造社骂成“才子加流氓”，不无失言地说他怀疑周扬等人是“敌人所派遣”。在答徐懋庸的信中，房向东指出鲁迅也有“言重”的地方，他认为，对于“自己精心栽培过的小后生”用了那么多火药味浓的语言，“是不是也有不够冷静大度之处呢？”第三类，虽不无道理，但也有误会。如怀疑周木斋是什么不怀好意的人化了名来讽刺他。第四类，纯粹是误会，骂错了人。如丁玲在未成名之前写信给鲁迅求助。鲁迅以为是沈从文有意化用一个女人的名字来出他的洋相。作者并没有满足于过去一些著作所强调的，鲁迅在得知错误以后，有的光明磊落地作了自我批评，有的在私人信件中作了某种歉意或者不安，而在某些时候，也有硬着头皮顶到底的。不管是误会的，或者是硬着头皮顶住的，作者并不完全从学术上作冷冰冰的判断，作者很明显地是在坚持着某种程度上可以说是双重的原则，一方面是还当事者以本来面目；另一方面在处理鲁迅的某些失误的时候，提出了虽然骂人是错了，但是作为一个历史人物的个性的表现却有值得欣赏之处。读者尽可以超越历史的是非之上，去欣赏鲁迅的性情和气质，越是在硬着头皮顶住的时候，越能表现鲁迅的气质。

这样做，难免不留下一点为尊者讳的痕迹，不过原则性还是很鲜明的。文章做得最好的时候，多少有点超脱性的巧妙。比如，在论及鲁迅讽刺梅兰芳女扮男装，语言“多数人听不懂”，预言其“光彩会暗淡下去”时，他运用了鲁迅式的文笔点出了鲁迅的偏颇：“可能俗如阿 Q 者是看不懂《阿 Q 正传》的。可是，这并不影响阿 Q 的存在，鲁迅喜欢看《漂亮的村女》，然村女却要去烧香，也不识字，倘若死了丈夫，也可能成了祥林嫂，奈何？”有这样漂亮的文笔才配得上写鲁迅这样的题目。写到鲁迅与顾颉刚的冲突的时候，态度仍然客观而且严谨，不过材料更加雄辩。他分析道：“鲁迅为什么要离开广州呢？”一是因为当时广州的局势。二是顾颉刚是公开宣称他只佩服胡适和陈源两人的。在厦门大学的时候，鲁迅就对他很反感，不愿意和他共事。一旦听到顾颉刚要来中山大学，就勃然大怒：“他来，我就走！”房向东引用了鲁迅给章廷谦的信，表示与顾“不两立”，而且在汉口的《民国日报》上说顾“在厦门那么反对（国民）党”，这就引起了顾颉刚的愤恨，认为是“血口喷人”，写信给鲁迅要求他不要离开广州，他要起诉。此事由傅斯年从中劝说而不了了之。双方由此事件而留下来的言论和文字充分反映了鲁迅很有一点血气方刚，顶起牛来，非同小可。不难发现印象中鲁迅在成熟而韧性的风格以外，还有另一个侧面：颇有一点洒家偏要那样的劲头。这作为一个伟人也许并不具备深邃的内涵，但是作为一个平常人，这种个性确乎妩媚而叫人神往。以后在给顾的回信中，虽然找不出顾在厦门反对国民党具体的事实，但是决不认输，而以幽默调侃的笔调答之。这又与鲁迅论战文章犀利的风格异趣。钱玄同和鲁迅发生矛盾以后，见了面，钱勉强和他寒暄，被鲁迅用冷峻的语言顶了回去。文章的精彩之处是，寓褒贬于史料之中。正是在这样的史料中，读者可以看到一个伟人的天真处、平凡处。资料的生动和丰富，常常超越了作者的论述。在很大程度上，足以让热心的读者不但把鲁迅，而且把其他的当事者的精神风貌还原出来。

原载香港《文汇报》1997 年 8 月 3 日

人格勇气与艺术眼光
——兼谈香港文学评论

许多朋友对我说，“香港没有文学评论”，这自然是不准确的。香港的《新晚报》《华侨日报》《星岛日报》《文汇报》《大公报》，还有《香港文学》等都有书评专栏，此外还有几所大学的学术刊物，每年发表的文章对于香港这样弹丸之地来说，至少在数量上是可称繁荣的。但是为什么香港文坛还是给人一种“没有文学评论”的印象呢？我想，准确地说香港缺乏严格意义上的文学批评。这当然不是指那种政治的、意识形态的批评，而是从艺术分析出发的文学本体的“批判”。Criticism，在英语中，本来包含建设性的，只是按近年来内地约定俗成的用法，完全变成了可怕的意思。科学的“批判”应是中性的具体分析，意味是多元的，也就是多元互补或者是多元争鸣的意思。从这个意义上讲，香港的文学批评还处在相当幼稚的阶段。香港号称“自由港”，但是文学批评的自由空气在某些方面，似乎还不如内地。在内地，不管多大的作家都不可能得到没有保留的肯定，上至巴金、王蒙，下至贾平凹、舒婷，被阿毛阿狗式的评论说三道四，是家常便饭。巴金德高望重，他的《随想录》五卷曾得权威评论家李泽厚等极高评价，但我去年曾在一篇评论中正面指出《随想录》在内容上深度不足，在美学上提出“说真话”，则混淆了艺术与生活的区别，在中国当代散文史上的地位远不如杨绛、孙犁、余光中、余秋雨。文章发表之后，并没有人指责我狂妄。大陆幅员辽阔，批评者与被批评者空间距离遥远，这是批评、反批评能够自由开展的一个有利条件。当然也有不利条件，那就有许多出于文学以外的意识形态的过分偏狭的批判，形成过扣帽子、打棍子的历史污点，这种批评一时的神气活现和短命构成了闹剧效果。但是门户之见骂异类为“狗”者，至今仍有之。批评之难不在远距离，而在于近在身边的同行或朋友。在这方面，大陆也有所谓“圈子内”批评的说法，凡属自己同流派的都一概高度赞扬，这也得分析，有的是属于流派风格的自觉追求，是很严肃的，有的则是属于商业性的哄抬，如同炒股票，则是一种堕落，这毕竟是少数。最难能可贵的是，在友好的同行、同伙之间严格的批判精神，把对艺术的忠实放在人事关系的考量之上。大陆各式各样的作家作品讨论会，从 80 年代中的林兴宅的“系统方法论”到去年的《废都》的争论，林兴宅和贾平凹的朋友之间不乏各执一端者，甚至在会上会下争得面红耳赤，并非罕见之事。

我觉得，作为一个大国，作家能有孔夫子提倡的“闻过则喜”的大度，实在是文学气候温馨的一个标志。我本人也时时感到生活在这种气候中的幸福。在 80 年代初期，我因为那篇《新的美学原则在崛起》遭到全国性围攻，当年为文批评我的，后来有许多成了我的好朋友。郭风是我们福建文坛的泰斗，在他的作品讨论会上我就指出他以艺术感觉起家，但他的感觉世界有盲点，那就是对城市物质文明之美缺乏感受力，产生了左拉说的“视觉瘫痪”现象，而他那些晚年大发议论的文章则是败笔，还不如他赞扬猪八戒的短章，其中充满晚年的豁达忧伤。郭风先生并不见怪，反而称赞我有见解。在大陆，弗洛伊德学说的神力对男批评家构成最大的考验，乃是对女作家，尤其是年轻的女作家新秀的评论。我们福建省有一个散文诗新秀，长得和她的笔名“楚楚”一样动人。她的散文诗集《行走的风景》充满了优雅的意境，甚得好评，读者来信据说多达两抽屉，一些著名诗人如舒婷，评论家谢冕、刘登翰、许怀中都作了肯定和赞扬。当楚楚打电话问到我的意见时，我直言相告，我的评价不高。后来我托人转告她的散文诗有危机，“编织了一个虚假的金丝笼把自己关在里面”。后来觉得，“虚假的”用语过苛，乃将三字取消。过了几天，季仲先生告诉我，楚楚女士听了我的直言之后两天没有睡着觉，我自己也有点后悔出言刻薄。但过了几周之后，楚楚在一份发行达几十万份的报纸上发表《告别风景》一文，其中说到听到我的评价，起初甚不服气，考虑了好几天，才慢慢觉得自己这几年所写确有我所说的毛病，尤其是自我重复过甚。从此以后要听孙教授的，告别《行走的风景》的艺术道路。我一方面甚为楚楚女士忠于艺术的勇气所感动，一方面又惶恐起来，连忙打电话给楚楚，说我的话并不全面，你已经形成了一种艺术风格，风格是一种独创，但风格又是牢笼，除了大师有多种风格以外，一般作家从自己的艺术境界中贸贸然走出来，弄不好会变成艺术的破产，像 40 年代的艾青、田间、何其芳告别他们自己的风格，其结果是险遭全军覆没。我建议她不要告别而要谨慎地突破，一时突不破就且坚守原地。她同意了，我也安心了。我觉得作为评论家，我做了一件让自己瞧得起自己的事。内地的评论家曾经有过“打棍子”“抬轿子”的恶谥，评论家在外国也有寄生在作家身上的“虱子”或者妨碍马耕田的“牛虻”的坏名声。更有一种刻薄的说法，没有当作家的才气才去当评论家。所有这些都很使评论者伤感，但是我觉得评论家也当自律。对于作家来说，我想最好不要对评论家过分迷信、有过高的期待，最好把批评和反批评当作家常便饭。尤其可贵的是互相要容忍对方错误的批评（当然不能容忍恶意的人身攻击）。我介入香港文学评论时间甚短，所了解情况亦不可能不片面，我希望被我批评得不恰当的作家把我当作一个过分苛刻又过分自信因而难免偏执的读者。我也感谢香港文学界朋友对我的批评，我至今记得四年前古剑先生批评我散文写得太噜苏，我很久不理解，直到我仔细读了他的散文集以后才明白过来，并且把它写在《孙绍振如是说》的一则里。几年来我自以为有了改进，但前些天我的学生、朋友吴淮清还是批评我不够精炼，我真心感谢他，他如果不相信我的人格，他不会批评我。文学评论界缺严格批判的精神，内地、香港、台湾都存在，但依我看来，以香港较为严重。香港评论界缺少一个龙应台。有人说也许龙应台到了香港就不那么龙应台了，我认为这太悲观，香港人是很开放的，唯一的缺点是自然空间大小，心灵空间也许受了影响。但这也许不是宿命的，关键在于作家评论家之间的道德良心和艺术良心的互相沟通，这需要时间，甚至需要历史的机遇。

有时一些令人不愉快、叫人哭笑不得的批评并不一定是评论家的道德勇气不足，在很大程度上是批评家艺术眼光不高。如果对朋友的感情或者对作家的偏嗜超过了评论家的艺术修养时，空泛的赞扬过了限度，只能令读者产生抗拒心理。如果评论家长期不能提高自己的艺术鉴赏、分析的能力，过火的赞美词句越多，越可能引起读者的狐疑，严肃作家每遇此，当感到尴尬和羞惭。有时作家艺术水平的确甚高，但评论家只用钟嵘式的印象语言或西方文论的神秘术语随意套用，其精彩深刻之处并未被揭示，读者感觉到而说不出的，评论家同样也说不清，以其昏昏使人昭昭的现象，在所难免。评论者的水平在临到艺术分析时就不是古人的或者西人的术语所能掩盖的了。对于评论者来说，几乎每天都面临创作风云变幻的挑战，其智能如果不能如古人所说“苟日新、日日新，又日新”，则可能眼睁睁落伍。

评论家也和作家一样，是分成很多档次的，那些大师级的评论家和大师级作家，不但要有过人的才智，而且要有历史的机遇。我等阿毛阿狗只能取法乎上、仅得其中而已，如果取法乎中，就难免坠入下等了。

评论家要不降为下等、劣等，最起码的态度是不自恋。当然自信心也是必要的。但是最重要的是不断像何其芳所说的那样，痛苦地突破自己、提高自己。这里路径很多，从哲学、历史、文化到与文学相邻的姐妹艺术都需涉猎，但是又不可迷途，因为不管涉猎多广，都是为探求自柏拉图到康德、自刘勰到王国维都没有弄清楚的艺术的神秘或奥妙。许多大评论家都是凭着他们天才的直觉品评艺术形象的，绝大多数评论家没有被上帝选中的幸运，他们中绝大多数靠后天的努力，他们在文学形象以外找到了许多拐杖、许多解剖刀，可是许多拐杖和解剖刀又变成了许多学问，于是他们之中的许多人又把最美好的年华奉献给了这些工具性的学术，可是这工具像人类一切工具一样都是不完善的，而且大都不是艺术本身的工具，因而就产生了一种顿为悲壮的现象：关于工具的学问越多，对于艺术形象本身感受、体验、分析的能耐越小。

在所有这些工具性的学问中，我最看中新批评派的聚焦文本的精神，他们不把可贵的生命消耗在作家生平、版本的考证上（这不等于说，这些不值得研究），直接研究艺术形象本身，但是他们又忽略了一个问题：正因为形象本身如鸡蛋般天衣无缝，才在外围出现了令人眼花缭乱的方法论。举一个简单的例子，陈子昂的《登幽州台歌》：

前不见古人，后不见来者。念天地之悠悠，独怆然而涕下。

文学史上都说是杰作，它好在哪里？用结构主义、解构主义、神话原型、俄国形式主义的陌生化等，似乎都无法解析其艺术奥秘。中国古典文论重直觉，西方近代文论重分析，分析不得其门而入，犹如狗咬乌龟，无从下口，乃又有克罗齐转而倾向直觉，直觉除了模糊以外，且易武断，与欧美重实验、实证的传统相悖。新批评派意在突破，但企图以简单的“悖论”“反讽”等几个贫乏的范畴欲解决千年文学的奥秘，实在是有点天真烂漫。

依我看来，宜加具体操作之法，我提出：感知、逻辑、价值还原之法，目的在于把新批评派的愿望化为现实：例如这首《登幽州台歌》，它的好处在于空间感觉和时间感觉之错位，登台，云其高也，登高则可望远，而极目之处，乃属空间范畴。陈子昂如果光说我看得好远啊，心胸为之开阔，那就是有点傻乎乎了。或者他按当时流风未衰的齐梁宫体模式或用华丽辞藻，或用那成套的典故，那他也就不值得我们在这里提起了。陈子昂的才气在于他看到的不是别人也看得见的空间之无尽，而是时间之无穷，由时间之无穷联想到生命之短暂，壮志难酬，不为武攸宜所用，遂悲极而泪下。这里由空间感觉向时间生命感觉之转移，如果是勉强的，则艺术形象是粗糙的。它的好处是过渡是隐秘的，正等于王之涣《登鹳雀楼》，东望黄河入海，西顾白日依山，均以望远显楼之高，但立即转入千里目，非视力之锐，乃胸襟之宽也。如果不是这样自然隐蔽之转换，就写不出诗人内在精神世界之广阔。而杜甫、岑参等名家，《登慈恩寺塔》之所以不能成名篇，乃是缺乏这种自然隐蔽地由空间向时间、向内心世界之转换也。由于自然而隐蔽，因而造成艺术分析狗咬乌龟之苦，于是诉诸直觉者众多。其实只要把陈子昂、王之涣、杜甫、岑参等之艺术还原为普通人之自发、自然之生理感觉，找寻出二者之间的差异，揪住这个差异不放，就可以分析出诗人的创意，然后再作比较。最易为者乃同类之比，如我上文用陈子昂与王之涣、杜甫、岑参相比。比较要有一点相通，以上诸家所登塔台不同，登高则同，遂可比。这种叫作“同类相比”，此等比法局限太大。评论家思想要更自由，则力求异类亦可比。如将陈子昂与雪莱之《西风歌》比。雪莱之情多附于对西风的感觉上，集中到一点，写自己“与西风一样自由、强雄”，陈子昂则寄情于空间时间之感，所感却是相反，自己的生命短促与宇宙之无限恰恰相反。这叫“异类相比”，关键在于在异中看出一点相同。具体形态不同不要紧，提高一个层次就同了。人和抹布不同，提高一个层次，均为有机物，则同。异类相比要求评论家有较高的抽象力。所谓“较高的抽象力”，就是从任何不同的东西中都可以通过提高层次找到共同点作为分析相异之处的媒介。任何一个评论家，不管自觉与否都多少会有点自发的抽象力，不过有的“弱不禁风”，抽象力限于同类近取，故思想艺术眼光仅及普通读者想象之边缘，然而又勉强作高论，便免不了糊弄文字，把艺术精品和平庸之作用类似的语言加以赞美了。

真正有艺术分析能力的评论家绝不甘心用不着边际的语言掩饰自己对艺术形象解析的无能。在我看来，只要有了提高层次的异类求同的抽象力，便有宏观加微观分析能力，二者之间，尤其是微观分析能力更能显示评论家的真正档次。最能表现这种档次感的就是他能把一篇作品、一个作家，作为一个细胞形态的对象，洞察其内在结构、内在差异、内在矛盾、内在联系和转化。说得粗浅一点，评论家的及格水平就是在细胞形态的形象中，洞察其强点和弱点、其感觉的亮点和盲点、其心灵才智的光华和灵魂的黑子病灶，而且看出这些因素并不是互相并列的，而是互相渗透、互相转化、互为生命的。正因为这样，在我笔下，不管是我尊敬的师长还是哥们兄弟，他们的优长我会带着感情去宣示，他们的缺点、败笔，我也尽可能委婉地把话说得够分量。自然，我并不认为我自己一定正确，不管是由于水平，还是由于软弱，做出了错误的论述，我都会在我所评论的作家面前感到或暂短或长期的心虚。人格的完整和艺术眼光的提高是无穷的，而人的生命是有限的，这是上帝所犯的一个错误，但我吞食苦果时并不感到委屈。

写于 1994 年 12 月 7 日，香港

原载《香港作家》1995 年 1 月 15 日

第八辑　幽默随笔

幽默和反驳

在正式的场合，中国人往往幽默不起来。但也不是绝对的。外国人在正式的场合，甚至是外交场合，都能幽默得起来，随机应变，化尴尬为微笑。这就产生了不少美谈。在一次国宴上，美国驻法大使的夫人坐在戴高乐旁边，她深深为戴高乐的谈吐而着迷。这种观感在中国外交夫人中，是不可能幽默得起来的。可是，这在美国人，幽默一向是家常便饭。这位大使夫人就说了："总统先生，我唯一的遗憾是，你不能年轻二十岁，而我也不能年轻二十岁。"戴高乐非常得体地微笑了一下。这位美国大使夫人为她成功的幽默才华而得到了鼓舞，未免有几分得意。

后来她又碰到了戴高乐夫人，又重复了这句笑话。戴高乐夫人一方面为自己的丈夫的魅力而开心，但是又不愿意让对方幽默占有上风。

她就非常轻松地说："是的，夫人。不过你应该记住，如果你那样的假设能够成立的话，我也同样年轻二十岁了。"

这句话事实上是一句反驳，但是没有以反驳的形式出现。反驳的内涵（我也同样年轻，而且有吸引力）隐藏在逻辑的空白之中。

夸张和幽默

要幽默其实也不太难，只要把话说得夸张一些就是了，但是一般的抒情也是夸张的。比如形容美人是沉鱼落雁、羞花闭月，白居易写唐明皇第一眼看到杨贵妃：“回眸一笑百媚生，六宫粉黛无颜色。”这都是很夸张的，可是这绝对不能算是幽默。因为这样的夸张的效果是美化，没有任何怪异的色彩。如果夸张达到了怪诞的程度，就有某种幽默，至少是滑稽的意味了。

比如，一个人笑了，如果你要给读者一种滑稽的感觉，你就不能给他任何美化的、诗意的联想，而是要创造一种荒谬的感觉。比如：他一笑就露出三十二颗金牙。或者：他一看见比较水灵的女孩子，五官就七上八下地乱动。这就有一点滑稽了。福建省三明市的原来所在地三元县是很小的，小到什么程度呢？有一首民歌这样夸张地形容：“城里磨豆腐，城外听得见。”同样是形容地方小，如果夸张得怪诞一些就有不同的效果。舒婷的散文写到她们当年下放到农村男女知青住的地方：“当中只隔一层板壁，这边放个屁，那边能熏死一大片蚊子。”二者效果不同，是磨豆腐和放屁所引起的联想分属不同的性质。放屁的荒谬感很强，而磨豆腐却是寻常的感觉。

即兴调侃

活到这一把年纪，少不得要在一些场面上讲话，这是一件苦差事。在推辞了一番之后，仍然不得不勉强讲上几句，往往是吃力不讨好。因为一时涌到嘴边的大都是空话、套话、废话。不管怎么挖空心思想出彩，也没有几句是人话。除了表现自己缺乏即兴的才气以外，就是让对自己有热切期待的朋友的耐心面临考验。有了多次失败的经验以后，就有了自知之明：不要让朋友的礼貌变成虚伪，每逢可能要讲话，总要在事前事后，思考一下如何避免讲废话。今年福建省文艺界举办迎春文艺晚会，会上抽奖，我得了二等奖。正好女主持人曾是我的学生，要求我讲几句话。在这种情况下光讲一些一本正经的祝贺的话是绝对乏味的，要让大家开心一点、活跃一点，就不能太实事求是。我就说道："这几年我吉星高照，一连三年春节联欢都拿到二等奖。事不过三，这说明，明年我要拿到一等奖。"主持人问："那你最希望得到什么奖品呢？"

我说："我所希望的就是我最缺乏的。我头发的状况已经是'绝顶聪明'了，明年的奖品，最好是像你一样亮丽的头发。"事后我分析了一下，我所使用的是自嘲和自夸相结合的幽默方法。

黄永玉的广告词

中国文人有重义轻利的传统观念，拿作品卖钱是不光彩的。在改革开放以前，羞于讲价。到了新时期，仍然有人不了解世情，以要画为荣，而不知此乃无条件剥夺画家之劳动。许多画家不好意思讲价钱，有些勇敢的就干脆来一点文字上的幽默。黄永玉是这样写的："一、热烈欢迎各界男女老少光临舍下订购字画。保证态度和蔼可亲、服务周到。二、价格合理，老少、城乡、洋人、土人不欺，无论题材尺寸，均能满足供应，务必令君开心而来，乘兴而返。"这里的幽默感主要来自幽默学上的戏仿，仿的是旧式商店贴在门口的广告语。以艺术家的身份写这样的广告语，便有某种反讽的意味。接下去是："书画一律现金交易……铁价无二,一言既出，驷马难追。纠缠讲价，即时照原价加一倍。再讲价者放恶狗咬之，恶脸恶语相向，驱逐出境。"这一段更为幽默，其奥妙在于，摆出了利欲熏心、盛气凌人的姿态，好像是邪恶到了极点，但是由于高度夸张，达到了超现实境界，心照不宣地传达了开玩笑的意味，好处在于戏谑性和严肃性的交织。在这样的幽默中，商业广告的实用性被幽默的艺术性压倒了，读起来就和读冷冰冰的广告不同了。

幽默和哲理

毛泽东喜欢用别人的姓名来幽默一番，大抵都是为了缓解对方的紧张、局促的情绪；但是有时则不仅仅是为缓解情绪，而是为了创造互相交流的氛围。50年代末，江西省委书记杨尚奎的夫人遇到毛泽东。他问她叫什么名字。答曰：水静。他就开玩笑说，这个名字不好，是违反辩证法的。水是动的，不是静的嘛。你看大海波浪滔滔，江河洪流滚滚，哪有静的时候呢？水静仗着和毛泽东见过几次面，对于他用人的姓名开玩笑有所了解，就反驳说，可是水也有静的时候，苏联就有一部小说叫作《静静的顿河》。毛泽东并没有因为水静顶撞了他而生气，反而沉思起来说：是的，如果没有风，西湖的水也是平静的。

水静说，有动就有静，这是你的矛盾论告诉我的。所以我的名字没有违反辩证法，是吧？毛泽东嘿嘿笑了起来说，看来你还很有道理哩。

到这个份上，幽默就变成了哲学的思考。

事情发生在50年代，这时候，不比在延安，一般地说，人们是很少有勇气正面顶撞毛泽东的。但他喜欢通过司空见惯的现象的具体分析，进行哲学的思辨，在这种情况下他是鼓励人和他进行思想交流的。

俚俗和深刻

毛泽东的幽默是世所公认的，埃德加·斯诺、尼克松、大平正芳、基辛格都备极称赞。但真正说准了毛泽东幽默的特点的，应该是爱泼斯坦，他说：毛泽东的性格内混杂着严肃性和俚俗性的幽默。的确，他的幽默既有深邃的一面，又有通俗的一面。即使最严肃的政治问题，他也很幽默地用很通俗的口语来表达，例如，要给赫鲁晓夫发一个大奖章，说蒋介石是人民解放军的运输队长，等等。1945 年重庆谈判时期，他对文艺界名流发表了一次演说，有人问他如果谈判失败，他有没有信心战胜蒋介石。对这样严肃的问题，他没有用政治术语回答，而是用通俗的幽默语言来调侃了一番：国共两党的矛盾代表着两种不同的利益的矛盾。至于我和蒋先生嘛，蒋先生的“蒋”是将军的“将”头上加一棵草，他不过是一个草头将军而已。至于我的“毛”字，不是毛手毛脚的“毛”字，而是一个反“手”，意思是要战胜他易如反掌。在当时的情况下，要具体论证稳操胜券是不可能的。毛泽东所用的通俗词源法，自然不是认真的论证，但人们却完全可以从他的幽默中感受到他的自信和乐观。

循环论证

小时候在自然课上，学到向日葵朝着太阳转是因为它有向光性。当我问老师向日葵为什么有向光性时，老师说，你不是经常看到向日葵总是向着太阳转吗？我还莫名其妙。求知欲得不到满足，又弄不清是什么道理。直到大学一年级，学了逻辑学，才知道这种论证在方法上犯了循环论证的错误。在科学论证中，循环论证是不允许的。人家问你什么是东方时你说是西方的反面，而当人家问你什么是西方的时候，你又说就是东方的反面。但是在社交谈吐中，循环论证却是构成幽默的一个重要法门。

有一则日本酸奶的广告说：甜而酸有如初恋的味道。这个广告词写得极富创造性。但是有一个新闻记者问道如果有一个小孩子再问：什么是酸奶的味道，该怎么回答呢？公司的经理说：初恋的味道就像酸奶的味道。在科学上，这是典型的循环论证。循环论证之所以要不得，就是因为论证要求作出了解释，而循环论证却是什么也没有说。在幽默中，虽然什么也没有说，但是却使本来相峙的情感，在会心的微笑中沟通了。

装聋作哑

并不是所有的人都能幽默起来，也并不是所有有幽默感的人在任何时候，都能幽默得起来。原因很多，但是最重要的原因就是：实用理性思维强大优势的压抑。我们已经习惯于对不符合客观现实的规矩的行为和观念太不能容忍了。比如说，你是一个女性，住在旅馆中，当你正在穿内衣、内裤的时候，突然一个男性服务员进来了。你当然可以大发雷霆，但是事情已经发生了，发了雷霆又于事何补呢？

如果你想在这种尴尬的情况下，表现出自己的幽默感，就要超脱到把日常规矩忘掉。你可以从从容容把衣服穿好，然后平静地装聋作哑，作恍然大悟的样子说："我的视力真是越来越差了，原来你竟是一位美丽的女郎。"

当人们的尊严受到侵犯的时候，最容易为失去尊严而激怒，而激怒的结果并不一定是自己的尊严的恢复，很可能在自己的情绪爆发中失去人的修养和尊严。以上这个例子可以帮助我们理解幽默之难，难在把日常习惯了的而幽默却要求你把心理学称为"定式"的东西轻松愉快地丢在一边。

里根夫人当众跌跤之后

当众跌跤是煞风景的，如果伤得太惨，是很难引起笑声的；如果拿这个做题目开玩笑，就有伤大雅了，但是，不等于说不可以作为幽默的材料；如果当事人作自我调侃，却能表现出特别高雅的风度。里根甚至在自己遭到暗杀，受了伤以后仍然能够拿自己开玩笑（“我本来以为是来得及躲过子弹的”），表明了他的心态特别宽松。在危险严重的情况下，还能够拿自己开玩笑，把整个严重、紧张的气氛改变。

如果受到伤害的不是自己，而是自己的亲人或者关系特别密切的人，所受的伤又不太严重，也可以拿来开开玩笑。就是在公开场合下，也不例外。关系越是亲密，自由度越是大。有一次，里根在白宫的钢琴演奏会上演讲时，夫人南希一不小心，连人带椅子跌落在台下地毯上。观众发出惊叫。但是南希却灵活地爬起来，在二百多名来宾的热烈掌声中回到自己的座位上。正在讲话的里根看到夫人并没有受伤，便插进了一句俏皮话：

“亲爱的，我告诉过你，唯有我没有获得掌声的时候，你才应该这样表演。”

里根的幽默，好处在于，他既调侃了自己的夫人，又表现了他们之间的亲密无间，这样的幽默的功能主要在于：能创造一种和谐融洽的公众氛围。

愚官和黠吏

中国古代笑话对于官僚的讽刺，颇为丰富多彩，并不只是限于贪黩。例如，清代《笑林广记》中有《不明》一则曰：“一官员断事不明，惟好酒怠政，贪财酷民。百姓怨恨，乃作诗以诮之，曰：‘黑漆皮灯笼，半天萤火虫。粉墙画白虎，黄纸写乌龙。茄子敲泥磬，冬瓜撞木钟。唯知钱与酒，不管正与公。’”

故事的全部趣味就在这首打油诗上。不能说没有机智，但是把讽刺变成了滑稽，去幽默甚远。倒是带着某种游戏态度的笑话，比较耐读一些。

同书有一则《糊涂》：

“一青盲人涉讼，自诉眼瞎，官曰：‘你明明一双清白眼，如何诈瞎？’答曰：‘老爷看小人是清白的，小人看老爷却是糊涂得紧。’”

这个故事把生理的特点，和语义的双关（自己眼睛不好，看人模糊和官员思想糊涂）结合得很是巧妙，比前一个有更多的含蓄，读者有更大的想象的空间。

更有趣的一些是表现官员怕老婆的。同书有一则《启奏》曰：

“一官被老婆踏破纱帽。怒奏曰：‘臣启陛下，臣妻啰唣，昨日相争，踏破臣的纱帽。’上传旨云：‘卿须忍耐，皇后有些惫懒，与朕一言不合，平天冠打得粉碎。你的纱帽算得个卵袋。’”

故事有超越现实的想象，把皇宫内闱想象得与平头百姓一样。其谐趣充满人情，憨态甚是可爱。

秀才酸臭

古代的笑话书大抵经过知识分子的加工，甚至本身就是知识分子的创作。但是知识分子在笑话中的地位并不光辉，这大概是知识分子自己对自己就十分不满，再加上在笑话中，也很难表扬什么光彩的精神。清代的笑话往往对知识分子的一个特殊阶层，也就是拿了钱去捐个资格的监生特别不宽容。有个监生，听说国子监祭酒（校长）在责罚学生，不知道是打还是枷锁，人告之曰“出题作文”，就吓坏了，说：“罪不至此。”

还有一个监生要书，拿了《昭明文选》《史记》《汉书》给他都嫌“低”，问他什么缘故，原来他不是要念书，而是睡觉拿来做枕头。

监生念白字、文理不通都是笑话的传统主题。

比较出色的往往不是讽刺的，而是调笑性的。

一个监生的妻子劝监生读书。问曰：“读书有何好处？”

答曰：“一字值千金。”

监生道：“难道我这人就半个字（按：五百金）也不值？”

总的说来，在艺术上不太出色。只有一则故事给我以深刻的艺术震撼。这就是清代《笑林广记》中的《酸臭》：

“小虎对老虎说：‘今天出山，搏得一人，食之，味道很怪。上半截酸，下半截臭。不知是什么家伙。’老虎说：‘这种味道，必定是个秀才，花了钱去纳了个监生的。’”

这样的故事从侧面展开想象，比之直接去讽刺（如写打油诗）要巧妙多了。

富翁狼狈

有一个奇怪的现象是，在笑话书里的富翁，不像在民间故事里那么可恶，并非都是为富不仁、贪得无厌者，倒有些因为有钱，日子过得颇狼狈。

《笑林广记》中有这样一个故事，说是有一富翁把银子含在口中，不料吞入肚中，痛苦非常。请了医生来看。医生说，不难，先买纸牌一副，烧成灰，让他噎下去，再用艾丸在他肚脐上，拔火罐，银子自然就出来了。财主就问他为什么要这样子治他的病。医生说：外面用火烧，里面有强盗打劫，你银子不出来才怪。

这是说，财主由于要守着银子却要免不了火攻、打劫的命运。

还有一则故事更为离奇。说是有一个鬼要托生，阎王判他到阳世做财主。鬼就害怕了，说，不求富贵，但求一生衣食不缺，无是无非，烧清香，吃苦茶，安闲过日子，就满足了。

阎王说，要银子就再给你几万两，但是要享这样的清福，却是没有门。

这样的故事，不可能出于财主本人之手，显然是出于文化水平、社会地位都不太高的文人之手。也许在他们看来，穷固然是苦，但是，财主自有财主的苦处。用马克思主义的阶级斗争学说来看，这是麻痹被压迫的人民的。

从同语反复的幽默到诗

不但在正式的场合，就是在日常交谈中，同语反复都违反逻辑，都是废话。但是在特殊情况下，同语反复却能构成幽默。这在外交场合，是屡见不鲜的。一般外交官，在记者招待会上，遇到不好回答的问题，常常用“无可奉告”来搪塞，这当然可以给自己解围，但是用多了，也可能失去传媒的好感。

碰到这种情况，如果来一点幽默，就可能化被动为主动，扭转紧张关系。

前几年，邓小平的健康状况不佳，这是国家的高度机密。西方的记者对此很感兴趣，总想从我国国务院、外交部发言人口中得到一些东西。有一次，国务院发言人吴健民被数名西方记者反复追问邓小平的健康状况，现在何处。吴健民没有用常用的“无可奉告”来给自己解围，而是以不徐不急的语调说：“邓小平同志，在他所在的地方。”他这么说，等于没有说，但是记者却笑了。矛盾的缓解，得力于他的幽默感。他的幽默感来自他用了一个通常交谈，尤其是正式发言中不能使用的同语反复。当然，同样的意思，如果稍微改一两个字就可能有不同的意味。如：邓小平同志永远在他的岗位上。这就成了诗了。诗与幽默有时仅仅只有一步之遥。

歪曲经典：诡辩

如果有人告诉你，世界上所有的人都是男人，你一定认为此人头脑有问题；如果有人说，铁锤锤鸡蛋锤不破，你也会觉得此人神经不正常。

但是如果他振振有词地拿出理由来，情况就不一样了。

你可以根据常识去反驳他，也可以用一句成语“妇女能占半边天”来说明他不通。但是他却说《论语 · 颜渊》中有言：“四海之内皆兄弟也。”这是一种诡辩，诡辩和幽默无缘，但是与滑稽却可能有一点交叉关系。“兄弟”本来是同一父母所生的男性的意思，但是在这样的上下文中转化为像兄弟一样友爱的意思。这样的诡辩，利用了词语的中心意和具体的上下文的转化意之间的矛盾、不一致，构成荒谬，所以有了一点滑稽感。

与此类似的铁锤捶不破鸡蛋，你当然不能同意。拿一个鸡蛋用铁锤捶一下，鸡蛋马上就破了。但是此人如果说，他说的是“锤不破”（锤子不破），而你只证明鸡蛋破了。这是典型的诡辩，而且是低级的，属于强词夺理、偷换概念一类。因为，如果把句子这样断：“铁锤，锤（子）不破，鸡蛋”，根本就不成句子，所以这种强词夺理连滑稽都不够格。

究竟谁好笑

有时候，幽默不幽默取决于怎么看。比如，孔夫子肉不正不食，这是一本正经的。如果你对他这种一本正经肃然起敬，也就没有什么幽默感了。但是如果联系到他困于陈蔡之间，把学生子路偷来的煮熟的小猪，不问来历，拿起来就吃，二者一联系起来，就有一点好笑了。同是看到这两种不同表现的人，并不是所有的人都能感到好笑的。原因很复杂，有人是因为对于孔夫子太迷信了。有人则是缺乏把不同空间联系起来的能力，发现不了矛盾、不和谐（incongruity），也就感觉不到荒谬之处。这大体是因为，在场的人与孔夫子的关系太近了，很难用一种超脱的、远距离的眼光看问题。

大而至于人类，小而至于人生，都有许多荒谬的事、不和谐的现象，如果不是身陷其中，而是远距离地超脱地遥望，好笑的事是很多的。50 年代，有一个老教授谈到他的学生谈恋爱，一会儿好了，一会儿又哭了，就觉得很可笑。他说，你们这样折腾来折腾去，好笑不好笑？可是那些学生一点也不觉得好笑，反而觉得这样的老古董很可笑。

这是因为，他们互相站在不同的视角，双方都用一种超越的眼光俯视着对方。在同样的对象上，纷繁地互相交叉，产生了互相冲突的不和谐的错位结构。

孟子的幽默

孟子无疑不是一个幽默家，他应该是一个雄辩家，但是为了证明他的道理，经常编造一些寓言。一般地说，寓言都是一种道理的图解，虽然生动却既不抒情也不幽默。但是，如果把这些寓言孤立起来，撇开他的说教，应该承认，其中有一些倒是接近幽默的。比如那个以五十步笑百步的故事。同样是逃兵，逃了五十步的嘲笑逃了一百步的。之所以可笑，就是因为，在性质上没有什么不同，只是程度上有些差异，但是五十步者的自豪的姿态和他的行为的本质发生了反差，这就至少有了滑稽感了。

还有一个寓言：梁惠王坐在大殿上，看到有人把一头牛牵出去杀。他问为什么，答复是用它的血来涂钟。梁惠王说，赶快放掉，我不忍心看它一直颤抖的样子。下面的人就说：既然这样，就取消在钟上涂血的礼仪吧。可是梁惠王又说，不行，那就换一只羊吧。

这样的荒谬，和五十步笑百步是一样的。牛是可怜的，羊就不可怜了吗?

这则故事的幽默在于，梁惠王的仁慈（改换动物），与流血的性质的毫无变化之间形成了反差。这种反差越是强烈，就越是好笑。

但是总的说来，孟子不是一个幽默家，他的寓言故事总是在努力说明一个道理，从反面证明他要说明的观念，智性太强，这样的效果更接近于讽刺。

语义倒转

有一则西方笑话这样说：“妻子对丈夫说：‘我想给小狗起个名字叫作拜伦。’母亲说：‘这样会侮辱了这位伟大诗人。’后来，妻子想把丈夫的名字改给小狗。母亲又说：‘不好。’丈夫说道：‘你的母亲真好。’妻子说道：‘她说这样会侮辱了小狗。’”

这样的幽默感来自语义错位。同样是“侮辱”的字眼，其内涵包含着这样大的错位，这种差异之所以强烈，是因为：它完全是朝着相反的方向变化的。这样的语义错位，事实上应该叫作“语义对立”，其喜剧性特别强。

这类故事的精彩性，往往与情节和语言的精炼成正比。

比如有这样一个故事，只有三句话：

“妻子：‘上帝啊，我嫁给你的时候，我的脑袋在哪儿啊？’丈夫回答道：‘在我的肩膀上。’”

这种幽默的效果，取决于语义在倒转之后化为对立：本来是妻子蔑视丈夫，说自己嫁给他的时候，脑袋很糊涂。可是丈夫说她的糊涂脑袋正好长在自己的肩膀上。表层含义好像是在贬低自己，可是更为深层的含义是贬低妻子。由此而生出的另一条思路是：正是由于自己脑袋糊涂，才娶了你这样的太太。

脸上的脚印

有一幅漫画，画面上是三个得奖的自由式摔跤的获胜者，登上了第一、二、三名的领奖台。位置的高低提示三者分别为第一名、第二名和第三名。除了站位的高低不同外，三个人的姿态是相同的，最大的不同是脸上的黑色的脚印。第一名的脚印较少，只有一个，第二个脸上的脚印是两个，第三个的脸上则是三个。

本来自由式摔跤是不可以用脚来踢对手的，而画面上第一名被踢得比较少，第二、三名被踢得相应地多，自然就是第一名的功劳了。

这个提示有很强的内涵：犯规越多，名次越高。

这就是荒谬感的由来。为了强调荒谬感，作者还把这三个人的脸部做了特殊的处理，一律把鼻子和眼睛所占的空间往上提升到几乎只占全部脸庞的四分之一到五分之一的程度，把四分之一的空白留出来，就是为了把黑色的脚印放在主要的、最引人注目的地方。

正是因为这样，这幅漫画的幽默感就不但强烈，而且比之一般漫画的幽默感要鲜明得多。

许多漫画，并不是不幽默，而是其幽默感缺乏鲜明性，不能让人一目了然。有个别的即使读者反复琢磨，仍然莫名其妙。真正的幽默感不但要有荒谬感，而且要使荒谬感显而易见。

幽默的撤退

有一首儿歌："反唱歌，倒起头：爷十五，娘十六，哥哥十八，我十九，记得外公娶外婆，我在村前打大锣。"

这自然是一种自由想象，颇为幽默，是需要一点想象力的。这种想象，当然是超越科学的。因为儿女不可能比妈妈大，这是常识。但是，科学家的想象力，有时落在文艺家的后面，但是有时也超越了艺术，使得艺术相形见绌。

按照爱因斯坦的相对论，母亲在特殊高速运动中完全有可能比女儿小，女儿的年龄也可能比母亲大。

如果人的运动速度达到光的速度，时间就会延长，人的寿命也就延长。比如一个女宇航员，在她二十五岁的时候，生下一个孩子。在她孩子一周岁的时候，她乘上光速宇宙飞船，到达距离地球十六光年的星体。在地球上，时间过了十六年，在宇宙飞船上只过了一年。她来回各一次，在地球上是三十二年。她在宇宙飞船上只增加了两岁，也就是二十七岁，而她留在地球上的孩子已经增加了三十二岁，加上原来的一岁，也就是三十三岁了。

三十三岁女儿和二十七岁的母亲，这就是科学家的预言。

这不完全是幻想。因为在微观粒子实验中，有一种微粒在电子回旋加速器中，速度增加到一定程度的时候，其本来只有大约四十几秒分之一的寿命就增加到将近三倍，也就是十六秒分之一左右。这是科学，不是幽默。在科学前进的时候，幽默只好撤退。

冷　嘲

冷嘲从原则上来说不是幽默，因为幽默不但对于朋友是温情的，就是对于敌人也是收敛锋芒的。而冷嘲则相反，不论对于敌人还是对于朋友，都是无情的。当古希腊多噶派哲学家芝诺得知他的一个敌人死了时，他的学生发现他做出很悲痛的样子，觉得不可思议。有一个学生问他道："你怎么能够为一个敌人的死而哭泣？"

芝诺说："不过你会看到我为一个朋友的死而微笑的。"

二者是互相矛盾的，把矛盾的两极联系起来，他为敌人的死而悲痛的正常意味就被消解了。

这样的解释，使我想起拜伦的一首诗：

爱我的，我报之以叹息；恨我的，我报之以微笑。

从这里，我们可以明显地感到拜伦愤世嫉俗的人生态度与芝诺有某种联系。他和芝诺一样对于世俗是持敌对的态度，连朋友的同情的劝告也不能领情，不想听从，以免委屈了自己。这种不领情的结果就是冷嘲。冷嘲到了这种地步，就到了幽默与讽刺的交界处了，再往前跨一步就与幽默无缘了。

念现成讲稿不合场景的随机应变

美国总统里根的幽默不但在通常情况下能出奇制胜地发挥，就是到了他被行刺者的子弹打中，他妻子悲痛欲绝的时候，他也能用幽默把亲人从痛苦中解脱出来。他被送到医院抢救，妻子看到丈夫胸膛上满是绷带，禁不住掉下泪来，里根却说："亲爱的，不要紧，当时我忘了躲一下。"这早已成了美国人家喻户晓的佳话。如果说，里根要真的能躲，事前得有充裕的时间进行准备，而幽默却是要在毫无准备的情况下随机应变脱口而出的。

1985 年，里根原定在国会台阶上发表就职演说。后来因为天气寒冷，改在国会内的圆形大厅。可是，里根却忘了这一改变，一拿出事前准备的演讲稿就念起来，当他念到他像先驱们"又一次站在这个象征民主制度的台阶上"的时候，意识到自己的错误，这自然是很可怕的。但是他并没有慌张，连忙随机应变地补充一句："是啊，要不是因为天气太冷，我们本来是应该站在台阶上的，现在我们只好站在这里面，再度看到并且听到往日的回声了。"

幽默的本性就是随机应变的，一切事前准备固然不可排斥，但是总不及随机性的来得自然。

莫言家乡的潇洒人物

莫言在一篇文章中讲过一个故事：他小时候，家乡有一个人物，特别超脱。有一次赶集，买了一个大盆，背在背上往家里赶。碰上一个淘气小子，愣头愣脑地把他的盆子给碰得个稀碎，瓦片哗哗啦啦掉在桥上。大家都为这个人抱不平，对那个孩子喊打，吓得小子脸都黄了。可是，这个农民，连头都不回。

这时有人喊：喂，你的盆破了。他还是连头也不回。

事后有人问：当时你知不知道盆被人家打破了？

他说：知道。

人家就问了：知道了为什么连头也不回？

他说，盆子已经破了，骂小孩子也不能把它粘起来，回头又有什么用呢？

莫言是为陕西一家叫作《幽默大王》的刊物写这样一篇文章的。

也许在他看来，此人可以列入幽默之列。

我想，这也可能是幽默，也可能是非凡的超脱。超脱不一定是幽默，但是，超脱却是幽默的前提。光是超脱，并不能直接构成幽默，如果加上一点导致荒谬，就可以幽默起来。比如，他听到人家叫他，就慢慢吞吞地回来，摸上几毛钱让小孩子赶紧去买了一瓶糨糊来把盆子补起来，这就可能把潜在的幽默意味激发起来了。

电脑和幽默

随着电脑的日益普及，电脑用语在日常生活中普及了起来。诸如“菜单”“格式化”“对话框”等，在比较有文化的人士中间逐渐变成了开玩笑的用语。嘲笑学问不大，就说此人“硬盘储存不足”；接受了人家的委托又很容易忘记的人，被叫作大脑还没有“格式化”。这些都是小道，比较有意思的是，用电脑术语来编成幽默故事。

有一个美国故事是这样的。一个电气工程师开着一辆车去参加学术会议，车子上还坐着一个化学工程师和一个电脑软件工程师。车子突然出了毛病，抛了锚。

电气工程师拆下所有的机电仪表，检查是否有电气方面的故障。化学工程师则致力于燃料化学方面的检测。电脑工程师眼看着他们折腾了好久解决不了问题，就小心翼翼地提出了自己的主张说：何不先将汽车上所有的窗子（电脑术语中的 Windows）关闭，然后全部下车，再上车，重新打开所有的窗子（Windows），故障也许就自动排除了。

这里的幽默感来自窗口（Windows）在普通用法中的意义和电脑术语中的差异。在修理电脑时，经常可以把 Windows 中的软件删除，重新安装，故障就可以排除，但是电脑的 Windows 是一种软件，是电脑的运行程序，与日常所说的窗子完全是两码事。

墓志铭上的数学

古希腊 3 世纪时期有个数学家，叫委托刁都，他的生平已经很难查考了。他的墓志铭，是一道数学题。正是这道数学题让后人得知他的某些生平。

他的墓志如下：

他的生命的 1/6 是童年；再过生命的 1/12，他出了细细的胡须；其后，他结了婚，不过不曾马上有孩子，这样他过了他一生的 1/7；再过 5 年，他才得了一个头生子，他感到很是幸福；然而他的爱子竟然早逝，只活了他父亲的寿命的一半；丧子以后，他在数学研究中寻求慰藉，又悲伤地度过了 4 年终于离开了人世。

要真正弄清他究竟活了多久，还得运用他所热爱的代数。

方式应该是这样的：

设他活了 X 岁：

则他的年龄应该是等于：1/6 的 x，加上 1/12 的 x，加上 1/7 的 x，加上 5，再加上 1/2 的 x，再加 4。

最后，得出他活了 84 岁。

对于读者来说，这位数学家要求的是机智。而机智（wit），在英语中，本来就有笑话的意思。在这里，把自己的年龄看得并不重要，最重要的是能不能计算出这样的年龄，这就多多少少有点幽默，但是毕竟是机智占了主要地位。

幽默漫画广告

传媒上充满了广告，但大多数是一种直来直去的诱惑性广告；这是全世界普遍流行的。这种广告有它的好处，就是鲜明，但是也有坏处，由于太直太露，容易引起观众、读者的厌倦。

西方民族性格好幽默，幽默广告成为一种特殊门类。有一则法国剃须刀的广告采取了连续卡通漫画的形式：先是一枝浑身是刺的仙人掌，以拟人形象，对着法国剃须刀瞪大了孩子气的眼睛。这个骄傲的仙人掌给人一种自己浑身是刺、天下无敌的印象。它不知剃须刀是什么东西，就很傲慢地抱着剃须刀搏斗起来。

下面一幅是剃须刀和它一起旋转起来，人们只看到橘黄色的剃须刀柄旋成模模糊糊的弧线。

接下来的一幅是这个原本绿色的仙人掌，不但毛被剃得光光，而且连自己的形体也都变成了剃须刀柄的橘黄色。它瞪着两粒小眼睛，摸着头，看着掉了一地的刺毛，做出莫名其妙的沉思的样子。

最后一幅就是对前面那一幅的回答。法国剃须刀非常自负地宣称：

嗨，本剃须刀无坚不摧。

可爱的乌龟和狗

西方人的幽默广告，很明显和他们的民族文化心理结合在一起，如果把他们成功的广告照搬到中国来，是非常危险的。

法国有一种牌号叫作“金龟”的轿车，它的幽默广告就是四幅漫画。

第一幅是一只乌龟。

第二幅还是一只乌龟，只是乌龟那两只脚变成了弧形，有点接近于汽车的轮子的样子。

在第三幅上，乌龟的头部低下去，成了弧形的汽车头，而它的前足和后足则都变成了汽车的轮子。

第四幅就连乌龟背上的花纹都变成了汽车的窗口了。

像这样的漫画广告，在法国是很受欢迎的，因为乌龟在法国人心目中，不但没有慢慢地爬行的联想，而且没有戴绿帽子的贬义。

在西方广告狗是常常出现的，它并不会引起奴才的感觉。因此，米老鼠卡通上的那头长得很丑的狗布拉特才成了狗食罐头广告的主角。

在我们中国人看来，那头狗的耳朵不管是竖起来还是垂下来都是很不讨人喜欢的，但是在美国却是能够吸引孩子们的欢心的。在中国风行一时的德国大众汽车（桑塔纳），在德国的广告竟然是：在大众汽车面前，一家五口竟然都戴着熊的面具。这在德国人看来很有人情味，在中国人看来真有点出洋相的味道。

“丑化”顾客

在中国，绝大多数的广告都有一个共同的倾向，就是尽可能把顾客美化，很少，简直是不可能在广告中把顾客加以丑化的。我们的美容、生发液，总是展示少女、少男的亮丽的头发。这已经成了公式。可是，实际上，不管什么样的生发液都不可能保证顾客稀疏的头发变成如广告上那么亮丽。夸张的、不实的效果不断重复的结果是，引起顾客的怀疑乃至厌倦。

美国有一则生发剂广告的创意就别出心裁。

画面上是半个中年男子的面部。这位男子的头发已经稀疏。十个微型的女郎，穿着工作服拿着各种修理花园草地的工具，在替他修理头发，像修整绿色植物那样，为他洒水、剪枝、喷洒农药。而中年男子则努力翻着眼皮往上看，可是却看不到，无可奈何地陷入了一种尴尬境地。

广告在幽默地启示人们，当中年人感到谢顶的危机时，最好的办法是赶快购买生发剂，以补充其营养。

它的好处是并没有夸张某某牌子的生发水神奇的效能，而且还幽默地调侃了一下中年男子，这比夸张地宣传生发液的神奇功效更能引起顿悟。

高跟鞋广告

我们的广告商，常常抢着借助名人效应，但是思路雷同，总是让影视界大腕明星出场，其成本之大，和刺激购买的效应之间，似乎并不一定成正比例。江苏一皮鞋厂光是让刘晓庆在电视广告上穿一下他们的皮鞋就花了两百万元。我很怀疑，这种名人效应是不是物有所值。

这是由于厂商只知夸张效果，不知幽默调侃之故。

我看到西方两则高跟鞋广告，就没有采取这种浪费而愚蠢的办法。第一则广告是，整个画面上就是一只红色女高跟皮鞋，鞋子上一只小白老鼠像儿童坐在滑梯上，从高跟鞋里后跟的高处全神贯注地往下滑。那只小老鼠天真专注的神态不但引起读者的关注，并且雄辩而且幽默地暗示了，这种高跟鞋做工精细。

另一则叫作“戴安娜的高跟鞋”的广告也很幽默，多多少少带有一点荤幽默的味道。

画面的背景是一个大厅的台阶。暗淡的台阶上只有一双鲜亮的红色高跟鞋和小半截女性腿部。就在这位女性的两脚之间出现了一个和高跟鞋一样高的小男人的仰望的身姿。全部创意都集中在一点上：这种鞋子，对于异性有特殊的吸引力。一方面男性变得渺小，一方面又怀着无限垂涎之情。

抒情性幽默广告

一般广告大抵是抒情性的，以美化为主，幽默广告则不以美化为限。有时不惜调侃顾客，把顾客“丑化”一番。但这并不是说，幽默广告就不能在幽默的同时，也来一点抒情。把幽默的调侃和抒情的美化结合起来，这样的广告更有视觉的冲击力。

美国的百威啤酒是风行世界的，他们有一则广告，真是配得上世界名牌的身价。广告的背景是清冷的蓝色为主的两罐百威啤酒，像一对夫妇戴着太阳眼镜和耳机，踏着滑板，并肩在海湾里冲浪。这种手法，是抒情的，它暗示着爱情、青春和幸福。

从艺术上来说，这种抒情式的幽默的基本原则是，对象（百威啤酒）就是我自己，我就是对象。

同样的原则我们还可以从另一则很有意思的广告上看到。

这是美国一种叫作 oneida 不锈钢餐具的广告。画面上是一个小熊的玩具娃娃戴着婴儿的围兜。一只显然是儿童的小手，拿着一把不锈钢的汤匙（里面是三颗草莓）去喂那个布娃娃。这就不落俗套，不去夸张价廉物美，而是强调儿童的喜爱，更能引起顾客的好感。

广告中的移植手法

西方的幽默术中，强调不一致。不一致的方法很多，巧合、颠倒、移植等都是。不过在广告中，把商品的形状和人体结合起来，构成不一致的做法，比之用一般化的夸张、对比容易讨巧得多。移植就是把本来不属于同类的东西组合在一起，以不伦不类的搭配，构成滑稽和幽默。

把圆形的饼干和精致的自行车组装在一起，当作自行车的轮子，把圣诞老人的帽子戴在所要宣传的啤酒的瓶子上，都是常用的手法。

在西方广告幽默中，给我印象最深的还是卡隆摄像机的广告：居然把一架摄像机安装在一个西装革履的男人的头部。人的头部虽然没有了，但是却以摄像机的眼睛（镜头）代替了人的视觉。

另一个使我一见就难以忘怀的广告：阿拉斯加航空公司的。

画面上显然是一个威严的经理，正襟危坐。但是他的头部却是一头长着金黄色胡须的雄鹰，他炯炯有神的眼睛和一丝不苟的衣着，和他的鹰头形成了错位，叫人感到幽默，却不仅仅是滑稽。因为，这里有双重的内涵，一是鹰在美国是和国徽联系在一起的，二是鹰很自然地令人联想到飞翔。

这里的幽默感不是由于简单的比喻，而是由于某种移植、不和谐的组装产生的。

幽默广告中的文字

广告当然要有画面，但语言也很重要。一般性的语言，观众已经听腻了。关键在于要有刺激力，但过分刺激的缺点是强加于人。常用的广告用语，都有一点强加于人，属于硬性广告。

好的广告的文字要软，软的特点就是不但不强加于人，而且还诱导人的想象。

有一则眼镜的广告是这样的："眼睛是灵魂的窗子，请为你的灵魂装上玻璃吧。"

这样的广告语还是有点平淡，不够含蓄。

这时幽默就有用武之地了。幽默的功能是把所要宣传的意思留在逻辑的空白之中，让读者或观众自己去想象出来，广告语言就软化了。

德国西门子公司维修部的广告是：

"本公司的维修部在世界各地的工作人员，闲得无聊。"

这样夸张的效果由于是留在逻辑空白中的，就不令人讨厌了。

也有夸张到极点的而不令人反感的，这是因为幽默在起作用。

一家美容院的前面的广告是这样夸张其美容效果的：

"请不要和从本院出来的女士调情，因为她可能是你的老祖母。"当然，幽默的广告语的妙处不仅于此，还有以调侃性见长的。一种黏合剂的广告是：

"它能黏合一切，除了一颗破碎的心。"

这里把自身的功能和对顾客的调侃结合起来了。

还有一家电脑品牌的广告是：

"这种电脑最大的缺点是，它不能为你冲咖啡。"

这是真正的幽默，因为它所强调的是功能是无限的，除了正是顾客所不期待的，这就是能引起会心的微笑。

老舍的幽默广告

1934年，老舍先生在《论语》半月刊上为自己的作品写了一则广告：

《牛天赐传》是本小说，正在《论语》登载。《老舍幽默诗文集》不是小说，什么也不是。《赶集》是本小说，作者并不去赶集。《猫城记》是本小说，没有真事。《小坡的生日》是本童话，又不大像童话。《二马》又是本小说，而且没有马。《赵子曰》也是小说。《老张的哲学》是本小说，不是哲学。

这样的广告之所以幽默，是因为包含着隐隐约约的自嘲，与商业广告的夸张其重要和质量的俗套之间构成隐性反差。读惯了商业广告的读者心理预期产生了失落，按康德的说法，这样的失落会产生笑。

老舍对他的作品几乎没有一句赞词。好像不过是报道事实而已（如《牛天赐传》正在连载），有的则是对自己的调侃（如《老舍幽默诗文集》什么也不是，《小坡的生日》像童话又不像童话）。有的则纯粹和读者开玩笑，如《二马》没有马，《老张的哲学》没有哲学，开玩笑的缘由是读者的望文生义，用同音（如“马”和“赶集”）异义，构成逻辑上的错位。

台湾主持人凌峰的幽默

台湾的电视节目主持人凌峰开始在大陆电视节目上亮相的时候，以轻松的幽默给观众留下了深刻的印象。他的主要方法是主动调侃自己，在自己的光头上做了许多文章。这样主动揭短，不但没有降低自己在观众心中的地位，反而缩短了他和观众之间的情感距离。我本以为这是他个人的风格，后来看了更多的台湾电视节目，才知道，这种自我调侃的幽默是许多台湾电视节目主持人的共同风格。

在邓丽君从日本回来举行的演唱会上，那个台湾电视节目著名主持人也是以自我调侃的幽默为主的。他在幕间上台时，乐队正好在演奏优美的音乐。他就说了："我觉得这样的音乐和我这个人的长相不太相称，应该有一个小伙子上来才对。"

底下就有人鼓掌了。

他就说："这些鼓掌的人，长相和我差不多。"

他的这个说法，使我想起凌峰在一次晚会上说，自己的长相最适合做主持人，因为他一上台，所有的男观众一下子就会"自命不凡"起来。底下就为他的自我调侃鼓掌了。他指着那些鼓掌的人说，所有自命不凡的人都来了。这不但没有构成对观众的冒犯，反而引起了更热烈的掌声。从幽默方法来说，他和那位主持人是同样的：一下子从自我贬抑转入了贬抑观众上来。而这种贬抑又是心照不宣的虚幻的，所以沟通了、缩短了他与观众的心理距离。

这在主持艺术上叫作"互动"。

邓丽君的自我调侃

相比起来，内地的大牌主持人和大腕明星，都比较抒情，或者说比较善于煽情，很少有幽默的风格的。还有一个现象，就是主持人和明星之间，往往是相互尊重的，几乎没有相互调侃的。在香港和台湾电视节目中，不但主持人喜欢以自我调侃的幽默来与观众构成交流，而且明星也喜欢自我调侃，创造活跃的氛围。

在邓丽君从日本归来的演唱会上，一开始有一个小姑娘给她献花。她说了几声谢谢之后，就说：过去都是小伙子给我献花，现在都是小孩子了。接着就情不自禁地问道：还有没有？

底下就笑了起来。

跟着就上来了一个男士，献了一篮花。

邓丽君就问这位先生多大年纪了。

这位先生说三十了。

邓丽君就含糊其词地说：差不多。底下又笑。待那位男士走出镜头以后，邓丽君突然说：啊，这花篮上的名字不是男的，而是女的。这是你太太的。

底下大笑起来。邓丽君故意恨恨地说，那你为什么还告诉我今年三十岁啊。

底下哄堂大笑起来。

台湾的演艺界人士，尤其是女明星，在演出的过程中常常有一些幽默，这种幽默都有一点性的暗示，在幽默学上这种类型被归入荤幽默。不过邓丽君这种幽默不算荤。

鲁迅：无聊中推出“有聊”

通常只有“帮忙”这样的说法，按照它的构词模式，推导出个帮凶、帮衬、帮佣、帮手，甚至是帮穷，都是可以的，但是这种类推是有限的。用同样的推导方法，若说“帮富”就有点不伦不类。

这是正常理性的规范。

如果要追求一种幽默的情趣，就可以不受限制。即使推导出不通的词来，却能在具体的上下文中传达特别的情趣。这在鲁迅与许广平的《两地书》中有许多例子。这本书性质上是情书，但是，行文很少有直接言情的。除了极正经的社会评论以外，倒是有不少的幽默。这在鲁迅的行文中最多，其中有用类推造词的方法。比如在第十封信上鲁迅针对许广平自称“小鬼”说，有时感觉自己无聊，又“疑心自己有些暮气，‘小鬼’年轻，当然是有锐气的，可有更好、有聊的法子吗”？这个“有聊”是从“无聊”的构词法中推导出来的。在通常情况下是不通的，有时会妨碍达意，可是在这样的上下文中，却不但达了意，而且饱含着幽默的情绪。这类手法在鲁迅的作品中比比皆是。

要害是一个构词元素的置换：如把通常说的“愚民政策”改一个字成为“愚君政策”，意味发生强烈的反差，就有了幽默感。

鲁迅的故事：乱剪和乱给

1926 年，鲁迅在厦门时，有一次到理发室去理发。理发师见他穿着普普通通，就给他马马虎虎理了一下，不料，鲁迅临走抓了一大把铜圆给他，数目超过定价三倍多。后来鲁迅又来到这家理发店，理发师异常殷勤，奉茶敬烟之后，足足花了一个多小时。鲁迅却只是照常付款，一个铜板都没有多给。

理发师大为纳闷，小心地问这一次为什么和上次不一样。

鲁迅说：这很简单。上一次，你是乱理一气，所以我的钱也就乱给一气。这次你为我相当认真地理发，所以我就也非常认真地付款。

鲁迅在这里用的是偷换概念的方法。关键在于两个“乱”和“认真”。乱理，说的是服务不认真，按正常逻辑，“乱”给，可能性更大的是少给或者不给，鲁迅反而多给了。这是违反通常对于“乱”的预期的。同样一个“乱”字却包含着相反的效果，就有一点滑稽了。

到了第二次，认真给他理发，反而给得更少了。同样一个“认真”，两次的意思也是相反的。这使滑稽感又加深了一层。再加上这两次付款的对比，对理发师嘲讽的效果，故叠加起来，幽默感就三倍地浓郁。

孔夫子的肖像

鲁迅在五四时期反对尊孔派，只是针对孔夫子的思想，对于他的为人，他倒是有一点手下留情的。他在《现代中国的孔夫子》中说：

“孔夫子作为一个人，倒是可爱的好人。”

为了和尊孔派开玩笑，他把孔夫子描绘成一派滑稽相：

> 这位先生是一位很瘦的老头子，身穿大袖口的长袍子，腰带上插上一把剑，或者腋下挟着一枝杖，然而从来不笑，非常威风凛凛的。假使在他的旁边侍坐那就一定得把腰骨挺得笔直，经过二三点钟，就酸痛……孔夫子的做定了“摩登圣人”，是死以后的事。活着的时候，却是颇吃苦头的。跑来跑去，虽然曾经贵为鲁国的警视总监，而立刻下野，失业了……

这里的幽默感来自时空和用词上的古今错位。一方面是古代的圣人，一方面是现代的话语。时间上的“钟点”的概念是现代的，“摩登”“警视总监”“下野”“失业”等，都是现代的。用这么多现代生活的话语去形容古代的生活，已经是不伦不类，有了滑稽感；又加上所形容的人又不是一般的人，而是古代的圣人，而所形容的状态，又是相当煞风景的。其庄重的联想和这种不协调的形容之间的矛盾就显得更加突出了，这就更加重了幽默的意味。

九斤老太的"哲理"转化为幽默

鲁迅笔下的九斤老太，在《风波》中只说了几句话，几乎可以用一句话来概括："一代不如一代。"可她在现代文学史上从此名声大振。她的出名，并不是因为她的话有多么深刻的哲理，而是因为她的话，非常荒谬，非常不合逻辑，但却无理而妙。

通常讲话是为了说服人，所以任何一个论断都力求理由充足。这是理性思维的规律，但是幽默逻辑却不同。理由越是不充足，才越是有趣，相反，如果理由很充分了，倒是没有谐趣了。

九斤老太之所以有趣，就是因为她讲出来的话是对于世道人生的一种高度的哲理性概括，但是这么强哲理性的论断，论据却严重不足。

她的根据不外是：第一，她的孙女在吃饭之前还在吃炒豆子；第二，现在的革命党提倡剪辫子，而从前的长毛，却不这样。此外还有关于婴儿的体重越来越轻，已经遭到其儿子媳妇的批驳了。可是这些不系统、不严密的理由，却不妨碍她哲学性结论的坚定性：一代不如一代。

论据的薄弱和论点的坚定之间产生了不和谐，就构成了滑稽感。由于这种滑稽感中又显而易见地包含着对于九斤老太式的顽固而无理的保守主义的嘲讽，所以上升为深刻的幽默感。

阿 Q：讽刺和幽默

阿 Q 有极强的自尊心，禁止人家说他的癞疮疤，这还是比较合乎常理的，因而也就没有什么幽默感。但是阿 Q 却把这种讳忌推向了极端：不但讳忌癞，而且讳忌光、亮，后来连灯、烛都讳忌了。一旦有人犯了他的讳忌，“口讷的便骂，气力小的他便打”。可是他并不是个体力上的强者，总不免有吃亏的时候，于是他就由动手打架改为怒目而视。这样做并不能阻止他们对他的嘲笑：“亮起来了”“保险灯在这里”之类的话不断传到他耳中。他的反应是：“你还不配。”

这时候，他的感觉是，头上的癞疮疤不但不是某种缺陷而且是一种高尚的光荣了。

这是对于阿 Q 的讽刺，其中也有幽默的成分。

因为他的逻辑发生了突然的逆转。原来是客观上的受辱，后来突然变成了把屈辱当优越。这里的幽默感来自：原来现实的屈辱，突然转化为虚幻的光荣。这种自我安慰与他原先的极端讳忌恰恰构成反衬。

正是这种反差构成逻辑上突然的转折，或者叫作“错位”，这种转折、错位的突然性越大，荒谬感也就越强。

演讲的自嘲

这些年出了一点名，时常为应邀演讲而苦。演讲其实比之写文章要难得多，文章出来，假若有一百个读者，其中五十个看得不起劲，这没有什么关系；而演讲，一百个听众中，不要说有五十个不想听，哪怕是二十个东倒西歪，就会影响周围的二十个。所以演讲之前，我总是兢兢业业；演讲之时，分分秒秒不敢懈怠。稍有差池，就吃力不讨好。有时也想幽自己一默，但是，却往往无从下手。

今天读台湾幽默元老夏元瑜先生的散文，才大大地开了窍。夏先生说："我最怕演讲，两三百个青年围观我一个，跟看猩猩表演一样。有人说我为什么不跟歌星相比。因为歌星如花似玉，而老夫形容枯槁，连个花根都不如。"他还说："演讲多了街上认识的人就多，万一开了空头支票，连溜也困难。就是上街去买五金材料，也不方便，因为那条街靠近红灯区，免不了有人误解。"

从夏先生的这种笔法中，我进一步体会到了，要幽默自嘲，就得把好事尽可能往坏处想，表面上是出自己的丑，实质上是表现自己胸襟坦荡，也不要怕歪。

世界杯足球赛开幕式

1998 年法国世界杯开幕式：在巴黎法兰西圣丹尼斯最初空荡荡的大球场上，音乐声起，一只足球随着乐曲时而跳动，时而悠游，时而飞驰。五个天真烂漫的小球童跌跌撞撞地闯了进来，追逐满场飞舞的足球，摔得前仰后倒。如果说，足球不规则地飞舞、儿童任性地追逐算是浪漫的抒情的话，他们的跌跌撞撞就与乐曲和谐的韵律发生反差，这就是幽默学上的不一致、不和谐、不协调，这和儿童的天真结合构成了不和谐中的和谐，或者叫“抒情性的幽默”。

接下来的出场是五个高大的怪人，踩着两米的高跷（高跷上都穿着裤子，算是他们的腿），不合比例的细长已经显得滑稽了。再加上他们身边簇拥着三百八十个小矮人，都穿上了肥肥的充气服装，和踩高跷的细长个子相衬，形成了另一种不和谐。这种不和谐的幽默感，有一点形体上“丑化”，但这种丑化又和美化结合在一起，因为每一个小矮人头上都顶着一片绿油油的草皮，拼接成八千平方米的人工绿茵球场。最后五个细高个子的屁股里放出了一百个黄色小气球，象征着花粉，花粉的抒情性和屁股里出来的联想，形成的反差构成了第三个层次，又一次把抒情和幽默结合起来。怪不得《羊城晚报》的通栏标题是：法兰西式的幽默与浪漫。

舒婷儿子的“好消息”

舒婷很欣赏她的儿子，有关孩子的一切，她总是不由自主地反复诉说。以至于虽然我好久没有见过她儿子了，可是她儿子的成绩，他的爱好，他在班上女孩子心目中的地位，我都一清二楚。但所有这一切都很快被淡忘了，只有一个幽默故事是例外。

这一天，她儿子考试，从学校里回来。像球迷等待着比赛结果那样，她盼望着好消息。看到她紧张的神色，儿子说：今天有两条消息，一条是好的，一条是坏的。先讲好的还是先讲坏的？做妈妈的，自然愿意先听到好消息。

儿子清理了一下喉咙说：好消息是，英语考卷发了下来，我考了个全班第一。

舒婷大喜。接着下来问到那条坏消息呢？儿子说：非常遗憾，那条好消息是假的。

舒婷从心里笑出来。她的笑不仅是为了这个故事，而且还为自己儿子的幽默感而感到真正的欣慰。舒婷自己的散文就是以幽默见长的。这个故事的幽默感来自两个方面：第一，儿子先是创造了一种不言而喻的期待：一个好消息和与这个好消息无关的坏消息。可是坏消息的出现，不是孤立的，不但是和好消息联系在一起的，而且把好消息取消了。更为精彩的是，它不但取消了好消息，而且把坏消息也取消了。

拆字酒令

中国传统文化是极其理性的，但那只限于正统文化的主流部分，在正统文化以外，还有民间文化，成分就要复杂得多了。在此类文化中，颇有一些游戏的成分，但也不满足于游戏，其中最出色的也包含着高度的机智。想来读者在《红楼梦》中的猜酒行令中可以领略一二。在民间故事中，有一种拆字游戏类型。有这样一个故事：一家有三个女婿。大女婿是个举人，二女婿是个秀才，三女婿是个种田人。大、二两个女婿想出三女婿的洋相，就出了一个复杂的酒令：头四句要用“四处不透风”，择一个字在当中，合成一字，把“一”字推上去，又成一个字。就用推上去的这个字，下面接上一句。若成为一首诗，就喝一杯酒。大女婿先说：“四处不透风，木字在当中，木字推上去，杏字喝一盅。”说完喝了一杯。二女婿接着说：“四处不透风，十字在当中，十字推上去，古字喝一盅。”说完，喝了一杯。三女婿，只念过半年书，认得不多几个字，只记得《论语》开头的“子曰”，就说“四处不透风，一字在当中，一字推上去”，大女婿说：“那不成字。”三女婿说：“还剩下一个‘口’字，我就凭着这一个‘口’字，一口喝一盅。”他端起酒杯来，也喝了一盅。这种民间故事的特点是：有文化优势而且自以为得意的，往往失败，而缺乏文化的人总是取得胜利。

日本的寅次郎和中国的福将

日本的民间故事，自然不能说完全是缺乏幽默感的。就我的记忆而言，比较幽默的有寅次郎的故事，有一点类似我国的傻女婿的类型。这种人总是很痴，但痴得很执着、很投入，一点虚伪之心都没有。在现实生活中，心地一片透明的人，总是倒霉。但在民间故事中，他们的痴、他们的不通人情世故，往往给他们带来了好运。在阿拉伯故事中，这种人颇得宠爱。《天方夜谭》中的《阿里巴巴和四十大盗》，心地单纯的好人念“芝麻开门”就得到幸福，心术不良的人就得到惩罚。北欧的《大克劳斯和小克劳斯》也有同样的逻辑。

好像全世界各族人民都把同情和美好的愿望无条件地给予了善良而缺乏心计的人。正因为这样，我国古典小说才有了一种类型化的人物，叫作“福将”。这种人没有什么大本事，但是心地很单纯，他们在战场往往逢凶化吉、遇难呈祥。《说岳全传》上的牛皋，打了败仗，落荒而逃，但是岳家八百儿郎军却不退，用箭射住了阵脚。后来，他就有了经验，一打败仗，一面落荒而逃，一面大叫：儿郎们，照——旧。类似的情况在《说唐全传》中也有：程咬金在瓦岗寨做了皇帝，正得意，官军派了裴元庆来了，几个大将都打败了。程咬金就害怕了，他非常坦率地宣布：孤王要驾崩了。

岳飞对萝卜

一个吝啬的东家，每天给教书先生的菜都是萝卜。等到东家要考学生做对子的功夫了，他对学生说：做对子时，看着我的筷子夹什么，就对什么。次日，东家出了对子：核桃。先生拿筷子去夹萝卜。学生就对曰：萝卜。不太满意的东家又出了一个对子：绸缎。先生还是拿着筷子去夹萝卜，学生又以“萝卜”作对。东家说，萝卜如何能对绸缎？先生说，萝是丝罗的罗，布（卜）是布匹的布。东家又出了“钟鼓”，先生仍然用筷子去拣萝卜，学生仍以“萝卜”为对。东家说，这就更离谱了。先生说，萝，乃锣鼓之锣；卜，乃铙钹之钹（卜）。东家无话可说，又出了个“岳飞”，先生还是拣萝卜，学生又对了个“萝卜”。东家大为不满。先生说，岳飞乃忠臣，萝卜乃孝子，有何不可？东家问，你为什么总是拿萝卜来叫学生做对子？先生说，你天天叫我吃萝卜，好不容易请客还是叫我吃萝卜。我眼里看的是萝卜，肚里装的是萝卜，除了萝卜，我肚里什么也没有，你叫我拿什么来教令郎？

这则故事的焦点是物质待遇，但不甚俗气，原因是故事的情境是虚幻的，其荒谬性是带着假定性的，在假定的想象中人的情感要自由得多。

冬瓜明目的极端荒谬化

中国古代的笑话中颇多东家亏待塾师的题材，大体都集中在伙食太差上。过分集中在物质待遇上的故事往往格调低下，很难有十分出色的幽默。在这种题材中出类拔萃的往往是在精神上比较宽容，在内容上能超越于生理的需求，以精神的调侃为目标的。

有一东家延师教子，但是伙食甚差，几乎都是冬瓜。塾师问主人，你是不是特别嗜好冬瓜？答曰：是啊，冬瓜味道很好，而且有明目的功效。塾师默默不语。

过了些日子，东家到学馆中去看望孩子和塾师，塾师故意倚着窗子，不理会东家的到来。东家从背后叫了几声，他才慢吞吞地回过头来，非常抱歉地说，刚才我在这里看京城里演戏出了神，没有察觉到主人的到来。主人家就惊讶不已了，怎么这么大老远的，竟能看到京城里演戏，你的眼睛真是够厉害的了。这位塾师说，本人的眼睛本来并不太好，只是来到你们家天天吃冬瓜，因为冬瓜是明目的，所以现在的眼力特别好。

这个故事好在，塾师不是拘泥在伙食的好坏上，只着力于把冬瓜明目的说法加以荒谬化，把自己的批评藏在心照不宣的空白里。

妓女：黑齿和白齿

两个妓女，一个牙齿黑，一个牙齿白。黑齿的那个，想尽一切办法来掩盖自己的黑牙齿，白的则尽可能显示她那雪白的牙齿。

有人问那个牙齿黑的妓女，姓什么，她讲话就尽可能不张开嘴唇，答曰：姓顾。问多少年纪，答曰：十五。问能干些什么，她说，敲鼓。

顾、五、鼓，后面的韵母都是“乌”（u），发音时是双唇紧闭的，有助于她掩盖她的黑牙齿。

又问那个白牙齿的，姓什么？答曰：姓秦。问她青春几何？答曰：十七。问：有什么技术？答曰：弹琴。秦、七、琴，最后的韵母都是开口的，有利于她露出那一口雪白的牙齿。这两个故事在我看来，旨在说明这两个妓女很懂得利用发音方法的开合来扬长避短。但是，中国古代的笑话专著却有着眼道德教化的传统。笑话专家石成金在评点这则笑话的时候说：“今人略有坏事就多方遮掩，略有好事就逢人卖弄，如此二娼者正自不少。最可笑者，才有些银钱，便满脸堆富，才读得几天书，便到处批评人，显得自己大有才学。才做得几件平常事，便夸张许多能干。看起来，总是此齿白之娼妇也。”也许，正因为过分强调了道德教化的原因，我国古代的笑话，纯粹的幽默比较罕见。

说谎和成熟

现在的学校教育，实在是害人不浅。一进入幼儿园，就叫他们不要说谎。事实上，最不会说谎的恰恰是孩子，最会说谎的恰恰是成人。说谎几乎是成熟的起码的条件。天底下无条件地说真话的人，只有三种，第一种是白痴、傻瓜或者智商很低的人，像《红楼梦》里的傻大姐，拿到绣春囊也不知道装害羞，不懂得像小姐一样装作什么也没有看到。装佯就是用身体语言和表情语言说谎。没有这种功夫，就是没有了身份，没有水平。第二种是小孩子，他们一片天真，天真就是灵魂纯洁，没有受世俗污染。看到什么就讲什么，对成人来说可能是大祸临头。“童言无忌”就是成人的心理预防。第三种是醉鬼，所谓“酒后吐真言”是也。人不喝醉了是不会讲真话的。喝醉了，神经戒备解除了，心灵的面具和甲胄脱下来，真性情才露出来。郭沫若在抗战期间，当了第三厅的官员，不得不和国民党官方周旋，精神上的苦闷也唯有在酒醉之余才公开发泄：突然自己打自己的耳光。要在平时，他一味这样“公开化”，不成了傻大姐吗？企业家、军事家、政治家都要保守秘密，不欺骗对手就要导致一帮人失业、下台；正常的人，不论是和长辈还是小辈相处，对于自己的动机是不能不择场合地直言不讳的，不论是谈恋爱还是交朋友，最起码的修养是学会转弯抹角把真话藏起来，而且做出十分诚实的样子。

中外性幽默

有一种说法是，中国人不如西方人幽默。这话不能一概而论，在许多场合，中国人并不是一点不懂得幽默，而是限于礼法，幽默受到节制。在涉及性幽默的时候，情况就更为复杂。一般地说，在书面文学作品中，中国人的性幽默是极其有限的，有也是非常隐蔽的。比如在《西厢记》中直接写到张生和崔莺莺的欢爱，用的是多重的暗喻：软玉温香抱满怀，呀，阮肇到天台。柳腰款摆，花心轻拆，露滴牡丹开，鱼水得和谐。就美学追求而言，是诗化、美化的笔法。而在《三言二拍》《金瓶梅》中，更多的是直接的性描写，谈不上任何的诗化，也谈不上幽默感。差不多在同一时代，西方小说，以《十日谈》为代表，则主要以幽默的手法来处理性的欢爱。例如，第三天故事第十篇，纯洁的阿莉白立志献身于上帝，只身来到沙漠中，修道士告诉她：侍奉天主最好的办法便是把魔鬼送回地狱里去。教士让她身子脱光，说自已比她多出的一块是魔鬼，她所有的则是地狱。教士说，上帝派她到这里来就是为拯救自已的灵魂，让他的魔鬼有地狱可去。不更事的少女在上当之后，不但没有感到屈辱，反而感到甜美。用这样的幽默手法来表现性事，在中国古典文学作品中是绝无仅有的。

李白杀人不潇洒

在中国诗里，我最喜欢的是李白的浪漫。他浪漫到自己夸耀：年轻时杀过人，而且杀得很是潇洒，真还有点“酷”（cool）：“十步杀一人，千里不留行。”今天也弄不清他杀的人是不是贪官污吏、车匪路霸，也不知道他杀人的瘾是不是像李逵一样，李逵在江州劫法场时，连看热闹的也都排头砍过去。用今天的法制观念来看，李白这种形象和前几年通缉的悍匪辽宁二王差不多。谁见了不怕？能跟他在一起并排坐坐，就算是有胆子的了。

浪漫的诗人说话是不能认真对待的，认真了，就太煞风景了。所以，没有一个中国人怕他，就连那些见了打青霉素的针头都要闭上眼睛的少女都很喜欢他。把他的诗抄在日记本子里，放在枕头底下做梦，尽管这些少女中不乏学法律、经济的。在法律和经济领域里按李白那一套办法行事，是免不了要捉将官里去的。可是，李白还是让人觉得可爱。读者们心中有数，李白不管怎么说得可怕，都不过是吹牛而已。这和捧杨贵妃，吹自己有当宰相的才华，都是一种自恋。奇怪的是，中国文学史上要是没有这个自恋的天才就太煞风景了。光像杜甫那样老是自己瞧不起自己，还能成个气候？许多人包括毛泽东，都不太喜欢杜甫那老是愁眉苦脸的窝囊样子。

李逵和“左”倾

长期以来，读者偏爱李逵的现象很使我感到困惑。文史学家常常把光圈放在李逵头上，他们理论上的自信使我感到愤怒。最近播出的电视剧《水浒传》看来也是想从李逵光圈中获得一点便宜。李逵的革命最坚定，讲话最痛快，始终如一拒绝招安，而且扬言：要杀到东京，夺了鸟位，晁盖哥哥做大宋皇帝，宋江哥哥做小宋皇帝。

作为一种情绪的发泄，不能不令人肃然起敬；但是情绪发泄是世界上最轻松的事，跟着而来肯定是最不轻松的后果。要是宋江把他的这种主张当真实行起来，恐怕连聚义厅都来不及盖就灰飞烟灭了。从当时的力量对比来看，肯定是敌强我弱，水浒英雄虽然节节胜利，但大都是防御性的，或者限于局部进攻。要打到东京去，这是绝对的头脑发热。用列宁的话来说，是“左”倾幼稚病；用毛泽东的话来说，是盲动主义；用彭德怀的话来说就是“小资产阶级的狂热性”。当然，李逵够不够小资产阶级还成问题，如果真要划分阶级，他只能列入流氓无产阶级，比阿 Q 还不如。阿 Q 还可以划个雇农，属于农村的无产阶级。李逵的“左”倾比之 30 年代李立三的“左”倾路线还要厉害。李立三那时不过提出了“一省和数省首先胜利”，而李逵却是一下子夺得全国政权。这么说来，李立三的老祖宗竟是李逵，不知族谱学者能不能同意我的意见。

林语堂扩大了幽默的内涵

幽默这东西，真是有点玄，虽然有了车载斗量的专著和论文，但真正能把它说清楚的人还真不多。就连读林语堂的文章都时常有这种感觉。例如，他说孔子幽默，为人温而厉，恭而安，无可而无不可，近于真正的幽默。

这一点我老是不明白。孔子不想见阳货，怕见了阳货丢了身份，这也算了，偏偏要选个阳货不在家的日子去。这在林语堂来看，是幽默。而在我看来，不过是机智，甚至只是狡猾而已。因为孔子显然不是在开玩笑。至于说到肉不正不食，又是另外一个极端，拘泥得有点傻气了。事实上，孔夫子播下了日后道学先生的僵化的种子，哪里来的幽默呢？这里有个语境问题，换了一个时代和场合，在我们今天看来这是太傻气了，觉得好笑，但这不是他的幽默。正等于我们看到小孩子不高明的撒谎觉得好笑，并不能说明孩子有幽默感一样。不过他说到屈原、贾谊由于太认真幽默不起来，倒是很恰当的。至于说到孟子的《齐人一妻一妾》也是幽默，那就去幽默太远了。这明明是讽刺人死要面子活受罪嘛。他把庄子、陶潜的文章和诗歌都以幽默概括之，实在是幽默的扩大化了。这种扩大化虽然不比肃反扩大化可怕，可是以一个狭隘的观念去硬套丰富多彩的文学世界，实在是作茧自缚，在我看来是可怕的，林语堂先生大概不会说痛苦的作茧自缚正是幽默的自由表演吧。

“我太讨厌我自己了”

承蒙一个大学生的信任，他把他的日记拿给我看。这个小伙子在日记中有时候很幽默，有时候又很天真。只是，我们现行的考试制度的缺陷，严重地压抑了他的才气。他的考试成绩波动很大，主要原因是他太爱看课外的读物，又爱打电子游戏机。常常读课外书读到十一二点，早晨就免不了迟到。他总是在日记里发表某种对自己和现实生活秩序的不满。他身为数学课代表，有一次数学却考了十五分。接着又拉肚子，不能上学。数学老师就把他的课代表的职位撤了。他在日记中说：“当然，我不高兴。不过也挺高兴，常常迟到，耽误同学们交作业，真有点过意不去。现在好了，可以更放心地睡懒觉了。”不过又自我安慰说：“等我有了早起习惯以后，还是要卷土重来的。要重登数学课代表的宝座，数学课代表算什么，要跟 ×× 斗斗，当上班长，全班的元首。”但是他的成绩太不稳定了，数理化三科都要补习。接着他安慰自己：什么事情都在好与坏中慢慢地过去的。最后他用极大的字写道：“我太讨厌我自己了！”

少年日记中的任性

幽默是一种假定的荒谬，但是它也最需要真诚。如果以为只要说胡话，就可以有幽默感，那就大错特错了。但是我在看到一个中学生的日记的时候，我却看到了一个被考试压得喘不过气来的颇有生气的孩子真正活跃的心态。在交老师看的作文中，我们看惯了学生对于老师的敬爱。也许这是事实，但是事情总是复杂的，不可能千篇一律。这个孩子，成绩忽上忽下，老师对他的态度可能是恨铁不成钢，过分严厉了一些。在日记中他这样写到他的老师："讲到 teacher，我认为没有一个好样的。除了朱霞还差不多，没想到曹娟（语文老师）是个爱说人长短的有心人。数学老师，我可不 like。英语老师就 sorry to you 了，我没有学好你的科目。物理老师，你去死吧！……其他的老师，我认为我的记忆不需要他们占领太多的空间，还是多存些同学和朋友更好。"当我们读到"物理老师，你去死吧"不由自主地笑起来。这不是我们欣赏他的恶语，而是欣赏他的天真，同时也是同情他为功课折磨的无奈。他的日记中充满了他的任性，有时只要读些任性的话也就能幽默起来。有演讲经验的人，一定有这样的体会。

中学生的灰色幽默

幽默实在是多种多样，用一种或者几种定义去规范它，无疑是作茧自缚。我看到一个中学生的日记，他的成绩不是太好，受到的压力非常大。他的天性的活泼和他所受到的压力之间，时常发生冲突。他的日记中就时常流露出来这种无可奈何的矛盾，在不得解脱的痛苦中自得其乐。其中有这样一段："我真的快乐吗？好像是的。怎么个快乐法呢？我不知道。脸上有笑容吗？可是我在伤心的时候，也会笑。一个人快乐吗？有时一个人自得其乐，有时一个人反而更苦。我疯狂不疯狂？偶尔，偶尔。快乐的时候的表现是什么呢？摇摇摆摆。有没有吃错药，应该没有。伤害别人时快乐吗？绝对没有。替别人快乐吗？常常，也许……"我很惊叹这位中学生的才气，他把在考试的沉重压力下多少有点态度的心灵表现得如此地淋漓："我在伤心的时候，也会笑。"为了竞争，为了父母的期望，为了进入大学，他读书读到有一种"疯狂""吃错药"感觉。他已经弄不清自己有没有快乐了。即使快乐了，他也说不出快乐的滋味，只是觉得可以摇摇摆摆一番。他本无心幽默，但是他却轻而易举地有了一种灰色的幽默感。

自慰和自得：贾平凹

幽默并不神秘，有一个很可行的办法，就是对于任何一个正常的命题，作出一个歪曲的解释，或者找出一个不是理由的理由。例如，贾平凹在一篇文章中说自己不会说普通话，经过一番努力还是说不好，他就说，毛主席都说不好普通话，我也不说了。还说，普通话有什么了不起，就是普通人说的话嘛。这样的办法，在幽默的自我调侃中，可以归入自我安慰一类。这种自我安慰，有一点像阿Q的精神胜利法和自我麻醉，但是又有不同，阿Q的自我麻醉是认真的，而贾平凹的是虚拟的、假定的。尤其是当读者读到他说自己普通话说不好，但他可以用家乡土话来骂人，而且“骂得很畅美”。又说，说不好普通话，就不去见领导、见女人。没有人会相信他会付诸实行，但这样写很有趣。原因在于：好像是他见领导都有竭力给领导一个良好印象，而见女人都是为了讨好女人似的。事实上这种可能性不存在，正是因为其不存在，他才写得出来；如果他真是这样的人，他就不可能写得出来，即使写了出来，也不是幽默，而是恬不知耻了。

“失火了”，为什么没人相信

幽默要成为一种心灵的沟通桥梁，需要心照不宣，如果没有这个条件，就是肝胆相照的朋友也难以沟通。鲁迅曾经引用过一个例子。说是有一次剧场正在演出喜剧，有一位小丑演得非常成功，大家如痴如醉。突然，后场失火了，小丑走到前台宣布剧场失火，观众以为小丑在逗笑，非常热烈地鼓掌起来。小丑着急了，非常认真地宣布真的失火了，观众却以为他演得十分逼真，越发热烈地鼓掌。这事弄到火焰直冒到舞台上为止。

这个故事，和中国传统的“狼来了”的故事有相同之处，都是由于语境的缺乏共识所造成的。幽默是一种无声的情感沟通。对于有声中的语言中荒谬的成分，双方都有一种心照不宣的幽默。如果这种默契发生阻断，幽默就失败了。60 年代在莫斯科，中国共产党的领导人毛泽东第一次和当时原本是势不两立的南斯拉夫的领导人铁托见面。毛泽东就说了一句：“我们和你们的区别就是你们有大胡子，而我们没有。”懂得毛泽东幽默风格的外交人员立刻就感到中国和南斯拉夫的党和国家关系要正常化了，因为这意味着双方除了胡子的区别以外，其他的就没有什么区别了。

诡辩和幽默：古希腊芝诺

诡辩有时很像是幽默，但是它不是幽默，因为它是一种论证自己的论点为真实的辩论术，是以压倒对方为目的的，而幽默是以和对方和解与沟通为目的的。古希腊有一位著名的诡辩学者叫芝诺，他有一个论断：荷马史诗中跑得最快的英雄阿基里斯也都赶不上乌龟。他是这样说的："假定乌龟在阿基里斯前面一百米；再假定，阿基里斯的速度是乌龟的一百倍。当阿基里斯跑了一百米，乌龟已经跑到他前面一米的地方去了。当阿基里斯再跑一百米，乌龟又跑了一米。阿基里斯要赶上乌龟，一定要赶到乌龟原来的地方，而在这一段时间里乌龟则又往前爬了一米，因而，阿基里斯只能无限地接近乌龟，却不能消灭米的距离。"诡辩的逻辑虽然和幽默的逻辑同样是荒谬的，但是却是强词夺理的。首先他是把长度硬性地划分为无数个一百米，好像阿基里斯跑完一百米以后就停了下来不动，等着乌龟再爬一米似的。事实并不是这样的。当乌龟往前再爬一米的时候，阿基里斯已经又往前跑了一百米了，这就是说，早就超过它九十米了。

因果错位：黄埔门联

清代有一个县官，甚贪，却十分注重自己的名声。有一年大年初一，在门口贴了一纸春联："爱民如子，执法如山。"县里的人气不过，就在这副对联后面各加了个注解：

爱民如子：金子、银子皆吾子；执法如山，钱山、靠山才是山。

这样的改法，很有幽默感，因为同样的概念，给予了不同的解释，就有了完全相反的含义。两种含义在同样的字面上发生了冲突，就显得好笑了。这种偷换概念的方法，在实用性幽默中是常用的。孙中山在世的时候，黄埔军校的门口有一副对联：

升官发财，请走别路；贪生怕死，莫入此门。

1927年4月12日，蒋介石发动政变以后，黄埔军校的性质发生了根本的变化，有人就巧妙地把这副对联的后半句调动了一下，变成了：

升官发财，莫走别路；贪生怕死，请入此门。

此种改动之妙在于，字句完全没有变化，只是次序调动了一下，这就使因果关系错位，变成相反的意思了。

中西幽默：下一个新娘

关于中国有没有幽默感的问题，不论是在学术界还是在民间，都有争议的。林语堂先生认为连孔夫子都是很富有幽默感的，我就不敢苟同，他所举的那些例子在我看来最多只是机智而已。我曾经与一个北欧的学者讨论过，他的看法我比较同意。他认为："你们中国人不是没有幽默感，而是在私人的场合有幽默感，在比较公开的场合中，就比较缺乏幽默感。"他举一个例子：他的父亲和自己的母亲离了婚，不久又结婚了，举行婚礼的时候，他去参加了。中国的年轻人，就是最为思想解放的，硬着头皮去参加了，也只能彬彬有礼地接待客人而已，即使他平时是个很有幽默感的人，也会变得拘谨起来。而欧洲人，就不大相同。他不但去参加了他父亲的婚礼，而且还故意端详了一番新娘，说："哦，这么漂亮！但愿下一位新娘比这一位更美丽。"在座的人，包括他的爸爸都笑了。他说："这样的笑话，你们中国人无论如何都是不敢说的，即使有人说了出来新郎和客人也不会笑的。是不是？"

干幽默和湿幽默：一辈子不用洗手了

美国《纽约每日新闻》上有一个专栏作家发表了如下一句妙语："美国男人情愿认为自己犯了叛国罪、谋杀罪、纵火罪、装了假牙、戴了假发，也不承认自己缺乏幽默感。"而另外一个作家则说，对于一个缺乏幽默感的人来说，如果幽默感与他的双腿不能两全，那么最好的选择就是失去一条腿。美国的知识分子，文化水平越是高的，就越是讲究幽默的含蓄。他们追求一种叫作"干幽默"（dry humour）的效果，具体表现为，他不动声色地讲了一句相当幽默的话。你如果漫不经心，就可能毫无反应，这在同人中可能是一种智能低下的印象。

有一次，和克林顿竞争民主党总统提名的杰列·布朗来我们大学演讲，一大堆人等了几个小时，他才到。来不及和旁边的每一个他的支持者握手，就只和一个坐着轮椅的残疾人握了一下手。后来我在校园里又看到这个残疾人，就告诉一个美国朋友说，这就是唯一和布朗握手的那个人。这个教授沉吟了一会儿，说："啊，那他这一辈子不用洗手了。"说完，他的脸上什么表情也没有。这种不笑的幽默就是美国人特别重视的干幽默。

在墓碑上开玩笑：萧伯纳和海明威

死亡对于自己可能是最大的痛苦，开一般的玩笑容易，和自己的死亡开玩笑，则要有很强的超越人生最大痛苦的精神力量。在死亡到来之时，即兴开一下玩笑容易，要在死亡之前，从容地用文字把自己对于死亡的调侃写下来刻在墓志上，这样的人就更加难得了。据说萧伯纳生前为自己准备的墓志铭只有一句话：

“我早就知道：无论活多久，这种事情是会发生的。”

因为不堪忍受病痛的折磨而自杀身亡的海明威的自题墓志铭则有海氏电报文体的特点：“恕我不能站起来了。”

这样的墓志铭，之所以幽默，就是因为和通常墓志铭总结人的一生的庄重存在着不言而喻的反差：好像不是一件什么大事，而是稀松平常、没有什么了不起的日常小事似的。

比这更加轻松的墓志铭是一个蔬菜水果老板为自己写的：“这里长眠的是麦克，其悲痛的妻子正在继承他兴旺的事业——蔬菜水果商店。商店在第十一号高速公路，每日营业到晚上八点。”这样的墓志铭更为幽默原因是，广告的文体的实利性和墓志铭的肃穆性的反差，形成了不伦不类的怪异效果。如果它真是水果商人自己写的，那就是自嘲，如果这是别人杜撰的，那就是对于商人的唯利是图的讽刺。

里根的急智：宾至如归

有一年里根到加拿大去访问，遇上一堆人拿着旗帜和标语来反对他，加拿大总理有些过意不去的样子。里根就说了："拿着标语，举着旗帜来反对我，我在美国已经习惯了。"加拿大总理的心情稍稍轻松了一下。但是那些反对里根的人并没有适可而止，而是越闹越起劲。为了进一步缓和紧张空气，里根指着那些反对他的人说了："说不定这些反对我的人并不是加拿大人而是美国人，他们从美国到这里来，目的不过为了给我一种'宾至如归'的感觉。"这一来加拿大总理松了一口气。

在美国的政治家中，里根以幽默见长，此次可为代表。如果他只说到他已经习惯了有人举着标语，喊着口号来反对他，这样不算什么精彩的幽默。这次的幽默之所以不同凡响，关键在于他面临强烈的反对之时，还能把反对者歪解成热情的拥护者。二者的反差越是大，里根的幽默感就越是强烈。没有相当的超越现实的魄力，是说不出"宾至如归"这样与现实完全不一致的话来的。要有幽默感，最关键的就是不为眼睁睁的现实所束缚，要有一种颠倒黑白的勇气。

歪解因果：结婚前后的眼睛

我写过一篇文章，题目叫作《恶性单眼视症》，文中我杜撰了一个说法：人为什么有两只眼睛？上帝为了让人用一只眼睛看好事，一只眼睛看坏事。如果两只眼睛全都看好事，会变得傻乎乎；如果两只眼睛全部看坏事，可能和坏人坏事同流合污。这种因果不是科学的，正是因为它超出了科学，才超越了人们的思维的预期，因而就比较有趣。

但是，有一种说法："婚前找对象，睁大眼睛；婚后看妻子，闭上一只眼睛。"婚前睁大眼睛，是因为只有睁大眼睛才能找到最好的；而婚后闭上一只眼睛，是因为夫妇间求同存异，免得互相要求太高，避免发生阶级斗争。

这个说法就比我的那个说法更为有趣。这是因为：这个说法，不那么一本正经。脱离了一本正经，就可以往歪理上推，就可能造成某种荒谬之感了。有了荒谬感，再加上一点人生体悟，就差不多有点幽默了。

嘲笑自己的缺点

自我调侃，就是嘲笑自己。在说话时，嘲笑自己显而易见的缺点，会显得最为主动。因为自己摆在那里的缺点，你不主动地去提，别人也看得清清楚楚。自我调侃一个，可以化被动为主动。在这方面我很佩服台湾的电视节目主持人凌枫。他是个光头，年纪大概有五十开外了，长相又是比较差。对于一个节目主持人来说，这无疑是一个缺陷。但是凌枫的杰出之处在于，他采取主动：他常常自我调侃自己的长相。他娶了山东的漂亮小姐贺顺顺。两个人在一起出现在大庭广众之间，他显得特别苍老，他就说："中国五千年的沧桑，都写在我的脸上。"这充分表现了他的智慧，也表现了他的心地宽广。他在主持电视节目的时候，动不动把帽子除下来，让大家看到他的光头，说：我这个人主持节目有一个好处，就是所有的男同胞看到我，立刻自命不凡起来。底下就鼓掌了。他就指着那些鼓掌的观众说，你们看，这些自命不凡的人都来了。他接着又对着女观众说：至于女同胞，我也有一个好处，在我面前，她们特别有安全感。他的自我调侃能很有效地缩短与观众的心理距离。

后　记

本卷所收为作者自 1954 年以来之诗歌、小说、散文，其中随笔大多为香港《新晚报》和《文汇报》所作专栏文章，其他散见于多种报刊。此番首次结集。